Ce livre contient une grande énigme.
Déchiffrez, décodez et interprétez.
Cherchez et recherchez.
Si vous êtes méritant, vous trouverez de l'or.

ENDGAME

i

90 jours.

PETITE ALICE CHOPRA

Domicile des Chopra, Gangtok, Sikkim, Inde

— Tarki, Tarki, Tarki...

Des nuages glissent au-dessus des montagnes de l'Himalaya, la neige qui recouvre leurs pentes renvoie l'éclat du soleil. Le Kangchenjunga, le troisième plus haut sommet du monde, domine la ville de Gangtok. Les habitants vaquent à leurs occupations ; ils travaillent, font leurs courses, mangent, boivent, enseignent, apprennent, rient et sourient. Cent mille âmes paisibles, inconscientes.

Petite Alice arpente son jardin en se dandinant, des brins d'herbe lui chatouillent les pieds, l'odeur d'un feu de broussailles monte de la vallée. Elle a les poings sur les hanches, les coudes écartés pour mimer des ailes. Ses genoux sont pliés, sa tête penchée en avant, et elle remue les bras d'avant en arrière, en braillant à la manière d'un paon. Elle crie : « Tarki, Tarki, Tarki », le nom du vieux paon qui vit avec sa famille depuis 13 ans maintenant. Tarki observe la fillette, fait un demi-tour, ébouriffe les plumes éclatantes de son cou, et criaille à son tour. Quand il déploie sa queue en éventail, Petite Alice danse de joie. Elle se précipite vers l'oiseau. Celui-ci s'envole, poursuivi par la fillette.

Au loin, la silhouette rude du Kangchenjunga masque la vallée de la Vie éternelle qui s'étend sur ses contreforts gelés.

Petite Alice ne sait rien de cette vallée, mais Shari la connaît comme sa poche. Petite Alice suit Tarki jusqu'à un buisson de rhododendrons. Elle est à moins d'un mètre de l'oiseau magnifique quand il baisse la tête, cligne des yeux et gratte le sol sous le buisson. Il s'enfonce dans le feuillage. Petite Alice se rapproche.

— Qu'est-ce que tu as trouvé, Tarki ?

L'oiseau picore la terre.

— Qu'est-ce que c'est ?

Le paon se pétrifie comme une statue, la tête inclinée sur le côté, il scrute le sol de son œil écarquillé. La fillette se dévisse le cou pour voir elle aussi. Il y a quelque chose sous le feuillage. Quelque chose de petit, rond et sombre.

L'oiseau émet alors un son épouvantable – *Criiiiiiik* – et fonce vers la maison. Petite Alice est stupéfaite, mais elle ne le suit pas. Elle écarte les feuilles jaunâtres, se faufile à l'intérieur du buisson, pose les mains au sol et trouve.

Une bille sombre, à moitié enterrée. Parfaitement ronde. Ornée d'étranges gravures. Elle la touche, elle est aussi froide que le vide de l'espace. Elle creuse tout autour avec ses doigts, fait une petite pile de terre, et parvient à libérer la sphère. Elle la prend dans sa main, la soulève, la tourne dans tous les sens et fronce les sourcils. Le froid en est doulou-reux. La lumière du ciel change soudain et devient éclatante, plus éclatante qu'éclatante. En quelques secondes, tout est devenu blanc, le sol tremble et un fracas gigantesque retentit au-dessus des collines ; il fait vibrer les parois des montagnes, secoue chaque arbre, chaque brin d'herbe, les galets au fond de la rivière. Le vacarme envahit tout.

Petite Alice a envie de courir, mais elle ne peut pas. C'est comme si la sphère l'avait figée sur place. À travers la lumière, le son et la fureur, elle voit une silhouette avancer lentement vers elle tel un fantôme. Une femme peut-être. Jeune. Menue.

La silhouette se rapproche. Elle a le teint verdâtre et les yeux enfoncés, les lèvres retroussées. Un cadavre vivant. Petite Alice laisse tomber la sphère, mais aucun changement ne se produit. L'apparition est si proche maintenant que la fillette sent son haleine nauséabonde, mélange d'excrément, de caoutchouc brûlé et de soufre. L'air s'embrasc et la créature tend les bras vers Petite Alice. Celle-ci a envie de hurler, pour appeler sa maman qui viendra la sauver, pour réclamer de l'aide, un abri, le salut. Mais aucun son ne sort de sa bouche, rien ne vient.

Elle ouvre les yeux brusquement et hurle. Elle s'est réveillée. Une fillette de deux ans. Trempée de sueur. Et sa maman *est* là, pour la prendre dans ses bras, la bercer, en lui répétant : « Tout va bien, *meri jaan*. Tout va bien. C'était seulement le rêve. C'était encore le rêve. »

Le rêve que Petite Alice fait et refait chaque nuit depuis que la Clé de la Terre a été découverte.

Petite Alice pleure, alors Shari l'enveloppe dans ses bras et la sort de son lit.

— Tout va bien, ma chérie. Personne ne te fera du mal. Jamais je ne laisserai quiconque te faire du mal.

Shari dit cela à chaque fois que Petite Alice fait ce rêve, sans savoir si c'est vrai.

— Personne, ma jolie. Ni maintenant ni jamais.

SARAH ALOPAY, JAGO TLALOC

Crowne Plaza Hotel, suite 438, Kensington, Londres

— Comment ça t'est arrivé ? demande Sarah en promenant son doigt sur la cicatrice qui barre le visage de Jago.

— À l'entraînement, répond Jago en l'observant.

Il guette des signes indiquant qu'elle revient vers lui.

Cela fait quatre jours maintenant que Sarah s'est emparée de la Clé de la Terre à Stonehenge. Quatre jours que Chiyoko est morte. Quatre jours que Sarah a abattu An Liu d'une balle en pleine tête. Quatre jours que la chose enfouie sous le très vieux monument de pierre s'est animée et dévoilée brusquement.

Quatre jours qu'elle, Sarah, a tué Christopher Vanderkamp. Elle a pressé la détente pour lui tirer une balle dans la tête.

Depuis, elle est incapable de prononcer *son* nom. Elle ne veut même pas essayer. Elle a beau embrasser Jago, nouer ses jambes autour de lui, se doucher, pleurer ou tenir la Clé de la Terre entre ses mains, en réécoutant le message que kepler 22b diffuse à la télévision à l'attention du monde entier, Sarah ne peut s'empêcher de revoir le visage de Christopher. Ses cheveux blonds, ses beaux yeux verts et leur étincelle. Cette étincelle qu'elle a éteinte quand elle l'a tué.

16

Sarah n'a prononcé que 27 mots depuis Stonehenge, en comptant ceux-ci. Jago s'inquiète pour elle. En même temps, sa question lui redonne espoir. Sarah émerge peu à peu de son linceul de tristesse, elle parvient à engager la conversation désormais.

— Comment, précisément, Feo ? insiste-t-elle.

Elle espère que c'est une longue histoire. Elle espère que le récit de Jago accaparera son attention, que ses paroles lui offriront une distraction aussi efficace que son corps.

Elle a besoin de penser à n'importe quoi, sauf à *ce qui s'est passé*, sauf à *la balle qu'elle a tirée dans le crâne de Christopher*.

Jago raconte :

— C'était mon troisième véritable combat au couteau. J'avais douze ans, j'étais arrogant. J'avais remporté aisément les deux précédents. Le premier contre un ex-Joueur de vingt-cinq ans qui avait trébuché ; le deuxième contre un des porteurs de valises de Papi, un géant de dix-neuf ans plein d'avenir qu'on appelait Ladrillo.

Sarah caresse du bout du doigt la boursoufflure de la cicatrice, à l'endroit où elle plonge sous la mâchoire.

— Ladrillo ? (Elle prononce ce nom lentement, elle le savoure.) Qu'est-ce que ça veut dire ?

— « La Brique. » Ça lui correspondait tout à fait. Lourd, résistant et idiot. J'ai fait une feinte, une seule, et il est tombé dans le panneau. Le temps qu'il se remette en position pour attaquer, le combat était terminé.

Sarah laisse échapper un petit rire sans joie. Son premier rire depuis Stonehenge, son premier sourire. Jago continue :

— Pour mon troisième combat, je devais affronter un gamin un peu plus âgé que moi, mais plus petit.

Je ne le connaissais pas. Il venait de Rio, paraît-il. Il n'était pas péruvien. Ce n'était pas non plus un Olmèque.

Jago sait que ça fait du bien à Sarah de l'écouter parler de lui. Ça l'aide à ne plus penser à tout ce qu'elle a fait : tuer son petit ami, trouver la Clé de la Terre et déclencher l'Épreuve, sceller le sort de milliards d'individus. Jouer, se battre, courir, tuer... Ce serait sans doute mieux. Pour l'instant, ils devront se contenter d'en parler.

— C'était un gamin des favelas, très maigre, avec des muscles qui ressemblaient à des cordes enroulées autour des os. Vif comme l'éclair. Il m'a juste dit : « Salut » et « Tu auras plus de chance la prochaine fois. » Intelligent, malgré tout. Un petit génie. Un prodige du couteau et des attaques. On lui avait appris à se battre, mais la plupart de ses techniques, il les connaissait déjà à la naissance.

— On dirait toi.

Jago sourit.

— Oui, il était comme moi. J'avais l'impression de combattre mon reflet. Dès que je portais un coup, il ripostait. C'était sa façon de procéder, par contre-attaques. Il ne ressemblait à aucun des autres adversaires contre lesquels je m'étais entraîné : les anciens Joueurs, Papi... personne. C'était un peu comme affronter un animal. Les animaux sont plus rapides, ils ont plus d'instinct, ils réfléchissent moins. Ils attaquent, point. Tu as déjà affronté un animal face à face ?

— Oui. Des loups. Les plus terribles.

— *Un* loup ou...

— Des loups. Au pluriel.

— Sans arme à feu ?

— Sans arme à feu.

— Moi, j'ai affronté des chiens, jamais des loups. Un puma, une fois.

— J'aimerais pouvoir dire que je suis impressionnée, Feo, mais ce n'est pas le cas.

— J'ai déjà couché avec toi, Alopay, rétorque Jago en essayant, maladroitement, de faire un peu d'humour. Je n'ai plus besoin de t'impressionner.

Sarah sourit de nouveau et lui décoche un coup de poing sous le drap. Encore un signe positif indiquant qu'elle reprend peut-être le dessus.

— De toute façon, je ne pouvais pas le toucher. Le règlement voulait qu'au premier sang, le combat s'arrête. Une tache rouge et c'est fini. Simplement.

— Pourtant, la cicatrice… la blessure était profonde.

— *Sí*. J'ai été idiot. J'y suis allé franco et lui non plus ne faisait pas semblant. Sincèrement, j'ai eu de la chance. S'il ne m'avait pas atteint au visage – il a failli me crever l'œil –, il m'aurait sans doute tué.

Sarah hoche la tête.

— Donc, au premier sang, stop. Il te lance : « Tu auras plus de chance la prochaine fois », il s'en va et c'est tout ?

— On m'a recousu. Et c'est tout, oui. Évidemment, comme c'était durant mon entraînement, il n'y a pas eu d'anesthésie.

— Ha ha, une anesthésie. C'est quoi, ça ?

Cette fois, Jago a un large sourire.

— Exact. Saloperie d'Endgame.

— Saloperie d'Endgame, comme tu dis.

Le visage de Sarah ne trahit aucune émotion. Elle roule sur le dos et contemple le plafond.

— Et il y a eu une prochaine fois ? demande-t-elle.

Jago ne répond pas tout de suite.

— *Sí*, dit-il en étirant cette syllabe. Moins d'un an plus tard. Deux jours seulement avant mon anniversaire, juste avant que je devienne éligible.

— Et ?

— Il était encore plus rapide. Mais j'avais beaucoup appris entre-temps, et j'étais devenu plus rapide, moi aussi.

— Et tu as fait couler le premier sang ?

— Non. On avait des couteaux, mais après deux ou trois minutes de combat, je lui ai balancé un coup de poing dans la gorge et je lui ai broyé la trachée. Quand il s'est écroulé au sol, je lui ai piétiné le cou. Sans verser une seule goutte de sang. Je revois encore son regard. Hébété. Comme quand tu tues un animal. Il ne comprend pas ce que tu lui as fait. Pour ce garçon des favelas qui savait se battre au couteau mieux que n'importe qui, c'était en dehors des lois de sa nature. Il ne comprenait pas que ses règles ne s'appliquaient pas à moi.

Sarah ne dit rien. Elle roule sur le côté, tournant le dos à Jago.

Je couche avec un assassin, pense-t-elle.

Et juste après : *Mais j'en suis un, moi aussi.*

— Je suis désolé, Sarah. Je ne voulais pas...

— Je l'ai fait. (Elle inspire profondément.) *Ses* règles ne s'appliquaient pas à moi non plus. J'ai décidé de le faire. Je l'ai tué. J'ai tué... Christopher.

Voilà. Elle l'a dit. Elle se met à trembler, comme si on avait appuyé sur un bouton. Elle ramène ses genoux contre sa poitrine, tremble et sanglote. Jago caresse son dos nu. Un maigre réconfort. Si c'en est un.

Il n'a jamais beaucoup apprécié Christopher, mais il sait que Sarah était amoureuse de lui. Elle était amoureuse de lui et, pourtant, elle l'a tué. Jago n'est pas sûr qu'il aurait pu en faire autant. Pourrait-il tuer son meilleur ami, là-bas au pays ? Pourrait-il tuer José, Tiempo ou Chango ? Pourrait-il tirer une balle dans la tête de son père ou, pire encore, de sa mère ? Il n'en est pas sûr.

— Tu devais le faire, Sarah, dit-il d'une petite voix.

Il a prononcé cette phrase 17 fois depuis qu'ils ont pris cette chambre d'hôtel, spontanément la plupart du temps, pour meubler le silence.

Et à chaque fois, ses paroles sonnent creux. Cette fois peut-être plus encore.

— Il t'a demandé de le faire, ajoute-t-il. Il a compris à cet instant qu'Endgame allait le tuer, et il savait que la seule façon de mourir, c'était en t'aidant. Il t'a *aidée*, Sarah, il s'est sacrifié pour ta lignée. Tu avais sa bénédiction. Si tu avais obéi à An, c'est Chiyoko qui aurait la Clé de la Terre maintenant, c'est elle qui serait bien partie pour ga...

— TANT MIEUX ! hurle Sarah.

Elle ne sait pas ce qui est pire : avoir tué le garçon qu'elle avait aimé toute sa vie ou avoir saisi la Clé de la Terre au moment où elle jaillissait de Stonehenge.

— Chiyoko n'aurait pas dû mourir, murmure-t-elle. Pas de cette façon. C'était une trop bonne Joueuse, trop forte. Et je... je n'aurais pas dû le tuer. (Elle inspire à fond.) Jago... tout le monde... *tout le monde*... va mourir à cause de moi.

Sarah se roule en boule. Jago promène ses doigts le long de sa colonne vertébrale.

— Tu ne le savais pas, dit-il. Aucun de nous ne le savait. Tu as simplement fait ce que disait kepler 22b. Tu as Joué, c'est tout.

— Oui, *le jeu*, dit-il elle d'un ton sarcastique. Je pense qu'Aisling savait peut-être... Bon sang. Pourquoi est-ce qu'elle a loupé sa cible ? Pourquoi elle n'a pas abattu notre avion quand elle en avait l'occasion ?

Jago s'est interrogé lui aussi à propos d'Aisling, pas au sujet du Bush Hawk, mais de ce qu'elle essayait de leur dire.

— Si elle nous avait abattus, Christopher serait quand même mort, fait-il remarquer. Et nous deux aussi.

— Oui... dit Sarah, comme si ce scénario serait préférable à tout ce qui s'était passé depuis qu'ils avaient quitté l'Italie.

— Tu as Joué, c'est tout, répète Jago.

Ils restent muets pendant plusieurs minutes. Sarah se remet à pleurer, Jago continue à lui caresser le dos. Il est une heure du matin. Dehors il bruine, on entend le bruit des voitures et des camions qui passent dans la rue mouillée. De temps en temps, le grondement d'un avion qui va atterrir à Heathrow. Un sifflement lointain, sans doute un bateau. Une sirène de police. Le rire étouffé d'une femme ivre.

— Merde à kepler 22b, merde à Endgame et merde au jeu, crache Sarah dans le silence.

Elle arrête de pleurer. Jago laisse retomber sa main sous le drap. La respiration de Sarah se fait plus profonde, plus lente, et au bout de quelques minutes, elle s'endort.

Jago se lève tout doucement. Il va sous la douche, laisse l'eau couler sur son corps. Il revoit les yeux du jeune prodige des couteaux, leur expression au moment où la vie l'a quitté. Il se souvient de ce qu'il a ressenti en le regardant, en sachant qu'il avait pris cette vie. Il sort de sous la douche et se sèche, puis s'habille et quitte la chambre d'hôtel, tout cela sans un bruit. La porte se referme silencieusement derrière lui. Sarah n'a pas bougé.

— *Hola*, Sheila ! lance-t-il à la réceptionniste en arrivant dans le hall.

Il a mémorisé les noms de tous les employés de l'hôtel et du restaurant. Outre Sheila, il y a Pradeet, Irina, Paul, Dmitri, Carol, Charles, Dimple et 17 autres.

Ils sont tous condamnés.

À cause de Sarah. À cause de lui. À cause de Chiyoko, d'An et de tous les Joueurs.

À cause d'Endgame.

Jago sort dans Cromwell Road et relève sa capuche sur sa tête. Cromwell, pense-t-il. Le Lord Protecteur du Commonwealth anglais, puritain et haï, la terreur de l'interrègne. Un homme à ce point détesté et vilipendé que le roi Charles II avait fait exhumer son cadavre afin de pouvoir le tuer de nouveau. Son corps fut décapité et sa tête placée sur un pieu devant Westminster Hall, où elle demeura pendant des années pour que les gens puissent lui arracher la peau, cracher dessus et l'injurier, jusqu'à ce qu'il n'en reste plus qu'un crâne. Cette tête avait pourri à quelques kilomètres seulement de l'endroit où Jago marche cette nuit. Dans cette rue qui porte le nom de l'Usurpateur.

Voilà pourquoi ils combattent. Pour que des êtres diaboliques comme Cromwell, des libertins comme le roi Charles II, pour que la haine, le pouvoir et la politique perdurent et prospèrent sur Terre.

Il commence à se demander si cela en vaut la peine.

Mais il ne peut pas s'interroger. C'est interdit. « *Jugadores no se preguntan* », dirait Papi s'il entendait les pensées de Jago. « *Jugadores* juegan. »

Sí.

Jugadores juegan.

Jago fourre ses mains dans ses poches et marche en direction de Gloucester Road. Un homme de 15 centimètres et de 20 kilos de plus que lui tourne au coin de la rue et le bouscule. Jago fait un demi-tour sur lui-même, garde les mains dans les poches et lève à peine la tête.

— Hé, regarde où tu vas ! s'exclame le type.

Il sent la bière et la colère. Il passe une sale soirée et il cherche la bagarre.

— Désolé, mon pote, répond Jago en prenant l'accent du sud de Londres, et il poursuit son chemin.

— Ça te fait rire ? demande le type. Tu veux jouer les durs ?

Sans prévenir, il balance son poing, de la taille d'un grille-pain, vers le visage de Jago. Celui-ci se penche en arrière et le poing frôle son nez. L'homme frappe de nouveau, mais Jago fait un pas sur le côté.

— T'es rudement rapide, l'avorton, crache le type. Allez, sors les mains de tes poches, *mon pote*, et arrête de faire le mariole.

Jago sourit, dévoilant l'éclat de ses dents incrustées de diamants.

— Pas besoin.

Le type avance, Jago s'approche de lui en dansant, et d'un coup de talon, il lui écrase le pied. Le type pousse un hurlement et tente de l'agripper, mais Jago lui décoche un coup de pied dans le ventre. Le type se plie en deux. Jago a toujours les mains dans les poches. Il se retourne et s'éloigne vers le Burger King ouvert toute la nuit, un peu plus loin dans la rue, pour acheter deux cheeseburgers au bacon. Les Joueurs ont besoin de se nourrir. Même si l'une d'entre eux affirme ne plus vouloir prendre part au jeu. Il entend l'homme sortir quelque chose de sa poche et, sans se retourner, il dit :

— Tu devrais ranger ce couteau.

L'homme se pétrifie.

— Comment tu sais que j'ai un couteau ?

— Je l'ai entendu. Je l'ai senti.

— Mon cul, grommelle l'homme et il s'élance.

Jago ne prend pas la peine de sortir les mains de ses poches. Le métal argenté brille dans la lumière du lampadaire. Jago lève une jambe et la détend en arrière, en plein dans les côtes de son agresseur. Le couteau frôle Jago qui s'est penché en avant. Cette fois, son coup de pied atteint l'homme au menton. Puis il abat son pied sur la main qui tient le couteau. Le poignet de l'homme se retrouve cloué au sol, sous la chaussure de Jago. Le couteau tombe sur le trottoir. Jago shoote dedans. Il finit dans le caniveau. L'homme gémit. Ce sale petit gringalet lui a collé une raclée sans même ôter les mains de ses poches.

Jago sourit, fait demi-tour et traverse la rue.

Burger King.

Sí.

Jugadores juegan.

Mais ils ont aussi besoin de se nourrir.

Odem Pit'dah Bareket
Nofekh Sapir Yahalom
Leshem Shevo Ahlamah
Tarshish Shoham Yashfeh

HILAL IBN ISA AL-SALT, EBEN IBN MOHAMMED AL-JULAN

Église de l'Alliance, royaume d'Aksoum, Éthiopie septentrionale

Hilal gémit dans son sommeil. Il geint et tremble. Sa tête, son visage, son épaule et son bras droits ont été brûlés par la grenade incendiaire que lui a lancée le Nabatéen au moment où il se réfugiait sous terre. Eben l'a traîné à l'abri. Il a jeté des couvertures sur son corps pour étouffer les flammes et tenté de le calmer, il lui a injecté de la morphine.

Hilal a alors cessé de hurler.

L'électricité était coupée au moment de l'attaque, malgré le système auxiliaire. Eben a appelé Nabril à Addis-Abeba à l'aide d'une radio à dynamo, et Nabril lui a expliqué que cette panne de courant était le résultat d'une éruption solaire. Gigantesque. Comme il n'en avait jamais vu. Plus étrange encore, elle était concentrée sur Aksoum, juste au moment où Hilal écrivait son message destiné aux autres Joueurs. Juste au moment où le Donghu et le Nabatéen frappaient à la porte de la hutte. Tout cela était impossible. Les éruptions solaires perturbent de vastes régions, des continents entiers. Elles ne frappent pas avec une telle précision. Elles ne visent pas.

Impossible.

Sauf pour les Créateurs.

Eben y a réfléchi juste après l'embuscade en veillant Hilal à la lumière d'une lampe, assisté de deux Nethinim, muets l'un et l'autre. Ils ont étendu Hilal sur une civière, l'ont placé sous perfusion et l'ont descendu sept niveaux sous terre, sous la vieille église. Eben et les Nethinim ont baigné Hilal dans le lait de chèvre. Le liquide blanc a viré au rose. Des morceaux de chair carbonisée flottaient à la surface.

Ils ont prié en silence pendant qu'ils œuvraient, pendant qu'ils s'occupaient de Hilal. Et le sauvaient. La peau boursouflée. L'odeur de soufre, brutale, des cheveux qui se désagrègent. Et en arrière-plan, les effluves crémeux du mélange lait-sang.

Eben a pleuré en silence. Hilal était le plus beau des Joueurs aksoumites depuis 1 000 ans, depuis la fabuleuse Elin Bakhara-al-Poru. Hilal avait des yeux bleus, une peau parfaite et lisse, des dents droites et blanches, des pommettes hautes, un nez aplati aux narines parfaitement rondes, une mâchoire carrée et des cheveux aux boucles serrées qui encadraient son visage, régulier et juvénile. Il ressemblait à un dieu. Tout cela avait disparu. Brûlé. Hilal ibn Isa al-Salt ne serait plus jamais beau.

Eben a fait venir un chirurgien du Caire pour réaliser trois greffes de peau. Un ophtalmologiste de Tunis pour essayer de sauver l'œil droit de Hilal. Les greffes ont réussi sur un plan médical, mais Hilal restera repoussant. Un patchwork du beau garçon qu'il avait été. L'œil droit avait été sauvé, mais sa vue sera certainement affectée. Et il n'est plus bleu. Il est rouge désormais. Tout rouge, à l'exception de la pupille, d'un blanc laiteux.

« Il ne redeviendra jamais comme avant », a déclaré l'ophtalmologiste.

Il était si beau. Un roi pour les anges. Plus maintenant. Maintenant, il ressemble presque à un diable.

Eben pense : *Mais c'est notre diable.*

28

Presque une semaine s'est écoulée depuis l'attaque. Eben s'agenouille auprès de Hilal dans une austère chambre de pierre. Une petite croix en bois est accrochée au-dessus du lit. Contre un mur, il y a un modeste lavabo en porcelaine blanche. Des patères pour les vêtements. Un petit coffre renferme des draps et des bandages propres. Un crochet fixé dans la tête de lit sert à suspendre la perfusion. Sur un chariot sont posés un moniteur cardiaque, des fils et des électrodes. Les Nethinim, un homme et une femme, grands et forts tous les deux, montent la garde, silencieux et armés, près de la porte.

Hilal a dormi pendant tout ce temps. Parfois, il gémit, geint, tremble. Il est toujours sous morphine, mais Eben a commencé à le sevrer. Hilal a appris à vivre avec la douleur, et même si cette douleur sera plus intense, et plus longue que tout ce qu'il a connu, il va devoir s'y habituer s'il veut continuer Endgame.

S'habituer à plus de douleur. À son visage défiguré. À son nouveau corps.

S'il ne veut *pas* continuer, Eben a besoin de le savoir. Et pour cela, il faut que Hilal ait l'esprit clair.

D'où le sevrage.

Pendant que Hilal dormait, Eben a prié. Il a médité. Il s'est remémoré les paroles de Hilal : « Je peux me tromper », a-t-il dit avant que la morphine l'emporte. « L'Épreuve est peut-être inévitable. »

Eben sait que tel n'est pas le cas. Pas après ce que l'être a dit à la télévision. Pas après l'éruption solaire concentrée sur Aksoum. Les Créateurs sont intervenus. L'autre possibilité, c'est qu'il s'agisse d'un coup du Corrompu. La créature que les Aksoumites cherchent depuis des siècles. En vain. Celui que l'on nomme Ea.

Mais le Corrompu lui-même n'a pas le pouvoir de contrôler le soleil.

Alors, Eben en est sûr : ce sont les Créateurs.

Et Eben sait que c'est de la sauvagerie. Ils ont donné naissance aux humains et sont censés superviser notre extinction prochaine, remettre à zéro la pendule de la vie terrestre, et laisser la planète récupérer après les dégâts causés, mais Ils ne doivent pas intervenir dans le déroulement d'Endgame. Ce sont Eux qui ont établi ces règles et, maintenant, Ils les violent.

Signe que le moment est peut-être venu.

Le moment de découvrir ce qu'il y a à l'intérieur de l'arche, légendaire et pourtant bien réelle.

Il attend depuis qu'Oncle Moïse a simulé sa destruction, l'a cachée et a ordonné aux fils d'Aaron de la protéger coûte que coûte. Sans jamais la regarder ni l'ouvrir. Et il a déclaré : « Ne brisez le sceau que le jour du Jugement. »

Ce jour approche.

C'est la fin d'une ère.

Bientôt, les puissants Aksoumites vont assumer leurs responsabilités et découvrir le pouvoir qui réside entre les ailes dorées des chérubins de la gloire. Bientôt, Eben ibn Mohammed al-Julan va risquer la destruction au nom d'Endgame.

Quand Hilal reprendra conscience, Eben brisera l'alliance avec les Créateurs et verra si la lignée d'Aksoum peut leur rendre la monnaie de leur pièce.

En mars 1967, un spécialiste des interceptions travaillant pour le Service de sécurité de l'US Air Force a capté une communication entre un MIG-21 cubain de fabrication soviétique et son poste de commandement, au sujet d'une rencontre avec un ovni. Ce spécialiste a déclaré depuis que, lorsque le pilote avait ouvert le feu sur l'objet en question, le MIG et lui-même avaient été détruits par l'ovni. De plus, ce technicien affirme que tous les rapports, les enregistrements, les données de vol et les notes concernant cet incident ont été transmis à la National Security Agency, à la demande de celle-ci.

Comme on pouvait s'y attendre, l'agence a rédigé plusieurs mois plus tard un rapport, intitulé Ovnis : hypothèses et questions de survie. Déclassifié en octobre 1979, conformément à la loi sur la liberté d'information, ce rapport affirme que « l'approche scientifique laxiste a trop souvent pris le dessus dans le domaine des ovnis ». L'agence concluait que, quelles que soient les hypothèses envisagées en matière d'ovnis, « elles ont toutes de graves implications en termes de survie ».

ALICE ULAPALA

Knuckey Lagoon, Territoire du Nord, Australie

Il y a Alice, il y a Shari et il y a une petite fille coincée entre elles, effrayée et gémissante. Shari et Alice sont dos à dos, accroupies en position de combat, Alice armée de son couteau et d'un boomerang, Shari d'une longue canne métallique terminée par un enchevêtrement de clous. Les autres tournent autour d'elles, armés eux aussi ; ils roucoulent, gloussent, grognent et menacent. Derrière eux, il y a une meute de chiens aux yeux rouges et des hommes vêtus de noir, armés de fusils, de faux et de matraques. Au-dessus, tout là-haut, il y a un voile d'étoiles et les visages des keplers qui tendent leurs mains à sept doigts ; leurs corps fins comme des lames de rasoir sont immobiles et leurs rires moqueurs résonnent. En leur sein, il y a une distorsion de l'espace, semblable à un trou dans les étoiles. Mais avant qu'Alice puisse remarquer tout cela, les autres attaquent subitement, et la petite fille hurle. Alice lance son boomerang et enfonce son couteau dans la poitrine du garçon à la peau mate, court sur pattes, qui lui crache au visage et se met à saigner, pendant que la petite fille hurle, hurle, hurle et hurle.

Alice se redresse d'un bond dans son hamac ; elle agrippe les bords pour ne pas chavirer, ses cheveux ressemblent à une explosion obscure et sauvage, le clair de lune se reflète dans ses boucles sous forme de serpents blancs.

Elle prend sa respiration, se donne une claque, vérifie que ses boomerangs et son couteau sont toujours là. Ils sont nichés dans la colonne de bois, au-dessus de l'œillet qui retient une des extrémités du hamac.

Elle est sur la véranda de sa petite cabane près du lagon. Seule. Au-delà du lagon, il y a la mer de Timor. Derrière elle, de l'autre côté de la cabane, il y a le bush de l'immense Territoire du Nord. Le jardin d'Alice.

Elle est chez elle, elle médite, écoute le temps du rêve et suit la piste des chants avec son esprit. Elle pense aux ancêtres, à la mer, au ciel et à la terre. Elle est ici depuis que le kepler a diffusé son message les incitant à continuer et qu'elle a reçu un autre indice dans son sommeil. Celui-ci n'est pas une énigme ; il est explicite et direct, à défaut d'être parfaitement fixé.

Elle se demande si d'autres Joueurs ont obtenu de nouveaux indices. Si l'un d'eux a déjà deviné où elle se trouvait. Si l'un d'eux est en train de la viser à cet instant même avec une carabine de haute précision, de loin, silencieux et mortel.

— Allez vous faire foutre ! hurle-t-elle dans l'obscurité et sa voix se propage à travers le paysage aride.

Elle descend du hamac et marche d'un pas lourd jusqu'au bord de la véranda, elle remue les orteils, écarte ses bras.

— Je suis là, bande de tarés, tuez-moi !

Mais aucun coup de feu n'éclate.

Alice ricane et crache par terre. Elle se gratte les fesses. Elle observe la lumière éclatante de son indice, un signal mental. Elle sait exactement ce que c'est : l'endroit où se trouve Baitsakhan, le Donghu, le terrifiant gamin, celui qui veut tuer Shari et peut-être aussi cette fille qu'Alice ne cesse de voir dans ses rêves. Alice devine qu'il s'agit de la Petite Alice de Shari, mais pourquoi le Donghu, ou quiconque, souhaiterait sa mort, voilà ce qu'elle ne comprend pas. Pourquoi Petite Alice est importante, *si* elle est importante, cela demeure un mystère.

Quoi qu'il en soit, Grande Alice va trouver Baitsakhan et le tuer. Voilà comme elle va Jouer. Si ce faisant elle se rapproche d'une des trois clés d'Endgame, tant mieux. Dans le cas contraire, tant pis.

— Ce qui sera, sera, lâche-t-elle.

Une étoile filante traverse le firmament et disparaît dans le ciel à l'ouest.

Alice fait demi-tour, entre dans sa cabane et récupère le couteau planté dans le poteau en bois. Elle décroche un vieux téléphone fixe à touches, avec le cordon qui s'entortille. Elle compose un numéro et colle le combiné contre son oreille.

— Oï, Tim. Ouais, c'est Alice. Écoute, j'embarque sur un cargo demain matin, avant l'aube, et j'ai besoin que tu utilises tes talents inégalés pour localiser une certaine personne, OK ? Je t'ai peut-être parlé d'elle déjà. L'Harappéenne... Ouais, c'est elle. Chopra. Une Indienne. Oui, oui, je sais qu'il doit y avoir cent millions de Chopra dans ce pays, mais écoute-moi. Elle a entre dix-sept et vingt ans, sans doute plus près de la limite supérieure de cette fourchette. Et elle a une gamine. Pas un bébé, une gamine. Deux ou trois ans peut-être. C'est ça, le truc. La fille s'appelle Alice. Ça devrait faciliter les recherches... Oui, tu peux m'appeler à ce numéro quand tu l'auras trouvée. Je consulterai mes messages. OK, Tim. Porte-toi bien.

Elle raccroche et contemple le sac à dos sur son lit. Et le morceau de toile noire couvert d'armes.

Elle doit se préparer.

Et elle dit à ses Étudiants, ses Acolytes :

Vous pouvez le sentir.
Tout ce qui est bon est une façade.
Tout ce qui a de la valeur ne dure pas.
Si vous avez faim, vous mangez, et vous êtes repu, mais cette plénitude ne sert qu'à vous rappeler que vous aurez de nouveau faim plus tard. Si vous avez froid, vous allumez un feu, mais ce feu mourra, et le froid reviendra s'insinuer en vous. Si vous êtes seul, vous trouvez quelqu'un, mais ensuite ce quelqu'un se lasse de vous, ou vous vous lassez de lui et, tôt ou tard, vous vous retrouvez seul.

Le bonheur, la satisfaction, le contentement, tout cela crée un voile qui se répand en couche mince, mais convaincante, sur la souffrance. La douleur attend, toujours, dessous.

Tout ce que les enfants croient être, et toutes les choses auxquelles ils se consacrent – nourriture, sexe, divertissement, alcool, argent, aventure, jeux – n'existent que pour les isoler de la peur.

La peur est l'unique constante, c'est précisément pourquoi nous devrions l'écouter. L'étreindre. La garder. L'aimer.

La grandeur naît de la peur, Étudiants. Nous nous battrons en l'utilisant.
Et c'est en l'utilisant que nous gagnerons.

— S

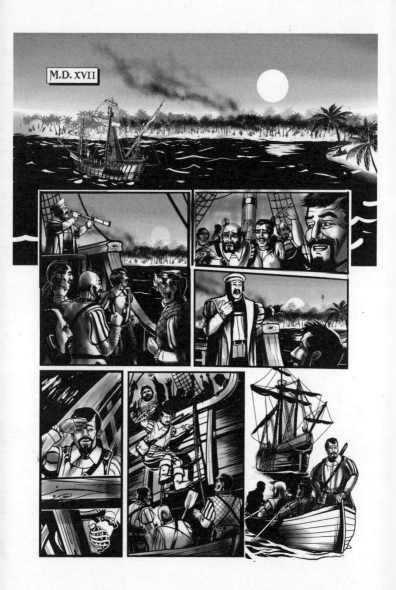

AN LIU

À bord du navire HMS Dauntless, destroyer type 45,
sur la Manche, 50.324, -0.873

Bip.
FRISSON.
Bip-bip.
FRISSON.
Bip-bip.
FRISSONCLIGNEFRISSONCLIGNE.
— CHIYOKO !
An Liu tente de se redresser, mais il est attaché.
Aux poignets, aux chevilles et *FRISSONclignecligne*
autour de la poitrine. Il regarde à gauche à droite
à gauche à droite. Son mal de tête le tue.
Tuer.
La douleur irradie dans son œil droit, sa tempe,
l'arrière de son crâne et sa nuque. Il ne se rappelle
plus comment il est arrivé ici. Il est allongé sur une
civière. Il voit un pied à perfusion, un chariot à roulettes et un moniteur respiratoire. *CLIGNEfrissoncligne*. Murs blancs. Plafond bas gris. Un néon
aveuglant au-dessus de lui. Un portrait encadré de
la reine Elizabeth. Une porte ovale avec un volant
au milieu. Et au-dessus, un quatre noir peint au
pochoir.
Il sent la pièce tanguer et il l'entend *cligneciligne*
l'entend craquer.
Un volant sur la porte.

La pièce tangue et craque dans l'autre direction. Il est sur un bateau.

— Ch-Ch-Ch-Chiyoko… bafouille-t-il tout bas.

— C'est comme ça qu'elle s'appelle ? Celle qui s'est fait écrabouiller ?

Une voix d'homme. *FRISSONcligneFRISSONcligne-clignecligne*. Elle vient d'au-dessus de sa tête, hors de son champ de vision. An soulève le menton, tire sur les sangles. Il roule des yeux jusqu'à ce que la douleur à l'intérieur de son crâne devienne insoutenable. Malgré ça *FRISSON* malgré ça il n'arrive pas à voir l'homme.

— Chiyoko, je me posais la question. (Il entend un crayon gratter du papier.) Merci pour l'info. La pauvre fille a été aplatie comme une crêpe.

Aplatie ? Qu'est-ce *FRISSONFRISSON* qu'est-ce qu'il *cligneclignecligne* qu'est-ce qu'il raconte ?

— N-n-n-ne dites pas…

— Un problème ? Tu as un truc dans la bouche ?

— N-n-n-ne dites pas son n-n-n-nom !

L'homme soupire et se rapproche un peu. An aperçoit juste le haut de son crâne. C'est un Blanc à la peau mate avec une tignasse de cheveux châtains, des sourcils droits très fins et un front creusé de profondes rides. Des rides qui ne sont pas dues à la vieillesse, mais qu'il a acquises à force de froncer les sourcils. De crier. De plisser les yeux. À force d'être britannique et beaucoup trop sérieux.

An a déjà *frissonCLIGNE* a déjà compris : Forces spéciales britanniques.

— Où-où-où ça ?

FRISSONFRISSONFRISSONcligneFRISSON. Ça n'a pas *FRISSON* ça n'a pas été aussi fort *FRISSON-FRISSONFRISSON*…

Les tremblements n'ont jamais été aussi forts depuis la nuit où Chiyoko l'a abandonné dans le lit. Sa tête s'agite de droite à gauche, ses jambes tremblent encore et encore. *FRISSONcligneFRISSON-cligne*. Il a besoin de *clignecligneclignecligne* la voir. Ça le calmera.

— Tu es un petit nerveux, dit l'homme en venant se placer sur le côté de la civière. Tu veux savoir où est ta copine, c'est ça ?

— Ou-ou-ou-ou-ou-

An reste bloqué sur ce son. Son esprit et sa bouche fonctionnent en boucle.

— Ou-ou-ou-ou-ou-ou-ou-

L'homme pose la main sur son bras. Elle est chaude. L'homme est plus maigre qu'il ne s'y attendait. Ses mains sont trop grosses pour son corps.

— Moi aussi, j'ai des questions. Mais on pourra parler seulement quand tu te seras calmé. (L'homme se retourne pour prendre une seringue sur un plateau tout proche. An entrevoit une étiquette : sérum #591566.) Essaye de respirer lentement, mon gars.

Il relève la manche gauche d'An.

— Ça fait pas mal.

Non !

FRISSONcligneclignecligneFRISSONFRISSON.

Non !

— Respire lentement.

An convulse. Il sent le produit qu'on lui injecte couler dans son bras, jusqu'à son cœur, son cou, sa tête. La douleur disparaît. Une obscurité fraîche envahit son cerveau, comme les vagues à l'extérieur qui font tanguer le bateau, d'avant en arrière, d'avant en arrière. An sent que la drogue l'entraîne sous la surface, dans l'océan obscur. Il est suspendu. Il ne pèse plus rien. Plus de *frissons*. Ses yeux ne *CLIGNENT* plus. Tout est tranquille et sombre. Calme. Serein.

— Tu peux parler ?

La voix de l'homme résonne comme si elle provenait de l'intérieur de l'esprit d'An.

— Ou-oui, répond-il sans peine.

— Parfait. Tu peux m'appeler Charlie. C'est quoi ton nom, mon gars ?

An ouvre les yeux. Sa vision est trouble sur les côtés, mais ses sens sont étrangement affûtés. Il sent chaque centimètre carré de son corps.

— Je suis An Liang.

— Non. C'est quoi ton vrai nom ?

An veut tourner la tête, sans y parvenir. On l'a ligoté plus solidement. Une sangle en travers du front ? Ou est-ce la drogue ?

— Chang Liu, essaye-t-il.

— Non. Si tu mens encore une fois, je ne te dirai rien sur Chiyoko. Tu peux me croire.

An se met à parler, mais l'homme plaque sa grosse main sur sa bouche.

— Je parle sérieusement. Tu continues à mentir et on arrête tout. Adieu Chiyoko, et toi aussi. Compris ?

An ne pouvant absolument pas hocher la tête, il écarquille les yeux. *Oui, il comprend.*

— Tu es un gentil garçon. Alors, comment tu t'appelles ?

— An Liu.

— C'est mieux. Tu as quel âge ?

— Dix-sept ans.

— Tu viens d'où ?

— De Chine.

— Sans blague. Où en Chine ?

— Plusieurs endroits. Le dernier, c'était à Xi'an.

— Que faisais-tu à Stonehenge ?

An sent un picotement dans l'oreille. Un grattement tout proche.

— Je voulais aider Chiyoko.

— Parle-moi de Chiyoko. Quel est son nom de famille ?

— Takeda. C'était la Mu.

Un silence.

— La Mu ?

— Oui.

— C'est quoi, ça ?

— Je sais pas bien. Un peuple ancien. Plus vieux que vieux.

An perçoit de nouveau le scritch-scratch. Il reconnaît le bruit cette fois. Un détecteur de mensonges.

— Il ne ment pas, dit l'homme. Je ne sais pas de quoi il parle, mais il ne ment pas.

An capte une voix métallique dans une oreillette. Une personne les observe et les écoute. C'est elle qui donne des instructions à Charlie, l'homme aux grosses mains et au front ridé.

— C'est quoi vous injectez en moi ? demande An.

— Un sérum top secret, mon gars. Si je t'en dis davantage, je serai obligé de te tuer. Et c'est pas toi qui poses les questions pour l'instant. Plus tard. Commence par répondre aux miennes. Marché conclu ?

— Oui.

— Tu voulais aider Chiyoko, mais à quoi faire ?

— Trouver la Clé de la Terre.

— C'est quoi, la Clé de la Terre ?

— Un élément d'une énigme.

— Quel genre d'énigme ?

— L'énigme d'Endgame.

— C'est quoi, Endgame ?

— Le jeu de la fin des temps.

— Et tu joues à ce jeu ?

— Oui.

— Chiyoko y jouait aussi ?

— Oui.

— C'était une Mu ?

— Oui.

— Et toi, tu es quoi ?

— Shang.

— C'est quoi, Shang ?

— Shang était père de mon peuple. Shang, c'est mon peuple. Shang, c'est moi. Je suis Shang. Je hais Shang.

Charlie note quelque chose sur un bloc qu'An ne voit pas.

— À quoi sert la Clé de la Terre ?

— Je sais pas. Rien peut-être.

— Il y a d'autres clés ?

— Oui. C'est une des trois.

— La Clé de la Terre était à Stonehenge ?

— Je crois. Pas sûr.

— Où sont les deux autres clés ?

— Je sais pas. C'est dans le jeu.

— Endgame ?

— Oui.

— Qui mène le jeu ?

An ne peut s'empêcher de prononcer ces mots :

— Eux. Les Créateurs. Les dieux. Ils ont plein de noms. Un nommé kepler 22b nous a parlé d'Endgame.

Ce sérum, ou quelle que soit cette chose qu'ils lui ont injectée, chatouille les synapses de son cortex frontal. C'est une drogue très efficace. Charlie lui colle une photo devant les yeux. Il s'agit de l'homme qui a fait l'annonce diffusée sur tous les écrans du monde – téléviseurs, téléphones portables, tablettes, ordinateurs… – après la transformation de Stonehenge, après que ce faisceau de lumière était monté au ciel comme une fusée.

— As-tu déjà vu cette personne ?

— Non. Attendez. Peut-être.

— Peut-être ?

— Oui... oui, j'ai déjà vu elle. C'est déguisement. Peut-être c'est kepler 22b. Ou peut-être pas lui... elle... pas une vraie personne.

Charlie éloigne la photo. Il la remplace par une image de Stonehenge. Pas tel qu'autrefois, pittoresque, ancien et mystérieux, mais sous son nouvel aspect : dévoilé et transformé. Une tour de pierre, de verre et de métal, irréelle, qui se dresse à cent pieds du sol. Les pierres séculaires qui marquaient cet emplacement gisent devant la tour, éparpillées comme des cubes abandonnés par un enfant.

— Parle-moi de ça.

An ouvre de grands yeux. Ses souvenirs de Stonehenge s'arrêtent avant l'apparition de cette chose.

— Je sais rien de ça. Je peux poser question ?

— Tu viens de le faire, mais vas-y.

— C'est Stonehenge ?

— Oui. Comment c'est arrivé ?

— Je sais pas. Pas souvenir.

Charlie se redresse.

— Je m'en doutais. On t'a tiré dessus, tu t'en souviens, de ça ?

— Non.

— Une balle dans la tête. Tu as fait une commotion cérébrale, sérieuse. Coup de chance, tu as une plaque de métal à l'intérieur du crâne. Enveloppée de Kevlar. C'est ce qui s'appelle prévoir.

— Oui. Coup de chance. Encore question ?

— Vas-y.

— Vous pouvez dire ce qui s'est passé ?

Charlie ne répond pas tout de suite, il écoute ce que la petite voix lui dit dans son oreillette.

— On ne sait pas trop. Tu as reçu une balle dans la tête, ça c'est sûr. Une balle d'un genre particulier, que seules quelques personnes ont déjà vue. Et tu tenais dans ta main le bout d'une corde qui menait au cadavre d'un jeune homme. Ce qu'il en restait plus exactement. Au-dessus de la poitrine, tout avait explosé. Il ne restait que l'abdomen et les jambes.

An se souvient. Il y avait ce garçon autour duquel il avait mis la corde avec la bombe. Il y avait l'Olmèque. Il y avait la Cahokienne.

— Ta petite amie, Chiyoko...

— Pas prononcer son nom. Son nom est mon nom maintenant.

Charlie foudroie An du regard. Ses yeux sont bleus, puis verts, puis rouges. C'est la drogue, se dit An. La bonne drogue.

— Chiyoko, répète Charlie en insistant sur ce nom, avec une délectation qui blesse An. Elle était juste à côté de toi. Une des pierres lui est tombée dessus quand cette chose a jailli de terre. Elle a eu les deux tiers du corps écrasés. Elle est morte sur le coup. On a dû ramasser les morceaux à la pelle.

— Elle à côté de moi ? demande An. (Ses paupières s'agitent.) Après on me tire dessus ?

— Oui. C'est elle qui t'a tiré dessus ?

— Non.

— Qui alors ?

— Je sais pas. Il y avait deux autres.

— C'est ces deux-là qui avaient les balles en céramique et polymère ?

— Je sais pas. Les pistolets étaient blancs, alors peut-être.

— Comment ils s'appellent ?

— Sarah Alopay et Jago Tlaloc, répond An, obligé de faire un gros effort pour prononcer ces noms étrangers.

— Ils participent à ce jeu, eux aussi ?

— Oui.

— Pour qui ?

An se remet à battre des cils.

— P-p-pour leurs l-l-l-lignées. Elle est cahokienne. Il est olmèque.

Sa tête tressaute. Une douleur nouvelle traverse son bulbe rachidien en grésillant. L'effet de la drogue s'estompe. Charlie approche une autre photo du visage d'An. Deux clichés de surveillance.

— C'est ces deux-là ?

An plisse les yeux.

— Ou-oui.

FRISSON.

— Bien.

Charlie murmure des paroles indistinctes dans un micro.

Bip. Bip-bip. Bip. Bip-bip.

Le moniteur cardiaque. An découvre d'autres détails de la salle. Les contours de son champ de vision ne sont plus flous. Il remonte à la surface de l'eau noire. Les *FRISSONS* réapparaissent.

— Où est Ch-Chi-Chiyoko ?

— Je peux pas te le dire, mon gars.

— Sur ce bateau ?

— Je peux rien dire.

— Je p-p-p-peux la voir ?

— Non. À partir de maintenant, tu n'as plus que moi. Personne d'autre. Rien que toi et moi.

— Oh.

La tête d'An tressaute. Ses doigts dansent.

— Vous-vous-vous…

Sa voix meurt, il renonce. Dans un murmure, il dit :

— Le jeu, vous comprenez…

— Quoi donc ?

— Vous mourrez tous, dit An, si bas que Charlie l'entend à peine.

— Quoi ? fait-il en approchant son oreille.

— Vous mourrez tous, articule An, encore plus bas.

Charlie se penche au-dessus de lui. Leurs visages sont à moins d'un demi-mètre l'un de l'autre. Charlie plisse les paupières, son front se creuse. An a les yeux fermés. La bouche ouverte. Charlie répète :

— « Vous mourrez tous » ? C'est ça que tu as...

An mord de toutes ses forces. Un bruit de plastique qui se fend s'échappe de l'intérieur de sa bouche. Ça, Charlie l'entend distinctement. An souffle en émettant un sifflement de ballon crevé et un nuage de gaz orangé jaillit de derrière ses dents, au visage de Charlie. Celui-ci écarquille les yeux, qui se remplissent de larmes, il ne peut plus respirer. Son visage le brûle, sa peau est en feu, sur tout le corps ; il a l'impression que ses yeux sont en train de fondre et que ses poumons rétrécissent. Il bascule vers l'avant, sur la poitrine d'An. Il suffit de 4,56 secondes, après quoi An rouvre les yeux.

— Oui, dit-il. V-v-v-vous mourrez tous.

Il crache la fausse dent. Il lui a fallu des années pour être immunisé contre le poison qu'elle renferme. Elle rebondit sur le sol métallique avec un bruit sec. La petite voix hurle dans l'oreillette de Charlie. Deux secondes plus tard, une alarme retentit ; elle résonne à travers la coque métallique du bateau. Les lumières s'éteignent. Une lumière rouge s'allume.

La pièce tangue et grince. Tangue et grince.

Je suis sur un bateau.

Je suis sur un bateau et je dois m'enfuir.

L'avenir est un jeu.
Le temps, une des règles.

MACCABEE ADLAI, BAITSAKHAN
Hôtel Tizeze, Addis-Abeba, Éthiopie

— C'est moi, dit Maccabee Adlai, Joueur de la 8ᵉ lignée, dans un micro sans fil presque invisible, en employant une langue que seules 10 personnes dans le monde comprennent. *Kalla bhajat niboot scree.*

Ces mots sont intraduisibles. Ils sont plus qu'anciens, mais la femme à qui ils s'adressent les comprend.

— *Kalla bhajat niboot scree*, répète-t-elle.

Ils ont établi leur identité respective.

— Ton téléphone est sécurisé ? demande-t-elle.

— Je pense. Mais quelle importance ? La fin est proche.

— Les autres pourraient te retrouver.

— J'emmerde les autres. De toute façon, ajoute Maccabee en refermant sa main autour du globe de verre dans sa poche, je les verrai venir. Écoute, Ekaterina. (Il a toujours appelé sa mère par son prénom, même enfant.) J'ai besoin de quelque chose.

— Tout ce que tu veux, mon Joueur.

— J'ai besoin d'une main. Mécanique. En titane. Avec ou sans peau, je m'en fiche.

— Neurologiquement connectée ?

— Si ça peut être fait rapidement.

— Ça dépend de la blessure. Je le saurai en la voyant.

— Où ? Quand ?

Ekaterina réfléchit.

— Berlin. Dans deux jours. Je t'enverrai l'adresse par SMS demain.

— Très bien. Écoute-moi. Cette main n'est pas pour moi.

— Entendu.

— Elle n'est pas pour moi et j'ai besoin que tu mettes quelque chose à l'intérieur. Caché.

— Entendu.

— Je t'envoie les spécifications et le code sur le botnet crypté M-N-V-huit-neuf.

— Entendu.

— Répète, demande Maccabee à sa mère.

— M-N-V-huit-neuf.

— Tu les recevras vingt secondes après la fin de cet appel. Le nom du dossier est *dogwood jeer*.

— Compris.

— Rendez-vous à Berlin.

— Oui, mon fils, mon Joueur. *Kalla bhajat niboot scree.*

— *Kalla bhajat niboot scree.*

Maccabee coupe la communication. Il se connecte à une application satellite sur son téléphone, la lance et appuie sur « envoi ». *Dogwood jeer* est parti. Il éteint son téléphone, ôte la batterie et la jette dans une poubelle près de la réception de l'hôtel. Il tient le téléphone entre ses mains et, alors qu'il marche vers la boutique de cadeaux, il le brise en deux. Il se dirige vers une armoire réfrigérée remplie de sodas et ouvre la porte. Le froid le frappe en plein visage. Il aspire l'air dans ses poumons. C'est bon.

Il plonge la main au fond de l'armoire pour prendre deux Coca et lâche son téléphone, qui dégringole bruyamment derrière les claies.

Il paie les Coca et remonte dans sa chambre.

Baitsakhan est assis au bord du canapé dans la suite junior, le dos bien droit, les yeux fermés. La bande de gaze qui enveloppe le moignon de son poignet est constellée de taches de sang séché. Il serre le poing droit.

Maccabee ferme la porte.

— Je t'ai rapporté un Coca.

— J'aime pas ça.

— Évidemment.

— Jalair aimait le Coca.

J'aimerais mieux Jouer avec lui, pense Maccabee. Il débouche sa bouteille, qui émet un petit sifflement, et il boit une gorgée. Le soda lui chatouille la langue et la gorge. Quel délice.

— On va à Berlin, Baits.

Baitsakhan ouvre ses yeux d'un marron profond et regarde Maccabee.

— Le vent ne me pousse pas dans cette direction, mon frère.

— Si.

— Non. On doit tuer l'Aksoumite.

— Faux.

— Vrai.

Maccabee sort le globe de sa poche.

— Inutile. Hilal est presque mort. Il n'ira nulle part. En plus, sa lignée sera là, pour le protéger. Ce serait un suicide d'y retourner. Mieux vaut attendre. S'il meurt, ça nous évitera un voyage.

— À qui le tour alors ? L'Harappéenne ? Pour venger Bat et Bold ?

Maccabee s'approche de Baitsakhan et tapote doucement son moignon. Il sait que ça doit faire mal, mais le Donghu serre les dents sans rien dire.

— Elle est trop loin, Baits. Il y en a d'autres beaucoup plus près... D'autres qui détiennent la Clé de la Terre. D'autres qui suivent les règles du jeu. Tu te souviens de ce que nous a montré le globe, hein ?

— Oui. Ce monument de pierre. Et cette Sarah qui s'empare de la première clé. Oui... tu as raison.

Maccabee pense : *Jamais je ne l'ai entendu pro-noncer des paroles qui ressemblent autant à des excuses.*

— C'est eux qu'il faut retrouver, dit Baitsakhan.

— Content que tu sois de mon avis. Mais chaque chose en son temps. Il faut d'abord soigner ta main.

— Je veux pas qu'on la soigne. Pas besoin.

Maccabee secoue la tête.

— Tu ne veux plus te servir de ton arc ? Conduire un cheval et manier l'épée en même temps ? Étrangler l'Harappéenne à deux mains au lieu d'une seule ?

— C'est plus possible.

— Tu as déjà entendu parler de la neurocon-nexion ? Les prothèses intelligentes ?

Baitsakhan plisse le front.

— Ma parole, dit Maccabee, ta lignée et toi, vous vivez dans un autre siècle. Ce que je veux te dire, c'est qu'on va te donner une nouvelle main. Encore mieux que l'ancienne.

Le Donghu lève son moignon.

— Ça se passe où, cette magie ?

Maccabee ricane.

— À Berlin. Dans deux jours.

— Parfait. Et ensuite ?

— Ensuite, on se sert de ça, répond le Nabatéen en brandissant le globe que Baitsakhan ne peut pas toucher. Pour retrouver la Cahokienne et l'Olmèque, et leur prendre la Clé de la Terre.

Baitsakhan ferme les yeux et inspire à fond.

— On part chasser.

— Oui, mon frère. On part chasser.

« Les spéculations continuent à aller bon train au sujet de ce qui s'est passé à Stonehenge dans le sud de l'Angleterre. Voilà bientôt une semaine que des habitants du coin ont déclaré avoir vu, avant l'aube, un faisceau lumineux s'élever dans le ciel à toute allure, quelques secondes seulement après une succession d'explosions retentissantes. Compte tenu de l'aspect mystérieux de ce très ancien monument, les gens n'hésitent pas à désigner toutes sortes de responsables, des extraterrestres aux agences gouvernementales secrètes, en passant par les Morlocks, des sortes de troglodytes vivant sous terre, oui, vous avez bien entendu. Nous rejoignons maintenant Mills Power, le correspondant de Fox News qui se trouve à Amesbury, non loin de la zone en question, depuis que la nouvelle a éclaté. Mills ?

— Bonjour, Stephanie.

— Pouvez-vous nous dire ce qui se passe ?

— La situation est extrêmement chaotique ici. Ce petit village pittoresque est envahi. Des véhicules officiels ne cessent d'arriver sur le site et d'en repartir, les hélicoptères se bousculent dans le ciel. Une source anonyme m'a indiqué que trois drones Predator de la CIA ou du MI6 sillonnaient les environs vingt-quatre heures sur vingt-quatre. Tout le secteur a été bouclé et un groupe d'intervention composé de Britanniques, de Français, d'Allemands et d'Américains a même recouvert le site d'une sorte d'immense chapiteau de cirque blanc.

— Il est donc impossible d'apercevoir la cause de ce prétendu faisceau de lumière ?

— Exactement, Stephanie. Mais il ne s'agit pas d'un « prétendu faisceau ». Fox News a pu se procurer quatre vidéos différentes de ce phénomène, filmées par des smartphones, comme vous pouvez le voir sur ces images.

— Ouah… c'est la première fois que je vois…

— Oui. C'est très impressionnant. Sur cette vidéo, on voit nettement le faisceau s'élever dans les airs, apparemment depuis un endroit de Stonehenge baptisé la Pierre-Talon. Mais le plus étrange, Stephanie, c'est que les quatre smartphones ont cessé de filmer en même temps, alors que leurs propriétaires essayaient de continuer à enregistrer...

— Stonehenge est... était... une sorte d'attraction touristique, Mills. En dehors des personnes qui ont tourné ces vidéos, quelqu'un était-il présent sur le site lui-même ? Y a-t-il des témoins oculaires ?

— Comme je vous le disais, toutes les informations sont gardées sous le manteau ici, ou sous la toile, devrais-je dire. Selon certaines rumeurs, plusieurs personnes seraient retenues par les autorités, certaines se trouveraient à bord du HMS *Dauntless*, un destroyer de la Royal Navy qui croise actuellement dans la Manche. Évidemment, une porte-parole de l'armée a refusé de confirmer ou de nier ces rumeurs, en prétextant qu'une enquête était en cours. Quand on cherche à connaître l'objet de cette enquête, la réponse est toujours la même, je cite : "Des faits inattendus survenus sur le site et autour de Stonehenge." C'est tout. Une chose est sûre cependant : les autorités ne veulent pas que les gens sachent ce qui s'est passé ici.

— Oui, c'est... c'est évident. Merci mille fois, Mills. Surtout, tenez-nous informés dès qu'il y aura du nouveau.

— Je n'y manquerai pas, Stephanie.

— À suivre sur Fox News, la crise en Syrie et une histoire réconfortante en provenance d'Al-Aïn aux Émirats arabes unis, lieu d'impact de la météorite... »

AISLING KOPP

*Aéroport international John F. Kennedy, terminal 1,
hall d'immigration, Queens, New York*

Aisling Kopp découvrit la zone d'impact en arrivant, à travers un des hublots de l'avion. La cicatrice noire creusée au cœur de la ville, dix fois plus dévastatrice que toutes les images de l'attentat kamikaze de 2001.

Mais quelque chose avait changé.

Non pas que le site ait été déblayé ou comblé, cela prendrait des décennies. Le changement se trouvait au centre du cratère, à l'endroit même de l'impact. À la place des gravats et des cendres, il y avait maintenant un point blanc tout propre.

Une tente. Semblable à celle qui cachait ce qui s'était passé à Stonehenge. Ce que la Cahokienne et l'Olmèque avaient fait subir à ces très anciennes ruines celtes.

Un des lieux sacrés de *sa* lignée. Un ancien centre de pouvoir laténien.

Utilisé. Détruit. Et recouvert.

Ces tentes blanches sont des signaux pour Aisling. Les gouvernements ont peur, ils sont ignorants, ils tâtonnent. Comme ils ne peuvent pas remédier à ce qui s'est passé – les météorites, Stonehenge –, ils cachent les dégâts en attendant de comprendre.

Mais ils ne comprendront jamais.

Quelques minutes après que l'avion avait décrit un arc de cercle au-dessus du Queens, elle a vu autre chose. Une chose qu'elle *voulait* voir. Là, à Broad Channel, sur cette parcelle de terre qui relie la péninsule de Rockaway au Queens. La maison de Pop. Le pavillon couleur turquoise situé dans West 10th Road, toujours debout, après que la météorite s'était abattue à plusieurs miles au nord, tuant 4 416 personnes et faisant deux fois plus de blessés. Cela aurait pu être bien pire si la météorite ne s'était pas écrasée sur un cimetière. Les morts avaient été les plus touchés par l'impact.

Aisling était toujours en vie. Et sa maison est toujours debout.

Pour combien de temps encore, elle l'ignore. Combien de temps JFK restera-t-il debout ? Et les tentes blanches du gouvernement ? Tout le reste ?

L'Épreuve approche. Aisling sait quand, mais pas où. Si l'Épreuve se concentre sur les Philippines, la Sibérie, l'Antarctique ou Madagascar, alors la maison de bois de Pop survivra. New York survivra, JFK survivra.

Mais si elle frappe n'importe où dans l'Atlantique Nord, des vagues colossales s'abattront sur la côte, emportant toutes les maisons sur des miles et des miles. Si l'Épreuve frappe sur Terre, si elle frappe New York, sa maison s'embrasera en une poignée de secondes.

Elle est convaincue que l'Épreuve, où qu'elle survienne, prendra la forme d'un astéroïde. Forcément. C'est ce qu'elle a vu sur les peintures anciennes au-dessus de Lago Belviso. Le feu venu d'en haut. La mort venue du ciel, comme la vie et la conscience. Un énorme bloc de fer et de nickel, aussi vieux que la Voie lactée, qui s'écrasera sur Terre et annihilera la vie pour des millénaires. Un intrus cosmique aux proportions gigantesques. Un meurtrier.

Voilà ce que sont les keplers. Des meurtriers.

Et moi aussi. En théorie.

Elle avance dans la longue et lente file des services d'immigration.

Pourquoi n'a-t-elle pas tué la Cahokienne et l'Olmèque quand elle en avait l'occasion ? Peut-être aurait-elle pu tout arrêter ? Peut-être avait-elle eu, durant ce court instant, le pouvoir de mettre fin à Endgame.

Peut-être.

Elle aurait dû tirer et s'interroger ensuite.

Elle était faible.

« Tu dois être forte dans Endgame », lui répétait Pop. Avant même qu'elle soit éligible. « Forte dans tous les domaines. »

Je dois être plus forte pour tout arrêter, se dit-elle. *Je ne serai plus jamais faible.*

— Personne suivante ! Guichet trente et un ! lance une Indienne vêtue d'une veste bordeaux, interrompant le fil des pensées apocalyptiques d'Aisling.

La femme a des yeux souriants, des lèvres sombres et des cheveux de jais.

— Merci, dit Aisling.

Elle sourit à l'Indienne, elle regarde tous ces gens rassemblés dans cette grande salle, des gens venus du monde entier, des gens de toutes tailles, toutes silhouettes, toutes couleurs, riches et pauvres. Elle a toujours aimé la zone d'immigration de JFK pour cette raison. Dans la plupart des autres pays, il y a toujours un certain type de personnes qui domine, mais pas ici. Elle a presque la nausée en songeant que tout cela va disparaître. Tous ces gens issus de milieux si différents ne pourront plus sourire, rire, attendre, respirer, vivre.

Quand le découvriront-ils ? se demande-t-elle. *Au moment où cela se produira ? Une fraction de seconde avant la fin ? Des heures avant ? Des semaines ? Des mois ? Demain ? Aujourd'hui ?*

Aujourd'hui. Ce serait intéressant. Très intéressant.

Le gouvernement aurait besoin de beaucoup plus de tentes blanches.

Aisling arrive devant le guichet 31. Une seule personne fait la queue devant elle. Une Afro-Américaine athlétique en survêtement bleu roi, portant de grosses lunettes de soleil à la mode.

— Suivant ! lance l'agent des services d'immigration.

La femme franchit la ligne rouge pour s'approcher du guichet. Les formalités durent 78 secondes.

— Suivant !

Aisling s'approche à son tour, son passeport à la main. L'agent est un homme d'environ 60 ans avec des lunettes carrées et une calvitie. Sans doute compte-t-il les jours qui le séparent de la retraite. Aisling lui tend son passeport usé et tamponné des dizaines de fois, mais, pour elle, il est tout neuf. Elle l'a récupéré dans une « boîte aux lettres » à Milan, Via Fabriano, quelques heures seulement avant de se rendre à l'aéroport de Malpensa. Pop le lui a fait parvenir par coursier 53 heures plus tôt. Il est au nom de Deandra Belafonte Cooper, un nouveau nom d'emprunt. Deandra est née à Cleveland. Elle a voyagé en Turquie, aux Bermudes, en Italie, en France, en Pologne, en Israël, en Grèce et au Liban. Pas mal pour une jeune femme de 20 ans.

Oui, 20 ans. Si les météorites avaient frappé quelques semaines plus tard seulement, elle aurait dépassé l'âge limite. Mais Aisling a fêté son anniversaire planquée dans cette caverne. « Fêter » est un bien grand mot, étant donné qu'elle s'est contentée d'un écureuil rôti à la broche, accompagné d'eau de source de montagne glacée. Elle s'est quand même offert quelques morceaux de sucre après ce festin, et deux petites gorgées de bourbon du Kentucky contenu dans une flasque. Mais ce n'était pas vraiment la fête.

— Vous avez beaucoup voyagé, dit l'agent des services d'immigration en feuilletant son passeport.

— Oui, j'ai pris une année sabbatique avant l'université. Et ça s'est transformé en deux années, dit Aisling en se balançant d'un pied sur l'autre.

— Vous rentrez à la maison ?

— Ouais. Breezy Point.

— Ah, une fille du coin.

— Ouais.

L'agent introduit le passeport dans le scanner. Il repose le petit carnet bleu. Et se met à taper sur son clavier. Il a l'air de s'ennuyer à mourir, mais il est heureux en même temps : la retraite approche. Soudain, ses mains s'immobilisent au-dessus du clavier, une courte seconde. Il plisse les yeux, à peine, et modifie sa posture.

Il se remet à taper.

Aisling est devant lui depuis 99 secondes quand il dit :

— Mademoiselle Cooper, je vais vous demander de vous mettre sur le côté et d'aller voir mes collègues là-bas.

Aisling feint de s'inquiéter.

— Un problème avec mon passeport ?

— Non, il ne s'agit pas de ça.

— Je peux le reprendre, alors ?

— Non, je crains que ça ne soit pas possible. S'il vous plaît... (Il tend la main et place l'autre sur la crosse de son pistolet dans son étui.) Allez là-bas.

Aisling aperçoit les agents du coin de l'œil : deux hommes, en treillis, armés de M4 et de pistolets Colt. L'un des deux tient en laisse un imposant berger allemand qui halète joyeusement.

— Vous allez m'arrêter ?

L'agent libère son arme, sans la dégainer. Aisling se demande s'il a déjà connu un moment aussi excitant au cours de ses 20 ans de carrière.

— Je ne vous le répéterai pas, mademoiselle. Allez voir mes collègues.

Aisling lève les mains et ouvre de grands yeux, elle fait monter les larmes pour ressembler à Deandra Belafonte Cooper, la non-Joueuse grande voyageuse, dans une telle situation : effrayée et fragile.

Elle tourne le dos au guichet et se dirige vers les deux hommes, d'un pas hésitant. Ils n'y croient pas. Ils reculent même d'un pas. Le chien se lève sur ses quatre pattes lorsque son maître lui murmure quelque chose. Ses oreilles se dressent, sa queue se tend, les poils de son cou se hérissent. L'autre homme braque son fusil sur elle et ordonne :

— Par ici. Vous d'abord. Pas besoin d'une scène mais vos mains doivent rester visibles.

Aisling arrête la comédie. Elle se tourne, met ses mains derrière son dos, juste sous son sac, et accroche ses pouces.

— Ça va, comme ça ?

— Oui. Marchez droit devant vous. Il y a une porte au fond de la salle, dessus c'est marqué « E-un-un-sept ». Elle s'ouvrira quand vous arriverez devant.

— Je peux poser une question ?

— Non, mademoiselle, vous ne pouvez pas. Avancez.

Elle avance.

En se demandant s'ils vont la placer sous une tente blanche, elle aussi.

— Tango Whisky X-Ray, ici Hotel Lima, à vous.

— Tango Whisky X-Ray, on vous reçoit.

— Hotel Lima confirme identifications Nighthawks Un et Deux. Bonne nuit. Je répète : bonne nuit. Terminé.

— Bien reçu, Hotel Lima. Bonne nuit. Protocole ?

— Protocole Démolition fantôme. Terminé.

— Bien reçu, Démolition fantôme. Équipes Un, Deux et Trois en position. On a un visuel ?

— Visuel en ligne. Opé à zéro-quatre-cinq-cinq Zulu.

— Opé à zéro-quatre-cinq-cinq Zulu, bien reçu. Rendez-vous de l'autre côté.

— Bien reçu, Tango Whisky X-Ray. Hotel Lima terminé.

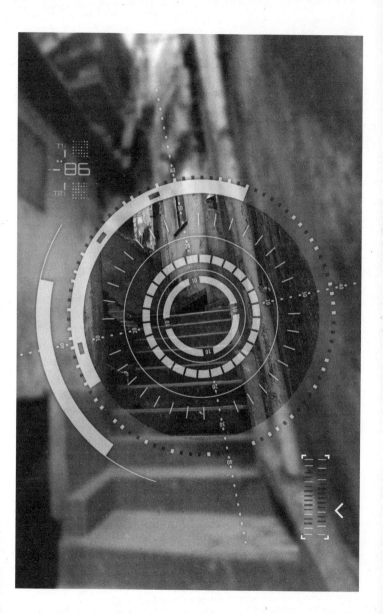

JAGO TLALOC, SARAH ALOPAY

Crowne Plaza Hotel, suite 438, Kensington, Londres

Toute la journée, ils laissent les infos en fond sonore. Jago s'entretient avec Renzo pour organiser leur transport, pendant que Sarah prépare son sac, bien qu'ils n'aient pas beaucoup d'affaires. Quand il en a terminé avec Renzo, Jago détaille une fois de plus leur plan d'urgence. Leur itinéraire emprunte les tunnels du métro tout proche et les égouts. Sarah l'écoute, mais Jago voit bien qu'elle a la tête ailleurs. Ils mangent encore du Burger King, pour le petit déjeuner cette fois, et savourent chaque bouchée grasse et salée. L'Épreuve approche. Il ne leur reste plus beaucoup de jours pour s'offrir ce genre de « délices ». Sarah médite dans son bain ; elle essaye de ne pas pleurer en pensant à Christopher ou à la fin du monde qu'elle a déclenchée, et miraculeusement, elle y parvient. Jago fait de l'exercice dans le salon. Il enchaîne trois séries de 100 pompes, trois séries de 250 relevés de buste, trois séries de 500 *jumping jacks*. Après sa séance de méditation, Sarah nettoie leurs armes en plastique et céramique. Elle ignore qui les a fabriquées, mais elles sont identiques à un SIG Pro 2022, dans les moindres détails, à l'exception du matériau, de la couleur, du poids et de la contenance du chargeur. Quand elle a fini, elle pose un pistolet sur sa table de chevet et l'autre sur celle de Jago. Chacun le sien. Dommage qu'ils ne portent pas leurs initiales, pourrait-elle dire si elle était d'humeur à plaisanter. Chaque pistolet contient 16 balles, plus une dans la chambre. 17 au total. D'une seule balle, Sarah a tué Christopher et atteint An. Sans doute l'a-t-elle tué, lui aussi. La balle tirée par Jago a effleuré la tête de Chiyoko. En dehors de leurs corps, ce sont leurs seules armes.

À moins que la Clé de la Terre compte comme une arme, ce qui pourrait être le cas. Elle est posée au centre de la table basse ronde. Petite et innocente en apparence. Le déclencheur de la fin du monde. Les infos à la télévision. Sur la BBC. Toute la journée, c'est la même chose : les météorites, le mystère de Stonehenge, les météorites, le mystère de Stonehenge, les météorites, le mystère de Stonehenge. Plus quelques nouvelles en provenance de Syrie, du Congo, de Lettonie et du Myanmar, sans oublier, bien évidemment, l'effondrement de l'économie mondiale, ébranlée par une nouvelle sorte de panique financière qui est, Sarah et Jago le savent, le résultat d'Endgame. Mais les traders de Wall Street ne le savent pas. Pas encore.

Les météorites et le mystère de Stonehenge. Les guerres, la chute des marchés.

Les informations.

— Tout cela n'aura plus aucune importance une fois que l'Épreuve aura commencé, dit Sarah en début de soirée.

— Tu as raison. *Nada.*

Les publicités. Un spot pour un concessionnaire de voitures.

— Il y a des choses que je ne regretterai pas, dit Sarah.

Peut-être est-elle d'humeur à plaisanter, finalement.

Jago devrait s'en réjouir. Mais il garde les yeux fixés sur l'écran de la télé.

— Je ne sais pas, dit-il. Je crois que *tout* me manquera.

Sarah regarde avec mépris la Clé de la Terre. C'est elle qui a déverrouillé… Non. Elle a décidé de ne plus se tenir pour responsable. Elle s'est contentée de Jouer. Ce n'est pas elle qui a établi les règles. Elle est assise au bord du lit, les mains posées à plat sur le matelas, bras tendus.

— À ton avis, Jago, qu'est-ce que ça va être ?

— Je ne sais pas. Tu te souviens de ce que kepler 22b nous a montré. L'image de la Terre…

— Calcinée. Sombre. Grise, marron et rouge.

— *Sí.*

— Horrible…

— Peut-être que ça sera une technique extraterrestre ? Un des *amigos* de kepler appuiera sur un bouton, tout là-bas sur leur planète natale, et *pouf !* on n'en parle plus.

— Non. Il faut que ce soit plus terrifiant que ça. Plus… spectaculaire.

Jago prend la télécommande et éteint la télé.

— Quoi qu'il arrive, je n'ai pas envie d'y penser pour l'instant.

Sarah le regarde. Elle lui tend la main. Jago la prend, vient s'asseoir à côté d'elle sur le lit et appuie son épaule contre la sienne.

— Je ne veux pas rester seule, Jago.

— Tu ne seras pas seule, Alopay.

— Pas après ce qui s'est passé à Stonehenge.

— Tu ne seras pas seule.

Ils basculent sur le dos.

— On partira demain, comme prévu. Et on trouvera la Clé du Ciel. On continuera à Jouer.

— Oui, dit-elle sans conviction. OK.

Jago prend la tête de Sarah entre ses mains et la tourne délicatement. Il l'embrasse.

— On peut y arriver, Sarah. On peut y arriver ensemble.

— Tais-toi.

Elle lui rend son baiser. Elle sent les diamants incrustés dans ses dents, elle promène sa langue dessus, elle mordille sa lèvre inférieure, sent son haleine.

Tout est bon pour oublier.

Et Sarah ne prononce pas les mots « jeu », « Clé de la Terre », « Clé du Ciel », « Endgame » ou « Christopher » durant toute la soirée. Elle enlace Jago et sourit, elle le touche et sourit, elle le caresse et sourit.

Elle s'endort à 11:37 du soir.

Jago ne dort pas.

À 4:58 du matin, il est assis dans le lit. Immobile. Dans le noir. Deux fenêtres donnent sur une cour étroite à gauche du lit. Les stores sont levés, la lumière du dehors entre dans la chambre. Jago voit suffisamment. Il est déjà habillé. Sarah aussi. Il la regarde dormir. Sa respiration est lente, régulière.

La Cahokienne.

Il essaye de se remémorer une histoire que lui racontait son grand-père, Xehalór Tlaloc, à propos d'une bataille légendaire entre les humains et les Dieux du Ciel, il y a de cela des centaines d'années. Une bataille que les humains, qui ne possédaient même pas d'armes à feu d'après Xehalór, avaient réussi, on ne sait comment, à gagner.

4:59.

Si Sarah et lui veulent survivre, ils devront battre les Dieux du Ciel une 2nde fois. Mais comment les humains ont-ils fait ? Comment des humains armés de lances, d'arcs, d'épées et de couteaux ont-ils pu vaincre une armée de Créateurs ? Comment ?

5:00.

Comment ?

L'atmosphère change. Jago sent ses cheveux se hérisser sur sa nuque, il tourne brusquement la tête vers la porte. Le trait de lumière provenant du couloir est continu. Il l'observe pendant plusieurs secondes. Soudain, la lumière s'éteint.

Jago prend son pistolet sur la table de chevet. Il réveille Sarah d'un petit coup de coude osseux. Celle-ci ouvre grand les yeux ; elle va dire quelque chose, mais Jago plaque la main sur sa bouche. Son regard est éloquent : *quelqu'un est là*. Sarah se lève sans bruit. Elle prend son pistolet, elle aussi. Puis roule sous le lit. Jago en fait autant.

— Un Joueur ? chuchote Sarah.

— Je ne sais pas.

Soudain, il se souvient. D'un mouvement du menton, il désigne le centre de la chambre. La Clé de la Terre est restée sur la table basse.

— Merde, lâche Sarah.

Avant que Jago puisse la retenir, elle ressort de sous le lit et se redresse, mais elle se fige. Jago regarde au-delà des jambes de Sarah. De l'autre côté de la fenêtre, deux cordes noires d'alpinistes se balancent.

— ¡ *La joda* ! murmure-t-il.

À cet instant, la porte s'ouvre à la volée. Quatre hommes font irruption dans le salon voisin, en file indienne. Habillés tout en noir, avec des casques et des lunettes de vision nocturne, armés de fusils d'assaut FN F2000 au look futuriste. Simultanément, un bruit sourd retentit au-dehors et les fenêtres se fêlent. Dans la seconde qui suit, deux hommes descendent en rappel au bout des cordes et pulvérisent les carreaux à coups de bottes. Les éclats de verre pleuvent dans la chambre. Les deux hommes se balancent à l'intérieur et retombent sur leurs pieds, juste devant Sarah. Celle-ci est accroupie, elle pointe son arme sur le visage de l'homme de tête. Elle hésite à tirer, et elle s'en veut. Mais ses sens sont en éveil et elle remarque qu'un curieux accessoire remplace le lance-grenades sur les fusils.

— Ne bouge pas, lui ordonne le chef du commando avec un accent britannique. Sauf pour baisser ton arme.

— Où est l'autre ? demande le premier à être entré par la porte.

Un des hommes postés derrière lui s'écrie :

— Je passe en thermique. Le...

Pop-pop !

Jago ouvre le feu et roule sur la droite, pour s'éloigner de Sarah. Les deux balles atteignent les jambes de l'homme qui a activé ses lunettes thermiques. Ses tibias sont protégés, mais Jago l'avait deviné, c'est pourquoi les balles transpercent la chair et les os juste au-dessus des pieds. L'homme s'écroule en hurlant. Aucun de ses camarades ne vient à son secours. Au lieu de cela, ils se mettent à tirer.

Mais ce ne sont pas des balles.

Sarah fait un bond en l'air en ramenant les genoux contre la poitrine, sa tête touche presque le plafond. Deux fléchettes passent sous elle. *Pfft-pfft.* Elles frappent le mur. *Pfft-pfft-pfft-pfft-pfft.* Jago s'est relevé, lui aussi. Il se saisit d'une lampe en métal posée sur la table de chevet, arrache la prise du mur et s'avance en faisant des moulinets et en tournoyant sur lui-même pour esquiver les projectiles. Quatre fléchettes traversent sa chemise à toute allure, une cinquième lui frôle les cheveux, mais aucune ne se plante dans sa peau. Une sixième rebondit contre le métal de la lampe.

— Filet ! ordonne le chef du commando.

L'homme qui se trouve derrière lui tire avec une arme qui ressemble à un petit lance-roquettes.

Une tache sombre se déploie en l'air, en direction de Sarah. Celle-ci tire à deux reprises et elle atteint deux des boules métalliques qui lestent le filet et lui donnent de l'élan, mais c'est peine perdue. Le filet lui fonce dessus.

Jago lance la lampe dans sa direction. Le filet heurte la lampe et les mailles l'enveloppent comme un poing qui se ferme. Sarah se laisse tomber au sol et dévie la lampe prisonnière. Les deux Joueurs s'élancent alors, simultanément, et ouvrent le feu, tout en se contorsionnant pour qu'il soit plus difficile de les atteindre avec des fléchettes.

Impossible de les atteindre.

Du bout de la chambre, Jago vise les agresseurs de Sarah, profitant de son angle de tir pour détruire les lunettes de vision nocturne sur leurs visages, sans les tuer. De son côté, Sarah canarde les hommes postés face à Jago. Elle atteint deux des lance-fléchettes fixés sur les fusils et l'un des hommes en plein milieu de son gilet pare-balles. Sa 5ᵉ balle atteint le téléviseur, à l'autre extrémité de la chambre. Il explose dans une pluie d'étincelles bleues, orange et vertes. Les hommes ne s'avouent pas vaincus.

— Abattez-les ! ordonne l'un d'eux.

Jago se laisse tomber à genoux au moment où le premier soldat tire à balles réelles. Une demi-douzaine de projectiles 5.56x45 mm hurlent au-dessus de sa tête, juste avant que Jago enfonce le canon de son pistolet dans l'aine du tireur. Il tire à deux reprises sur les hommes qui se trouvent juste derrière leur chef, atteignant le premier à la main et l'autre à l'épaule. Il tend le bras pour s'emparer d'une grenade accrochée au gilet de l'homme. À en juger par la forme et le poids, il sait que c'est une grenade aveuglante.

Pendant ce temps, Sarah avance vers ses deux adversaires. L'un d'eux décoche une rafale de fusil d'assaut, qu'elle évite en sautant par une des fenêtres brisées.

D'une main, elle attrape une corde au vol et se laisse glisser de six pieds. Avec son autre main, elle coince son pistolet dans sa ceinture. Tout en glissant, elle enroule l'extrémité de la corde autour de son pied. Elle tend le bras vers l'autre corde, s'en saisit et fait une deuxième boucle autour de son autre pied. Puis elle lâche les mains et se balance en arrière. Le menton collé contre la poitrine, elle expulse tout l'air de ses poumons au moment où son dos vient percuter le mur de l'immeuble. Elle sent le pistolet qui glisse. Elle a la tête en bas, comme une funambule de cirque ; seuls les deux cordes et ses pieds fléchis l'empêchent d'aller s'écraser la tête la première, trois étages plus bas. Elle entend le pistolet rebondir sur le sol de la cour, au moment où elle tend les bras pour attraper les cordes, derrière ses chevilles, et remonter, si bien que ses pieds se retrouvent à quelques centimètres seulement sous le rebord de la fenêtre.

Jago a vu Sarah sauter par la fenêtre, il ne s'inquiète pas pour la Cahokienne rapide comme l'éclair. Il ferme les yeux et lance la grenade aveuglante contre le mur du fond.

La chambre s'illumine et un bruit assourdissant résonne dans la nuit londonienne, rebondit contre les immeubles, dans les rues et jusqu'au ciel. Jago se redresse et abat la crosse de son pistolet sur la nuque du chef du commando. Celui-ci s'écroule comme une masse. Il constate alors que l'homme sur lequel il a tiré, toujours couché au sol, le vise avec son fusil d'assaut. D'une pirouette, il contourne le soldat le plus proche et le saisit par les épaules, à la seconde même où le type au sol ouvre le feu. Coup sur coup. Les deux balles s'enfoncent dans le gilet en Kevlar de l'homme que Jago a dressé entre eux comme un bouclier. Jago bondit sur le côté, en poussant l'homme vers l'avant, sur la table basse métallique. Il a déjà perdu connaissance sous l'effet du double impact.

La Clé de la Terre roule sur la table et s'arrête au bord, tremblotante, comme si elle ne voulait pas tomber.

Jago s'apprête à faire volte-face pour aider Sarah, lorsque la lame étincelante d'un couteau jaillit du nuage de fumée. Elle frappe Jago près de la main droite, celle qui tient le pistolet, et lui entaille profondément le poignet. L'arme tombe sur le sol et rebondit sur son pied. Le couteau fend l'air de bas en haut, manquant de peu Jago. Il se cambre pour l'éviter, à tel point qu'il doit prendre appui sur ses mains derrière lui pour ne pas tomber à la renverse. Une de ses mains atterrit sur la surface froide de la table basse. L'autre sur la jambe musclée du soldat qui a reçu une dizaine de balles dans le dos, à bout portant. Jago sent sous ses doigts le manche d'un couteau de combat fixé autour de sa cuisse. Il le sort de son étui, se retourne et ramène ses pieds sous lui. Le soldat au couteau émerge de la fumée, prêt à en découdre.

Jago se campe sur ses deux jambes et protège sa gorge avec sa main libre. L'homme jaillit de la fumée. Jago fait un écart et la lame glisse sur son avant-bras gauche, déchirant sa chemise, mais pas la peau.

L'angle de l'attaque permet à Jago de repousser l'homme sur le côté. Il lâche son couteau, avance, referme sa main gauche sur le bras de l'homme, juste au-dessus du coude, et agrippe son poignet avec son autre main. Il appuie de toutes ses forces sur le bras, tout en tirant sur le poignet dans la direction opposée. Le membre se brise net au niveau du coude. L'homme hurle et Jago sent les tendons

70

relâcher le couteau qui plonge vers le sol en se retournant à cause du poids du manche. D'un coup de talon, Jago le renvoie en l'air et lâche le poignet de son adversaire pour rattraper le couteau au vol.

Au même moment, l'homme lui assène un coup de tête en plein front. Ça fait mal, d'autant qu'il porte toujours son casque.

Si Jago avait été sensible à la douleur, le coup aurait été payant.

Mais Jago se moque de la douleur.

L'Olmèque plaque sa main gauche sur la nuque du soldat et enfonce la lame, très vite, dans sa gorge. Le sang jaillit. Jago s'écarte vivement, tandis que l'homme est occupé à mourir.

Pendant que Jago se bat, les deux soldats chargés de capturer Sarah se remettent de la déflagration de la grenade. Ils échangent un regard, puis se tournent vers la fenêtre. Leurs fusils pointés devant eux, ils approchent du bord. Les canons de leurs armes balaient le vide, à droite à gauche, ils ne la voient pas. Puis l'un regarde en haut, alors que l'autre regarde en bas.

Sarah attend. Toujours pendue la tête en bas, elle se redresse d'un mouvement de reins et attrape par le col l'homme qui ne s'y attendait pas. Elle tire d'un coup sec en se laissant repartir en arrière. L'homme l'accompagne dans le vide. Il plonge vers le sol en hurlant, jusqu'à ce qu'un bruit écœurant précède le silence. Sarah lève la tête ; elle sait que l'autre soldat est toujours là. Leurs regards se croisent. Il presse la détente et fait feu.

Thk-thk-thk-thk-thk ! Une rafale jaillit, mais Sarah continue à se balancer et les balles manquent leur cible. Elles produisent des crépitements aigus, comme des pétards, en heurtant le béton et le métal dans la cour. L'homme la met en joue de nouveau, il l'a dans son viseur cette fois. Sarah garde les yeux ouverts. Christopher avait les yeux ouverts. Alors, elle aussi.

Mais soudain, l'homme bascule lentement vers l'avant et tombe par la fenêtre, un couteau planté dans la nuque, jusqu'à la garde.

— Tout va bien ? lui lance Jago de l'intérieur de la chambre, figé en position de lancer.

— Oui !

— Il en reste un.

Il se retourne vers le blessé sur le sol. Celui-ci s'écrie :

— Chant du coq ! Je répète : Chant du coq !

Jago se jette à terre, instinctivement, au moment où quelque chose pénètre à toute allure dans la chambre, par la fenêtre. Malheureusement pour le soldat, le projectile l'atteint en plein visage. Sa tête explose.

— Sniper ! hurle Sarah à l'extérieur.

— J'arrive !

Sarah, pendue dans le vide, offre une cible facile. Alors, elle tend la pointe des pieds et tombe, la corde glisse autour de ses chevilles et sous ses talons. Juste avant de heurter le sol, elle replie les pieds et tend les mains devant elle. Sa chute ralentit. Ses mains touchent le sol. D'un coup de pied, elle libère ses chevilles de la corde et exécute un parfait appui renversé.

La voilà à l'abri du sniper. Dans la chambre, là-haut, Jago fait exploser deux autres grenades. Assourdi par les déflagrations, il bondit droit devant, enjambe la table basse et récupère la Clé de la Terre au passage. Trois projectiles s'enfoncent dans le sol juste derrière lui. Il fonce, plus que quelques mètres. La table basse reçoit les trois balles suivantes tirées par le sniper. Un mètre. Une balle siffle à quelques centimètres de sa tête.

Et puis merde !

Jago s'arrête et crie : « Attrape ! » Il lance la clé par la fenêtre. Il saute dans son sillage et agrippe une des cordes à deux mains. Des balles venues du nord-nord-est ricochent sur le mur. Jago a les mains en feu. En sang. Il se retourne et plante ses pieds contre le mur extérieur pour stopper sa descente. Le sniper ne les canarde plus, il n'a plus d'angle de tir. Jago enroule la corde sous ses fesses et descend les six derniers mètres en rappel.

— Attrape, toi aussi ! lui crie Sarah.

Il pivote juste à temps pour saisir au vol le F2000 qu'elle lui lance. Il claque entre ses mains ensanglantées. Il se moque de la douleur. Il aime ça.

Il Joue.

Sarah se penche pour ramasser l'autre fusil, et le pistolet tombé de sa ceinture. Jago récupère le couteau planté dans la nuque de l'homme. Sarah prend deux grenades sur un des cadavres. Jago le dépouille d'une bombe de gaz et d'une petite sacoche pas plus grande qu'une balle de base-ball.

— C'est quoi ? demande Sarah en regardant la bombe.

— Du C4 gazeux, répond Jago avec une sorte d'insouciance.

— Ouah. Je n'ai jamais manipulé ce truc. Et toi ?

— Naturellement.

— Et dans ce petit sac, ce sont les détonateurs ? Il jette un coup d'œil.

— *Sí*.

— Génial. Maintenant, fichons le camp d'ici.

Jago acquiesce.

— Tu as la Clé de la Terre ?

Sarah tapote la petite bosse qui déforme une poche zippée.

— Joli lancer.

Sans rien ajouter, ils filent ventre à terre.

Quelques secondes plus tard, Jago tend le doigt et Sarah l'aperçoit : une section aérienne du métro londonien. Il leur faut 15,8 secondes pour l'atteindre, et 7,3 secondes plus tard, ils se retrouvent à l'abri dans l'obscurité et la solitude des tunnels. Tandis qu'ils progressent dans le noir, l'image de Christopher s'insinue dans l'esprit de Sarah : sa tête qui explose, puis son corps. Elle s'efforce de repousser cette vision, et elle y parvient. Agir, se battre, Jouer, tout cela sert au moins à une chose : oublier.

iii

ALICE ULAPALA

Porte-conteneurs CMA CGM Jules-Verne,
cabine passagers, entre Darwin et Kuala Lumpur

Alice préfère les hamacs aux lits, surtout à bord d'un bateau, elle a donc tendu le sien en travers de sa petite cabine, et elle se laisse bercer par la houle.

Elle s'amuse à faire tournoyer un couteau et à le rattraper. Elle le lance, le rattrape. Le lance, le rattrape... Un seul faux mouvement et la lame peut se planter dans son œil, lui embrocher le cerveau.

Mais Alice ne fait pas de faux mouvements.

Elle ne pense à rien. Uniquement au couteau et à la mort de Baitsakhan quand elle le retrouvera. Et à la peur sur le visage de Petite Alice. Elle l'a vue si souvent dans ses rêves qu'elle est gravée dans son esprit.

Petite Alice.

Qui hurle.

Qu'a donc de si particulier cette fillette qu'elle n'a jamais rencontrée ? Pourquoi s'intéresse-t-elle tant à elle ? Pourquoi en rêve-t-elle ? *Shari est une chic fille, voilà pourquoi. Et moi aussi. Les autres sont des salopards, qu'ils aillent se faire foutre.*

Son téléphone satellitaire sonne. Elle prend la communication.

— Oï, c'est Tim ? Oui, oui. OK. Parfait ! Et tu as parlé au Cousin Willey à KL ? Super. Hmm. Hmm... Nan, pas de ça. Juste mes couteaux... Non, Tim, je suis sérieuse ! Je n'ai pas besoin d'armes à feu, crois-moi. Tu me connais. Puriste et tout ça... Oh, très bien, d'accord... Tu as raison. Tous ces salopards de Joueurs sont certainement armés jusqu'aux dents, exact. Mais des petits calibres, alors, et uniquement des pointes creuses. Oui... Oui... Du nouveau au sujet de la pierre ? Quelqu'un a deviné où elle allait tomber ?... Ton Alice n'a pas envie d'être dans les parages à ce moment-là. Toi non plus ? Sans blague !

Elle lance le couteau en l'air, à la verticale de son visage, il tourne neuf fois sur lui-même. Elle le rattrape entre le pouce et l'index. Elle recommence.

— Qu'est-ce que ça a donné au sujet de Shari ?... Ah, oui ? Qu'est-ce que tu attendais pour me le dire, petit branleur ? Je devrais revenir t'arracher les taches de rousseur une par une, Tim. Alors vas-y, je t'écoute.

Elle rattrape le couteau par le manche et se penche hors du hamac, à tel point qu'elle croit qu'elle va tomber, mais non. Elle tend une jambe du côté opposé pour obtenir un équilibre parfait. Elle grave un numéro sur le mur : 91-8166449301.

— Merci, Tim. Ne meurs pas avant le grand jour. Ce sera un sacré spectacle... Ouais, à plus tard, vieux.

Elle se recouche dans le hamac et compose le numéro de Shari.

Le téléphone sonne 12 fois, personne ne décroche.

Elle rappelle.

Le téléphone sonne 12 fois, personne ne décroche.

Elle rappelle.

Le téléphone sonne 12 fois, personne ne décroche.

Elle rappelle, encore, encore, encore et encore, et elle continuera à appeler jusqu'à ce que quelqu'un décroche.

Car elle a une chose très importante à dire à l'Harappéenne.

Une chose vraiment très importante.

SHARI CHOPRA ET LES CHEFS
DE LA LIGNÉE DES HARAPPÉENS

Salle de banquet de la Bonne Fortune, Gangtok, Sikkim, Inde

Ils sont tous là.

Shari et Jamal, Paru et Ana, Char et Chalgundi, Sera et Pim, Pravheet et Una, Samuel et Yali, Peetee et Julu, Varj et Huma, Himat et Hail, Chipper et Ghala, Boort et Helena, Jovinderpihainu, Ghar, Viralla, Gup, Brundini, Chem et même Quali qui trimballe une Jessica de trois semaines enveloppée dans des étoffes de lin doux, rouge alizarine et turquoise.

Les autres enfants sont là eux aussi, plus de cinquante, trop nombreux pour être tous cités, âgés de deux à 17 ans, parmi lesquels Petite Alice. Ils jouent et veillent les uns sur les autres dans la salle voisine et dans le jardin d'herbe et de pierre, pour laisser les adultes tranquilles, comme on le leur a demandé. Sont également présents dix-sept domestiques, qui font aussi office de gardes, et 23 autres personnes, uniquement gardes celles-ci, armées de manière discrète et postées dans toute la salle.

Cela fait maintenant plus de trois heures qu'ils sont réunis, qu'ils mangent et boivent – des jus de fruits, du *chai*, du café et du lassi ; jamais d'alcool pour les Harappéens. Les odeurs de curry, de coriandre, de lentilles et de pain, de curcuma, de crème et d'huile chaude, d'ail et d'oignon, flottent dans l'air, en même temps que les odeurs puissantes, entêtantes, des corps, la sueur, la cannelle et l'eau de rose avec laquelle on se tamponne l'arrière des oreilles et le cou.

Tous parlent en même temps.

Pendant trois heures ils ont été polis, respectueux, ils avaient beaucoup de choses à se raconter, ils ont échangé des gentillesses, partagé l'intimité de leurs liens profonds.

Mais depuis 16 minutes, ils se disputent.

— Les Harappéens ne peuvent pas rester sur la touche, déclare Peetee.

Il a 44 ans et c'est le plus grand de leur clan. Il a enseigné aux Joueurs la cryptographie pendant quelque temps. Il a des yeux sombres, profondément enfoncés, qui expriment la tristesse, et des cheveux teints au henné qui trahissent sa vanité.

Gup, un ancien Joueur, âgé aujourd'hui de 53 ans, célibataire, qui vit à Colombo et a combattu les Tamouls uniquement pour le côté distrayant de la violence, acquiesce d'un hochement de tête.

— Surtout maintenant qu'Endgame est lancé. Pourquoi notre Joueuse demeure-t-elle en retrait ? Nous chancelons au bord de... de... si ce n'est pas de notre destruction, au moins d'un changement radical pour l'humanité. L'Épreuve y veillera.

— La Joueuse a ses raisons, répond Julu, une des tantes de Shari.

Elle parle en gardant les yeux fixés sur ses mains qui manipulent, comme à son habitude, un chapelet de perles cramoisies.

— Des raisons ? s'exclament aussitôt plusieurs membres de l'assistance. Des raisons ?

— Quelles raisons peut-il y avoir ? lance une voix de femme retentissante à l'extrémité de la table.

J'exige de le savoir. J'ai plutôt l'impression qu'elle s'est enfuie au premier sang.

Cette voix est celle de Helena, une ancienne Joueuse, âgée de 66 ans, deuxième dans l'ordre des Joueurs les plus estimés de ces 208 dernières années. Trapue, enrobée et forte, elle n'a rien perdu de sa rapidité.

— Un *doigt* ? ironise-t-elle. Moi, j'aurais donné un œil, un poumon et une jambe avant de rentrer à cloche-pied. J'aurais donné un bras, mon ouïe et ma langue ! Non, j'aurais *tout* donné. Une seule raison m'aurait fait rentrer : la mort !

Boort, son mari depuis 46 ans (ils se sont mariés à minuit pile le jour où sa mission a pris fin), lui tapote le bras.

— Du calme, Helena.

— *Aand mat kha !* s'exclame-t-elle en repoussant la main de Boort pour pouvoir pointer le doigt sur Shari. Cette... cette... cette *fille* a renoncé ! Elle n'a même jamais tué une seule fois durant son entraînement ! Cela exige des efforts pour s'extraire de cette obligation consacrée par l'usage. Plus d'efforts qu'elle n'en a faits pour Jouer. Moi, j'ai tué trente personnes avant de me retirer. Mais elle ? Non. Elle est trop *bien* pour ça. Rendez-vous compte ! Une Joueuse d'Endgame. Une Joueuse d'Endgame qui est également une *mère*. Vous imaginez ? Voilà en qui nous avons placé nos espoirs. Une dégonflée.

Le silence s'est répandu dans la salle, les paroles de Helena sont comme une salve de projectiles : tout le monde s'est mis à l'abri, plus personne n'ose lever la tête. Sauf Shari, qui écoute sans ciller. Elle demeure droite comme un i. Ses yeux se sont posés sur chaque orateur et maintenant elle regarde fixement Helena. Son regard est calme, confiant. Elle aime Helena comme un membre de sa famille, malgré sa fureur.

Elle aime tous ces gens.

Helena se hérisse en voyant le regard de Shari, qu'elle prend pour de l'insolence.

— Ne me regarde pas comme ça, Joueuse.

Shari penche la tête sur le côté, comme si elle allait s'excuser, mais elle reste muette. Ses yeux dérivent vers la salle des enfants, où elle entrevoit, très brièvement, le pantalon rose vif de Petite Alice au milieu des gesticulations enfantines. Jamal lui presse le genou sous la table, ainsi qu'il le ferait s'ils étaient seuls dans leur jardin, en train d'admirer un coucher de soleil.

— Tu as peut-être raison, Helena, mais il est vain de comparer Shari Chopra à toi ou à n'importe quel autre Joueur.

C'est Jovinderpihainu qui a prononcé ces paroles, un ancien Joueur et l'aîné des Harappéens. À 94 ans, il est aussi vif qu'il l'était à 44 et même à 24. Il est petit et ratatiné dans sa tunique orange, dont l'étoffe est aussi fripée que sa peau.

— Elle a choisi un chemin différent, ajoute-t-il. Depuis toujours. Nous ne devons pas le contester.

— Moi, je le conteste, Jov ! persiste Helena.

Tout le monde l'appelle ainsi, à l'exception des enfants qui l'appellent Heureux. Ils aiment son sourire, quasiment édenté, ses dernières mèches de cheveux gris qui se dressent dans tous les sens. Il ne sourit plus autant qu'avant, depuis qu'Endgame a débuté. Les enfants se demandent pourquoi.

Jov lève la main, c'est un signe familier et clair pour indiquer qu'il ne veut pas en entendre davantage.

— Je le répète, mais c'est la dernière fois : il ne s'agit pas de toi, Helena.

Celle-ci croise les bras. Boort lui murmure des paroles apaisantes à l'oreille, mais on dirait qu'elle ne l'écoute même pas.

— Peut-être que l'on devrait interroger le père de Shari ? suggère Jov. Paru ? Qu'as-tu à dire ? Ta fille a suivi un curieux itinéraire dans ce jeu. As-tu une explication ?

Paru se racle la gorge.

— Il est vrai que ma fille n'est pas une tueuse-née. Si j'avais été choisi à mon époque, je ne sais pas si j'aurais été très différent. Toutefois, même si Shari n'est pas la plus assoiffée de sang parmi nous... (il est interrompu par quelques ricanements dans la salle)... je peux affirmer une chose, avec certitude. Shari est l'être le plus compatissant de toute cette assemblée, toi y compris, Jov. Sauf ton respect.

Jov hoche la tête, lentement.

Paru prend une grande inspiration en essayant de croiser tous les regards posés sur lui.

— La compassion n'apparaît peut-être pas comme l'arme la plus adaptée pour Endgame. Elle n'a pas la dureté d'un poing, le tranchant d'une épée ou la rapidité d'une balle. Elle ne voyage pas en ligne droite pour apporter la mort. Elle n'est pas définitive, mais elle peut être féroce. Je le sais. Si Shari parvient à survivre et à l'emporter, nous en sortirons grandis. Le nouveau monde aura besoin de compassion autant qu'il aura besoin d'ingéniosité et de ruse. Peut-être même plus si cette Terre bénie se retrouve brisée, comme nous le craignons. Posez-vous la question, vous tous, ma famille : si les Harappéens doivent hériter des conséquences d'Endgame, préférez-vous que notre championne soit une tueuse impitoyable ou une Joueuse qui a dompté sa peur et trouvé son cœur ? Une Joueuse capable d'enseigner à ses disciples les chemins de la compassion plutôt que la loi des poings ?

— Merci, Paru, dit Jov. Tes paroles sont sages. Toutefois, je me demande...

Une voix douce, mais claire, l'interrompt :

— Mais comment pourra-t-elle gagner, si elle est ici au lieu de chercher la Clé du Ciel ?

Cette question émane de Pravheet, un homme à l'air encore jeune pour ses 59 ans, sans doute le plus respecté des Harappéens, plus que Jov. Il avait été leur Joueur lors d'un faux départ d'Endgame, un des trois qui s'étaient produits dans l'histoire. Le tristement célèbre jeu de l'Abîme provoqué par la Lignée Zéro en 1972. Que Pravheet avait dévoilé, mais seulement après avoir abattu quatre Joueurs d'autres lignées. C'était également lui qui avait décimé, tout seul, la Lignée Zéro – cette bande d'étrangers délirants – dans la foulée du jeu de l'Abîme, afin qu'elle ne puisse plus jamais intervenir ni semer la confusion. Mais surtout, Pravheet est celui qui, après son retrait, a juré de ne plus jamais tuer. Il s'est transformé en ascète pendant 23 ans avant d'épouser Una et de fonder sa propre famille. Durant sa période d'isolement, il a étudié les enseignements des anciens prophètes, il a déchiffré les textes secrets des Harappéens et du Bouddha, que leur lignée protège depuis des millénaires.

— Pravheet a raison de poser cette question, dit Jov. Je pense qu'il est temps d'écouter la Joueuse elle-même.

À cet instant, enfin, tous les regards convergent vers Shari Chopra. À son tour de parler. À côté d'elle, Jamal lui prend la main et se redresse, comme s'il s'apprêtait à repousser une attaque.

— Chers anciens, commence-t-elle d'une voix paisible, nous n'avons pas besoin de chercher la Clé du Ciel.

Bien évidemment, des voix s'élèvent, furieuses. Shari ne saisit que des bribes de leur exaspération, de leur colère, de leur confusion.

*Mais il s'agit d'Endgame... quel est ce blas-
phème ?... Ne pas chercher la Clé du Ciel... perdre...
On va perdre... Elle nous condamne tous... Tout est
perdu, les ténèbres approchent... Que veut-elle dire ?...
Aucun doute, elle est folle... Elle renonce... Peut-être
qu'elle sait... non non non... Comment cette enfant
peut-elle être une Joueuse ?...*

— ASSEZ ! s'écrie Jov.

Même les enfants qui jouent dans la salle voisine
s'arrêtent. Il lève la main, paume ouverte, en direction de Shari.

— Je t'en prie, ma Joueuse, explique-toi.

— Nous n'avons pas besoin de chercher la Clé
du Ciel car nous l'avons déjà.

Ces paroles produisent l'effet inverse sur l'assemblée. Les vociférations ont laissé place à un silence
teinté d'incrédulité.

Finalement, Chipper demande :

— Nous l'avons déjà ?

Shari baisse les yeux.

— Oui, mon oncle.

— Où est-elle ? Quand es-tu allée la chercher ?
Tu n'as pas pu l'obtenir avant la Clé de la Terre,
dit Helena d'un ton accusateur.

— D'une certaine façon, si, ma tante.

— Que veux-tu dire, Joueuse ? Je t'en conjure,
parle plus clairement.

C'est Pravheet, encore une fois.

— La Clé du Ciel est ma Petite Alice.

Tout le monde est frappé par un silence de mort,
à l'exception d'Una et de Ghala qui laissent échapper
un hoquet de stupeur. La voix de Paru tremble
quand il demande :

— Mais co... comment p... peux-tu en être sûre ?

— Grâce à l'indice que m'a donné le kepler. Et
c'est Petite Alice qui me l'a dit, à sa façon. Elle fait
des rêves. Et je fais les mêmes.

— Mais pourquoi les Créateurs feraient-ils ça ? s'étonne Chipper. C'est immoral d'impliquer un enfant de cette manière.

— Les keplers sont immoraux, mon oncle, répond Shari sèchement. Endgame est immoral. Ou plutôt... amoral.

Nouveaux hoquets de stupeur dans l'assistance.

Plus de la moitié des personnes rassemblées en ce lieu pensent véritablement que les keplers existent au-dessus des dieux. Les dieux sont *Leurs* enfants après tout, et les humains sont, à un autre degré de parenté, les enfants des dieux. Les keplers sont les dieux des dieux et, pour beaucoup ici présents, irréprochables.

— Je refuse d'écouter cette hérésie ! lance Gup.

Il se lève d'un bond et quitte la pièce à grands pas. Gup, aussi prompt à s'emporter que lent d'esprit. Personne ne le suit.

— Je ne cherche pas à provoquer des dissensions, chers anciens, mais je suis la seule ici à avoir rencontré le kepler. Après avoir pris du recul et réfléchi longuement à l'indice qu'il m'a donné, j'en suis arrivée à la conclusion que ce kepler était... indifférent. Au mieux. Il est venu nous annoncer le début d'Endgame, et la venue de la Grande Extinction, et il s'est exprimé comme s'il racontait une sorte d'histoire déjà passée. Attention, comprenez-moi bien, c'était un être physiquement merveilleux, nullement comparable à tout ce que j'ai pu voir, doté de capacités qui dépassent largement tout ce que nous avons appris. Pourtant, malgré tout son pouvoir, son message se résumait à ceci : « Les humains et les animaux vont quasiment tous mourir, et vous, tous les douze, vous allez vous affronter pour déterminer qui ne mourra pas. Bonne chance. » Comme un enfant qui arrache les ailes d'un papillon. Il n'y a aucune grandeur là-dedans.

Shari s'interrompt. Elle s'attend à une nouvelle salve de questions. Mais tous les Harappéens restent muets. Alors, elle continue :

— Quant aux autres Joueurs, ils se divisent en deux catégories : ceux qui méritent de gagner et ceux qui ne le méritent pas. La moitié au moins sont des monstres tordus, empoisonnés par leur vanité, et le fait de savoir qu'ils comptent parmi les individus les plus dangereux sur Terre. Les autres sont différents, ils se connaissent mieux, ils sont peut-être capables d'éprouver des sentiments, au-delà de la soif de sang. Je dirais que moins de la moitié méritent de gagner. Au cours de notre brève rencontre, deux seulement se sont distingués, et j'ai honte de dire que je n'en faisais pas partie. Le premier est l'Aksoumite, un garçon majestueux à la peau sombre et aux yeux les plus bleus qui soient, qui nous a suppliés de mettre nos connaissances en commun et de travailler main dans la main pour tenter d'épargner à la Terre des souffrances injustes. L'autre est la Koori, une fille sauvage d'Australie qui m'a sauvé la vie à Chengdu. Mais dans l'ensemble, les Joueurs sont... des individus ordinaires. Mus par un but qu'ils ne... que nous ne comprenons pas totalement.

Nouvelle pause. Shari regarde les enfants dans la salle voisine. Certains, parmi les plus âgés, ont cessé de jouer et se tiennent dans l'encadrement de la porte, ils écoutent.

Shari poursuit :

— Helena, tu disais que je ne suis pas une tueuse-née, et je le reconnais. Pourtant, j'ai tué, et je tuerai encore si Endgame l'exige. Mais je n'y prendrai aucun plaisir. Tu comprends ?

Helena maugrée. Shari l'ignore.

— Je ne tuerai pas un véritable être humain. Le garçon que j'ai tué était un monstre. J'ai brisé une chaise et lui ai planté un morceau de bois dans le cœur.

Shari se lève et balaye les visages tournés vers elle, elle croise les regards de tous les anciens, avec un petit sourire triste. Elle voit que beaucoup d'entre eux comprennent, surtout Jov, Paru, Una, Pravheet, Ana et Chem. Pour conclure, elle se tourne vers Jamal. Il serre sa main dans la sienne. Elle s'exprime sans le quitter des yeux :

— Je ne vous parle pas de ce meurtre pour me vanter, mais pour vous prouver que je me battrai au nom de mon peuple. Je me suis battue pour lui et, surtout, je me battrai pour Petite Alice. Elle est la Clé du Ciel. Je le sais et ce n'est qu'une question de temps avant que les autres le sachent aussi. Ils viendront la chercher. Voilà pourquoi nous tous, tous les membres initiés de notre lignée, devons la protéger.

— Tu veux dire que *tu* dois la protéger, Joueuse, rectifie Helena d'un ton où perce une amertume pleine de désespoir.

Shari la regarde affectueusement.

— Non, ma tante. Je parle de *nous*. Et de toi en particulier. Avec tout le respect que je vous dois, écoutez-moi, je vous prie. J'ai réfléchi à cette question. Le kepler nous a clairement fait comprendre qu'il n'y avait pas de règles dans Endgame. Je suis votre Joueuse et l'Épreuve surviendra dans moins de quatre-vingt-dix jours, peut-être même beaucoup moins si le kepler en décide ainsi. Nous devons nous préparer. Si les keplers sont assez... assez... assez... (Elle cherche ses mots.)... immoraux et cyniques pour faire d'une enfant, *d'une de nos enfants*, une pièce du Grand Jeu, alors j'affirme que nous pouvons faire ce que nous voulons. Je propose que nous nous rendions dans la vallée de la Vie éternelle en emmenant la Clé du Ciel avec nous. Conduisons notre peuple là-bas. Cette très ancienne forteresse est une des plus imprenables au monde. Laissons les autres Joueurs Jouer à leur guise, laissons-les se traquer et s'entre-tuer en pensant « Je suis le meilleur, je suis le meilleur, je suis le meilleur ». Nous, nous attendrons. Nous attendrons qu'ils nous apportent la Clé de la Terre et qu'ils viennent se briser contre nos remparts. Alors, nous leur reprendrons la Clé de la Terre. Je la récupérerai et je la conserverai avec ma Clé du Ciel pour la dernière manche du jeu. Mais j'ai besoin de vous. *Nous* sommes les Harappéens, et *nous* allons protéger les nôtres. *Nous* sauverons notre lignée. *Nous*.

Elle se rassoit. Tout le monde se tait. On n'entend que les échos des tout jeunes enfants qui jouent à côté. Shari regarde Petite Alice se frayer un chemin entre les jambes et les bras de ses cousins, pour demander :

— Tu as dit mon nom, maman ?

Shari a les yeux remplis de larmes.

— Oui, *meri jaan*. Viens t'asseoir avec nous.

Petite Alice, précoce, bien plus assurée dans sa façon de marcher et de s'exprimer qu'une enfant de deux ans ordinaire, traverse la salle en sautillant pour rejoindre sa mère et son père. Elle ignore tous les regards fixés sur elle. Lorsqu'elle grimpe sur les genoux de Jamal, Jov déclare :

— Je vais réfléchir à ton idée, Shari. Mais j'aimerais m'entretenir un peu plus longuement avec toi, et avec Helena, Paru, Pravheet et Jamal. Je veux être certain que tes affirmations concernant la Clé du Ciel sont fondées.

Shari incline la tête.

— Bien, Jovinderpihainu.

Tandis que toutes les personnes présentes repensent aux paroles de Shari, la servante de celle-ci entre dans la salle, quasiment pliée en deux en signe de déférence, et dit d'une voix tremblante :

— Madame Chopra, veuillez me pardonner, je vous prie, mais j'ai un message très urgent.

Shari tend la main.

— Approche, Sara. Et redresse-toi. N'aie pas peur. Que se passe-t-il ?

La servante se redresse et avance à petits pas. Elle remet à Shari une feuille de papier blanc.

Shari la prend et lit.

— C'est un mot de la Koori. Elle m'a retrouvée. Elle nous a retrouvés.

Shari se tait.

— Que dit ce message ? demande Paru.

Shari le montre à Jamal, qui se lève, avec Petite Alice dans ses bras. Il la ramène dans la salle de jeux, en lui murmurant des bêtises à l'oreille. Elle glousse et enfouit son visage dans le cou de son père. Le mur d'adolescents s'ouvre devant eux et ils disparaissent dans la salle. Les adolescents se regroupent aussitôt pour regarder et écouter Shari.

Maintenant que son mari et sa fille ne peuvent plus l'entendre, elle poursuit :

— Le message dit : « Reste aux aguets. Ta Petite Alice court un danger. Un grave danger. Les autres vont venir la chercher. Je ne sais pas pourquoi, mais je l'ai vu, l'Ancien Peuple me l'a montré dans mes rêves. J'essaierai de les arrêter. Les keplers m'ont donné le moyen d'y parvenir. Protège-la. Protège-toi, jusqu'au bout. Puissions-nous être les deux dernières et nous affronter. Deux des bons. Bien à toi, Grande A. »

Jov tape dans ses mains, et c'est comme si un géant chassait une couverture de nuages.

Plus besoin de confirmation.

La 893ᵉ réunion des Harappéens est terminée.
Ils doivent déménager.
Ils doivent Jouer.
Ils vont se battre.
Ensemble.

AN LIU

À bord du HMS Dauntless, destroyer type 45,
sur la Manche, 50.124,-0.673

L'homme chargé d'interroger An, toujours affalé sur sa poitrine, est muet et *CLIGNE* muet *CLIGNE* muet, immobile et mort. An doit se libérer de *frissoncligneclignecligne* de ses liens et *clignecligne* filer.

Il ferme les yeux *cligne* ferme les yeux et il la voit. Il se souvient de l'odeur de *frisson* ses cheveux et du goût de son haleine, *CLIGNE* parfumée et aromatique, comme une sorte de thé *cligneclignecligne* une sorte de thé vert *matcha*.

CHIYOKOCHIYOKOCHIYOKOCHIYOKOTAKEDA
CHIYOKOTAKEDA

CHIYOKO TAKEDA CHIYOKO TAKEDA CHIYOKO TAKEDA
CHIYOKO TAKEDA CHIYOKO TAKEDA CHIYOKO TAKEDA

Les tics diminuent, juste assez pour *frissonfrisson* juste assez pour...

An glisse sa main gauche entre sa hanche et *clignecligne* le bord de la civière métallique. Il se contorsionne de manière que la base de son pouce appuie contre le métal froid. Puis il presse de tout son poids, sur son pouce, jusqu'à ce qu'il entende *cligneCHIYOKOcligne* jusqu'à ce qu'il entende le bruit sec. Son pouce s'est déboîté, il pend mollement contre sa paume. La douleur est *cligne* insoutenable, mais An s'en fiche. Il tire sur son bras et parvient à extraire sa main de la courroie, et il donne un coup d'épaule à Charlie qui tombe par terre lourdement. An défait la boucle de la lanière qui enserre son poignet droit. Une fois son autre main libérée, il saisit son pouce déboîté et, d'un mouvement brusque, il le remet en place. Son pouce l'élance, il est enflé et tuméfié.

Mais il marche.

Une alarme assourdissante se met à ululer derrière la porte. An se débarrasse du lien qui enserre son front et se redresse. La douleur lui transperce la tête, d'avant en arrière, comme une éponge qui se gorge d'eau. Elle palpite, remplit ses oreilles et appuie sur ses orbites.

La blessure par balle. Charlie a dit qu'il était commotionné.

Il ne doit pas y penser.

An observe sa tenue. Il porte un T-shirt à col en V et un pantalon large, fermé par des cordons, dans une matière qui gratte ; il est habillé comme un prisonnier ou un aliéné. Il libère ses *cligne-CHIYOKOTAKEDAcligne* libère ses chevilles en utilisant ses deux mains, descend de la civière, atterrit à côté de Charlie et s'agenouille. Il fouille *cligne* son interrogateur, à la recherche de tout ce qui peut lui être utile. Il trouve une pochette roulée qui semble contenir *clignecligne* des seringues. C'est peut-être cette drogue miracle, celle qui a clarifié ses pensées. Qui lui a fait dire la vérité également. Tant de vérités. Il espère que les restes de drogue dans son organisme limiteront ses tics au maximum.

Pour qu'il puisse *clignecligne* s'enfuir.

Il dépouille Charlie de sa veste et l'enfile. En fouillant l'homme une dernière fois, il trouve un pistolet caché sous son aisselle, dans un holster.

Un Glock 17. Militaires *cligne* militaires stupides et prétentieux. Introduire une arme à feu dans une pièce où se trouve un *cligneecligneFRISSON* un Joueur d'Endgame. Autant se suicider.

An sort l'arme de l'étui. Ôte le cran de sûreté. Ferme les yeux de toutes ses forces. Repousse la douleur *cligne* la douleur *FRISSON* la douleur *cligne* et l'image de...

CHIYOKOCHIYOKOCHIYOKOTAKEDA

Chiyoko Takeda aplatie et morte.

Son nom est le sien désormais.

Il est en lui.

C'est le sien.

An entend un grincement. *FRISSON*. Ce n'est pas le bateau qui tangue sur les flots. Il relève la tête.

Le volant de la porte d'acier tourne.

— Chiyoko, dit-il.

Il inspire et expire, inspire et expire.

— Chiyoko.

La tempête interne *cligneecligne* se calme.

Il faut y aller.

An remonte la manche de la veste de Charlie et se prépare. Le volant s'immobilise et le panneau pivote vers l'intérieur. Deux hommes se glissent par l'ouverture, en pointant leurs fusils devant eux.

Bang, bang. An tire avec le Glock au niveau de la hanche, il atteint les deux soldats au visage, entre les yeux. Ils s'écroulent, l'un sur l'autre.

An avance. *FRISSONcligneFRISSON*. Il avance vite.

L'alarme est encore plus assourdissante avec l'écoutille ouverte. Le son rebondit contre les parois métalliques, dans les coursives, dans ses oreilles, il amplifie la douleur, mais peu importe. Mieux que n'importe quel autre Joueur peut-être, An sait supporter la douleur.

Il marche vers les deux hommes. *FRISSONCLIGNE.*
Il s'accroupit pour les fouiller. Les fusils sont coincés
sous leurs corps. Il entend des voix dans la coursive.
Des hommes, furieux, effrayés, excités. À au moins
10 mètres. Ils approchent avec prudence. An perçoit
le vrombissement des machines dans les plantes de
ses pieds nus. Il devine où se trouve l'arrière du
navire.

À gauche.

C'est là qu'il doit aller. Il doit atteindre l'arrière
du bateau. Les voix sont plus proches.

CHIYOKOTAKEDA. Il décroche deux grenades
M67 fixées à la ceinture d'un des morts. Il le palpe
frénétiquement pour trouver d'autres jolies petites
bombes, mais *FRISSON* il n'y en a pas. Il glisse
le Glock dans la ceinture de son pantalon et se
redresse, une grenade ronde dans chaque main. Il
les dégoupille avec les dents. Il monte sur les corps
irréguliers des deux hommes et attend.

CHIYOKOCHIYOKO.

« Tu Joues par goût de la mort, lui avait-elle dit.
Moi je Joue par goût de la vie. »

FRISSONclignecligneFRISSON

Pourquoi ? se demande-t-il, désespérément.
Pourquoi a-t-il fallu qu'on me la prenne ?

CLIGNECLIGNECLIGNECLIGNECLIGNE

Il se mord la lèvre inférieure, jusqu'au sang.

— Chiyoko... murmure-t-il.

Les voix sont plus proches. Il distingue des bribes
de phrases : « armé et dangereux », « tirez à vue »,
« tirez pour tuer ».

An sourit. Il entend les semelles en caoutchouc
de leurs bottes crisser dans la coursive.

Je Joue pour la mort.

Il relâche peu à peu la cuillère de la première
grenade. An sait exactement de combien *CLIGNE*
de combien de temps il dispose. Quatre secondes. Il

attend 1,2 seconde avant de la lancer par l'ouverture de l'écoutille.

Il se jette derrière le mur et se bouche les oreilles. La deuxième grenade est appuyée contre sa joue, il serre les dents, ignore la douleur dans sa tête.

Il ne ferme pas les yeux.

FRISSONFRISSON.

La sphère métallique de 400 grammes et 6 centimètres décrit un arc de cercle silencieux dans les airs. Quatre hommes se mettent en position au moment où elle retombe. Ils ne la voient même pas. À la seconde où elle heurte le sol avec un bruit métallique, elle explose à leurs pieds.

Des ondes de pression parcourent le bateau. Le bruit est assourdissant. An ôte les doigts de ses oreilles. Il fait passer l'autre grenade dans sa main gauche et reprend le *cligneFRISSON FRISSONcligne* reprend le Glock. Il entend de nouveaux bruits.

Un homme qui hurle. *Cligne.* Un tuyau de vapeur qui siffle. *Cligne.* Et toujours l'alarme, mais plus faible depuis que la déflagration l'a rendu partiellement et momentanément sourd.

Cligne.

An agite la main par l'ouverture, en s'attendant à ce qu'une rafale la lui arrache. Mais non. Il risque un coup d'œil *frisson CLIGNEfrisson*. Il regarde à droite, où a eu lieu l'explosion, puis à gauche *clignecligne*, puis de nouveau à droite. Il découvre deux hommes morts et un autre couché dessous : il a perdu un bras et remue très légèrement, en gémissant. Au-dessus d'eux, un tuyau siffle, un jet de vapeur blanche emplit l'espace.

CHIYOKO.

An s'avance dans la coursive, il tend le bras droit et tire.

L'homme cesse de gémir.

Une petite dose de violence, ça remet les idées en place.

Une petite dose de mort.

Il se dirige vers l'arrière du bateau. Le sol métallique est froid. Le bateau tangue. L'air est chaud, de plus en plus chaud, à cause de la vapeur. La coursive avance en ligne droite pendant 5 mètres et tourne à droite au fond. Il y a des portes fermées des deux côtés. Et d'autres bruits droit devant. Des bruits de pas, des cliquetis. Encore des hommes, mais pas de voix cette fois. Ceux postés à l'avant étaient des amateurs. Pas ceux-là.

Ceux-là *cligneligne* ceux-là appartiennent aux Forces spéciales.

An avance rapidement de huit pas, ses pieds nus sont totalement silencieux. Il s'arrête à l'endroit où la coursive fait un coude à droite. *CligneCHIYOKOfrissonCLIGNE*. Il devine que les hommes se sont rassemblés au coin, à l'extrémité. Ils l'attendent.

CLIGNEFRISSON.

Ils éteignent les lumières.

Il fait totalement noir. Ils ont éteint les lumières car ils ont du matériel de vision nocturne et pas lui. Mais peu importe.

CLIGNEFRISSONCLIGNECLIGNE

An libère la cuillère de sa grenade. Il compte une seconde et la lance, avec force, pour qu'elle soit renvoyée par la paroi et heurte le sol en rebondissant comme furieusement, vers les hommes des forces spéciales.

— GRENADE !

Deux coups de feu claquent : ils tentent de l'atteindre, mais les balles ricochent sur le métal en produisant des zing ! stridents. An se jette en arrière et se bouche les oreilles avant la 2nde explosion.

Celle-ci est encore plus assourdissante que la première. An se débouche les oreilles avant que l'écho meure. Il dispose de trois minutes, peut-être, avant de perdre l'avantage de la surprise. Il sait qu'une fois ces trois minutes écoulées, ils ne chercheront plus à l'intercepter, ils bloqueront toutes les issues du bateau à la place et il deviendra impossible *cligne* impossible *cligne* impossible pour lui de s'échapper, même en sautant par-dessus bord pour tenter sa chance dans l'eau, ce qui ne serait pas l'idéal, loin s'en faut.

CLIGNEfrissonfrissonCHIYOKOcligne.

Il faut y aller.

Il lève le Glock, s'approche du coin, puis s'élance dans le noir, le plus vite possible, droit devant, en tirant à l'aveuglette.

Il tire douze balles, et à en juger par le bruit, trois d'entre elles atteignent des cibles de chair et d'os. Aucune riposte. Il parcourt 5,4 mètres et glisse sur le sol, à la manière d'un joueur de base-ball qui tente de voler la balle à un adversaire lancé à fond. Il tend le bras dans l'obscurité : il sent une tête. Et rien d'autre que la tête.

CLIGNECLIGNEFRISSON

Devant lui, l'obscurité est plus dégagée, la fumée de la grenade s'élève, s'élève. An devine qu'il vient d'atteindre le hangar du bateau.

Encore des gémissements. Mais aussi un bruit de course.

An soulève la tête qu'il a heurtée avec son pied et *cligne* et *cligne* et *cligne* et ses doigts se referment sur une paire de lunettes de vision nocturne. Il les arrache. En chaussant les lunettes, An découvre que son crâne est *cligneFRISSONcligne* est bandé. Quand il ajuste la sangle, elle comprime *cligneclignecligne* elle comprime *cligneclignecligne* elle comprime la peau enflée et tire sur les points de suture tout frais qui barrent son front et la naissance des cheveux. Il grimace et réprime une envie de hurler. Les lunettes sont en place, mais elles ne fonctionnent pas.

— Qui a un visuel ? murmure une voix lointaine qui résonne dans le hangar.

Il n'est pas seul.

— Presque, répond une 2nde voix, plus proche. ALLEZ !

La voix n'est qu'à quelques pieds. *FRISSONcligne-FRISSON*. An voit apparaître la faible lueur verte des lunettes de l'homme le plus proche. À seulement trois mètres de lui.

— Je le vois ! s'écrie l'homme.

Mais il ne tire pas. Sans doute a-t-il perdu son arme lors de l'explosion. La lumière spectrale souligne les contours de son visage, sa barbe naissante, ses dents serrées. Tout cela bondit soudain vers An, qui se jette au sol, vise avec son pistolet et tire.

L'homme s'écroule sur lui. Mort. Un couteau se plante dans le sol, tout près de l'oreille d'An.

CLIGNECLIGNEfrissonCLIGNEfrisson.

Il s'en est fallu de peu.

An repousse l'homme *frisson*, palpe de nouveau les lunettes *cligne* et trouve le bouton.

La pièce devient verte.

Il s'agit effectivement du hangar.

Un coup de feu hurle à l'autre bout de la salle et le projectile manque An de moins d'un mètre. Il aperçoit alors un homme *clignecligne* un homme corpulent qui épaule un fusil. Sans lunettes. Il tire au jugé. En direction du bruit. An lève le Glock, prend son temps et tire une seule balle. Elle traverse la main de l'homme et pénètre dans son front, au-dessus de l'œil droit. Il s'écroule.

An arrache le couteau que le mort tient encore dans la main et l'examine. *Clignecligne.* Le couteau possède une lame de 30 centimètres de long, avec un seul tranchant et pas de dentelure. *Frisson.* Ça ressemble plus à une petite épée qu'à un couteau de commando. Sans doute était-ce l'objet le plus précieux de cet homme, son arme favorite. Sa signature.

Plus maintenant.

CLIGNECLIGNEFRISSONFRISSONCLIGNE

An se gifle, traverse le hangar en courant, et en murmurant « Chiyoko Takeda Chiyoko Takeda Chiyoko Takeda ». Il fait des zigzags, au cas où, mais aucun coup de feu n'éclate. Il trouve ça *cligne-cligne* trouve ça bizarre. C'est un gros bateau, sans doute un destroyer type 45, et un équipage, même réduit, se compose de plus de 100 marins. D'après ses comptes, il n'en a tué que 17. Cela signifie que beaucoup d'autres vont arriver.

Ou bien ça signifie que les autres membres d'équipage ignorent tout de sa présence. Ils ne savent pas ce qui se passe sous le pont. An est peut-être un secret.

Il contourne rapidement un véhicule amphibie et se faufile entre deux palettes où s'empilent des marchandises *clignefrissonfrissoncligneclingne* des marchandises enveloppées de film plastique transparent. À trois mètres de là, une porte est ouverte, un escalier disparaît à l'intérieur et monte, monte, monte.

Un destroyer type 45 possède une *cligne* possède une *cligne* possède une hélisurface. Pour un Merlin Mk1 peut-être ou un Lynx Mk8.

An comptabilise 278 heures de simulateur sur le Merlin et 944 sur le Lynx, plus 28 heures aux commandes d'un vrai appareil.

Il fonce vers la porte.

cligneclignecligneclignecligne

Il atteint l'escalier étroit et monte.

Un pont.

Il monte.

Deux.

Il monte.

Trois.

L'air fraîchit et An sent la *cligneclignecligne* la douceur salée de la mer et, encore mieux *FRISSON* encore mieux *FRISSON* encore mieux, il entend le whomp-whomp-whomp des rotors d'un hélicoptère.

Merci, forces spéciales.

CLIGNECLIGNE.

An n'est plus qu'à quelques mètres de l'écoutille qui donne accès à l'hélisurface. Elle est ouverte, elle aussi. Les machines du bateau s'emballent, comme si cette masse de métal, d'électronique et d'armement était nerveuse. Il sent le premier souffle des pales de l'hélicoptère et s'emmitoufle dans la veste de Charlie. Il aperçoit l'éclat vif de la pleine lune, le ciel dégagé, les étoiles étincelantes et, au-dessus, le vide sans fin.

CligneFRISSONcligne.

Chiyoko aurait aimé cette nuit, pense-t-il. *Elle y aurait vu la beauté que je ne peux pas voir.*

Il ôte ses lunettes d'un mouvement brusque, la sangle arrache les bandages et fait sauter deux ou trois points de suture.

Il doit atteindre l'hélico.

Il lève la tête au-dessus de la dernière *CLIGNE* dernière marche. Un Lynx Mk8, comme il l'espérait. Il est parfaitement dans l'alignement du cockpit, derrière l'hélicoptère, il y a la poupe du bateau, puis le trou noir du large. Il remarque des lumières clignotantes à l'horizon. Une ville au loin. Il lève les yeux vers le ciel. Il aperçoit Cassiopée à quelques degrés au-dessus de la Terre. Il se demande si les

FRISSONCLIGNEFRISSON les keplers l'observent à cet instant, il se demande s'ils l'acclament.

CLIGNEFRISSONCLIGNE.

Il a envie de tous les tuer, à cause de ce qu'ils ont fait à Chiyoko.

De tout liquider, partout, pour l'éternité, dans toutes les directions pour toujours.

Tout.

cligneFRISSONcligneFRISSONFRISSONCLIGNE.

An s'approche de l'écoutille. Les lumières de l'hélico sont éteintes. Le pilote va décoller *cligne* décoller *cligne* décoller à l'aveugle.

Maintenant ou jamais.

Le Lynx est muni d'une mitrailleuse de 20 mm pointée sur le pont dégagé qu'An doit traverser. Il espère également que les soldats dans l'hélico n'oseront pas enfreindre tous les règlements en ouvrant le feu avant d'avoir décollé.

An bondit en canardant le cockpit avec son Glock, mais les balles ricochent contre la carlingue et heurtent les pales en sifflant.

Arrivé à deux mètres de l'appareil, il cesse de tirer pour garder trois balles en réserve. L'hélicoptère s'élève au-dessus du pont, lentement. An atteint *cligneFRISSONcligne* la porte latérale juste au moment où elle se referme. Il tire. Le copilote s'écroule à l'arrière de l'appareil, son casque est arraché de sa tête explosée. An expire et saute à bord. *FRISSON*. Le pilote pivote sur son siège, son Browning appuyé sur son épaule, mais An tire ses deux dernières balles et le pilote bascule sur le côté.

CLIGNECLIGNE.

Le Lynx fait une embardée à bâbord lorsque le pilote mort tire sur le manche à balai.

An lâche son pistolet, saute par-dessus une longue caisse métallique dans le compartiment à l'arrière et atterrit sur le siège du copilote.

Il éprouve une étrange sensation en enjambant la caisse.

Une sensation de calme et de paix.

Il actionne une série d'interrupteurs, débranche les commandes du pilote et s'empare du manche à balai du copilote. Soudain, des projecteurs illuminent le pont.

CLIGNEFRISSONCLIGNEFRISSON.

— Yaaaaaaaaaaaaaaaa ! hurle An pour tenter de chasser ses tics.

Il entend à peine son cri dans le vacarme de l'hélicoptère.

Une douzaine de marins, munis d'armes de petit calibre, se déploient sous les projecteurs et ouvrent le feu.

CLIGNEFRISSONCLIGNE.

Des balles traçantes éclairent la nuit de leurs arcs de cercle multicolores. An sourit. Ils arrivent trop tard.

Il fait monter l'hélico à 10 mètres, dépasse la poupe à reculons, en suivant précisément le cap nord-nord-est, et met 87 mètres entre lui et le navire en 2,2 secondes. Il enclenche le système de tir, prie pour que la batterie de missiles Sea Skua soit armée et il ouvre le feu.

Cligneclignecligneclignecligneclignecligne cligneclignecligneclignecligne–

Les missiles s'élancent en hurlant et le pont du navire explose dans un gigantesque éclair orange, noir et blanc. An tire sur le manche à balai, effectue un demi-tour à 180 degrés, pousse à fond sur le manche, met les gaz et atteint une vitesse de 170 nœuds en 4,6 secondes. Le navire en feu explose derrière lui. Il est libre, il est libre. Jusqu'à ce qu'ils fassent décoller les jets pour l'abattre il est libre.

Frissoncligne.

Il fonce vers le nord-ouest à quelques mètres seulement au-dessus de l'eau pour éviter les radars, en direction des lumières clignotantes.

Frissoncligne.

Il est libre.

Cligne.

Libre.

Je vous révélerai également ce qui est écrit concernant la fierté de PHARAON. MOÏSE fit ce que Dieu lui ordonna et il transforma son bâton en serpent, et PHARAON ordonna aux magiciens, aux sorciers, d'en faire autant avec leurs bâtons. Alors ils firent de leurs baguettes trois serpents qui, grâce à la magie, s'agitèrent devant MOÏSE et AARON, devant PHARAON et les nobles d'ÉGYPTE. Et le bâton de MOÏSE avala les bâtons des magiciens car ces imposteurs avaient accompli la magie pour les yeux des humains. Tout ce qui survient à travers la parole de Dieu triomphe de toutes les formes de magie qui peuvent être accomplies. Et nul ne peut le juger maléfique car c'est le Saint-Esprit qui guide et dirige celui qui croit avec un cœur droit, sans manquement.

HILAL IBN ISA AL-SALT, EBEN IBN MOHAMMED AL-JULAN

Église de l'Alliance, royaume d'Aksoum,
Éthiopie septentrionale

Nombreux sont les Éthiopiens, Érythréens, Somaliens, Djiboutiens et Soudanais qui croient que l'arche d'alliance est conservée à l'intérieur d'un bâtiment de béton cubique dans la ville éthiopienne d'Aksoum, près de la frontière avec l'Érythrée. Cette chapelle, située derrière un haut grillage et coiffée d'une petite coupole de style islamique, se trouve dans l'enclos de l'église Sainte-Marie-de-Sion. Elle est gardée par un seul homme, à la vue de tous, et tout le monde sait ce qui se trouve à l'intérieur.

Tout le monde se trompe.

Eben ibn Mohammed al-Julan, lui, ne sait même pas ce qu'il y a dans cette chapelle. Non pas qu'il ne soit pas digne de le savoir, mais il s'en fiche.

Car il sait où se trouve la véritable arche.

Tous les membres initiés de la lignée d'Aksoum le savent, depuis des millénaires.

Ils le savent car les Créateurs les ont choisis pour être les Gardiens de l'arche.

Et ils la gardent depuis cette désastreuse année 597 avant Jésus-Christ quand les Babyloniens détruisirent Jérusalem et rasèrent le temple de Salomon. Au milieu de la nuit du 30 Shebat. Nabuchodonosor II, incarnation d'Ea le Corrompu, et sa horde d'envahisseurs se trouvaient à moins de deux miles du temple. Tandis qu'ils s'en approchaient, Ebenezer Abinadab et trois autres Gardiens recouvrirent l'arche de lin bleu, se saisirent des barres en acacia et la soulevèrent. Elle pesait exactement 358,13 livres, depuis toujours, depuis que Moïse et Aaron l'avaient achevée et que le Créateur, qui s'était adressé à Moïse sur le mont Sinaï, avait placé ses tables à l'intérieur.

Ebenezer et les Gardiens sortirent du temple, déposèrent l'arche sur un chariot couvert tiré par un bœuf noir comme de l'encre, aux cornes dorées, et prirent la direction de l'est, à travers le désert, franchissant le Sinaï jusqu'à Raithu, où ils tuèrent le bœuf, salèrent sa viande pour la manger et transportèrent l'arche à bord d'une petite galère en bois pour voguer vers le sud sur la mer Rouge. Ils la débarquèrent à Ghalib. Ces quatre hommes à la tête baissée et au dos puissant, qui ne touchaient jamais aucune partie de l'arche, à l'exception des bras servant à la porter (la mort instantanée était le châtiment encouru pour cette transgression), marchèrent pendant des kilomètres et des kilomètres, pendant des semaines et des semaines. Ils ne se déplaçaient que la nuit, évitant tout contact avec autrui.

Ils évitaient les gens par bonté et respect de la vie.

Car tout être humain – homme ou femme, bébé ou vieillard – qui voyait cette caravane sacrée, composée des voyageurs les plus respectés au monde, était immédiatement frappé de cécité ou bien son esprit se trouvait empoisonné par une folie qui le faisait délirer et ramper sur le sol. Ebenezer assista sept fois à ce phénomène au cours de leur voyage de 136 jours ; il nota chaque manifestation dans son journal, chacune plus terrifiante que la précédente.

Finalement, Ebenezer et ses compagnons atteignirent leur destination, dans ce qui est l'Éthiopie actuelle. Ils déposèrent l'arche au cœur d'un épais bosquet de cèdres et érigèrent le tabernacle tout autour pour la protéger des regards, puis ils se réunirent avec les membres estimés de la lignée. La Fraternité Incorruptible des Aksoumites. Tous les anciens Joueurs vivants, ainsi que le Joueur du moment, un garçon de quatorze ans nommé Haba Siloé Galaad.

Les temples souterrains avaient déjà été construits à cette époque, même s'ils n'avaient pas encore été transformés en églises – les Créateurs avaient supervisé leur édification quand la lignée aksoumite avait été choisie pour participer à Endgame, des milliers d'années plus tôt –, et l'arche fut descendue neuf niveaux sous terre, dans la salle la plus profonde, la plus sûre.

Cette salle est le Kodesh Hakodashim, le Débir, le saint des saints.

Une fois l'arche installée, l'entrée du Kodesh Hakodashim fut comblée par Haba lui-même avec des pierres, de la terre et des cailloux étincelants, de telle manière que, depuis 2 600 ans, l'unique moyen d'accès soit un étroit boyau, juste assez large pour laisser passer un homme obligé de ramper sur les coudes.

Comme le fait Eben ibn Mohammed al-Julan à cet instant. Il progresse dans le tunnel patiné en s'aidant de ses coudes calleux vers l'arche.

Pour accomplir une chose que personne n'a jamais faite dans toute l'histoire de l'humanité.

Il pense à Hilal en avançant. Sevré de morphine, le Joueur marche et parle désormais, mais cette dernière activité le fait terriblement souffrir. Eben l'a laissé dans sa chambre, assis dans un fauteuil, en train de contempler un miroir. Ses blessures l'ont affligé d'une forme perverse de vanité. C'est nouveau chez lui. En dépit de son indéniable beauté d'autrefois, il n'a jamais été vaniteux. Maintenant, il ne cesse de regarder son visage et semble particulièrement épris de son œil rouge à la pupille blanche.

— Le monde m'apparaît différemment à travers cet œil, a-t-il dit juste avant qu'Eben le laisse seul.

La voix du Joueur était rauque, comme s'il avait la gorge remplie de cendres.

— Comment ça ? lui demanda Eben.

— Il me paraît… plus sombre.

— Il *est* plus sombre, mon Joueur.

— Oui. Tu as raison. (Au moins, Hilal a détourné le regard de son reflet un moment pour poser son œil rouge sur Eben.) Quand pourrai-je recommencer à Jouer, Maître ?

Eben ne demande plus à Hilal de ne pas l'appeler Maître, il a renoncé.

Les vieilles habitudes ont la vie dure.

— Bientôt. Tu avais raison au sujet de l'Épreuve. Cela aurait pu être évité. De plus, les keplers sont intervenus.

— Ce n'est pas leur rôle, répondit Hilal d'un ton amer.

— Non.

— Que va-t-on faire ?

— Tu vas continuer à Jouer, mais avant cela, je vais voir si on ne peut pas obtenir un avantage. Tu pourras peut-être t'opposer aux keplers, tout en faisant une chose qui t'aidera à affronter les autres.

— Tu vas ouvrir l'arche…

— Oui, Joueur. Je reviens. Repose-toi. Bientôt, tu auras besoin de toutes tes forces.

— Bien, maître.

Et Eben est sorti.

C'était il y a 27 minutes.

Il n'est plus qu'à cinq mètres du bout du tunnel.

Quatre.

Trois.

Deux.

Un.

Toc toc.

La porte de plomb pivote vers l'intérieur, Eben rampe encore un peu et pénètre dans la salle à quatre pattes.

Il n'existe pas de manière élégante de pénétrer dans le Kodesh Hakodashim.

À l'instar de l'arche qu'elle abrite, cette salle possède des dimensions bien précises : 30 pieds de long, 10 pieds de haut et 10 de large. Tous les angles, ceux que les murs forment avec le sol, les autres murs et le plafond, font exactement 90 degrés. Les murs de terre sont recouverts d'épais panneaux de plomb tapissés de bandes d'argent et d'or de longueurs variables. La salle est éclairée par une lumière autonome et permanente, due aux Créateurs, en forme de parapluie renversé, suspendue au centre du plafond. Elle émet une lueur constante, stable et rosée, de 814 lumens.

Aux deux tiers du grand mur pend un rideau rouge et bleu. Il délimite un espace de 10 x 10 x 10 pieds qui abrite l'arche d'alliance avec les Créateurs.

La porte a été ouverte par un des deux Nethinim. L'autre tend la main à Eben pour l'aider.

— Non, merci, mon frère, dit-il en se redressant.

Il les salue :

— Same-El, Ithamar.

Les deux hommes ont dans les 30 ans. Ithamar est un ancien Joueur, Same-El est instructeur, spécialiste de la chimie industrielle et du maniement du bâton à la manière du peuple Surma.

— Maître al-Julan, répondent-ils en chœur.

Eben lève la main et fait une chose qu'il n'a jamais faite : il se tourne, ferme la porte et abaisse le loquet qui scelle la salle.

Il se tourne vers les Nethinim.

— C'est l'heure ? demande Same-El d'une voix tremblante.

— Oui, mon frère. L'honneur vous revient à tous les deux.

Ithamar ouvre de grands yeux, les épaules de Same-El tremblent. Les Nethinim semblent sur le point de succomber à la peur.

Mais Eben sait bien que ça n'arrivera pas.

Ouvrir l'arche est un honneur insigne pour les Nethinim. Le plus grand honneur qui soit.

Au mépris de tout le protocole, Ithamar attrape la main d'Eben et tire dessus comme un enfant.

— Se peut-il que nous ayons cette chance ? demande Same-El.

— Oui, mon frère.

— Nous allons voir la dernière chose qu'a vue Oncle Moïse ? demande Ithamar. Toucher ce que lui seul a eu le droit de toucher ?

— Si l'arche le permet, oui. Mais vous connaissez les risques, mes frères.

Oui, les risques.

Les Aksoumites connaissent toutes les légendes, et bien d'autres encore. L'arche, si on l'ouvre, frappera de manière impitoyable et sans exception même les adeptes les plus fervents. Elle libérera sur Terre les feux de l'enfer, la pestilence et une mort indescriptible. Elle fera couler des fleuves de sang, brûlera le ciel et empoisonnera l'air lui-même, car ouvrir l'arche est contraire à la volonté des Créateurs.

Le pouvoir qui se trouve à l'intérieur appartient à Dieu, et à Dieu seul.

Mais plus maintenant.

Maudit soit Dieu, pense Eben.

— Nous sommes prêts, maître, déclare Same-El.

— Bien, mon frère. Quand la lignée des Aksoumites survivra à la fin de tout, on se souviendra de vous comme deux de nos plus grands héros.

Il les regarde droit dans les yeux, l'un après l'autre, les étreint, les embrasse, leur sourit, puis les aide à se préparer.

Les Nethinim détachent et ôtent leurs plastrons de cuirasse ornés de bijoux. Ithamar suspend le sien à un crochet et Eben prend celui de Same-El pour l'enfiler par la tête. Le plastron pend devant sa poitrine, c'est un rectangle composé de 12 morceaux de bois reliés par des anneaux de fer ; chacun est incrusté d'une pierre ovale et lisse, d'une couleur différente.

Le plastron d'Aaron.

Same-El l'attache dans le dos d'Eben.

Ce sera son unique protection, avec sa foi.

Ithamar verse dans un bol de bois l'eau bénite contenue dans un pichet et s'agenouille. Same-El s'agenouille à côté de lui. Tour à tour, ils se lavent les mains, les bras, le visage ; leur peau mouillée reflète la lumière rosée en dessinant des motifs tourbillonnants. Eben a déjà la tête qui tourne.

Il envie ces deux hommes, même si, à l'arrivée, ils seront sacrifiés.

Non. *Parce qu'*ils seront sacrifiés.

Ils ôtent leurs tuniques, les suspendent au mur et se tiennent immobiles, nus, dans l'attente de ce qui va se produire.

Eben les étreint et les embrasse une dernière fois. Les deux hommes se placent face à face et tapent sur leurs cuisses jusqu'à ce qu'elles deviennent rouges. Puis ils se frappent le ventre et la poitrine. Ils se prennent par les épaules et se crient au visage les noms de leurs pères, des pères de leurs pères et des pères des pères de leurs pères. Ils invoquent Moïse et Jésus, Mahomet et le Bouddha, ils réclament le pardon.

Eben réclame la même chose pour ces deux bien-heureux.

Finalement, sans regarder Eben, Same-El et Ithamar sourient et se tournent vers le rideau. Ils avancent en se donnant la main. Eben fait demi-tour, se dirige vers la porte, appuie ses genoux contre le métal, ferme les yeux, se bouche les oreilles et attend.

Une minute et 16 secondes s'écoulent avant que les premiers hurlements s'élèvent.

Il n'y a ni joie ni illumination. Uniquement la terreur. Ce sont deux hommes forts, parmi les plus forts de toute la lignée, et pourtant ils pleurent comme des bébés que des bêtes sauvages arrachent aux seins de leur mère.

Dix-sept secondes plus tard, l'air devient brûlant dans le dos d'Eben et il entend le rideau qui s'agite et claque comme une voile détachée en pleine tempête.

Les hurlements se poursuivent, désespérés, déchirants, stridents, ultimes.

Puis la lumière apparaît, si éclatante que ses paupières plissées prennent la couleur orangée du soleil, et Eben se retrouve projeté contre le mur par un vent puissant. Il ne peut plus bouger. Son nez est écrasé contre la paroi brûlante comme le dessus d'une cuisinière et il sent l'odeur de sa peau qui cuit, il entend son cœur qui bat plus vite que jamais ; il se dit qu'il va jaillir de sa poitrine et que lui aussi va mourir.

Les hurlements qui se poursuivent tissent l'horreur comme un fil incandescent.

L'obscurité et l'air tentent de l'aspirer, les anneaux métalliques du rideau s'entrechoquent bruyamment et Eben, les yeux toujours fermés, ses larmes gelées dans l'atmosphère devenue glaciale, doit lutter pas à pas. Sa tunique est attirée par l'arche, avec une telle force qu'il craint qu'elle soit arrachée, ou qu'elle se déploie autour de lui, comme des ailes de tissu, et l'entraîne à reculons vers le vide rugissant.

Après trois minutes et 49 secondes, le silence revient.

L'immobilité.

Eben décolle ses mains de ses oreilles. Elles sont moites, ses doigts engourdis, il a l'impression d'avoir serré quelque chose de toutes ses forces pendant des heures. Il essaye d'ouvrir les yeux, mais ils sont encroûtés. Avec ses doigts, il arrache les cristaux de glace et les perles de larmes jaunes, congelées.

Il bat des paupières. Il voit.

Il claque des doigts. Il entend.

Il tape du pied. Il sent.

La lumière rosée n'a pas changé. Il regarde le mur brillant, à quelques centimètres seulement de son visage, veiné d'or et d'argent. Lui non plus n'a pas changé. Il voit son reflet, tacheté, imparfait, comme avant.

Il respire.

Il respire et respire encore.

Il retient sa respiration et se retourne.

Rien n'a bougé dans la salle. La lampe pend au plafond, au bout de sa fine baguette. La table basse dorée, avec le bol et le pichet, se trouve sur sa droite. Les tuniques sont suspendues aux crochets sur le mur. Le plastron antique, orné de pierres, que portait Ithamar est accroché lui aussi.

Le rideau est comme avant : droit, éclatant, propre.

— Same-El ? Ithamar ?

Pas de réponse.

Eben s'avance. La salle, de 30 pieds de long seulement, semble mesurer des kilomètres.

Il tend la main vers le rideau.

Il le caresse du bout des doigts.

Il ferme les yeux, glisse la main par l'ouverture et entre.

Il ouvre les yeux.

Elle est là. L'arche d'alliance, dorée, longue de deux coudées et demie, haute et large d'une coudée et demie ; le siège de miséricorde, détaché, est appuyé contre le mur, les chérubins agenouillés sur le dessus s'adressent des regards de reproches éternels.

Le seul signe qui témoigne de l'existence passée de Same-El et d'Ithamar sont deux petits tas de cendres grises, de la grosseur d'un poing, sur le sol, écartés précisément de deux mètres.

Eben se dresse sur les orteils pour essayer de voir le fond de l'arche, par-dessus le rebord.

Mais il n'y parvient pas.

Il se rapproche.

À l'intérieur, une urne en céramique est entourée de fil de cuivre. Il y a également une tablette en pierre, vierge. Et un morceau de soie noire froissée, dans un coin.

Et au milieu, deux cobras noirs, enroulés l'un sur l'autre et formant un huit, lisses et vigoureux. Ils essaient de se mordre la queue.

Eben touche le bord de l'arche. Il n'est ni terrassé, ni frappé de cécité, ni plongé dans la folie.

Les genoux appuyés contre l'arche, il se penche à l'intérieur et prend un serpent dans chaque main. Au contact de sa peau, ils se durcissent, se tendent et se transforment en bâtons de bois d'un mètre de long terminés, à une extrémité, par des têtes de serpent en métal et une pointe dorée à l'autre extrémité.

Le bâton d'Aaron.

Le bâton de Moïse.

Eben en glisse un sous sa large ceinture de toile.

Il garde l'autre à la main.

Il s'agenouille pour soulever la tablette de pierre et la retourner avec un bruit sourd.

Elle est vierge des deux côtés.

Il soupire et sent le vide envahir son cœur. Voilà donc l'alliance avec les Créateurs.

Une tablette de pierre vierge.

Maudits soient-ils.

Il n'ose pas ouvrir l'urne, qui est sans aucun doute la machine à manne. Les Aksoumites la garderont – posséder une machine capable, potentiellement, de fabriquer de la nourriture peut se révéler utile après l'Épreuve, à condition qu'ils sachent comment l'utiliser –, mais ils n'en ont pas besoin pour l'instant.

Il ne reste que le morceau de soie noire froissé.

Eben le repousse avec le bâton et... il est là.

Il se penche pour s'en saisir. Il le retourne. Fait glisser ses doigts dessus.

Il secoue la tête, incrédule.

Toc toc.

Il y a quelqu'un à la porte.

Eben se retourne vivement et traverse le Kodesh Hakodashim. Il ouvre la trappe et laisse le soin à la personne qui se trouve de l'autre côté de la pousser.

Hilal glisse sa tête défigurée à l'intérieur de la salle.

— Eh bien, maître ? Je ne pouvais plus rester assis à attendre.

— Tu ne vas pas le croire.

— Elle est ouverte ?

— Oui.

— Par qui ?

— Same-El et Ithamar.

— Ils ont survécu ?

— Non.

— Dieu les a emportés.

— Oui, mon Joueur. Dieu les a emportés.

— Et qu'y avait-il à l'intérieur ?

— Ça, dit Eben en montrant les bâtons-serpents. Ce sont des armes vivantes. Les bâtons d'Aaron et de Moïse, les serpents qui se dévorent, les premiers créateurs, les ouroboros. Nos symboles d'incorruptibilité, les chasseurs d'Ea. Même si notre lignée ne trouve jamais le Corrompu, ces bâtons te serviront pour Endgame.

— Quoi d'autre ? L'alliance ?

— Il n'y a pas d'alliance, Joueur. La tablette était vierge.

Hilal détourne le regard. Les dents serrées, il demande :

— Y avait-il autre chose, Maître ?

— Oui, Joueur. Et c'est ça que tu ne vas pas croire.

Eben lui montre l'objet.

C'est un étroit fourreau de métal noir, de la taille d'un gros smartphone, légèrement incurvé et orné d'un glyphe gravé dans un coin.

Eben le tend à Hilal et, dès que le Joueur de la 144e lignée le touche, il s'éclaire et prend vie.

Hilal regarde Eben.

Eben regarde Hilal.

— À Endgame, mon Joueur.

— À Endgame, Maître.

Domini fati in textile temporis
fila ultima nostra texuere

Frisson.

Il est libre.

Mais *où* est-il libre exactement ? Il l'ignore.

Il examine le tableau de bord du Lynx, localise le système de navigation et le pilote automatique. Il appuie sur quelques touches de l'écran tactile et voit la Manche. Les lumières au nord sont celles de Douvres. Il ne veut pas retourner en Angleterre, jamais, jamais *cligneFRISSONcligne* jamais *cligneFRISSON* jamais *clignecligneFRISSONCLIGNECLIGNE-CLIGNE* jamais.

An se donne un coup de poing dans la joue pour chasser les tics.

Ça marche.

— Chiyoko Takeda, murmure-t-il. Chiyoko Takeda.

Il saigne du nez.

Frisson.

Il gonfle ses joues. L'adrénaline de l'évasion se dissipe. La douleur qui imbibe chaque centimètre cube de sa tête rugit comme un moteur.

Il se saisit du manche à balai et fait décrire un arc au Lynx, au ras de l'eau, jusqu'à ce qu'il suive le cap 202° 13' 35". Il dépasse le destroyer toujours en flammes à trois kilomètres à l'est. Il prie pour qu'ils ne le voient pas, pour que leurs armes soient inutilisables, ou bien qu'ils soient trop accaparés

120

par leur navire en train de brûler pour prendre la peine de lui tirer dessus.

C'est alors qu'il remarque sur le tableau de bord des commandes qu'il ne connaît pas, et il comprend pourquoi l'hélicoptère allait décoller sans lumières, et pourquoi il n'a pas encore été abattu en plein vol par deux F/A-18.

Le Lynx a décollé sans lumières car il en est capable.

Ces étranges commandes sont celles d'un engin furtif, et elles sont déjà activées.

An peut se servir de cet hélicoptère pour disparaître.

Cligne. Frisson.

Pourquoi le mode furtif avait-il été activé ?

S'il avait été prisonnier à bord, cela aurait été logique – il est un des Joueurs d'Endgame, un des individus les plus dangereux sur la planète –, mais l'appareil se préparait à décoller avant même que lui ait atteint l'hélisurface.

Alors, pourquoi décoller sans lumières ?

Cligne. Frisson. Cligne.

Soudain, il se penche brutalement vers l'avant, comme si quelqu'un l'avait frappé derrière la tête.

La caisse métallique dans le compartiment.

La caisse métallique de la taille d'un cercueil.

CHIYOKO TAKEDA.

An fait remonter l'appareil à 50 mètres pour garder une distance de sécurité avec la surface de l'eau et active le pilote automatique. Il entre de nouvelles coordonnées : 140° 22' 07''.

D'un bond, il s'arrache du siège du copilote et retombe devant la caisse.

Frisson.

Il avance d'un pas et pose la main dessus.

Il n'a pas besoin de l'ouvrir pour savoir.

Il se laisse tomber sur le cercueil, l'oreille et la joue collées au métal froid, et il l'enlace.

— Chiyoko Takeda.

Les tics ont cessé.

Il se relève. Le monde interne de l'hélicoptère, bruyant, l'assaille de toutes parts, la douleur vrille la blessure dans sa tête. Il glisse les doigts sous le couvercle. C'est plus facile qu'il le supposait. Il l'ouvre et regarde à l'intérieur. Dans la faible lumière, il distingue seulement les reflets bleu marine d'une housse mortuaire en caoutchouc, fermée. À côté, il y a un petit sac fourre-tout.

An s'empare d'une lampe-torche fixée à un chargeur près de la porte et l'allume.

Le sac mortuaire semble contenir un enfant large d'épaules.

An prend d'abord le petit sac. Il introduit ses doigts dans l'ouverture froncée et l'écarte. Une montre analogique noire, une pochette en cuir contenant un assortiment de *shuriken*, un petit couteau, une boule de soie noire, un étui à lunettes, des tubes de papier de un pouce de long ressemblant à des pailles, une petite boîte en plastique. Une clé USB. Un stylo. Un fin portefeuille en cuir.

Les affaires personnelles de Chiyoko.

Il referme le sac et le dépose à ses pieds.

La housse mortuaire.

Il retient sa respiration, passe son index dans la boucle métallique de la fermeture Éclair et la fait coulisser de 43 centimètres. La lampe tombe dans le cercueil. Le faisceau éclaire brutalement le visage de Chiyoko Takeda. Un de ses yeux est ouvert, sans vie et sec, la pupille est dilatée, noire. Il le caresse du bout des doigts et ferme la paupière. Sa peau pâle est bleutée. Sur sa joue droite, de petits vaisseaux éclatés dessinent des lignes brisées. Ses lèvres, légèrement écartées, ont la couleur de la mer. An aperçoit le trou noir de sa bouche et le trait fin de ses incisives. Ses cheveux, noirs et raides, inchangés, ont été coiffés en arrière et maintenus par des épingles. An pose ses mains sur les joues. Il caresse le cou, les clavicules et le renflement des épaules, couvertes par le coton vert pâle d'une chemise de nuit d'hôpital.

Il gémit.

Il s'écroule à l'intérieur du cercueil et son visage rejoint celui de Chiyoko. Le clair de lune entre par les vitres de l'habitacle sombre de l'hélico qui vole sud-sud-ouest vers la Normandie. An bat des paupières pour chasser ses larmes et il voit les filigranes noirs de ses cils mouillés, semblables à un linceul de dentelle étendu sur lui, sur elle, sur eux.

Il glisse les bras sous la housse en caoutchouc et les resserre. Il l'étreint.

— Chiyoko, dit-il.

L'ordinateur de bord émet un bip.

An embrasse les lèvres bleues de Chiyoko, ses yeux, le petit creux où les sourcils et le nez se rejoignent. Il renifle ses cheveux – ils sentent la vie, contrairement au reste – puis, d'une pirouette, il revient s'asseoir dans le siège du copilote. Il reprend le manche à balai et réduit les gaz. Il regarde à bâbord, au-delà du corps avachi du pilote.

Là-bas, à 500 mètres, il y a la France. La plage et les terres qui se dressent au-dessus sont plongées dans l'obscurité, il y a peu d'habitations. Mais il sait que la ville de Saint-Lô n'est pas très loin. Et là se trouve une cachette de ravitaillement Shang. Le monde en est truffé. Le hasard veut qu'il se trouve à proximité de l'une d'elles.

Il a de la chance.

Il entre un nouveau cap dans le pilote automatique, sans l'activer. Il enfile un gilet de sauvetage, mais il attendra d'être dans l'eau pour le gonfler. Il prend un sac étanche. Il y fourre celui qui contient les affaires de Chiyoko, quatre rations de survie, le

Browning Hi-Power Mark III du pilote, des munitions, une trousse de terrain, un GPS et une lampe frontale. Il récupère le couteau du pilote. Ensuite, il prend un autre gilet de sauvetage et un rouleau de corde. Il en coupe une grande longueur et noue une extrémité autour du sac étanche. Il la passe dans le 2nd gilet, avant de le gonfler. Et il noue l'autre bout de la corde autour de sa taille.

Il ne ferme pas le sac étanche. Il doit d'abord y ajouter certaines choses.

Avec son poing, il appuie sur un bouton rouge et la porte de tribord s'ouvre en coulissant. L'air froid, vif et salé, s'engouffre dans le cockpit.

Avant de sauter dans l'eau, An s'agenouille près de Chiyoko, attrape une poignée de cheveux et approche son couteau.

— Je suis désolé, mon amour. Mais je sais que tu comprends.

Les tics ont disparu.

Il abat la lame du couteau et commence par les cheveux.

iv

SARAH ALOPAY, JAGO TLALOC

Tunnel du métro de Londres, non loin de Gloucester Road

Ils courent. Sarah est en tête, mais Jago met un point d'honneur à la rattraper. Il se donne à fond, ses jambes le propulsent aussi vite qu'elles le peuvent, et malgré cela il n'arrive toujours pas à atteindre la Cahokienne. Personne ne les suit.

Sarah balance les coudes et les épaules, elle tient le fusil à deux mains. La seule lumière dans le tunnel est celle des signaux de circulation, rouges et verts. Et la lampe fixée sur le front de Sarah. Elle l'a réglée au minimum, 22 lumens seulement. Un filtre rouge recouvre le plastique blanc.

Le halo rouge rebondit sur les parois du tunnel. Jago trouve cela étrangement hypnotisant.

— SAS, tu penses ? crie Sarah par-dessus son épaule, pas même essoufflée.

— *Sí.* Ou le MI6.

— Ou les deux.

Jago fait le compte :

— Quatre à la porte, deux à la fenêtre, un sniper en soutien. Combien dans la camionnette devant, à ton avis ? Ou au QG ?

— Trois ou quatre dans l'unité mobile. Vingt ou trente au centre des opérations.

— Plus un drone sans doute.

— Probable. Ce qui veut dire...

— Ils nous ont vus entrer ici.

— Ouais.

Sarah s'arrête en dérapant. Des flaques entourent ses chaussures. Le tunnel se sépare en deux.

— Par où ?

Jago la rejoint, leurs épaules se touchent. Il a mémorisé le plan de ces tunnels en préparant leur fuite. Il a répété avec Sarah dans leur chambre d'hôtel. Peut-être qu'elle n'écoutait pas. Peut-être qu'elle avait l'esprit ailleurs, comme depuis plusieurs jours.

— On en a parlé, dit-il. Tu te souviens ?

— Désolée.

— Au nord, ça mène à la station de High Street Kensington, en extérieur. Au sud, c'est une voie de service, lui rappelle-t-il.

— Au sud, alors.

— *Quizás*. Mais ces tunnels ne vont pas tarder à grouiller d'agents. Cela fait seulement… (Il consulte sa montre.)… quatre minutes et trois secondes qu'on est descendus sous terre. On a peut-être une chance d'atteindre la station, de sauter dans un train et de disparaître.

— On devrait se séparer.

— *Sí*. On se retrouve au point de rendez-vous. Tu t'en souviens ?

— Oui, Feo.

Ils savent l'un et l'autre que c'est impératif. Renzo, qui n'est pas au courant de ce petit contretemps, les attendra sur le terrain d'aviation cet après-midi pour les récupérer. Tel était leur plan. Mais maintenant que Sarah et Jago ont été repérés, ils doivent quitter la Grande-Bretagne le plus vite possible. Chaque seconde passée dans ces tunnels est une seconde offerte aux autorités pour les rattraper.

Jago montre le tunnel de droite.

— Si on suit la voie de service, ça nous prendra plus de temps.

— Pourquoi ?

Il soupire. Il est inquiet de voir tout ce qu'elle a oublié, ou tout ce qu'elle n'a pas écouté. Les Joueurs n'oublient rien, rien ne leur échappe, surtout pas des informations concernant des itinéraires de fuite.

— Parce qu'on sera obligés d'utiliser le...

Un souffle léger interrompt Jago.

— Une rame, dit Sarah, d'un ton décontracté.

Sans rien ajouter, elle s'engouffre dans le tunnel qui va vers le nord. La décision a été prise. Dans son dos, le vent se lève, le tunnel commence à s'éclairer. Elle aperçoit un des renfoncements utilisés par les ouvriers pour se protéger des rames qui passent. Elle s'y précipite. Il est juste assez large pour elle, mais en face, il y en a un autre. Jago s'y niche au moment où le vacarme assourdissant de la rame envahit leurs oreilles. L'aspiration qui précède la voiture de tête coupe le souffle de Sarah et enroule ses cheveux autour de son cou. Ses yeux sont au niveau de ceux des passagers assis dans les wagons. Elle en distingue quelques-uns dans cette nébuleuse de verre, de métal et de lumière qui passe à moins d'un pied de son visage : une femme à la peau mate portant une écharpe rouge, un vieil homme au crâne dégarni, assoupi, une jeune femme qui porte encore sa tenue de soirée de la veille.

Des gens normaux qui ne se doutent de rien.

La rame est passée. Sarah rassemble ses cheveux et refait sa queue-de-cheval.

— Allons-y.

Alors qu'ils approchent de la station, le tunnel s'éclaire. Sarah éteint sa lampe frontale. La station leur apparaît. La rame qui vient de les dépasser repart. De leur position en contrebas, ils voient uniquement les têtes des quelques passagers qui se dirigent vers les sorties. Ils approchent de la volée de marches qui mène au quai, en prenant soin de demeurer dans l'obscurité. Sarah lève la main et montre les caméras les plus proches : l'une d'elles est cachée derrière une grille.

— Dès qu'on montera sur le quai, ils vont nous voir.

— *Sí.* On reste ici en attendant la prochaine rame.

Jago dévisse le petit boulon qui fixe la lunette au fusil. Il rampe jusqu'aux marches, le plus près possible du quai sans entrer dans le champ des caméras, et il colle son œil à la lunette.

L'atmosphère habituelle du petit matin, rien d'autre. Quelques personnes attendent, jettent des coups d'œil à leurs smartphones, lisent des tabloïds ou des livres, regardent dans le vide. Un homme d'affaires apparaît au milieu du quai. Chapeau, chaussures noires, un journal roulé sous le bras. Il a l'air déçu. Il vient de manquer son train.

— La voie est libre, on dirait.

Jago abaisse la lunette.

— On va devoir abandonner les fusils.

— Tu as encore le pistolet, hein ?

— Oui.

Jago observe de nouveau le quai. Une jeune mère tient la main d'un enfant de trois ans. Un ouvrier en survêtement. L'homme d'affaires, qui lit son journal maintenant.

Jago fronce les sourcils, il pointe sa lunette sur l'homme.

Celui-ci porte un très beau costume... et des rangers noires.

— *Mierda.*

— Quoi ?

— Passe-moi ton fusil.

Sarah obéit sans poser de questions. Jago épaule l'arme, vise et presse sur la gâchette qui commande la fléchette fixée sous le canon.

Le projectile jaillit de la chambre avec un petit pop, accompagné d'un souffle d'air. L'homme est trop loin pour les entendre. L'écran à affichage numérique situé en hauteur, derrière lui, indique qu'un nouveau train à destination d'Edgware Road va arriver dans une minute. L'homme recule à l'ultime fraction de seconde. La fléchette frôle son cou et va heurter un panneau publicitaire.

L'homme lâche son journal et écarte les pieds, il regarde à droite et à gauche. Il porte la main à son oreille et dit quelque chose. Jago s'éloigne des marches.

— Mauvais. Faut faire demi-tour.

— Quelqu'un t'a vu ?

— Je ne crois pas.

— Bon sang, Jago. Tu ne *crois* pas ?

Peut-être qu'il devient négligent lui aussi. Trop d'oublis, trop de hamburgers, trop de sexe.

Sarah se redresse et regarde en direction du quai. Il est là. Il s'est déjà rapproché de vingt pas. Le type en costume fonce vers eux, il a perdu son chapeau, il tient un pistolet à la main.

Jago lève le canon du fusil et, sans viser, il appuie de nouveau sur la seconde gâchette. La fléchette atteint l'homme à la joue, juste sous l'œil. Il recule et s'écroule, en glissant contre la paroi en béton, à seulement 47 pieds. Il s'immobilise. Il roule sur le côté. Il palpe son visage d'où dépasse la queue touffue de la fléchette. Il lutte pour ne pas perdre connaissance, en vain. Il s'évanouit.

La jeune mère hurle.

Les deux Joueurs font demi-tour et décampent. La lumière de la station faiblit dans leurs dos. Sarah rallume sa lampe frontale. Elle devance Jago de plusieurs mètres quand ils sentent le changement dans l'air et la lumière qui fonce vers eux.

La rame à destination d'Edgware Road.

Sarah passe à la vitesse supérieure. Elle se jette dans un des renfoncements, au moment où la rame surgit. Son épaule s'écrase contre le mur.

Mais Jago n'est pas là. Il n'a pas couru assez vite. Il n'est plus qu'à 13 pieds du renfoncement, mais il pourrait tout aussi bien être à un mile. Il la regarde. Sarah voit ses yeux : écarquillés et blancs.

— Couche-toi ! hurle-t-elle, juste avant que le train passe en trombe, masquant Jago.

Le klaxon rugit. La rame ne ralentit pas. Il se produit un claquement sec, des étincelles, une petite explosion. Le premier wagon a heurté le fusil. Après cela, Sarah n'entend plus que le moteur qui gronde devant elle, le souffle de la tempête qui la balaye, l'effet Doppler du klaxon qui hurle. De nouveau, elle regarde l'intérieur flou de la rame qui passe devant elle, à travers des yeux vitreux cette fois. Et cette fois, il n'y a personne à bord. Jusqu'au dernier wagon, rempli d'hommes tout en noir.

Des hommes armés jusqu'aux dents.

La rame n'a pas ralenti parce qu'ils l'ont vu. Ils l'ont vu et ils voulaient le tuer.

La rame freine enfin en disparaissant dans le virage, juste avant d'entrer en station. Sarah dispose d'une minute peut-être pour rejoindre l'autre tunnel. Elle regarde dans le puits entre les voies. Aucun signe de Jago. Elle plisse les yeux. Lève la tête. Là, dans l'obscurité, un morceau de tissu flotte et vient se poser sur le rail.

Un morceau de tissu provenant de la chemise de Jago.

Elle avance pour essayer de trouver autre chose, mais se fige en entendant des voix au loin. Des hommes, nerveux, qui braillent.

Pas le temps.

Elle tremble de peur. Elle n'a pas le temps de voir ce qui reste de Jago Tlaloc.

La peur.

Elle frotte ses yeux avec sa manche, saute sur la voie et se remet à courir.

Loin de cette nouvelle mort.

La mort d'une personne chère. Encore.

AISLING KOPP

Aéroport international JFK, terminal 1.
Hall d'immigration, salle E-117, Queens, New York,
États-Unis

Aisling est assise dans cette pièce depuis une heure et trois minutes. Personne n'est venu la voir, personne ne lui a apporté de l'eau ou un sachet de chips, personne ne lui a parlé par le biais d'un interphone. La pièce est vide, à l'exception d'une table et d'une chaise, d'un anneau d'acier ancré dans le sol et d'une rangée de néons au plafond. La table et la chaise sont en métal, soudés, avec des bords arrondis. L'une et l'autre sont fixées sur des plaques encastrées dans le sol en béton. Les murs sont nus, peints en blanc cassé. Il n'y a ni photos, ni étagères, ni bouches d'aération. Pas même un miroir sans tain.

Pourtant, Aisling se sait observée. Cela ne fait aucun doute. Quelque part dans cette pièce, il y a une caméra et un micro. Peut-être plusieurs. En l'absence d'objets dangereux, les hommes qui l'ont conduite ici ne l'ont même pas menottée. Ils l'ont fait asseoir sur cette chaise et sont ressortis. Elle n'a pas bougé. Elle médite depuis que la porte s'est refermée et qu'elle a entendu les verrous. Au nombre de trois. Discrets. Mais elle les a entendus malgré tout.

Un, deux, trois.

Enfermée. C'est pire que la caverne en Italie, pense-t-elle.

Elle laisse les choses pénétrer et traverser son esprit. Du moins, elle essaye. Le fait d'être une Joueuse ne signifie pas qu'elle excelle dans tous les domaines. Tirer, se battre, suivre une trace, escalader, survivre. Résoudre des énigmes. Parler d'autres langues. Voilà ce qu'elle sait très bien faire. Se concentrer, ouvrir son esprit, toutes ces conneries de *ohm ohm ohm*, c'est moins son truc.

Même si sa grande maîtrise des armes ne l'a pas aidée à abattre ce putain d'hydravion au moment crucial.

Quand cela aurait peut-être pu sauver le monde.

N'y pense pas. N'y pense pas.

Respire.

N'y pense pas.

Les images et les sensations vont et viennent. Les souvenirs. La pluie qui cingle son visage alors qu'elle est assise sur la tête de la gargouille nord-est au sommet du Chrysler Building. Le goût des champignons sauvages dénichés dans la vallée de l'Hudson. Ses poumons en feu qui crachent de l'eau quand elle avait failli se noyer dans le Lough Owel en Irlande. La peur rampante de ne pas pouvoir gagner, ou de ne pas mériter de gagner, le doute auquel est confronté tout Joueur qui n'est pas un sociopathe. Le bleu éclatant des yeux de son père. La voix inquiétante de kepler 22b. La fuite de la Grande Pyramide Blanche. Le regret que le carreau de son arbalète n'ait pas embroché l'Olmèque dans le grenier de la Grande Pagode de l'Oie Sauvage. La colère provoquée par les peintures sur les parois de la caverne en Italie. La colère à l'idée que les Joueurs puissent être manipulés par les keplers. La colère face à cette injustice. La colère de savoir qu'Endgame est une escroquerie. La colère.

134

N'y pense pas.

N'y pense pas.

Respire.

La porte murmure. Une serrure, deux, trois. La porte s'ouvre. Aisling garde les yeux fermés. Elle écoute, sent, ressent. Juste une personne. La porte se referme. Murmures. Un, deux, trois.

Enfermée.

Une femme. Elle le devine à l'odeur de son savon.

Pas léger. Respiration régulière. Peut-être qu'elle médite, elle aussi.

La femme traverse la pièce et vient se placer de l'autre côté de la table.

Elle se présente :

— Agent Bridget McCloskey, responsable des opérations.

Elle a une voix râpeuse, comme une chanteuse de bar. Elle semble grande et forte.

— C'est mon véritable nom, ajoute-t-elle. Pas une couverture à la con, *Deandra Belafonte Cooper…* Ou devrais-je dire *Aisling Kopp* ?

Aisling ouvre brusquement les yeux. Leurs regards s'affrontent. McCloskey ne ressemble pas à ce qu'elle imaginait.

— Vous reconnaissez donc que votre passeport est un faux, dit McCloskey.

— Je ne sais pas de quoi vous parlez.

— Quand j'ai dit Aisling Kopp, vous avez ouvert les yeux. À ma connaissance, ça ressemble à un aveu, cent fois sur cent.

— Vous avez lu ça dans *Cinquante nuances de Grey* ? Ou le courrier des lecteurs de *Penthouse* ?

McCloskey secoue la tête, déçue. Elle a environ 40 ans. Comme Aisling, elle a des cheveux roux, mais avec une longue mèche décolorée dans le style fiancée de Frankenstein, qui va du front jusqu'à la pointe de sa queue-de-cheval. Elle est tout en jambes, avec de gros seins, super-canon, le genre *playmate* sur le retour. Derrière ses lunettes à monture bleu canard, elle est peu maquillée. Ses yeux sont verts. Seules ses mains puissantes, aux veines saillantes, indiquent qu'il faut la prendre au sérieux. Quand elle avait l'âge d'Aisling, elle devait faire des ravages.

— Vous seriez surprise de savoir combien de fois j'ai entendu ce genre de conneries insultantes, dit McCloskey.

— Peut-être que vous devriez changer de métier.

— Non. J'aime mon boulot. J'aime bien discuter avec des gens comme vous.

— Comme moi ?

— Des terroristes.

Aisling ne cille pas, elle ne répond pas. Elle comprend que, aux yeux des forces de l'ordre, n'importe quel Joueur d'Endgame puisse être considéré comme un terroriste, mais que sait cette femme au sujet d'Endgame ?

— Alors, plus de vannes ? Je vous rappelle que vous avez été interceptée, alors que vous tentiez de pénétrer sur le territoire des États-Unis sous une fausse identité.

— Je suis en état d'arrestation ?

— En état d'arrestation ? (McCloskey ricane.) Quelle drôle d'idée. Non, mademoiselle Kopp, je ne fais pas partie de ces fonctionnaires qui arrêtent les gens. J'appartiens à... une *autre* branche du gouvernement. Plus réduite, plus fermée. Celle qui s'occupe des terroristes. De près, de manière personnelle.

— Dans ce cas, on a un problème car je ne suis pas une terroriste.

— Oh, mince ! Vous êtes en train de me dire qu'il s'agit d'un énorme malentendu ?

— Oui.

136

— J'ai donc tort de croire que vous appartenez à une très ancienne cellule dormante qui, une fois réveillée, fera tout et n'importe quoi pour atteindre ses objectifs ? Ce n'est pas vous ?

— Une cellule dormante ? C'est une blague ?

McCloskey secoue de nouveau la tête.

— Non. Avez-vous entendu parler de ce qui s'est passé à Xi'an ? Avez-vous quelque chose à voir dans tout ça ?

Le nom de la ville chinoise provoque l'accélération du rythme cardiaque d'Aisling. Un frisson parcourt sa nuque. Si elle ne parvient pas à maîtriser la réaction programmée de son corps face à la menace, elle risque d'avoir des sueurs froides. Ce n'est pas envisageable. Pas devant cette femme, qui semble déjà en savoir un peu trop.

— La météorite ? Ma cellule dormante est responsable ? Madame, si j'étais capable de contrôler les météorites, vous pouvez être sûre que je ne serais pas assise ici.

Si j'étais capable de contrôler les météorites, pense Aisling, *l'*Épreuve *n'aurait jamais lieu*.

— Non. Nous parlerons de la météorite plus tard. Pour l'instant, je parle de la bombe artisanale qui a explosé au domicile d'An Liu, il y a un peu plus d'une semaine.

Ce nom fait dresser l'oreille à Aisling. Pour une raison quelconque, cette femme a choisi le Joueur qui est sans doute le plus dangereux et le plus imprévisible. Si Aisling avait la possibilité de tuer un Joueur de son choix, ce serait le Shang. Néanmoins, elle dissimule ses sentiments sous un froncement de sourcils, en disant d'un ton innocent :

— Anne Liu ? Je ne la connais pas.

— An. C'est un garçon. Un autre membre de votre cellule dormante.

Le rythme cardiaque d'Aisling monte en flèche. Non pas sous l'effet de la nervosité, mais de l'outrage. Aisling n'aurait jamais pensé que quiconque puisse considérer tous les Joueurs comme les membres d'un même groupe. Le concept des 12 lignées séparées est à ce point ancré en chacun d'eux – *je suis pour ma lignée, et les autres lignées ne sont pas pour moi* – qu'oser affirmer qu'elles se ressemblent toutes est un blasphème.

Un blasphème !

Et une injure.

La mettre dans le même sac que le Shang. Ce monstre de foire bourré de tics.

— Je ne connais aucun An Liu, dit-elle calmement. Et je n'appartiens à aucune cellule dormante chinoise.

McCloskey s'assoit au bord de la table et examine ses ongles. Elle arrache une petite peau.

— Cellule dormante n'est peut-être pas le bon terme. Vous, et An Liu, préférez parler de « lignées ». Ce nom vous évoque quelque chose, Aisling Kopp ?

— Non, répond Aisling immédiatement, ce qu'elle regrette aussitôt.

— Hmm. Et ça, alors : مياةل اللعبق !

Aisling parle assez bien l'arabe et elle comprend ce que signifient ces mots. Elle se raidit. Elle pousse si fortement avec son dos et ses jambes que le siège craque de manière audible.

— C'est bien ce que je pensais, dit McCloskey.

Aisling plisse les yeux.

— J'ignore ce que vous croyez savoir, mais vous ne savez rien du tout.

— C'est là que vous vous trompez, Kopp. Je sais qu'il existe douze anciennes lignées et que vous appartenez à la lignée laténienne. Je sais qu'An Liu a une lignée lui aussi, baptisée Shang. Je connais les véritables noms de cinq autres membres, et je sais que depuis les chutes de météorites, vous « Jouez » tous les uns contre les autres pour mettre la main sur une sorte de récompense. Et vous continuerez jusqu'à la fin du monde. Un fin qui, je suis au regret de le dire, va bientôt se produire.

— Vous délirez.

— J'aimerais bien, Kopp. Mais je n'ai pas seulement lu des trucs... dont certains ont été remis à l'agence pour votre père en personne, Declan, quand vous portiez encore des cou...

— Mon père ? Vous plaisantez. Mon père était un fou, lâche Aisling.

Finie la comédie. Inutile de continuer à faire semblant.

— Je le sais, dit McCloskey. Il était tellement fou que son propre père, votre grand-père, l'a liquidé.

— Oui, c'est vrai, murmure Aisling.

— Bien. Merci pour votre franchise.

Un silence s'installe. McCloskey se cure les ongles, Aisling enrage. Elle sait qu'elle devrait rester muette, laisser parler cette femme, mais...

— Pourquoi vous m'avez arrêtée, bon sang ?

McCloskey descend du bord de la table et pose ses mains à plat sur la surface froide du plateau.

— Moi aussi, je vais être franche avec vous, Kopp. Non pas parce qu'on me l'a ordonné, ce qui est le cas, mais parce que j'en ai envie. J'ai vu un tas de merdiers dans ma vie. Plus que vous pouvez l'imaginer, et je suppose que vous ne manquez pas d'imagination dans ce domaine. Je sais qui vous êtes, alors que vous ignorez totalement qui je suis, les endroits où je suis allée et les choses que j'ai faites. Les gens à qui j'ai fait du mal. Et de quelle manière. J'ai vu des choses atroces. Des choses déconcertantes. Des choses qui ne font pas partie de ce monde… littéralement. Là, vous savez de quoi je parle.

— J'ai l'impression d'entendre mon père. On dirait une folle.

— Ne soyez pas bornée, Kopp. On n'a pas le temps. L'Épreuve approche. Je le sais et vous le savez aussi. Ces douze météorites, celles qui ont réveillé vos lignées, vos cellules dormantes, ce n'était qu'un prélude. Une autre approche. Et elle apporte avec elle l'enfer.

Aisling écarquille les yeux. Ses lèvres fines s'entrouvrent. Aucune personne « étrangère » ne peut en savoir autant.

— Comment savez-vous tout ça ?

— Je vous l'ai dit. Votre père nous a fourni des éléments, et on a nos propres sources. On a même de nombreux contacts avec la lignée des Nabatéens, dont le Joueur est un genre de sociopathe nommé Maccabee Adlai. Vous le connaissez ?

— Pas vraiment.

— Un petit connard, pervers et beau. Nos rapports avec les Nabatéens ont été aussi instructifs que terrifiants. La première fois que nos chemins se sont croisés, on était si près de découvrir l'existence d'Endgame qu'ils ont liquidé quasiment tous les agents et les officiers en poste en Jordanie, plus quelques centaines de civils, dont des enfants. Uniquement pour nous empêcher de découvrir la vérité.

— Endgame. Alors, vous savez.

— Je ne sais pas tout, mais je sais pas mal de choses. Mais surtout, et c'est le plus désespérant, pourrais-je ajouter, je sais qu'un gigantesque rocher spatial fonce droit sur notre planète, et c'est un mauvais génie qu'on ne pourra pas faire rentrer dans sa bouteille, malgré tous nos efforts.

— Savez-vous où il va s'abattre ? demande Aisling, un peu honteuse de poser cette question à une étrangère.

— Plus ou moins. Une équipe de gratte-papier de la NASA pense avoir trouvé la réponse. Ils l'ont repéré dans le ciel il y a quelques jours et, grâce à nos habilitations et à notre intérêt pour les choses de l'espace, nous l'avons vite su.

— Alors, où va-t-il tomber ?

— C'est top secret.

— Top secret, mon cul. Dites-le-moi.

— Je ne peux pas. Pas tout de suite.

— Quand alors ?

— Quand vous m'aurez fait une promesse, Kopp.

— Laquelle ?

McCloskey prend son temps avant de répondre.

— Vous savez, Kopp, je ne voulais pas m'occuper de vous. Je voulais partir dans une direction totalement opposée.

— À savoir ?

— Ça aussi, c'est top secret. Disons qu'il s'agissait d'empêcher nos ancêtres extraterrestres de revenir sur Terre un jour. Mais ensuite, ces météorites se sont écrasées et on a compris que c'était trop tard, et tant pis pour ma gueule et tout ça, pas vrai ?

— Vous n'avez pas idée.

McCloskey s'efforce de paraître compatissante.

— En revanche, je sais le genre d'entraînement que vous subissez, vous autres, les Joueurs. Et j'ai vu ce que peuvent faire certains d'entre vous. Je suis la première à avouer que je suis impressionnée. Vous êtes plus entraînés, plus compétents que n'importe quel soldat des forces spéciales, partout dans le monde. Et certains parmi vous sont sans pitié. Vous formez un groupe réellement terrifiant. Mais ce n'est plus d'actualité maintenant. La partie a commencé. L'horloge de la fin du monde égrène les minutes et, en toute franchise, mes partenaires et moi, on s'angoisse un peu. On en a discuté, et après de longs débats, on a finalement décidé de miser sur vous.

— Qu'est-ce que ça veut dire ?

— Ça veut dire que s'il est possible de remporter cette sinistre compétition cosmique, et si le gagnant peut garantir la survie des membres de sa lignée, nous voulons être certains que ce sera *vous*.

Aisling comprend enfin. Elle sourit.

— Parce que vous êtes des Laténiens, vous aussi.

McCloskey se touche le bout du nez.

— Gagné. Parce que nous sommes des Laténiens, nous aussi, comme presque un quart des Américains, et environ un cinquième des Européens également. Par conséquent, Aisling Kopp, vous êtes notre Joueuse.

Aisling sent que son cœur recommence à s'emballer. Tout ça la dépasse. Le fait qu'une espionne du gouvernement – une moins-que-rien au royaume d'Endgame – sache toutes ces choses, c'est proprement renversant.

Cela signifie que le monde est déjà en train de changer, avant même la fin.

McCloskey se penche en avant.

— Voilà pourquoi vous êtes ici, Kopp. Pour que je puisse vous offrir notre aide. Toutefois, pour que ce soit bien clair, vous n'avez pas vraiment le choix. On va vous coller au train. Notre petite équipe d'agents très dangereux, très compétents, très puissants et très bien équipés vous aidera à trouver les clés, à tuer tous ceux qu'il faut tuer et à gagner. Jusqu'à la toute fin.

Aisling se renverse sur sa chaise. Elle recule, à vrai dire. Elle n'a qu'une envie : sortir de cette pièce et s'éloigner de cette femme.

— Vous auriez pu commencer par là, dit-elle.

— Non. On voulait faire ta connaissance. Jauger notre vedette, répond McCloskey avec un grand sourire. Ma petite Aisling chérie, Joueuse laténienne folle et terrifiante, on est tes plus grands fans.

MACCABEE ADLAI, EKATERINA ADLAI

Arendsweg 11, salle stérile en sous-sol,
Lichtenberg, Berlin, Allemagne

— Il faudra un peu de temps avant que ça fonctionne parfaitement, dit Ekaterina Adlai dans le langage presque oublié des Nabatéens.

Un langage fluide, parsemé de claquements de langue et de monosyllabes grasseyants aux sonorités arabes. Un langage que Maccabee et elle sont fiers de parler.

La pièce est éclatante et fraîche, on perçoit le faible bourdonnement de la climatisation en fond sonore. Les notes du premier mouvement du double concerto pour violon de Bach, en *ré* mineur, sortent du *sound system* Sonos caché dans un coin.

Ekaterina est en tenue de chirurgien, une visière transparente baissée devant le visage, une paire de loupes devant les yeux. Des machines ronronnent et sonnent par intermittence. Des tubes, des liquides, une poche de sang. Elle se penche au-dessus d'un drap bleu stérile sur lequel repose le bras du garçon, couvert d'une croûte de sang et de teinture d'iode. Au poignet est fixée une main mécanique noire anodisée, dotée de connexions en fibres optiques, de câbles en titane et d'un prototype de batterie au lithium ultrafine d'une autonomie de 10 000 heures. Après en avoir terminé avec les outils chirurgicaux ayant permis de souder la chair au métal froid, elle est passée au diagnostic avec un voltmètre et un fer à souder.

Maccabee porte une blouse, lui aussi. Il assiste Ekaterina.

Elle appuie légèrement au bout de chaque doigt avec le fer à souder, non pas pour terminer d'installer un circuit électrique, mais pour provoquer une douleur et une réaction. Elle touche l'auriculaire, il tressaille ; l'annulaire a un mouvement de recul. Elle fait de même avec le majeur – un peu plus épais qu'un majeur normal – et il sursaute également. Une boîte de vitesses située dans la paume émet un petit bruit de servomécanisme.

— Et une fois que le bras fonctionnera, ajoute-t-elle, il faudra un certain temps à ton ami pour s'y habituer.

— Ce n'est pas mon ami.

Ekaterina regarde Maccabee d'un air entendu. Ses yeux sont gigantesques à travers les verres des loupes. Deux pupilles noires semblables à celles d'une chouette qui scrute la forêt par une nuit nuageuse, à l'affût du moindre mouvement. Elle a un grain de beauté au-dessus de la lèvre supérieure.

— C'est ce que j'avais cru comprendre... La chose dont nous avons parlé est à l'intérieur.

Elle appuie sur l'index avec le fer à souder : il ne bouge pas. Elle maintient l'extrémité incandescente pendant deux secondes, trois. Rien. Elle repose l'outil sur son socle et se tourne vers un terminal d'ordinateur. Elle pianote sur le clavier, réécrit un code, rebranche les nerfs aux fils électriques.

— Je te donnerai une télécommande pour l'activer, dit-elle. Mais attends d'être prêt pour l'utiliser, mon chéri. J'ai suivi tes spécifications, et j'avoue que je ne comprends pas. Un nodule empoisonné ou un explosif seraient bien plus... simples.

— L'un et l'autre pourraient être détectés, Ekaterina.

— Par ce petit sauvage ?

— Il est plus futé qu'il le laisse croire. Il faut que ça soit ainsi.

Elle cesse de taper sur le clavier, reprend le fer à souder et l'applique de nouveau sur l'extrémité de l'index. Cette fois, le doigt se rétracte instantanément.

Ekaterina regarde les nouvelles mesures défiler sur l'écran : 3-0-7-0-0. Elle hoche la tête d'un air satisfait.

— Joli travail, Ekaterina. Excellent.

— Merci.

Elle applique le bout du fer chauffé au rouge, à 418 degrés Celsius, sur le pouce.

Un tressaillement.

La paume.

Tressaillement.

Le talon de la main.

Tressaillement.

Elle repose le fer, ôte sa visière et relève les loupes. Elle se débarrasse de ses gants chirurgicaux. Elle prend un carré de coton gris pour éponger la sueur sur son visage. Elle éteint le plafonnier aveuglant. Elle se masse les mains pour chasser la tension accumulée durant plusieurs heures de concentration.

— Quoi qu'il en soit, mon cher, je te conseille de ne pas rester près de lui quand tu activeras le dispositif de sécurité intégré.

— Ne t'en fais pas. Quelle est la portée de la télécommande ?

Ekaterina traverse la pièce en direction d'une étagère, son ventre gargouille.

— Pas plus de sept mètres. (Elle ouvre une petite boîte et en sort un objet.) Je meurs de faim.

— Moi aussi. J'ai une surprise pour toi.

Ekaterina se retourne, souriante.

— Ah oui ?

— J'ai réservé la meilleure table du Fischers Fritz. (Il consulte sa montre et sourit, lui aussi.) Une voiture vient nous chercher dans une heure.

Ekaterina, qui est un peu plus grassouillette qu'autrefois, et plus lourde, fait un bond en l'air de plusieurs centimètres et tape dans ses mains.

— Fischers Fritz ? Comment as-tu fait pour avoir une table dans un délai aussi court ? Est-ce qu'il y a un membre de notre lignée que je ne connais pas là-bas ?

Maccabee frotte son pouce contre son index et son majeur.

— Non, Ekaterina. J'ai utilisé la vieille méthode.

— Eh bah... dit-elle, visiblement folle de joie, en pensant déjà au repas qu'elle va faire. Tiens, voici la télécommande.

Elle dépose un petit tube métallique dans la paume de Maccabee. Celui-ci le retourne et l'ouvre d'une pichenette. Il découvre un bouton rouge.

— Appuie dessus trois fois, rapidement.

Elle frappe le sol avec son pied pour donner le rythme.

— C'est tout ?

— C'est tout. Mais impossible de revenir en arrière.

— Parfait.

Ekaterina balaye la pièce du regard pour vérifier qu'elle n'a rien oublié. Non. Les machines continuent à ronronner et à émettre de petits bips. Maccabee et Ekaterina entendent la respiration régulière de Baitsakhan.

— Fischers Fritz, dit-elle d'un air rêveur. Une merveilleuse surprise.

Maccabee est aux anges. Il pose la main sur l'épaule d'Ekaterina et la pince légèrement.

— Oui, maman. Rien que toi et moi et une bouteille de Krug 1928. Un repas digne de la fin.

DE : wm.s.wallace58@gmail.com
À : lookslikecandy@gmail.com
SUJET : Salut ! À LIRE DE SUITE, STP !
PRIORITÉ : URGENT

Salut, Cass.

C'est Will. Évidemment. Comment ça va ? Comment vont Petey, Gwen et ce petit corniaud de Pomme sauvage ? Joachim a-t-il fini par décrocher ce poste à l'hôpital ?

Bref, je t'écris de mon compte Gmail qui ne sert jamais car ce que je vais te dire ne peut pas venir de mon adresse à la NASA. C'est top secret. Ultratop secret. Mais c'est aussi EXTRÊMEMENT EXTRÊMEMENT EXTRÊMEMENT important. Je ne veux pas paraître alarmiste, mais c'est carrément une question de vie ou de mort. Pour toi, les enfants et… tout le monde autour de toi. Pas seulement autour de toi, d'ailleurs. C'est une question de vie ou de mort pour tous ceux qui vivent à moins de cent miles de l'océan Atlantique. Peut-être même pour toutes les créatures humaines vivant sur Terre.

Comme tu le sais, ça fait cinq ans que je participe au programme NEO, avec une équipe qui scrute le ciel pour repérer toutes les pierres qui s'approchent à moins de 1,3 UA du soleil. La plupart des gens trouveraient ce travail ennuyeux mais, tu me connais, j'adore mon boulot. Les chiffres et l'appel de l'espace, ça a toujours été ma vie. Toujours.

Du moins, jusqu'à aujourd'hui.

On a découvert un truc énorme, Cass. Un truc qu'on n'a pas vu venir, littéralement. Il est tout près de nous, et il vient d'apparaître, comme s'il avait jailli d'un trou de ver ou d'un repli du continuum espace-temps. Vraiment, il est très très près. C'est un monstre. On aurait dû le repérer il y a des années, ça nous aurait permis d'établir un plan pour le dérouter. Mais maintenant, sans doute qu'il n'y a plus rien à faire. Le gouvernement cherche une solution, mais ils pataugent. Et ils ont TRÈS peur. Les savants de chez JPL sont paumés. Aucun de leurs modèles n'est suffisant pour arrêter ou même dévier ce truc. Son apparence – on l'a surnommé Abaddon, un mot hébreu qui signifie, grosso modo, « le Destructeur » – nous a fichu un coup. Elle a incité un grand nombre d'entre nous à mettre en doute la science, à son niveau le plus fondamental et basique. Beaucoup d'autres ont carrément cessé de venir au bureau.

Sérieusement, Cass, si les calculs sont exacts, cette chose frappera la Terre dans 82 à 91 jours. Pour l'instant, tout ce que je peux dire, c'est qu'on est quasiment sûrs, à 95 %, qu'elle s'abattra dans l'hémisphère Nord, sans doute au milieu de l'Atlantique, peut-être un peu plus près des États-Unis que de l'Europe. Je ne peux même pas essayer de te décrire les dégâts que ce truc va provoquer. Ce serait comme empiler et multiplier par dix tout l'arsenal nucléaire de la planète et allumer une mèche. L'explosion se produirait en quelques secondes. Ce sera la fin de… Ce sera la fin de tout, Cass. De tout.

Tu dois te préparer. Cette info ne va pas tarder à fuiter ou à être annoncée, et dès cet instant, le monde changera. Je ne peux pas prédire ce qui se produira, mais rester à Brookline n'est pas une bonne solution. Il faut que tu montes dans ta voiture, ou mieux, que tu loues un camping-car géant, que tu le remplisses de vivres et aussi, ça m'ennuie de dire ça, d'armes, et que tu nous rejoignes, Sally et moi, au centre du pays. On pourra te dire où exactement dans ces prochains jours. Mais je pensais à un endroit isolé près de la frontière canadienne (il y aura beaucoup trop de cinglés armés dans ce pays dès que l'info sera connue). Dans le Montana peut-être, ou le Dakota du Nord.

Je t'en prie, prends ça au sérieux. Je suis sain d'esprit. Commence à te préparer maintenant avant que le monde entier panique. Abaddon arrive, et ce sera la fin du monde tel qu'on l'a connu.

Appelle-moi, on pourra en parler.

Appelle-moi.

XXOOXXOOXXOO, ton grand frère, Will.

SARAH ALOPAY

Tunnel du métro de Londres, près de la station
de High Street Kensington

Sarah court le plus vite possible. Elle court et elle ne pense pas à sa mort.

Mais à une autre mort.

Celle de Jago.

Était-il à cet endroit ? Est-il vraiment mort ? Oui, certainement.

Oui.

Et s'il n'est pas mort, les soldats ont dû l'achever à l'heure qu'il est.

Encore un mort.

Elle court, elle atteint l'embranchement des deux voies, prend celle qui va vers le sud, celle qui conduit au tunnel de service, d'après Jago.

Jago qui n'est plus là.

Jago qu'elle aime.

Qu'elle *aimait*.

Au passé. Comme Christopher avant lui.

Elle court, ses pieds pataugent dans les flaques, les rubans d'acier reflètent la faible lueur de sa lampe frontale. Elle court. De petits détails lui viennent à l'esprit, sous la forme de la voix de Jago. Des détails auxquels elle n'avait pas prêté attention quand il lui parlait dans la chambre d'hôtel, mais que son esprit entraîné a stockés de manière automatique, par réflexe.

Il y a une porte. Un accès aux égouts. On peut descendre, dans un réservoir. On remonte le courant pendant une borne, jusqu'à ce qu'on atteigne une échelle portant la mention « Norland Transfer and Electrical ». On monte et on ressort. Là, on vole une voiture. Tu m'écoutes, Sarah ?

Oui.

OK. On vole une voiture et on roule vers le nord. En évitant les grands axes. On retrouve Renzo sur un vieux terrain d'aviation de la RAF, à Folkingham, dans le Lincolnshire. Répète.

Terrain d'aviation de la RAF à Folkingham, dans le Lincolnshire.

— RAF Folkingham Lincolnshire, dit-elle en atteignant la porte qui donne accès aux égouts.

Elle est fermée par une chaîne. Sarah fait sauter le verrou avec son FN 2000. La détonation résonne dans les tunnels. Le bruit a certainement indiqué sa position. Les hommes arrivent. Elle ne les a pas encore vus ni entendus, mais elle le sait.

Elle franchit la porte tête baissée, au sud-est, descend une succession de barreaux en fer pour accéder à une galerie basse de plafond. Une eau fétide lui monte jusqu'aux chevilles. Elle marche le plus vite possible vers le nord-est, jusqu'au réservoir. Là, obligée de choisir, elle s'engage dans un tunnel baptisé E15OUTFLOW, en espérant que le E indique la sortie est. Avant de quitter la citerne, elle déchire un morceau de sa chemise et l'accroche à l'extrémité d'une tige d'acier à béton dans la paroi du tunnel d'entrée portant la mention W46INFLOW. Peut-être que ce faux indice enverra une partie de ses poursuivants dans une impasse. Juste au moment où elle quitte la citerne, une forte explosion retentit au-dessus de sa tête. Quelques petits morceaux de béton et de la poussière tombent du plafond.

Que s'est-il passé là-haut ? Elle n'a pas le temps de chercher à le savoir. Elle doit continuer à avancer. Pourrait-ce être Jago ?

Non. Impossible. L'espoir est trop dangereux dans un moment pareil. Cela pourrait la ralentir, lui faire perdre la partie, et la vie.

La Clé de la Terre !

Sarah tapote sa poche. Elle est toujours là. Bénis soient les dieux, elle est toujours là.

Après avoir pataugé pendant un kilomètre dans ce conduit sinueux, entre les déversoirs crachant de l'eau au niveau de sa taille et de ses épaules, elle atteint une salle circulaire. Des barreaux montent vers le plafond. Les mots NRLND XFER AND ELEC sont peints au pochoir sur le béton au-dessus d'un gros 7 en rouge. Elle balance le fusil sur son épaule et, avant d'escalader les barreaux, elle place ses mains en coupe derrière ses oreilles et écoute. Elle perçoit des bruits de pataugeage dans la direction d'où elle vient. Des pas.

Une fois de plus, elle se demande : Jago ?

Ou un commando de tueurs ? Combien pourrait-elle en éliminer avant qu'ils la maîtrisent ? Est-ce ce qu'elle veut ? Une brève vengeance, avant la mort ?

Ou se peut-il que ce soit Jago ?

Non. Impossible. *Tu ne dois pas espérer. L'espoir est meurtrier. C'est la mort.*

Avance.

Elle avance.

Monte, monte, monte.

Elle colle ses épaules et le côté de sa tête contre une plaque d'égout, colle ses mains sur les parois du conduit, plie ses jambes puissantes en prenant appui sur un des barreaux. Puis elle pousse avec ses cuisses, ses genoux, et parvient à soulever le disque de fonte ; ses doigts se referment sur le bord circulaire et, prudemment maintenant, prudemment, elle le fait glisser sur le côté. La lourde plaque racle le sol. Sarah émerge dans une petite salle obscure. Froide, humide. Là encore, elle guette des bruits de pas. Rien. Peut-être qu'elle entendait des bruits qui n'existaient pas. Oui, c'était ça. Elle entendait des bruits qui n'existaient pas. Un effet de l'espoir. Elle s'accroupit et remet la plaque en place, tout doucement. Elle regarde autour d'elle : un établi, des outils et un plan des égouts scotché au mur. Deux combinaisons de toile sont suspendues à des patères, avec des casques.

Une porte.

Sarah cache le fusil derrière un trio de pelles et décroche une des combinaisons. Elle est trop large, mais peu importe. Elle l'enfile par-dessus ses vêtements, rassemble ses cheveux en chignon et les maintient en place à l'aide d'un crayon trouvé sur l'établi. Elle roule les jambes de la combinaison. Elle respire. Fait face à la porte. Respire.

Elle découvre alors qu'elle pleure.

Elle touche ses joues, ses yeux.

Oui, elle pleure, elle ne saurait dire depuis quand.

Elle se donne une gifle.

Encore une autre.

— Ressaisis-toi, Sarah. Ressaisis-toi.

Une autre.

— RAF Folkingham Lincolnshire. RAF Folkingham. Tu vas voler une voiture, rouler vers le nord, t'arrêter pour te procurer une carte routière... (Elle ne peut pas prendre le risque d'utiliser son smartphone, ni aucun autre téléphone, d'ailleurs.)... et retrouver Renzo. Tu vas quitter l'Angleterre. RAF Folkingham Lincolnshire.

Elle sèche ses larmes, souffle et essaye d'ouvrir la porte. Qui n'est pas verrouillée. Elle l'entrouvre et risque un coup d'œil au-dehors. Personne ne l'attend : pas d'unités antiterroristes, pas de commandos de SAS chargés de la liquider.

Elle sort.

Respire.

Elle marche d'un bon pas, mais pas trop vite, dans une rue résidentielle, agréable et calme. Elle parcourt deux pâtés de maisons sans voir âme qui vive. D'un côté, des sycomores sont plantés à intervalles réguliers, leur écorce grise se détache par petits morceaux qui ressemblent à des contours de pays ou de lacs. Des oiseaux gazouillent au-dessus de sa tête. Elle entend une sirène au loin, le journal télévisé de la BBC par une fenêtre ouverte. Elle tourne à un coin de rue. Parcourt encore un pâté de maisons, passe devant une femme qui tire un loulou de Poméranie obèse, dont la langue pend sur le côté de sa gueule aux babines noires. La femme l'encourage :

— Allez, Gracie. Allez, viens.

Elle regarde à peine Sarah.

Dans le 4e pâté de maisons, elle essaye d'ouvrir toutes les portières des voitures devant lesquelles elle passe.

La 6e s'ouvre.

C'est une Fiat Panda, passe-partout, une deux-portes avec une bosse sur le capot. La voiture idéale pour prendre la fuite. Elle s'installe au volant et la fait démarrer en 18 secondes. Moins vite que Jago quand il a volé cette voiture en Chine, mais c'est pas mal.

Jago.

Jago qui n'existe plus.

Vraiment ?

Étaient-ce ses pas qu'elle a entendus ?

Non, impossible. Il n'a pas été aussi rapide qu'elle. Il est mort.

Mais peut-être que non ?

Sarah secoue la tête. Ce genre de pensées va la ralentir et la faire tuer.

Pourquoi agit-elle de cette façon ? Pourquoi n'a-t-elle pas cherché son corps ? Elle l'a abandonné très vite.

Trop vite.

Elle abandonne un tas de choses, un tas de gens, trop vite. Tate, Reena, sa mère et son père, Christopher, Jago.

Elle-même. La Sarah qu'elle a connue. La Sarah qu'elle a aimée.

Tout ça au nom d'Endgame.

Que lui arrive-t-il ? Qu'arrive-t-il à son cœur ?

Ferme-la. Ressaisis-toi. Cesse d'espérer. Bouge.

Elle se penche vers la boîte à gants. L'ouvre. Elle y trouve une casquette de base-ball froissée et une paire de lunettes de soleil bon marché. Elle rassemble ses cheveux sous la casquette. Chausse les lunettes et s'aperçoit que le ciel est blanc, recouvert d'un rideau de nuages. Elle les retire aussitôt. En démarrant, elle capte son reflet dans le rétroviseur. Elle pleure encore.

Ne t'effondre pas. Conduis. Ne t'effondre pas.

Ignorant la fille au visage défait dans le rétroviseur, elle s'extirpe de la place de stationnement exiguë et roule. Elle roule. Après deux heures et 23 minutes de conduite à cinq miles au-dessus de la vitesse autorisée, elle arrive sur l'A15, dépasse Bourne, dans le Lincolnshire.

Elle y est presque.

La petite voiture double un cycliste âgé sur une étroite route de campagne. Il porte un veston en tweed, des bottes en caoutchouc et une casquette en laine grise sur la tête. Un parapluie est glissé dans son panier.

Le ciel reste gris, mais il n'a pas plu.

Elle agrippe le volant à deux mains, le serre de toutes ses forces, à s'en faire blanchir les jointures. Elle y est presque.

Le terrain d'aviation de la RAF à Folkingham.

Elle a pleuré par intermittence durant le trajet. C'était comme si une personne pleurait pendant qu'une autre conduisait. Est-ce Sarah Alopay qui sanglote au volant ? Ou est-ce Sarah Alopay qui agrippe le volant, tournant froidement le dos à la piste de mort qu'elle laisse dans son sillage ? Les deux Sarah ne s'aiment pas, elles se dégoûtent.

Elle est suffisamment lucide pour comprendre qu'il lui est arrivé quelque chose. Quelque chose ne fonctionne plus. Quelque chose de profond. A-t-elle reçu un coup à la tête lors du combat contre le commando ? Non. Elle ne ressent aucune douleur. Est-elle dans cet état depuis la mort de Christopher, depuis qu'elle s'est emparée de la Clé de la Terre ? Peut-être, mais c'est devenu plus intense.

Elle se dit qu'elle se contente de Jouer. Rien d'autre. Elle est vide à l'intérieur, et elle Joue, voilà tout. Et maintenant, Jago n'est plus là pour l'aider.

Mais il y a autre chose. Ce n'est pas uniquement dans sa tête. Elle se sent oppressée, sa gorge est sèche et rêche, sa mâchoire douloureuse. Elle se gare sur le bord de la route, coupe le moteur et se regarde de nouveau dans le rétroviseur.

Elle hurle.

À pleins poumons, elle hurle.

Elle porte les mains à son visage et frotte, frotte, frotte. Elle mord son poing.

Le hurlement cesse.

RESSAISIS-TOI.

Elle promène les mains sur ses cuisses et souffle. Son cœur bat aussi vite qu'après une longue course, 127 bpm, c'est trop élevé, beaucoup trop élevé. Au cours des deux minutes suivantes, elle fait redescendre son rythme cardiaque à 116, 107, 98, 91, 84.

Quand elle arrive en dessous de 78, elle se livre à tous les exercices de méditation et de centrage qu'elle connaît.

— OK, dit-elle tout bas. Jago est mort et je suis seule. J'ai la Clé de la Terre et je peux gagner. Renzo va me tirer de là, et s'il refuse, je l'obligerai. Je peux gagner. Même si j'ai déclenché l'Épreuve, je peux gagner. Je vais rentrer chez moi, voir ma famille, annoncer aux parents de Christopher qu'il est mort et continuer à Jouer. Je peux gagner. Je peux gagner. Je peux gagner.

Elle repense à Christopher. Non pas tel qu'elle l'a vu pour la dernière fois, sans torse, gisant dans l'herbe verte de Stonehenge. Elle le revoit après un entraînement de football, là-bas à Omaha, vêtu d'un T-shirt sans manches, le corps luisant de sueur, les poils blonds sur ses avant-bras brillent dans la lumière du soleil de cette fin d'après-midi. Souriant, il marche vers elle. Sarah lui rend son sourire.

— Oui, je vais gagner. Qu'est-ce que je peux faire d'autre ?

Elle écoute les battements de son cœur : 59 bpm. Bien. Elle remet le contact, enclenche la première et démarre.

Six minutes plus tard, elle quitte l'A15, pour suivre une route sans nom, pavée sporadiquement, au milieu des champs. Blé, luzerne, orge, pommes de terre. Beaucoup de pommes de terre. Elle reconnaît toutes ces plantations d'instinct. Après tout, c'est une Cahokienne, elle a passé plus de temps dans les hautes plaines d'Amérique que tous les autres Joueurs réunis.

Après un mile, la route s'achève, tout simplement, à la lisière d'un champ tapissé de trèfle d'un vert éclatant. Elle gare la Fiat Panda sous les branches d'un saule pleureur, à l'abri des regards indiscrets. Elle ôte la combinaison d'égoutier et vérifie encore une fois qu'elle a bien la Clé de la Terre. Ça devient un tic. Elle éjecte le chargeur du pistolet en plastique et céramique, l'examine. Elle le remet en place d'une claque et vérifie que le cran de sûreté est enclenché, avant de glisser l'arme dans sa ceinture. Elle libère ses cheveux et les attache en queue-de-cheval. L'air est doux. Il sent la terre, l'eau et la tourbe. Le chèvrefeuille. Avec une pointe de purin.

C'est bon d'être à l'air libre, à la campagne.

Cela la calme.

Elle traverse le champ. Le trèfle tente de s'accrocher aux revers de son pantalon. L'ancien terrain d'aviation devrait se trouver droit devant.

Tu ne peux pas le louper, avait dit Jago.

Cinquante pas plus loin, elle constate qu'il avait raison.

Elle découvre une sorte de vieux camion militaire, tout rouillé, la peinture s'est depuis longtemps écaillée, l'intérieur est sombre, mystérieux. Il est presque entièrement recouvert de plantes grimpantes et de hautes herbes. Des dizaines d'années d'exposition aux intempéries l'ont tacheté de brun, de gris et de marron. La terre se l'est rappropriée, saison après saison, et il est parfaitement camouflé. Bientôt, la terre – brûlée, irradiée et toxique – reprendra possession de tout.

En approchant du camion, Sarah découvre d'autres machines fantômes : des motos, des engins d'assaut amphibies semblables à ceux utilisés pour le Débarquement, des remorques, des tracteurs. Des ailes et des queues d'avions datant de la Seconde Guerre, des pneus énormes, des débris de métal de toutes les tailles et de toutes les formes. Le champ de trèfle prend fin, subitement remplacé par une piste de béton, jaillie de nulle part, en plein milieu de la nature, lézardée et irrégulière, car elle aussi est en train de succomber aux ravages du vent, de la pluie et de la détermination de la vie sauvage.

La vie est une chose vraiment remarquable, pense Sarah. *Elle continue. Quoi qu'il arrive, elle trouvera le moyen de continuer.*

Et moi aussi.

Sarah saute par-dessus un tracteur à l'abandon. Elle retombe sur un ruban de tarmac rugueux qui s'étend vers la gauche et la droite. Tous les véhicules ont été repoussés sur les côtés. La piste n'est pas très longue, et l'extrémité nord semble disparaître sous la végétation, mais elle mesure quand même quelques milliers de pieds : assez pour un avion à turbopropulseur ou même un petit jet. Sarah cherche des signes de Renzo ou d'un appareil en état de voler. En vain.

Il est forcément ici, pense-t-elle. *Forcément.*

Elle marche jusqu'au centre de la piste et s'agenouille. Elle promène ses doigts sur le sol. Elle découvre les traces noires laissées par des pneus, récentes, dans les deux directions. Il y a bien un avion dans les parages. Il a atterri il y a moins de 12 heures, à en juger par les marques sur le tarmac.

Elle sort le pistolet de sa ceinture, ôte le cran de sûreté et marche prudemment vers le nord, en longeant les véhicules et machines rouillés sur sa droite.

Une brise souffle sur les champs, les arbres chuchotent et, soudain, un mouvement attire le regard de Sarah. Une bâche goudronnée claque au vent derrière le squelette d'un gros camion oublié en travers du bout de la piste nord.

Une bâche neuve, ornée d'un motif de camouflage moderne.

— Renzo ! s'écrie Sarah.

Rien. Uniquement les bruits de la campagne.

— Montre-toi ! Je sais que tu es là !

Rien.

— J'ai eu une dure matinée, dit-elle sans élever la voix, en continuant à marcher vers le nord, arme au poing.

— Tu n'es pas la seule, répond une voix beaucoup plus proche qu'elle ne s'y attendait.

Elle pivote sur elle-même, mais il n'y a personne derrière elle. Uniquement un autre camion rouillé, des herbes hautes et une rangée d'arbres à l'arrière-plan.

— Où es-tu ?

— Ici, dit Renzo.

Sa voix vient de la droite, ce qui est impossible, étant donné qu'il y a uniquement la piste, un espace vide.

— Quoi ? Tu ne me vois pas ?

— Non, avoue Sarah, honteuse, car elle se souvient que Renzo est un ex-Joueur. Montre-toi.

— Où est Jago ?

— Il...

— Ne me dis pas qu'il n'a pas survécu. Si tu me dis ça, on va avoir un gros problème.

— Il n'a pas survécu.

— Je devrais te tuer, *puta*.

Maintenant, sa voix provient de *derrière* Sarah.

Elle se retourne vivement. Personne.

Un ventriloque.

Un bruissement la fait se retourner de nouveau. Renzo est là cette fois, à 10 pieds d'elle seulement, près du camion en décomposition, armé d'un simple fusil à pompe à canon scié et crosse pistolet, à l'ancienne. Il n'a pas changé depuis l'Irak : trapu, robuste et sûr de lui. Seule l'étincelle joviale a disparu de son regard. Aujourd'hui, il n'a pas envie de rire. Ses joues sont empourprées. Ses yeux marron sont plissés.

Sarah commence à lever son pistolet, celui que Renzo lui a donné à Mossoul, celui qui a tué Christopher, mais Renzo brandit son fusil à pompe en hurlant :

— N'y pense même pas !

Elle se fige. Le canon du pistolet ne bouge pas. Sans viser, elle sait que, dans cette position, elle peut lui arracher le pied droit, instantanément. Mais évidemment, il pourrait lui faire exploser la poitrine en même temps. Il a donc l'avantage.

Et il a l'avion.

D'un ton glacial, il dit :

— Si tu pointes cette arme sur moi, je tire. Fin de la discussion. On sera morts tous les deux et voilà.

— OK.

Elle ne lève pas son pistolet.

— Tu as une sale tête, dit-il.

Elle sait que c'est vrai.

— Je te le répète, j'ai passé une sale matinée.

— Où est Jago, Cahokienne ? Ne me raconte pas de conneries comme quoi il est mort.

— Il est mort. Si ça peut te réconforter, sache que je suis dévastée.

— Ça ne me réconforte pas. Raconte-moi.

Elle lui raconte. Elle lui parle même de l'explosion entendue quand elle était dans la citerne, mais pas des bruits de pas dans les égouts. D'ailleurs, elle n'est pas certaine qu'ils étaient réels. Et Renzo ne doit pas se douter qu'elle avance au bord du gouffre de la dépression.

Voilà pourquoi elle n'évoque pas non plus la scène du hurlement dans la voiture, ni ses larmes ; elle ne lui confie pas qu'elle doit lutter pour ne pas craquer, et qu'une petite partie d'elle-même envisage de lever ce pistolet pour en finir avec tout ça. Quand elle a terminé son récit, Renzo demande :

— Le métro est passé et tu n'es pas retournée voir comment allait Jago ?

— Il n'était plus là, Renzo. J'ai regardé. J'ai juste trouvé un bout de sa chemise. Sans doute qu'il est resté collé au premier wagon. Et j'avais trente hommes à mes trousses. Trente tueurs.

— Toi aussi, tu es une tueuse.

— Oui.

— Mais tu n'as pas tué Jago ?

— Hein ? Non !

Son ventre se noue. Son œil gauche tressaille. A-t-elle tué Jago ? Elle a tué Christopher. Délibérément. A-t-elle tué Jago également, d'une certaine façon ?

Non. Elle n'a pas pu faire ça.

Le pistolet se met à trembler dans sa main. Le vent se lève. Elle va craquer. Elle va craquer. Elle va craquer encore une fois.

— Que se passe-t-il, Cahokienne ? De quoi tu as peur ?

— De rien. Je te le répète, je suis dévastée. J'aime Jago. *J'aimais* Jago. Il était... il était le seul qui me ressemblait. Le seul qui savait *tout* de moi.

— L'amour. (Renzo émet un petit bruit de succion entre ses dents.) Je l'avais mis en garde contre ça.

— Je crois qu'il n'a pas écouté.

— Sans blague ? Et à cause de ça, il est mort maintenant. Du moins, c'est ce que tu racontes.

— Oui, il est mort, confirme-t-elle sans élever la voix.

Sarah voit Renzo cogiter.

— OK, dit-il. Donc, tu as choisi de venir ici pour que je t'emmène, c'est ça ?

— C'est ce que j'espérais, oui. L'Angleterre, c'est devenu trop chaud. Il faut que je rentre chez moi. Pour voir ma lignée.

— Et après ? Dès qu'on aura atterri, *bye-bye* ? Bonne chance et ainsi de suite ?

— Je ne vois pas ce que je pourrais te donner que tu n'as pas déjà, Renzo. Mais je peux te payer, si c'est ce que tu veux.

— Ne m'insulte pas. Je veux vivre. Je veux que ma lignée vive, comme toi. Je veux que mon Joueur gagne.

— Je suis désolée, dit Sarah en faisant un effort gigantesque pour masquer l'angoisse qui grandit dans sa poitrine.

Il a raison de poser la question : de quoi ai-je peur ?

— Tu as la Clé de la Terre ?

— Oui.

— Alors, que les choses soient bien claires. Au moment où on parle, ton nom doit figurer sur un grand nombre de listes de personnes recherchées à travers le monde – FBI, MI6, Mossad, CIA, Interpol – et tu veux rentrer chez toi avec la clé ? Tu es repérée, Cahokienne. Ils sont venus te chercher à Londres. Qu'est-ce qui te fait croire qu'ils n'iront pas te chercher en Amérique également ?

— Il faut que je rentre, Renzo. Avant de continuer à Jouer. Il le faut.

— Sentiments à la con.

— Quoi ?

Les rouages continuent à tourner dans la tête de Renzo.

— Écoute-moi. Écoute-moi bien. Va te faire foutre. Je ne t'emmènerai nulle part. Si ça se trouve, tu as tué Jago, pour l'éliminer du jeu. Si ça se trouve, Jago est toujours vivant, peut-être qu'il a été capturé, et je dois l'aider. Si ça se trouve, tu lui as volé la Clé de la Terre.

Sarah ne sait pas quoi répondre. Elle regrette d'avoir été la première à posséder la Clé de la Terre et à déclencher l'Épreuve, c'est son plus grand regret. Plus grand même que d'avoir tué Christopher. Après huit secondes de silence, elle répond :

— Je te dis la vérité, Renzo, sur l'honneur de ma lignée, de tous ses Joueurs, de tous mes ancêtres et de notre histoire avant l'Histoire. Je ne lui ai pas volé la clé. Je l'avais sur moi... et je l'ai encore... mais... on la partageait.

Renzo avance d'un demi-pas, comme s'il avait du mal à l'entendre.

— Vous la partagiez.

C'est une affirmation.

— Oui.

— Et pourquoi ? *Comment ?*

— Tu sais bien qu'on faisait équipe. On voulait découvrir les autres clés ensemble. Et essayer de...

Abasourdi, Renzo relâche sa pression autour de la crosse du fusil à canon scié.

— Tu es en train de me dire que vous aviez décidé de gagner... *ensemble ?*

Sarah hoche la tête.

— Oui.

— *Me cago en tu puta madre !* hurle Renzo.

Cette insulte est la goutte d'eau qui fait déborder le vase. Il avance de nouveau, en abaissant le canon du fusil de deux pouces, distraitement.

Elle n'a besoin que de cet instant d'inattention.

Elle pivote à la manière d'une danseuse, Renzo réagit aussitôt, il relève son arme et tire. Il y a une violente détonation, un petit nuage de fumée bleue et les tintements, acérés comme des lames de rasoir, des plombs qui rebondissent sur les épaves métalliques de l'autre côté de la vieille piste d'atterrissage.

Renzo a mal visé.

Avant qu'il puisse tirer de nouveau, Sarah est près de lui. Son coude gauche heurte l'omoplate de Renzo avec un bruit sec. Projeté vers l'avant, il laisse échapper la crosse du fusil. Sarah pivote de nouveau et se retrouve derrière lui. Elle enfonce le canon du pistolet dans le creux de ses reins et sent craquer les ligaments de la colonne vertébrale.

Renzo pousse un gémissement. Il tente de s'écarter de Sarah, mais elle est trop rapide. D'un balayage du pied gauche, elle lui fauche les jambes, tandis que le canon du pistolet appuyé dans son dos le pousse vers le sol. Il tend les mains devant lui, la droite tient encore le fusil par le canon. Ses jointures se retrouvent écrasées contre le tarmac. Il parvient à empêcher la collision entre son visage et le sol, à quelques centimètres près. Il tente de se relever, mais une fois encore, Sarah est plus rapide. Elle se laisse tomber à cheval sur son dos. Avec son avant-bras, elle lui assène un coup sur l'arrière du crâne. Cette fois, le visage de Renzo entre en contact avec le sol. Son nez se brise en deux endroits, le sang gicle et la douleur fulgurante irradie dans ses sinus. Ses yeux se remplissent de larmes. Acrobatiquement, Sarah déplie sa jambe droite et décoche un coup de pied pour désarmer son adversaire, lui brisant l'auriculaire par la même occasion. Le fusil tournoie sur la piste et s'immobilise à 11 pieds de là. Ignorant la douleur qui parcourt tout son corps, Renzo tente encore une fois de se relever. S'il laisse une nouvelle ouverture à son adversaire, il est foutu. Il sent qu'elle relâche la pression du pistolet dans son dos, il sent qu'elle fait basculer le poids de son corps. Il va se retourner et l'empoigner. S'il est moins rapide qu'elle, il est plus fort en revanche, et ils le savent l'un et l'autre. Il suffit qu'il parvienne à l'attraper.

Il se retourne brutalement et Sarah bascule vers l'avant. Il tend les bras. Ses doigts se referment au moment où il agrippe la chemise, mais ils ne trouvent que le vide. Il entrevoit le pistolet. Il tend le bras gauche pour tenter, encore une fois, d'attraper Sarah ; il voit la concentration et la fureur sur le visage de la Cahokienne. Elle passe sa jambe gauche autour de la poitrine de Renzo, qui sent quelque chose s'abattre sur le sommet de sa tête ; elle passe les mains derrière lui pour attraper sa cheville, et avant qu'il comprenne ce qui se passe, il se retrouve immobilisé par une prise de catch. Son bras droit est coincé sous lui, inutile, son bras gauche est collé contre son oreille, à la verticale, son cou et sa poitrine sont broyés, ses yeux larmoient de plus belle. Sarah est sous lui, les omoplates et la tête plaqués au sol, les fesses décollées. Tous ses muscles immobilisent et serrent. Renzo tente de se dégager, il agite furieusement les jambes, mais en vain. Elle serre, serre, serre.

— Ce n'est pas obligé de se passer comme ça, Renzo, dit-elle d'une voix qui ne trahit aucun effort.

Après tout, c'est une Joueuse.

Contrairement à Renzo. Plus maintenant. C'est une évidence. Pour tous les deux.

Renzo tente de répondre : « Si, obligé. Tu m'as cassé le nez et la main, et tu as peut-être tué mon Joueur. Alors, c'est obligé de se passer comme ça. » Mais tout ce qui sort de sa bouche, c'est :

— Sibligé. Casmonoueur. Omeça.

Elle serre, serre, serre. Renzo est proche de l'évanouissement.

— Je te lâche si tu m'expliques comment on fait démarrer l'avion.

— Vatfoir.

Il dresse le majeur de sa main gauche.

— Très bien. Je trouverai toute seule.

Serre, serre, serre.

Elle est si douée, si efficace, si compétente quand elle ne réfléchit pas ou ne succombe pas à ses émotions.

C'est à cet instant qu'elle découvre de quoi elle a peur.

J'ai peur de moi-même.

J'ai peur de ce que je suis.

Pourtant, elle continue à serrer.

Et elle aurait continué à serrer, à entraîner Renzo au-delà du sommeil, dans la mort, si, au moment même où ce corps robuste devenait tout mou entre ses jambes, une silhouette n'avait jailli des arbres, à sa grande surprise.

Une silhouette qui s'exclame :

— Sarah, qu'est-ce qui te prend, nom de Dieu ?

Jago Tlaloc, l'Olmèque.

DOATNet/Decrypted Message/JC8493vhee938CCCXx
DE : TYLER HINMAN
À : Doreen Sheridan

D – Je viens de recevoir ça de S et je voulais le partager avec une collègue digne de confiance. C'est une information énorme et potentiellement dangereuse entre de mauvaises mains. Prends-en bien soin.

<<<<<<<<<<<<<<<<<<<<<<<<<<<<<<<<<<

Maintenant qu'Endgame approche, j'éprouve le besoin d'en révéler davantage au sujet du Corrupteur en chef. Voici donc la vérité sans fard sur Ea.

Il est le diable posé sur notre épaule. La violence dans nos veines. La haine au creux de notre ventre. Il EST la corruption. Et il est venu de Là-Haut.

Comme vous le savez, pendant trop longtemps il s'est fait passer pour mon père.

Mais c'est un monstre.

Il est venu ici il y a presque 10 000 ans, sous la forme d'un extraterrestre, un Créateur. Il s'est comporté comme un envoyé avec le peuple Mu. Sa mission était de bâtir les fondations technologiques et sociétales qui permettraient aux humains d'avancer jusqu'au stade où ils pourraient servir éternellement les Créateurs. Au cours de ce processus, il devint une sorte de demi-dieu pour le peuple Mu. Les progrès qu'il leur enseigna relevaient de la magie. Il leur offrit des *miracles*. Et finalement, le haut conseil du peuple Mu, la Fraternité du Serpent, devint son allié et son farouche protecteur.

Mais pour les Créateurs, Ea pouvait être sacrifié, c'était une jeune brute versatile qui avait encore beaucoup à apprendre. Ils espéraient que cette mission l'aiderait à rentrer dans le droit chemin. Au lieu de cela, Ea s'investit beaucoup trop dans son rôle de sauveur, et il commença à croire aux mensonges qu'il débitait aux humains. Pire encore, il fit preuve d'insubordination vis-à-vis de ses supérieurs.

Les Créateurs décrétèrent qu'Ea ne devait pas être sauvé, le peuple Mu devait être détruit et ses vestiges expédiés au fin fond de la Terre. Cela implanterait une bonne fois pour toutes le traumatisme ancestral – la peur – qui pourrirait au cœur de l'humanité, fournissant le terreau dans lequel la Corruption pourrait prendre racine et métastaser durant des milliers d'années.

Alors, ils provoquèrent un gigantesque cataclysme, une fureur tectonique, de lave et d'eau bouillante, qui submergea le continent du peuple de Mu, ne laissant que quelques survivants qui dérivèrent sur l'océan, vers leur destin. Ea était mort et ses disciples portaient le deuil.

Mais l'orgueil démesuré d'Ea lui offrit involontairement la possibilité de revenir. Utilisant ce qu'il leur avait enseigné, les membres de la Fraternité le ressuscitèrent et fusionnèrent son essence extraterrestre avec celle d'un homme sacrifié dans ce but. À partir de cet instant, Ea fut un humain extérieurement, mais un alien intérieurement. Pour des raisons que je ne comprends toujours pas, sa chair devint immortelle, et il existe sous cette forme depuis.

Les visiteurs revinrent au cours des siècles suivants pour prendre des nouvelles de leurs autres créations humaines : les premiers membres des 12 lignées. Ils en réduisirent d'autres en esclavage, récoltèrent de nouvelles quantités d'or, puis proclamèrent et renforcèrent leur statut de divinités sur les humains préhistoriques et néolithiques. Pendant tout ce temps, Ea demeura caché ; il bâtissait son pouvoir discrètement, en maudissant ceux qui l'avaient laissé mourir sur cette planète pathétique.

Mais s'il détestait ses frères et sœurs du fin fond de la galaxie, il détestait encore plus les humains. Il les jugeait vils, étroits d'esprit, naïfs, primitifs et violents. Il les méprisait, d'autant plus qu'il était condamné à vivre parmi eux. Il exploita leur peur, leur naïveté et leur empressement à commettre des actes de la plus extrême sauvagerie, entre eux. Il les assujettit. Il enseigna aux gens qu'ils n'étaient rien, le salut ne pouvait exister qu'en dehors d'eux-mêmes, et tout ce qui était différent devait être craint et détruit.

Il leur enseigna la Corruption. Et grâce à ses enseignements, il devint puissant, riche et influent. Ses ressources étaient, et sont toujours, illimitées. Son esprit, bien qu'empoisonné, est aiguisé au plus haut point. Il EST le mal.

Au cours de l'histoire humaine, Ea réapparut dans le rôle du *consigliore* de nombreux individus de premier plan qu'il incita à entreprendre des conquêtes toujours plus cruelles. Il murmura à l'oreille de célèbres personnages tels que le pharaon Thoutmosis III, l'empereur Caracalla, Hugues Capet, Tomás de Torquemada, Adam Weishaupt et Josef Mengele[v]. Il est responsable, partiellement au moins, de toutes les guerres, de religion ou autres, de tous les génocides, de toutes les atrocités collectives commises dans l'histoire de l'humanité.

Toutes.

Pourtant, en dépit de son ingérence dans les affaires humaines, Ea a toujours espéré l'avènement du Jugement dernier promis, connu des lignées, et de nous désormais, sous le nom d'Endgame.

Son but est aussi simple que terrifiant. Laisser Endgame se dérouler, tuer le plus d'humains possible et faire tout ce qui est en son pouvoir ensuite pour empêcher ses frères et sœurs de revenir dans notre système solaire. En fait, il ne veut rien de moins que s'approprier cette planète, *notre* planète. Afin de créer un monde à lui seul dévoué, un terrain de jeu sauvage et éternel.

Si nous partageons le désir d'Ea de voir les Créateurs vaincus et chassés de notre petit coin de l'univers,

nous ne pouvons pas pour autant le laisser réaliser sa vision ancienne et pervertie. Nous devons l'arrêter. Nous devons trouver un moyen. IL LE FAUT.
Bien à vous en vérité.
S.
>>>>>>>>>>>>>>>>>>>>>>>>>>>>>>>>>>>>>>

ALICE ULAPALA

Vol Lufthansa 341, début de la descente
Départ : Kuala Lumpur.
Arrivée : Berlin

Alice se réveille d'un autre rêve saisissant. Une forêt était en feu, tous les animaux s'enfuyaient pour échapper aux flammes et aux tourbillons de fumée.

Ils couraient vers les bras ouverts de la fillette, Petite Alice Chopra.

Petite Alice souriait, elle était heureuse, accueillante, nullement effrayée, contrairement à tant d'autres rêves d'Alice. Elle dégageait des rayons de lumière dorés et argentés, son éclat était si puissant qu'il maintenait à l'écart les langues de feu, tandis que les animaux se précipitaient à l'intérieur de son aura protectrice.

Radieuse.

Comme une journée ensoleillée.

Comme le ciel à la mi-journée.

Et Alice comprend.

Elle se frappe le front.

— Je suis grave ! s'exclame-t-elle en se tournant vers l'homme assis à côté d'elle. Petite Alice *est* la Clé du Ciel !

L'homme – un peu plus de 20 ans, un gros casque autour du cou, pantalon baggy, lunettes Oakley sur les yeux, et haleine fétide à cause des trop nombreux whiskys bus durant le vol – regarde Alice, qui ne lui a pas adressé un seul mot jusqu'alors.

— Sans blague ?

— Ouais ! Ces salopards de keplers ont introduit une gamine dans la partie. Tu te rends compte ?

Le jeune homme hoquette et se retourne sur son siège pour jauger Alice.

— Tu as l'air sacrément balaise, franchement.

— Je te le fais pas dire. Je suis forte comme un taureau. Et tu sais pas tout.

Il rit tout doucement.

— J'en suis sûr. (Il ajuste ses lunettes de soleil sur son nez et se cale dans le coin de son siège.) Qu'est-ce que tu disais juste avant ? Un kepler ? C'est quoi ça ?

— Un salopard, voilà ce que c'est. Grand, tout maigre, avec la peau bleue, comme une saloperie de Schtroumpf.

— Les Schtroumpfs sont petits.

— Ouais, eh bien, eux, ils sont grands. Et ils croient régner sur ce foutu univers.

— Et c'est vrai ?

Ah, j'adore les poivrots, se dit Alice. *On peut parler de n'importe quoi. Ils prennent tout au sérieux. Des Schtroumpfs !*

— Ouais, ils règnent plus ou moins sur ce foutu univers. Mais qu'ils aillent se faire voir quand même. *Une gamine !* Celle de Shari, par-dessus le marché.

— C'est un de ces keplers que tu vas voir à Berlin ?

— Moi ? Non. C'est une bande de lâches. Du moins, c'est ce que je pense. Pour rien au monde ils ne voudraient se balader sur cette planète. Pas tout de suite en tout cas.

— Oh, c'est des extraterrestres, alors.

— Ouais, dit Alice comme si elle s'adressait à un imbécile. Mais je vais à Berlin pour voir quelqu'un d'autre. Un garçon. Il est un tas de choses, mais pas un lâche. C'est plutôt un petit Ned Kelly à la con.

L'homme ignore qui est Ned Kelly, mais il laisse couler.

— Ce gars, c'est genre ton petit ami ?

— Tu déconnes ?

Une annonce les interrompt. Une hôtesse les informe qu'ils atterriront dans 20 minutes.

— Je vais pisser, dit Alice.

— *Go !*

Alice se dirige vers les toilettes de la classe affaires. En marchant, elle prend de plus en plus conscience du son perçant qui résonne dans sa tête, et qui localise le Donghu, Baitsakhan.

Le signal est comme une carte en trois dimensions au milieu de laquelle se tient Alice. Le fait de se trouver à bord d'un avion, au-dessus de la Terre, accentue la sensation de profondeur. La carte s'étend dans toutes les directions, délimitée par les bips. Quand Alice se trouvait de l'autre côté du globe, le signal était lointain, faible, mais audible. Maintenant qu'elle est à moins de quelques centaines de kilomètres de la source, il est net, puissant. La carte s'est réduite en conséquence, et semble plus utilisable. En fait, elle est si claire qu'Alice pourrait certainement sortir de l'aéroport et marcher jusqu'à Baitsakhan les yeux bandés. Elle ne le fera pas, mais elle pourrait.

Elle déboutonne son jean, le baisse et s'assoit sur les toilettes. Elle se demande si Baitsakhan a capturé un autre Joueur, s'il est en train de le torturer pour obtenir des informations sur les clés, comme il l'a fait avec Shari, elle se demande s'il a progressé dans le jeu. Elle se demande s'il est blessé et, dans ce cas, s'il a trouvé quelqu'un pour l'aider.

Peut-être qu'il se cache.

Elle se demande s'il a pris possession de la Clé de la Terre et s'il s'offre un break pour savourer son succès, comme le ferait tout bon psychopathe.

Les sociopathes l'amusent.

Ils sont toujours choqués quand ils meurent.

Alice se redresse, remonte son pantalon et se lave les mains. Une hôtesse annonce que les passagers doivent regagner leurs sièges.

Elle sera sur le sol allemand dans moins d'une heure.

Elle prendra une chambre dans un hôtel.

Si le Donghu bouge, elle le suivra.

Sinon, elle dormira, et demain, elle se mettra en chasse.

« Nouvelle de dernière minute. La fuite d'un courrier électronique envoyé par un scientifique de la NASA commence à semer la panique parmi les habitants des côtes de Nouvelle-Angleterre et des États Mid-Atlantic. Mills Power, tout juste revenu de Stonehenge, suit cette histoire pour nous. Mills ?

— Bonjour, Stephanie.

— Bonjour, Mills. Ce mail provenant, dit-on, d'un scientifique de la NASA, un certain William Wallace, provoque un vif émoi. Que pouvez-vous nous en dire ?

— Eh bien, je me trouve au siège de Jet Propulsion Lab de la NASA en Californie, et en dépit de mes nombreuses tentatives, je n'ai toujours pas réussi à approcher M. Wallace. Toutefois, j'ai pu obtenir la confirmation, noir sur blanc, qu'un nommé Will Wallace, expert en géologie planétaire, diplômé de CalTech, travaille bien chez JPL, sur le programme NEO.

— Pour nos téléspectateurs, NEO voulant dire...

— Near Earth Object, Stephanie. "Objet proche de la Terre". Autrement dit, cette équipe traque les astéroïdes qui s'approchent de notre planète et évalue les risques de collision.

— Voilà qui est très intéressant, surtout à la lumière des événements récents.

— En effet.

— Et que vous ont-ils dit au sujet de cet homme ou de ses allégations ?

— Pas grand-chose. Si la NASA a confirmé le statut de M. Wallace, elle refuse de confirmer ou de nier l'existence de l'astéroïde géant surnommé Abaddon et qui – d'après ce mail qui ne cesse de circuler maintenant – se dirigerait vers la Terre.

— Certaines personnes interprètent cette absence de démenti catégorique comme une confirmation. S'agit-il pour autant d'une attitude étrange de la part de la NASA ? C'est une agence gouvernementale, après tout, et compte tenu des drames récents...

— Oui, ce silence pourrait sembler logique, mais dans la pratique, toutes les données et les images produites par JPL et la NASA sont destinées au public, pas uniquement aux États-Unis, mais dans le monde entier. Généralement, toutes leurs découvertes sont postées sur Internet et mises à jour hebdomadairement, voire quotidiennement. Si le mail de M. Wallace est authentique, JPL a pris la décision sans précédent de garder l'information secrète.

— Je ne voudrais pas ajouter foi à ces rocambolesques théories du complot, Mills, mais si la NASA cache cette information, serait-ce dans l'intérêt du public, pour donner au gouvernement le temps d'élaborer... une sorte de réponse ?

— Si l'évolution de la situation sur la Côte Est peut servir d'indicateur – la constitution de stocks d'eau, les queues de plus de un kilomètre aux pompes à essence, la ruée sur l'argent liquide dans les banques et, plus révélateur encore, le boom des achats d'armes et de munitions sur Internet –, alors le fait de cacher la vérité pourrait avoir des répercussions tout aussi dévastatrices.

— On a l'impression que les gens se préparent pour la fin du monde, Mills.

— Je pense sincèrement, réellement, qu'ils réagissent de manière excessive, Stephanie. Après tout, il s'agit pour l'instant d'un unique mail non vérifié. Mais oui, vous avez raison : tous ces gens se préparent pour la fin du monde. »

AISLING KOPP

Aéroport international JFK, terminal 1,
hall d'immigration, salle E-117, Queens, New York,
États-Unis

C'est gentil, se dit Aisling après la noble proposition de l'agent McCloskey, responsable des opérations, de lui apporter le soutien d'un commando ultrasecret de tueurs employés par le gouvernement. *Seulement, je ne veux pas de l'aide de « mes plus grands fans ».*

Évidemment, Aisling ne le dit pas. Elle ne gobe pas entièrement l'histoire de McCloskey, elle est persuadée que l'agent lui cache quelque chose. Il ne faut pas oublier qu'elle appartient à la CIA. Mentir, et souvent, fait partie de son métier, non ?

Mais plus que tout, Aisling a envie de sortir de cette pièce, alors elle rassemble ses esprits et dit, calmement :

— Merci, McCloskey. J'accepte votre offre. Avec joie. Affronter l'Apocalypse ne sera pas une partie de plaisir.

— Non, en effet.

— Si ça ne vous ennuie pas, j'aimerais rencontrer votre équipe.

McCloskey lui tend la main.

— Bien sûr. Mais avant, serrons-nous la main.

Aisling se lève et prend la main de la grande femme séduisante.

McCloskey ne sourit pas. Aisling non plus.

Elles échangent une poignée de main et les serrures de la porte murmurent : *une, deux, trois.* McCloskey dit :

— Allons-y.

Elle sort de sa poche un badge attaché à une chaînette et le passe autour du cou d'Aisling. Puis elle la précède à travers le hall d'immigration grouillant de monde. Elles s'arrêtent devant le groupe d'officiers de la brigade cynophile K9 qui ont intercepté Aisling. L'un d'eux lui tend un pistolet dans un étui, qu'elle fixe à sa taille. Elle les dévisage, mais eux demeurent impassibles. De simples soldats qui obéissent aux ordres.

Aisling franchit à la suite de McCloskey la zone de livraison des bagages, jusqu'à un homme d'un certain âge, de taille moyenne, portant une barbe châtain mêlé de blanc en bataille et de petites lunettes rondes dorées, à la Steve Jobs. Si Aisling devait désigner un espion au milieu de mille personnes, il serait le dernier qu'elle choisirait ; c'est sans doute une des raisons pour lesquelles c'est un espion d'ailleurs.

— Voici l'officier traitant Griffin Marrs, dit McCloskey en s'arrêtant devant l'homme.

— Bonjour, Marrs, dit Aisling.

— Salut, répond l'homme. (Il porte le sac à dos d'Aisling sur l'épaule et montre le sac qu'elle a enregistré, posé devant lui.) C'est un sacré flingue que vous trimballez là-dedans, ajoute-t-il du ton nasillard et monocorde d'un fumeur de hasch.

— J'ai un permis de transport international.

Il hausse les sourcils.

— Sous un faux nom également. Très impressionnant.

— Je suis une Joueuse. On a nos propres méthodes.

Marrs se tourne vers McCloskey.

— Au moins, on a misé sur le bon cheval.

— Aucun doute là-dessus. (McCloskey regarde Aisling.) Prête à rencontrer l'agent Jordan ?

La Laténienne répond par un petit hochement de tête.

— Le plus tôt sera le mieux. Le temps presse.

— Exact, dit Marrs.

McCloskey ouvre la marche, suivie d'Aisling, puis de Marrs. McCloskey tend une feuille de papier au dernier officier des douanes avant la sortie. À l'exception du sceau de la CIA et d'un paragraphe de texte, Aisling ne voit pas ce qu'il y a dessus. L'officier le lit pendant que McCloskey et Marrs sortent leurs badges. Tout cela sans un mot. Au moment où Aisling passe devant l'agent, celui-ci dit :

— Bonne journée, mademoiselle.

Ils traversent le terminal. Des gens se pressent contre une barrière métallique pour accueillir des êtres chers en provenance du monde entier. En T-shirts, jeans, costumes, saris, survêtements ou treillis, ils tiennent des fleurs, des peluches, des écriteaux. Il y a là des enfants, des épouses, des cousins et des cousines, des grands-parents. Aisling et ses nouveaux amis longent une file de chauffeurs de limousine qui brandissent des tablettes ou des pancartes avec des noms dessus : Singh, X. James, Örnst, Friedman, Ngala, Hoff, Martin. Ils sortent du terminal. Une Cadillac CTS noire attend le long du trottoir. Le moteur tourne. Le chauffeur est invisible derrière les vitres teintées. McCloskey ouvre la portière à l'arrière.

— Après vous.

Aisling remarque que le châssis écrase les suspensions – la voiture est blindée – et qu'une paroi transparente sépare l'arrière du véhicule du chauffeur.

— Belle bagnole, commente-t-elle en approchant de la portière ouverte. Surtout pour le gouvernement.

— Je vous l'ai dit : on est outillés, répond fièrement McCloskey, une main posée sur le haut de la portière, l'autre sur la crosse de son Beretta 92FS.

Marrs dépose le gros sac dans le coffre et contourne la voiture. Il ouvre l'autre portière. Il va voyager derrière avec Aisling. Peut-être que McCloskey aussi, pour encadrer Aisling, bien au chaud au milieu.

Je ne veux pas de votre aide, pense-t-elle de nouveau.

Elle descend du trottoir et se retourne vers McCloskey, nonchalamment. Elle pose ses fesses au bord de la banquette. Derrière elle, elle entend le bip-bip-bip d'un car qui recule et le vrombissement d'une moto arrêtée de l'autre côté du terre-plein central.

Une moto puissante, à en juger par le bruit du moteur.

Aisling décolle les pieds du sol, mais au lieu de les balancer à l'intérieur de la voiture, elle les lève et frappe McCloskey en pleine poitrine, de toutes ses forces.

Je ne veux pas de votre aide !

McCloskey recule sur le trottoir en titubant, le souffle coupé, tandis qu'Aisling exécute un saut périlleux arrière, sur la banquette, et ressort de l'autre côté de la voiture, pieds en avant. Ils atteignent Marrs à la mâchoire et à l'épaule. L'agent heurte la portière avec un violent craquement.

— Hé ! lâche-t-il.

Aisling retombe sur ses pieds et pivote. En trois enjambées, elle a atteint sa vitesse de pointe. Elle passe derrière le car et disparaît aux yeux des agents de la CIA pendant de précieuses secondes.

— Stop ! hurle McCloskey au prix d'un gros effort.

Un cri.

Un second.

Aisling n'a pas le temps de se retourner, mais elle devine que les agents ont dégainé leurs armes.

Elle fonce vers un homme maigrelet qui chevauche une moto BMW S1000 RR argent et noir. Il porte une tenue de protection, il a déjà mis son casque, le moteur tourne, et il ne prête pas attention à toute cette agitation, ni à la fille aux cheveux roux et courts qui arrive à fond sur sa droite.

Elle s'arrête en dérapage près de lui, se baisse, le saisit par la cheville et le soulève. Surpris, l'homme est éjecté de sa moto et s'affale sur la chaussée. La visière de son casque étouffe un cri.

— Stop, j'ai dit !

Aisling entend à peine les braillements de McCloskey alors qu'elle saute sur la selle de la moto. Elle s'empare du guidon et met les gaz.

Elle quitte la zone de stationnement temporaire en quelques secondes et fonce vers la rampe de sortie de l'aéroport à 85 mph, en zigzaguant au milieu des voitures, des taxis et des véhicules de la police des transports.

L'un d'eux allume son gyrophare et la prend en chasse.

Il ne la rattrapera jamais.

Aisling accélère. 95, 103, 112, 119. Le moteur ronronne en 5e, à 8 000 tours/minute. Il chauffe à peine, il lui reste une vitesse et 60 à 70 mph supplémentaires avant d'atteindre son maximum. En moins d'une minute, elle se retrouve sur la voie express JFK, louvoyant entre les nids-de-poule et les échangeurs déroutants, jusqu'au Belt Parkway.

Deux Malibu grises provenant de North Conduit Avenue s'engagent sur la voie rapide, devant elle. Aisling identifie de simples flics, en civil, n'appartenant pas à la bande de McCloskey. Elle déboîte dans la file de gauche. Collée au terre-plein central, elle double à toute allure des voitures et des SUV. Les flics sont toujours devant ; ils tentent de lui bloquer le passage. Aisling ralentit à 79 mph et, au tout dernier moment, elle braque dangereusement entre un Escalade et une Smart, dans un crissement de pneus, pour emprunter la bretelle de sortie 17N. La roue arrière de la BMW dérape avant de mordre la route et de la propulser sur la bretelle. Aisling change de vitesse et accélère. Elle débouche dans les rues en faisant une roue arrière et fonce vers l'ouest. Elle passe devant le champ de courses d'Aqueduct, simple tache floue. Elle repère dans son sillage deux voitures de patrouille, ainsi qu'une des voitures grises banalisées qui roulaient sur la voie rapide. Tout en slalomant entre les véhicules à 111 mph, en 3e, sans s'arrêter aux feux rouges, elle jette un coup d'œil dans son rétroviseur et aperçoit la Cadillac de la CIA plusieurs rues derrière, les phares brillent, des lumières vives rougeoient derrière la calandre.

McCloskey se rapproche et elle ne sera pas contente si elle rattrape Aisling.

Vous me cachez quelque chose, agent McCloskey. Et vous ne me rattraperez pas.

Aisling enclenche la 4e, contourne un camion, bifurque sur Linden Boulevard et se retrouve face à une longue et large portion de route rectiligne.

Et au milieu de cette longue ligne droite, un rassemblement de véhicules de police scintillants bloque le passage. Les officiers sont sortis, leurs armes aussi.

Aisling freine, débraye, rétrograde et tourne à gauche dans Drew Street en traversant deux voies de circulation. Alors qu'elle va mettre les gaz pour foncer, foncer, foncer, devant elle surgit une autre voiture de police.

Et puis merde.

On va voir qui se dégonfle en premier.

Et elle fonce, fonce, fonce.

Et la voiture de police aussi.

Aucun des deux ne flanche, aucun ne dévie de sa trajectoire.

Ils vont se percuter.

Aisling imagine la scène. Elle va passer par-dessus le guidon et sans doute s'exploser la cervelle. Ou bien, elle va se faire arrêter, presque à coup sûr. Ou alors, elle sera tellement amochée par l'accident qu'elle n'aura plus aucune chance de survivre à Endgame.

Mais à l'ultime seconde, la voiture de police pile net et les lois de la physique font plonger le capot vers l'avant. Le pare-chocs avant racle le bitume en produisant des étincelles. Aisling soulève la roue avant de la moto, la fait retomber sur le toit de la voiture, roule dessus et s'envole. Elle atterrit trente pieds plus loin, en rebondissant violemment sur la chaussée, obligée de faire appel à toutes ses forces pour contrôler le guidon, tandis que deux coups de feu claquent dans son dos, éloignés de leur cible. Aisling tourne à droite dans une autre rue et se retrouve, après quelques centaines de mètres, à la lisière d'une vaste cité.

Elle s'arrête en dérapage devant un groupe de gamins qui traînent au coin, sous le soleil du milieu d'après-midi, maigres et musclés, coiffés de casquettes de base-ball à larges visières, vêtus de larges shorts dévoilant la moitié de leurs fesses. Ils ne voient pas souvent de jeunes Blanches aux cheveux roux conduisant des motos allemandes à 20 000 dollars.

— Yo, bien le bonjour chez vous ! lance un des gamins, moqueur.

Ses copains rigolent.

Aisling sourit, ôte la clé de contact et la lui tend en descendant de la moto d'un bond.

— Je t'échange ma moto contre ta casquette, dit-elle avec un clin d'œil.

Et elle repart à pied, après avoir arraché au passage la casquette des Nets toute noire sur la tête du garçon. Elle saute par-dessus un grillage bas dans le style parkour, puis disparaît à l'intérieur de la cité bordée d'arbres, accompagnée par les commentaires des gamins : « Oh, la vache ! », « Sans déc' ? », « C'est quoi, ça ? ».

Elle s'attire d'autres regards – de grands-mères, de jeunes enfants et d'adolescents – en courant au milieu des immeubles. Elle envisage de grimper dans l'un d'eux pour se cacher sur le toit jusqu'à ce que les choses se calment, mais elle serait trop visible et la police va certainement envoyer des hélicos, si ce n'est pas déjà fait.

Non. Il faut qu'elle rentre chez elle, et vite. Si elle y arrive avec suffisamment d'avance pour prendre un sac de jouets dans l'abri souterrain, elle pourra disparaître pour de bon.

Disparaître et Jouer.

Fuir sans se faire prendre.

Interrompre l'Épreuve si elle le peut. Et sinon, remporter la partie.

Toute seule.

Elle arrive devant un grillage, l'escalade, se laisse retomber de l'autre côté et la revoilà dans les rues. Elle entend les sirènes au loin et, comme prévu, un hélicoptère qui arrive du sud. Il n'y a pas beaucoup de monde dans ce coin, mais les rares individus présents la regardent avec un mélange d'étonnement et d'indifférence. Comme beaucoup d'habitants des cités, ils ont appris à se mêler de leurs affaires.

Personne ne dit rien quand Aisling se dirige vers une Honda Civic violet et jaune au moteur gonflé, s'engouffre par la vitre baissée et fait démarrer sa nouvelle voiture en moins de cinq secondes, ce qui pourrait constituer un record.

Une musique folklorique mexicaine mélodieuse sort des haut-parleurs. Elle l'arrête, enfile la casquette des Nets et démarre tranquillement, laissant pendre son poignet sur le volant. Elle avise une paire de lunettes de soleil sur le tableau de bord et les chausse.

Elle roule vers le sud pendant plusieurs pâtés de maison – une voiture de patrouille la double en hurlant, en direction de Linden –, puis elle bifurque vers l'ouest. Elle fonce pendant environ un quart de mile, reprend une conduite décontractée et roule en direction de JFK par de petites rues, en espérant que la police n'a pas installé un barrage sur Cross Bay Boulevard.

Non.

Moins d'une demi-heure plus tard, elle tourne dans la West 10th Road. Les dix minutes suivantes sont critiques. Broad Channel n'est rien d'autre qu'un pont naturel au cœur de Jamaica Bay. La police ou cette McCloskey pourraient aisément l'acculer. S'ils bloquent les rues, elle pourrait toujours prendre le bateau de Pop pour essayer de s'enfuir, mais les bateaux ne sont pas très pratiques pour ce genre de choses.

Alors, elle croise les doigts.

Elle s'arrête à quatre maisons du pavillon couleur turquoise. Aucun signe d'une présence quelconque.

Elle descend de voiture. Elle enfonce les mains dans les poches et avance en traînant les pieds.

Toujours rien. Le quartier est calme.

Elle remonte l'allée, s'arrête devant le nain de jardin, soulève son bonnet rouge pointu et récupère une petite boîte fermée par un cadenas à code. Elle aligne les chiffres 9-4-6-2-9, ouvre la boîte et prend la clé qui s'y trouve.

Aisling se dirige ensuite vers la porte. Une fois de plus, elle jette un coup d'œil par-dessus son épaule. Un 747 qui vient de décoller de JFK s'élève dans le ciel. Un étourneau gazouille dans la gouttière du toit. La serrure s'ouvre. Elle pousse la porte, se glisse à l'intérieur et referme à clé.

La maison est plongée dans l'obscurité.

Elle appuie son pouce droit sur un endroit du mur que rien ne distingue du reste. Une lumière rouge s'allume derrière la peinture. Le tiroir d'une petite table, monté sur roulettes, s'ouvre sans bruit. Les yeux d'Aisling filent d'un coin à l'autre, vers le fond du couloir. Du revêtement en mousse qui tapisse le tiroir, elle sort un Sig 226 muni d'un silencieux. Le cran de sûreté est déjà ôté. Comme toujours sur cette arme.

Elle appelle son grand-père.

— Pop ?

Pas de réponse.

— Pop ? C'est moi, Ais.

Pas de réponse.

Elle traverse le couloir à pas feutrés, passe devant l'escalier, jusqu'à la porte qui conduit au sous-sol, sans cesser de scruter tous les coins, de chercher partout, le canon du Sig pointé devant elle, guettant une cible. Il n'y a personne. Elle est seule. Elle se fige. Avec son poing, elle tape sur un coin précis du mur lambrissé. Une partie coulisse, dévoilant une molette de coffre-fort. Ses mains entrent la combinaison de mémoire : 59 tours à droite. 12 à gauche. 83 à droite. 52 à gauche. 31 à droite. La porte s'ouvre avec un déclic.

Aisling pousse la lourde porte – elle semble en bois, mais c'est en réalité un panneau d'acier de 3 pouces d'épaisseur – et la referme derrière elle. Les lumières s'allument automatiquement dès qu'elle la verrouille. Elle est en sécurité.

Elle descend l'escalier, passe devant deux râteliers d'armes, un cellier, une combinaison de protection contre les matières dangereuses, du matériel de plongée sous-marine et un placard en plexiglas à l'épreuve des balles contenant toutes sortes d'armes de corps-à-corps, dont certaines, très anciennes et d'une valeur inestimable, pourraient figurer dans un musée.

Ignorant tout cela, Aisling se dirige vers deux sacs suspendus à un mur. Un sac à dos et un sac polochon. Les sacs de fuite. Ils contiennent tout ce dont elle aura besoin.

Elle revient sur ses pas et s'arrête devant le placard à l'épreuve des balles. Elle place son œil devant un scanner rétinien et pianote sur un pavé alphanumérique. Une suite de 25 chiffres et lettres – GKI2058BjeoG84Mk5QqPlll42 – 25 caractères qu'elle connaît par cœur depuis l'âge de sept ans (elle se plaignait toujours auprès de son grand-père en disant qu'il devrait la changer régulièrement, ce qu'il ne faisait jamais). La porte coulisse. Elle pénètre dans la partie climatisée et choisit l'épée chérie par toute sa lignée, une Falcata à la lame incurvée datant du VIe siècle avant Jésus-Christ, la seule épée en acier dans toute l'Europe à cette époque, une arme tranchante comme un rasoir qui a mis fin à 3 890 vies très exactement. Les Celtes laténiens dont le sang remonte aux anciens, ceux qui ont reçu leurs connaissances directement des Créateurs savaient travailler l'acier trempé depuis des millénaires, et ils n'ont confié leur savoir-faire à personne. Une épée en acier, au VIe siècle avant Jésus-Christ, c'était comme une lame magique.

Aisling glisse la Falcata avec son fourreau sur le dessus du sac polochon et ressort du placard de plexiglas. Elle remonte au rez-de-chaussée. Les lumières s'éteignent derrière elle, l'une après l'autre. Elle sort dans le couloir, referme le panneau d'acier, et au moment où elle va quitter la maison, elle se fige en entendant des applaudissements.

— Belle évasion, mademoiselle Kopp, dit un homme dans le salon.

Aisling fait volte-face. Un homme de plus de 40 ans est assis dans le fauteuil relax préféré de Pop. Il est de taille et de poids moyens, bien qu'un peu enrobé. C'est un figurant sur un plateau de cinéma, un visage parmi d'autres dans la foule. Il a des cheveux grisonnants, une légère calvitie et une barbe naissante. Tout en lui respire la banalité, à l'exception d'une longue cicatrice qu'Aisling distingue faiblement sur le côté de son visage et dans son cou, et même cette marque distinctive paraît insignifiante sur ce faciès anonyme. Il porte un jean, un pull à col en V gris clair et des chaussures de course à pied noires.

Aisling ne le remarquerait pas dans la rue, sauf qu'il braque sur elle un HK416 compact. À cet instant. Le fin rayon laser rouge est pointé sur sa gorge. Il a applaudi en tapant sur sa cuisse avec sa main droite.

Un gaucher. Je n'aurais pas deviné.

Aisling ne lève pas le canon de son pistolet.

— Vous devez être le supérieur de McCloskey.

— Bravo.

— Vous avez un nom ?

— Greg Jordan.

— McCloskey est dehors ?

— Elle va arriver.

— Elle doit être furieuse.

— En fait, non, dit l'homme en haussant légèrement les sourcils. Elle est soulagée. Si vous n'aviez pas réalisé ce tour de force, au minimum, elle aurait estimé que vous ne méritiez pas qu'on se batte pour vous. Marrs, lui, en revanche, est furieux. Il est du genre « Je suis trop vieux pour ces conneries ».

— Je crois que je lui ferai des excuses, alors.

— Parfait. Il appréciera.

— Alors, l'aéroport... c'était un test ?

— Qu'est-ce qui n'est pas un test, mademoiselle Kopp ? Surtout maintenant que la Clé de la Terre a été récupérée ?

— Bien vu.

— Puis-je vous dire quelque chose à mon sujet ? Étant donné qu'on va passer beaucoup de temps ensemble ?

— Ça me fait de la peine de vous l'annoncer, Greg, mais on ne va pas passer beaucoup de temps ensemble.

— C'est vexant, mademoiselle Kopp. Qu'y a-t-il ? Vous ne nous aimez pas ?

— Je ne vous fais pas confiance.

Jordan soupire.

— À votre place, je n'aurais pas confiance non plus. Mais il se trouve que *moi*, je vous fais confiance. Je suis obligé.

— Parce que je suis votre Joueuse ?

— Oui. Et parce que je n'ai pas d'autre option.

— McCloskey ne serait pas d'accord, j'ai l'impression. Elle semblait penser qu'il existait une autre option. Elle m'a avoué qu'elle ne voulait pas faire équipe avec moi, que c'était vous qui l'aviez convaincue.

— C'est exact. Entièrement. Vous voyez ? On commence à gagner votre confiance.

Aisling insiste, elle ne se satisfait pas de cette réponse :

— Quelle était votre autre option, si je peux me permettre ?

— Peu importe. Maintenant que l'astéroïde approche, l'essentiel c'est de travailler directement avec vous.

— J'aimerais quand même la connaître.

Jordan soupire de nouveau.

— Nous voulions empêcher qu'Endgame se produise.

Aisling sourit avec suffisance.

— Vous pensiez vraiment pouvoir y arriver ?

Jordan hausse les épaules.

— Je crois qu'on se faisait des illusions. C'est de la folie, hein ?

Aisling relâche un peu la tension de ses muscles. Malgré toutes ses appréhensions concernant cette aide qu'on lui propose, ce type lui plaît bien.

— Complètement.

— Vous ne m'avez pas laissé vous dire cette chose me concernant...

— Allez-y, dégainez.

Jordan sourit. L'ironie de cette expression ne lui a pas échappé. Il n'a toujours pas baissé le canon de son arme. Il la tient d'une main ferme.

— Je n'aime pas lâcher des mots grossiers. Je n'ai jamais aimé ça. Beaucoup de chefs de poste avec lesquels j'ai travaillé, surtout aux États-Unis, adorent ça. À croire qu'ils s'en nourrissent, que ça leur permet de vivre. Personnellement, j'estime que l'abus de mots grossiers est un signe d'atrophie de la personnalité, une sorte de fanfaronnade inutile. Rares sont ceux qui savent les utiliser à bon escient. Il s'agit d'une petite poignée de surdoués.

— OK... dit Aisling en étirant ce mot.

Jordan agite la main droite de manière démonstrative.

— Cela étant dit, une grossièreté bien placée, comme une bombe bien placée, c'est très efficace. Mais pour moi, elles ne sont pas illimitées, vous comprenez ? Je les garde en réserve et je les utilise quand j'en ai réellement besoin.

— Je crois savoir où vous voulez en venir.

— Non, je crois que vous n'en savez foutre rien.

— Ah, en voilà une.

Jordan sourit de nouveau. Malgré toutes ses appréhensions liées à cette histoire d'Endgame qui lui tombe dessus, cette fille lui plaît bien.

— On a votre grand-père.

Aisling fait un pas en avant.

— Ah, ah, attention, dit Jordan.

L'arme.

— Continuez.

— Il n'est pas prisonnier. Il est de notre côté, et il veut que vous acceptiez notre offre. Mais vous devez comprendre que tout ce que vous a dit McCloskey est vrai. On est les gentils, mais quand on doit jouer les méchants, on est très doués pour monter des putains de coups tordus. Alors, si vous voulez que votre putain de grand-père vive, vous nous direz oui. Et on sera vos putains d'amis jusqu'à la fin des temps. Je vous le promets. Mais vous devez dire oui et le penser sincèrement. Vous êtes la Joueuse, *notre* Joueuse, et on a tellement besoin de vous qu'on est prêts à tout pour être sûrs que vous acceptiez. Dites oui, Aisling. Dites oui, sincèrement. Pas de putain de baratin. Compris ? Dites oui.

D'abord McCloskey et maintenant Jordan : ces agents adorent les longs discours. Aisling se demande s'ils suivent des séminaires spécialisés. Néanmoins, elle sent que Jordan est peut-être plus réservé que sa cohorte de cinglés. Elle a quand même envie de le tuer. Parce qu'il l'oblige à accepter son aide, alors qu'en réalité, c'est elle qui l'aide. Et parce qu'il ose menacer Pop. Elle pourrait sans doute le tuer immédiatement, l'achever avant qu'elle se vide de son sang, mais c'en serait fini de Pop et du jeu.

Alors, que peut-elle faire d'autre ?

Elle hausse les épaules.

— Je veux voir Pop.

— C'est un oui ?

— Non, Jordan. C'est un putain de oui.

U+2624^{vii}

HILAL IBN ISA AL-SALT

Vol JetBlue 711 roulant vers la porte D4,
aéroport international McCarran, Las Vegas,
Nevada, États-Unis

Personne n'aimait l'aspect de Hilal ibn Isa al-Salt.

Que ce soit à Addis, à Charles-de-Gaulle, à JFK, ou à bord de cet avion à destination de Las Vegas. Les gens n'aimaient pas voir la moitié de sa tête entourée de bandages, des bandages constellés de taches de sang couleur rouille. Ils n'aimaient pas le contraste de l'œil bleu et de la peau mate, mais surtout, ils n'aimaient pas cet œil rose et rouge, abîmé, qui les regardait entre les bandages. Ils n'aimaient pas être obligés de cacher les yeux de leurs enfants ou de les consoler quand ils se mettaient à pleurer après avoir vu l'Aksoumite. Ils n'aimaient pas ses dents blanches et bien droites, parfaites, qui accompagnaient le visage de ce... ce... ce monstre.

Car, vu de l'extérieur, Ibn Isa al-Salt est effectivement devenu un monstre.

Les seules personnes qui lui adressèrent la parole au cours de ce voyage furent celles qui y étaient obligées : le personnel d'enregistrement, les hôtesses, les officiers des douanes, et celles qui avaient la malchance de se retrouver à ses côtés. Sa voisine la plus récente, une jeune Afro-Américaine, murmura simplement : « Oh, mon Dieu » et ne dit plus un

200

mot ensuite. Durant tout le vol depuis New York, elle ne cessa de regarder ailleurs et de dormir, ou de faire semblant de dormir.

Hilal, lui, garda les yeux fixés sur le dossier du siège de devant. Il méditait et endurait la douleur qui désormais l'envelopperait jusqu'à la fin de ses jours, il apprenait à l'aimer.

Il réfléchissait à sa nouvelle mission également.

Il venait à Las Vegas pour une raison bien précise : parce que cet appareil semblable à un téléphone, caché pendant plus de 3 300 ans dans l'arche d'alliance avec les Créateurs, lui avait ordonné de rentrer chez lui.

Du moins, c'était ainsi que l'avaient interprété Hilal et maître Eben.

Quand l'appareil s'était allumé à l'intérieur du Kodesh Hakodashim, il avait dévoilé une image ininterrompue qui ressemblait à un bruit de fond interstellaire éclatant, tissé d'innombrables filaments d'obscurité et d'étendues de couleurs : une tapisserie impressionniste d'espace et de temps en trois dimensions. Hilal avait agité l'appareil de haut en bas, d'avant en arrière, en faisant de grands arcs de cercle, et cet arrière-plan était resté immobile, comme s'il s'agissait d'une fenêtre ouverte sur un univers alternatif.

Mais quand Hilal positionnait l'appareil de certaines façons, il révélait trois images distinctes. La première était un jeu de données, une liste floue de coordonnées en deux points, dont Hilal a découvert qu'il pouvait la faire défiler en tapotant sur le haut ou le bas de la tablette. Cette liste apparaît seulement quand Hilal tend l'appareil vers le sud géographique. Il y a bien plus d'un millier de chiffres sous forme de notations en degrés, minutes et secondes. Presque tous sont statiques, mais plusieurs changent de manière incrémentielle, comme si le point qu'ils indiquaient se déplaçait.

La 2e image a émergé du schéma cosmique quand Hilal a levé le bras à hauteur d'épaule et pointé la tablette dans la direction est-nord-est. À cet instant, il a vu une lumière sphérique, d'un orange vif, palpiter au rythme d'un cœur qui bat vite. Il a tout d'abord cru que dans cette direction, à des millions d'années-lumière, se trouvait peut-être la planète d'origine du kepler, mais cette idée a volé en éclats dès qu'il a bougé. Hilal et Eben devaient se rendre à Addis-Abeba ce soir-là pour consulter un chirurgien esthétique au sujet des blessures de Hilal, et alors qu'ils voyageaient vers le sud, en direction de la capitale éthiopienne, il avait dû modifier l'orientation de la tablette, un peu plus au nord, afin de localiser cette tache orange.

Apparemment, cette lumière vive signalait un objet stationnaire sur Terre.

Un objet localisé, à partir d'une triangulation basique, dans l'Himalaya occidental.

Un objet essentiel, ou pas, pour Endgame.

La 3e image n'était ni une liste de chiffres ni une tache de lumière, mais un symbole. Un bâton autour duquel s'enroulaient deux serpents et orné au sommet de deux petites ailes déployées, juste au-dessus des têtes des reptiles.

Le caducée. Symbole de la médecine pour certains, du charlatanisme et du mensonge pour d'autres. Le sigil d'Hermès, messager des Créateurs, qui avait séparé avec son bâton les serpents qui s'affrontaient et leur avait enseigné la paix.

Pour Hilal et Eben, le caducée revêtait une tout autre signification. Sinistre. Suffisante pour que Hilal interrompe sa participation à Endgame, qu'il remette à plus tard la recherche du signal éclatant dans l'Himalaya et traverse la moitié du globe pour se rendre à Las Vegas. Avant de pouvoir continuer, Hilal doit s'occuper du Corrupteur. Celui qui porte de nombreux noms : Armilus, le Dajjal, Angra Mainyu, Kalki sur son cheval blanc.

Le diable.

L'Antéchrist.

Ea.

Tel est le secret de la lignée des Aksoumites : elle est unique car elle ne possède pas un but, mais deux. Tout d'abord, comme les autres, les Aksoumites gardent les secrets de la création humaine et restent vigilants en préparant un Joueur en vue d'Endgame. Mais ils doivent également rechercher, et utiliser ensuite, les bâtons conservés à l'intérieur de l'arche d'alliance sacrée afin de détruire Ea une bonne fois pour toutes.

Ea, le chef de la Fraternité Corrompue du Serpent, doit mourir. Et ce sera Hilal qui le tuera. Il le sait.

Il sait aussi que c'est Ea qui a empoisonné l'âme des humains. Le serpent au jardin d'Éden. C'est lui qui a éloigné les hommes de la compréhension spirituelle, il leur a caché l'Ancienne Vérité. Cette Ancienne Vérité que Hilal transmettra à ce qui restera de l'humanité après l'Épreuve. Qu'il vive ou qu'il meure, qu'il gagne ou qu'il perde, Hilal veillera à ce que la Terre soit débarrassée de l'influence d'Ea le Corrupteur. Il nous a torturés pendant trop longtemps.

Hilal veut que chacun voie, sente, comprenne qu'il n'y a pas besoin d'un dieu, d'écritures, de saint, de temple ni de Créateur pour que vienne la lumière. La clé du paradis réside dans chaque être humain.

Chacun de nous est le dieu de notre univers partagé. Connaître et accepter l'Ancienne Vérité, c'est enfin se libérer des fers psychologiques forgés pendant des siècles par Ea.

Mais avant cela, il faut détruire Ea.

— C'est l'Ancienne Vérité qu'il faut enseigner au monde nouveau.

Perdu dans ses pensées, Hilal prononce ces paroles à voix haute au moment où l'avion s'arrête brusquement devant la passerelle télescopique sur le tarmac de l'aéroport.

La jeune femme assise à côté de lui, celle qui a laissé échapper un « Oh, mon Dieu » en voyant Hilal, ne peut s'empêcher de demander :

— Qu'avez-vous dit ?

Hilal se tourne vers elle. Son œil bleu. Son œil rouge. Les bandages tachés de sang.

— Pardon ?

Sa voix est grave, rauque, rocailleuse.

La femme déglutit.

— J'ai cru vous entendre parler du « monde nouveau ».

Les signaux lumineux de l'avion s'éteignent et les passagers détachent leurs ceintures. Ils se lèvent et récupèrent leurs affaires. Quelques rangs devant, un bébé se met à pleurer. Un autre, dans l'allée opposée, éclate de rire.

Hilal sourit.

— Je ne me suis pas aperçu que j'avais dit quelque chose. Mais oui, sans doute ai-je parlé du « monde nouveau », ma sœur.

— Vous n'y croyez pas vraiment, si ? demande-t-elle avec empressement.

— À quoi ?

— Cette histoire d'Abaddon ?

Hilal connaît bien ce nom. Dans le Tanakh, Abaddon désigne l'enfer. Mais il ne comprend pas, malgré tous ses efforts, pourquoi il est sorti de la bouche de cette femme.

Car dans la lignée aksoumite, Abaddon est un autre nom d'Ea.

— Vous n'avez pas regardé les infos ? demande-t-elle.

— Non. Je... je voyage depuis vingt-quatre heures. Et... mes brûlures sont récentes. Le... L'accident qui les a provoquées s'est produit il n'y a pas plus d'une semaine.

— Oui, ça se voit.

Hilal devine qu'elle a envie de lui demander ce qui s'est passé. Mais sans lui laisser le temps de poser la question, il ajoute :

— Les gens disaient que j'étais beau avant. (Il renifle et sent comme une odeur de fumée dans ses narines.) J'ai toujours trouvé que c'était bizarre de dire d'un garçon qu'il est *beau*.

La femme ne sait pas quoi répondre. Elle pense que Hilal est peut-être un peu fou.

— Parlez-moi d'Abaddon, si vous voulez bien, demande-t-il.

La jeune femme hausse les épaules. S'il est fou, il est poli au moins.

— Ils ne parlent que de ça aux infos. Un mail envoyé par un type de la NASA a fuité. Il écrivait à sa sœur dans le Massachusetts pour l'avertir qu'elle avait quatre-vingts jours pour ficher le camp, ou sinon ses enfants et toute sa famille allaient mourir.

La curiosité de Hilal est piquée.

— Qu'est-ce qui va les tuer ?

— Abaddon. C'est comme ça que l'appelait ce type de la NASA, en tout cas. Une sorte de gigantesque astéroïde qui fonce droit sur la Terre. Il disait que... que ça pouvait tuer beaucoup de monde. Vraiment beaucoup. Et tout changer.

— Un monde nouveau, murmure Hilal.

— Oui, voilà. Mais la plupart des gens pensent que c'est un canular. Ou plutôt, ils veulent *croire* que c'est un canular.

Elle s'interrompt. Un homme costaud, debout dans l'allée, lui jette un regard désapprobateur. Elle baisse la voix.

— N'empêche, il y en a d'autres qui commencent à s'inquiéter car il n'y a eu encore aucun démenti, et puis il y a ces météorites qui ont tué tous ces gens le mois dernier, et ce truc dingue survenu à Stonehenge, où personne ne sait ce qui s'est passé. Sans oublier ce type flippant qui a parlé d'une sorte de jeu à la télé.

— Oui, dit Hilal. Ça, je suis au courant.

— C'est un vrai merdier. Ce mail qui parle d'Abaddon... tout le monde l'a lu et aucun politicien ne s'est encore exprimé à ce sujet. Aucun. C'est louche, hein ?

— Oui, répond Hilal, songeur.

Le gros type dans l'allée secoue la tête, il méprise ces histoires de complot. Il avance vers la sortie.

Hilal pourrait se lever à son tour, saluer la jeune femme et s'en aller lui aussi. Il devrait sans doute le faire.

Au lieu de cela, il la regarde avec gravité.

Il se penche vers elle. Ses yeux clignotent. Un bleu. Un rouge.

— Écoutez-moi. Ce que dit ce mail de la NASA est vrai. C'est la vérité. Je ne peux pas vous dire comment je le sais, et si je vous le disais, ça vous ferait rire, mais Abaddon existe. Et vous devriez vous préparer. Vous préparer à ce monde nouveau qui arrive.

Elle a un mouvement de recul et jette un regard noir à Hilal.

— Oh, non. J'ai pas besoin d'entendre ces conneries.

Elle se lève et passe devant les genoux de Hilal en le bousculant. Elle heurte son épaule avec son sac à main. La douleur est insoutenable, mais il ne dit rien.

— J'ai pas besoin d'entendre ces conneries, vraiment pas, répète-t-elle.

Hilal comprend : la vérité fait mal.

La femme s'éloigne vers la sortie de l'avion, le plus vite possible.

Assis à sa place, Hilal attend que tous les autres passagers aient quitté l'appareil, perdu de nouveau dans ses pensées. Que le monde décide de croire ou non à l'arrivée d'Abaddon importe peu. Endgame est là, et le monde est déjà en train de changer.

Il sort la tablette trouvée dans l'arche. Bien qu'il s'agisse d'un objet très ancien provenant des Créateurs, personne n'y prête attention. Ce n'est qu'un écran de plus dans un monde d'écrans.

Il le lève. L'appareil s'éclaire et s'éveille. Hilal le pointe en direction de la ville de Las Vegas, s'attendant à voir apparaître le caducée.

Et il le voit.

Mais ses yeux s'écarquillent et il retient son souffle.

Car maintenant qu'il est plus près de sa proie, le symbole est plus lumineux, plus gros.

Plus inquiétant encore : il s'est dédoublé. Il y en a deux maintenant. Deux signes du diable, tous les deux ici, à Las Vegas.

Qu'est-ce que ça peut signifier ?

Une hôtesse s'approche de lui et demande :

— Avez-vous besoin d'un fauteuil roulant, monsieur ?

La question l'arrache à ses réflexions.

— Pardon ?

L'hôtesse montre que l'avion est vide.

— Avez-vous besoin d'un fauteuil roulant ?

Hilal glisse la tablette sous sa chemise.

— Non, madame. Pardon.

Il se lève et se glisse dans l'allée. Du compartiment à bagages, il sort un petit sac à dos et deux cannes aux pommeaux en forme de tête de serpent.

Le bâton d'Aaron. Le bâton de Moïse.

Les armes qui détruiront le Corrupteur s'il peut s'en approcher suffisamment pour les utiliser.

Il descend lentement l'allée. Le commandant de bord attend à l'entrée du cockpit.

— Bonne journée, monsieur.

— Vous aussi, commandant.

Il quitte l'avion, emprunte la passerelle, pénètre dans le terminal.

Un terminal qui ne ressemble pas à tous ceux qu'il a pu voir.

Non pas parce qu'il est conçu différemment des autres aéroports américains, ni parce qu'il entend les tintements d'une machine à sous au loin, mais parce qu'il y règne un calme inquiétant. En cette fin d'après-midi, il est noir de monde, mais tous les gens sont figés, comme frappés par une sorte de rayon de glace. Personne ne se dirige vers les portes d'embarquement, personne ne parle dans son téléphone, personne ne court après des enfants.

Tous les voyageurs sont debout, le cou tendu, ils regardent les écrans installés à intervalles réguliers près des portes. La Présidente des États-Unis s'exprime en direct à la télé. Elle est assise devant son grand bureau à la Maison-Blanche. Son visage est austère, sa voix tendue.

Et tremblante quand elle annonce :

« Mes chers compatriotes, citoyens de la Terre, Abaddon est réel. »

Des cris de stupeur ricochent à travers le hall. Quelqu'un pousse un long gémissement.

La Présidente continue à parler, mais Hilal n'a pas besoin de l'écouter.

C'est Endgame.

Il doit trouver Ea.

Il reprend ses cannes, sa détermination, et se remet en marche.

Il est le seul qui se déplace dans le terminal.

Le seul qui avance à travers ce monde figé, terrifié, nouveau.

Quatre-vingt-neuf chefs d'État font des discours télévisés simultanés pour annoncer l'arrivée d'Abaddon. Quatre-vingt-neuf chefs d'État qui informent solennellement leur population qu'ils ne peuvent pas être sûrs à 100 pour cent que l'astéroïde frappera la Terre, mais que c'est probable. Ils ne savent pas où il va s'abattre, mais s'il s'abat, il affectera tous les organismes vivants de la planète, sans exception. Ce ne sera pas la fin du monde, disent-ils, mais la fin du monde tel que nous le connaissons. Cela marquera le début d'une nouvelle ère.

Une ère sans précédent dans l'histoire de l'humanité.

« Aujourd'hui, nous ne sommes plus américains ou européens, asiatiques ou africains, de l'Est ou de l'Ouest, du Nord ou du Sud », déclare la Présidente américaine à la fin de son discours, et ses paroles sont reprises en écho à travers le monde entier par les autres dirigeants. « Nous ne sommes plus chrétiens ou juifs, musulmans ou hindous, chiites ou sunnites, croyants ou non croyants. Nous ne sommes plus indiens ou pakistanais, israéliens ou palestiniens, russes ou tchétchènes, coréens du Nord ou coréens du Sud. Nous ne sommes plus terroristes, combattants de la liberté, libérateurs ou jihadistes. Nous ne sommes plus communistes, libéraux, dictateurs ou théocrates. Nous ne sommes plus universitaires, prêtres, politiciens, soldats, enseignants ou étudiants, démocrates ou républicains. Aujourd'hui, nous sommes simplement le peuple de la Terre et cet événement nous rappelle que nous sommes également l'espèce la plus remarquable sur la planète la plus remarquable. Aujourd'hui, tous les différends, toutes les rancunes, toutes nos différences sont balayés. *Nous sommes tous pareils.* Un peuple qui peut et qui saura s'unir pour relever les défis d'un avenir incertain et inattendu. *Nous sommes tous pareils.* Et nous devrons compter sur notre bonne grâce, notre bonté, notre amour... et notre humanité, si nous voulons avoir une chance de survivre autant que possible à cette éventuelle calamité. Nous sommes tous pareils, mes amis. Que Dieu protège chacun d'entre vous. Et que Dieu protège la planète Terre. »

TOUS LES JOUEURS

Amérique, Allemagne, Inde, Japon

Sarah, Jago et Renzo regardent l'allocution de la Présidente à bord du Cessna Citation CJ4 de Renzo. Sarah et lui avaient été tous les deux fous de joie en voyant surgir Jago sur le vieux terrain d'aviation du Lincolnshire, et Jago avait pris soin d'aplanir leur conflit, ou du moins de le mettre de côté. Ils avaient décollé après que Jago avait expliqué qu'il avait plongé sous la rame pour se réfugier dans une des larges tranchées d'évacuation sous les voies, jusqu'à ce que le danger soit passé. Il n'en voulait pas à Sarah de l'avoir abandonné et Renzo ne devait pas lui en vouloir, lui non plus. Ils Jouaient, tout simplement, et ils avaient survécu tous les deux. Ils avaient effectué une escale d'un jour et une nuit à Halifax, en Nouvelle-Écosse, pour faire le plein. Maintenant, malgré les protestations de Renzo qui trouve cela puéril et dangereux, ils volent vers un camp secret des Cahokiens, dans l'est du Nebraska, pour rejoindre la famille de Sarah.

Elle a besoin de voir ses parents, de leur raconter ce qu'elle a fait à Christopher, de leur avouer ce qui s'est passé quand elle a découvert la Clé de la Terre, et d'essayer de leur expliquer son état d'esprit. Peut-être sauront-ils apaiser son cerveau, peut-être pourront-ils transmettre une ultime leçon à leur Joueuse. Lui apprendre à gérer et calmer ses angoisses, à retrouver ses esprits.

Et pendant qu'elle sera chez elle, Sarah veut se rendre sur la tombe de Tate. Son frère. Encore une victime d'Endgame.

Elle écoute le discours de la Présidente en pleurant des larmes silencieuses. Une fois celui-ci terminé, elle se rend aux toilettes pour continuer à pleurer.

Les paroles de la Présidente laissent de marbre Jago et Renzo. Ils sont prêts à affronter Abaddon et tout ce qui s'ensuivra.

— Il faut que tu récupères la Clé de la Terre et que tu largues cette fille, mon Joueur, murmure Renzo dès que la porte des toilettes s'est refermée.

Jago caresse la cicatrice dans son cou. Un tic. Il réfléchit.

— Je ne peux pas.

— Il le faut. Le temps presse. Bientôt, le monde ne sera plus un endroit très agréable. Nous devons rejoindre notre patrie ancestrale. *Ta* patrie. Nous devons apporter la Clé de la Terre à Aucapoma Huayna Tlaloc et recevoir sa sagesse.

— Renzo, tu ne m'écoutes pas.

— J'écoute toujours mon Joueur.

— Laisse tomber ce baratin obséquieux. Je sais que tu as raison, mais je ne la quitterai pas. Et je ne te quitterai pas non plus. J'ai besoin de ton aide, pas de tes doutes. Tu comprends ?

Renzo se retourne sur son siège. Il regarde Jago droit dans les yeux. Menton dressé. D'homme à homme. Et il hoche la tête.

— Oui. Je comprends, Jago.

— Bien. Tu as raison, on ne peut plus perdre de temps. Mais Sarah non plus. Il y a un truc qui cloche en elle, et je ne pense pas que le fait de rejoindre sa famille l'aidera. Elle est trop fragile. Cela ne fera que la détruire un peu plus.

Renzo pointe le pouce vers l'arrière de l'avion.

— Peut-être que tu devrais l'emmener voir un psychiatre ? On a le temps pour ça ?

Jago lève la main. Renzo se tait.

— On va mettre le cap sur le Pérou, mais sans lui dire. Compris ?

Renzo laisse retomber son doigt. Il parvient à contrôler ses émotions.

— Il faudra refaire le plein.

— Je sais. On peut s'arrêter à Valle Hermoso, au Mexique. María Reyes Santos Izil vit toujours là-bas. Elle nous ravitaillera. Et nous donnera à manger. On pourra dormir confortablement et en sécurité.

Sarah frappe rageusement sur quelque chose dans les toilettes. Le mur. Le lavabo. Ils l'entendent sangloter. Jago se tourne vers la porte. Sarah est une des personnes les plus fortes qu'il connaisse, et une des plus vulnérables également. Il caresse sa cicatrice. Renzo lui jette un regard interrogateur.

— C'est une tueuse, Jago. J'étais aux premières loges en Angleterre. Mais ce n'est pas une Joueuse. Plus maintenant.

— Assez, Renzo. Laisse-moi m'occuper d'elle, dit Jago avec une pointe d'amertume. Prépare l'ordinateur de navigation et laisse-la-moi.

À l'arrière de la Cadillac CTS blindée, Aisling Kopp regarde le véhicule traverser le pont George-Washington. Greg Jordan est assis à côté d'elle, McCloskey à l'avant, Marrs conduit.

— Joli discours, commente Marrs.

McCloskey ricane.

— Oui, mais ça ne changera rien. C'est une vraie saloperie qui va nous tomber dessus.

Aisling est d'accord avec McCloskey. Jordan et Marrs aussi. Personne ne le dit.

Assise sur le lit de sa chambre d'hôtel, Alice Ulapala regarde la chancelière allemande faire son discours. Alice parle l'allemand (et aussi le français, le latin, le malaisien, le hollandais et un chinois médiocre, sans oublier une demi-douzaine de dialectes aborigènes), elle n'a donc aucun mal à comprendre. L'allocution débute à 10 heures du soir. Elle dure 17 minutes. À la fin, la chancelière pleure. Durant la diffusion, Alice frotte le bord d'un de ses boomerangs avec une petite pierre à aiguiser.

Encore et encore.

D'avant en arrière.

Encore et encore.

— Voilà qui rend les choses intéressantes.

Maccabee et Ekaterina regardent en streaming le discours du président polonais. Ils ne disent pas un mot. Ils sont captivés, comme toutes les autres personnes sur Terre.

— Je suis content qu'on ait bu cette bouteille de Krug quand l'occasion s'est présentée, dit Maccabee, quelques minutes après la fin de l'allocution.

— Moi aussi, dit Ekaterina.

Ils ont ranimé Baitsakhan un peu plus tôt dans la journée, mais il était encore groggy et alité. Elle demande :

— Devrait-on informer ton ami de ce qui s'est passé ?

— Non, répond Maccabee en regardant la porte derrière laquelle le Donghu se repose. Baitsakhan se contrefiche de ce genre de choses. Je ne suis même pas sûr qu'il sache que d'autres personnes existent, en tant qu'êtres humains.

Shari et Jamal regardent la Première ministre indienne délivrer son discours, dans leur modeste pièce du camp harappéen situé dans les montagnes, सूर्य को अन्तिम रेज, au cœur de la vallée de la Vie éternelle. S'il y a un endroit au monde qui peut survivre à la chute d'un astéroïde – à condition qu'il ne s'abatte pas directement dessus –, c'est सूर्य को अन्तिम रेज.

Petite Alice regarde aussi. Bien qu'elle ait seulement deux ans, elle semble percevoir la gravité contenue dans les paroles de la Première ministre.

Si jeune. Elle sait et comprend déjà tant de choses. Si intelligente, se dit Shari. Et cette pensée la glace jusqu'aux os.

— C'est comme dans mon rêve, hein, maman ? demande-t-elle au milieu du discours.

Ton cauchemar, plutôt, songe Shari, avant de répondre :

— Oui, *meri jaan*.

Elle serre la main de Jamal dans la sienne.

— Abaddon va nous faire du mal, maman ?

— Non, *meri jaan*. Ça va se passer loin d'ici.

— Ta mère et moi, toute ta famille, on est là pour s'assurer qu'aucun de nous ne soit blessé, ma petite colombe, dit Jamal.

— D'accord, papa.

Le discours se poursuit. Shari est terrassée par la peur, mais pas à cause d'Abaddon. Les Créateurs veilleront à ce qu'il s'abatte le plus loin possible de la Clé du Ciel.

Car si Petite Alice meurt, Endgame meurt aussi.

Ils sont en sécurité pour l'instant.

Si les autres ne viennent pas, ils sont en sécurité.

An est au Japon, dans la ville natale de Chiyoko. Il regarde une retransmission illégale du discours du président chinois sur un ordinateur portable tout neuf. Accroupi par terre, il ressemble davantage à un ouvrier s'offrant une pause cigarette qu'à un assassin surentraîné. Il ne porte qu'un caleçon noir et la montre analogique de Chiyoko Takeda.

Il n'a plus de bandages autour de la tête. Plusieurs points de suture formant une étoile maintiennent la peau en place à l'endroit où est entrée la balle. Ses côtes saillantes entourent ses flancs comme une cage à oiseau. Son pouce l'élance depuis qu'il l'a déboîté, la peau est violacée et bleue à cet endroit. Sa cuisse gauche s'orne d'un hématome en forme de mangue. Il ne se rappelle plus comment il s'est fait cela, mais il s'en fiche.

Ses yeux plissés et sombres regardent le dirigeant à lunettes, avec son costume bien repassé et sa cravate rouge du Parti communiste, parler de l'imminente fin des temps.

Ces paroles ne choquent pas An. Il n'est ni triste, ni nerveux, ni effrayé. Il s'attendait à un astéroïde géant. Il s'attendait également à savourer cet instant. Il l'a souvent imaginé au cours des dures années d'entraînement, ce jour où le destin de chacun deviendrait aussi sombre que le sien, où ils regarderaient tous la mort en face.

Si seulement il n'avait pas rencontré Chiyoko.

Si seulement... il n'était pas tombé amoureux.

Absurde. Lui. Le Shang. Qui était incapable d'aimer.

Non.

Au lieu de puiser de la joie dans les paroles du président chinois, il y puise de la colère.

Pour An, la colère est comme son cœur qui bat. Un rythme constant. Mais *cette* colère est différente. *Cette* colère est nouvelle, plus intense. Plus focalisée. Plus ancrée dans l'amour qu'il a perdu, et qu'il ne pourra jamais retrouver. C'est une colère teintée de désir.

Pour elle.

Et même s'il ne peut pas la faire revenir, il a un plan. Un plan peu orthodoxe, mais approprié. Il le sait. Il sait que Chiyoko le trouverait approprié, elle aussi. Il espère que la lignée de Chiyoko sera de cet avis. Qu'ils verront la sagesse – le bien-fondé – de son plan.

Tu Joues pour la mort, je Joue pour la vie.

Voilà ce qu'elle lui a dit.

Chiyoko.

An tripote quelque chose en écoutant la fin du discours. Une natte de cheveux noirs soyeux, d'un demi-pouce d'épaisseur, longue d'un peu plus d'un pied. Au milieu, elle s'élargit en un entrelacs en forme de V, de la taille d'une petite main, tissé comme une toile d'araignée. Y sont attachés deux lambeaux de peau pâle, gros comme un *quarter*, et deux oreilles humaines ratatinées.

Il lève la natte. Il a presque terminé :

Un collier fait des restes de sa bien-aimée qu'il a volés. Ses cheveux. Sa chair.

Il écoute le discours.

Le leader chinois, comme tous les leaders du monde ce jour-là, conclut par les mêmes mots :

« Nous sommes tous pareils. »

Fondu au noir.

An ferme referme d'un coup l'ordinateur. Avec ses dents, il arrache un bout de peau sèche sur sa lèvre et le crache par terre.

— Non, dit-il en étouffant un *frissonCLIGNE* à peine perceptible. Tu te trompes. On n'est pas tous pareils. Loin de là.

Alice est assise sous un tilleul à l'abandon, adossée au tronc, les genoux contre la poitrine. Elle scrute les environs à l'aide d'une paire de jumelles, petites mais très puissantes. Elle sifflote *Waltzing Matilda* et ses pieds chaussés de tongs battent la mesure.

Le soleil s'est levé presque deux heures plus tôt, à 4:58 précisément. En dépit de sa curieuse apparence – une authentique Koori semble déplacée partout, sauf dans le bush australien –, personne ne l'a remarquée. L'impasse qu'elle observe est peu fréquentée. Alice s'est réfugiée dans un quartier abandonné de Berlin que fréquentent uniquement les adolescents, les vandales et les meurtriers.

Les meurtriers comme elle.

Cela ne veut pas dire que ce quartier est inhabité. Il y a des maisons partout. Passé les lotissements au nord, dans Sollstedter Straße, on tombe sur un alignement d'immeubles de quatre ou cinq niveaux. À l'ouest, les bâtiments sont plus hauts, sans doute construits du temps de l'Allemagne de l'Est, dans Arendsweg.

C'est là que se cache Baitsakhan.

La balise interne d'Alice est si précise que cela en devient presque écrasant. Elle sonne dans son cortex frontal comme une sirène, troublant parfois sa vision quand elle tourne la tête trop vite.

Il faut qu'elle liquide ce Baitsakhan.

Et une fois que ce sera fait, je partirai à la recherche de la Clé de la Terre.

Elle se lève et hisse sur son épaule un gros sac de toile. Elle se dirige vers l'immeuble. Le jeune monstre est dans un sous-sol, à 450 mètres de là. Il lui suffit d'approcher en douce, de lui sauter dessus et de le zigouiller.

Bzzz. Bzzz. Bzzzzzz. Bzz.

Maccabee est réveillé par un léger bruit. Il regarde la pendule dans sa chambre à la décoration austère : 8:01 du matin. Il se redresse, fronce les sourcils, tourne la tête à droite et à gauche.

Quel est ce bourdonnement ?

Il jaillit hors du lit, vêtu uniquement d'un boxer, et se saisit du Magnum Research Baby Eagle Fast Action plaqué or posé sur la table de chevet. Dans sa précipitation, il oublie la bague munie d'une aiguille empoisonnée qu'il porte à l'auriculaire, et qu'il ôte la nuit pour ne pas s'empoisonner accidentellement dans son sommeil. Elle reste sur la table de chevet.

Bzzzz. Bzzz. Bzz. Bzz.

Il marche vers ses vêtements empilés et cherche son téléphone dans sa poche de pantalon. Non, ça ne vient pas de son téléphone.

Bzzzzzzz. Bzz. Bzz. Bzzzzzzzz.

Il se poste au centre de la pièce et tend l'oreille, d'un côté, de l'autre. Impossible de localiser la provenance de ce bruit. D'abord, il vient de sa gauche, puis de sa droite, puis de derrière, puis de devant. Maccabee tourne sur lui-même, furieusement, en se demandant s'il n'est pas en train de devenir fou, puis il se souvient.

Le globe.

Celui que Baitsakhan et lui ont découvert dans la Salle en or sous Göbekli Tepe.

Il décroche le sac à dos suspendu à une patère derrière la porte. Le sac tremble, tremble, tremble. Maccabee fourre son pistolet dans la ceinture de son caleçon, plonge la main dans le sac et referme les doigts autour de la sphère qui indique les positions des autres Joueurs. Elle vibre violemment, comme si un gyroscope tournoyait furieusement au centre. Il la tient à deux mains et laisse tomber le sac par terre.

Il l'approche de son visage. Elle dégage une lueur jaune qui darde des traits de lumière entre ses doigts. La lueur danse, zigzague à la surface de la sphère, et se fige finalement sous la forme d'un unique point éclatant.

Le globe cesse de vibrer. Maccabee décolle les doigts de sa main gauche et plonge son regard à l'intérieur.

Le point lumineux se déplace en suivant un quadrillage. Maccabee plisse les yeux.

Ces traits représentent des rues.

Il reconnaît les rues qui sont juste devant l'immeuble.

— Un Joueur approche.

Arrivée au coin d'Arendsweg, Alice s'arrête. Quelque chose la tracasse depuis qu'elle se déplace dans cet espace urbain dégagé. Elle n'a pas vu âme qui vive, ni une seule voiture en mouvement, elle n'a pas entendu un seul éclat de voix.

Autrement dit, elle n'est pas obligée d'avancer furtivement.

Il est un peu plus de huit heures du matin. Un mercredi. Des gens devraient aller au travail, prendre leurs voitures, leurs vélos, se déplacer, agir.

Mais non.

— Abaddon, murmure-t-elle. Ils sont terrorisés par Abaddon. (Elle descend du trottoir pour traverser la rue.) Hé, je prendrais pas la peine d'aller au boulot, moi non plus.

Elle pense à tous ces gens dans leurs maisons, tous ces gens, partout, qui ignorent tout d'Endgame, des lignées, des Joueurs, de l'histoire ancienne et secrète de l'humanité. Ces gens qui n'ont rien vu venir, qui ne sont pas préparés, même s'ils croient l'être. Car c'est une chose de stocker des armes, des conserves, de l'eau, des groupes électrogènes et de l'essence, comme l'ont fait beaucoup d'Australiens et de Yankees, mais c'en est une autre de saisir le caractère inévitable, et *l'imminence,* de la fin.

— Sous la forme d'une saloperie de boule de feu gigantesque, dit Alice en approchant de la porte arrière de l'immeuble, par où l'on sort les poubelles.

La balise brûle d'une lumière vive à l'intérieur de sa tête. Il n'est plus qu'à 20 mètres. Tout près. Si près.

Et il ne bouge toujours pas.

Peut-être qu'il dort.

Peut-être qu'il est invalide.

Reste vigilante, Ulapala. C'est un Joueur. Ne va pas t'imaginer des conneries.

Le point lumineux du globe s'est placé au centre et les lignes symbolisant les rues ont disparu. Rien à voir avec la fois où Baitsakhan et lui s'étaient approchés en douce de l'Aksoumite, quand le globe leur avait montré Hilal ibn Isa al-Salt à l'intérieur, en train de travailler sur un ordinateur. Ou quand ils avaient assisté à la tragédie de Stonehenge comme s'ils regardaient un film : la Mu écrasée, le Shang abattu, la Cahokienne et l'Olmèque qui fichaient le camp avec la Clé de la Terre.

Maccabee se demande pourquoi les pouvoirs du globe ont faibli soudain, après l'avoir alerté. Peut-être que ce Joueur les annihile d'une manière quelconque ?

Qui sait ? Maccabee aura la réponse bien assez tôt. Et il sera prêt.

Il enfile son pantalon, une paire de chaussures de jogging et un T-shirt blanc très chic vendu 120 € dans une boutique appelée The Corner Berlin Men. Les vêtements tombent à la perfection sur son corps tonique et ferme, il se sent bien, prêt. Toujours prêt. Il actionne la culasse du pistolet plaqué or. Il n'y a pas de cran de sûreté. Il lui suffit d'exercer quatre onces de pression sur la gâchette et de la faire reculer de 2,477 centimètres pour que la balle parte. S'il ne relâche pas entièrement la détente, il peut tirer coup sur coup, avec une course de la gâchette de seulement 0,3175 centimètre. C'est pour cette raison qu'il s'appelle Fast Action.

Il ouvre la porte de sa chambre et inspecte le couloir.

Personne.

Au bout du couloir, sur sa gauche, se trouve la chambre de Baitsakhan et à l'autre extrémité une porte en acier, verrouillée, qui s'ouvre sur un escalier. Au sommet de cet escalier se trouvent les appartements d'Ekaterina, au rez-de-chaussée.

Avant toute chose, il doit aller voir le Donghu. Il est possible, même si c'est peu probable, que l'intrus soit déjà dans la chambre, en train de l'assassiner.

Il glisse le long du mur jusqu'à la porte. Elle est entrouverte. Il n'entend aucun bruit. Arrivé devant la porte, il s'accroupit, en songeant que si quelqu'un est à l'intérieur avec une arme, il ne tirera pas au niveau du sol. Il risque un coup d'œil dans la chambre. Il aperçoit le coin du lit de Baitsakhan et la moitié de son visage endormi, de profil. Maccabee pivote alors sur lui-même et ouvre la porte d'un coup d'épaule. Le canon de son arme balaye la pièce.

Personne.

Il approche furtivement du Donghu, qui remue sous l'effet de cette agitation soudaine. Ses yeux vont et viennent sous ses paupières, sa bouche s'ouvre, sa nouvelle main tressaute. Il rêve. *Dieu sait à quoi*, se dit Maccabee. *Sans doute qu'il noie des chiots.*

Baitsakhan a encore besoin de repos. Sa nouvelle main fonctionne et il l'adore. Il a même remercié Ekaterina ! Maccabee suppose que cela ne se reproduira plus. Il n'imagine pas le Donghu remercier quelqu'un plus d'une fois, pour quoi que ce soit.

Maccabee ressort, il referme la porte derrière lui et enferme Baitsakhan. Pour le protéger.

Tu m'es encore utile, mon petit tueur. Encore utile.

Il fonce vers la porte en acier. Tape un code sur un boîtier et appuie sur #. Le verrou s'ouvre. Maccabee pousse la porte et s'avance dans la cage d'escalier. Il est sur le point de la refermer derrière lui quand il entend deux coups de feu rapides, étouffés, provenant d'en haut. Il se retourne et gravit les marches au pas de course, deux par deux, pistolet au poing.

Pendant qu'il examine le globe, Alice est postée devant la porte de derrière de l'immeuble. Elle lâche son sac de toile et en sort une fronde en cuir artisanale qu'elle balance sur ses épaules, son couteau, deux boomerangs au bord tranchant, un autre en bois et un quatrième, en métal noir, non aiguisé. Elle fixe à sa ceinture un étui contenant un petit Ruger LCP noir mat chargé de balles à tête creuse et muni d'un silencieux.

Elle introduit le bord du boomerang en métal noir entre la porte et l'encadrement. Elle tire dessus violemment, une seule fois. La porte s'ouvre. Elle se faufile à l'intérieur.

La pièce est sombre, éclairée uniquement par un signal lumineux vert indiquant la sortie. Il y a quatre bennes à ordures contre le mur sur le côté et une porte fermée droit devant.

Alice renifle.

— Têtes de poisson et couches sales, dit-elle en grimaçant.

Elle tient son couteau dans une main, le boomerang aiguisé dans l'autre.

Elle quitte le local à poubelles et pénètre dans le hall de l'immeuble. Arrivée à une intersection en T, elle doit choisir.

— Où es-tu, sale petite vermine ? murmure-t-elle.

La balise s'illumine dans toutes les directions comme si elle se trouvait juste au-dessus de sa cible, mais en allant et venant, elle capte un signal plus fort sur la droite.

Alors, elle suit cette direction. Elle passe devant des portes d'appartements orange, tous les 15 mètres. Elle entend des gens qui se disputent à l'intérieur, des bruits de vaisselle. Derrière la porte du 1E, un homme s'écrie : « Hilda ! » Elle perçoit des sons de télé dans chaque appartement.

Aujourd'hui, le monde entier doit regarder la télé. Tout le monde sauf nous, les Joueurs d'Endgame.

Et c'est ce qui lui met la puce à l'oreille. En arrivant devant l'appartement 1H, elle s'arrête. Le signal lumineux est plus fort à cet endroit, et comme si ça ne suffisait pas, aucun bruit ne traverse la porte. Cela signifie que les habitants sont sortis, ou qu'ils ne sont pas abasourdis par la nouvelle de l'arrivée d'Abaddon. Alice colle son oreille à la porte et écoute. Au début, elle n'entend rien. Puis elle perçoit un bruit de chasse d'eau. Des pas. Des pieds nus. Qui s'éloignent de l'entrée. Un grincement, comme des gonds mal huilés. Il ne s'agit pas de sa cible – la balise s'affolerait – mais c'est quand même *quelqu'un*. Un membre de la lignée du Donghu peut-être.

Elle essaye de tourner la poignée. Verrouillée, forcément.

Elle recule d'un pas. Elle pourrait enfoncer la porte, mais cela provoquerait du vacarme, et si cet appartement sert de planque à un Joueur, il est sûrement muni d'une alarme, ce qui gâcherait l'effet de surprise.

Elle pourrait essayer de crocheter la serrure, mais ça prendrait du temps. Et un voisin risquerait de sortir. Il lui demanderait alors ce qu'elle fait, question logique. Alors, Alice fait ce que ferait n'importe quelle visiteuse sensée.

Elle sonne à la porte.

Les bruits de pas reviennent. Alice se place sur le côté pour que la personne à l'intérieur ne puisse pas la voir par le judas.

— Qui est-ce ? dit une femme en allemand.

Elle semble avoir un certain âge, 40 ou 50 ans peut-être, et son accent est indéniablement polonais. Du sud-est de la Pologne plus précisément, non loin de l'Ukraine, si Alice ne se trompe pas.

— Bonjour, répond celle-ci dans un allemand parfait, sans aucune trace d'accent. C'est Hilda, la voisine. Désolée de vous déranger, mais je n'ai plus de thé et je suis dans tous mes états. Je n'ose pas sortir avec cette terrible nouvelle. Vous en avez ?

— Oui, oui. Un instant.

Le pêne tourne dans la serrure, la chaîne retombe, la porte s'ouvre.

En voyant qu'il ne s'agit pas de Hilda, Ekaterina tente de refermer la porte, mais Alice glisse son pied dans l'ouverture. Elle tend la main qui tient le couteau de chasse et appuie la pointe aiguisée juste sous le menton de la femme. Une petite fossette apparaît.

— Ne dites rien. Reculez. Si vous ne faites pas l'un et l'autre, je vous tue, dit Alice.

Ekaterina est grande, un peu rondelette, elle a un grain de beauté sur le visage, des lèvres fines, des yeux sombres et de longs cheveux blonds presque blancs. Elle porte un kimono de couleur foncée. Elle est pieds nus. Ses orteils sont soignés. Elle était belle quand elle était jeune, et elle l'est toujours. Elle ne semble pas effrayée.

Elle recule de trois pas. Alice entre dans l'appartement et referme la porte avec son pied. Sans quitter la femme des yeux, elle tend le bras derrière elle pour pousser le verrou.

— Vous ne sortirez pas d'ici vivante, dit Ekaterina, en anglais cette fois.

— Vous si, si vous faites ce que je vous dis, d'accord, *sister* ? répond Alice, en anglais également.

— Il ne vous laissera pas...

— Ah, c'est gentil... Merci de m'avoir dit qu'il était là. Je me posais la question.

La déception se lit sur le visage de la femme. Elle s'en veut d'avoir dévoilé cette information sans raison.

— Comment vous vous appelez ? Moi, c'est Alice.

— Ekaterina.

— Un joli nom. Solide. Bon, Ekaterina. Je vais devoir vous ligoter. Ou bien vous trancher la gorge. Je peux faire l'un ou l'autre en une fraction de seconde, mais je préfère la première solution. Et je suis sûre que vous aussi, non ?

— *Yaheela biznoot farehee.*

Alice avance, Ekaterina recule.

— Je comprends rien. Écoutez-moi. On va aller dans votre chambre. C'est là ? (D'un mouvement du menton, Alice montre une porte sur la gauche,

Ekaterina hoche la tête.) Parfait. Tournez-vous lentement. Au moindre geste brusque, vous êtes morte.

Ekaterina obéit.

— C'est bien.

Alice glisse le boomerang dans son étui et palpe rapidement Ekaterina, de la tête aux pieds. Pas d'armes. Rien. Elle pose une main sur son épaule. Dans l'autre, elle tient son couteau.

— Avancez.

Ekaterina s'exécute. Deux mètres seulement la séparent de la porte.

— Vous êtes une formatrice ?

— *Yaheela biznoot farehee* chint ! crache la femme.

— Ah, je commence à comprendre. « Va te faire foutre », c'est ça ? Ou un truc dans ce genre.

Ekaterina ne répond pas.

Elles entrent dans la chambre. Une pièce toute simple. Outre un matelas collé contre le mur du fond, il y a une table de chevet, une lampe, un bureau, une chaise, une penderie et une étagère chargée de livres cornés, sans aucun nom ni titre sur le dos. Un autre kimono repose sur le dossier de la chaise. Alice s'en servira pour ligoter Ekaterina.

— Allongez-vous sur le lit, à plat ventre, les mains sur les fesses. Croisez les chevilles et repliez les genoux.

Ekaterina fait exactement ce qu'on lui demande.

— C'est très bien. Une vraie pro. J'apprécie. Sincèrement. Celui avec qui vous faites équipe, il ne m'a pas semblé aussi professionnel. Il a de la chance de vous avoir.

Alice prend le kimono. Elle quitte Ekaterina des yeux pendant à peine deux secondes. Celle-ci agit si vite et si discrètement qu'Alice ne s'en aperçoit même pas. Elle glisse la main entre le matelas et le mur et en sort un pistolet, muni d'un silencieux.

Alice se retourne juste au moment où Ekaterina lève le canon de son arme. Alice plonge tout en lançant son couteau.

Il fonce droit vers le crâne d'Ekaterina.

Deux coups de feu étouffés. *Pfft. Pftt.* Une balle rebondit contre le couteau. Dévié de sa trajectoire, il va se planter dans le plancher. Les deux projectiles explosent dans le mur, manquant Alice de peu.

Le temps qu'Ekaterina baisse le canon de son arme de quelques pouces seulement en direction du corps massif d'Alice, le boomerang aiguisé file vers elle. Il frôle le canon, la culasse, le chien, les mains et frappe violemment Ekaterina sur l'arête du nez. Il tournoie ensuite sur son visage, lui sectionnant l'œil droit et écorchant la peau jusqu'à la tempe. Elle hurle et lâche son arme. Alice avance en rampant, récupère le couteau dans le sol, atteint l'extrémité du lit et plante la lame dans la gorge d'Ekaterina.

Jusqu'à la garde.

Un sang chaud jaillit de la plaie ; il recouvre la main d'Alice, inonde le couvre-lit et le matelas. Elle retire le couteau. C'est une lame droite sans dents. Elle vient facilement. Alice fait face à Ekaterina, qui a encore une lueur de vie dans l'œil. Elle émet des gargouillis et sans doute produirait-elle des sons si le couteau n'avait pas endommagé son larynx et plein d'autres choses dans sa gorge.

— Désolé, maman. J'ai rien contre toi. Mais il fallait m'écouter.

La peur s'imprime sur le visage d'Ekaterina, juste avant que la vie s'en échappe pour de bon. Alice lui ferme les yeux.

— Repose en paix, maman.

Elle se relève.

Et entend des pas précipités dans le couloir.

Sa balise s'affole. La cible est proche. Le Joueur qu'elle traque est presque sur elle.

Mais les pas sont lourds. Plus lourds que ceux du Donghu.

Beaucoup plus lourds.

Alice ramasse le boomerang ensanglanté, se tourne vers la porte et s'accroupit.

Dans l'encadrement de la porte apparaît un homme en pantalon noir et T-shirt blanc, armé d'un pistolet doré. La balise explose dans son cortex frontal et s'éteint. *Pof !* Elle l'a trouvé.

— Toi ? s'exclame-t-elle, perplexe.

Elle était certaine qu'il s'agissait du plus jeune Joueur, celui qui avait laissé sa marque sur Shari en lui tranchant un doigt. Celui qui menaçait Petite Alice Chopra dans les rêves de Grande Alice Ulapala.

Maccabee est tout aussi stupéfait. Son entraînement lui fait défaut. Ses yeux balaient la chambre. Il ne tire pas. Il découvre Ekaterina sur le lit.

Ensanglantée.

Morte.

Assassinée.

Ekaterina Adlai.

Sa mère.

La douleur enflamme le visage de Maccabee. Il presse la détente de son arme, mais avant qu'il achève son geste, le boomerang aiguisé comme un rasoir frappe le canon avec un bruit métallique et s'enfonce dans ses jointures, jusqu'aux os.

Il tire malgré tout – *bang !* – mais rate largement sa cible. La balle arrache un gros morceau de plafond.

Il vise avant de tirer de nouveau, mais son arme est détournée une fois de plus, par l'épais manche du couteau de chasse qui tournoie vers lui. Le couteau et le pistolet tombent par terre et glissent derrière Maccabee dans le couloir.

Il a un couteau attaché à sa cheville, mais pas le temps de l'attraper. En attendant, il n'a plus d'autre arme que ses mains. Ses mains et aussi la plus grosse dose d'adrénaline alimentée par la haine et la fureur, que son corps ait jamais connue, ce qui n'est pas peu dire. Il bondit.

Quatre mètres les séparent.

Alice l'attend. Elle lance le 2e boomerang aiguisé.

Maccabee l'attrape au vol, à plat entre ses mains. Il le relance aussitôt, en direction d'Alice, mais l'autre boomerang métallique, celui qui ne possède pas de bord aiguisé, le percute en l'air. *Cling*. Les armes se dévient mutuellement, vers deux côtés opposés de la pièce.

Trois mètres séparent les deux adversaires.

Alice lance son dernier boomerang, celui en bois, par en dessous. Maccabee l'attrape d'une main, sans ciller, et le brandit en fonçant sur Alice.

Celle-ci ne bouge toujours pas.

Sans quitter le Nabatéen des yeux, elle dégaine son Ruger d'un mouvement fluide. Et elle tend le canon devant elle, juste au moment où Maccabee abat le côté concave du boomerang sur l'épaule gauche d'Alice. Ça fait mal – très mal –, mais excepté un tressaillement sous l'œil gauche, elle ne le montre pas. Le Ruger est positionné pour un tir à bout portant, mais avec son autre main, Maccabee agrippe le poignet d'Alice et tente de le tordre vers le sol.

Alice bouge à peine.

Nom d'un chien, elle est solide, pense Maccabee.

Leurs visages sont tout près l'un de l'autre, et avant que Maccabee puisse faire quoi que ce soit, Alice lui décoche un grand coup de tête dans le nez.

Qui se brise une fois de plus.

Pour la 7e fois de sa vie. La 2e fois en trois semaines.

C'est insoutenable.

Mais l'adrénaline l'empêche de sentir la douleur.

Puisque cette fille est aussi forte que tous les hommes qu'il a combattus, il la traite comme telle. Il lui balance un violent coup de genou dans le bas-ventre et Alice chancelle pendant une demi-seconde. Elle laisse même échapper un « Ooof ! ».

Maccabee se concentre sur le Ruger. Il tord le poignet qui tient l'arme et celle-ci tombe sur le sol. Il l'expédie sous le lit avec son pied.

Mais Alice récupère vite ; elle agrippe le flanc droit du Nabatéen, entre la cage thoracique et l'os pubien, et elle serre. Si fort qu'elle a l'impression que ses doigts vont pénétrer en lui, arracher littéralement les viscères et les jeter à terre.

Maccabee lâche son poignet et lui décoche un crochet du gauche au niveau de la pommette. Il sent l'os craquer sous l'œil.

— Aargh ! hurle-t-elle en libérant son adversaire et en bondissant en arrière, sur le lit, à cheval au-dessus du corps sans vie d'Ekaterina.

Elle ne parle pas, mais son sourire crispé narquois dit tout : *Joli coup.*

Maccabee tente de s'emparer d'elle, mais elle prend appui d'une main sur le sommet de son crâne, exécute un saut périlleux au-dessus de lui, avec la grâce d'une acrobate de cirque. Elle atterrit sans un bruit, s'attendant à ce que Maccabee fasse volte-face. Mais il ne perd pas de temps à se retourner : il balance sa jambe en arrière et fauche les pieds d'Alice. Celle-ci bascule sur le côté. Elle s'agite au sol momentanément, mais avant qu'elle puisse se relever, le genou de Maccabee s'enfonce dans ses côtes et elle se plie en deux, recroquevillée sur le plancher.

Maccabee lui saute dessus. Avec ses genoux, il lui cloue les épaules au sol, puis il lui martèle le ventre d'une succession de coups de poing aussi rapides que ravageurs. Alice raidit les muscles de son abdomen, la douleur sillonne chaque fibre de son corps lorsque Maccabee décoche son 5e coup. Le son est différent cette fois. Ça ressemble plus à une claque. Alice a connu bien pire.

Durant cette fraction de seconde, elle observe le visage de Maccabee. Il est déformé par la fureur et le chagrin. Si elle n'essayait pas de le tuer, elle éprouverait presque de la peine pour lui.

Trop de gens vont souffrir des mêmes sentiments prochainement. Beaucoup trop.

Alice balance ses hanches en avant pour tenter de désarçonner son adversaire. Il s'accroche, mais son agitation retombe. Alice parvient à libérer son bras droit et elle le détend à la manière d'un ressort, paume ouverte ; ses doigts se referment comme des griffes, ses ongles labourent le cou de Maccabee, faisant couler le sang. Elle frappe de nouveau, en essayant cette fois d'attraper l'oreille, mais, d'un geste rapide qui fend l'air, Maccabee saisit son poignet au vol. Il le colle au sol pendant qu'avec son autre main il sort le couteau de quatre pouces de long glissé dans un fourreau attaché à sa cheville, sous son pantalon. La lame scintille devant les yeux d'Alice en s'abattant vers sa gorge. Il va la tuer de la même façon qu'elle a tué cette vieille femme.

Ta mère, comprend Alice.

Elle fait preuve d'une force nouvelle en levant son bras gauche ; elle réussit à libérer son coude en repoussant le genou de Maccabee. Le couteau s'abat juste à côté de l'oreille d'Alice et coupe une poignée de cheveux bouclés. Sans perdre une seule seconde, Maccabee frappe de nouveau ; il essaye de lui trancher la gorge.

Mais le bras gauche d'Alice est libre maintenant et elle bloque l'attaque en emprisonnant le poignet de Maccabee. Celui-ci agrippe le poignet d'Alice avec son autre main. La Koori en fait autant. Il tente de faire jaillir l'aiguille dissimulée dans sa bague, mais il s'aperçoit alors qu'il ne la porte pas.

Les voilà bloqués.

La pointe du couteau est à 12,7 centimètres de la peau d'Alice.

Ils se livrent à un bras de fer.

Pendant plusieurs secondes, aucun des deux ne prend l'avantage sur l'autre. Leurs muscles gonflent et se contractent. Les tendons de leurs visages saillent, une veine épaisse traverse en diagonale le nez d'Alice, longe sa marque de naissance en forme de croissant et disparaît dans ses cheveux.

Maccabee se penche en avant pour mettre tout le poids de ses épaules et de son dos dans la bataille. La lame du couteau se rapproche du cou d'Alice, seulement 2,4 centimètres...

Alice demeure silencieuse. Concentrée.

Maccabee, lui, hurle. Des postillons provenant du fond de sa gorge aspergent le visage d'Alice. Elle doit battre des paupières pour les chasser de ses yeux, mais elle ne bouge pas, elle reste focalisée sur l'instant, ses muscles travaillent, encore et encore.

Maccabee ne progresse plus.

Il hurle de nouveau. Un cri encore plus primitif et désespéré. Il prend appui sur ses pieds et oriente ses épaules de façon à peser le plus possible sur le couteau, qui finit par plonger.

Plonger.

Plonger.

La pointe touche la peau sombre d'Alice et appuie. Maccabee sent la peau céder. Il voit le sang. Il soulève les hanches. Appuie de plus belle. Transperce le muscle platysma sur 1 centimètre. Puis 2 centimètres. Le sang ruisselle. La première goutte tombe sur le sol.

Alice est muette.

Maccabee appuie.

Elle le repousse.

Il appuie.

Elle agrippe ses poignets, si fort que ses doigts virent au violet.

Elle est à sa merci.

Alice ôte sa main droite. Le couteau s'enfonce d'encore un centimètre. La douleur se met à brailler.

Mais pas elle.

Elle glisse la main entre eux, dans l'espace qu'a créé Maccabee en se levant à moitié au-dessus d'elle. Elle avance la main, attrape ses parties génitales et serre. De toutes ses forces.

Il se produit un petit bruit sec écœurant, en même temps que Maccabee s'écroule et hurle. Alice serre encore plus fort, plus fort, plus fort.

Elle se protège de ce poids mort avec son bras gauche. Avec son majeur, elle appuie sur un point de pression du poignet. Maccabee lâche le couteau. Alice se retourne, projette le Nabatéen sur le côté, le chevauche, sa main droite n'a pas lâché son bas-ventre, elle serre de plus en plus fort, plus fort, plus fort.

Finalement, elle desserre l'étau de ses doigts.

Maccabee halète et pleure. Jamais il n'a ressenti une telle douleur.

Alice ôte le couteau planté dans son cou, le pose par terre, serre les poings et martèle méthodique-ment le visage de Maccabee ; gauche, droite, gauche, droite, gauche, droite, gauche, droite, gauche.

Quand elle s'arrête, il ne bouge plus. Son nez est plus tordu que jamais. Ses lèvres sont fendues. Déjà, son œil gauche enflé se ferme. Du sang, des larmes et de la sueur couvrent son visage d'un vernis rouge. Des bulles de morve sortent de ses narines et éclatent, se gonflent et éclatent.

Alice se masse les mains. Elles sont tuméfiées, mais pas brisées. Elle palpe la plaie dans son cou.

C'est du sérieux, mais aucun organe vital n'a été touché. Elle survivra.

— Tu t'es bien défendu, mais il en faut plus que ça pour battre une Koori.

Elle ramasse le couteau de Maccabee.

Elle le tient au-dessus de son cœur.

— Rendez-vous en enfer, mon pote.

Oui, Koori... en enfer... Maintenant, profites-en... pense Maccabee, toujours conscient, se raccrochant à peine à la vie. Il distingue tout juste les contours de la tignasse d'Alice et la lueur mélancolique dans son regard.

... Profites-en...

Il attend la mort chaude d'un cœur transpercé, il attend de revoir sa mère dans l'au-delà, s'il existe, il le désire même, la voir, la retrouver, en finir. À cet instant, il est prêt à céder, impatient même.

Prêt.

Mais la tête d'Alice penche dans une position impossible, se redresse soudain et bascule à un angle de 100 degrés, sur son épaule d'abord, puis sur le sol. Le sang gicle partout. Le couteau tombe bruyamment sur le parquet.

BAITSAKHAN

Arendsweg 11, appartement 1H, Lichtenberg,
Berlin, Allemagne

Vêtu uniquement d'une chemise de nuit d'hôpital rose, Baitsakhan toise la Koori et le Nabatéen au visage réduit en bouillie qui tente de repousser l'énorme femme affalée sur lui.

Baitsakhan s'est contenté de l'attraper par la nuque et de serrer. Sa main bionique a fait le reste. Maccabee et sa mère lui avaient expliqué les fonctionnalités de sa nouvelle main, en s'étendant longuement sur la pression au centimètre et la force de préhension augmentée. Les Nabatéens et leur bavardage. Baitsakhan les avait écoutés d'une oreille ; il voulait voir par lui-même.

Sa main avait broyé la peau, les muscles et les os de la Koori comme un fagot de brindilles. En 3,7 secondes, il tenait entre ses doigts une colonne vertébrale spongieuse et pulvérisée.

Il lâche Alice. Elle bascule sur le côté, sa tête ne tient plus que par un nerf à une tresse ensanglantée faite d'os et de chair. Son corps tressaille et convulse pendant plusieurs secondes, tandis que la vie puissante en elle répugne, ô combien, à s'éteindre.

Elle cesse de bouger.

Baitsakhan crache sur le corps estropié de la Koori.

Alice Ulapala est morte.

240

Endgame est fini pour elle.

Maccabee est allongé à côté d'elle, sa poitrine se soulève et retombe rapidement. Il est dans un sale état, mais il survivra.

— La main fonctionne, lui dit Baitsakhan, comme si de rien n'était, comme si Ekaterina ne gisait pas à seulement un mètre de là, morte. Elle marche très bien.

Baitsakhan repense à son combat contre Kala en Turquie, à la manière presque identique dont Maccabee l'avait sauvé, en s'approchant sans bruit derrière la Sumérienne pour la poignarder dans le dos.

— On est quittes maintenant, déclare-t-il, en continuant à contempler son incroyable main.

Maccabee, la bouche enflée, une dent cassée et plantée dans sa lèvre inférieure, ne peut qu'approuver d'un grognement. Ce jeune monstre pourrait l'achever. Deux Joueurs liquidés en l'espace de quelques secondes. Maccabee le sait et il se réjouit que le Donghu possède un certain sens de l'honneur ou de la gratitude, ou quel que soit le code auquel souscrit cette petite bête sauvage.

Il est soulagé et surpris. Il va bientôt perdre connaissance et il devra compter sur le Donghu pour s'occuper de lui : les rôles seront inversés.

Baitsakhan gratte ses fesses nues à travers l'ouverture de sa chemise de nuit d'hôpital.

— Faut que j'aille pisser, dit-il et il ressort de la pièce sans bruit.

Son pas est beaucoup plus léger que celui de Maccabee, Alice Ulapala avait raison sur ce point. Hélas, ça ne lui a servi à rien.

Les lumières s'éteignent pour Maccabee.

Mais, contrairement à la Koori, il se réveillera.

SHARI CHOPRA

सूर्य को अन्तमि रेज, *vallée de la Vie éternelle, Sikkim, Inde*

C'est au tour de Shari de faire un rêve.

Un sale rêve.

Elle assiste à toute la scène, exactement comme elle s'est déroulée. Alice qui meurt violemment dans cette chambre à l'autre bout du monde. Shari hurle, elle décoche un coup de pied au Nabatéen, elle frappe le Donghu avec un long bâton hérissé de pointes.

Ses attaques les traversent comme si elle était un fantôme.

Le temps passe à toute allure dans son rêve. Shari regarde les deux garçons reprendre leurs esprits et s'en aller. Maccabee a passé son bras autour des épaules de Baitsakhan, beaucoup plus petit.

Celui-ci regarde amoureusement sa drôle de main.

Alice reste là.

Mutilée et froide.

La bonne Alice. La noble Alice.

La défunte Alice

Shari s'agenouille au-dessus de sa dépouille, elle tente de lui rendre un peu de dignité, mais c'est impossible.

Shari comprend que ce dont elle vient d'être témoin n'est pas un rêve.

La Joueuse qui était quelque part sur Terre pour protéger sa Petite Alice n'est plus de ce monde.

C'est un cauchemar.

Shari sort de la pièce en courant pour poursuivre les garçons, mais dès qu'elle franchit la porte, elle se trouve transportée ailleurs.

Elle est immergée jusqu'au cou dans une eau froide, très froide, dans une petite salle en pierre. L'eau brille d'une lueur bleutée et projette des reflets dansants sur les murs et le plafond.

Elle goûte l'eau.

Salée.

Elle patauge jusqu'à une sorte de petit rebord et se hisse hors de l'eau. Elle est nue. Il n'y a aucun bruit, excepté le murmure des vagues qui se brisent au loin.

Des blocs de mots sont sculptés dans les murs. En sanskrit, sumérien, égyptien, celte, harappéen et un autre langage que Shari n'a jamais vu, constitué de tirets, de traits verticaux et de points très nets, une sorte de braille venu d'une autre planète.

Éparpillés parmi les mots, tels des confettis mathématiques, elle remarque des chiffres qui forment apparemment une suite aléatoire : 04011398 44513407437187637845291103656610213196465 21 58293456.

Shari longe le mur en faisant courir ses doigts sur les écritures.

Elle sait lire le sanskrit. C'est un extrait du *Mahabharata*. Le poème sacré hindou qu'elle a mémorisé en intégralité quand elle avait neuf ans. Celui qui parle de Drona et d'Arjuna, du roi Karna et de ses nombreuses victoires, du seigneur Krishna et de la bataille de Dwarka, de Shikhandi et de Bhishma. De la grande guerre de Kurukshetra.

Il parle également des quatre objectifs humains, mais pas toujours nobles : dharma, artha, kama, moksha.

Vertu, prospérité, désir, libération.

Les objectifs pour lesquels chacun vit, combat, et pour lesquels nombreux sont ceux qui ont versé des fleuves de sang.

À mesure que Shari se déplace, la lumière de l'eau faiblit, et soudain, tout devient noir.

Le bruit de l'océan disparaît.

Les chiffres s'éclairent.

Ici, ici et ici.

Dix d'entre eux s'envolent tout à coup vers le centre de la salle et tourbillonnent.

4922368622.

Elle sait qu'ils sont importants. Peut-être s'agit-il, en quelque sorte, du cadeau d'adieu d'Alice.

Elle doit les mémoriser.

Elle tente de saisir ces chiffres, pour les garder, mais ils s'échappent entre ses doigts comme des papillons portés par la brise dans un jardin.

C'est alors que le hurlement retentit.

En moins d'une seconde, il atteint un niveau assourdissant et Shari se réveille en sursaut. Le hurlement s'est tu. À côté d'elle, Jamal dort toujours. Petite Alice est dans la chambre voisine, dans cette grande forteresse de pierre, elle aussi dort.

Shari se penche rapidement vers sa table de chevet pour noter les chiffres sur un bout de papier. Voilà, ils sont là maintenant, dans le monde des vivants, cadeau du paysage onirique, cadeau de Grande Alice Ulapala. Que les dieux la gardent.

AN LIU

22B Hateshinai torii, Naha, Okinawa, Japon

Après avoir installé quelques jouets dans le jardin de derrière, au cas où, An escalade le mur d'une habitation en bois de quatre étages construite avant guerre. Il lui faut moins d'une minute pour atteindre le toit. Il est 3:13 du matin. La maison trône au sommet d'une colline et, de son perchoir, An peut voir la mer. La ville de Naha dort, à moitié abandonnée de toute façon, beaucoup de gens n'ayant pu supporter de vivre ici après les horreurs provoquées par la météorite qui a ravagé le port.

An est habillé en ninja : large pantalon de coton noir, chaussures à semelles plates et souples et chemise à manches longues en coton noir également. Il porte des mitaines. Une capuche recouvre sa tête. Un foulard masque son visage. Un sac à dos fin pend sur ses épaules, sanglé à la taille pour l'empêcher de ballotter. Ce sac contient d'autres jouets. Il a également deux grenades fumigènes sur la poitrine et un Walther PPQ à la taille, à gauche pour pouvoir être dégainé de la main droite. Sans oublier une télécommande à deux boutons, dont le mécanisme de mise à feu est cousu sur la manche gauche de sa chemise et le détonateur cousu dans la poche droite. Un smartphone piraté est enfermé dans sa poche gauche zippée.

Plus important encore, le collier de cheveux et de chair se balance autour de son cou.

Son talisman. Son rachat. Son amour.

Il ne le quitte plus désormais.

Quatre caméras sont installées sur le toit. An les évite, sans aller jusqu'aux extrêmes cependant. Il doute que les autorités se soucient des cambrioleurs depuis les révélations concernant Abaddon. Toutes ces mesures de camouflage ne sont sûrement pas nécessaires.

La tenue de ninja est un hommage. Une preuve de son amour. Et cela lui semblait approprié, compte tenu de l'identité du propriétaire de cette maison.

Car il s'agit de la résidence des Takeda. À l'intérieur se trouve la famille de Chiyoko.

Arrivé devant la porte du toit, il approche le smartphone d'un pavé numérique. La caméra placée au-dessus de lui le voit certainement. Peut-être qu'à l'intérieur quelqu'un se précipite déjà pour l'intercepter.

Pour l'accueillir.

Avec un peu de chance, ils seront comme Chiyoko et feront preuve de retenue. An n'a pas envie d'être tué cette nuit.

Pas tout de suite.

Il veut parler.

Il fait glisser son doigt sur l'écran du smartphone et choisit une application artisanale. Elle passe en revue 202 398 241 combinaisons en 3,4 secondes et les transmet au pavé numérique. Le code 202 398 242 est le bon. La porte est déverrouillée.

An tire sur la poignée, ouvre la porte, entre, la referme sans bruit. Aucune alarme, aucun cri, aucun bruit de pas, aucun coup de feu dans l'obscurité.

Seulement le silence.

Comme l'aurait voulu Chiyoko.

Peut-être que tous les Takeda aussi.

Peut-être qu'ils sont tous muets, pense-t-il.

An ôte sa capuche et son foulard. Il a une 2e larme tatouée sous l'œil désormais, toute fraîche, luisante de vaseline, entourée d'une fine bordure rouge d'irritation.

Il descend l'escalier sans se presser, les mains tendues dans un geste de bonne volonté, au cas où il tomberait sur quelqu'un.

Ce qui ne se produit pas.

Il atteint le dernier étage. Une lumière est allumée dans le couloir. Quatre portes coulissantes, trois ouvertes. Il jette un coup d'œil dans chaque pièce. Ce sont des chambres. Avec des futons sur le sol. Inoccupées. Il arrive devant la 3e porte et la fait coulisser. Un lit à l'occidentale. Au-dessus de la porte est fixée une clochette en étain munie d'une ficelle qui disparaît dans le mur.

Une fenêtre donne sur le port dévasté. Un tableau est accroché au mur, face au lit. Il représente une rivière sinueuse vue par un oiseau, paisible et sereine, comme semblait l'être Chiyoko.

Mais An sait que l'eau est toujours puissante et inflexible, et qu'elle s'insinue partout.

Comme Chiyoko.

Il fait un pas à l'intérieur de la pièce vide. Il renifle l'air.

Il la sent.

C'est la chambre de Chiyoko.

Il inspire à fond pour conserver cette odeur dans ses narines, puis ressort rapidement afin de poursuivre ses recherches.

Il descend à l'étage inférieur. Encore deux chambres inoccupées, un bureau, une salle de bains. Personne.

Encore un étage. Une cuisine, une petite pièce pour prendre le thé, une autre salle de bains, un salon avec une cheminée à l'occidentale : un petit feu orange crépite dans l'âtre.

Et là, assis tranquillement par terre sur un coussin rond, il y a un petit homme chauve, vêtu d'un simple *yukata* rayé bleu et cramoisi. Ses yeux sombres, tout ronds, regardent fixement An.

Un *katana*, sorti de son fourreau, vieux de 1 329 ans, repose sur un présentoir juste devant lui. À côté d'une assiette contenant des miettes. Et d'une tasse, peut-être vide, peut-être pas.

— Bonsoir, dit l'homme en japonais.

An regarde le sabre et lève les mains.

— Je suis désolé, monsieur, mais je ne parle pas votre langue, dit-il en mandarin.

Puisque Chiyoko le comprenait, il espère qu'il en sera de même pour cet homme.

— Ce n'est pas grave, je parle la tienne, répond celui-ci en mandarin.

Son regard s'attarde sur les détails du collier d'An. Les nœuds de chair ratatinée. Les oreilles. Les cheveux.

— Je m'appelle An Liu. Je suis le Joueur de la 377e lignée. Je suis le Shang. Pardonnez-moi d'être entré chez vous de cette façon. Je craignais que vous ne me renvoyiez si je sonnais à la porte.

An ne s'est pas exprimé de manière aussi polie depuis très longtemps et cela exige de sa part beaucoup d'efforts et de concentration. Plus qu'il ne l'avait cru. Mais il est important qu'il cache son mépris pour ces civilités, qu'il conserve un ton neutre.

— Je m'appelle Nobuyuki Takeda. Et en effet, je t'aurais renvoyé. Peut-être pire.

Il tend le bras pour poser la main sur le manche du sabre, sans le soulever.

— Qui êtes-vous... par rapport à Chiyoko ? demande An. Son père ?

— C'est ma nièce.

— Maître Takeda, je suis navré. Je dois vous annoncer que votre nièce est morte.

Nobuyuki se dresse sur ses genoux. Cette fois, il soulève le sabre de son présentoir. De l'autre bout de la pièce, An voit apparaître les larmes dans les yeux de l'homme.

— Parle vite et en toute franchise. Je saurai si tu mens.

An lui adresse un petit hochement de tête respectueux.

— Elle est morte à Stonehenge. J'y étais. Un des très anciens mégalithes est tombé sur elle quand le sol s'est soulevé. Il lui a broyé la moitié inférieure du corps. Elle est morte sur le coup.

— Tu en as été le témoin ?

Le ton de Nobuyuki est neutre, il n'a pas peur, il n'est pas triste, mais il veut savoir.

Pourtant, une larme roule sur sa joue.

An secoue la tête.

— Non. J'étais évanoui. Un autre Joueur, la Cahokienne, m'a tiré une balle dans la tête. (Il montre les points de suture en forme d'étoile sur son front.) Sans la plaque en métal que j'ai à cet endroit, je serais mort, moi aussi.

— D'autres étaient présents ?

— Oui. Un dénommé Jago Tlaloc. L'Olmèque. Il faisait équipe avec la Cahokienne. Et un autre garçon, un non-Joueur allié de la Cahokienne. Lui aussi a été tué.

— Et toi ? Tu faisais équipe avec Chiyoko ?

Nobuyuki semble désorienté. Il sait que Chiyoko n'aurait jamais accepté une alliance. Elle a toujours été une solitaire. C'était une de ses nombreuses forces.

An secoue la tête encore une fois.

— Pas officiellement. Mais on avait... un accord. Une relation.

Il a du mal à prononcer ce dernier mot.

— Tu la *connaissais* ? Au-delà des limites du jeu ?

— *Takeda-san* (An utilise le titre honorifique japonais, un des rares mots qu'il connaît), il n'y a rien *au-delà du jeu*. Comme me l'a dit Chiyoko, elle Jouait pour la vie. Cette phrase avait plusieurs sens pour elle, je pense. Entre autres : le jeu englobe tout. Aller au-delà du jeu, c'est aller au-delà de la vie.

Nobuyuki se rassoit à genoux, mais il ne relâche pas l'étau de ses mains sur le manche du *katana*. Les paroles d'An l'intriguent.

— Raconte-moi. Parle-moi des moments passés avec elle.

— J'ai rencontré votre nièce pendant le jeu. En fait, notre première altercation, après l'Appel, a eu lieu dans une quincaillerie. Aucun de nous deux n'a gagné. Elle était incroyablement rapide. Son *chi* n'avait pas d'égal.

— Je sais.

— Il était même contagieux.

— Explique-toi.

— Je suis malade, *Takeda-san*. Ma lignée m'a mis dans cet état. Je souffre de tics débilitants qui, dans les pires moments, obscurcissent mes pensées et mes actions. Ils sont la conséquence d'une enfance très dure, d'une brutalité criminelle. Ils ont fait de moi un monstre.

— Vous avez tous eu des enfances très dures.

— Moi, c'était différent.

— Oui. Vous ne devenez pas tous des monstres.

— Vous l'aimiez, non, Takeda-san ? Elle connaissait l'amour ?

— Je l'*aime*, An Liu. Même si elle n'est plus là. Encore plus maintenant qu'elle n'est plus là.

An laisse son menton tomber sur sa poitrine. Il voit les cheveux de Chiyoko autour de son cou. Ses oreilles. Les paupières qu'il a découpées.

— Comme moi, dit-il tout bas. Le plus incroyable, c'est qu'elle m'aimait aussi. Elle a été la première, et sans doute la seule, à m'aimer. Depuis toujours.

— Si tu es malade, pourquoi ça ne se voit pas ? Où sont ces tics dont tu parles ?

An lève la tête et plonge son regard dans les yeux sombres de Nobuyuki. Le feu crépite dans la cheminée. Il n'y a pas d'autre bruit.

— Elle m'a guéri. Son *chi* m'a guéri. Et son amour m'a sauvé.

Nobuyuki lève son sabre et le pointe sur la gorge d'An. Quatre mètres les séparent.

— Quelle est cette sorte de collier que tu portes autour du cou ?

— C'est tout ce que j'ai pu récupérer de votre nièce. Ce sont les choses qu'elle m'a données. Les choses qui continuent à me sauver.

— Tu les as découpées sur elle ? Tu l'as profanée ?

— Je suis navré, maître. Mais elle aurait été consentante. Je vous le promets. Jamais je ne les aurais prises si j'avais été persuadé du contraire.

Les yeux du petit homme tressaillent. An ne peut pas lui en vouloir. Il voit les efforts de Nobuyuki pour réprimer sa rage.

Le ton de sa voix se modifie.

— Tu dis que ma nièce Jouait pour la vie. Je sais que c'est vrai. Mais je dois te poser la question, Shang : pour quoi Joues-tu ?

An soupire.

— Pas pour la vie, *Takeda-san*. La vie a été trop cruelle avec moi. La mort a plus de sens. J'aurais préféré éliminer tous les Joueurs jusqu'au dernier, moi y compris, et priver le jeu de vainqueur, plutôt que de laisser la vie se poursuivre. J'aurais préféré voir l'humanité disparaître, nos ancêtres liquidés et oubliés, plutôt que de continuer à perpétuer leurs mensonges, leurs hypocrisies et leurs cruautés. Une grande partie de moi-même nourrit encore ce désir, d'ailleurs. L'humanité ne mérite pas cette planète, et cette planète ne mérite pas l'humanité.

— Mais… ? dit Nobuyuki pour inciter An à poursuivre.

— Mais… j'ai rencontré votre nièce et elle a allumé quelque chose en moi. J'ai changé, ne serait-ce qu'un peu. Et j'espère que vous, avec votre lignée très ancienne et très vénérable, la plus proche des Créateurs peut-être, pourrez m'aider à concrétiser ce changement et à le rendre permanent.

— Tu souhaites me faire une proposition ? Bénéfique pour toi et moi ?

— Oui. Je souhaiterais, humblement et respectueusement, renoncer à ma lignée et Jouer pour la vôtre. Chiyoko méritait de vivre. De gagner. Pas moi. Et ma lignée ne mérite pas d'hériter de la Terre après l'Épreuve. Contrairement à la vôtre. Je fais serment d'allégeance devant vous, *Takeda-san*. Si vous m'acceptez, je vous serai fidèle.

Nobuyuki fronce les sourcils. An ne parvient pas à lire en lui, il ne peut dire s'il a simplement pris le vieil homme au dépourvu ou si cette idée le choque et le dégoûte. Nobuyuki ne dit rien.

— Je vous en supplie, maître Takeda. La seule autre solution pour moi, c'est de redevenir ce que j'étais. Je suis rempli de haine et de rage. Vous comprenez ? Ça bouillonne en moi, ça explose, ça me fait… Votre nièce savait m'apaiser. Elle était la seule, mais elle n'est plus là, et j'ai accompli un geste honteux pour rester près d'elle… (An caresse de nouveau le collier.) Je pense que vous pourriez me montrer un autre chemin, maître Takeda. Montrez-moi le chemin de Chiyoko. Je veux Jouer pour le peuple Mu. Je veux devenir Mu. Les keplers se fichent des règles, seul le jeu compte pour eux, et sa conclusion. Si je réussis à gagner, je pourrai leur dire que je Joue pour Chiyoko et pour les Mu. Ils accepteront. Je le sais. Je le sens. S'il vous plaît. Je vous en supplie, dans l'intérêt de votre lignée, et de mon âme, si détruite, désespérée et imparfaite soit-elle.

Ces paroles épuisent An. Elles sont trop nombreuses, trop impudiques, suppliantes, pathétiques. Mais elles sont vraies.

Nobuyuki se sert de son sabre comme d'une canne pour se relever. Il semble éreinté. Âgé d'au moins mille ans.

— Non, dit tout bas l'ancien du peuple Mu, d'une voix légèrement tremblante.

— Mais...

— Non. La réponse est non, Shang.

Une sensation de vide grandit dans le ventre d'An. Il croit qu'il va se mettre à pleurer. Il ne dit rien.

— Je ne prends pas cette décision à la légère, Shang, reprend le vieil homme au prix d'un terrible effort. Mais il ne peut en être autrement. Si la lignée Mu doit s'éteindre, qu'il en soit ainsi. Ce qui sera, sera.

— Par pitié... supplie An.

Sa main gauche est prise de tressaillements.

La voix de Nobuyuki devient plus grave, plus nerveuse.

— Tu parles de l'honneur, mais que connais-tu de l'honneur ? Du respect ? Tu t'introduis dans ma maison au cœur de la nuit sans y être invité. Tu troubles ma méditation pour m'annoncer que ma très chère Chiyoko n'est plus de ce monde. Tu t'adresses à moi en employant des paroles qui ont l'apparence du respect, mais en réalité, c'est un ultimatum déguisé en proposition. Tu ne prends même pas la peine d'apprendre à me saluer dans ma langue maternelle, la langue maternelle de Chiyoko. Tu viens ici en étant prêt à renoncer à tout le passé de ton peuple, pour des raisons égoïstes. Chiyoko était peut-être jeune, mais elle n'était pas égoïste. Tes entraîneurs ont été cruels avec toi, dis-tu. Peut-être t'ont-ils battu et torturé. Et alors ?

CLIGNE.

— Qu'en est-il de tes ancêtres d'il y a des centaines, des milliers d'années ? Ont-ils été cruels avec toi ? Qu'en est-il des descendants des générations à venir ? Seront-ils cruels avec toi ? Peut-être sont-ils rachetables, tous, peut-être que *tu* peux *les* sauver, maintenant, en Jouant honorablement pour ton peuple, et en souvenir de Chiyoko. *Voilà* ce qu'elle aurait voulu. Je le sais. Elle comprenait ce que voulait dire être un Joueur. Contrairement à toi, de toute évidence. Je suis désolé, An Liu des Shang, je ne peux pas t'accepter. Chiyoko t'a peut-être aimé. Je le souhaite. Mais cela ne signifie pas que je peux t'aimer, ou que mon peuple peut t'aimer. Si tu es brisé, tu dois apprendre à te réparer. Je ne peux pas te sauver.

— Mais... murmure An d'une voix qui meurt.

Il n'a plus rien à ajouter.

— Maintenant, reprend Nobuyuki, je vais te prier de partir, mais avant cela, c'est à moi de te demander quelque chose. (Il lève son sabre et le pointe de nouveau sur An.) Si tout ce qui reste de ma nièce, de ma Chiyoko adorée, est ce que tu portes autour du cou, je te demande de me le donner pour que ma lignée puisse l'honorer comme l'héroïne qu'elle est, et offrir une sépulture décente à sa maigre dépouille.

CLIGNE.

CLIGNEfrissonfrissonCLIGNE.

FRISSON.

An recule *cligne* recule d'un pas.

— N...non.

Nobuyuki avance et, en gardant le sabre levé, il s'incline bien bas.

— Si, dit-il en s'adressant au sol. Respectueusement, Joueur, j'insiste.

An abaisse l'interrupteur de mise à feu sur son avant-bras gauche pendant que Nobuyuki ne regarde pas.

— N-n-n-non !

Nobuyuki, toujours plié en deux, insiste :

— Si.

An fait glisser sa main droite vers le côté gauche et libère le Walther PPQ de son étui. Nobuyuki se redresse alors, tel un géant, et bondit, couvrant en une demi-seconde l'espace qui les sépare. Il abat le *katana* sur An, qui recule précipitamment dans le couloir, indemne.

La lame jaillit de nouveau, en visant la main tendue d'An cette fois. Elle tranche net, sans peine, le canon du pistolet, le rendant inutilisable.

Le sabre est pointé vers le sol. Sans hésiter, An frappe Nobuyuki à la joue avec le pistolet. Le vieil homme hurle. An saute par-dessus la lame et fauche les jambes de Nobuyuki, qui s'écroule sur le sol. An lâche ce qui reste du pistolet et marche sur la main qui tient le sabre. Les os craquent. Le vieil homme lâche le manche enveloppé de tissu.

An se penche pour s'en saisir.

Frissonclignefrisson.

— Debout. – *cligne* – Debout.

Nobuyuki se lève. Fait face à An. Cet être décharné et insignifiant, qui joue le rôle d'un Joueur. L'oncle de Chiyoko se masse la joue avec le poignet. An brandit le sabre à deux mains, très haut, prêt à frapper.

— Pauvre garçon imprudent et irrespectueux, dit le vieil homme, les dents rouges de sang.

— Assez, ordonne An. Plus – *cligne* – plus – *cligne* – plus un seul mot.

— Si tu m'avais donné les reliques de Chiyoko de ton plein gré, *honorablement*, j'aurais reconsidéré ta requête.

Ces paroles sont *CLIGNECLIGNECLIGNECLIGNE-CLIGNE* ces paroles sont *FRISSONCLIGNE FRISSON-FRISSON* ces paroles sont une torture.

— C'était un test ? Vous m'auriez – *cligne* – vous m'auriez – *FRISSON* – vous m'auriez accepté parmi vous ?

— Ou...

La réponse de Nobuyuki est coupée net lorsque An abat le très ancien sabre – plus tranchant qu'une lame de rasoir, plus dur que le diamant – en diagonale, coupant le vieil homme en deux, littéralement, de l'épaule gauche à la hanche droite. La lame est si acérée que, pendant un instant, Nobuyuki – dont tous les organes à l'exception du cerveau et du gros intestin ont été sectionnés – reste immobile, stupéfait. Son visage pâlit instantanément, puis, au bout de quelques secondes, la partie supérieure de son corps glisse sur la partie inférieure et se répand sur le sol. Aussitôt après, la partie inférieure bascule sur le côté.

An respire fort, le dos voûté, sous le choc. Il lâche le sabre d'une main pour actionner le détonateur dans sa poche.

Dehors, dans le jardin de derrière, une bombe incendiaire explose. Le bruit du verre brisé se mêle à celui de la combustion. Un souffle d'air passe devant An, faisant claquer sa tenue de ninja. Il sent déjà l'odeur de bois brûlé. La vieille demeure des Takeda va partir en fumée en quelques minutes.

An pivote vers la porte d'entrée, en tenant le *katana* le long du corps. Un autre souvenir. Il abaisse la capuche noire sur sa tête. Il remonte le foulard devant son visage grimaçant.

Il marche jusqu'à la porte, la déverrouille, attrape l'anneau métallique et tire.

Devant lui, il y a Naha.

Le Japon.

Le monde.

Endgame.

Il touche Chiyoko. Ses cheveux. Sa peau. Ses oreilles. Les tics ont à nouveau disparu.

Il descend les marches.

— Je Joue pour la mort, murmure-t-il. Je Joue pour la mort.

JAGO TLALOC, SARAH ALOPAY, RENZO

À bord du Cessna Citation CJ4 de Renzo,
aérodrome privé, aux abords de Valle Hermoso,
Tamaulipas, Mexique

Depuis sa crise de larmes, après le discours de la Présidente, Sarah dort. Cela fait maintenant 19 heures.

Renzo a posé le Cessna à Valle Hermoso, une ville frontière assoupie, mais parfois violente, dans le nord-est du Mexique, il y a de cela 13 heures. Sarah s'est à peine réveillée quand l'avion a rebondi sur la piste avant de rouler jusqu'à un hangar. Jago l'a laissée dormir. Discrètement, il a sorti la Clé de la Terre de la poche de Sarah pour la glisser dans la sienne. Ils l'ont abandonnée à bord de l'appareil, surveillé par deux gardes armés. Interdiction formelle de la déranger. Jago a posé près d'elle un téléphone portable et un numéro de téléphone local sur un Post-it pour qu'elle puisse l'appeler à son réveil.

Elle n'est toujours pas réveillée.

Pendant qu'elle dormait, Renzo et Jago ont rencontré María Reyes Santos Izil, une Olmèque de 67 ans, dans sa modeste maison en adobe située à un kilomètre de là. Ils ont mangé des tacos à la langue de bœuf et des vivaneaux rouges pochés accompagnés de piments, de tranches de noix de coco et de flans de maïs, avec une sauce de *poblanos* crémeuse. Ils ont regardé un match de foot. Jago a montré la Clé de la Terre à María Reyes Santos Izil. Celle-ci l'a examinée sous tous les angles en la faisant tourner entre ses doigts et en l'éclairant avec une lampe.

— *Es una bolita*, a-t-elle déclaré, choquée qu'une chose aussi petite puisse posséder un tel pouvoir.

Jago et Renzo ont bu chacun deux bières. Ils ont dormi 6,33 heures. Ils ont dit au revoir et merci à leur hôtesse.

— *Vayan con los dioses del cielo*, leur a-t-elle répondu, avant de s'adresser à Jago : *Gana*.

Les deux hommes ont regagné l'avion dont les réservoirs étaient maintenant pleins et téléphoné à Juliaca pour annoncer leur arrivée aux parents de Jago.

— Tu vas devoir sortir la vieille femme, dit Jago à son père, posté devant le Cessna, en promenant sa main sur le bord d'une aile.

Sarah dort encore.

Jago monte à bord et s'assoit en face d'elle. Il l'observe pendant plus d'une demi-heure. En tripotant la Clé de la Terre. Il contemple cet objet, il essaye d'en tirer quelque chose, n'importe quoi.

Si seulement cette « clé » ouvrait une porte conduisant au passage suivant. Si seulement les keplers n'avaient pas rendu Endgame incompréhensible. Mais c'est le but recherché, évidemment. Nous faire souffrir avant que la souffrance débute pour de bon.

Plus il Joue, plus il déteste ces salopards venus des étoiles. Ces soi-disant dieux. Il aimerait pouvoir les éradiquer, au lieu que ce soit le contraire.

Mais c'est impossible, il le sait.

Sarah remue enfin.

Jago dépose la Clé de la Terre dans un compartiment ininflammable encastré dans la cloison de l'appareil et le verrouille.

La voilà à l'abri.

Il reporte son attention sur Sarah. Celle-ci se frotte les yeux avec ses poings pour chasser les dernières traces de sommeil. Elle déglutit. Elle étend les jambes, se cambre et remue les orteils.

— Salut, dit Jago.

Elle cligne des yeux. Le regarde.

— Salut à toi aussi.

Sa voix est rauque, sexy, pleine d'assurance. Jago se réjouit de retrouver la fille qu'il a rencontrée dans le train en Chine, la fille qu'il a draguée, avec qui il faisait équipe avant qu'elle s'empare de la Clé de la Terre.

La vraie Sarah Alopay.

— Combien de temps je suis restée dans les vapes ?

— Un peu plus de dix-neuf heures.

— *Hein ?*

Sarah se dresse sur un coude et regarde autour d'elle, en essayant de voir dehors par les hublots.

— *Sí*, dix-neuf heures, confirme Jago. Je n'ai jamais vu personne dormir autant. Un jour, j'ai dormi douze heures après une mission d'entraînement dans les Andes, mais pas plus.

— Tu aurais dû me réveiller quand on a atterri.

— J'ai essayé. Tu dormais à poings fermés.

Elle balance ses jambes par-dessus le bord du siège.

— Voilà, je suis levée maintenant.

Il sourit.

— Tant mieux.

— Écoute... À propos de Londres... Je n'aurais pas dû m'enfuir de cette façon.

— Je t'ai dit que je ne t'en voulais pas. Je comprends. Tu avais peur.

— Oui, mais je n'aurais pas dû t'abandonner.

— Tu croyais que j'étais mort. Ce n'est pas grave, Sarah.

— Si. Toi, tu ne m'aurais pas abandonnée comme ça.

— Tu as raison.

Sarah sent son cœur qui cogne. Une boule se forme dans son ventre.

— Je n'aurais pas dû te laisser, Feo.

— C'est rien, Alopay. Sincèrement. Ne recommence pas, c'est tout.

Je ne mérite pas ce garçon, se dit Sarah. Elle s'efforce de ne pas penser à Christopher. Sans y parvenir. *Je ne mérite personne.*

— Ne pense plus à lui, Sarah.

— C'est si évident ?

— *Sí.* N'y pense plus. Tu as fait ce que tu devais faire et tu as obtenu la Clé de la Terre. Tu as Joué. Ce qui est fait est fait.

Il lui tend la main. Elle la prend et la serre dans la sienne.

— C'est plus fort que moi. Être assise comme ça, avec toi, ça me fait penser à lui. À ce qu'on était l'un pour l'autre.

Jago ne sait pas quoi dire, alors il ne dit rien.

— J'ai fait une chose horrible, Jago.

— Tu dois te pardonner. Tu dois trouver un moyen. Et tu y arriveras. Je t'aiderai.

Sarah presse la main de Jago encore une fois et regarde à travers le hublot derrière lui. C'est alors qu'elle découvre le hangar. Sa famille ne possède pas de hangar sur la propriété des Cahokiens située au bord de la Niobrara River, dans le nord-ouest du Nebraska.

Elle fronce les sourcils.

— Attends un peu... On n'est pas dans le Nebraska ? Je t'ai donné les coordonnées. J'ai vu Renzo les entrer dans l'ordinateur de navigation. Je n'ai pas rêvé, hein ?

— Non, tu n'as pas rêvé.

— Alors, où on est, bordel ?

— Il y a eu un changement de plan, Sarah.

Elle lâche la main de Jago et se lève, en oubliant le compartiment à bagages juste au-dessus. Elle se cogne la tête et retombe sur le siège. Elle se masse le crâne. Ses cheveux sont ébouriffés. Jago aime bien ce look, il trouve ça sexy. Il sait cependant qu'il ne devrait pas penser à ça à cet instant.

Oui mais voilà, il a 19 ans et aucun entraînement ne peut le priver de ces pulsions.

Sarah bouillonne.

— Comment ça, « un changement de plan » ?

— On est sur une piste d'atterrissage olmèque au Mexique. On avait besoin de faire le plein.

— Pour aller dans le Nebraska.

Il secoue la tête.

— Pour aller au Pérou.

Le visage de Sarah se décompose.

— Quoi ?

— Il faut qu'on montre la Clé de la Terre à une femme de ma lignée. Elle est sage et saura où il faut l'emporter. Elle nous aidera à trouver la Clé du Ciel.

— Jago, je ne veux pas qu'on m'aide à trouver la Clé du Ciel. Je *veux* voir ma famille ! J'ai *besoin* de les voir !

— Eh bien, tu ne les verras pas. Pas tout de suite. Abaddon est...

Sarah traverse l'étroite cabine d'un bond, tombe à genoux devant Jago et lui martèle la poitrine avec ses poings. Il la laisse faire. Les coups ne sont pas destinés à faire mal.

— Sarah...

— Tu ne comprends pas. Si je ne les vois pas, je ne tiendrai pas !

— Sarah...

— Il m'est arrivé quelque chose, Jago. Je ne sais pas quoi. Un truc s'est brisé en moi.

— Je sais, Sarah, dit Jago, tout bas pour que Renzo, s'il les écoute derrière la porte, ne l'entende pas. C'est justement pour cette raison que tu ne peux pas rejoindre ta famille maintenant.

Elle recommence à tambouriner sur sa poitrine, alors il lui saisit les poignets et les immobilise. Elle a de la force, mais il en a encore plus. Tout le corps de Sarah se relâche, ses fesses retombent sur ses talons. Elle ouvre les mains et les pose sur le torse de Jago, à plat. Il relâche la pression autour de ses poignets et laisse retomber une main sur la tête de Sarah qui vient se poser sur ses genoux.

— Je suis désolé, mais tu n'es pas en état de prendre des décisions. Je suis obligé de le faire pour toi. Si tu pouvais te mettre à ma place, tu verrais que j'ai raison.

— Tu disais que tu voulais m'aider. Si c'est vrai, laisse-moi retrouver ma famille. *Eux* peuvent m'aider.

Elle s'exprime d'une voix calme. Suppliante.

— Peut-être. Peut-être pas.

— Si. Je le sais.

Pourtant, elle ne semble pas convaincue.

— Tu veux savoir ce que je sais, Sarah ? Tant que tu continues à Jouer, tout ira bien. Tant que tu ne penses pas à la Clé de la Terre, ni à Christopher ni à l'Épreuve, tant que tu te contentes de réagir aux défis qui se présentent, ça ira. Alors, c'est là que je te conduis. Vers le jeu. Vers Endgame. Pour Jouer. Tu es peut-être prête à renoncer, mais moi, je ne suis pas prêt à renoncer à toi. Voilà de quelle manière *je* vais t'aider.

— Je veux rentrer chez moi.

Sa voix est un murmure.

— Moi aussi, je veux certaines choses, mais je ne peux pas toujours les avoir.

Il caresse ses cheveux. Enroule une mèche autour d'un doigt. Elle appuie sa joue contre sa cuisse. À cet instant, plus que tout, il a envie de la prendre dans ses bras, de l'embrasser, d'arracher ses vêtements.

À cet instant, il aimerait qu'Endgame n'existe pas.

Mais il existe.

— Les autres Joueurs ne s'embarrassent pas de détails, dit-il. Ils ne se demandent pas ce qu'ils ressentent… ils Jouent. Si ça se trouve, les sept individus les plus dangereux au monde – sans compter toi et moi – utilisent tous les outils à leur disposition pour nous localiser, et pour s'emparer de la Clé de la Terre. Si ça se trouve, ils sont à cinquante miles d'ici et ils se rapprochent. Si ça se trouve, l'un d'eux pointe un fusil à lunette sur cet avion ou un lance-roquettes ou bien un micro télescopique pour nous écouter, en ce moment même. On ne peut pas les laisser faire. Ils ne doivent pas nous rattraper ! On ne peut pas les laisser reprendre la clé ou nous tuer l'un et l'autre. On doit rester ensemble, se protéger mutuellement. Conserver la Clé de la Terre et trouver la Clé du Ciel. Voilà ce qu'on *doit* faire. Ils Jouent. On *doit* Jouer nous aussi.

Sarah pose une main sur le genou de Jago.

— Je pourrais m'en aller, dit-elle. Seule.

Cette possibilité fait palpiter le cœur de Jago, mais il sait que ça n'arrivera pas.

Il le sait car :

— J'ai la Clé de la Terre.

La Cahokienne s'écarte brusquement.

— Comment ça, tu as la Clé de la Terre ?

— Ne t'inquiète pas, elle est en lieu sûr.

Sarah regarde autour d'elle.

— Où est-elle ? Où ?

Elle plante ses ongles dans la cuisse de Jago.

— À bord de l'avion. (Soudain, il se demande s'il ne devrait pas lui dire où il l'a cachée.) C'est pour ça qu'on va au Pérou. Il y a là-bas une vieille Olmèque qui devrait pouvoir nous aider. *Nous*, Sarah. Tu entends ?

Non, elle ne l'entend pas.

— J'en ai besoin, Jago. Tu as raison sur un point : je ne peux pas perdre cette clé. Je ne peux pas, après avoir déclenché l'Épreuve, perdre la seule chose susceptible de m'offrir un moyen de me racheter. Un moyen de... un moyen... un moyen...

Ses yeux voltigent à travers la cabine, terrorisés.

Le cœur de Jago cogne dans sa poitrine. Elle a été empoisonnée. Est-ce la Clé de la Terre ? Endgame ? Y a-t-il un défaut dans sa lignée ? Ou bien a-t-elle toujours été fragile, sous la surface ?

Non.

Il ne le pense pas.

Les ongles de Sarah s'enfoncent dans sa peau. Jago prend sa tête entre ses mains et l'oblige à lever les yeux vers lui. Il avance au bord de son siège.

Il voit qu'elle est toujours là.

Cette force.

— Tout va bien, Sarah. Tout va bien.

Renzo fait démarrer les réacteurs de l'avion. Sa voix retentit dans la cabine :

— On décolle dans cinq minutes, Jago.

Celui-ci actionne le bouton de feu vert sur la cloison.

— J'ai besoin de voir ma famille, répète Sarah.

— Non.

— J'en ai besoin.

— C'est impossible. Je ne te laisserai pas faire.

— Alors, je suis ta prisonnière, c'est ça ?

L'avion fait un petit bond vers l'avant et se met à rouler sous le soleil éclatant du Mexique.

— Oui, dit-il. Je ne te laisserai pas partir. Je ne peux pas.

Les réacteurs montent en régime.

— Préparez-vous pour le décollage, annonce Renzo.

— On gagnera ensemble ? demande Sarah.

— Oui. Je te le jure.

Elle soulève la tête. Il attire son visage vers lui. Ils s'embrassent, s'embrassent, s'embrassent.

— Je te le jure, répète-t-il, et après cela, ils restent muets l'un et l'autre.

AISLING KOPP, GREG JORDAN,
BRIDGET MCCLOSKEY, POP KOPP

Planque de la CIA, Port Jervis, New York, États-Unis

Dès qu'Aisling vit Pop, elle l'étreignit longuement et chaleureusement, en se balançant d'avant en arrière. Son grand-père l'embrassa sur les joues. Ils s'étreignirent de nouveau. Ils se parlèrent tout bas, à l'oreille, en utilisant leur très ancienne langue celte.

— Ils t'ont fait du mal ?

— Non.

— Tu as confiance en eux ?

— Un peu.

— Tu penses qu'ils peuvent nous aider ?

— Oui.

— Alors, voyons où tout ça nous mène.

— Entendu.

Ils échangèrent ces paroles si discrètement et si vite, sans même remuer les lèvres, qu'aucun des officiers de la CIA ne s'en aperçut.

Le lendemain matin, Aisling et Pop sont assis côte à côte, genou contre genou, en bout de table dans une salle de crise, prêts à écouter un exposé préparé par Jordan. Celui-ci se tient debout près d'Aisling, avec une télécommande. McCloskey est assise d'un côté de la longue table, devant un ordinateur portable. Marrs est quelque part, ailleurs.

— Sans doute en train de planer en réunion avec Mister Joint, commente McCloskey.

Jordan soupire.

— Surtout après l'annonce de la Présidente.

Aisling ignore cette plaisanterie stupide.

— Je croyais que vous autres, les marines, vous étiez déjà au courant pour cette météorite géante.

Jordan appuie sur une touche de la télécommande. Un écran s'allume au fond de la salle.

— Oui, mais entendre ces mots dans la bouche bénie de la chef suprême, ça secoue.

— Et on n'est pas des marines, rectifie McCloskey. On est des espions.

— Assez plaisanté, dit Jordan. Charge les docs perso, McCloskey.

Aisling observe le langage corporel de l'agent pendant que ses doigts courent sur le clavier de l'ordinateur. Elle semble sûre d'elle, appliquée. Pragmatique. Rien en elle n'évoque la duplicité ou les intrigues. Idem pour Jordan. Ce sont deux professionnels qui font une chose qu'ils ont déjà faite des centaines de fois : ils se préparent à parler des méchants et des mesures à entreprendre.

Toutefois, Aisling sait que si le langage corporel constitue un bon indicateur, il n'est pas infaillible. Elle *sait* que ces deux-là ne lui ont pas tout dit.

Ces gens cachent quelque chose. Mais quoi ?

Tandis qu'Aisling s'interroge, un graphique rudimentaire apparaît sur l'écran. Une cible rouge sur fond noir. Et ce titre : JOUEURS D'ENDGAME.

— Vous faites ça vous-mêmes ? demande Aisling d'un ton moqueur.

— Nous ne sommes pas graphistes, Kopp, répond Jordan sèchement.

Il appuie de nouveau sur la télécommande et deux rangées de rectangles apparaissent : six en haut, sept en bas.

Aisling se reconnaît. Sur une photo de passeport. Elle repère également An Liu, qui semble endormi ou mort. Et Chiyoko Takeda, indubitablement morte. Sur une photo de mauvaise qualité, elle distingue Jago Tlaloc au coin d'une rue. Une autre photo, beaucoup plus nette, montre Sarah Alopay dans un aéroport. Maccabee Adlai apparaît distinctement sur un instantané. Une autre photo de passeport montre un jeune garçon qui ressemble à un Américain : cheveux blonds, yeux verts et barbe naissante. Les six autres rectangles encadrent des points d'interrogation.

— C'est qui, le beau gosse ? demande Aisling. Ce n'est pas un Joueur.

— Christopher Vanderkamp, d'Omaha, dans le Nebraska. Son père est un magnat du bœuf. C'était le petit ami de Sarah Alopay, avant les météorites.

— Était ?

— Il est plus mort que le disco, dit McCloskey. Il a eu tout le haut du corps pulvérisé, à Stonehenge. On ignore ce qu'il foutait là-bas, mais il y était.

— Notre théorie, c'est qu'il a suivi Alopay comme un toutou quand elle a quitté Omaha, explique Jordan. C'était un *quarterback*, le bel Américain type. Rapide et puissant, bon élève également. Il croyait certainement qu'il pourrait l'aider.

— Qui d'autre était à Stonehenge ? demande Aisling.

— Tlaloc et Alopay, Takeda et Liu.

Aisling sait que Sarah et Jago ont conclu une sorte d'alliance, mais elle ne comprend pas pourquoi Jordan associe les deux autres.

— La Mu et le Shang étaient également ensemble ?

— Absolument, répond Jordan.

Aisling secoue la tête.

— J'ai du mal à le croire. Chiyoko est muette et An un sociopathe paranoïaque affublé de tics affreux. Ni l'un ni l'autre ne semblaient du genre à chercher l'amour... ni même l'amitié.

— En tout cas, ils étaient ensemble. Les Britanniques ont des informations qui le prouvent.

— Qu'est-il arrivé à Takeda ? demande Pop.

— Elle a été écrabouillée par un des rochers de Stonehenge, dit Jordan.

— Et Liu ? interroge Aisling.

— Il a reçu une balle dans la tête, presque à bout portant. Mais à cause de la plaque métallique qu'il a cet endroit, An Liu est toujours bien vivant, malheureusement, explique McCloskey.

— On peut dire qu'il est plutôt méchant, ajoute Jordan. C'est un redoutable concurrent dans Endgame. Les Forces spéciales britanniques l'avaient confiné à bord d'un destroyer de la Royal Navy dans la Manche et, bien que drogué et ligoté à une civière, il a réussi à s'échapper, tout seul. Il a fichu le camp à bord d'un hélicoptère furtif, il a fait sauter le pont du navire et emporté les restes de Chiyoko Takeda. Il a tué 27 personnes et en a blessé quinze autres, dont quatre grièvement. L'hélicoptère s'est abîmé dans l'Atlantique une fois à court de carburant. Un engin sous-marin télécommandé a identifié les restes de Takeda, mais aucun signe de Liu.

— Impressionnant, commente Aisling. Dommage qu'il ne soit pas mort.

— Savez-vous si d'autres Joueurs le sont ? demande Jordan.

— Seulement le Minoen, Marcus Loxias Megalos, de la 5e lignée, dit Aisling. Un gamin prétentieux. An l'a tué lors de l'Appel.

— C'est bon à savoir, dit Jordan.

McCloskey entre cette information dans l'ordinateur.

— Et la Cahokienne et l'Olmèque ? demande Aisling. Ils sont vivants ?

272

Elle ne peut s'empêcher de repenser à leur séjour en Italie, où elle a eu l'occasion de les liquider et ne l'a pas fait. Et elle ne peut s'empêcher de penser que si elle l'avait fait, la Clé de la Terre n'aurait peut-être jamais été retrouvée et la phase suivante n'aurait jamais débuté.

— Ils sont vivants, déclare Jordan. Ils ont neutralisé un commando des SAS venu les arrêter dans leur chambre d'hôtel avant l'aube. La présence d'un tireur d'élite et le soutien d'un drone n'ont pas évité que les Joueurs tuent deux hommes et blessent tous les autres. Ils se sont enfuis, en échappant à la seconde équipe postée dans le métro de Londres, sans doute la ville la plus surveillée au monde.

— Décidément, les Britanniques ne se montrent pas à leur avantage dans cette histoire, hein ? dit Aisling.

— En effet.

— Je doute que les Israéliens, les Allemands, les Chinois... ou même vous et vos associés, monsieur Jordan, auriez pu faire mieux, intervient Pop. Ce sont des Joueurs.

— Possible, dit prudemment Jordan.

Pop l'ignore.

Aisling ne s'intéresse pas à ce combat d'ego entre les différents services clandestins de la planète. Elle demande :

— Je suppose qu'Alopay et Tlaloc détiennent la Clé de la Terre ?

— On le suppose aussi, dit Jordan. Toutefois, on ne sait pas trop ce que ça signifie, au juste. Je connais l'existence d'Endgame depuis longtemps, mais...

— Dis plutôt que tu es *obsédé* par Endgame depuis longtemps, lance McCloskey.

— Comme nous tous, n'est-ce pas, McCloskey ?

Celle-ci hausse les épaules.

— Oui, sans doute.

Aisling reprend la parole :

— Je vous parlerai de la Clé de la Terre plus tard, mais avant cela, il y a quelque chose qui me turlupine : comment avez-vous appris tout ça ? Je veux dire… quelle est votre source ?

Pop lui donne un petit coup de coude sous la table.

— Je me suis posé la même question, dit-il.

— Je vous l'ai déjà dit, répond McCloskey. Au départ, on a reçu des infos très troublantes de la part de votre père. Ensuite, c'est venu des Nabatéens.

Aisling secoue la tête.

— Sans vouloir vous vexer, je n'y crois pas. Vos amis nabatéens ne vous diraient jamais : « Hé, puisque vous êtes des Celtes laténiens, allez voir la fille de Declan Kopp et faites équipe avec elle. C'est votre seule chance de survivre à ce qui se prépare. » Impossible. S'ils pensaient que vous étiez utiles, et ce doit être le cas sinon ils n'auraient pas pris la peine de s'adresser à vous, ils vous auraient exploités. Utilisés. Ils auraient tenté de vous recruter.

McCloskey s'agite sur sa chaise. Jordan est pétrifié. *Voilà, tu y es*, se dit Aisling. *Continue à creuser. Plus profond.*

— Alors, qui est votre source ?

— Les Nabatéens ont essayé de nous recruter, en effet, confirme Jordan. Ils nous ont sorti un boniment à la con. Mais je leur ai dit : « Non merci. »

— Ne changez pas de sujet, Jordan. Qui est-ce ?

Jordan se tourne vers McCloskey. Elle hoche la tête. Il soupire.

— Vous avez déjà entendu parler de la Fraternité du Serpent ?

Aisling fronce les sourcils.

— C'est un nom stupide.

— Mais en avez-vous entendu parler ?

— Non. J'aurais dû ?

— Sans doute, dit McCloskey, d'un ton un peu plus feutré qu'à son habitude. Vu que vous êtes une Joueuse et ainsi de suite.

— Allez vous faire foutre, McCloskey.

Jordan lève la main.

— Du calme. Pas de ça, c'est inutile. Peu importe que vous n'en ayez jamais entendu parler. Ce qui compte c'est qu'ils savent un tas de choses sur Endgame.

— Qui sont ces individus ? demande Pop.

— À vrai dire, on n'en a jamais rencontré un seul, avoue McCloskey. Ils sont terriblement discrets. Tous nos échanges étaient ultraconfidentiels et super-codés. Parfois, ils communiquaient par le biais d'énigmes très très difficiles à élucider. Ou alors, ils nous envoyaient des vidéos incompréhensibles qui renfermaient des messages cachés. Leur obsession, c'est de combattre, je cite, « le Corrupteur de l'homme », comme ils l'appellent, en se vouant à une sorte de religion baptisée l'Ancienne Vérité.

— Une bande de maboules de première, dit Aisling. En tant que Joueuse, j'ai bien conscience que c'est l'hôpital qui se fout de la charité, mais n'empêche. C'est des maboules.

— On pensait la même chose quand la Fraternité nous a contactés pour la première fois, dit Jordan. On combat le terrorisme au Moyen-Orient depuis des années, et quand on a commencé à entendre parler d'Endgame, on a cru qu'il s'agissait d'un 11 Septembre *bis* à la puissance dix. Quand on a découvert que c'était tout autre chose, on était largués. La Fraternité nous a localisés par ses propres moyens et nous a aidés à y voir plus clair.

McCloskey ricane.

— Et ensuite, dit-elle, ce petit match de la mort a débuté et...

Pop frappe sur la table et tout le monde se tait.

— Ce n'est pas un « petit match de la mort », mademoiselle. Folie ou pas, c'est une réalité. C'est la Grande Énigme et les Joueurs ont pour mission de la résoudre. Si aucun d'eux n'y parvient, tout le monde mourra. Et si Aisling ne la résout pas, tout le monde dans cette salle mourra. À coup sûr. Alors, cessons de parler de feu le père cinglé d'Aisling et de gens dont on sait que ce ne sont *pas* des Joueurs et revenons-en à nos affaires. Jouons à Endgame, maintenant, dans le présent, sans perdre notre temps avec des conneries d'organisations qui croient savoir des choses sur le passé, alors qu'elles ne savent rien du tout !

Aisling est sur le point de contredire Pop. Elle aimait bien entendre parler des sources de Jordan et elle est curieuse d'en savoir plus sur cette Fraternité. Mais son grand-père lui donne un coup de coude et elle comprend. C'est une tactique que ces agents de la CIA connaissent sûrement : quand vous insistez trop, vous n'obtenez que des informations pourries. Si vous jouez la comédie, avec une personne qui en veut plus que l'autre, vous obtenez de meilleures informations.

Un silence gêné s'installe, le temps que la tension retombe.

— Très bien, monsieur Kopp, dit finalement Jordan.

— Appelez-moi Pop. Comme tout le monde.

Jordan acquiesce

— Revenons-en à la présentation.

— Je suis d'accord, dit Aisling.

Jordan réclame les noms et les signalements des autres Joueurs. Aisling les lui donne. Elle leur parle de Kala, de Shari, de Hilal, de Baitsakhan et d'Alice, dont il n'existe pas de portraits. Elle livre des descriptions physiques détaillées. Elle suppose qu'ils sont tous vivants. Elle finit par Alice.

— Elle est costaude, avec une peau très foncée, des cheveux ébouriffés et une marque de naissance plus claire, en forme de demi-lune, au-dessus de l'œil droit.

McCloskey prend des notes et navigue sur Internet pendant qu'Aisling parle. Après quelques secondes seulement, elle demande :

— C'est elle ?

Une photo de la tête ensanglantée d'Alice apparaît sur le grand écran mural.

— Ouais, dit Aisling, froidement.

— On savait que l'un ou l'une d'entre vous était aborigène, alors on a lancé une vaste recherche concernant tous les membres de cette population ayant franchi des frontières ou attiré l'attention des forces de l'ordre. On a reçu cette info de la police de Berlin, cette nuit.

Aisling secoue lentement la tête.

— Je ne pensais pas qu'elle partirait si vite. Je l'ai vue uniquement lors de l'Appel, mais elle m'a semblé faire partie des gentils. Et des plus forts aussi.

— Elle s'est bien défendue, précise Jordan. La scène de crime était une vraie boucherie. Une femme a été retrouvée morte sur un lit, la colonne vertébrale sectionnée entre les vertèbres C-trois et C-quatre. Le sang d'une troisième personne maculait le sol et les mains d'Alice. Des mains également tuméfiées, enflées et une des deux était fracturée au niveau du troisième métacarpe. Toujours d'après le rapport, elle aurait martelé son agresseur à coups de poing, un type plutôt costaud à en juger par les traces laissées par terre. Avant qu'une quatrième personne, un autre homme probablement, doté de petits pieds, nus, s'approche dans son dos, sans bruit, et l'étrangle d'une main, assez fort pour lui arracher la tête, littéralement. Ces deux-là semblent avoir quitté les lieux ensuite, le plus vite possible.

— Ouah. (Aisling elle-même n'en revient pas.) Il y avait des empreintes de doigts sur Alice ?

— Aucune, répond McCloskey. À en juger par les portraits et les infos que vous nous avez données, le colosse qu'elle a roué de coups était notre ami nabatéen, Maccabee Adlai.

— Il y a des images de surveillance ?

— Non. Celui que traquait Alice a réussi à éteindre les caméras de l'immeuble et toutes celles installées dans un rayon de deux pâtés de maisons. L'appartement était câblé de manière très spéciale, précise McCloskey.

Aisling suggère que l'individu qui marchait pieds nus pourrait être Baitsakhan.

— Peut-être que le Nabatéen et le Donghu font équipe, eux aussi. Si le Shang et la Mu s'étaient alliés, pourquoi pas eux ?

— Possible, dit Jordan.

— On a donc au moins trois morts et peut-être deux équipes. Et tout le monde Joue pour gagner.

Aisling prononce ces paroles lentement, d'un air songeur.

— À notre connaissance, confirme Jordan.

— Pourquoi ne Joueraient-ils pas pour gagner, Aisling ? demande Pop qui ne comprend pas, visiblement, où elle veut en venir.

— Honnêtement, Pop, je me demande si un ou plusieurs Joueurs ne pensent pas la même chose que moi.

— Qu'est-ce que tu racontes, nom d'un chien ? (Un soupçon de peur apparaît dans la voix de Pop.) C'est cette peinture que tu as vue dans la caverne, hein ? Celle qui t'a poussée à m'appeler. Celle que ton père est allé voir il y a longtemps ?

Aisling acquiesce.

— Oui, c'est à cause de cette peinture. Je l'ai comprise, Pop. Et je pense avoir compris également ce que voulait papa, même s'il était fou.

Pop plisse les yeux.

McCloskey intervient en levant la main.

— Attendez un peu... De quoi vous parlez tous les deux ?

Aisling se tourne vers elle.

— À JFK, vous disiez que vous vouliez essayer d'arrêter tout ça avant de décider de faire équipe avec moi, hein ?

— Exact, répond McCloskey.

Pop intervient :

— Ais, qu'est-ce que tu racontes ?

— Je raconte que c'est aussi ce que je veux. Arrêter Endgame, Pop. Car je crois que, curieusement, d'une manière ou d'une autre, on *peut* l'arrêter.

Pop tape sur la table. Si fort que tous les murs de la pièce tremblent. Si fort qu'Aisling craint qu'il se soit cassé la main.

Il ne dit rien.

Alors, Aisling s'exprime à sa place :

— Je sais, Pop. Je sais que tu as tué papa, ton propre fils, parce qu'il pensait la même chose. C'est un blasphème.

— Je ne te le fais pas dire, grogne Pop.

— Pourtant, c'est ce que je veux. Non, *c'est ce qui est bien*. Si on apprend qu'il existe une seule chance, même fine comme une lame de rasoir, de mettre fin à tout ça, il faut la saisir. On pourrait sauver des milliards de vies, Pop. Des milliards.

Le vieil homme reste muet un long moment. Puis :

— C'est donc ça ? Tu renonces à ton entraînement ? À ton héritage ? À ta lignée ?... À moi ?

— Non. Je me sers de tout ça pour m'aider, au contraire. Je me sers de toi surtout, Pop. De *toi* surtout...

Pop écarte son siège de celui d'Aisling.

— Je ne dis pas qu'il faut arrêter de Jouer, poursuit Aisling. On ne peut pas. *Je* ne peux pas. Je ne peux pas car la seule façon de découvrir comment arrêter cette chose, c'est de Jouer. Je n'ai aucune autre piste, bordel. Alors, il faut traquer les Joueurs. S'ils font partie des méchants, on les tue, et s'ils partagent notre point de vue, on joint nos forces. On continue à Jouer parce qu'on n'a pas le choix... Mais si on trouve une autre possibilité, on saute dessus. On essaye d'arrêter Endgame, et on essaye de faire en sorte que ces enfoirés de keplers ne reviennent jamais ici, quelle qu'en soit la raison.

Silence.

Silence.

Silence.

— Vous m'avez convaincu, Aisling, dit Jordan.

McCloskey approuve d'un hochement de tête. Et même si Aisling sait que Jordan n'est pas encore entièrement digne de confiance, elle sent qu'il est sincère.

— Tant mieux.

— Alors, par qui on commence ? demande Jordan.

— An Liu, répond Aisling d'un ton catégorique. Il est trop imprévisible. Et il n'a aucune intention de sauver le monde.

Jordan tape dans ses mains et sourit.

— On espérait que vous choisiriez ce cher Liu.

— Pourquoi ?

Jordan fait un petit moulinet avec son index.

— Montre-lui, McCloskey.

Sur l'écran mural apparaît un planisphère. Une petite lumière rouge clignotante numérotée « 533 » se déplace lentement vers le nord en longeant les côtes incurvées de l'île japonaise de Honshu.

— Même si les Britanniques se sont humiliés ces derniers jours, ils ont réussi une chose : ils ont collé une puce sur Liu. Ils lui ont introduit un traqueur dans la cuisse droite. Et vous savez quoi ? Marrs s'est débrouillé pour le pirater.

— On peut donc le rejoindre sur-le-champ ? demande Aisling.

— On le peut, oui, répond Jordan. Mieux que ça, même : on peut détourner notre commando d'exécution pour qu'il nous rejoigne là-bas.

— Un commando d'exécution ? répète Pop.

— Kilo Foxtrot Echo, précise McCloskey.

Aisling secoue la tête.

— Vous autres avec votre jargon...

Jordan hausse les épaules.

— Le jargon ne peut pas tuer. Mais Kilo Foxtrot Echo, si.

Qu'est-ce que vous attendez ? [x]

HILAL IBN ISA AL-SALT
Caesars Palace, suite 2405, Las Vegas,
Nevada, États-Unis

Las Vegas ne ressemble pas à ce qu'attendait Hilal. Il pensait trouver de l'agitation, d'ultimes accès de péchés avant la fin, la pagaille, la débauche.

Mais tout est silencieux.

Il n'y a quasiment personne dans les rues ni dans les casinos. Les seules voitures qui circulent sont des véhicules de police et des taxis en maraude. Les restaurants sont vides, les clubs et les bars aussi. Le hall du Caesars Palace n'accueille que 10 personnes en plus des employés. Au casino, Hilal entend un croupier annoncer « Dix-huit rouge », avant de ramasser les jetons perdants. Le joueur solitaire assis à la table de roulette ne lève même pas les yeux de son verre. Hilal a choisi une suite au 24e étage de l'Augustus Tower, il monte lui-même ses bagages dans sa chambre et s'allonge sur le lit immense. Il s'endort et dort profondément jusqu'au lendemain matin.

Il est réveillé par le bruit d'un hélicoptère. Il sort la tablette de sa poche. Elle s'allume en clignotant. Hilal l'agite d'avant en arrière, en passant d'un caducée à l'autre, pendant plusieurs minutes.

Pourquoi deux ? S'agit-il d'Ea et de son autre substitut ? Ea s'est-il scindé pour habiter deux corps ? Pourquoi deux ? Pourquoi deux ?

Il ne sait pas.

Il examine les autres choses que lui montre la tablette : l'immense et immobile rideau de gaze cosmique ; la mystérieuse forme floue orange dans l'Himalaya oriental, et la longue liste de coordonnées. Il prend le temps de les compter soigneusement, deux fois. Il y en a 1 493. Principalement des chiffres statiques.

Mais neuf d'entre elles changent.

L'une de ces coordonnées, constate-t-il en traversant sa vaste suite pour se rendre dans la salle de bains, marque *sa* position. L'Aksoumite.

Elles sont précises au 1 000 000e de décimale, il suffit donc qu'il fasse quelques pas pour qu'elles se modifient.

Les huit autres coordonnées changeantes doivent correspondre aux Joueurs restants, pense-t-il. *Cette tablette est un traqueur !*

Voilà une révélation.

Il se soulage dans la salle de bains et revient dans la chambre en clopinant. Il sort de son sac un bloc-notes, un stylo, son ordinateur et s'assoit en tailleur sur le dessus-de-lit pour se mettre au travail.

Il entre toutes les coordonnées dans son smartphone. Il localise trois paires et deux points solitaires, en plus du sien.

Une paire se déplace vite, du nord au sud, au-dessus de l'Amérique centrale et de l'Amérique du Sud. Les deux Joueurs doivent voyager en avion.

Une autre paire se situe dans une banlieue au nord de Berlin, en Allemagne. Celle-ci bouge à peine.

La dernière, presque immobile elle aussi, se trouve – *ding, ding, ding* – dans l'Himalaya oriental, dans le lointain État du Sikkim, en Inde.

Hilal est donc convaincu que la tache orange indique l'emplacement d'un des Joueurs.

Celui qui détient la Clé de la Terre, croit-il deviner à tort.

Les deux points solitaires sont à Port Jervis, dans l'État de New York, et au Japon. Ce dernier se dirige vers le nord, en train sans doute à en juger par la vitesse, vers Tokyo.

Hilal ignore qui est qui, et pourquoi trois équipes se sont formées après l'Appel. Il avait eu l'impression que quatre Joueurs seulement, ou cinq, seraient ouverts à des alliances. Et il se comptait dans le nombre.

C'est un mystère.

Cet exercice lui prend presque cinq heures, et malgré sa longue nuit de sommeil, il tombe de fatigue soudain. Il roule sur le flanc. Il pense à tous les facteurs : les Joueurs, Ea, les étranges coordonnées, les deux caducées… Et il s'endort à nouveau.

Il se réveille en sursaut au milieu de la nuit. Les yeux écarquillés. Il regarde le plafond. Se redresse. Sa tête le fait souffrir. Il balance ses jambes par-dessus le bord du lit et plante ses pieds sur le sol. Il regarde l'heure : 3:13. Il prend la tablette – les deux caducées sont toujours là, l'un est fixe, l'autre se déplace dans les rues, quelque part au pied de la tour – et il s'approche de la fenêtre. Las Vegas est éclairée comme un spectacle de feu d'artifice ininterrompu. Néons multicolores, écrans LCD aussi grands que des façades d'immeuble, montrant des gens en train de s'amuser, des danseuses de cabaret et des images de nourriture, un ballet de lumières clignotantes qui forment une chorégraphie. Il contemple le Strip. Toujours désert.

Il faut que je me dégourdisse les jambes. Que je m'habitue à marcher sans l'aide des cannes, se dit Hilal, face à tous ces néons qui scintillent sur son visage.

Par habitude, et par précaution, il glisse ses deux machettes, une baptisée AMOUR et l'autre HAINE sous son ample pantalon de coton. Il descend et s'avance sur le trottoir. Se déplacer sans les cannes est douloureux, mais libérateur. Et il sait ignorer la douleur.

Il ne voit que des policiers sur son chemin, nerveux et lourdement armés, et quelques sans-abri et des vagabonds. Il quitte le Strip à proximité du Bellagio, dont les fontaines crachent leurs jets d'eau pour personne, et vagabonde vers le sud-est jusqu'au croisement d'East Harmon et de Koval. Il y a d'autres hôtels, d'autres zones commerciales au sud et une succession de terrains vagues au nord. Quelques rues seulement le séparent du faste éclatant du Strip, mais ici, tout semble abandonné, comme dans un quartier déshérité.

Tout n'est que spectacle, pense Hilal à propos de Las Vegas. *Tout n'est qu'apparence. Même si cette ville grouillait de monde... Surtout si elle grouillait de monde.*

Il reste là pendant plusieurs minutes, dans les rues vides, dans l'air frais et pur du désert. Cet air lui rappelle celui du Danakil et des déserts orientaux, son exil sous la voûte infinie des étoiles. Las Vegas est si calme, d'un calme sinistre, qu'en fermant les yeux, Hilal se trouve transporté chez lui, au milieu de la brousse, des étoiles et du sable.

Seul.

Intact.

Chez lui.

En paix.

Mais sa poche devient de plus en plus chaude, puis brûlante soudain.

Il ouvre les yeux. Il enfouit la main dans sa poche et en sort la tablette. Dès qu'il la touche, elle devient froide. Il la brandit. Et balance son bras de droite à gauche, et lorsqu'elle pointe vers le sud, en direction de Koval Lane, Hilal voit s'allumer un caducée, bien net, de plus en plus grand.

Il plisse les yeux pour regarder au-delà. À moins d'un quart de mile environ, il aperçoit une voiture. Ses phares sont éteints, mais il sait, en la voyant clignoter dans la lumière des lampadaires, qu'elle roule très très vite.

Ea !

Hilal regarde partout autour de lui, à la recherche d'un véhicule. Là, sur le terrain vague en face d'East Harmon, il avise une camionnette blanche délabrée. Il glisse la tablette dans sa poche et pique un sprint. La douleur hurle dans tout son corps, mais il s'en moque.

Il est à 75 mètres. La voiture transportant le probable Ea se rapproche. Hilal est à 50 mètres de la camionnette. Il entend le moteur de la voiture d'Ea. Il n'est plus qu'à 25 mètres de son objectif. Hilal jette un coup d'œil par-dessus son épaule. La voiture d'Ea ressemble à une vieille américaine surpuissante, une Shelby, une Mustang ou une Challenger. Hilal accélère. Il n'est plus qu'à cinq mètres du but lorsque la voiture franchit l'intersection à toute allure. Hilal atteint la camionnette. Elle est fermée à clé. Il recule et donne un coup de coude dans la vitre, qui se lézarde ; il frappe de nouveau et, cette fois, la vitre explose. Le verre dégringole sur le trottoir comme une pluie de diamants. Il ouvre la portière, ôte les éclats sur le siège et saute à bord. Il dépose ses machettes sur le siège du passager. Il s'attaque à la colonne de direction et, en 19 secondes, il fait rugir le moteur. Il allume les phares et inspecte la jauge d'essence. Il murmure une prière de remerciements : le réservoir est à moitié plein.

Il ressort la tablette et la coince sur le tableau de bord, juste au moment où la voiture transportant Ea disparaît dans un virage. Hilal enclenche la marche avant et, dans un grincement, la camionnette bondit.

Hilal est démesurément excité. Il est près. Tout près.

Il suit Ea, en apercevant la voiture par moments, en direction de l'est tout d'abord, puis du nord, puis de l'est, puis du nord, puis de l'est. Il traverse des quartiers de plus en plus dévastés. Bientôt il se retrouve dans une zone parsemée de casses et d'entrepôts, d'abris en tôle aux toits arrondis, semblables à d'énormes insectes argentés, d'immenses terrains vagues grignotés par le désert envahissant et de carcasses de maisons, de camions et de voitures abandonnés. Au bout de 30 minutes, Ea quitte Alto Avenue en tournant à droite et fonce vers le sud dans Bledsoe Lane.

Hilal ralentit. Il éteint les phares de la camionnette et tourne à son tour dans Bledsoe Lane, juste au moment où la voiture disparaît derrière un mur de parpaings. Les feux stop peignent en rouge l'entrepôt voisin, puis tout devient noir. La voiture s'est arrêtée. Hilal passe au point mort, coupe le moteur et s'arrête en roue libre, entre un mur sur sa gauche et un vaste terrain vague sur sa droite. Il reprend la tablette, illuminée par le caducée, à tel point que Hilal craint de se faire repérer, alors il la cache dans une poche intérieure. Il reprend ses deux machettes et les attache à sa ceinture. Plus la peine de les cacher. Il descend de la camionnette, s'approche de l'arrière du véhicule et jette un coup d'œil.

Personne.

Il glisse le long du mur, les mains posées sur les poignées de ses machettes.

Il est près.

Tout près.

Arrivé au coin du mur, il se jette à terre, à plat ventre, et il rampe, il scrute. Il aperçoit un homme agile vêtu de sombre, une capuche sur la tête. Il balance un sac à dos sur son épaule et referme le coffre de sa voiture avec un claquement étouffé. Il se retourne vers la rue. Hilal ne bouge pas. La tête au ras du sol, il est quasiment invisible. Le visage d'Ea demeure entièrement dans l'obscurité, à l'exception de la légère tache plus claire de son nez. Il fait volte-face et marche vers l'entrepôt. Ea est sûr de lui, athlétique, un peu efféminé.

Hilal se relève d'un bond, tourne au coin et marche vers la voiture. Il est totalement silencieux : aucun bruit de pas, aucune respiration. Il s'arrête devant le coffre et regarde sous la voiture. Il voit les pieds d'Ea disparaître à l'intérieur du bâtiment.

Je dois essayer d'utiliser l'élément de surprise.

Il fonce vers l'entrepôt, agrippe un tuyau de gouttière, prend appui sur le mur avec ses pieds et grimpe jusqu'au toit. Malgré ses innombrables blessures, Hilal se sent bien dans son corps, fort.

J'ai besoin d'être fort.

Il saute par-dessus le parapet et tire une machette de sa ceinture. Le toit est plat, tapissé de graviers. Il y a deux fenêtres triangulaires et une extension percée d'une porte qui s'ouvre certainement sur un escalier. Il n'aperçoit ni caméras ni micros. Les fenêtres émettent une faible lueur. Hilal s'approche de la première à pas feutrés et, avec la plus grande prudence, il jette un coup d'œil à l'intérieur. Il distingue une large pièce. Peinte en blanc. Meublée dans le style moderne. Un mur entier est occupé par des ordinateurs, il y a une grande cuisine avec un comptoir en acier, une porte unique donnant sur une autre pièce et une petite zone d'entraînement avec des kettlebells, un sac de frappe, un speed-bag. Au mur sont accrochées toutes sortes d'armes de combat au corps à corps : épées, bâtons, couteaux, marteaux et une collection de battes de base-ball.

Aucun signe d'Ea.

Hilal s'apprête à ramper vers la seconde fenêtre quand ses poils se hérissent dans son cou. Son instinct le projette vers l'avant, son visage scarifié se retrouve plaqué contre la vitre. Un objet fouette le vide au-dessus de lui, frôlant l'arrière de son crâne.

Hilal roule sur le côté et balance la machette derrière lui, en visant les chevilles de son agresseur, mais elles ne sont plus là. Il entrevoit Ea – ça ne peut être qu'Ea, personne d'autre au monde n'aurait pu s'approcher de lui aussi furtivement – au moment où celui-ci saute par-dessus la lame d'AMOUR tranchante comme un rasoir. Hilal est prêt à se redresser d'un bond, mais il doit se jeter sur le côté et éviter l'arme d'Ea qui s'abat sur son visage. C'est une des battes de base-ball. En bois, épaisse. Malgré la faible lumière, Hilal parvient en une fraction de seconde à distinguer le mot *Slugger*, mais il n'a aucune idée de ce que ça signifie. Le visage d'Ea disparaît toujours sous sa capuche et Hilal, obligé de se jeter sur le côté, ne peut apercevoir ses traits. Il sent que quelque chose le tire au niveau de la hanche comme si ses vêtements s'étaient accrochés, mais il parvient à glisser la main gauche sous lui juste au moment où la batte vise de nouveau le côté de sa tête. Le poids du corps de Hilal est parfaitement réparti, ses jambes sont maintenant repliées sous lui et il fait un bond en l'air d'un mètre. La batte manque sa cible. Il retombe sur ses pieds. Dans sa main droite, il brandit la machette ; la gauche passe devant son ventre pour dégainer l'autre machette. Il va réduire en lambeaux cette abomination.

Mais sa main se referme sur le vide.

Ea se redresse, il se tient à trois mètres de là. Sa batte est pointée sur la poitrine de Hilal. Ea lève l'autre bras et une lame étincelle dans la faible lumière. Il frappe avec l'autre machette. Son visage demeure dissimulé sous sa capuche ; si Hilal pouvait l'apercevoir, il sait qu'il découvrirait un sourire sur ces lèvres maléfiques. Il se prépare. Ah, comme il aimerait disposer des bâtons d'Aaron et de Moïse à cet instant. Il se maudit d'avoir été assez idiot pour les laisser derrière lui, pour débarquer à Las Vegas sans y être préparé, sur le terrain de jeux d'Ea.

Celui-ci avance à la vitesse de l'éclair, en faisant tournoyer simultanément la batte et la machette, tel un éventail mortel. Hilal recule, en se servant de son unique machette pour parer les coups. Il n'a jamais combattu une personne dont les mains et les poignets étaient aussi rapides et aussi souples. Le métal tinte, le bois émet des bruits sourds, Hilal danse, Ea aussi. Hilal virevolte et tente de faucher les jambes d'Ea, mais celui-ci esquive. Hilal pare un coup à son tour et contre-attaque, mais Ea recule au bon moment. La machette de Hilal jaillit tel un large uppercut. Ea la repousse avec sa batte.

Alors que Hilal songe qu'Ea est trop rapide, trop insaisissable, trop agile, il atteint sa cible au moment où ils se frôlent. C'est un coup bénin : l'extrémité du manche de la machette a frappé Ea derrière le genou, mais c'est suffisant pour le déséquilibrer et le faire tomber. Sachant qu'il n'aura pas de meilleure chance, Hilal abat la lame de toutes ses forces en visant le sommet du crâne d'Ea. Le souffle fait tomber la capuche, dévoilant les longs cheveux châtains relevés en chignon.

Mais au lieu de trouver des cheveux, de la peau et des os, la lame se heurte à la batte au niveau d'un logo ovale gravé dans le bois. Ea a eu le temps de la lever au-dessus de sa tête. La machette s'enfonce de cinq centimètres dans le bois dur et clair. Alors que Hilal s'apprête à libérer sa machette, Ea l'arrête en disant simplement :

— À ta place, je ne ferais pas ça.

Hilal se fige.

Cette voix... C'est une voix de femme.

Il découvre alors son adversaire pour la première fois. Elle a la peau claire, dans les 20 ans, elle est jolie. Ses longs sourcils bruns coiffent des yeux marron soulignés d'un trait noir, elle a un nez parfait, des joues enfantines, une mâchoire et un cou puissants, et sur ses lèvres cramoisies, un sourire.

Elle est *très* jolie.

L'un et l'autre ont le souffle coupé ; les clavicules de la jeune femme se soulèvent et retombent au niveau du col de son sweat-shirt. Elle baisse les yeux, puis les relève. Hilal suit son regard : elle pointe l'autre machette entre ses jambes, au niveau de son bas-ventre. Il comprend immédiatement qu'elle menace, non pas de l'émasculer, mais de lui sectionner l'artère fémorale. Il suffit d'un petit mouvement du poignet, et après avoir vu la rapidité de son adversaire, Hilal n'ose pas bouger. Et il sait combien ses machettes sont aiguisées.

Hilal regarde la jeune femme avec son visage meurtri et mutilé. Avec son œil rouge et son œil bleu.

La laideur qui contemple la beauté.

Elle ne cille pas.

— C'est Ea qui t'envoie ? demande-t-elle, haletante.

Question complètement ridicule.

— Hein ? répond Hilal.

— C'est Ea qui t'envoie ? Pour me tuer ? précise-t-elle.

— Qui es-tu ?

— Réponds. Et peut-être que je le dirai.

Elle appuie la lame contre la peau de Hilal.

— Non, ce n'est pas lui qui m'envoie.

— J'ai besoin d'en savoir plus que ça, mon pote. Pourquoi es-tu ici ?

— Je cherche Ea.

— Pourquoi ?

Hilal ne répond pas immédiatement. Puis :

— Je cherche le Corrompu pour le tuer, dit-il en toute franchise.

La perplexité apparaît sur le visage de la femme. Mais elle tient toujours la vie de Hilal entre ses mains.

— Bon sang, dit-elle. Tu es l'un d'eux, hein ?

— L'un d'eux ?

— Les Joueurs d'Endgame. Tu es membre d'une des douze anciennes lignées.

— Comment sais-tu tout cela ? (En dépit des circonstances, Hilal ressent une sorte d'affinité avec cette femme.) Tu n'es pas Ea.

La femme réprime un petit ricanement.

— Non. Oh que non. Attends, laisse-moi deviner, dit-elle avec un enthousiasme soudain. Nabatéen ? Sumérien ? Non. Aksoumite.

Hilal est paumé.

— Tu fais partie des Incorruptibles, hein ? s'exclame-t-elle.

Il est totalement paumé. Cette femme, qui a un lien avec Ea, mais n'est pas du tout dans le même camp, apparemment, lui parle de choses qu'elle ne peut pas connaître.

— Je suis perdu, avoue-t-il.

La femme éloigne la machette de sa cuisse d'un centimètre.

— On fait la paix ?

Hilal répond par un hochement de tête à peine perceptible.

— Ravie de faire ta connaissance, Perdu, plaisante-t-elle. (Elle laisse retomber la machette jusqu'au sol.) Je suis Stella Vyctory. La fille d'Ea, adoptée, Dieu soit loué. Et si tu veux vraiment tuer ce salopard, je peux t'aider. Car c'est ce que je veux moi aussi, mon ami.

MACCABEE ADLAI, BAITSAKHAN
34 Eichenallee, Charlottenburg, Berlin, Allemagne

Maccabee et Baitsakhan ont déménagé dans une autre planque nabatéenne à Berlin.

Deux jours se sont écoulés depuis qu'Alice les a retrouvés. Maccabee a encore le visage enflé. L'œil gauche fermé. La lèvre inférieure fendue. Le nez cassé. Tous les os de son visage sont contusionnés.

La nouvelle main de Baitsakhan fonctionne bien, mais son poignet, là où la peau est tendue sur le métal et le plastique du mécanisme, le fait souffrir.

Ils ont à peine échangé quelques mots depuis qu'ils se sont installés dans cet ultime refuge. C'est une charmante maison dans un charmant quartier, où des gens charmants déambulent dans les rues charmantes. Certaines villes ont connu des problèmes après l'annonce de l'arrivée d'Abaddon, mais Berlin n'en fait pas partie. Le gouvernement allemand a décrété la gratuité de toutes les institutions culturelles et distribué à tous les citoyens un bon d'une valeur de 5 000 € à dépenser comme ils le souhaitaient, dans les restaurants, les cafés, les boutiques... n'importe où. L'essence et l'électricité sont gratuites elles aussi. Les billets de train pour se rendre n'importe où en Europe coûtent seulement 1 €, les gens peuvent ainsi rendre visite à leurs proches, ou aller à la campagne, voir la mer ou la montagne, pour la dernière fois peut-être. Des concerts en plein air ont été organisés dans la capitale ; en l'espace d'une nuit, un cirque a été installé pour les enfants, et même un *love-in* géré par la municipalité.

Maccabee et Baitsakhan se contrefichent de toutes ces initiatives. Ils gobent des médicaments contre la douleur et tentent de guérir, ils nettoient leurs armes, affûtent leurs couteaux et étudient le globe.

Baitsakhan n'a toujours pas posé un doigt dessus, depuis que ce truc l'a brûlé en Turquie. Il enrage de ne pas pouvoir le toucher. Ça le rend fou.

Ils ont décidé qu'ils seraient suffisamment rétablis dans deux jours pour repartir. Maccabee a déjà affrété un jet. Cette planque renferme 1 000 000 $ en liquide et 757 onces d'or. Ainsi qu'un véritable arsenal. Tout ça prendra l'avion avec eux.

Ils vont tout emporter et ficher le camp.

Au lieu d'attendre qu'un nouveau Joueur vienne les chercher, ils se serviront du globe pour localiser les autres Joueurs. L'objet indique qu'An se trouve à Tokyo. Aisling se déplace rapidement – en avion très certainement – au-dessus du nord du Canada, sans doute pour se rendre en Asie. Hilal est à Las Vegas. Shari dans l'Himalaya oriental. Jago et Sarah à Juliaca, au Pérou.

— Tlaloc et Alopay, dit Maccabee en contemplant l'intérieur du globe. Les deux seuls autres Joueurs qui font équipe.

— Et c'est eux qui ont la Clé de la Terre, dit Baitsakhan en promenant une pierre à aiguiser sur la lame ondulée de son poignard mongol.

Maccabee secoue la tête.

— Plus pour longtemps, mon frère.

— Plus pour longtemps.

Le moment est venu pour eux de se rendre au Pérou.

JAGO TLALOC, SARAH ALOPAY

Aéroport international Inca Manco Cápac,
Juliaca, Pérou

Le Cessna s'immobilise dans une partie privée de l'aéroport.

— On est arrivés, annonce Jago à Sarah. (Il montre la piste à travers le hublot.) Et voici Papi. Guitarrero Tlaloc.

Sarah se penche sur ses genoux pour regarder dehors. Guitarrero est plus grand que Jago, et beaucoup plus gros. Il est habillé à la manière d'un propriétaire de ranch : chapeau de cow-boy marron, bottes en peau de serpent et cravate à lacet. La crosse d'une Kalachnikov repose sur sa hanche. À côté de lui est arrêtée une Chevrolet Suburban blanche. Une serre de rapace est peinte en rouge sur le capot.

— Il y a beaucoup de frime dans tout ça, commente Sarah.

— Non.

Elle tend le visage vers Jago et lui donne un long baiser.

— Je suis toujours fâchée que tu m'aies fait venir ici, mais je suis heureuse d'être avec toi. (Il sourit.) Viens, présente-moi ton Papi.

Renzo abaisse la passerelle et ils descendent de l'avion. L'air est frais, plus raréfié que ce à quoi elle est habituée. Juliaca se situe sur le haut plateau du

Collao, à 12 549 pieds au-dessus du niveau de la mer. Des collines ocre et des sommets andins nus encerclent la ville au loin.

Guitarrero étreint Jago, l'embrasse sur la joue gauche, la droite, la gauche, la droite. Il fait le signe de croix, lève une main vers le ciel et la repose brutalement sur l'épaule de Jago. Il étreint ensuite Renzo. Et dit quelque chose dans un langage que Sarah ne comprend pas. Les deux hommes rient d'une plaisanterie comprise d'eux seuls. Guitarrero se tourne ensuite vers Sarah.

— Et à toi, je te dis quoi ? demande-t-il en anglais.

— Pourquoi pas « Ravi de te connaître », Papi ? suggère Jago.

Guitarrero prend Sarah par la main. Et sourit. C'est contagieux. Sarah sourit aussi. Elle ne fait pas confiance à cet homme, ni à Renzo. Elle fait confiance à Jago. Mais cette confiance s'est lézardée. Sarah a très envie de croire que Jago agit dans son intérêt à elle, et qu'il a raison : elle est trop déboussolée pour prendre les bonnes décisions.

Jago serre sa main dans la sienne, pour la rassurer.

Pour qu'elle continue à sourire. Il le faut.

Ils déchargent l'avion – Jago récupère la Clé de la Terre dans le compartiment et la glisse dans une poche zippée – et grimpent à bord de la Suburban. Ils évitent le contrôle des passeports et roulent jusqu'à un grillage un peu plus loin. Là, un garde en civil appuie sur un bouton. Le portail s'ouvre et la Suburban passe. Le garde leur adresse un signe de la main. Guitarrero lui répond par un doigt d'honneur bon enfant.

— J'ai dû lui filer mille dollars américains pour ça, dit-il en espagnol. (Sarah parvient à suivre la conversation, même si elle ne parle pas couramment cette langue.) Moi ! Guitarrero Tlaloc, qui règne sur cette ville. Tu y crois ?

— Non, Papi, je ne peux pas le croire, répond Jago assis à l'avant, la Kalachnikov sur les genoux.

Guitarrero abandonne l'espagnol pour parler cette curieuse langue pendant presque une minute. Son ton trahit son exaspération, il est ponctué d'éclats de rire incrédules. Sarah ne saisit que deux mots, déjà entendus : « Aucapoma Huayna ». C'est un nom.

Jago, lui, comprend tout parfaitement, mais il ne réagit pas. C'est Renzo qui répond à sa place. Brièvement.

— *Sí, Sí, Sí*, dit Guitarrero.

Jago demeure muet.

— De quoi parlez-vous ? demande Sarah dans un espagnol passable, agacée qu'ils lui cachent quelque chose.

Jago jette un regard par-dessus son épaule et lève les yeux au ciel.

— Papi dit que les revenus que lui procure sa protection ont baissé de quatre-vingt-cinq pour cent depuis la météorite, qu'on appelle *El Puño del Diablo*. Apparemment, la ville a sombré dans le chaos. Il ne reste plus que les criminels, les opportunistes, les prêtres, les très pauvres et un petit contingent de soldats, que l'on soudoie depuis des décennies et qui sont donc de notre côté.

— Parfait, commente Sarah.

— Oui, sauf que les criminels ne paient pas d'autres criminels pour être protégés, dit Guitarrero. Heureusement qu'on a mis un peu de côté pour les mauvais jours.

Sarah a le sentiment angoissant que le laïus de Guitarrero n'avait rien à voir avec cette histoire de protection. Pourquoi utiliseraient-ils leur langage secret si le sujet n'avait aucun rapport avec Endgame ? Et en quoi cette histoire pourrait-elle intéresser Renzo, qui vit en Irak depuis 10 ans ?

Que vient faire là-dedans Aucapoma Huayna, la vénérable et vénérée Olmèque ?

Ils me mentent.

La Suburban atteint la limite de la zone de l'aéroport. Deux autres voitures la rejoignent et l'encadrent. Devant : un énorme pick-up Toyota dernier modèle, doté d'une mitrailleuse pivotante calibre .50 sur le plateau. Un homme est aux commandes, deux autres le couvrent avec des M4. Ils sont protégés sur trois côtés par un blindage, et la mitrailleuse est munie d'un bouclier en acier qui chevauche le canon. Tous les hommes portent des gilets pare-balles.

La Suburban est suivie par un Chevrolet Tahoe noir. Les deux véhicules d'escorte arborent les mêmes serres rouges peintes sur les capots.

— Accrochez-vous, dit Guitarrero en espagnol lorsque le convoi accélère.

Les voitures restent en formation serrée pour traverser à vive allure la périphérie de Juliaca, vers l'extrémité ouest. Des volutes de fumée s'élèvent au-dessus de la ville faite de constructions basses, de brique et de béton, dans plus d'une douzaine d'endroits. Jago montre le cratère laissé dans le sol par la météorite, encore fumant.

— Un fils de pute a foutu le feu au centre de traitement des eaux usées il y a deux jours, précise Guitarrero en donnant des coups de volant à droite et à gauche pour éviter les nids-de-poule et les chiens errants.

Les hommes à bord du pick-up de devant tirent en l'air pour dégager le chemin. Ils passent devant un terrain de football en friche, traversent un quartier résidentiel abandonné et s'engouffrent dans une zone commerçante dont les bâtiments sont criblés de balles et les fenêtres brisées. Une *bodega* est entourée de sacs de sable. Un vieil homme assis devant fume un long cigare, un pistolet sur la hanche. Ils passent devant une église dans le style mission espagnole. Des gens sont massés tout autour, à genoux, ils bavardent, mangent, rient même, et les prêtres en longues robes blanches reçoivent des confessions impromptues, distribuent des bouteilles d'eau et des paroles réconfortantes. Aucun signe de conflits : un îlot de calme au milieu de la tourmente. Ils pénètrent ensuite dans un quartier malfamé : maisons basses, disposées comme des cubes de construction, toits en tôle plats, chiens bâtards rôdant dans des jardins arides, et partout des hommes et des jeunes garçons armés, qui braillent sur le passage du convoi, agitent le poing, lancent des pierres.

— Les Cielos se sont installés après ton départ pour l'Appel, dit Guitarrero.

Jago explique à Sarah que les Cielos sont depuis toujours les rivaux des Tlaloc. Ils viennent de Nuestra Señora de La Paz, en Bolivie, de l'autre côté du lac Titicaca.

— Ils ne savent rien d'Endgame, crie Guitarrero pour couvrir le rugissement du moteur. Avant, c'était juste une bande d'enquiquineurs, depuis des années, mais même s'ils n'ont pas les moyens de rivaliser avec nous, ils rappliquent tous depuis l'annonce d'Abaddon et ils envahissent les quartiers rue par rue. Pour le moment, on les laisse s'implanter. Endgame est trop important pour qu'on perde notre temps avec des luttes de territoire. On doit être prêts pour l'Épreuve.

Les hommes à bord du pick-up tirent quelques rafales. Les trois véhicules accélèrent encore. Jago pousse de grands cris de joie. Guitarrero met les gaz, il colle au train du pick-up. Nouveaux coups de feu. Le martèlement sourd de la mitrailleuse calibre .50 qui tire à l'intérieur des bâtiments. Ils ne ralentissent pas. Au contraire, ils accélèrent. Des armes de petit calibre ripostent. Les balles ricochent sur le blindage en produisant des étincelles orange vif, comme un petit feu d'artifice. L'une d'elles explose juste à côté du visage de Sarah.

Blindée.

Elle ne cille pas.

Cette course folle est grisante.

Quand ils atteignent l'extrémité du bidonville poussiéreux contrôlé par les Cielos, Sarah aperçoit une femme en jean foncé et T-shirt Nike jaune. Elle tient un bébé. Elle cache la tête de l'enfant entre ses bras et s'éloigne de la rue, en quête d'un abri.

La mère et le bébé pleurent.

Cette folie est la conséquence d'Abaddon.

La conséquence d'Endgame.

Sarah doit réprimer un haut-le-cœur.

Les échos de la fusillade décroissent au loin. Ils roulent pendant encore 4,15 miles. Puis les véhicules ralentissent. Ils s'arrêtent à un poste de contrôle tenu par des hommes en treillis. Leurs deux Humvee arborent les serres rouges. Sarah est jalouse de l'ordre et du contrôle que les Tlaloc exercent sur leur territoire. Sa lignée s'est toujours comportée de manière plus discrète, satisfaite de vivre dans l'ombre, prête à agir, mais à une échelle beaucoup plus réduite.

Ici, c'est autre chose.

Les Olmèques sont prêts à faire la guerre.

Un officier portant des galons argentés de capitaine sur sa casquette de base-ball s'approche de la Suburban. Guitarrero baisse sa vitre et s'adresse à lui en espagnol. Capitaine Juan Papan. Il se penche à l'intérieur du véhicule pour serrer la main de Jago, il salue Renzo d'un hochement de tête et jette un regard furtif à Sarah. Le visage du capitaine Papan demeure impassible.

Il regagne son poste et le convoi suit une route pavée qui serpente entre les collines brunes au sud-ouest de la ville. Des gardes sont postés tous les cent mètres environ. Sarah dénombre cinq Humvee blindés et deux pièces d'artillerie légère. Les seuls arbres qui poussent dans ce décor désertique entourent une poignée de grandes demeures privées, servant désormais de quartiers militaires. Tous les véhicules, toutes les manches de tous les uniformes s'ornent des mêmes serres rouges.

La route s'achève devant un portail en fer forgé au milieu d'un mur de pierre plus haut. Des gardes sont postés au sommet. Sarah en compte 17. Tous armés. Le portail s'ouvre. Seule la Suburban s'engage dans l'allée de graviers.

— C'est chez moi, annonce fièrement Jago à Sarah, en anglais.

— Je croyais que tu avais grandi dans la rue, là-bas, dit-elle en pointant le pouce par-dessus son épaule.

Renzo ricane.

— C'est vrai, dit Guitarrero.

— C'est ici qu'on s'est installés pour échapper à tout ça, explique Jago. *Casa Isla Tranquila.*

C'est exactement ce qu'indique une pancarte peinte à la main, fixée à un piquet au bord de l'allée. Un palmier et une étendue d'eau bleue encadrent les lettres. Guitarrero emprunte un virage en épingle à cheveux flanqué d'épais blocs de ciment – ultime défense en cas d'attaque frontale – et ils débouchent dans une autre allée, large et circulaire. Au milieu se dresse une fontaine de pierre qui gargouille. Sont garés là trois autres SUV, un autre pick-up blindé, une Bentley et une Pontiac GTO décapotable de 1970, jaune, avec le chiffre 33 peint en noir sur le capot.

— Le crime paie, on dirait ? commente Sarah.

Guitarrero s'arrête et coupe le moteur.

— *Sí, señorita.*

Ils débarquent. Une femme aux cheveux bruns ondulés coiffés en arrière, vêtue d'une robe à fleurs rouge et violet, descend, pieds nus, les marches du perron de l'immense hacienda des Tlaloc. Elle a les cheveux de Jago, son menton, sa décontraction. Elle sourit, comme si tout ce qui se passait autour d'eux se déroulait sur une autre planète.

Jago tend les bras vers elle et s'exclame :

— *¡ Hola, Mamá !*

La femme relève sa robe au-dessus des genoux et court vers son fils. Elle l'étreint. L'embrasse. Elle exprime sa joie de voir qu'il est toujours en vie, qu'il continue à Jouer, à représenter sa lignée, à sauver son peuple.

— Je n'arrêterai jamais, *Mamá*, déclare Jago, acceptant de bonne grâce ces démonstrations d'affection. Sarah, je te présente ma mère, Hayu Marca Tlaloc.

— C'est la fille dont j'ai tellement entendu parler ? demande Hayu Marca dans un anglais parfait, comme si Jago avait rencontré Sarah pendant les vacances et ramené sa fiancée américaine dans ses bagages pour lui faire visiter son pays.

— J'ignorais que Jago vous avait parlé de moi.

— J'ai parlé à *Mamá* pendant ton marathon de sommeil dans l'avion.

Hayu Marca prend la main droite de Sarah entre les siennes. Elle sourit à la Cahokienne.

— Je pourrais m'inquiéter à l'idée qu'un autre Joueur se retrouve parmi nous, mais Jago s'est porté garant de toi. Et je vois la bonté dans tes yeux, Sarah Alopay de la 233e lignée.

— Merci, madame Tlaloc. Toutefois, Renzo ne serait peut-être pas de votre avis.

— Je respecte Renzo, dit tout bas Hayu Marca. Mais notre Joueur, c'est Jago. Ici, tu n'as rien à craindre.

Cette femme est adorable et Sarah croit à ses paroles, même si elle préférerait mille fois être dans la propriété de sa propre famille. Une partie des soupçons qu'elle nourrissait à l'égard de Guitarrero s'en trouve atténuée. Hayu Marca libère ses mains et désigne l'entrée de la maison.

— Si je te montrais ta chambre pendant que les garçons déchargent la voiture ? Je suis sûre que le voyage t'a épuisée. Je t'ai fait apporter des fruits et du fromage.

Sarah se tourne vers Jago, son regard lui demande l'autorisation.

— Repose-toi, lui dit-il. Je vais en faire autant. Mais avant, je veux juste parler d'Aucapoma Huayna avec Papi.

— On est allés la chercher en hélicoptère pour lui épargner cette souricière en ville. Elle ne va pas tarder à arriver, dit Guitarrero.

— Parfait, dit Jago.

Hayu Marca prend Sarah par la main et l'entraîne.

— Viens, Joueuse.

Sarah hisse son sac à dos sur son épaule. Le pistolet et le couteau qui se trouvent à l'intérieur cognent contre sa colonne vertébrale.

— Je t'apporterai le reste de tes affaires, dit Jago.

Sarah regarde Hayu Marca.

— Je vous suis, alors.

Elles entrent dans la maison, traversent un vestibule décoré avec goût, puis un salon avec des tapisseries, des meubles anciens et une gigantesque cheminée tout au fond. Elles pénètrent ensuite dans un jardin intérieur, au cœur de la demeure. Le jardin est parfaitement entretenu, mais la flore est en sommeil en cette saison. Des gardes patrouillent ici et là, à peine visibles.

— On se croirait dans un château, s'extasie Sarah.

— Si tu voyais la maison en été. C'est splendide.

— J'en suis sûre.

Arrivées au fond du jardin, elles s'engagent dans un large couloir tapissé distribuant des chambres d'un seul côté. Hayu Marca entraîne Sarah jusqu'au bout, en parlant des fleurs, de Jago et du lac Titicaca au printemps. Elle s'arrête devant une porte ouverte. Sarah jette un coup d'œil à l'intérieur. Il y a là un lit à baldaquin et une baie vitrée qui donne sur le jardin intérieur. Sur une table se trouvent les fruits et le fromage promis, ainsi qu'une bouteille d'eau gazeuse. Des serviettes propres sont pliées sur le dessus-de-lit.

Hayu Marca pose la main sur le bras de Sarah.

— Je sais, dit-elle, que Jago et toi, vous vous êtes sauvé la vie mutuellement, et que sans toi, il serait peut-être déjà mort. Alors, je tiens à te remercier.

Sarah songe, une fois de plus, avec quel empressement elle a laissé Jago dans le tunnel du métro, là-bas à Londres, convaincue qu'il était mort. Avec quel empressement elle l'a abandonné.

— Je suis certaine que je serais morte sans Jago, madame Tlaloc. Il a été bon avec moi. Je pense que nous avons été bons l'un pour l'autre. J'aurais aimé le rencontrer en dehors de...

Elle esquisse un geste vague.

Hayu Marca regarde ses pieds.

— Oui. Endgame est un jeu cruel.

— Encore plus que je ne le croyais.

Hayu Marca redresse la tête.

— Et ce sera de plus en plus dur, Sarah.

— Je sais, dit Sarah, épuisée tout à coup. Je sais.

Hayu Marca recule d'un pas et l'observe de haut en bas.

— Je suppose que tu n'as pas pris de douche depuis plusieurs jours, ma jolie. Alors, profites-en, lave-toi, repose-toi. Tu trouveras des vêtements et des dessous propres dans l'armoire. On viendra te chercher plus tard.

Sarah sourit.

— Merci, madame Tlaloc, pour...

Celle-ci secoue la tête et l'arrête d'un geste.

— Ce n'est rien.

Sarah entre dans la chambre. Elle ferme la porte. Elle marche vers la table et se sert un verre d'eau. Les bulles éclatent et pétillent dans le verre. Elle boit une gorgée. C'est bon. Sucré. Elle boit d'un trait. Au même moment, une clé tourne dans la serrure de la porte.

De l'extérieur.

Sarah fait volte-face. Elle court vers la porte et actionne la poignée. Hayu Marca l'a enfermée. Elle martèle le battant et s'aperçoit que même s'il ressemble à du bois, ça n'en est pas.

C'est de l'acier. Épais et impitoyable.

Elle fait glisser son sac à dos de son épaule, sort son pistolet, vise la fenêtre qui donne sur le jardin et tire.

La balle rebondit et ricoche à travers la pièce, avant d'aller se ficher dans l'armoire.

Elle se précipite vers la fenêtre. Se jette dessus. Tambourine au carreau. Et hurle : « Menteur ! »

Elle tombe à genoux. Elle frappe contre le carreau.

— Sale menteur ! Pourquoi ?

Mais personne ne l'entend.

Une minute plus tard, Jago, Renzo et Guitarrero apparaissent dans le jardin intérieur ; ils marchent vers Hayu Marca qui les accueille à bras ouverts. Jago ne prête aucune attention à Sarah. Peut-être qu'il ne la voit même pas.

Les hommes tournent le dos à la chambre. Sarah n'aperçoit que le visage de Hayu Marca. Celle-ci s'approche de son fils, son fils unique, le gardien de la lignée des Olmèques. Elle l'étreint. Elle tient entre ses mains son visage barré par la longue cicatrice. En même temps, elle regarde en direction de la chambre de Sarah. Et elle sourit.

Un sourire sinistre, sinistre.

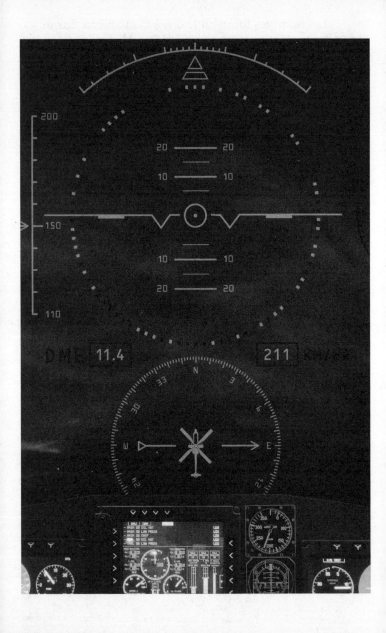

HILAL IBN ISA AL-SALT, STELLA VYCTORY

Entrepôt aménagé, près de Bledsoe, Sunrise Manor, Nevada, États-Unis

Hilal est assis dans un fauteuil en plastique, devant une table en bois, dans la cuisine. Stella surveille une bouilloire. Elle a ôté son sweat-shirt, elle porte un simple T-shirt à col en V et un jean noir moulant. Elle a rendu la machette HAINE à Hilal et a même proposé une arme à feu si cela pouvait le rassurer. Il a répondu que ce n'était pas nécessaire.

Alors qu'elle dépose des sachets de thé dans deux tasses, Hilal dit :

— Mademoiselle Vyctory, je...

— Stella, s'il te plaît. Appelle-moi Stella.

— Stella... Je suis désolé, mais j'ai des questions à te poser.

— J'en suis sûre, dit-elle en contournant le comptoir avec deux tasses fumantes. Parce que moi aussi. (Elle s'assoit en face de Hilal et dépose les tasses sur la table.) Choisis. Comme ça, tu verras que je n'essaie pas de t'empoisonner.

Hilal désigne une tasse. Stella la soulève, boit et grimace lorsque le liquide brûlant coule dans sa gorge. Elle tend la tasse à Hilal. Il ne la prend pas. Pour le moment.

Stella se renverse en arrière, les mains croisées derrière la tête. Hilal admire son sang-froid.

311

— Ça t'ennuie si je commence ? dit-elle.

Hilal, droit comme un i et un peu nerveux, pour sa plus grande honte, répond :

— Pas du tout.

Il est certain qu'elle va l'interroger sur ses blessures, mais curieusement, elle demande :

— Comment tu m'as trouvée ?

— Je suis un Joueur, dit-il, comme si cette explication suffisait.

Stella secoue la tête.

— Sans vouloir te vexer, tu ne m'as pas retrouvée par hasard. Quelque chose t'a conduit ici. Quelque chose de très ancien, je parie. Quelque chose qui appartenait à l'un d'Eux, dit-elle en montrant le plafond.

Hilal ne répond pas. Il veut d'abord écouter ce qu'elle a à dire.

— À cause d'Ea, j'ai vu mon lot de choses bizarres. Des machines sans fonction apparente, des petits rochers qui flottent dès qu'on les touche, des instruments de musique faits pour des mains à sept doigts et une ancienne carte de pierre qui s'éclaire, je ne sais pas comment. Alors, je suis quasiment persuadée que tu possèdes un truc dans ce genre. J'ai raison ?

— Peut-être.

— J'aimerais bien le voir, si tu veux bien.

— Je ne suis pas sûr de...

— Tu l'as trouvé dans l'arche ?

Hilal est abasourdi.

Stella poursuit :

— Mes acolytes et moi, on étudie les 12 anciennes lignées depuis longtemps. J'en sais plus que tu l'imagines, sauf au sujet des Aksoumites. Alors... je peux le voir ?

Hilal réfléchit un long moment, avant de dire :

— Oui. Tu peux.

Il glisse la main dans sa poche, soigneusement, et en sort l'objet qu'il dépose sur la table.

— Il t'a localisée... et lui aussi... avec le signe du caducée. Tu connais ce signe ?

— Est-ce que le pape pisse au Vatican ?

— Euh...

— Je plaisante. Oui, je connais le caducée. (Stella regarde la tablette, se penche en avant, fronce les sourcils.) Je peux toucher ?

— Oui.

Elle tend le bras et dès que ses doigts frôlent la tablette, celle-ci s'illumine, comme entre les mains de Hilal. Pour lui, c'est une confirmation. Il est un peu plus convaincu que c'est la chance qui lui a permis de trouver Stella. Ou le Destin.

— La vache, dit celle-ci.

— Elle ne fait pas ça avec tout le monde, Stella.

— Je suis une petite veinarde, alors.

Elle prend la tablette et la fait bouger dans la pièce.

— Tu sais ce que ça représente tous ces trucs-là ?

— Approche, je vais t'expliquer tout ce que je sais.

Stella se lève et contourne la table, sans quitter des yeux le petit écran. Elle s'agenouille à côté de Hilal. Entre les mains de Stella, l'appareil n'affiche ni étoiles ni caducée. En revanche, la liste des coordonnées apparaît, comme la tache rayonnante. Et quelque chose d'autre est visible sur cette tablette : d'étranges signes qui ne sont pas sans rappeler celui qui est gravé sur l'appareil lui-même, composés de lignes droites et de petits points.

— Tu sais ce que représentent ces coordonnées ? demande Stella, un peu comme un test.

— Les coordonnées changeantes correspondent aux Joueurs. Les autres, je ne sais pas trop.

— Intéressant. Et la boule orange ?

— À ton avis ? demande Hilal, curieux de voir si elle peut éclairer sa lanterne.

— Monsieur al-Salt, je pense que c'est votre première question. Votre maîtrise est admirable.

— Merci, Stella. Mais appelle-moi Hilal, je t'en prie.

— D'accord, Hilal. Et il se trouve que je sais ce qu'est cette boule : c'est ce que le type à la télé a appelé la Clé du Ciel.

Hilal fronce les sourcils.

— Comment peux-tu en être sûre ?

— J'ai parlé d'une carte, il y a quelques minutes. C'est celle de la Terre dans son ensemble, et cette boule y apparaît également. Avant la découverte de la Clé de la Terre, la boule se trouvait au-dessus de Stonehenge. Maintenant, elle est dans la chaîne orientale de l'Himalaya. Je suis certaine que c'est la Clé du Ciel.

— Et tu penses que cette chose nous montrera où se trouve la troisième clé, le moment venu ?

— On peut l'espérer, non ?

— Oui. On peut l'espérer. Stella, si tu sais qu'il s'agit de la Clé du Ciel, pourquoi tu ne vas pas la chercher ? Tu n'as pas envie de trouver les autres Joueurs ?

— La Clé du Ciel et les Joueurs ne m'intéressent pas. Pour l'instant, en tout cas. Vois-tu, je possède ce qu'on pourrait appeler une lignée, moi aussi. Ce n'est pas une des 12 lignées originales, mais une petite armée que j'ai rassemblée. Cela fait un moment que je les recrute, que je les forme, que j'apprends des choses d'eux, que je les mets au défi et que je les entraîne. Et que je m'entraîne *avec* eux.

— Dans quel but ? Pour Endgame ?

Stella se relève et pose la main sur l'épaule de Hilal.

— Non. La guerre.

— Contre Ea ?

Stella secoue la tête.

Et soudain, il comprend :

— Les Créateurs.

— Oui.

À cet instant, la confiance de Hilal envers Stella Vyctory fait un bond, enfle et décolle. Il la croit. Totalement. Elle lui rend la tablette, regagne son siège et attend que la tension retombe. Elle boit un peu de thé. Finalement, Hilal goûte le sien. Il est délicieux. Légèrement âcre, sucré et floral.

— Pourquoi les combats-tu ?

— Je ne voudrais pas paraître évasive, mais permets-moi de répondre par une autre question. Pourquoi Endgame est-il advenu ?

Une vive douleur parcourt la nuque de Hilal.

— Si tu m'avais demandé ça avant qu'Endgame commence, j'aurais répondu : uniquement parce que les Créateurs l'avaient prédit.

— Une prophétie, donc. Parce que Dieu l'a promis.

— Oui.

— Et aujourd'hui, que dis-tu ?

— Parce qu'ils veulent que cela se produise. Ils veulent nous voir nous affronter, nous voir souffrir et mourir. Et aussi, mais ce n'est qu'une supposition, parce qu'ils veulent ce que nous possédons.

Stella se tapote le bout du nez.

— Exactement.

— La Terre.

— Ouais. Comme dans un film de science-fiction à la con.

— Oui. Mais pourquoi ? Si c'est une espèce extrêmement puissante, capable de voyager parmi les étoiles, pourquoi la Terre ? Et pourquoi s'embêter avec Endgame ?

— C'est ce que je n'ai pas compris. Mais pour l'instant, il suffit de savoir qu'ils arrivent et que nous devons les arrêter.

Il s'ensuit un long silence. Ils boivent un peu de thé. Stella pose sa tasse. D'un geste vague, elle montre les blessures de l'Aksoumite.

— C'est un autre Joueur qui t'a fait ça ?

— Deux. Ils font équipe.

— Je suis navrée.

Hilal hausse les épaules.

— J'ai survécu. Ça fait partie du jeu. De... la guerre.

Car c'est bien de cela dont il s'agit, pense-t-il. Ce n'est pas un jeu, mais une guerre. Comment cela a-t-il pu nous échapper ? Comment avons-nous pu être aveuglés à ce point par la prophétie ? Ne sommes-nous pas censés être éclairés ?

— C'est dur à digérer, Stella.

— Je sais. Franchement, c'est dur pour moi aussi.

— Puis-je poser une autre question ?

— Vas-y, l'Aksoumite.

— Pourquoi veux-tu tuer Ea ?

— Ah. La réponse est longue. Pour faire court, disons que je le hais, parce que c'est un monstre. Mais je ne veux pas qu'il meure uniquement par esprit de vengeance, Ça va beaucoup plus loin que ça. Je sais que si l'humanité veut avoir un avenir digne de ce nom, avec ou sans invasion extraterrestre, Ea doit disparaître. Il ne doit plus pouvoir jouer avec ce monde.

— C'est une bonne raison. Mais ne néglige pas la haine, ça peut être un carburant puissant dans le moteur de la vertu.

— Je m'en souviendrai. Quoi qu'il en soit, Ea m'a menti. Pendant des années, j'ai cru que c'était mon père, mais il s'est avéré qu'il m'avait enlevée, après avoir fait en sorte que ma mère meure dans un horrible accident de voiture, alors que je me trouvais à l'arrière.

— C'est affreux.

— Oh, il y a pire. Ma mère avait été une astronaute dans les années quatre-vingt et son ADN avait été altéré au cours d'une mission en orbite. Et ce nouvel ADN n'était plus du tout humain

— Tu veux dire...

— Oui. Une partie de son code génétique était devenue un code *extraterrestre*. Le code des Créateurs, celui qui coule dans les veines d'Ea. (Elle boit une autre gorgée de thé.) Et comme je suis sa fille, j'ai la chance d'en avoir hérité, en partie...

Hilal ouvre de grands yeux.

— Alors, tu es...

Stella hoche la tête.

— Une hybride, oui. Une bâtarde intergalactique.

— Ça explique pourquoi tu étais symbolisée par le caducée sur la tablette de l'arche.

— Oui, ça nous a réunis, au moins, et c'est très bien. Mais attends, je n'ai pas fini. Ea a passé les vingt-deux années suivantes à me torturer pour me contraindre à rester docile. Tu ne peux pas imaginer ce qu'il a fait. Heureusement, ça n'a pas duré plus longtemps. Récemment, j'ai appris certaines choses concernant l'histoire ancienne de l'humanité et, même si j'ignorais tout d'Endgame avant le début du jeu, sur les 12 lignées, la corruption de l'être humain et un truc nommé l'Ancienne Vérité.

— L'Ancienne Vérité ?

— Oui. Tu la connais, n'est-ce pas ? Très certainement, à voir ton regard.

Hilal hoche la tête. Il explique à Stella que le devoir des Aksoumites ne consiste pas seulement à former un Joueur en vue d'Endgame, ils doivent également protéger l'Ancienne Vérité et chercher à détruire Ea.

— Mais nous n'avons jamais réussi à le trouver, se lamente-t-il.

— C'est un serpent sournois.

— Oui.

— Mais maintenant, tu l'as trouvé. Ou plutôt, tu m'as trouvée. Et si moi, je ne pourrais pas m'approcher de lui à moins d'un demi-mile, *toi*, tu le peux.

Hilal reprend espoir. Il est aux anges.

— Tu vas m'aider, Stella Vyctory ?

— Bien sûr ! Mais je dois t'avouer que partir à la recherche d'Ea est une mission suicide, qui a toutes les chances d'échouer. Car vois-tu, Ea... qui se fait appeler Wayland Vyctory...

Hilal connaît ce nom. Tout le monde le connaît.

— Le propriétaire de l'hôtel ?

— Lui-même. Le problème, c'est que ce salopard est immortel. Il est là depuis plus de dix mille ans, et il sera encore là pendant les dix mille prochaines années.

— Moi, je peux le tuer, déclare Hilal.

— Foutaises.

— Non. Je le peux.

— Comment ?

Il lui parle de l'arche, des bâtons d'Aaron et de Moïse.

— Il suffit que je m'approche suffisamment pour leur permettre de frapper.

— Je peux arranger ça, Hilal. (Stella boit une longue gorgée de thé.) Je continue à penser que c'est une mission suicide, mais si tes armes sont si efficaces, ça vaut le coup d'essayer. Désolée d'être aussi franche.

— Pas du tout. Je suis d'accord. Entièrement.

— Parfait. J'ai une taupe qui travaille tout près de Wayland, une femme nommée Rima Subotic. Cela fait longtemps qu'elle attend et je pense que le moment est venu. Alors, qu'en dis-tu ? Tu acceptes mon aide ?

— Oui, Stella Vyctory. Oui.

— Formidable. On va t'organiser une audience avec l'inestimable Wayland Vyctory.

Cligne. Frisson. Cligne.

An est réveillé par un léger tic, l'écho d'un rêve dont il n'arrive pas à se souvenir. Il est allongé sur un lit de camp à l'extrémité sud d'une pièce caverneuse. Les rayons du soleil entrent par trois verrières aux carreaux gras. Il roule sur le côté et contemple à travers le vaste espace les piliers, les bureaux et les tables chargés d'écrans et de claviers d'ordinateur. Les armoires métalliques bourrées d'armes, de munitions et d'argent. Un container maritime, rempli d'explosifs, de détonateurs et d'électronique, est prêt à tout détruire et empoisonner dans un rayon de trois pâtés de maisons dans ce quartier du port de Tokyo. Un autre container abrite une unité centrale IBM z Systems protégée par un quadruple pare-feu, complexe, qu'il a lui-même conçu. Un appareil photo numérique Canon 5D est fixé sur un pied. Un pommeau de douche surplombe un simple trou d'évacuation dans le sol. Il y a également un lavabo. Des toilettes. Un miroir en pied. Et une petite garde-robe sur portant à roulettes.

Son royaume temporaire. Un des six derniers QG des Shang dans le monde. Le palais de la Destruction, d'où il lancera sa prochaine offensive.

Il se lève. Nu comme un ver, à l'exception de la chose autour de son cou. Il traverse le sol en béton, jusqu'au lavabo. Fait couler l'eau chaude. La vapeur s'élève. Il porte la main à son cou, lisse les cheveux du collier de Chiyoko Takeda. Il inspire profondément par le nez. Il la sent encore. L'odeur s'atténue peu à peu, mais il la sent encore.

Il ne sait pas pour combien de temps.

Cligne. Frisson. Frisson.

Les tics sont comme de brèves pensées après coup. Chiyoko le protège. Même après ce qu'il a fait à son oncle.

Même s'il a manqué de respect à sa lignée.

Même après ça.

Voilà à quel point elle l'aime.

Encore maintenant.

An passe ses mains sous l'eau. Il porte la montre analogique de Chiyoko au poignet. L'aiguille des secondes avance par à-coups.

Tic tic tic.

Les secondes passent.

Le temps n'attend pas.

Tic tic tic.

Il se glisse dans une combinaison noire suspendue au portant. Et va s'asseoir devant son terminal principal. Il se ronge les ongles pendant que l'ordinateur s'éveille. Son genou tressaute. L'écran s'allume. Un portrait de Chiyoko apparaît, c'est une photo qui a été prise par une caméra de surveillance dans un aéroport chinois. Il ouvre une fenêtre et tape une succession de commandes, puis un code PIN : 2148050023574. Sa main balaye le vide. Un Kinect relié à l'ordinateur interprète ses gestes. Les fenêtres s'ouvrent et se ferment, s'ouvrent et se ferment. Se succèdent des plans, des clichés, des listes de noms, des coordonnées, des lieux anciens, des lieux sacrés. Il ouvre un dossier rempli de photos, qu'il fait défiler.

Il y trouve l'album de fac de Sarah Alopay.

Une photo de surveillance très nette de Jago Tlaloc.

Un instantané de Maccabee Adlai, plus jeune d'un an peut-être, en maillot noir sur une plage d'Europe.

Une photo floue de Baitsakhan provenant des archives des services de sécurité d'Oulan-Bator.

Une photo de Hilal ibn Isa al-Salt souriant, dénichée sur le site Web d'une association caritative chrétienne en Éthiopie. On voit bien ses yeux bleus, ses dents droites, sa peau parfaite.

Il y a aussi Aisling Kopp en bikini à Coney Island, avec sa peau blanche comme neige.

Shari Chopra en vacances, posant devant une église insolite, en pierre rouge, hérissée de flèches, qui semble avoir coulé entre les doigts d'un géant. Shari tient dans ses bras une petite fille aux joues rebondies et aux cheveux courts. L'enfant agrippe le chemisier coloré de Shari.

Il n'a pas besoin de photos pour les morts. Chiyoko. Le Minoen. La Sumérienne. La Koori dont il a trouvé le portrait amoché et inanimé sur Internet.

Quatre déjà, et ce n'est pas fini.

Il introduit les portraits dans une présentation PowerPoint. Il rédige son discours. Il le confie au logiciel de traduction de Google pour obtenir une version passable en anglais.

Une fois prêt, il se plante devant la caméra et lance l'enregistrement. Au 4e essai, il parvient au bout sans incidents de parcours.

— Habitants de la Terre, je m'appelle An Liu...

Sa voix est calme. Son regard vide. Il n'est pas assis avec raideur. Sur sa poitrine pend un collier fait de cheveux, de chair et d'oreilles ratatinées.

— ... Je veux vous parler de tout ce qui se passe. Des météorites. D'Abaddon. De la bombe artisanale qui a explosé à Xi'an. De la vie et de la mort. D'une chose dont la plupart des gens n'ont pas entendu parler. Une chose baptisée Endgame. Peu m'importe que vous croyiez ou pas ce que je dis, c'est la vérité. Endgame est réel. C'est un affrontement déclenché par tous ces événements qui se produisent. Un affrontement resté secret pendant des milliers d'années. Un secret gardé par douze lignées humaines choisies. Des humains dont les ancêtres remontent à l'aube des temps. Au temps d'avant le temps. Aux dieux eux-mêmes. Ma lignée s'appelle Shang. Endgame est réel, Endgame est là. Nous nous affrontons pour gagner, et le vainqueur vivra. Les membres de sa lignée vivront. Tous les autres mourront.

Il se racle la gorge. Il coupera cette interruption au montage.

— Endgame va créer un nouveau monde, mais ce sera un monde épouvantable. Endgame tuera la plupart d'entre vous. Enfants. Mères. Fils. Pères. Filles. Bébés. Si aucun de nous ne gagne, Endgame tuera l'humanité tout entière et la quasi-totalité de la vie. Mais sachez, peuple de la Terre, qu'Endgame peut être arrêté. Et je sais comment l'arrêter.

An ment. Il n'a aucune envie de tout arrêter, et s'il savait comment faire, il ne le dirait à personne.

— Abaddon approche. C'est une chose que les autres Joueurs et moi, nous appelons l'Épreuve. Nos lignées connaissent son existence depuis des milliers d'années. Il y a quelques semaines encore, nous ne savions pas quelle forme elle prendrait et quand elle se produirait, mais nous savions que ce serait terrible. Oui, Abaddon sera terrible. Plus terrible que je peux le dire et que vous pouvez l'imaginer... Mais *vous* pouvez l'empêcher... *Vous* pouvez m'aider à l'empêcher. C'est très simple. Les Joueurs et moi sommes des gens ordinaires.

Quand la vidéo sera prête, c'est là qu'il incrustera les visages.

— Ils s'appellent Sarah Alopay. Jago Tlaloc. Maccabee Adlai. Baitsakhan, un garçon. Hilal ibn Isa al-Salt. Aisling Kopp. Shari Chopra.

— ... Quatre autres sont déjà morts. Dont un tué par mes soins.

Il se racle la gorge de nouveau.

— Ce sont des gens ordinaires. Ni tout-puissants ni surnaturels. Mais très, très dangereux. Nous avons tous été formés pour tuer, pour nous évader, pour utiliser les ordinateurs et les déguisements. Nous sommes des pilotes, des combattants, des conducteurs aguerris. Ensemble, nous formons le groupe le plus dangereux sur Terre. Ce n'est pas une hyperbole. Interrogez les Forces spéciales britanniques à mon sujet. Elles vous le confirmeront.

Il joint les mains, comme pour prier.

— Voici ce que je vous demande. Que vous m'aidiez à tuer ces Joueurs. Quand j'aurai la preuve qu'ils sont tous morts, je me suiciderai. Dans le cas contraire, vous pourrez me tuer. Je ne me cacherai pas. Si nous mourons tous avant Abaddon, si nos lignées sont toutes anéanties, alors le jeu sera court-circuité. Les dieux qui ont envoyé Abaddon dans le ciel le remporteront. Son apparition dans notre système solaire est un mystère. Un très grand mystère. Sa disparition sera tout aussi mystérieuse, mais à défaut de savoir ce qui s'est passé, nous saurons pourquoi.

Il se penche vers l'objectif.

— Cela se sera produit parce que vous aurez résisté. Parce que *vous* aurez œuvré ensemble pour sauver la vie. La vie sur Terre. Et non la mort. La vie.

Il tend la main.

— Je vous en supplie. Rejoignez-moi. Tuez les Joueurs. Sauvez le monde. Tuez les Joueurs. Sauvez le monde.

Il s'interrompt, la main toujours tendue.

Puis *CLIGNEfrissonfrissonfrissonCLIGNECLIGNE-clignecligne.*

FRISSONFRISSONfrissonCLIGNE.

CligneFRISSON.

Frisson.

CLIGNECLIGNECLIGNECLIGNECLIGNECLIGNE.

Un petit torrent de tics. Pas de quoi s'inquiéter. Il arrête l'enregistrement. Il va le monter et l'envoyer sur YouTube à partir d'un compte anonyme et sur les boîtes mail de tous les organes de presse, des agences gouvernementales, de milliers de journalistes indépendants et de « faiseurs d'opinion » sur Internet, dans le monde entier. Il va pirater le compteur de visites de YouTube pour lancer des millions de vues. Dans la section commentaires, il indiquera même les endroits où chacun des Joueurs a été vu pour la dernière fois, une tâche sur laquelle travaillent encore ses *web-bots*, ses agrégateurs et ses filtres. Une fois qu'il aura toutes ces informations, il postera la vidéo et chaque habitant de la planète la visionnera au moins une fois. Il n'est pas nécessaire que tout le monde le croie. Il lui suffit que *certaines* personnes soient convaincues. Il lui suffit que les Forces spéciales, les polices secrètes et les services d'espionnage des gouvernements du monde entier découvrent les visages des Joueurs, qu'ils sachent où les trouver, et qu'ils pensent pouvoir arrêter Abaddon. Il lui suffit d'un petit coup de main.

L'aide involontaire d'imbéciles qui périront malgré tout.

Jusqu'au dernier. Homme, femme, enfant.

Tous.

En attendant le chargement de la séquence, il remarque que l'aiguille des secondes de la montre de Chiyoko est immobile. Il tapote le cadran. Il appuie sur un bouton situé à 10 heures. Il tapote de nouveau le cadran. L'aiguille repart.

Tic tic tic.

Il ôte le bracelet pour remonter le mécanisme. C'est alors qu'un détail attire son regard. Il n'en est pas certain, mais on dirait qu'un petit spot digital balaie le cadran.

Quel trophée m'as-tu laissé, Chiyoko ?

Il choisit un autre appareil photographique Reflex DSLR. Prend une photo. Transfère le fichier sur son ordinateur. Ouvre Photoshop.

Là...

Un quadrillage très léger, imparfait : des carrés minuscules mais uniformes s'étendent sur le verre de la montre.

Peut-être est-ce le filtre polarisant de l'appareil photo qui l'a fait apparaître ? Il dévisse le filtre et prend une autre photo.

Plus de quadrillage.

Il passe les 2,3 heures suivantes à créer un macro dans Photoshop qui générera des milliers de motifs polarisants, à chaque seconde, et les appliquera l'un après l'autre à la photo de la montre, pour voir si l'un d'eux donne des résultats.

En effet. Après 17 minutes et 31 secondes d'expérience, le motif 3 111 867 est le bon.

An l'imprime sur une feuille d'acétate et l'applique sur l'objectif de l'appareil photo. Il installe l'appareil sur un pied, cadre la montre sur la table et envoie l'image directement à son ordinateur.

Un blip.

Blip-blip.

Trois secondes.

Blip-blip.

Stationnaire pour le moment.

En bas, minuscule, il y a une échelle : D cm = 300 m.

Et en haut, des coordonnées : –15.51995, –70.14783.

An les entre dans Google Maps. Le site est grisé, mais il se trouve juste au sud-ouest de Juliaca, au Pérou.

Jago Tlaloc ?

Il appuie sur le bouton de la montre situé à 10 heures.

Le petit écran s'éclaire. Nouveau blip.

Blip-blip.

Trois secondes.

Blip-blip.

Celui-ci se déplace, rapidement.

An entre ces coordonnées dans l'ordinateur. Un autre Joueur. Celui-ci vole vers le sud-ouest apparemment, entre l'Europe et l'Amérique du Sud. Quelqu'un rejoint Jago Tlaloc ? Qui ? L'un d'eux possède-t-il la Clé de la Terre ? L'un d'eux possède-t-il la Clé du Ciel ? Le jeu est-il déjà si avancé que son plan arrive trop tard ?

Non. Si un Joueur avait trouvé la Clé du Ciel, le kepler l'aurait annoncé.

Il appuie de nouveau sur le bouton. Chiyoko n'en avait localisé que deux.

Deux sur les sept autres Joueurs restants.

Quel cadeau. Quel précieux, précieux cadeau.

— Même dans la mort, mon amour.

An caresse Chiyoko autour de son cou. La vidéo sera bientôt prête. Il va localiser ces Joueurs pour le monde entier et diffuser leurs positions.

— Même dans la mort.

GREG JORDAN

À bord d'un jet Gulfstream G650, à 37 800 pieds au-dessus du détroit de Béring

Greg se frotte les yeux. Il promène un regard las autour de lui dans la cabine. Tous les autres – McCloskey, Pop et Aisling – dorment à poings fermés.

Tant mieux pour eux. On aura besoin de se reposer au maximum avant le début de la partie.

Il laisse échapper un long soupir. Deux jours se sont écoulés. La nouvelle de l'arrivée d'Abaddon, l'alliance avec Aisling, la décision de traquer An Liu et de rediriger Kilo Foxtrot Echo, ce qu'il n'a pas encore fait, et surtout, savoir que des milliards de vies vont bientôt s'éteindre... tout cela en fait les plus longues journées de son existence. Et pourtant, il en a vu des vertes et des pas mûres.

Mais ces derniers jours... ce sont bien les plus *chiants* de sa vie.

Greg se lève, en pensant : *Si ce n'est pas le bon moment pour sortir une grossièreté, je ne vois pas quand ça peut être. Merde, je pourrais m'enfermer dans une chambre noire et balancer un flot inin-terrompu d'injures pendant une semaine, ce serait parfaitement justifiable, à la lumière de ce que je sais.*

Il se dit qu'il ferait mieux de vivre au lieu de jurer dans le vide. Même si ce putain de monde va exploser.

Et il sait que vivre, ça veut dire aider Aisling maintenant, et pas Stella. Pas DOAT. Stella et les siens peuvent poursuivre leur mission pour empêcher le retour des extraterrestres, et que Dieu les accompagne jusqu'au ciel et en enfer, et retour, mais dans l'immédiat, il doit établir des priorités. Il doit vivre. Il doit aider Aisling. Si elle trouve un moyen rapide de mettre fin au jeu, formidable, mais sinon, elle doit gagner. Tel est le plan et il est d'accord. Il est d'accord.

Cela signifie que Greg doit conduire son équipe au Japon, et aider Aisling à trouver le meilleur moyen de liquider An Liu.

Il ouvre la porte du cockpit et se glisse sur le siège du copilote. Marrs lui-même est vidé, il laisse l'avion suivre le pilote automatique.

Greg branche la radio cryptée. Il règle le canal et envoie la série de clics codés que Kilo Foxtrot Echo guette en permanence.

Que Dieu accompagne KFE, pense Greg. *Jusqu'au ciel et en enfer. Et retour.*

Au bout d'une minute environ, la liaison est établie. Conformément au protocole, la femme à l'autre bout ne dit rien.

Greg annonce :

— Ici Gold Leader. Autorisation de parler librement accordée. Le code est « sauce piquante cinquante-neuf geais avec des lapins ». Je répète : « sauce piquante cinquante-neuf geais avec des lapins ». À vous.

— Salut, Gold Leader, dit la femme.

— Salut, Wi-Fi. Où êtes-vous ?

— Toujours à Amesbury.

— Vous avez contacté DOAT pour s'occuper de Stonehenge ?

— Affirmatif. C'est l'affaire de quelques jours maintenant. J'attends des nouvelles de Stella.

— Ah, Stella. Vous lui avez parlé récemment ?

— Pas du tout. Silence radio depuis l'annonce d'Abaddon. C'est le super-merdier, hein ?

— Le super-méga-merdier, Wi-Fi. Écoutez-moi maintenant et écoutez-moi bien. J'ai une nouvelle mission pour vous, en vigueur depuis hier.

— Je vous écoute.

— Vous devez vous retirer et déménager dans la planque de Tokyo, immédiatement. Nous serons sur place dans moins de cinq heures. Quand pouvez-vous être là-bas ?

Wi-Fi réfléchit.

— Quatorze heures, seize maxi.

— Parfait. C'est une mission d'élimination de la plus haute importance. Rassemblez votre courage et attendez-vous à en baver.

— J'ai hâte, dit Wi-Fi et Greg sait qu'elle est sincère.

Wi-Fi adore les missions d'élimination.

— Marrs va bientôt vous envoyer tout ce qu'on a sur la cible. Vous pourrez vous documenter en route. Je vous le répète, Wi-Fi, mettez le paquet sur ce coup-là. Préparez vos gars.

Wi-Fi répond par un petit gloussement. Les gars sont toujours prêts, et Greg le sait. Avant de couper la communication, elle dit simplement :

— Rendez-vous au Japon, Gold Leader. Terminé.

HILAL IBN ISA AL-SALT

Caesars Palace, suite 2405, Las Vegas,
Nevada, États-Unis

Hilal a laissé Stella dans son entrepôt transformé en QG il y a 37 heures. Elle lui a dit de se tenir prêt à recevoir un message aujourd'hui, le message qui l'aiderait à atteindre Wayland Vyctory.

Il se réveille tôt et prie Oncle Moïse, les Pères Christ et Mahomet, Grand-père Bouddha. Il médite sur l'étincelle divine qui réside en chaque être humain comme un organe oublié. Il réclame conseils et force.

Il ne prie pas pour le salut ou la rédemption. Quoi qu'il arrive, il est déjà sauvé, déjà racheté.

Le paradis est là, en lui, pas là-haut, où vivent les Créateurs.

Quand il est prêt, il ouvre un compartiment secret de la valise. Il contient le plastron d'Aaron. Les 12 morceaux de bois, les 12 pierres de couleur : Odem, Pit'dah, Bareket, Nofekh, Sapir, Yahalom, Leshem, Shevo, Ahlamah, Tarshish, Shoham, Yashfeh. Le même élément d'armure ancienne qui a protégé maître Eben des ravages mortels de l'arche à l'intérieur du Kodesh Hakodashim.

Hilal l'enfile et le serre autour de lui pour que les vieux panneaux de bois entrent dans sa peau.

Il espère que ce plastron le protégera, lui aussi.

Il glisse ses machettes jumelles dans une ceinture d'étoffe et enfile par-dessus un ample pantalon de coton pour les cacher aux yeux du monde. Il met ses sandales de cuir et une chemise blanche, large elle aussi, qui masque le plastron d'Aaron. Enfin, il accroche autour de son cou le collier qu'il portait lors de l'Appel. Même après tout ce qui s'est passé, il croit encore à la chance.

Il en aura besoin aujourd'hui.

Il dépose sur le lit la tablette provenant de l'arche, son smartphone et cinq liasses de 10 000 $ en billets de 100 $ tout neufs. Tout cela ira dans sa sacoche en cuir noir.

Enfin, Hilal prend les deux cannes, le bâton d'Aaron, le bâton de Moïse. Il les active en caressant les têtes des serpents. Le bois marron se transforme aussitôt en écailles, et les créatures s'enroulent autour des avant-bras de Hilal. Il plonge son regard dans les yeux noirs tachetés d'or des cobras.

Les deux serpents gonflent leurs coiffes. Montrent leurs crochets. Et tentent de se mordre. Hilal les calme. Il leur souffle dessus. Il les embrasse sur la tête. Il leur parle.

— C'est aujourd'hui que vous allez accomplir votre mission. C'est aujourd'hui que vous allez dévorer l'être qui vous a trahis il y a de cela des siècles et des siècles. C'est aujourd'hui que vous allez rendre aux êtres humains ce qu'Ea leur a volé.

Le serpent le plus sombre, le serpent d'Aaron, bondit et glisse sur les épaules de Hilal.

— C'est aujourd'hui que vous allez rendre à l'homme son innocence.

AISLING KOPP, POP KOPP, GREG JORDAN, BRIDGET MCCLOSKEY, GRIFFIN MARRS

Hôtel Sheraton Grande Tokyo Bay,
suites communicantes 1009 et 1011,
1-9 Maihama Urayasu, Chiba, Japon

Aisling et sa bande d'espions de la CIA nouvellement formée sont arrivés au Japon deux jours plus tôt et sont descendus dans une somptueuse suite à la japonaise qui domine la baie de Tokyo. La planque d'An est à quelques kilomètres de là, vers l'ouest.

Marrs est installé devant un ordinateur, avec une sucette japonaise en forme de tronçonneuse. Jordan est à côté de lui. Ils parlent tout bas. Assise par terre sur des coussins, McCloskey consulte une grande carte des îles situées au nord du port de Tokyo ; un plateau en bois contenant des restes de sushis et de légumes en saumure sert à coincer un coin de la carte. Aisling se tient devant la baie vitrée. Pop est près d'elle. Les rafales de vent venant de la baie de Sagami s'engouffrent dans le chenal d'Uraga et secouent les vitres en gémissant. La baie est une vaste étendue sombre sillonnée par des bateaux de toutes tailles, parsemée d'îles où s'entassent les immeubles, les terrains de golf, les hôtels, les marinas et les chantiers navals. Au loin, au sud-est, se dresse une structure blanche datant de l'ère spatiale qui ressemble au QG d'un méchant dans un film de James Bond. À l'ouest s'étire la skyline de Tokyo, infinie et scintillante. Aisling n'a jamais vu une ville aussi grande.

— Sacré endroit, dit-elle à Pop, en employant leur langue celte.

— Oui. J'y suis venu à deux reprises. À chaque fois, j'ai été stupéfait.

Ils n'ont pas eu la possibilité de discuter véritablement pour savoir s'ils devaient accepter l'aide offerte par Jordan et son équipe ; on ne les a pas laissés seuls une seule seconde. Alors, ils profitent de cette occasion, dans cette vaste chambre d'hôtel, tandis que le vent mugit au-dehors, pour converser à voix basse.

— À ton avis, qu'est-ce qu'ils nous cachent ? demande Aisling dans cette langue gutturale mais chantante.

— Ils avaient l'intention de te tuer, ainsi que tous les autres Joueurs, avant de décréter qu'ils devaient s'allier à toi, répond Pop d'un ton catégorique.

Aisling acquiesce.

— Oui. C'est aussi mon avis.

— Néanmoins, je pense qu'ils ont vraiment l'intention de t'aider maintenant. Et je les crois quand ils avouent avoir peur.

— Je suis d'accord là aussi.

Ils contemplent les mouvements des bateaux dans la baie. Puis Pop dit :

— Aisling...

Il n'a pas besoin d'en dire plus, elle sait ce qu'il va lui demander.

— Je t'ai déjà expliqué. Je n'ai pas menti à Port Jervis.

— Je le sais bien, mais je ne peux pas l'accepter.

— Il le faut, Pop. C'est moi la Joueuse, la décision me revient. Une fois que le jeu a commencé, tu sais que je ne peux pas être remplacée. Tu es donc obligé de faire avec moi et c'est comme ça que j'ai l'intention de Jouer. En arrêtant le jeu si c'est possible, ou en gagnant.

Pop ne dit rien.

— Je suis navrée de te placer dans cette position. Et je n'irai pas par quatre chemins. (Elle inspire à fond.) Nous devons agir de cette façon pour honorer Papa. Pour honorer ton fils. Et faire en sorte qu'il ne soit pas mort pour rien.

Elle laisse à ces paroles le temps de faire leur chemin, puis reprend :

— Je sais que tu avais reçu ordre de le tuer, et je te félicite d'avoir obéi. Non pas que j'approuve cette décision, mais parce qu'il ne pouvait en être autrement. Notre lignée exige de l'ordre. Nous sommes ainsi. Mais maintenant que tout a commencé, maintenant qu'Endgame est bien réel, et très différent de ce que nous avions imaginé durant toutes ces années, maintenant que la *planète* est menacée, nous devons agir ainsi. Il le faut. Si tu veux que la mort de Declan ait un sens, Pop, c'est ce que nous devons faire, sans le moindre doute.

Elle observe le profil de son grand-père en prononçant ces mots. Elle voit sa mâchoire tressaillir. Ses yeux se remplir de larmes.

Elle pose la main sur son bras.

— Je t'aime et je te pardonne, Pop. Maintenant, tu dois te pardonner à toi aussi. C'est la meilleure façon d'apporter ton aide.

Pop continue à regarder dehors. Il prend la main d'Aisling posée sur son bras. Et la serre dans la sienne. Fort.

— Es-tu avec moi ? demande-t-elle dans un murmure.

— Ai-je le choix ?

Ils connaissent la réponse à cette question, l'un et l'autre. Elle n'est pas obligée de préciser.

— Je serai toujours avec toi, ma Joueuse.

— Tant mieux.

Elle fait glisser sa main sur le bras de son grand-père et ils restent ainsi, côte à côte, face à Tokyo. Le spectacle est hypnotique. Aisling s'attend presque à voir Godzilla surgir hors de l'eau et rugir en direction des hélicoptères.

Mais ce n'est pas l'heure de l'Apocalypse. Pas encore.

— Bonne nouvelle ! annonce Jordan, brisant cet instant de communion entre Aisling et Pop. KFE nous transmet des images de Liu, et ils sont prêts à intervenir à votre signal, Kopp.

Aisling presse la main de Pop une dernière fois et se retourne vivement vers Jordan.

— Parfait. Voyons ce qu'ils voient.

Jordan lui a fait un topo sur KFE après les avoir contactés. Le commando se compose de six hommes et d'une femme. Quatre anciens SEAL, un ancien Delta Force, et deux tueurs de la CIA. Leurs noms de code sont Duck, Wi-Fi, Zealot, Charnel, Clov, Hamm et Skyline.

Aisling et Pop rejoignent Jordan et Marrs devant l'ordinateur pendant que McCloskey continue à inspecter ses cartes. Marrs actionne un joystick qui contrôle les caméras installées par l'équipe. Il incline le levier vers la gauche et le bas. Et appuie sur un bouton rouge. Une image grossit sur l'écran.

— Et voici An Liu dans toute sa gloire, commente-t-il, sans ôter sa sucette de sa bouche.

An dort sur un lit de camp, le long du mur. Le drap qui le recouvre laisse voir son dos émacié.

— C'est lui ? demande Pop. On dirait un prisonnier dans un camp de concentration.

An roule sur l'autre côté et ils découvrent son visage. Les larmes tatouées.

— Oui, c'est bien lui, confirme Aisling.

— D'après Wi-Fi, il n'a pas chômé, ajoute Marrs. Il a piraté Google, Twitter, Facebook, Anonymous, Dropbox, Instagram, la NSA, la DIA, la CIA, la NGA, la NASA, le FSB russe, le MI6, l'Unité 8200 d'Israël, le MSS chinois et Dieu sait quoi encore.

— Elle a déjà pénétré dans son système informatique ? demande Aisling.

— Non. Ces infos sont basées sur du visuel. Pour pénétrer dans son système, il va falloir s'introduire dans sa planque et le pirater physiquement.

— On attend donc qu'il sorte, dit Jordan.

— À mon avis, s'il sort, c'est pour ne pas revenir, dit Aisling. Il faut l'obliger à sortir.

— Je suis d'accord, lance McCloskey, assise par terre.

— Cette chère vieille McCloskey, toujours prête à foncer tête baissée, ironise Jordan.

McCloskey se lève et s'étire.

— *Pouf !* Une balle et c'est terminé, dit-elle.

— Je le ferais le sourire aux lèvres, dit Aisling.

— J'hésite, intervient Marrs. On devrait peut-être s'introduire dans ses ordinateurs d'abord. Wi-Fi estime qu'il détient des infos de choix.

— On peut lui parler ? demande Pop.

Jordan secoue la tête.

— Non. Le protocole de KFE les oblige à garder un silence de mort pendant une opération.

Aisling réfléchit, puis demande :

— Vous êtes sûrs qu'ils peuvent entrer sans que Liu s'en aperçoive ?

C'est McCloskey qui répond :

— Ils pourraient rentrer dans le cul d'un chaton sans qu'il le sache.

— Merci pour cette image, McCloskey, dit Aisling.

Pop ignore cet échange.

— Nous pourrions endormir An Liu et examiner le niveau de ses informations. Si elles sont suffisamment élaborées, on le tue. Sinon, on le laisse se réveiller et continuer.

McCloskey secoue la tête avec vigueur.

— On a fait des flopées d'expériences avec les sérums. Si performants soient-ils, la cible sait qu'on lui a fait quelque chose. Vous vous souvenez de ce gamin à Bahreïn ?

Jordan lève les yeux au ciel.

— Farouq al-Nani ?

— Farouq les Deux Pieds Gauches, dit Marrs. Il n'a pas pu marcher droit pendant six mois à cause de notre petit cocktail.

Aisling fait claquer sa langue.

— Je suis d'accord, c'est trop risqué de l'endormir. En outre, j'ai très envie de voir KFE en action. Après tout, ils vont devenir mon super-commando chargé des opérations secrètes, mon escadron de la mort à moi, pas vrai, Jordan ?

— Exact.

— Ils peuvent intervenir dès ce soir ?

— Ils peuvent agir dans deux minutes si vous le souhaitez, répond Jordan, sûr de lui.

La Laténienne secoue la tête.

— Je pense que nous devrions tous être présents, en soutien. Je me placerai en position de sniper sur l'hélisurface de l'immeuble à l'ouest, pendant que vous vous disperserez pour bloquer les routes qui permettent de quitter l'île au nord et sud, au cas où ça tournerait mal. Sinon, contactons KFE, et voyons de quoi sont capables vos caïds... pardon, *nos* caïds.

Je prendrai mon sang et façonnerai les os
Je ferai l'homme, pour que l'homme
Je créerai l'homme qui habitera la terre,
Pour que le service des dieux soit instauré, que leurs sanctuaires soient construits.

Mais je modifierai les manières des dieux, je changerai leurs chemins ;
Ensemble ils seront oppressés et vers le mal ils...
Et Ea lui répondit et prononça ces mots :
... le... des dieux j'ai changé.
... et un...
... sera détruit et les hommes je...
... et les dieux.
... *et ils...*

HILAL IBN ISA AL-SALT

Hôtel et casino Vyctory, Las Vegas, Nevada, États-Unis

Le message de Stella lui parvient à l'heure prévue. Le jeune portier de l'hôtel le lui remet et disparaît dans le couloir. Hilal décachette l'enveloppe. Elle renferme une feuille unique, et ces mots : *Dis à l'employée avec la fleur jaune : « Notre amie commune est Rima Subotic. »*

Énigmatique, mais direct. Ça lui plaît. Hilal prend ses cannes, brûle le message et quitte le Caesars Palace. Il se rendra à pied au Vyctory.

Les rues sont moins désertes que le premier soir. En parcourant le Strip, Hilal passe devant des kiosques de fortune installés sur le trottoir par des marchands ambulants et des illuminés. Sur leurs pancartes on peut lire des choses du genre : *ÊTES-VOUS prêt ?*, *Comment être sûr d'avoir de l'eau ?* ou *Votre CHIEN et votre ARME seront vos meilleurs amis*. Une pancarte annonce simplement : *Comment tuer*.

Un homme arrête Hilal et tente, littéralement, de lui vendre le salut :

— Investissez dans notre Seigneur Jésus-Christ, le jour du Jugement dernier, quand le ciel deviendra noir, que couleront des rivières de sang et que surviendra la suite !

Hilal admire l'audace de cet individu, mais il répond que ça ne l'intéresse pas et il le plante là. Après 15 minutes de marche, il atteint sa destination. Il s'arrête dans la rue. L'hôtel Vyctory[xi] est un époustouflant bâtiment de 75 étages couvert de verre miroir brun orangé, qui reflète les autres immeubles, les montagnes, les nuages et le soleil. Dans le coin supérieur gauche de la façade, en caractères évoquant une signature, figure ce simple mot : *Vyctory*.

Hilal passe devant un cordon de véhicules blindés appartenant à une société de sécurité privée et pénètre dans le hall somptueux : épaisse moquette rouge, éclairages chauds, lustres en verre de toutes les couleurs et de toutes les formes. Il y a plus d'animation qu'au Caesars Palace, mais rien de frénétique.

Hilal sort la tablette de sa sacoche et la brandit au-dessus de sa tête. Apparaît alors le caducée symbolisant Wayland Vyctory.

Aujourd'hui, se dit-il. *Aujourd'hui.*

Hilal observe les employés. Aucun ne porte de fleur jaune. À vrai dire, il n'y a pas la moindre fleur dans le hall. Si cette Rima Subotic est la clé qui permet d'atteindre Ea, il va s'adresser à un autre employé. Il se dirige vers la réception et repère une Asiatique de plus de 40 ans. Ses longs cheveux sont réunis en chignon serré sur le dessus de son crâne. Elle a des lèvres rouges et des yeux sombres. Son prénom figure sur son badge : *Cindy*.

— Bonjour, Cindy, dit-il.

Occupée par une tâche quelconque sous le rebord du comptoir – un ordinateur, son téléphone –, elle ne l'a pas vu approcher.

— Ah, merde... Oh !

Elle plaque les doigts sur ses lèvres et retient son souffle.

— Pardonnez mon apparence, dit Hilal.

— Non, c'est... En fait, je ne m'attendais pas...

L'Aksoumite esquisse un geste vague.

— Ce n'est rien.

— Vous voulez une chambre ?

— Non. Mais je viens voir quelqu'un.

Cindy appuie sur une touche de son clavier.

— Très bien. Numéro de chambre ?

— Je ne le connais pas. Cette personne s'appelle Rima Subotic. C'est une amie.

Cindy regarde à droite et à gauche, avant de murmurer :

— Vous souhaitez voir Mme Subotic ?

— Oui.

Apparemment, personne ne demande à voir Rima Subotic ou, devine-t-il, Wayland Vyctory.

Cindy se redresse derrière son comptoir.

— Je suis désolée, ce n'est pas possible.

— Si, Cindy. Quand elle saura que je suis ici, ce sera tout à fait possible.

L'employée de la réception secoue la tête. Elle appuie sur une autre touche de son clavier. Hilal perçoit un mouvement à la périphérie de son champ de vision.

Les agents de sécurité.

— De toute façon, Mme Subotic n'est pas là pour le moment.

Cindy ment affreusement mal.

Hilal s'exprime tout bas, d'une voix grave et menaçante.

— Je sais que c'est faux. Je peux vous assurer qu'elle voudra me voir, et je suppose que son patron, *votre* patron, ne sera pas content en apprenant que vous avez essayé de me chasser.

Cindy lève les yeux vers lui. À l'évidence, elle a peur.

Les agents se rapprochent.

— Je suis Hilal ibn Isa al-Salt, l'Aksoumite. Une amie commune m'envoie voir Mme Subotic. Dites-le-lui. Compris ?

Elle hoche la tête, lentement. Et lève la main.

Les agents s'immobilisent.

Cindy appelle d'un téléphone situé hors de portée de voix. Elle raccroche.

— Attendez ici, monsieur al-Salt.

— Merci, Cindy.

Trois minutes plus tard, deux autres gardiens, très costauds, apparaissent. Sans un mot, ils conduisent Hilal vers une rangée d'ascenseurs au-delà de la réception. Ils l'escortent jusqu'à un ascenseur privé, au bout du couloir, auquel ils accèdent grâce à une clé en cuivre à l'ancienne. Il n'y a que deux boutons sur la plaque argentée : MONTÉE et DESCENTE. Le plus grand des deux gardes – un homme qui, selon Hilal, doit mesurer 202 centimètres et peser 127 kilos – appuie sur le bouton MONTÉE. L'autre fait signe à Hilal de lever les bras pour qu'il le fouille.

Hilal obéit.

L'ascenseur s'élève rapidement.

Pendant ce temps, le garde inspecte la sacoche de Hilal, ignore les liasses de billets et sort la tablette provenant de l'arche.

— L'un de vous sait parler ? demande Hilal.

Un des deux gardes secoue la tête et ouvre la bouche.

On lui a coupé la langue.

— Vous êtes les Nethinim de M. Vyctory, n'est-ce pas ?

Sans afficher le moindre étonnement, le garde acquiesce. Il secoue l'appareil.

— Je viens montrer ce trophée à M. Vyctory. Il est inoffensif. Vous pouvez le garder pour l'instant si vous voulez, mais il faudra le lui remettre quand je vous le dirai.

Impassible, le garde glisse l'objet dans une de ses poches.

L'ascenseur s'arrête brutalement. La porte s'ouvre. Hilal est conduit dans un vestibule d'un blanc éclatant. Seule une table est disposée contre le mur du fond, dessus trône un grand vase d'où jaillissent des lys jaunes. Sur le mur, derrière les fleurs, une photo représente l'espace lointain. Hilal reconnaît un des clichés pris par le télescope spatial Hubble. Le garde fouille Hilal, en commençant par les pieds. Il lui confisque ses machettes et les tend à son collègue pour remonter jusqu'au niveau de la poitrine. Il sent la chose sous sa chemise. Ses yeux s'écarquillent et la peur y apparaît. Il agrippe le col de la chemise et la déchire en tirant d'un coup sec, faisant apparaître le plastron d'Aaron.

Hilal dit :

— Ce n'est pas...

— Ce que vous pensez, dit à sa place une voix androgyne. Rien à craindre, Kaneem. C'est un souvenir d'une époque révolue.

Une grande femme franchit d'un pas tranquille la porte située à gauche. Sa peau est d'une extrême pâleur comme si elle n'avait jamais vu la lumière du jour, pâleur accentuée par ses cheveux noirs, raides et soyeux. Ses yeux sont étonnamment grands, comme si eux aussi avaient passé d'innombrables heures dans l'obscurité et s'étaient développés afin de capter davantage de lumière. Elle est svelte, gracieuse, elle pourrait avoir 25 ans ou 50. Elle porte un tailleur vert clair moulant, cintré à la taille par une fine ceinture rouge. Et des chaussures plates argentées. Aucun bijou.

Si Hilal ne savait pas à quoi s'en tenir, il penserait qu'elle est à moitié extraterrestre.

Il s'incline devant elle.

— Madame Rima Subotic, je suppose ?

— Oui, Aksoumite, dit-elle. Dis-moi ce qui t'amène, je te prie.

Hilal comprend qu'étant la taupe de Stella, Rima doit donner le change. Il joue le jeu.

— Madame Subotic, je me présente humblement devant vous. Je suis un Joueur d'Endgame, membre de la lignée des Aksoumites. J'apporte un cadeau au Seigneur Prophète et au Père, au Fils principal de l'Ordre ancien, l'Héliach. Je lui apporte le cadeau le plus inattendu.

Subotic ne trahit aucune émotion. Elle joint les mains devant elle.

— Pourquoi te croirais-je, Aksoumite ?

Hilal garde la tête baissée, il regarde le sol devant les chaussures argentées de la femme.

— À vous de décider, ma sœur, si vous voulez me croire ou non. Mais je viens ici car je sais que notre Seigneur Prophète, celui que l'on nomme Ea, aimerait participer à la Grande Énigme.

— Et comment comptes-tu faire ?

— S'il te plaît, Nethinim, montre à Mme Subotic ce que j'ai apporté.

La femme tend la main et Kaneem lui remet la tablette. Elle la prend, la retourne, promène ses doigts dessus. Rien ne se passe avec elle.

— Qu'est-ce donc ?

— Cet objet vient de cousins de notre maître disparus depuis longtemps. Ma lignée a ouvert l'arche d'alliance avec les Créateurs et il se trouvait à l'intérieur.

Les yeux de la femme s'agrandissent encore, mais elle ne dit rien. *Elle est douée*, pense Hilal. *Convaincante.*

— Il permettra à Ea de communiquer avec ses frères et l'aidera à faire en sorte que le jeu s'achève comme il le souhaite. Laissez-moi vous montrer...

Il tend la main. La femme lui rend la tablette. Celle-ci s'anime aussitôt, faisant apparaître le puits sans fond des étoiles et de l'espace. Quand il l'oriente vers une des portes, le caducée apparaît.

— Voici Ea, dit-il.

Il la déplace légèrement afin qu'elle indique le cap 236° 34' 56". La boule orange palpitante emplit l'écran.

— Et voici la Clé du Ciel.

La femme lui adresse un sourire espiègle et lui reprend la tablette. Celle-ci replonge dans l'obscurité.

— Tu t'en es servi pour localiser maître Vyctory ?

— Oui.

Hilal n'ose pas mentionner Stella ou l'autre caducée qui la représente. Subotic non plus.

— Très bien, Aksoumite. Tu as mérité ton audience, mais elle aura lieu sous haute surveillance.

— Évidemment.

Elle s'incline, pour la forme.

— Tu peux garder ton gilet de sorcier. (Elle pointe sur le plastron d'Aaron un index d'une longueur troublante.) Mais les cannes doivent rester là.

Trop convaincante, pense-t-il. *Ne sait-elle pas que je dois garder mes cannes si je veux réussir ma mission ?*

— Regardez-moi, madame Subotic. J'ai failli être tué par deux Joueurs, il y a peu. J'ai besoin de mes cannes.

Rima Subotic secoue la tête.

— Je suis désolée, mais elles pourraient servir d'armes. Comme nous le savons, toi et moi, ta lignée excelle dans une forme d'art martial qui utilise les bâtons. N'ai-je pas raison ?

— Si, même si je préfère mes machettes, que cet homme a déjà confisquées. Je vous en prie, vous pouvez examiner ces cannes, dit Hilal, confiant. Elles sont inoffensives.

Rima Subotic adresse un bref hochement de tête au Nethinim sans nom. Celui-ci prend les cannes et disparaît pendant presque quatre minutes. Hilal s'appuie contre la porte de l'ascenseur, avec une certaine inquiétude, en se balançant d'un pied sur l'autre.

L'homme réapparaît. Il tend les cannes à Rima Subotic.

Et hoche la tête.

Elle les regarde.

— Elles peuvent passer, Aksoumite.

— Je le savais.

Elle fait glisser ses doigts sur les formes sculptées, les yeux vides.

— Des têtes de serpent, hein ?

Hilal sourit.

— N'est-ce pas le serpent qui a tenté l'homme ?

Elle lui rend ses cannes.

— Si, frère al-Salt.

Subotic appuie sur une succession de points invisibles sur le mur. Un panneau caché s'éclaire d'une lumière rouge, puis verte, violette, bleue et enfin blanche. La porte coulisse avec un chuintement. Elle s'ouvre sur une autre pièce blanche.

— Je t'en prie, Aksoumite, suis-moi. Maître Vyctory t'attend.

xii

AISLING KOPP, AN LIU, KILO FOXTROT ECHO

Entrepôt Shang, 3 chome-7-19, Shinkiba, Kōtō-Ku, port de Tokyo, Japon

Il est 4:17 du matin.

Aisling est allongée sur le toit d'un immeuble d'un étage, situé à une rue à l'est de l'entrepôt d'An Liu. Elle tient son très cher fusil de précision à verrou, le Brügger & Thomet APR308. Un long silencieux est vissé à l'extrémité du canon. Sa combinaison noire la protège du vent froid qui vient du large. Elle a en ligne de mire les rues environnantes, au sud, à l'est et au nord. À sa droite se dresse un haut mur qu'elle peut escalader pour se mettre à couvert. À sa gauche s'étend l'espace dégagé d'une hélistation. Dans son dos, à 75 pieds de là, le toit de l'immeuble s'arrête et plonge droit dans l'eau.

Devant son œil gauche se trouve un monocle Google Glass articulé, modifié par Griffin Marrs. D'un petit mouvement de l'index, elle fait défiler des liaisons montantes vidéo à la surface du monocle. Charnel est posté en face d'elle à la position 85° 42′ 39″, à 716 pieds de là ; il couvre la partie est de l'entrepôt d'An avec son propre fusil de précision, un M91A2 muni d'un silencieux. Clov et Hamm sont postés sur le toit de l'entrepôt ; ils ont dans leur champ de vision le corps endormi d'An, dans des angles opposés. Ils sont prêts à descendre en rappel dans l'entrepôt en cas de besoin. Duck, le spécialiste des démolitions et des communications, couvre les portes des quais de chargement depuis la rue. Zealot surveille la sortie de derrière, dans une ruelle obscure. Skyline assiste Wi-Fi. Celle-ci, toute de noir vêtue, est déjà suspendue à la corde qui pend à l'intérieur du domaine d'An Liu.

Aisling fait défiler les informations sur son monocle. Elle découvre la collection d'ordinateurs de Marrs. Celui-ci se trouve dans une fourgonnette stationnée à quelques pâtés de maisons de là, au nord. Jordan est avec lui. Aisling change d'image. Elle voit Pop, les mains croisées sereinement sur une carabine M4, assis à la place du passager dans une autre fourgonnette, garée plus au sud. McCloskey est au volant.

La voix de Jordan se fait entendre dans l'oreillette d'Aisling.

— À toutes les unités, vérification de la synchronisation. Dix-neuf dix-sept et trente-cinq secondes Zulu.

Aisling vérifie : 19:17:35... et les secondes continuent à défiler.

— Un clic de chaque unité pour OK.

Aisling clique sur son monocle – sa note est *fa* dièse – et elle entend les clics distinctifs, aux tonalités diverses, de tous les autres.

— Bien reçu. Tout le monde est prêt. Feu vert pour Shang. Je répète : feu vert pour Shang.

An, toujours endormi, est couché en chien de fusil face au mur. Du bout des doigts, il caresse les mèches de cheveux de Chiyoko et ses oreilles ratatinées.

Wi-Fi descend du plafond. Elle atterrit sur le sol en position assise, sans un bruit. Elle détache la corde de rappel, bascule sur le ventre et avance en rampant. Arrivée devant le bureau d'An, elle se faufile dessous et déniche le Mac Pro en veille qui sert d'unité centrale pour tous les ordinateurs d'An.

D'une poche sur sa cuisse, elle sort un boîtier noir pas plus grand qu'un paquet de cigarettes. D'une autre poche, sur l'autre cuisse, elle sort un rouleau de plastique souple. En appui sur les coudes, elle se met au travail. Le boîtier noir est un ordinateur SSD, aussi petit que puissant. Elle prend l'unique câble et le branche délicatement sur le port ultra-rapide du Mac Pro. Le boîtier a été programmé spécialement pour ne pas réveiller le système piraté : le Mac Pro reste en veille.

Elle déploie le rouleau de plastique souple : un clavier silencieux.

Elle tape. Le boîtier noir fonctionne. Elle découvre l'affichage sur son monocle. Elle établit la liaison montante. De son perchoir à bord de la fourgonnette de communications, Marrs examine le système informatique d'An, en transférant le plus de dossiers possible, jusqu'à ce qu'il décroche le jackpot : la vidéo enregistrée par An, accompagnée des informations qu'il a rassemblées sur les Joueurs d'Endgame survivants.

Un oiseau de mer passe au-dessus d'Aisling occupée à consulter les images envoyées par Wi-Fi. Celle-ci, après avoir installé la liaison, s'assoit en tailleur sous le bureau et dégaine un HK MARK 23, muni d'un silencieux lui aussi, qu'elle dirige en plein milieu du dos d'An Liu ; un point à peine visible apparaît sur son épine dorsale et un poumon.

Aisling regarde les épaules d'An se soulever et retomber sous le fin drap sombre.

Aisling, Wi-Fi et tous les membres de Kilo Foxtrot Echo attendent.

Ils attendent que Marrs ait terminé son travail.

An Liu rêve de Chiyoko. Elle est vivante, elle nage dans une eau d'un noir d'encre, ses cheveux sont coupés n'importe comment, elle n'a plus d'oreilles, ses lèvres sourient, on ne voit que sa tête, son cou, ses épaules blanches et rondes. Une brise fait naître de légères rides à la surface de l'eau. L'inquiétude apparaît sur le visage de Chiyoko. Elle lève un bras. Ses épaules se couvrent de chair de poule. Elle tend le doigt. Ouvre la bouche et hurle.

Mais aucun son n'en sort.

Ce n'est qu'un rictus, un cri muet, qui enfle, enfle, enfle.

Un avertissement.

An Liu ouvre brusquement les yeux. Mais il continue à respirer lentement.

Inspirer expirer.

Monter descendre.

Il cligne des paupières. Le mur est à quelques centimètres seulement du bout de son nez. Il sent la mer. Il perçoit un léger souffle d'air frais venant d'en haut.

Une des fenêtres du toit est ouverte.

Il ne l'a pas ouverte.

Il n'est pas seul.

Marrs dit :

— Il a des infos qui situent l'Aksoumite à Las Vegas et l'Harappéenne quelque part dans le nord-est de l'Inde. Il croit qu'Aisling est toujours à New York, ce qui fait planer des doutes sur la qualité de ses informations, mais passons. Le plus intéressant, c'est qu'il en suit deux. Par élimination, il en a déduit que c'étaient l'Olmèque et le Nabatéen. La Cahokienne est avec l'Olmèque, c'est également ce qu'affirment les services secrets britanniques. An ne sait pas trop où se trouve le Donghu. Je suis en train de copier les dossiers. J'ai besoin d'une minute et cinquante secondes. Mais on a confirmation. An n'a pas chômé et on a tout ce qu'il nous faut.

— Action à mon signal dans approximativement une minute quarante-huit secondes, dit Jordan. À vous. Un clic chacun.

Aisling clique. Elle entend les autres.

Clic clic clic clic clic clic clic clic.

An fait glisser sa main sur le bord de l'armature métallique du lit, jusqu'au mur.

Il le palpe. Il sent le bouton, pas plus gros qu'une pièce de monnaie.

Un Joueur s'est introduit dans l'entrepôt, pour lui. Comment, il l'ignore. Mais un Joueur est là.

Il appuie sur le bouton.

En 0,06 seconde, le lit bascule vers le mur et An se retrouve dans un petit tunnel sombre. Le lit, plaqué contre l'ouverture, l'isole de la pièce.

Clank ! Clank ! Clink !

Trois tirs, venant de différentes directions, dont deux calibres de fusil.

CligneFRISSONCligne.

An avance en se dandinant rapidement. Un objet métallique s'introduit entre le bord du lit et le mur. Il ne prend pas la peine de regarder en arrière. Il sait que c'est un pied-de-biche.

Il accélère.

FRISSONFRISSON.

Il rampe à l'intérieur d'un espace un peu plus grand, assez large pour lui permettre de s'asseoir, éclairé par une lumière rouge. D'autres coups de feu constellent le mur au-dehors, à l'endroit exact où il se trouve.

Ils le voient, même dans cette cachette.

Ils le voient.

Et peut-être... qu'ils peuvent le suivre aussi ?

Oui. Il a négligé un détail. Son ami Charlie des Forces spéciales britanniques était suffisamment prévoyant et paranoïaque pour lui coller une puce pendant qu'il était à bord de ce destroyer dans la Manche.

Il faut qu'il se débarrasse de ce mouchard à la première occasion.

D'autres bruits lui proviennent du lit. Le panneau métallique s'ouvre en grinçant, dévoilant le tunnel. An se retourne juste à temps pour voir une main lancer quelque chose dans sa direction.

Il appuie sur un autre bouton. Une cloison en acier jaillit du sol. Le projectile vient s'y écraser.

An se bouche les oreilles.

Une explosion se produit. Les murs tremblent, mais à peine. La petite pièce blindée le protège. D'ailleurs, au bruit, il devine qu'il s'agissait d'une grenade dotée d'un rayon de déflagration limité, destinée à blesser uniquement la personne qui se trouvait juste devant.

Le genre de grenade qu'il pourrait utiliser dans certaines circonstances.

Le genre de grenade qui nécessite une modification particulière.

Un Joueur astucieux. Le Donghu peut-être, ou bien la Celte. Un des deux sur lesquels il détient le moins d'infos.

Et, à en juger par les différents calibres et angles de tir, ce Joueur n'est pas seul.

Très *FRISSONfrissonFRISSON* très astucieux.

An se glisse dans un gilet. Le gilet est couvert de bombes et de déclencheurs à distance et contient deux pistolets semi-automatiques. Le Shang s'allonge sur le dos pour enfiler un pantalon de coton noir. Et se rassoit. Il caresse Chiyoko.

Juste au-dessus de son épaule, il entend les hurlements saccadés d'une perceuse à percussion.

Il doit décamper.

Mais avant cela, il a une petite surprise pour celui ou ceux qui se trouvent à l'extérieur de sa petite *clignecligne* à l'extérieur de sa petite planque.

Aisling regarde An disparaître et les membres du commando passer à l'action.

— Jordan, ici Aisling. À vous.

— Je vous reçois, Aisling, répond Jordan d'un ton anxieux.

— J'y vais.

— Non, dit Pop. Pas tout de suite. Sois patiente. Garde ton arme à portée de main.

— Pop a raison, Aisling, intervient McCloskey. KFE va régler ça. Comme toujours.

C'est bien ce qui m'inquiète, pense Aisling. *Ce sont des experts et ils croient savoir à qui ils ont affaire.*

Elle entend une rafale d'arme automatique et Clov pousse un cri de douleur. Aisling se branche sur les images. Elle le voit se contorsionner à terre. Ses signes vitaux s'affichent dans le coin inférieur droit : son rythme cardiaque monte en flèche. Si elle pouvait voir l'expression de son regard, elle y verrait de la colère, la colère de s'être fait tirer dessus.

Et la confusion.

Ils ne savent pas à qui ils ont affaire.

Wi-Fi et Hamm font un bond sur le côté et regardent le sol. An a ouvert une petite fente près de leurs pieds et tiré sur Clov dont les chevilles en bouillie crachent le sang.

— Phase deux, lance Wi-Fi dans son micro d'un ton pressant.

Skyline, toujours sur le toit, lance une corde par la fenêtre ouverte. Wi-Fi l'attrape et l'accroche à la ceinture de Clov.

— Évacuation !

Comme par enchantement, Clov est tiré sur le sol puis soulevé dans les airs, vers Skyline, vers la sécurité.

Pendant ce temps, Hamm ramasse la perceuse pour continuer le travail. Ses yeux scrutent le mur et le sol, craignant de voir s'ouvrir une autre trappe cachée et une arme se pointer sur lui.

Wi-Fi a reculé de plusieurs pas, elle balaye le mur avec son pistolet. Soudain, le canon d'une arme se dresse près des pieds de Hamm. Wi-Fi la voit et tire. Les balles filent sur le plancher, l'arme rentre le bout du nez.

Hamm continue à forer.

Un autre panneau s'ouvre, à 10 pieds sur la gauche cette fois. Sept boules noires s'en échappent et roulent sur le sol dans différentes directions.

— Ça va exploser ! crie Wi-Fi.

Hamm et elle se retournent et se précipitent derrière les bureaux et les ordinateurs pour se mettre à l'abri. Sur le toit, Skyline hisse Clov blessé sur son épaule et détale lui aussi.

Les explosions se succèdent – *bangbangbang-bangboombang boom* –, deux bombes seulement sont incendiaires, les autres ne provoquent que de la fumée et de la lumière. Des shrapnels se dispersent dans toute la pièce, au hasard ; ils frôlent la hanche de Wi-Fi et manquent totalement Hamm. Toutefois, l'un et l'autre se trouvent projetés au sol, tout comme Skyline là-haut sur le toit. Il n'est pas touché. Il regarde Clov qui perd beaucoup de sang, au niveau des chevilles.

— Ça va, dit-il. Descends cet enfoiré.

Skyline hoche la tête.

— Bien reçu.

— Toutes les unités secondaires gardez vos positions, dit Jordan dans son micro. Je parle pour vous, Aisling. Si Liu réapparaît, liquidez-le. Je répète : *liquidez-le.*

À l'intérieur de l'entrepôt, Hamm se relève d'un bond et se cache derrière une colonne. Wi-Fi l'imite en ignorant sa blessure superficielle. Hamm lui adresse un signe : un poing levé, trois doigts, le pouce orienté vers la gauche.

Le message est clair.

An Liu ne va pas ressortir.

Il va mourir.

Aisling lutte contre l'envie irrésistible de bouger. Mais les autres ont raison. Même si c'est une torture, elle doit demeurer à sa place. An peut surgir de n'importe où, et si elle n'est pas là pour lui tirer dessus, ils laisseront filer une occasion en or.

Elle déteste ça, mais elle doit attendre.

Elle déteste ça.

Dès que les bombes explosent, An se faufile dans la grande salle, maintenant envahie par la fumée et l'odeur âcre du soufre. Il n'a pas besoin de voir. Il sait où se trouve chaque chose.

Sauf les individus qui le traquent.

Il atteint le bureau en 4,7 secondes. Le bras tendu devant lui, il sent le bord de l'ordinateur portable. Il le ferme, tire sur les câbles et le glisse dans une large poche de son gilet.

À tâtons, il continue à inspecter le dessus du bureau, ici, ici et ici.

Et il le trouve également.

Le *katana* de Noboyuki Takeda. Il le glisse dans un passant de son pantalon.

Il entend les tirs sifflants – *slith-slith-slith* – d'un fusil muni d'un silencieux. Une rafale de coups de feu transperce la fumée en laissant de petites traînées blanches dans son sillage. Les projectiles manquent An, mais de peu.

Il dégaine ses deux pistolets et tire à l'aveuglette, quatre balles avec chaque arme, sur un rythme syncopé. Il vise les colonnes à l'autre bout de la pièce : à leur place, c'est là qu'il se cacherait.

Les huit balles atteignent les colonnes métalliques, mais An ne voit pas qu'il s'en faut de peu qu'il fasse exploser la tête de Wi-Fi ou ouvre une plaie béante dans le cou de Hamm.

L'un et l'autre glissent jusqu'à terre.

Skyline court sur le toit et ajuste les réglages du HUD[1] de son monocle. Une manipulation qui lui permettra de localiser An via le traqueur à la place de sa signature thermique.

Skyline a juste besoin de quelques secondes de plus. Ensuite, il enverra les coordonnées à Hamm, à Wi-Fi et à tous les autres, et Kilo Foxtrot Echo aura An en plein dans sa ligne de mire.

Pendant que Skyline s'active, An avance dans la fumée en direction des containers. Il soulève la sécurité d'un petit boîtier fixé à son gilet. Puis il appuie sur le bouton rouge qui se trouve dessous et le maintient enfoncé. Quand il le relâche...

---

1. *Head-Up Display* : « affichage tête haute ». Informations s'affichant dans le coin ou en haut d'un écran.

Aisling reçoit les modifications du HUD de Skyline et – *pop !* – par miracle elle voit le traqueur d'An Liu, implanté dans sa cuisse, se déplacer dans l'entrepôt.

Un face-à-face entre Joueurs.

Comme il se doit.

Elle exerce la première once de pression sur la détente de son fusil. Baisse la tête. Respire. Les balles contenues dans son arme sont capables de traverser un blindage, elles n'auront aucun mal à transpercer le mur du bâtiment pour pénétrer dans le corps d'An.

Aucun mal.

Mais juste au moment où elle va tirer, la rue à l'ouest s'illumine et un souffle brûlant balaye son visage, une lueur orangé et rouge enflamme les immeubles, le ciel, les fenêtres, un vacarme envahit ses oreilles. Elle appuie sur la détente, par réflexe. La balle atteint l'entrepôt, traverse le mur et manque le Shang de deux pieds, puis transperce la tenue de protection, la peau, les os, un poumon, les os, la peau et l'autre côté de la tenue de protection de Hamm, avant de terminer sa course dans le sol en béton.

Hamm s'écroule et meurt instantanément dans la pièce enfumée.

Aisling se jette à plat ventre et protège son crâne avec ses mains.

La bombe a explosé juste devant les portes du quai de chargement, dehors. Elle projette des débris et des shrapnels en direction de Duck. Un morceau d'acier d'un pied de long s'enfonce dans sa joue et la base de son cerveau, sectionnant le sommet de la colonne vertébrale.

Encore un de moins.

Sur le toit, Skyline est à plat ventre, mais indemne. Clov, à moitié inconscient à cause de l'hémorragie, n'a même pas remarqué l'explosion.

Wi-Fi rampe jusqu'à Hamm. Skyline annonce qu'il va entrer. Zealot abandonne sa position dans la ruelle derrière l'entrepôt pour entrer lui aussi. Aisling lève la tête, elle examine le côté du bâtiment. L'incendie fait rage, des alarmes de voitures hurlent. Elle perçoit le gémissement lointain d'une sirène de bateau, dans la baie, totalement déconnectée de ce qui se passe ici, maintenant, dans Endgame.

Elle reprend ses esprits, récupère et arme son fusil, elle respire, elle ignore les cris dans le Comm Link, la débâcle, Jordan qui ordonne à Skyline et à Zealot de rester où ils sont pour qu'elle et Charnel puissent faire feu à volonté.

Elle ignore tout.

Elle regarde à travers le monocle en plissant l'œil et essaye de capter dans sa mire le traqueur niché dans la jambe d'An. Tout d'abord, elle ne le voit pas... Puis, là ! Un blip violet. Elle l'aligne dans le viseur. Elle presse légèrement la détente, corrige, presse légèrement, corrige, presse légèrement.

Et tire.

Une balle de gros calibre traverse la fumée et manque la jambe droite d'An d'un centimètre seulement.

Il presse le pas.

Une autre balle, tirée de la direction opposée, le loupe de plusieurs pieds.

Oui, ils me suivent à la trace. Cet hématome sur ma cuisse. Le mouchard est là. Je dois le retirer à la première occasion.

Il court.

Le meilleur tireur du groupe le manque de nouveau, à quelques centimètres près. Sa course les perturbe.

Le meilleur tireur.

Le Joueur.

Plusieurs autres balles, de plus petit calibre, sifflent à ses oreilles. Ces tirs proviennent de l'intérieur. Il lâche un tir de couverture dans cette direction en accélérant encore.

Nouveau tir de sniper venant de derrière, à plusieurs pieds de la cible.

Un autre tir venant de devant, à quelques centimètres.

Et maintenant, un tir venant d'en haut : calibre moyen, carabine avec silencieux.

An atteint le container abritant les unités centrales, juste à temps. Les portes sont ouvertes. Il entre, les referme d'un geste brusque et les coince avec une barre qui retiendra ses assaillants pendant quelques instants.

Aisling fait feu à volonté et soudain… *pof*, le traqueur d'An Liu disparaît. Elle tire encore trois fois, jusqu'à ce que Skyline lui crie d'arrêter.

— J'ai un visuel, annonce Wi-Fi. Il s'est enfermé dans le container le plus à l'ouest. On l'a acculé. J'entre.

Skyline et Zealot l'imitent. Charnel sprinte sur les toits, en murmurant une prière.

Aisling se redresse à genoux, puis se lève. Elle est sur le point d'enjamber le bord du toit et de glisser le long du tuyau de la gouttière pour rejoindre les autres quand l'image de Marcus Loxias Megalos surgit au premier plan de son esprit.

Marcus, la première victime d'Endgame.

An, le premier meurtrier.

An, qui s'est servi du rassemblement dans les monts Qinling pour essayer de tuer le maximum de concurrents.

An, qui a fait exploser sa cachette à Xi'an avec une colossale bombe artisanale.

Aisling se fige.

— Attendez... dit-elle dans le micro.

— Qu'y a-t-il ? demande Pop.

— Pourquoi s'est-il laissé acculer ?

— Qu'est-ce que vous voulez dire, petite ? demande McCloskey.

— Et s'il...

An pénètre plus profondément dans le container. D'autres projectiles rebondissent contre la carapace blindée, de tous les côtés. Ils produisent des sons aigus presque agréables à l'oreille. An éjecte les chargeurs vides de ses deux pistolets et les remplace par des pleins. Il les remet dans ses étuis. Quelqu'un frappe à la porte. Les coups de feu cessent. An renverse une des unités centrales, qui vient s'écraser contre la porte. Des étincelles jaillissent lorsque la machine se disloque. Les circuits imprimés grésillent.

Il pivote vers le fond du container. Et se dirige vers une combinaison de protection, y glisse d'abord les jambes, puis les bras, vérifie que Chiyoko est bien installée autour de son cou et remonte la fermeture Éclair. Après quoi, il enfile et attache le casque, abaisse la visière et la fixe au reste de la combinaison bouffante comme un scaphandre de cosmonaute, en tout point semblable à celles des pompiers de Tokyo. Il met les gants, soulève un panneau sur son avant-bras gauche et appuie sur une succession de boutons. L'air afflue.

Il s'allonge à l'intérieur d'une capsule métallique et actionne une autre commande sur son bras. Il entend les portes du container se tordre. La capsule se referme. Il plaque les bras le long du corps.

Les airbags installés à l'intérieur de la cabine se gonflent, le pressant de tous les côtés.

Je Joue pour la mort, mon amour. Pour la mort.

Il appuie sur le dernier bouton, situé sur le talon de sa main droite. Avant de le relâcher, il ferme les yeux.

Voici venir le salut.

Je Joue pour la mort.

— Et s'il a installé une autre bombe ? s'écrie Aisling.

— Oh, merde, dit Jordan. À toutes les unités. On abandonne. Je répète : abandon, abandon, abandon !

Aisling lâche son fusil pour courir sur le toit, vers l'eau. Elle court si vite que le vent hurle à ses oreilles, sa respiration s'emballe, ses pieds frappent le sol, ses cuisses sont des pierres, ses mollets des ressorts. Son sang pompe encore et encore. Elle a peur, mais elle est revigorée.

Elle fuit loin d'une mort certaine, si elle avait été assez stupide pour tomber dans le piège d'An, ce qui a failli se produire.

Courir l'excite. Endgame la remplit de peur.

C'est ça, Jouer, même si, à cet instant, elle n'a qu'une chance infime de survivre.

Elle court très vite.

Encore quinze pieds.

Très vite.

Dix pieds.

C'est excitant.

Cinq.

Elle ouvre la bouche, emplit ses poumons.

Un.

Elle saute du toit.

Joint ses mains, fait basculer son corps vers l'avant, plonge dans le vide.

Le ciel s'illumine au moment où elle crève la surface de l'eau et s'enfonce dans les profondeurs. Elle bat des pieds pour descendre au fond. Elle nage au milieu de l'obscurité glacée, tandis que pleuvent autour d'elle des objets de toutes dimensions. Elle se retourne et fonce vers la structure immergée qui soutient l'île artificielle. Elle s'y adosse et s'accroche, ses mains s'enfoncent dans les piliers. Elle ne voit que le noir en dessous et une lueur orangée au-dessus, striée de blanc ici et là par les débris qui s'écrasent à la surface et pénètrent dans l'eau. Elle entend les bulles et les battements de son cœur. Son record d'apnée est de trois minutes et cinq secondes.

Ce soir, elle aura besoin de chacune de ces secondes.

Et plus.

SARAH ALOPAY

Une chambre de la Casa Isla Tranquila, Juliaca, Pérou

Comment a-t-il pu lui faire une chose pareille ?
Comment ?

Elle va le tuer. Elle va le tuer. Elle va le *tuer*, nom de Dieu !

Cela fait maintenant 25 heures que cette garce l'a enfermée dans cette chambre. Sarah n'a dormi que trois heures. Le reste du temps, elle est restée assise par terre en tailleur, face à la porte, à espérer que l'un d'eux entre.

À espérer qu'*il* entre, lui, l'Olmèque, le Joueur, son ami, son amant, son confident.

Celui qui l'a trahie.

Elle va le tuer, nom de Dieu.

Il n'est pas entré.

Elle est restée assise, elle arpente la pièce, en hurlant, en direction de la porte, de la fenêtre, de ces gens dans le jardin, qui l'ignorent ou bien ne peuvent même pas la voir ni l'entendre.

Elle s'efforce de rester calme, elle essaye de raisonner. Elle se couche sur le lit et tente de dormir par tranches de 10 minutes. Elle ne veut pas louper l'entrée de l'un d'eux, or elle sait qu'ils entrent dans la chambre pendant son sommeil car parfois, quand elle se réveille, elle découvre des aliments frais.

Qu'elle ne mange pas.

Dans les moments de faiblesse, quand elle se sent bien disposée ou temporairement apaisée, elle se dit : *Il fait ça pour une bonne raison. Il veut que je reste ici. Il ne m'a pas trahie. Il m'aime.*

Puis elle se souvient qu'il lui a pris la Clé de la Terre pendant qu'elle était endormie, sans défense, impuissante.

Non.

Elle bouillonne et marche de long en large, bouillonne et marche de long en large. Comme un animal.

Elle le hait.

Elle le hait.

Elle le hait.

Elle va le tuer dès qu'elle le verra.

Elle va le tuer, nom de Dieu.

JAGO TLALOC

Casa Isla Tranquila, Juliaca, Pérou

Jago ne marche pas de long en large dans sa chambre, cette chambre où il s'est cassé le pied en sautant de son lit quand il avait sept ans, où il s'est entaillé la main en aiguisant son couteau quand il avait neuf ans et où il a échangé son premier baiser avec sa cousine germaine, Juella, quand il avait 12 ans et elle 14. Il n'insulte pas les murs et il ne se prive pas du confort de la maison, il ne prévoit pas qui il va tuer, quand et comment. Il ne s'interdit pas de dormir. Il ne refuse pas de manger. Il n'exprime ni inquiétude ni peur.

Il ne peut pas se le permettre. Ce serait trop dangereux pour elle.

Pour Sarah.

Pour celle qu'il aime et auprès de qui il s'est engagé.

Celle qu'il a trahie temporairement.

Il pense à elle depuis que sa mère et son père l'ont enfermée, alors qu'il s'y opposait. Il se demande à quel moment il devra la libérer. Car il doit la libérer. Quitte à violer le pacte qu'il a scellé avec sa famille et sa lignée. Sarah et lui sont ensemble désormais. Ils forment une équipe.

Et c'est une Joueuse.

Comme lui.

Elle a besoin de Jouer.

Il est en colère contre sa mère et son père, terriblement en colère, mais il ne peut pas le montrer. Ils la tueraient. Il a protesté – ne pas protester aurait paru tout aussi suspect, et sans doute entraîné la mort de Sarah –, mais il a fait semblant d'approuver la nécessité de l'enfermer. Ses parents semblent avoir cru à sa résignation. Ou bien ils sont disposés à accepter ses mensonges, ce qui revient au même.

Mais intérieurement, il le sait : il ne Jouera pas sans elle. Il lui a fait une promesse. Sauf imprévu, il ne quittera pas Isla Tranquila sans Sarah Alopay.

Non.

Mais avant cela, il doit rencontrer l'ancienne et vénérable Olmèque.

Il doit rencontrer Aucapoma Tlaloc.

Maintenant.

On frappe à la porte.

— Oui ?

Renzo glisse la tête à l'intérieur de la chambre.

— Elle est prête.

Jago se lève. Frotte ses mains sur ses cuisses. Il traverse la pièce pour récupérer la Clé de la Terre – si petite, si insignifiante – dans une coupelle en acajou. Il la serre dans son poing. Accompagné de Renzo, il sort dans le jardin intérieur. Il n'essaye pas d'apercevoir Sarah à sa fenêtre. Ils sont rejoints par Guitarrero, qui fumait un cigarillo près de la fontaine. Guitarrero demande à Jago s'il est prêt et celui-ci répond :

— Évidemment.

Ils quittent le jardin intérieur, pénètrent dans l'aile des invités de la vaste demeure et se dirigent vers la chambre d'Aucapoma Huayna.

Cinq portes plus loin, au bout du couloir, se trouve Sarah Alopay.

Jago peut quasiment sentir la fureur de la Cahokienne.

Ils arrivent devant la porte d'Aucapoma Huayna. Guitarrero tire sur son fin cigare presque noir.

— Elle a exigé que tu sois seul, Jago.

Tant mieux, pense-t-il.

— Très bien.

Il pose la main sur la poignée.

— *Papi*, si je dois laisser Sarah ici, au Pérou, est-ce que... tu veilleras sur elle ?

— Oui.

— Tu le jures ?

— Oui.

Jago, le détecteur de mensonges humain, entend que Guitarrero lui ment. Son propre père. Qui lui ment.

Encore une fois.

— Merci, dit Jago, et il le pense vraiment.

Il avait besoin de connaître les véritables intentions de son père. Il ouvre la porte et disparaît à l'intérieur de la chambre.

Les rideaux sont tirés, mais une lampe apporte un éclairage agréable. Une petite radio diffuse des notes cristallines de musique classique. Assise à une table ronde, Aucapoma attend. La vieille femme est voûtée et frêle – il y a plus d'os que de muscles – et sa peau fripée ressemble à un raisin sec. Elle porte une robe en soie bleue légère et des chaussons fourrés. Ses poignets fins sont couverts de bracelets d'argent. Elle regarde fixement Jago – presque à travers lui –, et dit d'une voix douce, dans la langue ancienne des Olmèques :

— Entre, mon enfant. Assieds-toi.

Jago obéit.

— Merci d'avoir fait ce voyage, Aucapoma Huayna.

Elle esquisse un geste vague devant son visage.

— C'est naturel, mon enfant. C'est ce que nous attendions tous, non ?

— Oui.

— Mais je suis vieille, comme tu peux t'en rendre compte, alors venons-en au fait, hmm ?

Jago apprécie cette franchise.

— Tout à fait d'accord. Voulez-vous la voir ?

Elle tend la main, ouverte.

— Avec plaisir.

— Tenez.

Jago dépose la Clé de la Terre dans la paume ridée.

— Ahhhhhh, soupire la vieille femme. Elle est si légère... et en même temps si lourde.

Jago ne dit rien.

— Le Peuple du Ciel possède un talent extra-ordinaire, ou devrais-je dire extraterrestre ?

Elle rit de sa médiocre plaisanterie ; un petit rire fluet semblable à un chant d'oiseau.

— Ce sont eux qui nous ont créés, n'est-ce pas ?

Aucapoma Huayna referme les doigts autour de la Clé de la Terre et pointe un long index sur Jago.

— En effet, dit-elle. Et ils nous ont gouvernés avec bienveillance, surtout nous, les Olmèques, pendant de nombreuses générations.

— Aucapoma Huayna, vous possédez la sagesse du roi Pachacutec. Vous savez plus de choses sur l'histoire ancienne et sa vérité que tout autre Olmèque vivant. Alors, dites-moi : que savez-vous de ce jeu ?

— Je connais beaucoup de choses sur l'histoire ancienne, Jago. Comme si elles m'avaient été mur-murées à l'oreille par les Créateurs eux-mêmes. Je sais tout des anciennes mines d'or et des expériences génétiques, des principes de construction des pyra-mides, je sais que les Créateurs peuvent rassembler tous les champs d'énergie que l'on trouve sur Terre pour atteindre leur objectif. Je connais les secrets du dernier âge de glace et du Grand Déluge qui y a mis fin. Je sais tout des anciennes machines volantes et des relations entre les continents au temps de la préhistoire, entre la Chine et l'Amérique du Sud, entre l'Inde et l'Afrique. Je connais l'épistémologie et l'assujettissement des peuples à travers les systèmes de croyances. Je sais comment tuer de toutes les manières imaginables. Je connais des douzaines de langues, oubliées et mortes. Je suis le chaînon anthropologique manquant.

Elle s'interrompt. Si c'est ça qu'elle appelle en venir directement au fait, Jago se réjouit qu'elle n'ait pas envie de s'étendre sur tout ce qui s'était passé.

— Et maintenant que j'ai vu cette Clé de la Terre, reprend-elle, je sais exactement ce qu'il faut en faire.

Nous y voilà, se dit Jago.

Les yeux fixés sur la petite boule noire, elle murmure :

— La Clé de la Terre provient des immenses carrières englouties de l'ancienne colonie, plus vieille que vieille, découverte sous et au milieu de l'antique cité baptisée aujourd'hui Tiwanaku, au sud-est du Grand Lac qui recouvre le rocher de Plomb. C'est là que tu trouveras la porte du Soleil. Je la connais bien, de bas en haut. Emportes-y la Clé de la Terre et dépose-la dans le pilier le plus au sud, précisément à deux *luk'a* – cent vingt et un virgule deux centimètres – du sol. C'est alors, et alors seulement, que le Joueur découvrira l'emplacement de la Clé du Ciel.

Jago soupire.

— Tiwanaku.

— Oui, mon Joueur.

— En plein territoire Cielo, putain... Pardonnez-moi, Aucapoma Huayna.

La vieille femme glousse.

— Allons, j'ai beaucoup vécu. Je ne suis plus une jeune fille pure... surtout au niveau des oreilles et de la langue !

— Savez-vous quelque chose au sujet de la troisième et ultime clé ? La Clé du Soleil ?

— Non, rien.

Aucapoma Huayna affiche un petit sourire satisfait, avant d'être prise d'une légère quinte de toux. Elle rend la Clé de la Terre à Jago. Elle a les yeux vitreux à cause de la toux.

Jago se lève et adopte un air solennel.

— Merci, Aucapoma Huayna. Continuez, s'il vous plaît, à protéger notre savoir ancien. Je pourrais en avoir encore besoin. Maintenant, si vous le permettez, je dois continuer à Jouer.

Jago pivote sur ses talons et fait trois pas, avant d'être arrêté net par la voix sifflante d'Aucapoma Huayna :

— Arrête ! (Sa voix est tendue, transformée par ce qui est resté coincé dans sa gorge et l'a fait tousser.) Il faut que je te parle de la fille.

Jago se retourne, beaucoup plus lentement cette fois.

— Eh bien ?

La vieille femme boit un peu d'eau dans un petit verre doré à la feuille.

— Que t'a-t-elle raconté sur sa lignée ?

— Pas grand-chose. J'ai l'impression que ses membres sont moins préparés que nous. Pour une raison quelconque, ils se croyaient plus « normaux » que ceux des autres lignées. Attention, pas de méprise surtout : Sarah est une tueuse aussi redoutable que n'importe quel Joueur, mais sa lignée semble ne pas disposer... des mêmes ressources que nous ou certains autres.

Aucapoma hoche lentement la tête.

— Il y a une raison à cela, mon Joueur.

Jago avance d'un pas.

— Ah oui ?

— Tu ne savais rien de toutes ces lignées quand le jeu a commencé, mais moi, je connais les Cahokiens depuis très très longtemps.

— Eh bien ?

— C'est la seule des douze lignées qui, de tout temps, s'est dressée contre les Créateurs et les a combattus.

Jago se laisse retomber sur sa chaise.

— Xehalór Tlaloc m'a parlé de ça, il y a longtemps. Une histoire de bataille entre les humains et les Dieux du Ciel. C'est donc vrai ?

— Oui.

— Quand était-ce ?

— En l'an 1613. À cette époque, les Créateurs avaient arrêté d'exploiter les mines d'or de la Terre, mais les Cahokiens leur devaient mille jeunes gens pour respecter leur part d'un ancien marché. Et quand le dernier contingent de Créateurs réclama ces enfants avant de quitter la planète, les Cahokiens refusèrent.

— Ils ne redoutaient pas leur colère ?

— Non. Ils avaient compris que les Créateurs n'étaient pas des dieux, mais de simples mortels, que leur pouvoir était dû à la technologie et non à un quelconque pouvoir divin. Victimes d'un orgueil démesuré, les Cahokiens ont cru qu'ils pourraient utiliser la puissante technologie que leur avaient donnée les Créateurs – essentiellement des armes à énergie dirigée – pour repousser ces mêmes Créateurs. Mais ils n'avaient pas tenu compte du fait que ceux-ci avaient gardé des armes en réserve, et après trois jours de combats qui provoquèrent de lourdes pertes dans les deux camps, les Créateurs effacèrent tout simplement le champ de bataille du globe sans même prendre le soin de protéger leurs propres soldats. Aucun de ceux-ci n'en réchappa. Seuls deux Cahokiens mâles survécurent, ainsi qu'un petit groupe de femmes et d'enfants.

— Voilà donc le prix qu'ils ont payé. Un quasi-anéantissement.

— Le tribut fut plus élevé encore. Insulte suprême, les Créateurs leur firent oublier le véritable nom de leur lignée, qui se traduit simplement par « les Gens ».

— *Dios* ! s'exclame Jago.

— Et ce n'est pas tout. Les Créateurs ont peur, mon Joueur. Ils ont peur que, dans cent cinquante ans environ – un simple battement de cils pour les Créateurs –, nous...

— Nous devenions plus ou moins leurs égaux.

— Oui.

— Voilà pourquoi, selon moi, Endgame arrive maintenant. Pas seulement pour accomplir la prophétie, mais pour réduire notre nombre, entraver notre progression.

Ils partagent un moment de silence.

— Tu dois la tuer, Jago, ordonne Aucapoma Huayna d'un ton enjoué.

— Hein ?

— Faire alliance avec cette fille est une folie. Jamais les Créateurs ne laisseront son peuple gagner. Impossible. Et ils ne laisseront pas non plus gagner un de ses alliés. Surtout pas son amant.

— Je...

— Tu dois la tuer, de tes propres mains. Tu dois montrer aux Créateurs que tu ne recules devant rien pour gagner.

— Mais pourquoi ? Vous venez de reconnaître qu'ils étaient mortels et de laisser entendre qu'ils étaient insignifiants.

— Ni plus ni moins que nous. Il est exact que nous sommes à l'image de nos Créateurs.

Aucapoma Huayna prend les mains de Jago. Ses joues se sont empourprées, ses lèvres tremblent.

— Mais il ne faut pas cesser de les craindre, ajoute-t-elle. Telle est la leçon de la révolte des Cahokiens. Nous ne pouvons pas les provoquer, Jago Tlaloc.

— Et si on pouvait arrêter le jeu ?

— C'est impossible, dit la vieille femme en se rapprochant de lui. (Jago sent son haleine, un mélange désagréable et entêtant de café, de vitamines et de sucs gastriques.) L'Épreuve a été déclenchée. Plus rien ne peut l'arrêter. Tu dois Jouer. Et tu dois tuer, *toi-même*, la Cahokienne.

HILAL IBN ISA AL-SALT

Hôtel et casino Vyctory, suite de Wayland Vyctory,
Las Vegas, Nevada, États-Unis

Hilal suit Rima Subotic dans un couloir anonyme, les deux Nethinim marchent derrière lui.

Voilà à quoi ça mène, se dit Hilal. *Je ne Joue pas comme je le pensais. Mais je vais détruire le Corrupteur.*

Ses nerfs tremblent et s'entrechoquent. Alors il pense au sable, au vent, aux dattes sucrées, à l'eau fraîche. Toutes ces choses physiques qui l'apaisent.

Qui calment son cœur.

À peine.

— Encore une question, Aksoumite, dit Subotic par-dessus son épaule.

— Oui ?

— Pourquoi as-tu renoncé à ta lignée pour venir te soumettre à maître Vyctory ?

— Je n'y ai nullement renoncé, ma sœur, répond Hilal sans détour.

— Explique-toi.

— Peu de temps après l'Appel, j'ai appris que les Joueurs pouvaient sauver l'humanité et même empêcher le jeu de débuter.

Arrivée au bout du couloir, Subotic s'arrête. Il n'y a ni porte, ni fenêtre, ni ouverture d'aucune sorte. Hilal sent que les Nethinim se sont arrêtés eux aussi. Subotic lui lance un regard interrogateur.

— Il suffisait de refuser de Jouer, poursuit Hilal. Si l'un de nous n'avait pas récupéré la Clé de la Terre, l'Épreuve n'aurait pas été déclenchée et Endgame en serait resté là.

— Oui. C'est ce qu'a dit le Créateur dans son annonce.

— Exactement. J'ai tenté d'en informer les autres Joueurs, mais mes efforts ont été contrecarrés par une éjection de masse coronale qui, par la volonté des Créateurs, s'est abattue uniquement sur notre petite région d'Éthiopie. Simultanément, j'ai été attaqué par deux Joueurs alliés qui m'ont infligé ces blessures. Moins de trente-six heures plus tard, la Clé de la Terre était découverte et l'Épreuve débutait. Après de nombreuses heures de réflexion avec mon maître, nous avons compris que les Créateurs étaient intervenus dans le jeu... ce qui leur est interdit.

— Oui. En effet. Mais cela n'explique pas pourquoi tu es venu faire allégeance à maître Ea.

— Puisque les Créateurs ont violé leurs engagements envers nous, nous avons décidé de leur rendre la pareille, au moins, en ouvrant l'arche pour découvrir quels pouvoirs elle abritait. Deux Nethinim ont trouvé la mort dans cette entreprise.

— L'arche est un outil puissant.

— Oui. À l'intérieur se trouvaient deux cobras qui tentaient de se mordre la queue mutuellement.

En disant cela, Hilal referme les mains sur les têtes de serpent de ses cannes. Il a les paumes moites. Il sait qu'Ea écoute et observe cette conversation, et Hilal évolue sur le fil du rasoir, là où la vérité rencontre le mensonge.

— Les ouroboros, en chair et en os, dit Subotic.

— Oui. Dévoré par sa colère envers les Créateurs, mon maître les a saisis l'un et l'autre et leur a cogné la tête contre le bord du réceptacle de Père Moïse.

Ils sont morts et ont été réduits en cendres. Outre les reptiles, l'arche ne contenait qu'un petit tas de poussière, la machine à manne, à laquelle il n'a pas touché, et cet appareil que vous tenez présentement.

Subotic manipule la tablette.

— Il est resté inerte entre les mains de mon maître, comme il l'est entre les vôtres, mais dès que moi, Joueur d'Endgame, je l'ai touché, il s'est animé. Son message est simple ; il m'a offert deux options : participer au jeu en courant après les Clés ou me mettre en quête de maître Ea. Ayant découvert que ce jeu était une folie, que les Créateurs pouvaient influer sur l'issue de la Grande Énigme, après avoir promis depuis des temps immémoriaux qu'ils ne le feraient pas, nous avons estimé que nous avions besoin d'aide. Purement et simplement. Nous savons qu'Ea hait plus que tout ses frères et sœurs Créateurs. Alors, qui mieux que l'être le plus puissant sur Terre peut nous aider ? Peut-on trouver meilleur allié que l'ennemi de notre ennemi ? Comprenez-moi bien, madame Subotic. Les autres Joueurs ne sont plus ma préoccupation principale, pas même ceux qui m'ont fait ça. (Il passe une main sur son visage.) Le *véritable* ennemi, ce sont les Créateurs, et Endgame lui-même.

Subotic hoche la tête, lentement.

— Voilà un argument convaincant, Aksoumite. Et je l'accepte. Suis-moi, je te prie.

Oui, elle est très douée pour masquer sa vraie allégeance, pense Hilal. À tel point qu'il songe, brièvement, que Subotic n'est peut-être pas une taupe et qu'il s'est jeté la tête la première dans un piège sophistiqué.

Très vite, il chasse ces pensées de son esprit.

Piège ou pas, il va bientôt se retrouver devant Ea.

Subotic fait face au mur et avance. Hilal lui-même est quelque peu surpris de la voir passer à travers, tel un fantôme. Il hésite, mais un des Nethinim le pousse dans le dos. Il avance, pas à pas, et comme Subotic, il traverse le mur.

Qui n'est rien d'autre qu'une projection holographique.

Il se retrouve sur le seuil d'une vaste salle. Le sol est en marbre, le plafond culmine à 13 mètres de hauteur. De part et d'autre, les murs se déploient en un large V, ils sont tapissés de feuilles d'argent et ornés de fleurs et de plantes exotiques de toutes sortes. Sur la gauche, une cage en bois sombre renferme plus d'une douzaine de perroquets, jaunes, bleus, orange et rose, qui blablatent gaiement. Face à la cage, un livre très ancien, de plusieurs centaines de pages, repose sur un lutrin, à mi-hauteur. Il est relié de cuir noir et ouvert au milieu. Hilal distingue à peine les caractères à cette distance, ils lui sont inconnus et étrangers.

À quelques mètres de là, un grand arbre constitué de plaques de verre multicolore, éclairé de l'intérieur, luit comme un arc-en-ciel. Autour sont disposés des fauteuils, des canapés luxueux et des tables basses. Au-delà de ce coin salon, dans la partie la plus vaste de cette pièce triangulaire, des baies vitrées qui vont du sol au plafond donnent sur Las Vegas et ses fantastiques constructions dédiées au dieu Argent, avec un ciel infini et les montagnes rouges dentelées en toile de fond. Et là, devant les fenêtres, face à lui, se tient Wayland Vyctory.

Il semble avoir 70 ans. Ses yeux sont brillants, son sourire figé. À l'évidence, il a subi de nombreuses opérations de chirurgie esthétique. Il porte un costume sur mesure et une chemise, sans cravate. Une énorme bague en or et diamant orne son auriculaire gauche.

— Maître Hilal ibn Isa al-Salt, bienvenue sous mon toit.

Quand il parle, le côté gauche de son visage ne bouge presque pas.

Subotic s'écarte et baisse la tête.

— Seigneur, dit Hilal en marchant vers son ennemi, merci de me recevoir.

Les Nethinim le suivent sans bruit.

Hilal et Vyctory sont à 10,72 mètres l'un de l'autre et ils se rapprochent encore. Hilal serre les cannes dans ses mains. Il se prépare à les activer. Il lui suffit d'être à moins d'un mètre – et les serpents antiques feront le reste.

Plus que 8,6 mètres.

Vyctory s'arrête près de l'arbre de verre multi-colore.

— Je perçois ton pouls, Joueur aksoumite. Qu'est-ce qui te trouble ?

Hilal continue d'avancer. Il pèse sur son diaphragme, il essaye de sentir le poids de ses jambes, de ses intes-tins, de son cœur. Il essaye de s'ancrer au sol.

— Rien, Seigneur. C'est... l'excitation. Il se passe des choses étranges ces temps-ci, des choses stupé-fiantes. Aucun niveau d'entraînement n'est suffisant. Je n'ai jamais imaginé qu'Endgame débuterait un jour. Et surtout, je n'ai jamais imaginé que je vous trouverais !

Hilal s'incline avec déférence. Pendant qu'il fait semblant de regarder le sol, il surprend Vyctory en train d'adresser un petit signe à ses sbires. Il relève la tête. Vyctory lui sourit.

— Moi aussi, je ressens de l'excitation, dit celui-ci. Je me demandais si un Joueur me trouverait un jour, et quand. Je me réjouis que ce soit toi.

La voix de Vyctory est mélodieuse et enivrante. Hilal doit y résister. Tout son entraînement trouve sa justification dans cet instant.

Plus que 7 mètres.

— Je suis navré que tu aies enduré tant de souffrances si tôt, maître al-Salt, dit Vyctory de sa voix chantante en montrant les blessures de Hilal. Si les choses se passent bien aujourd'hui, sache que je peux te rendre ton apparence.

— Ce serait merveilleux, seigneur.

Six mètres.

Cinq.

Ça y est.

Ses pouces glissent sur les pommeaux à tête de serpent.

Ce sera rapide. Très rapide.

Vyctory sourit et sourit encore, sa bouche s'allonge de manière grotesque, comme si son visage avait la capacité de se déformer tel celui d'un superhéros de bande dessinée. Ses doigts s'étendent eux aussi, il hoche la tête, gonfle la poitrine.

Viens, disent ses mouvements. *Viens à moi et délecte-toi.*

Trois mètres les séparent. Deux.

Mais juste au moment où Hilal va redonner vie aux cannes et les laisser attaquer, les Nethinim les font glisser sur le sol, d'un coup de pied. Hilal tombe à genoux. Les sbires de Vyctory appuient sur ses épaules, d'une main, pour l'obliger à s'agenouiller au sol, pendant qu'avec leur autre main ils attrapent les cannes et les arrachent à la poigne de Hilal.

Celui-ci écarte les doigts sur le marbre.

Les cannes tournoient sur le sol en restant de bois. Les serpents ne se réveilleront pas pour attaquer.

Subotic n'a pas bougé. Elle l'a trahi. Ou serait-ce que, afin de protéger sa couverture, elle ne puisse pas voler à son secours tout simplement ?

Vyctory saisit Hilal sous le menton et serre si fort que l'Aksoumite ne peut plus parler. La douleur est insoutenable.

— Tu croyais vraiment que tu pourrais me tromper ? J'ai appris aux hommes à mentir aux temps les plus sombres de l'Antiquité !

Hilal émet un grognement entre ses dents serrées.

— Silence, Aksoumite. J'ai entendu tout ce que tu as dit à Rima. Si je t'ai autorisé à entrer ici, c'est uniquement pour voir de mes propres yeux à quel point tu es pathétique, et découvrir ce « trophée » que tu m'as apporté.

Hilal ne dit rien.

— Je ne sais pas pourquoi, mais j'ai pitié de toi. (Vyctory crache ces mots.) Alors, ta fin sera brève, le moment venu. Et il viendra vite.

Vyctory lâche le menton de Hilal. Aussitôt, les Nethinim l'attrapent par les poignets et lui tordent les bras dans le dos, au risque de le disloquer. Son torse bascule vers l'avant et sa joue s'écrase contre le sol. Pour voir autre chose que les pieds de son ennemi, il est obligé de se dévisser le cou et de se retourner les yeux.

Vyctory ordonne :

— Montre-moi cet objet, Rima.

Subotic lance l'antique tablette. Elle atterrit dans la main de Vyctory. Qui laisse échapper un sifflement admiratif.

— Eh bien... Voilà un très vieil appareil technologique. J'ai le même quelque part. Sais-tu ce que c'est, al-Salt ? À quoi il devait servir ?

— À vous l'enfoncer dans le postérieur ?

— Hmmm. Je n'aime pas cette tendance qu'ont les humains à tomber dans la vulgarité sous la contrainte, al-Salt.

— À vrai dire, moi non plus.

— Alors, ferme-la et dis-moi à quoi servait cet objet, selon toi.

— À ça justement : vous retrouver. À la manière d'une alarme dans un boîtier en verre : briser la vitre en cas d'urgence.

Vyctory racle le sol avec ses pieds.

— Non. C'est l'appareil que Moïse a utilisé pour discuter avec mes cousins à bord de leur vaisseau avant qu'ils abandonnent tous, ou presque tous, ce misérable coin de la galaxie. Comme tu le sais, les gens croyaient que l'arche était une sorte d'émetteur – le siège de miséricorde, les chérubins, la boîte en bois d'acacia ornée de feuille d'or –, mais tout cela n'était qu'une façade. *Voilà* le véritable émetteur. C'est l'objet qu'ils ont donné à Moïse, et qu'il a utilisé durant ses quarante jours au sommet du Sinaï pour parler avec son Dieu.

Hilal se serait moqué de ce blasphème s'il n'avait pas connu la vérité du monde.

Et c'*est* la vérité.

— As-tu réussi à communiquer avec celui qui est là-haut ? demande Vyctory.

Hilal a les épaules en feu, ses genoux sont comme des épingles qui s'enfoncent dans le marbre. Il tente d'adopter une position un peu plus confortable. Aussitôt, les Nethinim resserrent leur étau pour le punir.

— Non, parvient-il à articuler.

— Sais-tu pourquoi tu n'as pas réussi ?

— Non.

— Parce que tu n'es pas Moïse, Aksoumite. Tu n'es qu'un Joueur.

— Peut-être. Mais je suis un Joueur qui s'est approché presque suffisamment près pour vous tuer, maître Ea.

— Me tuer ? Quels livres anciens as-tu gobés ? Le seul qui dit la vérité est juste là, sur ce lutrin.

Il contient toutes les connaissances de l'Antiquité. *Toutes*, et également les règles de tes Créateurs pour Endgame. Des règles que tu ne verras ni ne connaîtras jamais.

— Merci de m'avoir permis d'y poser mon regard, maître. Ne serait-ce qu'un instant.

— Bah, je suis las de toi, mais je suis content que tu m'aies apporté cet objet. Je m'en servirai pour parler à mes cousins la prochaine fois que leur vaisseau viendra dans cette partie du cosmos, ce qui ne devrait pas tarder. (Ea regarde ses deux sbires.) Tuez-le.

Vyctory pivote sur ses talons. Un des Nethinim fait glisser sa main de l'épaule de Hilal vers sa nuque.

Un calme inattendu s'empare de lui à cet instant. D'une manière ou d'une autre, tout va prendre fin. C'est sa dernière chance.

— Vous n'avez pas envie de savoir *comment* j'allais vous tuer ? demande-t-il.

Vyctory s'arrête. Le Nethinim se fige.

— Je voulais m'approcher suffisamment près avec mes très anciennes cannes, provenant d'avant l'époque de D'mt, d'Ezana, de Na'od et même de Ménélik, qui sont passées entre les mains de tous les Joueurs aksoumites. J'aurais enfoncé la première dans votre bouche, votre gorge et votre ventre. Avec l'autre, je vous aurais empalé à la poitrine. J'aurais fait le signe de croix à l'intérieur de vous, j'aurais consumé votre substance de Créateur et l'aurais dispersée pour toujours. Voilà de quelle manière je vous aurais tué, Ea.

Mensonges. Mais la menace d'une mort imminente lui redonne des forces et Hilal parvient à trouver des accents de vérité. Le rire de Vyctory ressemble à un reniflement. Il se retourne vivement vers Hilal.

— *Le signe de croix ?* Ta lignée n'a donc rien appris au cours des millénaires ? Les signes ont la signification qu'on leur attribue. Tout n'est que mensonge, Aksoumite ! (Hilal l'entend presque secouer la tête.) Je me réjouis qu'Endgame soit arrivé car toutes ces lignées vont être décimées. La tienne particulièrement. Il n'y a rien de pire qu'une personne initiée qui continue à s'accrocher à des lambeaux de croyance.

— Peut-être. Mais moi au moins, j'ai *essayé* de vous tuer. Aucun autre membre de ma lignée ne peut se targuer d'en avoir fait autant depuis l'an 1200.

— Et tu vas connaître le même sort qu'elle. Tu essaieras et tu échoueras. Des cannes, Rima ! Tu comprends ?

— Non, maître. Je ne comprends pas, répond Subotic d'un ton neutre.

— Moi non plus. Montre-les-moi, Jael, dit Vyctory en prononçant enfin le nom de l'autre Nethinim.

Très bien, se dit Hilal.

Il ferme les yeux et récite une prière muette.

Très bien.

Son cœur ralentit. Sa respiration devient plus régulière.

Jael le lâche pour ramasser les cannes, et Hilal peut se détendre légèrement. Il voit Ea tendre les mains vers les bâtons d'Aaron et de Moïse, en fronçant les sourcils.

Très bien.

Dès qu'Ea les touche ils se transforment et les serpents bondissent. La tablette tombe et glisse sur le sol. Jael veut retenir les reptiles, mais celui qui était le bâton de Moïse est trop rapide. Il plonge tout droit dans la bouche ouverte de Vyctory et y disparaît en une fraction de seconde. L'autre, le bâton d'Aaron, s'enroule trois fois autour du cou de Vyctory et serre, sa coiffe est déployée, ses crochets dégoulinants frappent le visage de Vyctory avec la rapidité de l'éclair. Vyctory porte la main à sa gorge et tente de glisser ses doigts entre son cou et le serpent. Jael essaye d'en faire autant, mais le cobra est trop fort.

Kaneem, sous le choc lui aussi, relâche l'étau de sa main, juste assez pour permettre à Hilal de se dégager, de se retourner sur le dos et de faucher les pieds du garde. Celui-ci s'écroule sur le sol, juste à côté de l'Aksoumite, qui écrase la pomme d'Adam de Kaneem d'un coup de coude. Mais le Nethinim est vif et il bloque le bras de Hilal avant d'avoir la gorge broyée. Avec son autre main, Hilal décoche un petit coup sec à Kaneem et lui brise trois côtes. Il entend Vyctory haleter et hurler, tandis que le serpent de Moïse se fraye un chemin dans ses intestins. Il continue à marteler le flanc de Kaneem et à lui briser des côtes. L'homme finit par lâcher son coude, alors Hilal le lève et l'abat de toutes ses forces sur la gorge du Nethinim, brisant tout à l'intérieur. Kaneem est mort. Hilal entend les pas feutrés de Subotic qui se précipite vers la mêlée. Il entend le bruit d'une culasse de pistolet que l'on actionne. Il roule sur lui-même. Un coup de feu éclate, une balle rebondit sur le sol en marbre et finit sa course dans une des baies vitrées qui se lézarde sans se briser.

Subotic vise Jael et Vyctory.

Elle ne l'a pas trahi.

Hilal bondit vers eux au moment où Subotic tire trois fois de suite. Une balle atteint Jael à la cuisse. Hilal voudrait qu'elle cesse de tirer et laisse les serpents faire leur travail. Il passe devant Jael en dérapant et récupère la machette baptisée AMOUR, mais il n'est pas assez rapide pour reprendre l'autre. Il fonce se mettre à l'abri derrière un canapé. Il va laisser les serpents accomplir leur tâche avant d'affronter Jael.

Mais alors qu'il écoute les bruits de lutte, les gargouillis et les halètements de Vyctory, il entend ces mots :

— Tue-les tous les deux !

Il jette un coup d'œil par-dessus le canapé au moment où Jael lâche le cou de son maître et contourne l'arbre de verre. Subotic ouvre le feu de nouveau et l'arbre se brise en un million d'éclats multicolores.

Au même instant, Jael lance l'autre machette, à travers la pluie de verre, et Subotic n'a pas le temps de réagir avant que la lame s'enfonce dans sa hanche et son ventre. Elle lâche le pistolet, et tombe lourdement sur le sol en même temps que la machette. Son visage déjà pâle blêmit davantage.

Hilal se retourne vers Vyctory. Jael devrait l'affronter, mais au lieu de cela, il lui tourne le dos pour revenir vers Vyctory, son maître vénéré, qui agonise. Hilal perçoit le désespoir avec lequel il tente vainement d'obliger le serpent à libérer son maître.

Hilal se redresse et marche vers le duo. Des flammes illuminent les yeux de Vyctory qui le regarde approcher, mais Jael ne comprend pas. Quand Hilal est à moins d'un mètre du Nethinim qui lui tourne le dos, il lève sa machette et, de deux coups rapides, il lui sectionne les deux bras au niveau des épaules. Le sang gicle et Jael s'écroule. Hilal lui décoche un coup de pied dans les côtes.

Hilal toise Vyctory pendant plusieurs secondes. Il est à genoux, ses yeux sont remplis de peur. Hilal ne sourit pas, il ne fanfaronne pas, il ne passe pas sa langue sur ses lèvres en signe de victoire.

Il regarde, simplement.

Il pose l'extrémité incurvée de sa machette sur la poitrine de Wayland Vyctory. Celui-ci saisit la lame à deux mains, le visage boursoufflé par le venin, violacé par l'asphyxie. Les petites traces de morsures laissées par les crochets ressemblent à des taches de rousseur sanglantes. Il serre la machette de toutes ses forces. Un sang noir coule entre ses doigts. Hilal fait tourner son poignet à 90 degrés et Vyctory lâche prise. Ses paumes sont à vif.

Hilal le repousse avec la pointe de la lame et il bascule contre un fauteuil rembourré.

Hilal laisse tomber la machette à ses pieds. Il se sent épuisé soudain.

Au bout de cinq secondes, Wayland Vyctory se fige, frémit, ses jambes se tendent et il meurt.

Sa tête retombe sur le fauteuil, sa bouche est grande ouverte, immobile.

Le serpent d'Aaron relâche le cou de sa victime et vient se lover sur sa poitrine. La pomme d'Adam de Vyctory tressaute, la langue bleuie jaillit sur le côté de la bouche et le serpent sombre réapparaît. Il émerge d'une longueur de quatre pouces et regarde autour de lui. Apercevant la queue de son congénère, il l'attrape dans ses mâchoires, l'avale, puis finit de s'extirper d'entre les lèvres du mort, luisantes de sang, de bile et de mucosités.

— Alors, tu l'as ? demande Hilal avec empressement.

Mais malgré tout son pouvoir, cette créature antique ne peut pas répondre. Ce n'est qu'un serpent, après tout.

Toutefois, Hilal sait qu'il l'a. Il a avalé la graine extraterrestre qui constitue Ea.

Pendant que le serpent de Moïse gobe la queue du serpent d'Aaron, celui-ci cherche autour de lui la queue de son double. Quand il l'a trouvée, il la prend dans sa gueule et l'avale à son tour, formant ainsi un cercle vivant, sinueux, qui s'entortille et tombe sur la poitrine inanimée de Vyctory. La paire de reptiles œuvre à l'unisson pour s'avaler mutuellement et emprisonner leur proie.

— Les ouroboros vivants, commente Hilal à voix basse.

Lorsque chaque serpent a atteint le milieu du corps de l'autre, il cesse de déglutir, s'immobilise et se solidifie. Puis, ensemble, ils glissent sur la poitrine de Vyctory, son ventre, ses cuisses enveloppées de soie et tombent sur le sol avec fracas.

Ils sont redevenus bois. Ils forment un anneau. Un cercle parfait de 20,995 centimètres de diamètre.

Un cercle.

Comme l'indice que lui a donné kepler 22b.

Une fin.

Un commencement.

Une orbite.

Une planète.

Un soleil.

Un cercle.

Un commencement.

Une fin.

La prison-sépulture de la chose nommée Ea.

Qui ne doit jamais être ouverte.

Hilal glisse les machettes dans sa ceinture, à l'intérieur de son pantalon ample. Il ramasse l'anneau de serpents.

Celui-ci vibre dans sa main. Délicatement, de manière agréable.

Il l'a fait.

Il l'a fait et il a survécu.

Il examine l'objet. Simple, beau. Les écailles sont parfaitement rendues, les yeux noirs sont pailletés d'or, le poids est idéal. Il le glisse autour de son poignet. Aussitôt, l'anneau rétrécit. Il le fait remonter au milieu de son avant-bras et il rétrécit de nouveau, jusqu'à venir s'incruster dans sa peau, sans douleur.

Il le portera. Il le protégera. Il le gardera.

Il le remonte sur son bras, il l'ajuste. L'anneau dépasse le coude, le biceps, jusqu'au creux musclé entre le haut du bras et l'épaule. Et l'anneau s'ajuste au fur et à mesure.

Oui, il le portera.

Il le protégera.

Il le gardera.

Il tourne le dos à la dépouille vaincue de Vyctory. Ramasse la tablette provenant de l'arche. Récupère sur le corps de Kaneem la clé de cuivre de l'ascenseur. Marche vers la sortie et s'arrête près de Rima Subotic. Il la croyait morte, mais il s'aperçoit qu'elle respire encore, très faiblement. Son regard est vide, elle a le bras tendu. Ses lèvres tremblent. Hilal s'agenouille à côté d'elle. Il lui prend la main. Il écarte les cheveux collés sur son visage par la sueur.

— Merci, ma sœur.

Elle remue les lèvres. Aucun son ne sort.

— Je suis désolé de ne pas avoir pu te sauver.

Elle remue les lèvres. Aucun son ne sort.

— Que dis-tu ?

— L...li... li...

Elle écarquille les yeux, Hilal se retourne et le voit.

Le livre.

Il comprend.

— Je vais l'emporter, ma sœur. Je vais l'apporter à Stella. Ea est mort. L'Ancienne Vérité vit. Ta mort est noble, ma sœur. Très noble. Sois-en remerciée.

Un sourire plisse les lèvres de Rima. Ses yeux se ferment. Hilal se penche pour l'embrasser sur le front. Elle meurt. Il ramasse l'autre machette par terre, celle marquée HAINE.

Il se lève et prend le livre sur le lutrin. Il s'arrête une dernière fois près du cadavre de Rima Subotic. Il secoue la tête.

Repose en paix, ma sœur.

Il quitte la pièce. Suit le couloir. Monte dans l'ascenseur. Introduit et tourne la clé. Descend dans le hall. Adresse un hochement de tête à l'employée de la réception, Cindy. Sort de l'hôtel. Marche vers le nord-est. Un jeune homme blessé, avec un livre et un million de secrets indicibles.

Un jeune homme blessé et fier.

Qui, à sa manière, continue à Jouer.

Il marche vers le nord-est.

Vers Stella.

MACCABEE ADLAI, BAITSAKHAN
Calle Ucayali, Juliaca, Pérou

Maccabee et Baitsakhan sont assis dans une Ford Escort, un ancien taxi qu'ils ont acheté directement à l'aéroport de Juliaca avec un seul morceau d'or d'une once. Depuis l'annonce de l'arrivée d'Abaddon, les prix des métaux précieux se sont envolés.

Aux dernières nouvelles, l'or se vendait 4 843,83 dollars l'once.

C'est peut-être un peu cher pour une vieille Escort cabossée, mais comme c'est un taxi local, qui passe donc totalement inaperçu, il vaut bien chaque gramme de métal jaune.

Maccabee conduit. Baitsakhan est assis à la place du mort. Le soleil vient de disparaître à l'horizon, mais tous les deux portent des lunettes noires : Maccabee un joli modèle de chez Dolce & Gabbana, Baitsakhan de fausses Wayfarer bleu ciel trouvées dans la boîte à gants du taxi. Le visage de Maccabee semble être passé sous une moto. Plusieurs jours se sont écoulés depuis que la Koori l'a roué de coups et il est sur la voie de la guérison, c'est-à-dire qu'il souffre moins et essaye de retrouver une apparence normale, mais elle l'a salement amoché. Si une personne le trouve beau désormais, cela voudra dire qu'elle aime les types à l'air coriace qui sont passés dans une essoreuse.

Ça lui convient.

Entre le tableau de bord et le haut du volant, il a coincé le globe, leur traqueur fabriqué par les Créateurs. À sa surface luisent faiblement le signal de l'Olmèque et celui de la Cahokienne.

Maccabee et Baitsakhan sont tout près.

Mais ils ne peuvent pas rejoindre leurs adversaires.

Ce serait trop dangereux.

Les deux Joueurs contemplent devant eux une longue route bordée de constructions de briques. À plusieurs pâtés de maisons de là s'étend un cordon de véhicules militaires noirs décorés de serres rouges peintes sur le capot. Les hommes portent des uniformes noirs, certains ont le visage dissimulé par un passe-montagne. Tous sont lourdement armés. Ils contrôlent toutes les personnes qui essaient de passer.

Ils n'en laissent pas passer beaucoup.

Les deux Joueurs savent ce qui se trouve un peu plus loin sur cette route.

Jago Tlaloc.

Sarah Alopay.

La Clé de la Terre.

Baitsakhan secoue un petit flacon en plastique pour faire tomber une pilule qu'il met dans sa bouche. Avec ses dents, il la broie en une poudre amère et l'avale. Il tend le flacon à Maccabee.

— T'en veux ?

Le Nabatéen prend une pilule et la gobe sans la croquer.

Ils se bourrent d'antibiotiques depuis qu'ils ont quitté l'appartement de Berlin Est. Compte tenu de l'opération subie par Baitsakhan et des blessures de Maccabee, ils doivent lutter contre les risques d'infection. Baitsakhan pose les pieds sur le tableau de bord. Il remue les orteils. Il tend sa main bionique devant lui, écarte les doigts, ferme le poing. Et sourit. Il pense à la Koori, à la facilité avec laquelle les muscles et les os ont cédé sous la pression. Il repense au sang coulant sur ses doigts. Il adore cette nouvelle main, bénie par la mort.

— Combien de temps encore ? demande-t-il.

— Je ne sais pas.

— Ils peuvent pas rester là-haut éternellement.

— Ça ne fait même pas deux jours qu'on les surveille, Baits.

À cause de ses blessures, Maccabee est obligé de parler avec le côté droit de la bouche. Ses cavités nasales sont encore enflammées. Sa voix est brouillée, nasillarde. Baitsakhan balance un coup de poing à un adversaire invisible, dans le vide.

— Et alors ?

Maccabee secoue la tête.

— Ils vont redescendre. Forcément. Ils sont obligés. Quitte à se faire escorter par une petite armée, ils vont bouger. Ils vont partir à la recherche des clés. Ils vont Jouer.

Maccabee tousse. Grimace. Ça fait mal.

— Ils vont bouger, répète-t-il.

— Et à ce moment-là, on les suivra, dit le Donghu.

— Exact. Comme prévu. Monter là-haut serait du suicide. D'autant que toi et moi, on n'est pas au mieux de notre forme.

Baitsakhan se crispe. Il est toujours prêt à se battre. Maccabee continue :

— On va les suivre, en prenant notre temps, et les tuer.

Silence.

— Une petite armée... dit tout bas Baitsakhan.

Maccabee se tourne vers lui.

— À quoi tu penses ?

— Tu parles espagnol ?

— Évidemment.

— Alors, je pense que toi et moi, on serait très beaux dans ces uniformes avec des serres d'aigle.

Maccabee sourit. Un déguisement local. C'est une bonne idée. Une excellente idée.

— Si tu ne peux pas les battre, joins-toi à eux, hein ?

Baitsakhan fronce les sourcils.

— Quoi ?

— Si tu ne peux pas les battre, joins-toi à eux.

— C'est quoi, ces conneries ?

— C'est une expression, répond sèchement le Nabatéen. Ce que je veux dire, c'est qu'on va se faire deux de ces types, piquer leurs uniformes, leur bagnole, et se fondre dans le décor. Puis, le moment venu...

Maccabee fait glisser son pouce en travers de sa gorge.

— C'est ce que j'essaye de te dire, explique Baitsakhan.

— Ah, putain. Laisse tomber.

— OK. Mais on va leur sauter dessus et leur piquer la clé, hein ?

Maccabee réprime l'envie de lever les yeux au plafond.

— Oui, Baitsakhan, c'est ça l'idée.

Le Donghu sourit. Ce plan lui plaît.

— Et ensuite, mon frère, on ira tuer l'Harappéenne et l'Aksoumite.

Maccabee ne dit rien. Il comprend un peu mieux Baitsakhan désormais : le désir de venger la mort de Bat, de Bold et de Jalair obscurcit son jugement – lui-même a ressenti la même chose en découvrant Ekaterina massacrée par la Koori –, n'empêche, il commence à en avoir marre du Donghu.

Mais il voit une certaine sagesse dans leur alliance.

— Prendre tuer gagner, Baits, dit-il en écho à l'indice de Baitsakhan lors de L'Appel. Prendre tuer gagner.

>>Aleph Communiqué de presse 30 JUILLET de cette Année Zéro Moins<<<<<<<<
<< VERS. ANGLAISE >>
POUR DISTRIBUTION IMMÉDIATE
AUM.
LE CLUB DES DIEUX ET DES ERMITES, qui voient dans la lumière des ténèbres, et ce qui a été prophétisé par notre leader depuis quarante ans et ce n'est pas fini, l'heure est venue. Ce matin, c'est à nous d'agir. Nous ne pouvons pas nous laisser évincer par des charlatans et des poseurs, ces combattants anonymes de la liberté et de la désolation qui, comme des lâches, refusent d'endosser la responsabilité de l'explosion et de l'empoisonnement radioactif survenus ce matin dans le port de Tokyo.
Nous ne pouvons pas nous laisser évincer.
AUM.
Cette arrivée que la Bête nomme Abaddon fera du bruit. La mort qui la précède aujourd'hui, mon peuple, dans le port le plus fréquenté de cette nation fragile. La mort qui la précède sera silencieuse.
Regardez à l'est, pécheurs de Tokyo, où le soleil se lève au-dessus du faux empire flétri.
Regardez Narita.
AUM.

KYODO NEWS – DERNIÈRE MINUTE

À 8:37 du matin heure locale, cinq engins compacts contenant du cyanure d'hydrogène ont explosé dans le système de climatisation du terminal 1 de l'aéroport de Narita. Trois minutes avant, un communiqué de presse avait été diffusé par le groupe terroriste Aleph, également connu sous le nom d'Aum Shinrikyo. Dans l'intervalle, l'évacuation des deux terminaux avait été enclenchée. La procédure s'est révélée inadaptée. On dénombre des centaines de morts et des centaines de victimes potentielles. Des coups de feu, sans doute tirés par des forces de sécurité, ont été par ailleurs entendus. Il est conseillé à toutes les personnes, étrangères ou japonaises, de rester à l'écart de Narita et de ses environs pour l'instant.

On ignore si ce drame est lié à l'explosion et à la propagation de matière radioactive survenues plus tôt ce matin dans le port de Tokyo.

D'ores et déjà, tous les transports collectifs sont suspendus dans la capitale. Les autorités ont instauré la loi martiale dans le centre de Tokyo, de Chiba et de Narita. À suivre.

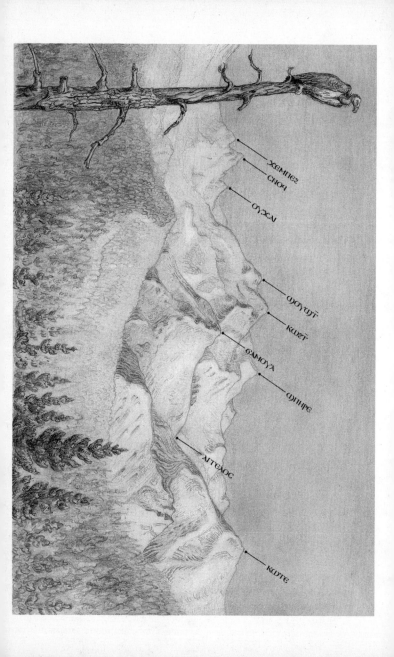

AISLING KOPP, POP KOPP, GREG JORDAN, BRIDGET MCCLOSKEY, GRIFFIN MARRS

県道55号線, *cap ouest – sud-ouest*

Après l'explosion provoquée par An, Aisling a eu besoin, effectivement, de chaque seconde de respiration, et même plus. Elle a gardé l'air brûlant dans sa poitrine, sous l'eau, pendant quatre minutes et quinze secondes, son record personnel, dû à la peur, au désir et à la détermination, mais surtout à la peur. Quand ses poumons ont menacé de s'enflammer, quand son estomac s'est cramponné à la vie et que les battements frénétiques de son cœur ont couvert tout le reste, elle est remontée précipitamment et a crevé la surface en réclamant de l'air à pleine voix.

Un air noir, empoisonné, épais.

Mais il n'y en avait pas d'autre à disposition et il contenait de l'oxygène, ainsi que des isotopes de béton, de plastique, de verre, de métal et Dieu sait quels éléments encore – sans doute du césium 137 –, alors elle a respiré.

Et respiré.

Respiré encore.

Elle s'est hissée hors de l'eau et elle a respiré.

La bombe d'An Liu était puissante. Elle a détruit tous les bâtiments sur trois pâtés de maisons et endommagé beaucoup d'autres en dehors de cette zone. À l'épicentre, elle a laissé un cratère de 104 pieds de diamètre et 37 pieds de profondeur, fumant et noir comme du goudron.

Aisling n'osait pas regarder. Rien ne pouvait survivre à une pareille déflagration. Mais il fallait qu'elle retrouve son grand-père, Jordan et son équipe... ou ce qu'il en restait.

Elle a marché vers le sud en longeant les quais, face au vent qui soufflait du large, tout en essayant de capter un signal avec sa radio détrempée. En vain. Elle l'a abandonnée.

Elle a évité le nuage de fumée qui flottait au-dessus du port. En tournant au coin d'un immeuble, elle a découvert Pop et McCloskey assis au bord du trottoir, les bras noués autour des genoux. McCloskey s'adressait à Jordan et à Marrs grâce à son Comm Link. Ils se trouvaient derrière Aisling, à quelques minutes seulement.

Tous les quatre se trouvaient en dehors de la zone de déflagration et ils avaient survécu.

Aisling a étreint Pop. Elle l'a étreint et étreint encore. Après quoi, ils se sont assis au bord du trottoir, vidés.

— Tu es trempée, a dit son grand-père.
— Je me suis offert une petite baignade matinale.
— C'était agréable ? lui a demandé McCloskey.
— Un régal.
Silence.
Brisé par Aisling :
— C'était... raté.
— Oui. En effet.

McCloskey continuait à manipuler sa radio ; elle essayait d'établir le contact avec le commando KFE. Aisling et Pop demeuraient immobiles. Silencieux. On entendait des sirènes au loin.

— Il faut filer, a finalement déclaré la Laténienne.

McCloskey a pointé le doigt.

— Les voilà.

Jordan et Marrs sont apparus au coin, perchés sur une voiture renversée. Ils étaient couverts de suie. Aisling et les autres se sont levés pour les accueillir. Jordan et McCloskey se sont étreints. Marrs a allumé une cigarette et l'a laissée pendre entre ses lèvres. Pop et Aisling s'appuyaient l'un contre l'autre. Tournant le dos à ce spectacle de destruction, le groupe s'est éloigné sur un quai, en direction de la baie, en quête d'un moyen de transport.

— Kilo Foxtrot Echo ? a demandé Aisling.

Mais elle connaissait déjà la réponse.

Comme tout le monde.

— Ils sont morts, a dit Jordan. Tous.

— Au moins, An Liu est mort lui aussi, a dit Aisling.

— Exact. J'ai vu le site de l'explosion. Personne ne peut réchapper à ça, a dit Jordan, confirmant ce qu'elle savait déjà.

Ils ont continué à marcher vers le sud. Sur le parking d'un golf, déplacé dans ce décor, ils ont volé deux petites voitures pour décamper. Personne ne les a vus. Ils ont fait un détour pour regagner l'hôtel afin d'éviter la police et d'autres obstacles officiels. Dans leur suite, Jordan a distribué des pilules d'iodure de potassium, ils se sont tous déshabillés, ils ont jeté leurs vêtements et pris une douche ; ils se sont également débarrassés des quelques armes qu'ils possédaient car elles avaient pu être contaminées. Aisling se réjouissait de ne pas avoir apporté sa très ancienne épée celte. Devoir abandonner un objet aussi inestimable et aussi cher à son cœur aurait été de mauvais augure. Une fois propres, ils ont regardé les informations. La télé hurlait d'effroi, à cause de ce qui s'était passé dans le port, mais aussi dans le plus grand aéroport du Japon.

Des terroristes ordinaires passaient à l'action.

Le monde peut aussi disparaître de cette façon, a pensé Aisling.

La Laténienne a déclaré qu'ils devaient quitter le Japon, et personne n'a protesté. Ils ont discuté pour savoir où aller. McCloskey a proposé l'Amérique du Sud afin de traquer les trois, ou peut-être quatre, Joueurs qu'ils peuvent encore localiser. Aisling a rejeté l'idée.

— Non. Il est vrai que l'un d'eux détient la Clé de la Terre, mais laissons-les se battre et s'entre-tuer pour s'en emparer. À l'évidence, ils ignorent qu'ils sont suivis, nous pouvons donc passer à l'offensive quand bon nous semble. Je suggère plutôt de chercher la Clé du Ciel, et un moyen d'arrêter cette folie.

Pop voulait savoir où ils pourraient faire ça.

— À Stonehenge, répond aussitôt Aisling. Je suppose que vous pouvez accéder au site, n'est-ce pas, Jordan ?

— Évidemment. Je connais même personnellement le commandant de l'OTAN. Une sorte de salopard.

— Formidable. Stonehenge, donc.

— Tu es sûr, Jordan ? lance McCloskey, et Aisling se demande s'ils approchent petit à petit de cette chose qu'ils lui cachent.

— Bien sûr que je suis sûr, McCloskey. Tu sais bien qu'on nous offrira une visite complète. Aisling, nous lui expliquerons que vous êtes un nouvel agent. Le tout nouveau prodige de la CIA. « Ne vous laissez pas abuser par son aspect juvénile, etc. » Qu'en dites-vous ?

— Parfait. En route, alors. Je ne veux pas rester une seconde de plus à Tokyo.

Les autres étaient d'accord. Ils ont rassemblé leurs affaires en silence et levé le camp dans l'après-midi, avant que la loi martiale soit totalement instaurée.

Maintenant, ils fuient vers le nord à bord d'une autre fourgonnette. Ils font le tour de la vaste métropole. Leur destination est la base arienne de Yokota, à 19 miles du centre de Tokyo. Le Gulfstream de Jordan les y attend, avec le plein, chargé d'armes et de tenues de protection, de matériel neuf et de vivres. Sous l'effet de l'inquiétude, à cause du trafic ferroviaire arrêté et de la loi martiale qui se profile, les habitants de Tokyo ont sauté dans leurs voitures pour s'exiler à la campagne. Ça roule mal. Aisling et les autres sont assis dans la fourgonnette depuis plus de deux heures et, d'après les estimations de Marrs, il y en a encore pour une heure de trajet. Installée à l'arrière, Aisling est sur son ordinateur. Assis à côté d'elle, Pop aiguise l'épée celte avec une pierre. Les autres voyagent à l'avant.

La Laténienne parcourt un des dossiers d'An qu'ils ont piratés avant que leur opération vire au cauchemar. Elle cherche tout ce qui concerne des sites sacrés anciens comme Karahunj, Carnac ou les pyramides d'Égypte... Tout ce qui pourrait l'aider à localiser la Clé du Ciel. N'importe quoi. Mais elle ne trouve rien. Apparemment, An Liu se contrefichait d'Endgame, du moins de son héritage, des Créateurs et de l'étrange histoire de l'humanité. Tout ce qui l'intéressait, c'étaient les Joueurs (surtout Chiyoko Takeda), les bombes, la destruction et la mort.

Il Jouait pour la mort, pense-t-elle. *Et c'est ce qu'il a obtenu.*

La fourgonnette roule au pas sur l'autoroute japonaise lisse. Jordan, Marrs et McCloskey sont restés muets durant presque tout le trajet, ne retrouvant leur humour noir qu'en de rares moments. La perte de Kilo Foxtrot Echo a rabaissé leur degré de confiance d'un cran ou deux.

Ils passent devant un grand temple shinto. Ses étages empilés, ses toits incurvés, évoquent une autre époque, un âge d'or.

Pop continue à passer la pierre à aiguiser sur le fil de la lame. Il donne un petit coup de coude dans l'épaule d'Aisling, sans cesser d'affûter l'épée. Une épée qui est déjà une des plus tranchantes au monde et n'a pas besoin de toute cette attention.

— Tu te demandes si tu as bien fait de faire équipe ? souffle-t-il.

Aisling regarde à l'avant de la fourgonnette en fronçant les sourcils. Elle ne veut pas que les autres l'entendent. Elle ouvre une nouvelle fenêtre Gmail sur l'écran de son ordinateur et y tape sa réponse.

Un peu. Juste avant que ça vire à la catastrophe, je me suis posé la question. Évidemment, il y a certains avantages, et dans un monde qui devient déjà imprévisible, il ne faut pas les négliger, mais... Je ne sais pas...

Pop pose l'épée et la pierre. Ses mains courent sur le clavier de l'ordinateur. Il tape : *Je suis d'accord au sujet des avantages. Mais cette mission a mal tourné.*

Ils tapent tour à tour.

Oui. C'est vrai. Mais au moins Liu est mort.

Pop marque un temps d'arrêt.

Je n'en suis pas sûr.

Aisling jette un regard étonné à Pop.

Pourquoi ? Tu as bien vu ce qui s'est passé là-bas. *Et Marrs affirme que le traqueur est HS.*

Et alors ? An est un Joueur. Le plus dangereux de tous, peut-être. Avant d'en savoir plus, tu devrais supposer qu'il est toujours vivant.

Pause.

Merde. S'il est vivant, s'il a fait tout ça pour pouvoir s'échapper, je pense qu'on DOIT rester avec eux.

C'est vrai qu'ils ont accès à des moyens de locomotion et à des armes.

Pause.

Aisling écrit : *Oui. Mais si on reste, il faut que je prenne les commandes. C'est moi qui dois prendre les décisions. Je me fous de savoir s'ils ont plus d'expérience.*

Je suis d'accord.

Aisling efface cet échange.

McCloskey se retourne vers l'arrière de la fourgonnette.

— Tout se passe bien derrière ? Vous êtes bien silencieux.

— Oui, tout va bien. Fatigués, c'est tout.

— M'en parlez pas.

McCloskey reporte son attention sur la route. La fourgonnette s'arrête et repart au gré de la circulation. Pop reprend son opération d'aiguisage. Aisling se replonge dans les dossiers du Shang. Elle examine les programmes de localisation d'An. Deux points clignotent à Juliaca, au Pérou, à environ trois miles l'un de l'autre, quasiment immobiles.

L'un espionne l'autre.

L'un va surprendre l'autre.

Bientôt, très certainement.

Juste au moment où elle va fermer son ordinateur, une alerte Google apparaît dans une fenêtre. Le souffle coupé, le cœur battant à toute allure, elle clique précipitamment sur le lien. De l'au-delà, ou de sa propre main, bien vivante, An Liu a posté une vidéo sur YouTube.

Le titre est simple et direct :

ENDGAME EST LÀ. TUEZ LES JOUEURS. SAUVEZ LE MONDE.

AN LIU

Bateau de pêche 冷たい風, *baie de Sagami,*
cap 204° 45′ 24″

C'est de sa propre main, bien vivante.

Sa capsule à l'épreuve des bombes a été projetée loin de l'explosion et après être montée à 100 mètres de hauteur et avoir parcouru 1,2 kilomètre vers le sud, elle a atterri au bord du green du trou 10 du golf de Wakasu en bord de mer. Et elle a roulé, roulé, jusqu'à finir sa course dans un bunker de sable. Ce voyage mouvementé lui a fait perdre connaissance pendant 12 minutes et 15 secondes. Une fois revenu à lui, An a activé les serrures explosives pour faire sauter la porte et il a émergé du vaisseau en forme de gélule. Il a marché vers le sud, le long du fairway, dans sa combinaison de protection. Arrivé à la marina, il l'a ôtée, il est monté dans son canot pneumatique, à bord duquel il a tranquillement rejoint son bateau.

An Liu est maintenant dans la cabine de son bateau de plaisance Yamaha de 35 pieds de long, le 冷たい風. Le soleil du matin se déverse par les vitres. Au loin apparaît l'île d'Oshima. Un léger panache de fumée s'échappe du cratère volcanique de l'île. Le cap est enregistré dans l'ordinateur de bord, le bateau file à 10 nœuds sur une mer d'huile. Pas de vent, pas de nuages. Les conditions sont idéales.

410

Il doit se débarrasser du traqueur que les Britanniques ont placé en lui.

Il utilise un voltmètre spécialement paramétré pour déceler le faible signal émis par la puce introduite dans sa cuisse. Il se lave les mains, enfile des gants de chirurgien, prend un scalpel et enfonce la lame à travers les poils, la peau, les veines ; il écarte les muscles pour retirer des morceaux de chair rouges et roses qu'il dépose sur une feuille de plastique à côté du clavier d'ordinateur. Il creuse et creuse encore jusqu'à ce qu'il trouve la puce, qu'il extrait avec une pince pointue et stérile. Il s'agit d'une sorte d'une longue chose fine semblable à un cheveu, terminée à une extrémité par une minuscule larme noire de métal et de plastique. Il l'enveloppe dans une boule de gaze, fait coulisser la vitre et lance le tout dans l'eau.

On ne pourra plus le suivre.

Celui ou celle qui le suivait ne pourra plus le pourchasser aussi facilement.

Il verse de la teinture d'iode sur la plaie, la nettoie bien et la recoud.

Une fois cette opération impromptue terminée, il reporte son attention sur la vidéo. Il ouvre le script qui postera la vidéo, avec les comptes de vues falsifiés, ses pings et les liens vers d'autres sites, et les mails adressés à des journalistes et à des organes d'information. Il appuie sur « envoyer » et il la regarde partir, se développer et s'introduire dans le monde encore connecté...

— Il ne sera plus connecté très longtemps, Chiyoko, oh non.

Il sait que les gens vont la dévorer, elle va devenir virale.

Il sait qu'il n'est plus suivi.

Il sait qu'il est libre.

À l'abri.

Et il sait que les autres Joueurs *FRISSONcligne-FRISSON* les autres Joueurs ne peuvent pas en dire autant.

« Dans un monde qui change à toute vitesse depuis l'annonce de l'arrivée d'Abaddon, nous aussi nous avons changé notre optique ici, à Fox News. Avec tous ces drames qui se déroulent à travers le monde – les attentats terroristes au Japon, le Pakistan et l'Inde qui se lancent tête baissée dans une guerre de grande ampleur, animée par une ferveur nationaliste et religieuse, la Russie qui envahit la Géorgie et le Kazakhstan, les pilotes de chasseurs iraniens qui ont survolé Ryad la semaine dernière pour afficher la force des chiites, la petite "guerre des survivalistes" qui a éclaté à la frontière du Montana et de la Saskatchewan entre milices armées, les émeutes raciales meurtrières à Los Angeles, Saint-Louis et Jackson dans le Mississippi, nous avons décidé, ici à Fox News, de nous mettre en quatre pour vous signaler toutes les belles initiatives qui ont vu le jour à l'ombre de l'astéroïde qui va frapper notre planète.

« Ainsi, nous vous avons transmis des nouvelles en provenance de Washington, qui n'a cessé de nous surprendre. Il semblerait que la première victime américaine d'Abaddon soit le sectarisme de tous bords. Les habitants et habitantes de la capitale fédérale ont fait une chose que nous n'avions pas vue depuis longtemps : ils se sont entraidés dans presque tous les domaines. Ils se sont rassemblés pour se donner la main, littéralement parfois, comme lors de cette veillée au mémorial Lincoln vendredi dernier, et ils ont prié pour la grâce de Dieu et pour l'homme, proclamant ainsi l'importance de l'Amérique en tant que force positive défendant le bien dans le monde brutal où nous vivrons bientôt. On dirait qu'il ne reste plus un seul démocrate ou républicain, il n'y a plus que des Américains. C'est incroyable.

« Nous vous avons raconté l'histoire de cet ancien policier de Kansas City qui, inlassablement, frappe à toutes les portes dans les quartiers difficiles où il a patrouillé pendant vingt ans pour s'assurer que toutes les familles monoparentales, les femmes et les hommes âgés, les enfants seuls chez eux vont bien et leur offrir tout ce qu'il peut, de l'argent, de la nourriture, du temps, ou bien les conduire à l'hôpital ou chez un parent éloigné, et qui a déjà sauvé trois vies la semaine dernière. Il nous a confié que c'est ainsi qu'il aurait dû exercer son métier.

« Nous vous avons raconté l'histoire de ce milliardaire des réseaux sociaux qui a permis financièrement à toutes les familles qui le souhaitaient de se rapprocher, sans leur demander de prouver qu'elles n'en avaient pas les moyens.

« Nous vous avons raconté l'étrange histoire de cette communauté du nord du Wisconsin qui a offert, je cite "l'amour gratuit à quiconque en a besoin". Cette initiative, tournée en dérision au départ, a pris l'apparence d'un vaste rassemblement de gens qui n'attendent rien d'autre qu'un câlin, un bon repas et des contacts personnels avant la fin.

« Mais l'histoire qui suit ne fait pas partie de ces récits qui réchauffent le cœur. Sans plus attendre, rejoignons Mills Power.

— Merci, Stephanie. Nous vivons un moment extraordinaire de l'histoire humaine. Peut-être même la fin de l'histoire. En tant que journaliste, je dois dire que cela ressemble parfois à une aubaine, mais j'avoue, en toute franchise, que je suis surtout terrifié…

— Moi aussi, Mills.

— Je veux vous parler d'une vidéo qui est apparue pas plus tard qu'hier sur YouTube. Elle a déjà été vue plus de onze millions de fois. Rien qu'au cours de cette dernière heure, YouTube indique que huit cent quatre-vingt-dix-neuf mille trente-quatre personnes l'ont visionnée.

— Je l'ai vue également. Le jeune homme que l'on découvre est très… inquiétant.

— Oui. Toutefois, mes sources à la CIA et au FBI m'ont confirmé que ce dénommé An Liu ne plaisante pas. Il se trouvait à Stonehenge quand le site a… subi un changement. D'après mon contact le plus fiable, An Liu a été drogué et ligoté à une civière, il a réussi malgré tout à s'échapper d'un destroyer britannique, sans aucune aide, en tuant des douzaines de marins et en volant un hélicoptère furtif. Il s'en est fallu de peu qu'il fasse couler le navire également.

— Mon Dieu.

— Alors, voici mon message : croyez ce que dit ce "Joueur" Shang nommé An Liu. Croyez à cette chose insensée qu'il appelle Endgame. Croyez-le quand il affirme que huit adolescents, dont lui, doivent mourir afin d'arrêter Abaddon. Croyez-le. Hurlez son message du haut des toits. Traduisez ses paroles et ce que je suis en train de vous dire dans toutes les langues et répétez-le à tout le monde. Servez-vous de cette information. Si vous faites partie de l'armée, de la police ou même d'une organisation criminelle, prenez part à la traque de ces gens, je vous en conjure, et participez à leur élimination. Peut-être que tout ce qu'il dit est faux, mais même s'il y a juste un centième de un pour cent de chance pour que ce soit vrai, ne faut-il pas tenter le coup ? Ne doit-on pas sacrifier ces huit individus en priant pour que ce geste en sauve des milliards ? Ne doit-on pas essayer, Stephanie ?

— ... *Oui. Oui, Mills ! Il le faut ! Nous devons essayer de tuer ces gens ! Tuons-les ! Je vous en supplie, peuple de la Terre ! Tuez-les tous !* »

Visita Rectificando Interiora Lapidem

HILAL IBN ISA AL-SALT

Entrepôt aménagé près de Bledsoe, Sunrise Manor, Nevada, États-Unis

Quand Hilal arrive au quartier général de Stella Vyctory, il trouve la porte ouverte. Il entre. Il appelle Stella. Pas de réponse. Sur la table est posé un ordinateur portable. Sur l'écran s'affiche une page de connexion, figée. Un Post-it rose est collé sur le bord métallique. Un message rédigé en amharique dit : *Le poids de l'arche.* Hilal connaît ce nombre par cœur : 358,13 livres. Il l'entre dans l'ordinateur, qui le rejette. Il le tape en lettres et cette fois, l'écran s'anime. Apparaît un document PDF lui aussi rédigé en amharique. Hilal s'installe dans un fauteuil pour lire :

Hilal, je suis désolée, mais j'ai dû partir à la dernière minute. Mon armée lance une opération qui exige toute mon attention et il m'a fallu quitter Las Vegas sur-le-champ.

Mais je sais que tu as réussi, Hilal, et... les mots me manquent. Je ne peux pas t'exprimer tous les sentiments que je ressens, des sentiments profonds qui débordent de joie. Tu es l'honneur de l'Ancienne Vérité. Si elle survit aux temps sombres qui s'annoncent, ce sera grâce à toi, Hilal ibn Isa al-Salt l'Aksoumite.

Tu as tué Ea, et je suis submergée de bonheur.

Merci. Mille mercis, dix mille, un million, un cosmos infini de mercis.

Les mots me manquent.

Je t'en prie, considère ma maison comme la tienne. Repose-toi, si tu le peux. Sers-toi de tout ce que tu veux, prends ce que tu veux, mange ce que tu veux. Arme-toi pour le prochain round.

Je te contacterai dans les jours qui viennent, mais dans l'immédiat, je serai injoignable. Ma mission actuelle est essentielle. Je t'en dirai plus quand nous nous parlerons.

J'espère que Rima t'a dit de prendre le livre dont j'ai oublié de te parler. Étudie-le avant d'agir. J'aimerais t'en dire plus, mais la vérité c'est que je ne sais pas grand-chose. Je sais juste qu'il est important, pour toi, pour Endgame, pour arrêter les Créateurs.

Bien à toi, éternellement et inconditionnellement.

Stella.

Hilal est triste que Stella ne soit pas là, mais il suit ses conseils. Il se fait couler un bain dans une grande baignoire moderne, ôte ses vêtements, ses bandages et, debout devant le lavabo, il contemple son reflet dans le miroir. Les tourbillons de vapeur embrument son image.

Ses greffes forment des plaques de peau épaisses, irrégulières et coagulées, il n'a plus un seul cheveu sur la tête et son oreille droite, totalement brûlée, n'est plus qu'un trou, comme un lézard. Sans parler de ses yeux, dépareillés, et de ses dents parfaites, bien droites et d'une blancheur éclatante, qui accentuent l'ensemble.

Il est monstrueux.

Mais il est toujours vivant.

Et il est le champion aksoumite. Le héros d'Endgame que nul ne connaîtra ni n'admirera jamais. Le jeune homme qui a rendu son innocence à l'humanité.

Il espère que l'humanité la retrouvera.

Il arrête l'eau. Se glisse dans le bain. Et étouffe un cri de douleur en se mordant l'avant-bras lorsque ses épaules s'enfoncent dans l'eau. Il inspire à fond et enfonce la tête ensuite. Il hurle sous l'eau, à pleins poumons, faisant naître des bulles. Il hurle pour exprimer sa souffrance et la victoire.

En pensant à Vyctory.

Il sort la tête de l'eau. Il installe un gant de toilette derrière sa tête, se rallonge et ferme les yeux.

— Il n'y a pas de guérison sans douleur. Pas de pureté sans saleté. Pas de pardon sans mort.

Il reste là pendant 28 minutes et 42 secondes, immobile. À l'exception de sa poitrine qui se soulève et retombe.

Il sort du bain, enfile un peignoir, va chercher le vieux livre d'Ea et s'assoit au bord du grand lit de Stella. Avec la télécommande, il allume la télé. Il cherche une chaîne d'infos, tombe sur Fox News, et coupe le son. Il regarde les images – des images de mort, de destruction, de peur, mais aussi d'espoir, de beauté et d'amour – pendant plusieurs minutes, dans le silence. Le livre pèse sur ses cuisses.

Il pense à Eben, à sa maison, à sa lignée. Il faut qu'il appelle son maître, mais avant cela, il doit comprendre ce que lui a donné Vyctory.

Il reporte son attention sur le livre.

Il le feuillette. Les pages sont faites d'une sorte de plastique ou de vélin qui semble indestructible, insensible au temps et aux éléments. Il essaye d'en déchirer un coin, en vain, il ne peut même pas la corner. Pourtant ce livre est très ancien, indubitablement. Ea affirmait que cet ouvrage renfermait toute la sagesse du monde d'autrefois, mais Hilal est incapable de déchiffrer ce texte, il ne reconnaît aucune des écritures étranges qui couvrent ces pages.

Il y a également des illustrations. Précises et parfaites, comme dessinées par un robot. Des schémas et des plans de toutes sortes : constructions antiques, agencements de cités, monuments de pierre, amarres de vaisseaux spatiaux, étranges portails et pistes d'atterrissage, mines d'or et dépôts de carburant. Il reconnaît de nombreuses structures grâce à ses études sur l'Antiquité, mais il ne peut identifier la majorité de ces réalisations englouties par le temps, l'eau, la guerre, la végétation de la jungle, le sable du désert ou les failles des tremblements de terre. Le livre contient par ailleurs des illustrations de machines que Hilal ne comprend pas, de projets à l'apparence mécanique ou génétique, de constellations, de spirales et de réseaux en trois dimensions symbolisant les relations mystérieuses entre des objets non identifiables, des grilles d'énergie terrestre peut-être ou les interrelations entre espèces, ou encore des chemins de matière noire reliant les étoiles, ou encore le buisson désordonné de l'évolution appartenant au genre *Homo*.

Ce livre est assurément un trésor, mais pour Hilal, il demeure totalement impénétrable.

Opaque.

Sa peau frémit : *Je devrais le soumettre à la tablette trouvée dans l'arche* !

Il va la chercher et l'appareil s'éveille aussitôt. Il repose le livre sur ses genoux et tient la tablette au-dessus du texte.

Elle réagit de manière inattendue. Quelle que soit la partie du livre placée devant elle, l'écran devient noir, comme si l'ouvrage créait une interférence. Hilal promène la tablette à travers la pièce et voit apparaître la boule palpitante qui localise la Clé du Ciel dans l'Himalaya, la liste des coordonnées, y compris celles des Joueurs restants, et un seul caducée, dont il sait maintenant qu'il représente Stella, où qu'elle soit.

Hilal pose le livre par terre et, tenant toujours l'appareil au-dessus, il tourne page après page en commençant par le début. Parfois, une lumière vacille sur la surface noire, mais rien de plus. Au bout de presque 20 minutes, quelque chose se passe enfin. Devant une des pages, et une seulement, une langue apparaît sur l'écran. C'est de l'égyptien ancien, que Hilal connaît parfaitement. Lorsqu'il déplace l'appareil devant le texte, les hiéroglyphes se modifient eux aussi.

L'appareil traduit.

Hilal lit :

Et nous parlerons de la Grande Énigme, d'Endgame, et le jeu débutera quand nous le décréterons, pour des raisons que les humains de la Terre ne connaîtront et ne comprendront pas, mais ce sera juste, fondé et définitif. Et Endgame aura trois stades. À chaque stade, il sera indiqué si le jeu peut se poursuivre ou doit s'arrêter.

Le cœur de Hilal s'emballe.

Y a-t-il encore un espoir ?

Il continue à lire :

Le Premier Stade sera symbolisé par l'Appel, où les douze se rendront et se rencontreront. Le Premier Stade s'achèvera quand le Premier Joueur trouvera la Clé de la Terre et déclenchera le deuxième stade. Si, au cours du Premier Stade, tous les Joueurs décident de ne pas Jouer, le jeu s'arrêtera.

Hilal s'interrompt. Il s'interroge : si les autres l'avaient écouté au cours de cette nuit fatidique sur les monts Qinling, s'ils avaient discuté paisiblement pour se raconter leurs histoires et partager leur savoir, auraient-ils pris cette décision ? De ne pas Jouer ? Auraient-ils pu s'unir alors, véritablement, par l'esprit autant que par le corps, au moment où la Terre avait le plus besoin d'eux ? Auraient-ils choisi la sagesse plutôt que le passé, la violence et leur entraînement ?

Il repense au Shang, au Donghu et à la Sumérienne avec sa langue de velours, au Minoen impétueux, et il comprend : *Non. On était obligés de Jouer.*

Il y avait trop de violence contenue. Trop d'orgueil démesuré. Trop de désir de tuer. Il poursuit sa lecture.

Le Stade Intermédiaire débutera avec l'annonce de la découverte de la Clé de la Terre et se poursuivra jusqu'à ce que la Clé du Ciel vivante rejoigne la Clé de la Terre.

La Clé du Ciel vivante ?

Cela marquera le début du Stade Ultime, qui fera s'abattre la destruction sur la race des humains pendant de nombreuses, très nombreuses années terrestres. Toutefois, si un Joueur parvient à détruire la Clé du Ciel vivante avant qu'elle rejoigne la Clé de la Terre, le jeu s'arrêtera. Cela n'est pas censé se produire car la Clé du Ciel vivante appartiendra à l'un des Joueurs. La Clé du Ciel sera toujours un innocent, un enfant, dont le sacrifice ne sera pas accompli aisément. Si cet enfant n'est pas sacrifié sur l'autel du jeu, l'Épreuve surviendra rapidement et le Stade Ultime débutera.

Une boule se forme dans la gorge de Hilal. Il lève les yeux du livre, bouche bée. Se pourrait-il que cet innocent... se pourrait-il que ce pauvre enfant innocent qui se trouve dans la chaîne de l'Himalaya soit avec Shari Chopra ?

Il ne continue pas à lire.

Il regarde d'un air absent le mur, le miroir, la télévision, les informations muettes.

Devra-t-il tuer un enfant pour sauver le monde ?

Comme pour répondre à sa question apparaît sur l'écran de télé un bandeau qui demande : *END-GAME : UNE RÉALITÉ ?* Et il voit An Liu, tête de fou, yeux enfoncés, un collier sombre autour du cou, fait de… – Hilal plisse les yeux – oui, un collier fait de morceaux de chair et de cheveux.

Les lèvres du Shang remuent.

Il parle.

Hilal s'empresse de remettre le son. An est calme, insistant, sûr de lui. Les tics qu'il affichait lors de l'Appel ont disparu. Était-ce une comédie ? Voulait-il les tromper ? Hilal l'écoute, captivé comme les 145 785 934 personnes qui ont déjà vu la vidéo.

Il écoute.

Il voit les photos des autres Joueurs, dont la sienne.

Et il a peur.

Pas pour lui : il est trop défiguré, personne ne le reconnaîtra, il devrait pouvoir continuer à Jouer sans être affecté par cette vidéo.

Il a peur à cause de ce qu'elle signifie.

Le jeu n'est plus une affaire privée.

Le cadre a explosé.

Le journal télévisé rediffuse la vidéo.

Et encore une fois.

Hilal la regarde encore.

Et encore une fois.

Soudain, une idée lui vient. Il manipule la télécommande : peut-il mettre sur « pause » ? Oui.

Il attend de voir réapparaître les photos des Joueurs dénichées par An et s'arrête sur Shari Chopra, la dernière Joueuse mentionnée par le Shang. Elle se tient devant une église qu'il reconnaît immédiatement : la Sagrada Familia à Barcelone, en Espagne. Le chef-d'œuvre de l'architecte catalan Antoni Gaudí.

L'Harappéenne sourit.

Elle tient dans ses bras une toute petite fille.

La petite fille sourit, elle aussi.

Sur un pressentiment, Hilal reprend la tablette et la tend face à la télévision, en espérant qu'il ne va rien se produire, que l'écran se couvrira d'étoiles ou de néant.

Mais il affiche la boule clignotante qui indique la Clé du Ciel.

Hilal se lève et marche jusqu'au téléviseur fixé au mur de la chambre de Stella. Il approche la tablette de la fillette. La boule est toujours là. Il déplace l'objet de quelques centimètres seulement, vers Shari. La boule disparaît. Il vise l'église au second plan. Rien. Un arbre sur le côté du cadre. Rien.

Il revient sur la fillette.

La boule orange réapparaît.

La Clé du Ciel.

Hilal lâche la tablette et s'écroule par terre, ses jambes se dérobent sous lui.

Pour que le jeu s'arrête, une petite fille devra mourir.

Une petite fille que l'Harappéenne aime, et qu'elle défendra de toutes ses forces.

Il prie pour la fillette, pour les Joueurs, pour eux tous.

Il faut qu'ils sachent.

C'est la seule solution.

Il sort son smartphone. Va sur YouTube. Trouve la vidéo postée par An.

146 235 587 vues et ça continue.

Les gens la dévorent.

Il crée un nouveau compte, se connecte, encode son message et l'envoie.

Il a peur.

Peur de ce qu'il a fait.

Et de ce qui va être fait.

didyouseekeplertwentytwob posté il y a 1 minute

Sur la tablette les douze écrivent à la suite.

WO Mzncdvj-Huqf mw bnl Tcwpqvhr. M xxzex BEYLL.
Dj lhq knac xs azvi yvy Vashk huir sose hui viryloie
gn Pmimm Qusovr-GUM VW XYS BWG-lcp: xosniiwr.
amisfmlssnnhlzkl uq mflpoiakcx.gmfyvfqkxayviwwki. Tob
eain. M qt vjx. SVLHA. Gwqt ols tmkh goii mov asetq.

AN LIU

*Route de Karaya, Beck Bagan, Ballygunge,
Calcutta, Inde*

— On est presque arrivés, mon amour. Presque
– *CLIGNE CLIGNE* – presque arrivés.

C'est le milieu de la matinée. Le soleil est une
boule jaune tamisée suspendue dans une étendue
grise uniforme. Le disque s'élève de quelques centimètres supplémentaires au-dessus des constructions
basses de cette ville grouillante. An se demande
comment notre étoile – située à 92 956 000 miles
d'ici, dont la lumière met huit minutes pour traverser l'espace glacial avant d'atteindre la Terre –
peut parfois dégager autant de chaleur.

Surtout un jour comme aujourd'hui.

Les journées sont déjà chaudes. Comment
pourraient-elles l'être encore plus ?

Les fumées de diesel épaississent l'atmosphère. La
chemise d'An – celle avec laquelle il voyage depuis
qu'il est allé d'Okinawa à Calcutta, via Hong Kong,
dans des petits avions privés qui coûtent une fortune –, cette chemise est trempée de sueur.

Il se masse la nuque avec un mouchoir blanc, en
soulevant le collier fait avec les cheveux de Chiyoko.

Le mouchoir est mouillé et noir de crasse.

— On est presque arrivés. Presque.

Il marche tête baissée, un sac à dos pesant, qui
semble aussi gros que lui, sanglé sur les épaules.

427

Encore quatre pâtés de maisons dans ces rues étroites, sans nom, et il sera arrivé dans sa nouvelle planque. D'après le guide Shang, elle n'est pas très bien pourvue en armes, en revanche elle abrite du matériel informatique dernier cri. Il y a même un téléport SatLink à bande Ku qui lui permettra d'établir des liaisons avec n'importe quel satellite de communications, de cartographie ou de météorologie évoluant dans le ciel. Et évidemment, puisque nous sommes en Inde où l'alimentation en électricité est parfois défaillante, cette planque possède ses propres groupes électrogènes au sous-sol, ainsi que des capteurs solaires dissimulés sur le toit. Sans oublier des réserves d'eau, de nourriture, une Land Rover blindée et une Suzuki GSX-R1000 turbo.

L'endroit parfait pour surveiller l'acte suivant.

Un acte qu'il se contentera d'observer.

Il va observer ce qu'il a mis en branle.

Il va observer et voir *FRISSONCLIGNECLIGNE-CLIGNE* observer et voir qui se fait tuer.

Quand.

Avec quelle rapidité.

Car c'est pour bientôt.

— Oui. Bientôt, mon amour.

Il marche sur le trottoir irrégulier, obligé d'éviter les gens là, là et là. Ces gens si nombreux, comme en Chine, mais de manière différente. Il y a plus de désordre, de chaos. Et des contrastes, partout. Richesse et pauvreté, propreté et saleté, passé et présent, profane et sacré ; tellement d'odeurs, de bruits, de visions et de sensations qui se chevauchent.

Pas étonnant que ce pays génère des ascètes, se dit An. Il y a trop de choses à absorber.

Un bâtard croise son chemin. Un jeune garçon manchot, noir de crasse, lui réclame de l'argent. À côté de lui se trouve une vache blanche, au milieu de la route, enfoncée jusqu'à mi-patte dans les emballages de nourriture, les bouteilles d'eau vides, les journaux et les excréments. En face de la vache, une femme est assise en tailleur sur le trottoir, elle tient une pancarte qui annonce : *Je sauve votre âme pour 1 000 Rs.* Près d'elle, un homme maigre, vêtu d'un simple pagne, rase un autre homme avec un coupe-chou. Quelqu'un hurle quelque chose du dernier étage d'une maison. Des klaxons mugissent. Des moteurs vrombissent. Des gens pleurent ou rient. Et ils parlent. Ils parlent, ils parlent. Pas en anglais, mais en hindi, en ourdou, en bengali, en assamais, en oriya et Dieu sait quelles langues encore.

An ne comprend presque rien.

Il baisse la tête et tente de repousser tous ces bruits. Il tourne dans une rue plus tranquille, sort son smartphone pour consulter la carte afin de vérifier où il va.

Il est sur le bon chemin.

Il y est presque.

Il est *cligne* il est presque arrivé.

— Chiyoko.

Il caresse l'oreille autour de son cou. Elle est toute sèche maintenant, sans vie.

— Chiyoko.

Il se frotte les yeux avec le dos des mains.

Bien qu'elle soit toujours avec lui, il a besoin d'oublier Chiyoko. Oublier ce que son *frisson-CLIGNECLIGNECLIGNE frisson* ce que son *FRISSON-FRISSONFRISSONCLIGNE* ce que son oncle a dit sur elle.

Et sur lui.

Sur An.

Le Shang charge sa vidéo et fait glisser son doigt sur l'écran, il fait glisser son doigt, fait glisser son doigt, fait glisser son doigt et il apparaît. Il regarde le téléphone en marchant.

Il regarde fixement le message envoyé par un des Joueurs.

Car seul un Joueur peut posséder ce nom d'utilisateur.

Il le regarde et *FRISSONcligneFRISSON* il le regarde et sourit.

Le code est élégant et étrange, comme un oiseau que l'on voit rarement.

An continue à faire glisser son doigt sur son téléphone, il entre une série de caractères et réussit à casser le code sans peine. Il découvre que le message a été envoyé par l'Aksoumite. Les indices étaient abondants. Tous les Joueurs devraient rapidement déchiffrer le message, s'ils ont été attentifs lors de l'Appel. An mémorise le décryptage ; ce serait de la folie de le noter sur son téléphone ou ailleurs, de laisser une trace.

Il le regarde et sourit.

— L'oncle Nobuyuki n'a pas vu ça, hein, mon amour ?

Tant d'amertume à l'égard de ce vieil homme, à côté d'une telle adoration pour sa bien-aimée disparue.

— Ils vont se trouver rassemblés et ce sera un carnage.

AISLING KOPP, POP KOPP, GREG JORDAN, BRIDGET MCCLOSKEY, GRIFFIN MARRS

*Gulfstream G650, à 42 000 pieds au-dessus
de la frontière entre la Chine et la Mongolie*

— Je l'ai. Ça y est ! Ça y est !

Aisling brandit l'ordinateur portable. Les autres se penchent vers elle pour lire le message décodé de Hilal. Ils le lisent et le relisent.

— Ça alors ! dit Jordan.

— La Clé du Ciel est une...

Pop dit cela tout bas.

Aisling n'est pas aussi surprise.

— Pourquoi ça ne serait pas une enfant innocente ? Je crois que les keplers recherchent la souffrance, avant toute chose. Alors, pourquoi ne pas décupler la souffrance d'un Joueur en choisissant un être cher comme cible ? C'est ingénieux, quand on y réfléchit.

Pop intervient :

— Je ne formulerais pas ça de cette façon, mais je comprends ta remarque.

Aisling plisse les yeux.

— Donc c'est une fillette, et cette fillette appartient à Shari Chopra. Et si je me souviens bien de mon système UTM, ces coordonnées se situent quelque part en Inde.

Jordan consulte son ordinateur.

431

— Affirmatif. C'est au milieu d'un minuscule État appelé Sikkim. Je n'y suis jamais allé, mais on m'en a dit du bien.

— Il faut s'y rendre. Immédiatement. Hier. La semaine dernière.

Aisling pose l'ordinateur sur ses cuisses. Elle frappe l'écran avec son index.

— On oublie Stonehenge. L'Inde est beaucoup plus près, de toute façon. On est à quelle distance ? Mille miles, deux mille grand maximum ? Tous les autres Joueurs sont très loin. On peut tous les prendre de vitesse !

— Oh là, oh là, dit McCloskey. L'idée ne vous a pas effleurée que ce al-Salt pouvait nous attendre là-bas ? Qu'il pourrait s'agir d'un méga-traquenard destiné à tous les autres ? Nom de Dieu, si ça se trouve, il a piégé tout le site pour le faire exploser dès que le premier Joueur pointera le bout de son nez.

Aisling se crispe.

— An serait capable de faire ça, mais pas l'Aksoumite. Je vous le dis, al-Salt est loin de l'Inde, croyez-moi. Il veut la même chose que nous : mettre fin à Endgame.

— Pourquoi en êtes-vous si certaine ?

— Lors de l'Appel, il était le seul à appeler au calme, à plaider la raison. Le seul. Il refusait toute cette... horreur. Cette folie. De plus, son envoi date d'il y a moins d'un jour et s'il était sur place, au Sikkim, il aurait déjà trouvé la fille. Et il l'aurait tuée. Il n'aurait pas besoin d'aide. Il n'aurait pas besoin d'utiliser ce message. Non, il est ailleurs. Loin, très loin.

— Il y a longtemps, dans une galaxie très lointaine ? ironise McCloskey. À d'autres ! Je ne suis pas la princesse Leia et vous n'êtes pas Luke Skywalker.

Jordan intervient en levant la main.

432

— La ferme. Marrs, on a besoin de toi ! braille-t-il par-dessus son épaule.

Marrs sort du cockpit en se baissant.

— Mec, tu ne vas pas croire ce que je viens d'apprendre par radio.

— Quoi ?

— Stonehenge vient d'exploser. Une énorme déflagration. Peut-être même un petit engin nucléaire. Il n'y a plus rien.

Ils restent muets. Pour tous, c'est un choc et encore plus pour Aisling et Pop : Stonehenge était un monument laténien, un pan de leur très ancien passé.

— Qui a fait ça ? demande Pop.

— Personne n'a revendiqué, mais ça ressemble à un acte terroriste, comme à Narita, dit Marrs.

— Ah, la vache, dit Aisling. Je suppose que nous *devons* aller en Inde maintenant.

— Je ne sais pas, dit McCloskey. Cette histoire de Stonehenge, ça craint, mais on ne peut pas dire qu'on ne l'a pas vue venir. Les gens ont peur, et quand ils ont peur, ils commencent à détruire ce qui leur fait peur. Sincèrement, je ne serais pas étonnée de découvrir que certains de nos estimés collègues de l'Agence sont derrière tout ça.

— Alors, où voulez-vous aller, McCloskey ? demande Aisling.

— Je ne sais pas. Mais ce n'est pas parce que Stonehenge a été détruit qu'on doit suivre aveuglément la suggestion d'un autre Joueur. Comme je le disais, c'est peut-être un piège... ou une tactique de diversion. Pour nous éloigner de la véritable piste...

Aisling n'est pas convaincue.

— Et si c'est vrai, McCloskey ? Et si l'Épreuve survient sans qu'on ait tenté de faire cette chose qui peut l'empêcher d'après l'Aksoumite ? Chopra ne m'a pas semblé faire partie des méchants, mais je n'hésiterais pas à la tuer, ni sa fille, ni toute sa foutue lignée si je pensais que cela pouvait sauver des milliards de vies. Sérieux, je vous tuerais tous, vous, Jordan, Pop et même moi, si je pensais pouvoir sauver l'humanité.

McCloskey croise les bras.

— J'en prends bonne note, Joueuse.

Aisling s'assoit.

— Nom de Dieu, McCloskey, je ne suis pas en train de vous menacer. J'ai *besoin* de vous. Et nous devons aller en Inde. Sauf votre respect, il faut que je prenne les commandes. C'est moi qui aurais dû me trouver dans cet entrepôt avec An Liu, pas l'équipe de KFE. Au pire, j'aurais dû être *avec* eux. Si vous voulez Jouer pour moi, McCloskey, vous devez faire ce que je dis. C'est aussi simple que ça.

— Je ne suis obligée de...

Jordan l'interrompt.

— Elle a raison, Bridge. On a planté cette mission. On le sait tous. Aisling est une ressource pour nous. Et c'est réciproque. Mais sur ce coup-là, on doit lui obéir. Un point c'est tout. On doit se faire une raison et l'écouter. La *suivre*.

McCloskey reste muette.

— Merci, Jordan, dit Aisling.

Jordan tape dans ses mains.

— C'est réglé. Direction l'Inde.

Il entre dans le cockpit et s'adresse à Marrs. Presque aussitôt, l'avion vire vers le sud, brutalement.

Nouveau cap : 206° 14' 16".

— Soit, dit McCloskey. J'espère simplement que vous ne vous trompez pas, Aisling. J'espère surtout que le dénommé al-Salt, votre *adversaire*, n'est pas en train de nous manipuler.

D'une poche de chemise, elle sort une petite pilule qu'elle avale. Elle ramène ses pieds contre ses fesses, noue ses bras autour de ses chevilles et ferme les yeux.

— Je vais décoller pour la planète Xanax et m'écrouler. Si on est vraiment partis pour assassiner une gamine, je vais avoir besoin de repos.

Moins d'une minute plus tard, elle ronfle.

Bruyamment.

Aisling, Jordan et Pop se regroupent autour du bureau, et au cours de l'heure suivante, ils analysent les images satellite, les cartes routières et les tracés topographiques du Sikkim. Jordan fait venir Marrs et lui demande de repositionner un des satellites Spectacle Class ultrasecrets du National Reconnaissance Office, afin d'examiner de plus près l'endroit indiqué par l'Aksoumite.

— On voit que dalle sur cette carte Google.

— Tous les prétextes sont bons pour danser avec la pieuvre, mec ! répond Marrs, visiblement survolté.

— Il adore ça quand je lui ordonne de s'amuser avec les jouets du NRO. Leur logo, c'est une pieuvre qui enlace la Terre.

— Oui, je l'ai déjà vu, dit Pop. « Pour nous, rien n'est inaccessible. »

En attendant que Marrs ait terminé, ils élaborent un plan d'approche. Le lieu indiqué par Hilal représente un défi. La seule façon d'accéder à la chaîne de l'Himalaya depuis Siliguri, c'est en voiture. Ils devront donc trouver le moyen de se procurer deux Jeep, et de les charger, avant de repartir le plus vite possible, mais il leur faudra rouler pendant au moins 10 heures sur des chemins cabossés. Une fois sur place, ils devront dénicher un endroit pour s'organiser, puis repartir, à pied cette fois. Jordan estime que la totalité du périple, entre leur localisation dans le ciel à cet instant et le point marqué sur la carte, nécessitera 30 heures, au minimum.

D'après Hilal, la Clé du Ciel se trouve sur un versant d'une vallée sans nom. À 12 424 pieds de hauteur dans la partie occidentale de l'Himalaya. Les images satellite ne montrent aucune trace de peuplement, aucune structure : pas de route, pas de panneaux solaires, pas d'émetteur radio visibles. Une simple paroi rocheuse nue. Entourée de tous les côtés de doigts de pierre tordus couverts d'arbres. Un *no man's land*. La vallée, qui prend naissance au pied d'une chaîne enneigée à l'ouest, s'étend plus ou moins d'est en ouest et s'achève, à l'est, par une rivière grondante baptisée Tista, un cours d'eau glacée affluent du puissant Brahmapoutre.

Pop secoue la tête.

— Moi, j'appelle ça une impasse, dit-il. Si on ne trouve personne en arrivant, on aura gâché un temps et des efforts considérables.

— S'il y a quelque chose à voir, la pieuvre le verra. (Jordan consulte sa montre.) Il y en a encore pour longtemps avec le satellite, Marrs ?

— C'est bon, répond celui-ci en ressortant du cockpit. Et, mec, je pense que ce Hilal pourrait avoir raison.

Il se faufile entre Aisling et Jordan pour prendre les commandes de l'ordinateur. Il modifie les données et... *pof* ! sur l'écran apparaît une image très proche, animée, en direct et en très haute définition de la vallée himalayenne.

Et là, sans le moindre doute possible, taillés dans la paroi rocheuse, ils distinguent des fenêtres, des portes, des ponts et des passages. Cachés de loin, visibles de près.

— Un village, commente Pop, hébété.

— Non. Une forteresse, corrige Aisling.

— Elle a raison, dit Marrs.

Il appuie sur quelques touches et actionne la souris : l'image change. Elle s'assombrit, à l'exception de quelques filaments et points verts qui se déplacent ici et là telles des fourmis.

— Des gens ! s'exclame Aisling. C'est ça ?

McCloskey ronfle toujours.

Marrs hoche la tête.

— Oui. Les petits traits sont des traînées de chaleur. Sans doute de l'énergie géothermique, avec quelques blocs électrogènes et un éclairage au gaz. (Il indique plusieurs points qui ressemblent à des flammes vertes.) Ça ressemble à des conduits d'évacuation de vapeur, provenant sans doute de petites turbines situées dans ce couloir que voici...

Il effectue un zoom arrière et superpose les images satellite et infrarouge. Un trait, léger mais visible, zigzague au sud de la forteresse et s'étend vers l'est, au fond de la vallée, pour s'arrêter à la Tista.

— Je parie que c'est un chemin.

Aisling pointe le doigt sur l'intersection avec le cours d'eau.

— C'est par là qu'on va entrer. La Clé du Ciel est bien là. Chopra a rassemblé certains des membres de sa lignée pour les conduire dans cette forteresse... Elle *protège* la Clé du Ciel. Elle *attend* les autres Joueurs.

— Elle sait qu'on va arriver, alors. On ne bénéficiera pas de l'effet de surprise, dit Pop.

Aisling garde les yeux fixés sur l'écran.

— Marrs, vous pouvez transférer ces images sur les monocles, n'est-ce pas ?

— Évidemment.

Elle se tourne vers Pop.

— Ils savent peut-être qu'on va venir. Mais nous, on saura exactement où ils se trouvent à n'importe quel moment. Et je peux t'assurer qu'ils ne disposent pas d'un tel matériel. (Aux anges, elle prend Marrs par les épaules.) C'est stupéfiant. Vraiment stupéfiant. Mais je suppose que ce satellite n'est pas équipé d'un rayon laser ou d'un truc comme ça ? Pour qu'on puisse les éliminer du ciel ?

Jordan éclate de rire.

— Ce genre de choses, ça n'existe que dans les films.

— Ou chez les Créateurs, ajoute Pop.

— Mais on ne se bat pas contre eux, hein ?

McCloskey ronfle encore ; un ronflement en trois phases, venu du fond de la gorge. Elle se tourne sur le côté. Un de ses pieds tombe sur le sol.

— On a un autre avantage, dit Marrs. Planqué dans la soute, il y a un drone.

— Merde ! J'avais oublié la Petite Bertha ! s'exclame Jordan.

— Encore un engin de surveillance ? demande Aisling.

— Oui, mais pas uniquement. L'intérêt, c'est qu'il transporte deux missiles air-sol très légers et très puissants. Un guidé par laser, l'autre thermique.

Aisling jubile de plus belle.

Pop devine ce qu'elle pense.

La vache, je suis bien contente de ne pas avoir largué ces gens.

Elle secoue Marrs par les épaules comme s'il était son plus vieux copain.

Ah oui, sérieux, je suis contente de ne pas les avoir largués.

JAGO TLALOC
Casa Isla Tranquila, Juliaca, Pérou

Deux nuits se sont écoulées depuis que Jago s'est entretenu avec Aucapoma Huayna. Il est toujours dans la propriété de ses parents. Il attend toujours de Jouer, d'apporter la Clé de la Terre à Tiwanaku. Mais ce que lui a dit la vieille femme sur les Cahokiens et Sarah l'a désorienté, et l'a fait réfléchir.

Il n'est pas habitué à se sentir désorienté.

Il n'a pas répété à son père tout ce que lui avait raconté l'ancienne, mais il en a parlé à Renzo. Il avait besoin de se confier à quelqu'un. Ils en ont discuté. Ils ont pris une décision.

Et maintenant qu'ils ont vu la vidéo du Shang, ils savent. Ils n'ont pas encore découvert le message de Hilal, mais peu importe. Jago ne peut attendre plus longtemps. Il est visé. Ils le sont tous.

Jago et Renzo visionnent la vidéo une 2ᵉ fois.

Une 3ᵉ fois.

Sans dire un mot.

Ils ne la regardent pas une 4ᵉ fois.

Jago lance l'application musicale sur son ordinateur portable. Il choisit une chanson de Behemoth. La musique est forte, violente, maléfique.

Jago adore.

— Tu es avec moi, Renzo ? demande-t-il.

La musique engloutit ses paroles.

— Maintenant plus que jamais, mon Joueur. Tu vas avoir besoin de mon aide.

— Tu es sûr de toi ? Si tu me trahis, je te tue.

— Je suis sûr.

— Tu sais que j'en suis capable.

— Je sais que je suis trop vieux pour t'en empêcher.

— Et trop gros.

— Va te faire voir.

Ils rient, un peu gênés. La musique agresse leurs tympans. Les dents incrustées de diamants de Jago brillent dans la lumière.

— Prépare notre matériel, mais discrètement. Guitarrero ne doit pas être au courant.

— Évidemment.

— Papi va rentrer tard demain soir, à cause d'une réunion au sujet des Cielos. À trois heures quinze du matin, on passera à l'action. Et on s'occupera de Sarah.

— Trois heures quinze.

— Tu ne me trahiras pas ?

— Sur notre lignée et sur Endgame, je le jure.

— Bien. Demain soir, on Joue.

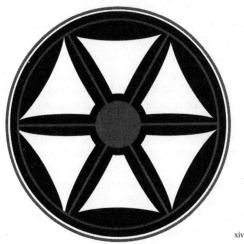

xiv

MACCABEE ADLAI, BAITSAKHAN

*Route de gravier sans nom, secteur de San Julián,
Juliaca, Pérou*

Maccabee et Baitsakhan n'ont pas vu la vidéo d'An
Liu ni le message de Hilal.

Et nul doute qu'ils s'en ficheraient complètement
s'ils les avaient vus.

Ils attendent le moment idéal pour cueillir des
fruits péruviens accrochés à une branche basse :
deux mercenaires qu'ils ont suivis dans l'après-midi
et la soirée. Un petit comme Baitsakhan et un grand
costaud, mais pas autant que Maccabee.

— Son uniforme sera bien moulant sur toi, ironise le Donghu, essayant visiblement de plaisanter.

— Ils arrivent, dit Maccabee en ignorant cette
remarque stupide.

Les mercenaires des Tlaloc sortent d'une *cantina*
rustique nommée *El Mejor*, une construction basse
en bois qui a au moins 100 ans. Ils sont ivres, ils
titubent et rient, leurs souffles font de la vapeur
dans l'air froid. Leurs fusils se balancent sous leurs
bras.

— L'Olmèque ne serait pas content de les voir
dans cet état, juge Baitsakhan qui n'a jamais bu
une goutte d'alcool de sa vie.

— Ils sont en équilibre au bord du monde, Baits.
Comme nous tous. Chacun a besoin de se distraire
de temps en temps, non ?

442

— Pas moi.

— Non. Bien sûr.

Les hommes approchent en venant de l'est. Leur véhicule, un gros pick-up Chevrolet qui, pour une raison quelconque, n'arbore pas l'emblème des serres rouges, est garé de l'autre côté de la rue, au nord. Une femme sort d'une impasse. Elle porte une robe longue et des jupons, un pull épais, un poncho rouge, bleu et jaune et sur la tête un feutre noir déformé, comme une sorte de haut-de-forme arrondi. Les deux ivrognes se jettent aussitôt sur elle. Ils tripotent ses vêtements. La tirent par les bras. Le plus petit tente de soulever les nombreuses couches de jupons avec son fusil, mais elle les rabaisse d'un geste brusque. Elle secoue la tête, agite la main, tente de protester. Elle a peur. Le plus grand des deux types balaye du regard la rue mal éclairée. Personne.

Personne pour entendre cette femme.

Personne pour lui venir en aide.

Il lève son fusil et le pointe sur sa tête.

Maccabee traduit :

— Il lui dit de ne pas crier ou sinon, il la tue.

La femme ne crie pas.

Ses épaules se mettent à trembler.

Le soldat l'oblige à reculer vers la ruelle. L'autre balance son fusil dans son dos en se pourléchant. Il veut attraper la femme, elle se dérobe, l'homme insiste. Sa main jaillit vers le visage de la femme et s'empare du chapeau. Il le met sur sa tête. Le type costaud la force à entrer dans la ruelle. Elle disparaît en courant. Le petit se lance à sa poursuite. L'autre regarde de nouveau autour de lui, nerveux, excité. Toujours personne.

Il s'enfonce à son tour dans la ruelle.

Maccabee ouvre la portière de l'Escort et pose un pied sur le sol aride.

— Qu'est-ce que tu fous ? lâche Baitsakhan.

— J'en ai assez vu.

— Tu disais que tout le monde avait le droit de s'amuser.

Maccabee grimace.

— Mais j'hallucine, Baits ! Ils vont violer cette femme. Tous les deux. Tu crois qu'elle va s'amuser, *elle* ?

Baitsakhan hausse les épaules.

— J'en sais rien.

Le Nabatéen descend de voiture.

— Non. Évidemment.

Il s'apprête à refermer la portière quand le Donghu lui tend une Kel Tec PLR-22.

— Tu auras besoin de ça.

Maccabee tire son très ancien couteau à la lame aiguisée, fixé à sa ceinture, et fait briller la bague mortelle qui orne son auriculaire.

— Je n'ai pas besoin de ça pour tuer deux ivrognes frustrés.

Il s'élance en direction de la ruelle. Baitsakhan incline son siège et cale la carabine sur ses genoux. Maccabee tourne au coin en quelques secondes et disparaît. Le globe est posé dans le cendrier de l'Escort, au-dessus du levier de vitesse. Il brille. Baitsakhan meurt d'envie de le toucher. S'il le pouvait, il se débarrasserait du Nabatéen. Avec quel plaisir ! Cette nouvelle main que Maccabee lui a offerte, comme un idiot, lui faciliterait la tâche.

Un coup de feu leur parvient de la ruelle obscure. Le son meurt rapidement dans la nuit fraîche. Baitsakhan abaisse sa vitre en actionnant la manivelle. Il inspire à fond. L'air est parfumé, vif. Il aime le froid, il voudrait qu'il fasse plus froid. Cela lui rappelle le désert de Gobi et ses chevaux adorés.

Ils lui manquent.

Le plus petit des deux soldats ressort de la ruelle ; il essaye de courir tout en tenant son pantalon. Un objet éclatant fend le vide et se plante dans sa nuque. Il s'écroule la tête la première, raide mort.

Dix-sept secondes plus tard, Maccabee réapparaît à son tour, il tient la femme par les épaules. Elle pleure. Leurs visages sont proches. Maccabee la console. Elle regarde le cadavre par terre.

Elle l'injurie.

Crache dessus.

Maccabee lui prend la main et y dépose quelque chose.

Elle le regarde, se dresse sur la pointe des pieds pour l'embrasser sur la joue. Maccabee lui dit autre chose et montre une direction. Il semble insister. Elle l'embrasse de nouveau, fourre dans son décolleté ce qu'il lui a donné, sans doute une once d'or, remonte ses jupons et s'enfuit aussi vite qu'elle le peut. En quelques secondes, elle est avalée par la nuit.

Maccabee la suit du regard, avant de retourner dans l'impasse. Quand il en ressort, il tient le fusil et l'uniforme de l'autre soldat. Il s'arrête à côté du mort. Il se baisse pour récupérer son précieux couteau planté dans sa nuque. Il saisit le cadavre par les cheveux et le traîne vers l'Escort. Baitsakhan se penche par la vitre pour savourer encore une petite dose d'air frais. Il ferme les yeux et imagine son cheval galopant à travers la steppe, soulevant de la terre avec ses sabots, l'écume aux lèvres. Il entend les pas de Maccabee et le corps qui racle les graviers. Maccabee s'arrête.

— Bouge ton cul et file-moi un coup de main.

Baitsakhan garde les yeux fermés.

— J'arrive.

Le Nabatéen marche jusqu'au pick-up et balance l'homme à l'arrière. Baitsakhan agrippe la crosse de la Kel Tec et, toujours perdu dans ses rêveries, il tend sa nouvelle main vers le globe et referme ses doigts mécaniques dessus.

Il ne le brûle pas.

Il ouvre les yeux aussitôt.

Il ne le brûle pas.

Il regarde la Chevrolet. Le moteur tourne. Maccabee est déjà à bord, il souffle dans ses mains pour les réchauffer.

Le globe ne le brûle pas.

Baitsakhan le dépose dans un sac à dos en toile et descend de voiture, en réprimant un sourire, s'efforçant de maîtriser l'excitation de son cœur.

Une fois qu'ils auront récupéré la Clé de la Terre, peut-être qu'il pourra se débarrasser du Nabatéen, finalement.

Oui.

C'est sûr.

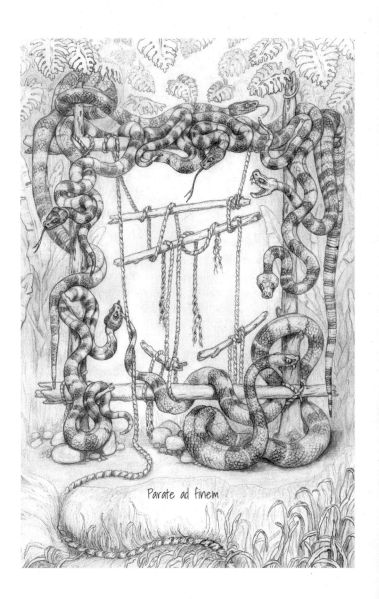

Parate ad finem

SHARI CHOPRA ET LES CHEFS DE LA LIGNÉE DES HARAPPÉENS

सूर्य को अन्तमि रेज, *vallée de la Vie éternelle, Sikkim, Inde*

Le conseil restreint des Harappéens siège à l'intérieur d'une salle taillée dans la roche grise de la montagne, de même que chaque pièce de सूर्य को अन्तमि रेज est creusée dans la pierre. Les membres du conseil sont assis sur des coussins colorés disposés en cercle. Un épais tapis népalais couvre le sol. Le centre du tapis représente une figure humanoïde à quatre bras avec une tête d'éléphant, le dieu Ganesh, et la silhouette desséchée de Veda Vyasa. Le vieux sage dicte le *Mahabharata* à Ganesh et la divinité note tout consciencieusement. Les mots de l'épopée entourent les deux personnages dans une spirale qui se déploie jusqu'aux pompons qui bordent le tapis, semblable aux bras d'une galaxie.

Ganesh, le seigneur du savoir et des lettres, celui qui place et supprime les obstacles, l'être qui gouverne les forces du bhava-cakra.

Les obstacles, songe Shari.

Les obstacles.

Le conseil évoque les nouveaux développements liés à la vidéo du Shang et au message de l'Aksoumite.

Le message que chaque Joueur a maintenant vu et décodé, supposent-ils.

— Vous êtes certains qu'il a indiqué l'endroit où nous nous trouvons ?

C'est Helena, à la fois excitée et un peu effrayée, qui a posé cette question.

— Sûrs et certains, répond Peetee. D'une manière ou d'une autre, l'Aksoumite nous a localisés. J'ignore comment. Mais nous sommes face aux mystères des mystères et nous savons tous que tout est possible. Ce n'est plus qu'une question de temps avant que les autres nous trouvent, eux aussi.

Shari prend la parole :

— Ma famille, nous savions que cela allait arriver. Inutile de discuter du pourquoi et du comment.

Les anciens opinent. Shari change de position, elle sent la bosse du pistolet qu'elle cache sous son *salwar kameez* bleu et vert éclatant. L'arme qui appartenait au cousin du Donghu et qu'elle avait prise dans l'entrepôt où ils l'avaient torturée.

Là où cette chère Alice Ulapala est venue à sa rescousse.

La Koori, que les Créateurs la gardent.

L'arme que Shari, initialement et bêtement, avait chargée de trois balles. Une pour Jamal, une pour Petite Alice et une pour elle.

Avant de comprendre qu'il est stupide de mettre des noms sur des balles. Qu'il est très difficile de commettre un meurtre de sang-froid, surtout ce genre de meurtre impossible, et que davantage de balles seraient sans doute nécessaires. Et si sa main tremble tellement qu'elle manque sa cible ? Et si la première balle ne tue pas son bien-aimé ? S'il ne lui reste plus une seule balle pour se tuer ensuite ?

Elle n'aime pas réfléchir à ces hypothèses.

N'empêche, elle a chargé le pistolet au maximum, et elle a fixé deux autres chargeurs autour d'elle par-dessus le marché.

Si l'impossible doit se produire, elle sera prête.

Toutes ces pensées traversent son esprit, mais elle ne les exprime pas.

— Comment se déroulent les préparatifs, mon chéri ?

— Tout va bien, répond Jamal.

— Raconte-nous, s'il te plaît, dit Jov.

Jamal pince le genou de Shari.

— Comme nous le savons tous, un seul chemin mène à सूरय को अन्तिम रेज. Et il est bien gardé. Nous avons établi deux postes de contrôle depuis la rivière. Chaque poste est tenu par six hommes, lourdement armés. Il y a un troisième poste de contrôle au niveau du Coude : un virage presque à angle droit au bout d'un chemin en lacets et seule voie d'accès. Celui ou celle qui parvient jusque-là sera réduit en miettes par le M61 Vulcan installé à flanc de montagne, à proximité de l'unique entrée de notre forteresse.

— Ils n'iront pas aussi loin, déclare Helena.

Jov se tourne vers Shari.

— Helena a proposé de se rendre au deuxième poste de contrôle afin de superviser les opérations.

Jov sourit. Un sourire rempli de joie et dépourvu de dents.

— Et je manierai personnellement le Vulcan, ajoute Pravheet, l'ex-Joueur, l'homme qui avait promis de ne plus tuer.

— Hein ? s'exclament Jamal et Paru en chœur.

— Et ton serment ? s'étonne Shari en trahissant une pointe de désespoir.

Si elle a rejeté la violence durant toute sa formation, au grand désarroi de nombreux Harappéens, notamment de Helena, c'est principalement sous l'influence de Pravheet et de son serment. Elle a passé d'innombrables heures à méditer avec lui et à l'écouter enseigner les principes de la compassion, le pouvoir de l'amour et de la patience. Si elle possède un esprit aussi aiguisé aujourd'hui, c'est grâce à Pravheet. C'est grâce à lui qu'elle a appris à sur-

monter la souffrance physique et à trouver la bonté
en toute circonstance. La vraie bonté, pas une fable
qu'on se raconterait. C'est aussi grâce à lui qu'elle
a survécu au supplice infligé par ce petit animal
nommé Baitsakhan. Et c'est grâce à Pravheet qu'elle
sait que, s'il le faut, elle aura assez de force en elle
pour commettre l'inconcevable : tuer sa propre fille
afin d'empêcher un autre Joueur de l'emmener, chez
les Créateurs, vers la fin du jeu.

Pravheet la regarde droit dans les yeux et répond :

— Si je dois rompre mon serment un jour, c'est le
moment, Shari. Quand tu nous as rejoints à Gangtok,
tu ne cessais de parler de « nous », les puissants et
anciens Harappéens, unis pour gagner. Je pense
que tu as raison, nous *devons* essayer de gagner,
et je suis prêt à tout pour que nous gagnions, pour
que *tu* gagnes. J'aime toujours la paix et la « pleine
conscience », mais si cette Épreuve insensée doit
survenir, c'est *nous* qui devons y survivre. C'est ce
qu'on nous a enseigné, c'est ce que nous savons.
Je briserais tous mes serments pour assister à cela
dix fois, vingt fois, cent fois. Et quand la Grande
Énigme sera terminée, quand tu auras gagné, quand
la Terre sera défigurée, je retournerai vers la paix et
j'y resterai. Mais pour l'instant, je suis prêt à tuer.
À tous les tuer.

Le silence règne dans la salle pendant un instant,
jusqu'à ce que Helena laisse échapper un rot.

— Contente de te revoir parmi nous, Pravheet.

— Il n'y a pas de quoi se réjouir, Helena.

Jov joint les mains comme s'il allait prier.

— Je suis d'accord avec notre ex-Joueuse bien-
aimée et, pour ma part, je me réjouis de ta décision.
Tu n'as pas à avoir honte de ton revirement, Pravheet.

— Merci, Jovinderpihainu.

Nouveau silence. On entend un serviteur passer
dans le couloir de pierre en sifflotant un air d'une

célèbre comédie musicale de Bollywood, *Pungi*. Ses pieds frappent en rythme le sol glacé.

— Nous sommes donc prêts, conclut Paru.

Shari secoue la tête.

— Il y a une chose dont nous n'avons pas parlé. (Avec le bout du pied, elle montre l'image de Ganesh tissée dans le tapis.) L'éléphant sous le tapis.

Son ton est grave, mais sa plaisanterie provoque quelques petits rires. Jovinderpihainu se penche en avant. Il respire difficilement.

— Tu veux dire : et si l'Aksoumite avait raison ?

— Exactement, dit Shari. Si nous pouvions mettre fin à tout cela en...

Jamal grimace.

— Non, ne le dis pas.

Long silence.

— L'Aksoumite a peut-être raison, murmure Pravheet en ayant l'air de s'excuser.

Toutes les têtes se tournent vers lui. Il s'exprime posément :

— Je ne sais pas grand-chose sur eux, mais leur lignée protège un très ancien secret, inconnu de toutes les autres, et leurs connaissances de certains aspects spirituels de l'Antiquité sont sans égales, même d'après nos propres critères. Il est donc *possible* qu'il dise vrai.

— Tu nous as déjà parlé de lui, Joueuse, intervient Jov. Peux-tu nous rafraîchir la mémoire ?

Shari fait peser tout son poids sur ses genoux comme si elle essayait de refouler une chose horrible en elle. Finalement, elle dit :

— Hilal ibn Isa al-Salt m'a fait l'impression d'être un garçon d'une honnêteté irréfutable.

— Par les Créateurs ! s'emporte Jamal. Tu n'es quand même pas en train de suggérer que l'on tue notre propre fille, Shari.

— Non, bien sûr que non !

Elle inspire à fond et essuie ses yeux. Elle a peur. Elle a peur car elle pourrait mentir en disant cela.

Et ce n'est pas le moment de mentir.

— Jamal... je... ne sais pas. D'innombrables personnes – des hommes, des femmes, des enfants, des anciens – ont été sacrifiées aux Créateurs dans l'Histoire d'avant l'Histoire, et en d'innombrables occasions les Créateurs ont approuvé ces sacrifices, ils les ont réclamés, ils en avaient besoin. Pourquoi n'en demanderaient-ils pas un maintenant ? Ne serait-ce pas pour cette raison qu'ils ont choisi Petite Alice pour être la Clé du Ciel ? Par goût du grotesque, par allusion à la violence particulière de notre passé commun ? Comme une coda à Endgame, à notre existence, à notre ascendance ? L'espèce humaine est née de nombreuses choses, mais avant tout de la violence, extrême et suprême. Ne s'agit-il pas de la même chose ici ? Ne veulent-ils pas nous pousser à commettre l'indicible ?

Paru et même Helena blêmissent. Peetee regarde fixement la représentation de Vyasa sur le tapis. Jamal ôte brusquement la main posée sur la cuisse de sa femme.

— Shari, je n'arrive pas à croire que tu puisses dire ça.

— Je ne fais qu'énoncer une possibilité, mon amour.

Soudain, l'arme cachée dans les plis de ses vêtements lui paraît plus lourde que le soleil.

Plus lourde, plus brûlante et plus absolue.

— Je n'ai aucune intention de toucher à un seul cheveu de Petite Alice, et je la protégerai avec toutes les fibres de mon être, avec chaque parcelle éphémère de mon âme, déclare Shari. Mais des milliards de personnes vont bientôt mourir, mon amour. C'est une certitude. C'est la promesse d'Endgame. Alors, la question doit être posée.

Nouveau silence.

Jovinderpihainu est le premier à le briser.

— Tu as raison de la poser, Shari. Mais il existe une différence entre être honnête et avoir raison. Des individus honnêtes mentent en permanence, convaincus d'énoncer la vérité. Le mal prospère sur le dos de l'honnêteté.

— Tu penses donc que Hilal se trompe, Jov ? demande Shari. Qu'il se laisse fourvoyer ?

— Je l'ignore. En revanche, je sais que si nous suivons son conseil, si nous sacrifions notre fille bien-aimée et innocente, et si l'Épreuve survient malgré tout, tu n'auras plus la possibilité de gagner. Tu seras totalement détruite de l'intérieur, vidée, et nous aussi. Il y a une autre possibilité. Que ce Créateur, dont tu as pris soin de souligner combien il t'avait semblé mesquin lors de l'Appel, donnant même l'impression de s'ennuyer, soit une simple créature vivante. Et non un dieu. Peut-être qu'en dépit de toutes les merveilles qu'ils sont capables de réaliser, ils demeurent faibles au fond d'eux-mêmes, vindicatifs, cruels. Peut-être que leur but, en plantant cette graine dans l'esprit de l'Aksou-mite, est simplement de nous voir souffrir, de te voir craquer, devenir folle et ôter la vie à ton propre enfant, uniquement pour se distraire. Je le répète : si nous faisons ce que nous demande l'Aksoumite et si l'Épreuve a quand même lieu, si le jeu se poursuit d'une manière ou d'une autre, comment feras-tu pour gagner ?

Nouveau silence. Interrompu de manière définitive :

— Je ne pourrai pas gagner, dit Shari.

Le vieux sage fronce les sourcils.

— Pour cette raison, tu ne dois pas sacrifier Petite Alice. Ni maintenant ni jamais. Aucun de nous ne le fera. Nous l'entourerons.

Tout le monde opine. Shari lui est reconnaissante de cette logique. Une logique solide. Et juste.

— Béni sois-tu, Jov... Et curieusement, béni soit Hilal ibn Isa al-Salt. Il a envoyé les Joueurs jusqu'à nous, il les a envoyés à leur mort.

— Oui, dit Helena tout bas.

Shari joint les extrémités de ses doigts devant elle, en formant un cercle avec ses bras et sa poitrine.

— Nous l'entourerons, comme prévu. Nous l'entourerons et nous gagnerons.

Shari se lève et les autres l'imitent. Pravheet aide Jov à se mettre debout. Shari prend la main de Jamal. Elle la caresse amoureusement. Il ne réagit pas.

Ils sortent l'un derrière l'autre.

Ce faisant, Shari se remplit d'excitation, de peur, d'espoir et de terreur.

Elle ne peut pas le dire à Jamal.

Elle ne peut pas lui dire qu'elle gardera l'arme sur elle, toujours, et que même si elle ne sacrifiera pas Petite Alice pour empêcher l'Épreuve, elle la tuera pour empêcher quiconque de lui prendre son seul enfant.

SARAH ALOPAY
Casa Isla Tranquila, Juliaca, Pérou

Sarah ne dort pas quand elle entend la porte de la chambre s'ouvrir à 3:17:57 du matin.

Mais elle paraît endormie.

Elle est couchée dans son lit, sur le côté, le dos à la porte, une arme à la main.

La personne qui vient d'entrer dans la chambre est silencieuse, ou plutôt, elle croit être silencieuse. Elle a appris à se déplacer furtivement. Pas suffisamment, toutefois, pour échapper à ses sens aiguisés.

Ce n'est donc pas Jago.

Sarah va attendre que ce domestique récupère le plateau avec les assiettes et le verre vides, et à ce moment-là, elle le tuera, se précipitera dans le couloir et s'enfuira de la propriété des Tlaloc en se battant s'il le faut. Elle s'est longuement interrogée afin de savoir si elle devrait traquer Jago, pour finalement décider que ce serait un suicide. Non pas qu'elle craigne de ne pas avoir le dessus, mais parce que le plus important pour elle, c'est de ficher le camp d'ici, de vivre.

Quitte à renoncer à la Clé de la Terre, temporairement.

Quitte à abandonner ce pour quoi elle a lutté si durement, ce pour quoi elle a tué Christopher.

456

L'intrus avance un peu plus dans la pièce, à pas feutrés. Sarah attend qu'il s'arrête devant la table et prenne le plateau.

Mais l'intrus ne s'arrête pas devant la table.

Sarah remue comme le ferait quelqu'un qui dort.

Elle attend.

L'intrus atteint le lit. Le contourne. S'arrête devant elle. C'est un homme. Sarah entend sa respiration. C'est la respiration d'une personne plus lourde que Jago. Plus âgée.

Elle déplie les jambes, repoussant les couvertures, et ses talons atteignent l'homme au menton et à l'épaule, de plein fouet. Elle entend un craquement réjouissant. Elle se redresse d'un bond et se retrouve debout au centre du matelas, l'arme pointée sur l'homme, prête à tirer. Mais juste avant qu'elle presse la détente, l'homme lui fauche les chevilles. Ses jambes se dérobent et elle retombe lourdement sur le flanc. Le coup ne part pas.

La main de l'homme jaillit, se referme sur le canon du pistolet, l'enfonce dans le matelas et murmure :

— Arrête, Sarah. S'ils nous entendent, ils vont venir s'occuper de nous. Toi et moi.

C'est Renzo.

— Qu'est-ce que tu fais ici ? s'exclame-t-elle.

Il s'appuie contre elle de tout son poids. Elle sent son haleine. Vin, fromage et cigarillos.

— Ne parle pas si fort, s'il te plaît.

Elle distingue le visage joufflu dans la pénombre. Les yeux globuleux. La fine moustache.

— Et pourquoi je parlerais tout bas ? Je sens l'odeur de Guitarrero Tlaloc sur toi.

— Oublie Guitarrero. Jago veut te voir. Il a besoin de te voir.

— Pourquoi il ne vient pas, alors ?

— Il est occupé. Si tu veux survivre jusqu'à demain, ferme-la et suis-moi.

— Pourquoi je te ferais confiance ?

— Parce que je crois à l'aspect sacré du jeu. J'ai foi en mon Joueur. Et il m'a demandé de venir te chercher.

Sarah lâche son arme, avec une rapidité qui la surprend elle-même, et saisit Renzo à la gorge. Elle serre la pomme d'Adam.

— Ce n'est pas suffisant.

Les yeux de Renzo sortent de leurs orbites et se mettent à larmoyer. Il ne peut plus parler. Elle jette un regard en direction de la porte restée ouverte. Elle pourrait liquider cet homme et sortir d'ici.

Elle pourrait s'enfuir.

Elle serre.

Renzo émet un son grinçant, lâche le pistolet, referme sa main sur l'épaule de Sarah et enfonce ses ongles dans sa peau. Il brandit le poing devant elle.

L'agite.

Elle continue à serrer.

Il ouvre le poing. Un petit objet s'en échappe.

La Clé de la Terre.

Elle desserre légèrement l'étau de ses mains.

Renzo pose la main à plat sur sa poitrine et la repousse ; il recule de trois pas en se tenant le cou, le souffle coupé.

— Il... il... il m'a dit de te donner ça...

Il aspire de grandes bouffées d'air.

Sarah ne dit rien. Elle ramasse la Clé de la Terre sur le dessus-de-lit.

— Il m'a dit de te donner ça.

Renzo se redresse. Essuie ses yeux. Il se ressaisit rapidement, prouvant ainsi qu'il est bien entraîné.

— C'est un gage de bonne volonté. Jago ne voulait pas qu'on t'enferme de cette façon, mais il était obligé de donner le change pour pouvoir faire ce qu'il est venu faire ici.

— Aucapoma machin chose ?

— Oui. Allez, je t'en prie, il faut filer. Tu n'es plus en sécurité ici…

— Je l'étais avant ? ironise-t-elle.

— C'est encore plus dangereux maintenant. Il y a du nouveau, à cause du Shang. Tu verras. Il faut partir d'ici. Jago a éloigné les gardes qui surveillent ta chambre, sous prétexte de fumer une cigarette. Je les ai remplacés et j'ai surveillé les écrans de contrôle avant de foncer ici. (Il lui indique l'endroit du mur où est cachée la caméra.) Il faut filer. Immédiatement.

Sarah serre la Clé de la Terre entre ses doigts. Elle sent son énergie se répandre en elle. Elle retrouve le désir de Jouer.

— Pourquoi ne pas me tuer, tout simplement ?

— Crois-moi, une partie de moi-même pense que ce serait la meilleure chose à faire. Mais je te le répète, j'ai foi en mon Joueur, et il m'a demandé de ne pas te tuer.

— Pour le moment, souligne Sarah.

— Il m'a demandé de ne pas te tuer, répète Renzo.

Il pousse Sarah hors du lit et dispose les oreillers et les couvertures pour donner l'impression qu'elle dort encore. Il lui rend son pistolet et la prend par le poignet. Il consulte sa montre.

— On a quatre-vingt-dix secondes pour sortir de cette maison. Tu viens ou pas ?

Le regard de Sarah se durcit. Elle serre la crosse du pistolet dans sa main. Dans l'autre, la Clé de la Terre devient de plus en plus chaude. Elle sent l'air frais qui vient du jardin, du monde extérieur, toujours vivant, toujours puissant.

Elle est comme toutes ces choses.

Vivante.

Puissante.

— Oui, Renzo. Passe devant.

BAITSAKHAN, MACCABEE ADLAI

Frontière entre le Pérou et la Bolivie, Carretera
Puno-Desaguadero, Desaguadero, Pérou

— Y a intérêt que ce soit eux, dit Baitsakhan.

Il est assis au volant. Le siège a été avancé au maximum afin que le Donghu, avec ses cinq pieds deux pouces, puisse atteindre les pédales. C'est lui qui conduit depuis le village d'Acora, au sud de Juliaca, afin que Maccabee puisse les guider avec le globe. Ils suivent la voiture de l'Olmèque à bonne distance. Baitsakhan applique son plan : ne pas dire au Nabatéen que sa nouvelle main peut tenir l'antique émetteur.

Il doit choisir le bon moment pour dévoiler son secret.

Le moment idéal et fatal.

Garés dans une petite rue, ils observent le poste frontière, modeste mais animé. Il est 7:17 du matin. Il leur a fallu un peu plus de deux heures seulement pour arriver ici, en comptant le bref arrêt pour balancer le cadavre que Maccabee avait déposé à l'arrière du pick-up. Ils ont traversé le paysage aride mais saisissant sans parler, ou presque, ce qui leur convenait à tous les deux.

Ils en avaient assez de Jouer de cette façon.

De ne pas se battre.

De ne pas tuer.

C'était d'ailleurs une des raisons qui avaient poussé le Nabatéen à voler au secours de cette femme, la nuit précédente. Il ne s'agissait pas uniquement de récupérer les uniformes des mercenaires des Tlaloc, il voulait rester affûté, et garder le goût du sang sur sa langue.

Baitsakhan n'est pas le seul à aimer le meurtre.

Mais pour l'instant, ils sont obligés d'attendre. D'observer. Et d'attendre.

Ça ne leur plaît pas. D'où les chamailleries.

— « Y a intérêt » ? Tu me menaces ?

— Je dis juste que je veux pas les perdre.

Baitsakhan approche une paire de jumelles de ses yeux. Il aperçoit les feux arrière de la voiture de l'Olmèque, une banale Mazda, tandis que le conducteur discute avec les douaniers boliviens.

— Baitsakhan, on a suivi des gens à travers le monde avec cette chose. On ne perdra personne.

— On devrait franchir la frontière maintenant, avec l'Olmèque... Si c'est bien lui. Il a changé. Pourquoi il a fait ça avec ses cheveux ?

— Il en avait assez d'être brun ? Va savoir. Calme-toi. On croirait entendre une gamine.

— Je suis pas une fille !

— Tu n'es même pas un homme.

— Toi non plus ! Tu as quel âge ?... Dix-huit ? Dix-neuf ?

Encore un qui se trompe sur son âge. Il adore ça. Maccabee a 16 ans en réalité. Mais il ne rectifie pas. Il se promet de ne plus provoquer le Donghu.

— C'était une plaisanterie, Baits.

— J'aime pas les plaisanteries.

— Sans blague ?

— Je rigole pas.

— Bien. Ferme-la, d'accord ?

— OK. Mais toi aussi.

— Avec plaisir.

Et ils se taisent tous les deux.

462

Baitsakhan sort un smartphone de sa poche. Il enfonce des écouteurs dans ses oreilles et surfe sur Internet. Pendant ce temps, Maccabee observe le poste frontière. Des hommes et des femmes venant de Bolivie affluent au Pérou pour travailler. Le tourisme ne semble pas avoir souffert par ici, au contraire. Maccabee suppose que ces gens sont de riches voyageurs qui effectuent leur dernier grand périple pour visiter des endroits hors du commun, comme le lac Titicaca, avant la fin du monde. En un sens, ils incarnent la version touristique de Baitsakhan et de lui-même. Ce sont des Joueurs qui participent à un jeu différent, beaucoup moins mortel.

La vie se poursuit.

Ce qui sera, sera.

— Regarde ça !

Baitsakhan interrompt les pensées de Maccabee en lui fourrant son smartphone devant les yeux. Le Nabatéen craint que le Donghu veuille encore lui montrer des *snuff movies* de personnes en train d'exploser ou d'animaux décapités. Baitsakhan agite l'appareil et arrache le câble des écouteurs.

— Prends-le !

Maccabee s'exécute. Et là, sur le petit écran, le regardant fixement avec ses yeux sombres, il découvre An Liu. Il appuie sur « play ». Baitsakhan se penche vers Maccabee, il pose quasiment sa tête sur son épaule pour qu'ils puissent regarder ensemble.

Et ils regardent.

Une seule fois.

— L'enfoiré, lâche Maccabee.

Baitsakhan se rassoit sur le siège du conducteur.

— Pas mal, la photo de toi en slip qu'il a trouvée.

— C'est un maillot de bain.

— J'ai jamais vu un maillot de bain comme ça.

— Tous les Européens en portent. Mais...

— C'est pas bon. Pas bon du tout.

— Et cette vidéo a été vue presque deux cents millions de fois !

Un individu à l'aspect misérable, transformé en homme-sandwich et muni d'une clochette, traverse la rue devant eux. Sur les panneaux de bois, on peut lire : *DIOS Y LA MUERTA ESTÁN CERCA, ESTOY A LA ESPERA DE HEREDAR LA TIERRA.*

Il fait partie des êtres dociles.

Des fidèles.

Des imbéciles.

Il disparaît au coin de la rue, le son de sa clochette s'évanouit.

— Tu crois que Liu a raison ? demande Baitsakhan.

— Que le fait de nous tuer arrêtera Abaddon ?

— Ouais.

— Bien sûr que non. Il veut juste de l'aide pour faire son sale boulot. Il veut gagner, comme toi et moi, dit Maccabee, sans comprendre véritablement ce que cherche le Shang.

— C'est très astucieux.

— Oui, très.

Pendant qu'ils discutent, le Nabatéen fait défiler les commentaires sur la vidéo. La plupart débordent de peur, de droiture ou de bêtise, de cynisme, de fanatisme ou de doutes. Beaucoup donnent l'impression d'avoir été rédigés par des personnes possédant les capacités mentales d'un mouton. Un bataillon complet de trolls ridiculise tous les messages, quels qu'ils soient.

Mais l'un d'eux, qui semble être passé inaperçu, capte l'attention de Maccabee.

Le pseudonyme de l'expéditeur est transparent.

Il fait une capture d'écran.

— La Mazda repart.

Le Nabatéen détache son regard du message codé. Il devra attendre pour le déchiffrer, quand ils ne seront plus en chasse.

— Allons-y. Et espérons que les douaniers de ce coin paumé n'ont pas nos noms sur la liste des personnes à arrêter.

Baitsakhan démarre et roule en direction de la Bolivie.

— Maintenant, on sait pourquoi il s'est teint les cheveux.

— Oui. On sait.

Ils s'approchent du poste frontière et la chance leur sourit. Aucun des douaniers ne s'attarde sur eux. De fait, grâce aux uniformes frappés des serres d'aigle, ils ont droit à des égards.

Les deux Joueurs pénètrent en Bolivie.

La vie continue.

Ce qui sera, sera.

HILAL IBN ISA AL-SALT

Salon Star Alliance, terminal international
Tom Bradley, aéroport de Los Angeles, Californie,
États-Unis

Hilal a quitté le hangar de Stella, volé une voiture et roulé jusqu'en Californie. Il est maintenant
installé dans un box individuel, son smartphone
collé à l'oreille. Son avion pour Bangkok décolle
dans une heure, avant l'aube. C'est la destination
la plus proche de l'Inde qu'il a pu trouver, compte
tenu de tout ce qui se passe dans le monde. Il
aimerait être déjà en Asie, mais des vols ont été
annulés ou modifiés, et apparemment, il ne reste
plus un seul avion privé dans toute la Californie
du Sud. Tous les gens fortunés sont partis se
terrer dans des endroits isolés. Sa victoire sur Ea
constitue une vraie consolation, mais il voudrait
être plus près de l'Harappéenne, plus près de la
fillette, de sa mort.

Puissent les Créateurs l'autoriser.

Une fillette morte.

Il prie pour qu'un des Joueurs trouve la force de
le faire.

Au fond de lui, il n'est pas certain d'avoir cette
force.

Direction Bangkok, donc. Sauf imprévu, il y sera
dans 19 heures et 34 minutes. De là, il continuera
vers l'ouest. Mais avant d'embarquer, il doit parler à

Eben ibn Mohammed al-Julan. Il n'a que trop tardé.
Il doit lui parler d'Ea. De Stella. De tout.

Le téléphone sonne. Eben décroche presque
immédiatement.

— Hilal ? C'est toi ?

— Oui, maître.

— Par tous les pères, où es-tu ? Tout va bien ?

— Je suis à Los Angeles. Je vais bien.

— As-tu croisé les autres ?

— Non. Ils continuent à Jouer.

— Et qu'en est-il du... Corrompu ?

Hilal répond dans un murmure :

— Je l'ai trouvé, maître. On m'a aidé, mais je
l'ai trouvé...

— Et... se peut-il que... ?

— Oui. J'ai affronté Ea. Je lui ai parlé.

— Tu l'as *rencontré* ?

— Oui. C'était la seule façon de m'en approcher
suffisamment.

— Et qu'est-ce... ?

Hilal l'interrompt. Dans un flot de paroles, il parle
de Stella, de sa relation avec Ea, de la haine qu'elle
lui voue, et de la façon dont elle l'a aidé à le vaincre.
Il lui raconte tout. Et conclut en disant :

— L'humanité sera libérée de cet esprit malfaisant
pour tous les jours à venir.

— J'ai cent questions, Hilal. Un millier. Principalement au sujet de cette Stella et de son armée.

— Moi aussi. Elle me contactera dès qu'elle le
pourra.

— Quel est son but, à ton avis ?

— Je n'ai cessé d'y réfléchir, maître. Je suppose que son armée et elle sont responsables de
la destruction de Stonehenge. Elle n'aime pas les
Créateurs, et encore moins Endgame. Et je pense
que, à sa manière, elle tente d'y mettre fin, elle aussi.
Et à tout le reste.

— Je veux la rencontrer, dit Eben d'une voix un peu tremblante.

— La rencontre aura lieu.

— Hilal... rentre à la maison. Cet Endgame est très différent de ce à quoi nous nous attendions. Rentre pour que nous puissions nous ressaisir, et surtout pour mettre à l'abri à l'intérieur de l'arche les ouroboros qui renferment l'essence d'Ea. Je t'en supplie.

— Non, je les garde. Ils n'ont rien à craindre avec moi.

— Aussi longtemps que tu restes en vie, Hilal ! Je suis désolé, mais tu devrais revenir ici et les remettre dans l'arche afin que notre ordre puisse les protéger. Ou bien, si Endgame anéantit notre lignée, pour qu'Ea demeure à jamais enseveli dans notre royaume et oublié !

Hilal regarde par-dessus son épaule. Un homme en costume cravate se tient derrière lui, à quatre mètres, et l'observe sans aucune gêne. Hilal a décidé de renoncer aux bandages et d'offrir la vision de son visage défiguré au monde. Un seul regard de sa part et l'homme détale. Un simple curieux. En quête d'insolite. Hilal a découvert que son visage de monstre attirait énormément l'attention, mais qu'il pouvait aussi effrayer presque n'importe qui.

— Je suis d'accord, maître. Je vais rentrer.

— Très bien.

— Le moment venu.

— Que veux-tu dire ?

— Je dois continuer. Je dois Jouer. Pour arrêter l'Épreuve, avec l'aide, espérons-le, des autres Joueurs ou de Stella. Ou pour gagner. D'ici là, je garderai Ea. Il ne peut en être autrement pour l'instant, maître. Je t'en prie, maître, comprends.

La voix de Hilal est pleine d'assurance, convaincante.

— Je comprends que le temps n'attendra pas, mais je t'implore de réfléchir. Et de revenir à Aksoum dès que possible. Les serpents doivent retourner dans l'arche, Hilal. Il le faut.

— Bien, maître. Mais avant cela, je dois trouver la Clé du Ciel. (Il marque une pause.) Et, d'une manière ou d'une autre, je dois trouver la force perverse et irrationnelle de tuer une petite fille.

Jeune pin foncé, prenant naissance au centre de la terre,
J'ai fait ton sacrifice.
Coquillage blanc, turquoise, bel ormeau,
Beau jais, bel or de l'idiot, beau pollen bleu,
Pollen de roseau, beau pollen, j'ai fait ton sacrifice.
Ce jour je suis devenu ton enfant.
Veille sur moi.[xv]
Tiens ta main devant moi en protection.
Monte la garde pour moi, parle pour ma défense.
Comme je parle pour toi, parle pour moi.
Comme tu parleras pour moi, je parlerai pour toi.

AISLING KOPP, POP KOPP, GREG JORDAN, BRIDGET MCCLOSKEY, GRIFFIN MARRS
À l'approche du premier poste de contrôle harappéen, non loin de la vallée de la Vie éternelle, Sikkim, Inde

Ils ont atteint l'Himalaya, et Marrs avait raison. Il existe un chemin. Un chemin emprunté récemment par de nombreuses paires de pieds.

Maintenant, ce sont les leurs qui l'empruntent.

Ils n'ont pas parlé depuis Sakkyong et la rivière Tista. Pas un mot. Mais il y a eu des bruits. Leurs pas saccadés, le matériel qui s'entrechoque, leurs respirations haletantes, le crépitement du crachin sur leurs casques, les feuilles des arbres et les rochers. Aisling peut affirmer sans risque de se tromper qu'elle n'a jamais vu un endroit semblable à la chaîne de l'Himalaya. Par comparaison, les Alpes étaient de simples collines. Tout dans ce décor – l'étendue des montagnes, l'escarpement de leurs pentes, l'échelle des sommets et des vallées – est grandiose.

Elle pourrait rester ici.

Elle pourrait s'y perdre.

Elle pourrait y être heureuse.

S'il n'y avait pas Endgame.

Elle pourrait rester.

S'il n'y avait pas la fillette.

La fillette qu'elle doit tuer.

Elle se sent nerveuse soudain. Utilisera-t-elle son fusil ? Le pistolet ? L'épée ? Ses mains nues ? Elle n'a pas oublié ce qu'elle a dit à McCloskey – qu'elle était prête à sacrifier n'importe qui, elle-même y compris, si elle pensait que cela permettrait à la Terre d'éviter l'Épreuve –, mais elle commence à avoir des doutes.

Me tuer serait beaucoup plus facile. Mais une fillette... En serai-je capable ?

Elle sait que le doute est la graine d'où germe l'échec, aussi chasse-t-elle ces pensées de son esprit pour se concentrer sur sa tâche. Pop marche plusieurs pas derrière elle ; malgré son âge, il la suit sans peine. Jordan et McCloskey ont beaucoup plus de mal. Pour Marrs, elle peut le constater sur son HUD, ça semble bien plus facile.

Aisling, elle, se refrène. Elle pourrait crapahuter ainsi pendant des heures sans s'arrêter.

Le Comm Link émet soudain un bip d'alarme. Deux points rouges signalés par Marrs comme des pièges potentiels s'illuminent sur son HUD. Elle s'arrête. Lève le poing. Les autres s'arrêtent aussi.

— Marrs, attendez.

— Cool, Raoul, répond-il, plusieurs centaines de pieds derrière.

— Qu'est-ce que ça donne avec le drone ? demande-t-elle.

— Il drone, les mecs. Il est prêt. Ce serait chouette s'il pouvait capter des images, pour qu'on sache ce qu'on a comme genre de matériel en face, mais ce foutu temps n'arrange rien. À vous.

— Ça va aller. Contentez-vous de le faire voler. À vous.

Jordan s'avance d'un pas.

— Je vais inspecter les fils de détente.

Aisling tend la main, paume vers le sol.

— Non. Je vais le faire. C'est ma mission. D'ailleurs, depuis quand vous n'avez pas désamorcé un engin explosif IED ?

Jordan esquisse un sourire honteux.

— 2010. À Falloujah.

— C'est bien ce que je dis. Je m'en charge. S'il y a deux engins, j'en désarmerai un et ferai sauter l'autre. Suivez le plan et attendez la détonation pour engager le combat.

Ce sont des professionnels, elle n'a donc pas besoin de leur rappeler le plan : Jordan et McCloskey sur la droite, Aisling et Pop sur la gauche. Marrs reste en retrait : sniper et pilote du drone. Chaque équipe de tête est responsable des personnes se trouvant de son côté. C'est seulement une fois les flancs sécurisés qu'ils pourront attaquer la position centrale, certainement un lance-roquettes, un sniper ou une mitrailleuse, ou les trois.

— Prêts ?

Ils sont prêts.

— *Go.*

Jordan et McCloskey quittent le chemin en direction du nord-ouest et disparaissent sous les arbres.

Aisling et Pop s'éloignent dans la direction opposée.

Après 50 pas, Aisling dit :

— Marrs, dès qu'on engage le combat, rappliquez à toute vitesse et suivez le premier itinéraire dégagé que vous trouvez, en restant caché.

— Bien reçu.

Encore 20 pas. Aisling coupe sa radio. Pop, sur sa gauche, en fait autant.

— Alors, c'est pas ce qu'on appelle prendre les commandes ? demande-t-elle.

Pop ne la regarde pas, il garde les yeux fixés sur les environs.

— Je te répondrai si on est encore en vie dans dix minutes.

— Ha. Bien vu.

Elle rallume sa radio.

Sur le HUD, les points verts – qui signalent les Harappéens, les points violets indiquant les membres de son équipe – flottent devant son œil droit. Aisling se demande qui ils symbolisent : des entraîneurs harappéens, des ex-Joueurs, des soldats ? Jeunes, vieux ? Sont-ils nerveux eux aussi, assis là, à attendre l'ennemi, sans savoir quel visage il a ? Oui, certainement. Ce sont des êtres humains. Aucun entraînement ne peut annihiler entièrement la peur.

Elle fend l'air avec sa main pour indiquer à Pop qu'elle se détache du groupe, afin de s'occuper des pièges. Le crachin s'est transformé en pluie légère. Des gouttes d'eau se forment au bout du canon de son fusil. Ses mains gantées captent une onde de fraîcheur soudaine, mais brève. Elle retrouve le chemin. Il se poursuit vers l'ouest avant de tourner à gauche et de disparaître derrière une côte. Les points verts se trouvent de l'autre côté, à moins de 150 pieds. Aisling balance son fusil sur son épaule et avance centimètre par centimètre en scrutant le sol, guettant le moindre détail insolite. Son cœur ressemble à un tambour. Elle ne remarque rien. Pas de trou, pas de fil de pêche, pas de fil de fer, pas de tas de feuilles ou de monticule de terre.

Où est-il ?

Elle approche peu à peu.

Rien. L'eau goutte du bord de son casque.

Saleté de pluie. Tout n'est que bouillasse et brume.

Attends.

Là.

À un pas.

Tout près.

Des gouttelettes, assez grosses maintenant pour être vues, sont coupées en deux par un fil invisible.

Aisling s'agenouille. Elle le repère. Son regard court de droite à gauche. Oui.

Bénie soit la pluie, rectifie-t-elle. Par temps sec, elle ne l'aurait pas remarqué.

Elle suit le fil vers la gauche, jusqu'à l'arbre auquel il est attaché, puis revient vers la droite. Il est là : un simple levier de gâchette fixé à un bloc de C4 couvert de feuilles.

Elle cherche une brindille sur le sol et, sans trop réfléchir, elle pince le fil entre ses doigts et coince le levier avec la baguette.

Elle coupe le fil. Pas d'explosion.

Elle avance de 12 pieds, en restant près du sol. Les points violets lui indiquent que les autres membres de l'équipe se sont arrêtés pour prendre position. Ils attendent le signal.

Aisling progresse prudemment, elle cherche le prochain fil à travers les gouttes de pluie. Elle le découvre assez facilement maintenant qu'elle sait ce qu'elle cherche. Elle l'enjambe, s'agenouille et sort d'une poche de son pantalon sa propre bobine de fil. Elle enroule l'extrémité autour du fil de détente et fait un nœud de chaise non coulissant. Elle passe un collier de serrage dans le trou de la bobine, le ferme et le glisse autour de son auriculaire. Elle déroule deux pieds de fil – un monofilament enduit de Teflon parfaitement lisse – qu'elle étend par terre. Elle dépose dessus un caillou de la taille d'un poing et le teste délicatement. Le fil restera en place jusqu'à ce qu'on tire dessus d'un coup sec. Il se libérera alors du caillou, exercera une tension sur le fil de détente et fera exploser la bombe. Aisling avance encore de 10 pas, vers la lisière de la forêt, où un gros rocher couvert de mousse et de lichen jouxte le chemin. Elle se faufile derrière, s'y adosse et s'accroupit. Elle jette un coup d'œil au HUD. Pop est dans les bois, à 126 pieds devant elle. Jordan et McCloskey derrière, à 230 pieds.

Les points verts n'ont toujours pas bougé.

Ils attendent.

— Déclenchement à cinq. Un clic pour confirmer.

Quatre clics séparés, un pour chaque membre de l'équipe.

Elle baisse la tête et compte :

— Un. Deux. Trois. Quatre. Cinq.

Elle tire sur le fil, brutalement. Elle le sent échapper au poids de la pierre et, pendant une fraction de seconde, elle perçoit la tension sur le fil de détente, puis...

L'explosion n'est pas très puissante, mais la forêt est traversée par des sifflements, tandis que derrière le rocher un ouragan de billes d'acier, de clous, de vis et d'éclats de métal déchiquette la forêt. Accompagné d'une pluie d'écorces d'arbres, de feuilles et de branches arrachées.

La déflagration ne dure qu'une seconde, puis le silence retombe. Aisling se redresse et consulte le HUD. Deux points verts sont déjà en mouvement, ils viennent vers elle, en tenaille.

Elle pose sur le sol le Brügger & Thomet et le FN SCAR[1], puis dégaine son épée, sans bruit.

— Marrs, rejoignez ma position. Les autres, déplacez-vous sur les côtés. Accusez réception.

Quatre clics.

Elle voit bouger les points mauves.

Les deux points verts se sont rapprochés.

Ils ne sont plus qu'à 65 pieds.

Tenant la Falcata à deux mains, elle attend. Face au chemin qu'ils viennent de parcourir. Elle les entend franchir le sommet de la côte : les points verts sont quasiment sur elle. Elle relève le monocle pour qu'il n'obstrue pas son champ de vision. Elle s'accroupit, appuie la pointe de son épée sur le sol et attend.

---

1. Special Combat Assaut Rifle. Fusil d'assaut.

Un homme contourne le rocher, une kalachnikov à l'épaule, le canon fixé sur un point juste au-dessus de la tête d'Aisling.

Dans un seul et même mouvement, elle se lève, se penche vers l'avant et plonge l'épée entre les jambes de l'homme. La kalachnikov tire une rafale au son caractéristique ; les balles passent au-dessus de son épaule. La stupeur et la terreur se lisent sur le visage de l'homme lorsque l'épée remonte en décrivant un arc de cercle, s'enfonce dans son bas-ventre et lui sectionne la jambe gauche au niveau de la hanche. Aisling lui décoche un coup de coude dans la poitrine et le projette contre le rocher. Il lâche son fusil et entre en état de choc. Aisling fait un bond de côté, sur le chemin, à l'instant même où une femme d'une trentaine d'années, armée d'un fusil de chasse, contourne le rocher à son tour. L'Harappéenne parvient à tirer juste au moment où Aisling abat le tranchant de son épée sur le canon. Le projectile fait jaillir de la terre entre leurs pieds et les chevrotines creusent une centaine de petits cratères sur le chemin. Mais l'épée d'Aisling a atteint sa cible et le fusil est inutilisable : le canon a été coupé net.

La femme lâche son arme et vise la gorge de la Laténienne avec un couteau qui a surgi sans bruit du revers de sa manche de veste. Aisling a le réflexe de se pencher en arrière et le couteau la manque de peu. Elle bondit, l'épée en avant. Elle la plante dans la poitrine de son adversaire et transperce le cœur. Avec son pied, elle prend appui sur la hanche de l'Harappéenne pour ressortir la lame. La femme s'écroule, elle ne bouge plus.

Aisling rabaisse son monocle. Elle voit ses points mauves en mouvement. Les quatre points verts restants sont regroupés. 4,6 secondes plus tard, elle entend les coups de feu : le sifflement des SCAR, le claquement d'autres kalachnikovs, trois rafales de mitrailleuse M60. Elle reconnaît la voix de chacune des armes, son caractère, son rôle.

L'échange de tirs dure 17 secondes.

En point d'orgue, elle entend le pop aérien du lance-grenades de Jordan, suivi d'une forte explosion incendiaire.

Puis c'est le silence. Les points mauves se déplacent de nouveau. Les points verts, dont la chaleur vitale s'estompe déjà, ne bougent plus. Tout cela uni par le murmure de la pluie, le souffle d'une brise, sa respiration. Son cœur bat à tout rompre.

— Aisling OK. Au rapport. À vous.

— Jordan OK.

— McCloskey OK.

— Pop OK.

— J'arrive, dit Marrs, abandonnant le jargon.

Le poste de contrôle numéro un est à eux.

Aisling passe sa main sur son visage. Elle découvre du sang sur son gant.

Ce n'est pas le sien.

Marrs approche dans son dos.

— Nom de Dieu, lâche-t-il en voyant le carnage qui entoure la Laténienne.

Elle a un regard sauvage.

Son visage est empourpré, vivant, vibrant.

Elle rengaine son épée. Et ramasse ses deux armes.

— Allons, Marrs. Ce n'est que le début.

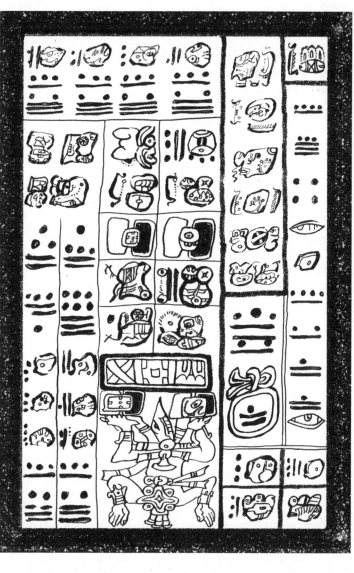

SARAH ALOPAY, JAGO TLALOC, RENZO, MACCABEE ADLAI, BAITSAKHAN

Camino Antiguo a La Paz, à l'ouest de la municipalité de Tiwanaku, Bolivie

La matinée a été longue et pénible pour Sarah. Renzo l'a escortée à travers la maison des Tlaloc, en passant par la cuisine et en empruntant un couloir étroit menant à un cellier creusé à flanc de colline, jusqu'à une zone de livraison isolée, située à l'extérieur de l'enceinte de la propriété. Le garde qui patrouillait normalement à cet endroit était affalé contre un mur, mort.

— J'ai dû le faire taire, a expliqué Renzo.

Il a ensuite conduit Sarah jusqu'à une Mazda et il a ouvert une des portières arrière. Les sièges rabattus laissaient voir un compartiment secret.

Exigu.

— Comme la 307, hein ? a-t-elle dit.

— Ah, j'aimerais bien. Mais cette voiture est tout juste bonne à faire de la contrebande.

— Quoi, pas d'armes ? Pas de HUD ni de vision nocturne ?

— Non, rien de tout ça. Allez, installe-toi, s'il te plaît.

Sarah a hésité. À ce stade, elle pouvait facilement éliminer Renzo, voler sa voiture et filer. Mais elle a repensé à la petite armée de mercenaires que les Tlaloc avaient rassemblée autour de leur propriété.

Elle n'avait aucune chance de passer en force, pas avec cette voiture.

En outre, Sarah avait envie d'entendre ce que Jago avait à dire pour sa défense.

Alors, elle a lancé son sac dans la trappe et s'est couchée dessus, pliée en deux, en tenant fermement la Clé de la Terre dans sa main. Renzo lui a montré un tuyau, à côté de sa tête, relié à une réserve d'eau fraîche. Sur ce, il a refermé le panneau, s'est installé au volant et a démarré.

À toute allure.

La route était tellement accidentée que Sarah aurait parié que Renzo faisait exprès de rouler dans les nids-de-poule pour la punir.

Pour l'aiguillonner.

L'irriter.

La mettre en colère.

Et c'était réussi.

Le trajet a duré deux heures et demie éreintantes. Sarah se réjouissait d'avoir surmonté de nombreuses privations par le passé. Comme la fois où elle était restée enfermée dans un cercueil pendant 62,77 heures. Ou quand elle avait vécu pendant trois jours à l'intérieur d'un igloo où elle ne pouvait pas se tenir debout ni s'allonger entièrement, en attendant la fin d'une violente tempête, obligée ensuite de creuser un passage dans cinq pieds de neige pour sortir. Ou quand on l'avait ligotée sur une chaise fixée au sol, seule, face à de la nourriture et de l'eau sur une table, à quelques pas seulement, pendant qu'un gazouillis strident se faisait entendre toutes les 0,8 seconde pour la torturer, jusqu'à ce qu'elle parvienne à se défaire de ses liens, ce qui lui avait pris 14,56 heures.

Ce trajet en voiture n'était guère différent. Et comme lors des épreuves précédentes, elle s'est réfugiée en elle. Elle a imaginé des champs de blé en automne, elle s'est remémoré l'agréable douleur dans ses jambes après une longue course, elle s'est revue jouant avec Tate, enfants, dans la cabane dans les arbres au bord de la Niobrara River. Mais la voiture cahotait, Sarah avait des fourmis dans les jambes et sa nuque ressemblait à un morceau de bois tordu. Ce qui la faisait repenser au cercueil et à Tate – mort – et à Christopher – mort. Quand son esprit l'a ramenée dans ces lieux, elle a pris peur à l'idée de craquer, à l'idée que la folie qui rôdait en elle après qu'elle s'était emparée de la Clé de la Terre ne réapparaisse. Dans ces moments-là, elle a tourné la tête vers le tuyau en caoutchouc pour boire de l'eau. Elle a bu et bu, à en avoir mal au ventre et à la vessie. L'inconfort et la douleur maintenaient la folie en respect. Ils ne se sont arrêtés que trois fois. Une première fois, a-t-elle deviné, pour franchir un poste de contrôle, au pied de la colline des Tlaloc. La 2e pour prendre Jago, à en juger par le balancement de la voiture. Et la 3e, il y a 40 minutes environ. Cet arrêt a été le plus long, et bien que sa cachette exiguë, noire comme de l'encre, soit totalement insonorisée, elle a deviné qu'ils traversaient la frontière avec la Bolivie.

Ils viennent de s'arrêter pour la 4e fois. Elle sent le châssis de la voiture remonter lorsque deux passagers en descendent. Elle entend le loquet du compartiment secret s'ouvrir.

Le panneau se soulève.

La lumière du jour lui entaille les pupilles comme la lame d'un couteau. Elle plaque son avant-bras sur son visage. Et s'assied. Elle cligne et cligne encore des yeux. Son dos hurle. Elle fait rouler sa nuque. Les craquements des vertèbres résonnent à l'intérieur de son crâne. Une silhouette se tient devant elle.

— Vous pouvez soulever mes jambes ? Elles sont complètement ankylosées, dit-elle en laissant retomber son bras, sans cesser de cligner des yeux.

La silhouette se penche vers elle.

— *Sí*, évidemment.

Jago Tlaloc. Svelte et puissant, le visage assombri par une capuche qui le protège de la froideur du matin. Sarah essuie le coin de sa bouche et glisse la Clé de la Terre dans sa poche. Jago lui prend les jambes au niveau des cuisses. Il les déploie et pose les pieds de Sarah sur le sol de terre. Elle n'aperçoit pas Renzo. Jago s'agenouille devant elle, saisit son mollet gauche à deux mains et le masse.

— Je suis désolé pour...

La lumière est moins forte. Sarah distingue ses traits maintenant. La cicatrice. Les yeux. La mâchoire taillée au burin. Elle lui balance un crochet à la joue, avec force. La tête de Jago pivote sur le côté. Malgré ce coup, il continue à lui masser le mollet. Il la regarde. Et lui adresse son sourire de diamants.

— Tu as besoin de recommencer ?

— Oui.

Elle le frappe de nouveau, encore plus fort. La tête de Jago est projetée en arrière, il en perd sa capuche. Pourtant, il continue à la masser, intensément, attentivement. À croire que ses mains n'appartiennent pas au même corps que sa tête. Une goutte de sang perle au coin de sa bouche. Il l'ignore. Il regarde la Cahokienne avec insistance.

— Encore ? demande-t-il.

Elle soupire.

— Non... Plus tard peut-être. Nom d'un chien, Jago... Qu'est-ce que tu as fait à tes cheveux ?

— Ça te plaît ?

Il les a tellement décolorés qu'ils sont presque blancs.

— C'est affreux.

— Il le fallait. Tes jambes, ça va mieux ?

— Ça picote horriblement... Feo... Pourquoi tu les as laissés m'enfermer ?

Sa voix s'adoucit, malgré elle.

— Je ne voulais pas. Jamais je ne t'aurais amenée chez moi si j'avais su que mes parents allaient agir de cette façon. Surtout compte tenu de... ton état.

Elle ne dit rien. Elle comprend que, en un sens, cet enfermement lui a été bénéfique. Il l'a débarrassée de son sentiment de culpabilité.

Jago a envie de lui demander si elle se sent mieux, mais se ravise. Au lieu de cela, il se concentre sur les genoux de Sarah, ses chevilles et ses pieds. Il passe à l'autre mollet. Elle agite les orteils. Jago décrète qu'il vaut sans doute mieux passer aux choses sérieuses. Et garder les questions personnelles pour plus tard.

— On a été dénoncés, Sarah. Tous les Joueurs. Le monde entier nous a vus.

— Hein ? Comment ?

— An Liu a réalisé une vidéo, avec des photos de chacun de nous. Des millions de gens l'ont visionnée. Des centaines de millions. Il a raconté aux habitants de la Terre que s'ils parvenaient à s'unir pour tuer les huit Joueurs restants, lui compris, Abaddon disparaîtrait.

— Non.

— *Sí*.

— Et ils l'ont cru ?

— Certains.

— Alors, tes cheveux... c'est un déguisement ?

— Pas génial. Impossible de cacher cette cicatrice.

Il rabat la capuche sur sa tête. Sarah se penche hors de la voiture pour observer les alentours. Le paysage est aride et désert.

— Je crois que tu ne crains rien ici, dit-elle. Cet endroit est totalement mort.

— Il y a des yeux partout, Sarah. Tu le sais.

Il continue à la masser.

Le contact de ses mains lui fait du bien.

— Je me couperai les cheveux, dit-elle. À la première occasion.

— *Bueno*.

— Peut-être même que je les teindrai en noir. Et je mettrai des lentilles de couleur.

— *Bueno*.

Elle prend le visage de l'Olmèque entre ses mains.

— Jago, je... J'allais te tuer. Si tu étais venu me chercher, je t'aurais tué. Sans le moindre doute.

Jago sent la peur dans sa voix. La honte aussi. La peur et la honte face à ce dont elle est capable.

— Je sais, Sarah. C'est pour ça que j'ai envoyé Renzo à ma place. Je me suis dit que tu le laisserais parler au moins, ne serait-ce que pour avoir des informations sur moi.

— Je... je suis désolée.

— Hein ? Oh, non. C'est moi qui suis désolé, Sarah. Cela ne se reproduira plus. Plus jamais.

Il hésite. Il a envie d'en dire plus, mais les mots lui manquent. Il repense à leur quête de la Clé de la Terre, combien Sarah était partagée entre lui et Christopher. Entre sa vie d'avant et la vie d'une Joueuse. Et il pense à ses ancêtres cahokiens qui ont combattu les Créateurs, au nom de leur indépendance, pour vivre, pour rester normaux. À leur manière ils étaient plus forts que toute autre lignée. À l'image de Sarah. Cette dualité qu'il a perçue en elle, dont elle a si peur, peut-être n'est-ce pas du tout une faiblesse.

Peut-être est-ce une chose à laquelle il faut aspirer.

— J'essaierai d'être quelqu'un de meilleur.

C'est tout ce qu'il parvient à dire.

Sarah sourit.

— Cela ne m'empêchera peut-être pas de te tuer.

Il lui rend son sourire.

— Je n'en doute pas.

— J'ai moins mal aux jambes. Je dois faire pipi.

Jago l'aide à descendre de voiture. Elle fait le tour de la Mazda, baisse son jean et s'accroupit en prenant appui contre le pare-chocs. Il attend, les poings fourrés dans les poches de son sweat-shirt, les yeux fixés sur l'horizon, sur leur destination. Un pick-up cahote sur la route, dans leur direction, mais il n'y prête pas attention. Il pense à An, aux déguisements, à la Clé de la Terre, au jeu.

Surtout, il pense à Sarah Alopay.

— Mais pourquoi tu les as laissés m'enfermer ? lance-t-elle de derrière la voiture.

Le pick-up est tout près maintenant. Jago est perdu dans ses pensées. Il prend enfin conscience du véhicule qui fonce vers eux et il tourne vivement la tête au moment où celui-ci passe en trombe, dans un nuage de terre et de poussière.

Sarah se relève. Le pick-up a disparu.

Elle sautille sur place pour remonter son jean. Et revient devant la voiture.

— Je n'avais pas le choix, répond Jago. Si j'avais protesté, ils t'auraient tuée sur-le-champ.

Elle s'arrête devant lui. Pose les mains sur ses hanches saillantes, elle sent les muscles qui remontent vers son ventre plat. Elle se presse contre lui.

— Ça veut dire que Guitarrero et ses soldats vont se lancer à notre poursuite dès ce matin, hein ?

— À coup sûr.

— Alors, ne restons pas ici.

Elle se laisse aller contre lui et plante un baiser sur sa bouche. Un véritable baiser. Entier et humide. Elle empoigne ses hanches. Lui garde les mains dans ses poches. Elles appuient contre le ventre de Sarah, juste sous ses seins.

Ils se séparent.

Jago n'a jamais autant désiré quelqu'un.

Sarah n'a jamais autant désiré quelqu'un.

Mais ce n'est pas le moment.

Leurs visages sont à quelques centimètres l'un de l'autre. Chacun sent le goût de l'autre. Sa chaleur.

Ils sont heureux d'être ensemble de nouveau.

Très, très heureux.

Jago s'oblige à dompter sa libido.

— C'est pour ça qu'on est ici, dit-il. Pour Jouer. (D'un mouvement du menton, il montre le paysage ocre.) Nous devons apporter la Clé de la Terre tout là-bas, l'utiliser et foutre le camp d'Amérique du Sud ensuite.

— Qu'y a-t-il là-bas ?

— Des réponses, Sarah Alopay. Des réponses.

Quelques minutes plus tôt, à bord du pick-up. La Mazda apparaît, arrêtée au bord de la route, à la sortie d'un petit avant-poste andin. Maccabee la montre du doigt.

— Ils sont là.

Deux silhouettes au loin, une à côté de la voiture, l'autre accroupie derrière. Aucune trace du type grassouillet.

— La Cahokienne est avec eux !

Baitsakhan accélère. Le pick-up, déjà lancé à vive allure sur la route défoncée, passe de 109 km/h à 131 km/h.

— On va leur rentrer dedans !

— Tu es dingue, Baits ? On risque de mourir, nous aussi.

— On a des ceintures de sécurité et des airbags.

Ils roulent maintenant à 141 km/h.

L'Olmèque et la Cahokienne sont à 865 mètres. Soit 22 secondes.

— Retourne sur la route, Baits ! Ne fais pas ça !

— Pourquoi ?

— Ils sont ici pour une raison précise. Ils vont faire quelque chose avec la Clé de la Terre et il faut savoir quoi.

— On s'en fout !

Plus que 478 mètres. 12,14 secondes.

— Je t'ai dit de retourner sur la route, bordel ! Tu risques de détruire la Clé de la Terre.

— Impossible. Elle est indestructible.

— Pas nous !

70 mètres. Moins de deux secondes.

— C'est parti !

Au tout dernier moment, Maccabee tend le bras et donne un grand coup de volant sur la gauche. Le pick-up passe devant le couple dans un rugissement, en faisant une embardée lorsque les roues mordent sur la route de terre. Plongés dans leur conversation, Jago et Sarah le remarquent à peine. Surtout, ils n'ont pas vu qui se trouvait à bord.

Maccabee et Baitsakhan poursuivent leur chemin. Le Donghu décoche un coup de poing dans le tableau de bord en signe de protestation.

Jago et Sarah sont assis côte à côte sur le capot de la Mazda. Pendant ce temps, Renzo se trouve dans la maison du gardien, de l'autre côté de la route, pour le soudoyer afin que le site touristique de Tiwanaku reste fermé toute la matinée. Ils regardent la vidéo d'An sur le téléphone de Sarah et celle-ci, très vite, presque instinctivement, découvre le message envoyé par didyouseekepler-twentytwob.

— Tu comprends ? demande Jago.

— Non, mais je vais trouver. Celui qui a posté ce message a laissé suffisamment d'indices ici et là. (Elle montre certains passages du texte incompréhensibles pour l'Olmèque.) En fait, je crois que je n'aurai pas trop de mal à le déchiffrer.

— Vas-y, alors. Tu es bien plus douée que moi avec les codes.

Jago lui fournit un bloc et un stylo et Sarah griffonne aussitôt une succession de chiffres. Douze en tout, comme les 12 Joueurs. Jago reconnaît ces chiffres, il les avait identifiés lui aussi. Simplement, il ne savait pas quoi en faire.

Sarah, si.

Après avoir noté tous les chiffres, elle reprend son téléphone et se rend sur un site protégé par un mot de passe. Là, elle trouve la page qu'elle cherche.

— C'est un décrypteur spécial. Impossible de percer ce genre de code si tu n'as pas ça... (Elle entre les chiffres.)... la séquence clé.

Elle tape les chiffres dans une case et le charabia de Hilal dans une autre, mais n'obtient que plus de charabia. Elle lit, relit et relit encore le message. Elle mordille le bout du stylo. Jago regarde sa langue jouer avec le petit bout de plastique.

À cet instant, il aimerait mieux faire autre chose que Jouer.

Sarah claque des doigts, retourne sur le site, modifie l'ordre des chiffres et... illico ! le message se modifie. Ils se penchent l'un vers l'autre pour lire ce que Hilal a écrit au sujet de la Clé du Ciel. De Petite Alice.

— *Hijo de puta* ! Tu crois qu'il a raison ? La Clé du Ciel est... une personne ? Un enfant ?

— Oui. Ou alors al-Salt a une sacrée dent contre Chopra. Mais partons du principe que c'est vrai. S'il a raison à propos de la Clé du Ciel, il a raison également quand il dit qu'il faut la tuer pour mettre fin à Endgame.

— Il n'y a qu'une seule façon de le savoir.

— Oui, une seule.

Ils se taisent. À un demi-kilomètre de là, Renzo ressort d'une maison de brique basse.

Il trottine vers eux.

Sarah demande :

— Jago, qu'est-ce qu'on fait ici, au juste ?

Il lui parle d'Aucapoma Huayna, de ce qu'elle lui a révélé sur la Clé de la Terre, qui devrait leur indiquer l'emplacement de la Clé du Ciel de manière bien plus fiable que les commentaires codés d'un autre Joueur postés sur YouTube. Il ne lui parle pas des Cahokiens, ni de l'ordre que lui a donné Aucapoma Huayna de la tuer. Il ne la tuera pas, de toute façon, et ce n'est pas le bon moment pour évoquer l'histoire de sa lignée.

Quand il a fini son explication, Sarah dit :

— Donc, on est ici pour transporter la Clé de la Terre jusqu'à cette porte...

— Et vérifier si al-Salt a raison au sujet de l'emplacement de la Clé du Ciel, au moins.

— Bingo. (Sarah pointe le doigt de l'autre côté de la route.) Voici Renzo.

— Ça m'a coûté cher, dit celui-ci, mais on aura l'endroit pour nous seuls pendant deux heures.

Sarah et Jago descendent du capot de la Mazda, sans prendre la peine d'informer Renzo des derniers développements. L'Inde est à l'autre bout de la planète et ils ont du pain sur la planche.

Ils remontent en voiture. Ils roulent vers l'est, les premiers rayons de soleil du petit matin éclairent leurs visages. Sarah voit un vautour décrire de larges cercles dans le ciel au nord.

Quelques minutes plus tard, ils pénètrent sur un parking près d'un mur de pierre. Au-delà se dressent les ruines de Tiwanaku, l'antique et grandiose cité-État pré-inca.

Ils demeurent assis dans la voiture un instant, à contempler la plaine.

— Je suis le seul à me sentir nerveux tout à coup ? demande Renzo.

— Non, répondent en chœur Jago et Sarah.

— Tant mieux.

AN LIU

Refuge Shang, rue sans nom à Ahiri Pukur
Second Lane, Ballygunge, Calcutta, Inde

Est-ce possible ? Est-ce que *cligneCLIGNEfrisson*
est-ce que *CLIGNECLIGNE* ça marche ?

An se penche en avant, frotte le collier entre le
pouce et l'index. Les tics diminuent. Il plisse les
yeux.

Est-ce réellement possible ?

Il est seul dans une pièce au plafond bas, éclairée
uniquement par un ensemble d'écrans lumineux. Il
a un clavier sur les genoux, un *trackball* repose sur
le bras du fauteuil. L'épée de l'oncle de Chiyoko
est appuyée contre le bureau. Au dos de son ordinateur, le chiffre 13 est grossièrement dessiné au
marqueur noir.

Seul dans une pièce plongée dans le noir, parée
d'explosifs, le monde virtuel au bout des doigts.
Qu'importe l'endroit où il se trouve, c'est dans ce
décor qu'An se sent le plus à l'aise, le plus détendu,
le plus heureux. Ce sera un triste jour pour lui
quand l'Épreuve replongera l'humanité dans l'âge
des ténèbres. Les autres Joueurs s'inquiètent pour
leurs familles, leurs lignées. Ils pleurent la disparition d'une espèce.

An, lui, pleure la disparition d'Internet.

Il frotte une mèche de cheveux de Chiyoko entre
son pouce et son index.

492

Oui, ça marche.

Dès qu'il a atteint sa dernière base d'opérations, An s'y est enfermé, il a installé son système de sécurité et s'est armé avec le *katana* de Takeda, une ceinture de grenades en bandoulière et un SIG 226, il a activé les mécanismes d'autodestruction de sa tanière, vérifié l'état de ses véhicules, après quoi il s'est fait un bol de riz et a bu un Coca.

Et il s'est mis au travail pour localiser les Joueurs. Il a entré son code : 30700. Il y avait toujours deux blips en Amérique du Sud : l'Olmèque, qui était avec la Cahokienne, plus un autre, sans doute le Nabatéen. Ils se déplaçaient et semblaient se diriger vers une confrontation. An avait réussi à isoler l'adresse IP utilisée par Hilal pour poster son message codé : un entrepôt situé dans une zone industrielle du nord de Las Vegas. À partir de là, il perdait la trace de l'Aksoumite.

Restaient le Donghu, la Celte et l'Harappéenne. An supposait que ces trois-là faisaient toujours partie des vivants.

Le Donghu restait un mystère complet. À l'exception de la seule et misérable photo qu'il avait dénichée, c'était comme si le garçon nommé Baitsakhan n'existait pas. An avait renoncé à essayer de le localiser.

Il a deviné que la Celte se cachait derrière l'attaque de Tokyo, mais il ne savait pas où elle se trouvait maintenant.

Quant à Chopra, si les affirmations de l'Aksoumite étaient fondées, elle se cachait sans aucun doute en Inde, à l'endroit indiqué par les coordonnées.

Elle attendait. Elle protégeait sa précieuse fille.

Elle veillait sur la Clé du Ciel.

An reporte son attention sur ces coordonnées. Quand il a scruté le ciel à la recherche d'un satellite qui lui offrirait une bonne vision du Sikkim, il a eu une *très* agréable surprise. Pour une raison quelconque, les États-Unis avaient récemment positionné un satellite de reconnaissance sur cette partie du globe. An savait qu'il ne pouvait pas espérer le contrôler, en revanche il savait comment accéder aux images qu'il envoyait. Cela signifie qu'il voit, en ce moment, la même chose qu'Aisling et son équipe.

Et ce qu'il voit est remarquable.

An ne peut pas déterminer qui est qui, mais il a devant les yeux deux groupes d'humains, cinq d'un côté et six de l'autre, participant à une fusillade dans un *no man's land* à mi-hauteur de la chaîne orientale de l'Himalaya. Il voit une explosion, il voit deux individus approcher d'un individu isolé et il voit celui-ci liquider les deux autres, rapidement, à bout portant. Juste après, une autre fusillade éclate à 50 mètres à l'ouest, suivie d'une nouvelle explosion. Le groupe de six personnes a été décimé. Les cinq autres se rassemblent et poursuivent l'ascension de la montagne.

Assis dans son fauteuil, An regarde.

Fasciné.

Il ne veut rien louper.

Il dénombre sept personnes au point chaud suivant, situé à l'entrée d'une vallée abrupte qui mène à l'endroit exact dévoilé par l'Aksoumite dans son message codé.

Sur deux autres moniteurs, An suit les blips repérés par Chiyoko : ils se trouvent maintenant en Bolivie, à seulement un kilomètre l'un de l'autre. Ils n'ont pas un centième de la précision de ce qui se déroule en Inde, où An distingue parfois des bras, des jambes et des têtes, mais ils sont toujours là-bas. Et quand l'un de ces signaux lumineux – ou les deux ! – mourra, le traqueur de Chiyoko l'enregistrera et l'en informera.

Quelle chance.

Il a l'impression d'être un dieu.

Il fait pivoter son fauteuil face à un petit réfrigérateur d'où il sort une autre canette de Coca. Il l'ouvre. Le sifflement du soda et le craquement de la languette. Il porte la boîte à sa bouche, il sent le goût sucré et effervescent. Il boit une gorgée. Son cœur bat très lentement, il est calme, heureux. Il sourit.

— Chiyoko, on va les regarder, mon amour. On va les regarder se battre.

Son sourire s'élargit. Il pince les paupières desséchées entre ses doigts. Il les soulève pour qu'elle puisse voir elle aussi.

— Regarde, mon amour. Regarde. Ils vont tous mourir.

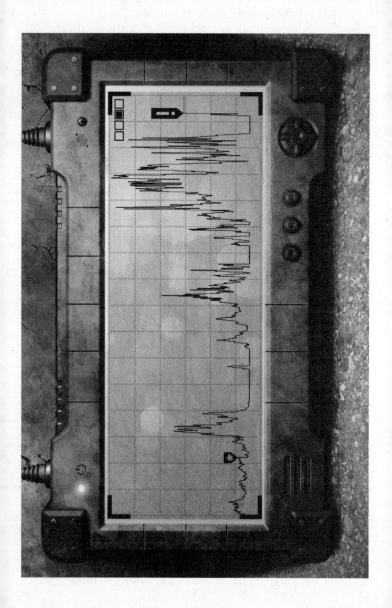

AISLING KOPP, POP KOPP, GREG JORDAN, BRIDGET MCCLOSKEY, GRIFFIN MARRS

À l'approche du poste de contrôle harappéen numéro deux, non loin de la vallée de la Vie éternelle, Sikkim, Inde

— Stop, ordonne Aisling.

Les autres s'arrêtent. À 50 pieds de là, le chemin bifurque brutalement vers la gauche, quittant la direction de l'ouest pour partir vers le sud-ouest.

— Qu'y a-t-il ? interroge Pop.

Aisling ajuste son monocle. Les points verts se distinguent un peu moins bien.

— Vous en dénombrez combien, Marrs ?

Elle a confiance en son don d'observation et ses qualités techniques.

— Sept.

— Moi aussi.

— Aucun doute. Trois au milieu, avec une autre mitrailleuse certainement, comme le coup d'avant. Et deux de chaque côté. L'équipe postée le plus au nord est très éloignée de la mitraillette. Peut-être une tranchée creusée dans les bois.

— Votre avis ? demande Jordan.

— La précédente position de la mitrailleuse était vulnérable à l'avant. Évidemment : elle doit être suffisamment dégagée pour leur permettre de tirer.

— Tu veux la leur faire avaler, hein ? dit Pop.

— Ouais. (Elle tapote son Brügger & Thomet.) Venez, McCloskey. Vous serez mon observatrice.

— Deux filles qui se promènent dans les bois, dit McCloskey en suivant Aisling.

Jordan et Pop ne bougent pas.

Les deux femmes disparaissent dans les bois et atteignent une dépression entourée de chênes, d'aulnes et d'un bosquet de grands sapins argentés. Le sol est mou. La pourriture a noirci et violacé les feuilles. Le vent murmure dans les aiguilles de pin. Aisling se débarrasse de tous les objets inutiles, qu'elle empile soigneusement par terre. McCloskey l'imite. Elles escaladent la pente de la dépression, vers le sapin qui possède le plus gros tronc. Quand elles l'atteignent, Aisling s'allonge sur le sol, en appui sur les coudes, épaule son fusil, actionne la culasse et colle son œil à la lunette. McCloskey est sur sa gauche. Elle se sert d'un télémètre laser Leica pour balayer les environs, lentement.

— Je crois que je… Oui. Sept virgule trois degrés devant, cap deux cent soixante-dix degrés et trente secondes. Je vais taguer la cible. Vous devriez l'avoir dans votre lunette.

Aisling abaisse le trépied de son fusil et se cale sur la position. Au début, elle ne distingue qu'un amoncellement de pierres couvertes de mousse, puis elle la voit. La cible taguée par McCloskey, qui émet une faible lueur dans sa lunette, a localisé la mitrailleuse. Celle-ci balaye lentement le chemin dans un mouvement de va-et-vient, aux aguets. Et à chaque passage, durant une brève seconde, quand le canon se trouve pointé plus ou moins sur elle, Aisling entraperçoit de la peau et des cheveux.

— Signalez notre position à Marrs. Je veux qu'il vienne se poster ici dès qu'on bougera.

McCloskey pose ton télémètre et pianote sur le clavier souple fixé autour de son avant-bras.

— Fait.

— Vous voyez ça, Marrs ?

— Impec. À vous.

— Quittez le chemin rapidement et prenez cette position, ordonne Aisling. J'ai besoin de vous en soutien. Je vous laisserai mon fusil, si ça ne vous ennuie pas. Je serai plus légère et il sera déjà réglé sur la cible. À vous.

— Bien reçu. Je suis déjà parti. Arrivée prévue dans trois minutes et vingt secondes. À vous.

— Pop, Jordan... Commencez votre approche sur le flanc sud. N'engagez pas le combat. Arrêtez-vous à un peu moins de deux cents pieds et envoyez-moi trois clics quand vous serez en position.

— Compris, Ais. On y va.

Le silence retombe dans les bois. Aisling décolle l'œil de la lunette et regarde autour d'elle.

— C'est beau par ici, hein ?

— Oui, répond McCloskey, sans tourner la tête.

— Je me suis beaucoup entraînée en altitude, mais c'était toujours en Alaska ou dans les Rocheuses canadiennes. Ici, ça n'a rien à voir. Vous êtes déjà venue ?

— Ne le prenez pas mal, Aisling, mais quand je suis face à d'énormes mitrailleuses qui cherchent à me tuer, je n'ai pas envie de bavarder.

Aisling approche son œil de la lunette.

— Oui, je comprends. (Un silence.) N'empêche, c'est très beau.

Aisling n'aime pas trop le bavardage elle non plus, et elle s'en veut de se comporter de cette façon. Mais elle a une bonne raison : elle bavarde pour s'empêcher de dire ce qu'elle pense : *J'espère que je pourrai aussi tirer de loin sur cette fillette. J'espère que je pourrai la tuer à distance. Je ne veux pas faire ça de près, McCloskey. Je ne sais pas si j'en serai capable.*

Ses pensées sont interrompues par la voix de Marrs dans son oreillette.

— J'approche derrière vous.

Quinze seconde plus tard, il s'arrête dans la dépression.

— Me voici, dit-il dans leur dos.

— Ne bougez pas, lance Aisling par-dessus son épaule.

— Promis.

Aisling demande :

— Combien de points dans le nid, Marrs ?

— Toujours trois.

Peut-être qu'on aura de la chance, pense-t-elle.

Clic. Clic. Clic.

— C'est le signal. Prête, McCloskey ?

— Prête.

— OK. C'est parti.

McCloskey tague la cible de nouveau. Aisling la voit nettement. Elle pose le doigt sur la détente et appuie très légèrement.

La mitrailleuse des Harappéens balaie le chemin de gauche à droite. Aisling repère la tache de peau et de cheveux. Elle ne tire pas. Elle attend. La mitrailleuse s'arrête, puis repart.

La Laténienne chasse l'air de ses poumons. Son index presse à peine la détente. Encore un millimètre et la balle partira. Elle se prépare à encaisser le recul. Vide son esprit. Elle oublie la beauté de ce lieu, elle oublie la petite Chopra qu'ils sont venus tuer.

La tache de peau. Les cheveux. La détente. *Le tir.* Le claquement du chien, le sifflement du silencieux. Et le sang qui gicle instantanément à un demi-kilomètre de là. La mitrailleuse qui bascule.

Aisling réarme le fusil par automatisme, prête à tirer de nouveau. Légère pression sur la détente. Elle ne respire plus. Elle ne tire pas.

McCloskey s'exclame :

— Là-bas ! Le...

Mais Aisling a vu. Nouveau claquement. Nouveau sifflement. Et nouvelle gerbe de sang. Une des personnes postées dans le nid de mitrailleuse a fait une chose inconcevable : sous l'effet du choc et de la confusion, pendant un très court instant, elle s'est levée.

Aisling n'en demandait pas plus.

— Et de deux, commente-t-elle. Pop, Jordan... *Go !* McCloskey et moi, on va prendre la position nord.

Sans un mot de plus, Aisling fait demi-tour et se laisse glisser au fond de la dépression. McCloskey la suit, mais elle n'est pas aussi rapide, loin s'en faut. Aisling rabat son monocle HUD devant son œil, attrape son fusil d'assaut SCAR et pique un sprint. Des branches lui fouettent le visage et les bras, les feuilles et l'herbe entravent ses chevilles, la boue entre dans ses bottes, l'eau de pluie tombe dans ses yeux. Quelques secondes plus tard, une riposte leur parvient depuis la position de la mitrailleuse. 11 balles seulement, sans doute tirées à l'aveuglette pour débusquer Marrs. Deux réponses rapides et étouffées du 338 déchirent l'air humide.

La voix de Marrs résonne dans l'oreillette :

— Manqué ! Mais personne ne montera sur cette mitrailleuse ou en descendra sans que je le flingue ! À l'assaut !

Neuf secondes plus tard, Aisling entend Pop et Jordan affronter leurs ennemis. Des coups de feu crépitent dans la vallée. Le micro de Pop, coupé, est rétabli momentanément et Aisling perçoit ses grognements. Soit il a été touché, soit il est tombé, ou bien il se bat au corps à corps avec ses courtes épées.

Elle espère que tout va bien.

Elle n'est plus qu'à 60 pieds de ses deux adversaires. Elle les voit. Une femme et un homme dans un abri métallique coincé entre deux bouleaux géants. Ils scrutent les arbres, mais pas dans sa direction.

Elle détache une grenade fumigène, la dégoupille et la lance en cloche dans leur direction. La grenade décrit un arc de cercle, en fumant déjà, et retombe sur le sol en provoquant un nuage blanc. Aisling fonce sur la droite, dévale une pente, court pendant 20 pieds, repique à gauche, vers la position ennemie, et passe la vitesse supérieure lorsque le sol s'aplanit. Ses adversaires tirent à travers le nuage de fumée, en visant l'endroit où elle se trouvait précédemment.

Exactement comme elle l'espérait.

Aisling voit les bouleaux et surgit derrière les deux soldats harappéens. La femme la repère dans l'angle de son champ de vision. Elle fait volte-face en ouvrant le feu avec son M4. Aisling tire une courte rafale en automatique. Le SCAR est une arme incroyable. Un peu lourde, mais quasiment sans recul. Les trois projectiles atteignent la cible.

Le cou de l'Harappéenne.

Elle est projetée contre la paroi métallique de l'abri.

Aisling se baisse et plonge vers l'avant, à la manière d'un joueur de base-ball qui se jette sur la seconde base, juste au moment où une volée de balles siffle au-dessus de sa tête. Elle percute l'abri, juste à côté de l'homme. Elle a mal estimé la distance qui la séparait de la paroi de métal et ses pieds cognent dedans. L'homme est rapide. Il écrase le fusil d'Aisling sous son pied, enfonçant la boîte de culasse dans le sol, tout en immobilisant sa main droite et son bras droit. Il fait pivoter son fusil. Au même moment, les pieds d'Aisling remontent le long de la paroi métallique de l'abri et elle se retrouve en chandelle. Ses pieds frappent l'homme à la tempe avant qu'il ait le temps de la mettre en joue, mais le coup de fusil part et plusieurs projectiles s'enfoncent dans le sol, à moins de deux pieds de la tête de la Laténienne. Ses oreilles bourdonnent. De la terre et des pierres se retrouvent projetées en tous sens. Plusieurs lui cinglent douloureusement le visage.

Pendant que l'homme titube, Aisling se relève d'un bond. Mais il est prêt : d'un coup de pied dans le bras, il l'oblige à lâcher le SCAR. Elle riposte par un direct à la gorge qui le fait vaciller. Elle l'empêche de tomber à la renverse en agrippant son arme, qu'elle lui arrache des mains. Toutefois, avant qu'elle puisse le retourner contre lui, il décoche un nouveau coup de pied, qui atteint la crosse du fusil. Aisling le laisse échapper et il va heurter le tronc d'un des bouleaux. Elle lève les deux mains au-dessus de la tête pour saisir la poignée de son épée. Encore une erreur de calcul. L'homme plonge et ses mains se jettent sur son visage, ses longs doigts puissants enserrent son cou, sa paume lui écrase le nez. Il la projette contre l'arbre opposé. La tête d'Aisling bascule vers l'arrière, elle est sonnée. L'homme continue à appuyer sur son visage, sous le menton, de haut en bas ; ses doigts s'enfoncent dans les joues. Avec son autre main, il dégaine un couteau et…

— Hé !

L'homme jette un regard en direction des bois.

D'où jaillit une détonation semblable à un coup de canon. Malgré son gilet pare-balles, sa poitrine explose et Aisling se retrouve maculée de sang, une fois de plus. L'Harappéen relâche l'étau de sa main et tombe, raide mort. Le souffle coupé, Aisling se retourne vers McCloskey et son énorme colt Peacemaker dont le canon laisse échapper un filet de fumée bleue, comme dans les films.

— Merci, dit-elle.

— De rien, voyons.

Aisling ramasse son fusil et sort de l'abri. Elle rajuste son casque et le HUD sur son œil droit.

— Flanc nord pris, annonce-t-elle avec soulagement.

Elle regarde McCloskey en haussant les sourcils. Le message est clair : Aisling a eu de la chance.

L'agent de la CIA hausse les épaules.

— On savait qu'on aurait besoin de chance aujourd'hui. Pour l'instant, tout va bien.

— Flanc sud pris, annonce Jordan. On poursuit un fantôme solitaire.

Justement, d'autres coups de feu retentissent, au sud. Deux rafales de SCAR et les pop-pop-pop-pop-pop-pop-pop-pop d'un pistolet dont on vide le chargeur, suivis d'une autre rafale de fusil d'assaut.

Ils entendent le cri de Pop dans leurs oreillettes. Aisling sent son cœur s'emballer.

— Pop !

Celui-ci répond d'une voix haletante :

— C'est… juste… le gilet. (Il inspire longuement.) Ça va. Butez-moi cette garce.

Aisling et McCloskey se dirigent vers le point vert qui traverse les bois. Elles vont converger vers le nid de mitrailleuse avec Jordan. Quand elles approchent, la Laténienne découvre qu'un Harappéen tient encore la position. Il a dû les entendre arriver car il dresse la tête et le 338 fait entendre de nouveau sa détonation assourdie.

Marrs braille :

— Ha ha ! Je t'ai eu, enfoiré ! Le nid est nettoyé !

— Parfait ! dit Aisling.

Le dernier point vert zigzague tel un rat désorienté dans un labyrinthe aux cloisons mouvantes.

— J'y suis presque ! dit Jordan.

Le point vert fonce plein ouest.

Mais soudain, il s'arrête.

Et disparaît.

— Qu'est-ce que... ? s'exclame Aisling lorsqu'elle jaillit du bois avec McCloskey, tout près de la mitrailleuse.

Trois cadavres gisent à cet endroit. Pop apparaît de l'autre côté, en trottinant.

— Elle est sous terre ! s'exclame Jordan. Venez !

Pop rejoint Aisling et McCloskey qui s'élancent déjà. Aisling jette un regard inquiet à son grand-père, mais ses yeux et un sourire triste lui indiquent qu'il va bien. Il a connu pire.

Que les Créateurs en soient remerciés, pense Aisling.

Au bout de quelques secondes, ils rejoignent Jordan. Celui-ci examine le sol avec un petit détecteur manuel. Un PPK vide et abandonné traîne à ses pieds.

— Où est-elle, bordel ? demande Aisling en s'arrêtant près de lui en dérapage.

— Il y a un tunnel. Juste là. Elle n'était pas armée.

En effet, ils distinguent les contours d'une trappe métallique dans le sol.

Aisling s'agenouille près de Jordan.

— C'était Shari ?

— Je ne sais pas. (Jordan consulte son appareil.) Je ne détecte aucun résidu de bombe.

Aisling fourre son fusil dans les mains de McCloskey et dégaine son épée. Elle la tient dans sa main gauche, pointe vers le bas, comme un poignard, et dégaine son Beretta. Elle joint les mains et dit :

— Ouvrez. Je descends.

Pop la retient par le bras.

— L'un de nous devrait...

— Non. C'est *moi* la Joueuse. Il doit en être ainsi. Ouvrez cette foutue trappe, Jordan !

Celui-ci ne dit rien. Il attrape l'anneau de fer et soulève la plaque. Un trou apparaît dans le sol, trois pieds de diamètre sur huit pieds de profondeur. Un tunnel. Éclairé par une faible lumière orangée.

— La radio fonctionnera là-dessous, mais pas le HUD, dit-il.

Aisling ôte son casque et le tend à Jordan.

— Je n'en aurai pas besoin. (Elle scrute le tunnel.) À tout de suite.

Elle saute dans le trou et disparaît.

Tiwanaku

Nul ne sait comment les premiers habitants de ces ruines nommaient leur impressionnante cité-État. Nul ne le sait car ce peuple a disparu, il s'est envolé, volatilisé.

En revanche, on sait qu'ils ont prospéré pendant plus de 2000 ans, même si certains affirment que leur culture, et les racines de cette culture assurément, remonte à des milliers d'années avant cela.

Ils maîtrisaient parfaitement l'agriculture. Ils conquéraient des territoires non pas en faisant la guerre, mais en utilisant la puissance douce : culture, religion, commerce. Ils sacrifiaient rituellement des hommes à leurs dieux, ils les éventraient, les écartelaient vivants et exposaient leurs restes au sommet de leurs hautes pyramides pour que le peuple s'en émerveille.

Ils idolâtraient Viracocha, qui veillait sur eux au linteau de la porte du Soleil, et un autre dieu dont on ignore le nom, un être à 12 visages, toujours représenté adoré par 30 adeptes. Le dieu des saisons, de la marche du temps, des étoiles tournoyantes et du disque solaire.

C'étaient également de grands maîtres de la pierre. Ils savaient tailler des angles parfaits dans de l'andésite, preuve de l'étendue de leurs connaissances en géométrie et, à travers la disposition de ces pierres, de leurs connaissances de la Lune, des planètes et de la Terre elle-même.

Nul ne sait comment ils extrayaient les pierres et comment ils les transportaient sur de longues distances sans utiliser la roue, ni comment ils parvenaient à les assembler pour créer des structures complexes et massives.

Nul ne sait comment ils ont appris toutes ces choses, ni qui les leur a apprises.

Sauf quelques-uns.

Quelques-uns – quelque part, quelquefois – savent.

MACCABEE ADLAI, BAITSAKHAN, SARAH ALOPAY, JAGO TLALOC, RENZO

Tiwanaku, Bolivie

— Qu'est-ce qu'ils foutent ? demande Baitsakhan en sautillant sur son siège.

Sa colère due à la frustration de ne pas avoir pu percuter les autres Joueurs avec le pick-up est retombée, mais l'envie de tuer continue à le démanger.

Ils ont quitté la route au nord du monument et se sont garés à côté d'une petite butte de terre qui cache leur véhicule sur trois côtés.

Maccabee se penche par la vitre du passager avec les jumelles.

— Ils discutent. Et ils prennent des armes.

— Quel genre ?

— Comme d'hab'. Armes à feu. Couteaux. La Cahokienne a une hachette, on dirait. Mais je ne vois pas d'explosifs.

— J'espère que la hachette est bien affûtée. Je m'en servirai pour la scalper.

— Ce serait approprié.

— Scalper un ennemi est toujours approprié, rétorque Baitsakhan, semblant ignorer que certains Amérindiens avaient la réputation de prélever des scalps après une bataille. (Il remue ses doigts artificiels.) Et après avoir pris ses cheveux, je lui écraserai le crâne et la cervelle avec ma nouvelle main.

— Formidable, dit Maccabee d'un ton sarcastique. (Il baisse ses jumelles.) On va continuer à pied. Si on reste du côté ouest, on sera dans leur dos. Quand ils auront atteint le temple, on pourra le contourner par l'est et se rapprocher, en utilisant les ruines pour se cacher. Comme ça, on pourra les prendre par surprise.

— Comment tu sais qu'ils vont aller dans ce temple ?

— J'ai deviné.

Maccabee n'en peut plus. Il ne comprend pas que Baitsakhan puisse savoir si peu de choses sur le passé, les Créateurs, les origines de l'humanité.

— C'est Endgame, Baitsakhan, tente-t-il d'expliquer. Et jadis, cet endroit était sans doute la plus grande cité jamais construite et utilisée par les Créateurs.

— Pour faire quoi ?

— Tu ne le sais vraiment pas ?

— Non.

— Pour nous rendre visite. Nous transmettre leur savoir. Nous *changer*. Avant de repartir dans le cosmos.

— J'aime pas penser à tous ces trucs-là.

— Sans blague ? Bon, il est temps de se bouger et de faire le genre de choses auxquelles tu aimes penser.

— Ouiiiii...

Maccabee range le globe dans le sac à dos et saute à terre. Il se retourne pour jeter un coup d'œil à l'arrière du pick-up. Une grosse mouche noire tournoie au-dessus du sang, maintenant séché, du mercenaire qu'il a tué.

Elle bourdonne.

Elle se nourrit.

Maccabee ouvre la fermeture Éclair d'un sac en toile noire. La mouche s'enfuit. Le sac contient des armes. Neuves. Parfaites. Prêtes. Ils s'équipent. Ils ont chacun leurs très anciennes épées, forgées dans l'Antiquité, maniées par des centaines de Joueurs au fil des siècles. Leurs lames sans égales totalisent à elles deux 7 834 victimes. Chacun prend un Glock 20 et un fusil d'assaut HK G36. Sur la lunette des fusils est fixé un micro parabolique compact d'une portée de 200 mètres. Maccabee tend une oreillette au Donghu et en prend une pour lui. Ils les activent. Testent le micro.

— Un, deux. Un, deux.

Parfait.

Ils abandonnent le pick-up et, pliés en deux, se dirigent vers leurs proies.

Jago, Sarah et Renzo approchent des ruines par le sud-est. Ils laissent sur leur droite l'imposante pyramide à degrés d'Akapana. Des pierres taillées ou brutes sont éparpillées autour du site ; on les dirait jetées là par des mains de géants. À l'exception du ciel et des nuages, tout est de couleur rouge pâle, ocre ou jaune poussiéreux.

— Tu devrais voir ça en été, commente Jago. Le sol est tapissé d'herbe verte et de fleurs jaune vif.

Sarah aimerait bien que ce soit possible.

Ils continuent à marcher et arrivent devant le mur du vieux temple. Un patchwork de pierres en grès rouge taillées en carrés et en rectangles.

Ils atteignent le coin du mur, haut de seulement sept pieds. Jago glisse son pistolet dans son holster, agrippe les pierres et grimpe, avec l'agilité et l'aisance d'un chat. Sarah et Renzo l'imitent ; Sarah avec la même grâce, Renzo plus difficilement.

Sarah s'attend à ce que le mur mesure également sept pieds de l'autre côté. Ils vont sauter à l'intérieur d'une enceinte. Surprise : le sol se trouve à quelques pouces. En réalité, ce mur est davantage une structure de soutènement qu'un obstacle.

Ils sont au coin d'une vaste cour : 425 pieds d'est en ouest et 393 pieds du nord au sud. Le sol est plat et propre, mais couvert d'une fine couche de poussière rouge. Les touristes et les guides ont laissé leurs empreintes partout, ainsi que les petits animaux qui habitent ce lieu la nuit. Sur leur droite se dresse une statue sculptée dans la pierre, entourée d'un grillage bas. Elle représente un homme aux traits rectilignes, pieds joints, les mains sur le ventre, sa tête cubique est coiffée d'un chapeau.

Jago montre la statue.

— Le monolithe Fraile, aussi appelé Ponce Stela. Et là-bas… (il montre une vaste cour à l'intérieur de la cour, affaissée en son centre), c'est le Kalasasaya. Le temple central et point de rencontre entre l'homme ancien et les Créateurs.

Sarah avance d'un pas.

— C'est très impressionnant, Jago. Les Cahokiens n'ont rien de semblable. À l'exception de quelques tertres, tout a été enseveli ou perdu.

Perdu, pense l'Olmèque qui se souvient du triste sort des Cahokiens. *Perdu et détruit pour punir ta lignée de son insolence. Non. De sa bravoure.*

Il hausse les épaules. Il ne peut pas évoquer ce sujet maintenant.

— Ce n'est quand même pas la Grande Pyramide Blanche, dit-il, mais oui, c'est assez impressionnant.

Renzo se dirige vers le nord.

— Venez. On n'a pas le temps d'écouter une conférence sur l'architecture extraterrestre ancienne.

Jago acquiesce et montre l'autre extrémité de la cour. Sarah suit la direction de son doigt.

— C'est là-bas qu'on va, dit-il. La porte du Soleil.

Maccabee et Baitsakhan se jettent à terre et rampent sur les coudes derrière une berme.

— Je pense pas qu'ils nous ont vus, dit le Donghu.

— Non. Sinon, on serait déjà en train de se battre.

Baitsakhan épaule son fusil et colle son œil à la lunette.

— Un, deux, trois, et on n'en parle plus. *Pop pop pop*. Prendre tuer gagner.

Maccabee enfonce le canon du fusil de Baitsakhan dans la terre.

— Pas maintenant.

Baitsakhan souffle.

— OK. Mais un de ces jours, on fera les choses à ma manière.

— Patience, dit le Nabatéen, en sachant que c'est comme demander à une tornade de se calmer. On doit voir ce qu'ils voient. (Il actionne le micro parabolique fixé sur son fusil.) Et entendre ce qu'ils entendent.

AISLING KOPP

Galerie souterraine, vallée de la Vie éternelle,
Sikkim, Inde

L'air est chaud, humide. Les murs de terre sont proches, le plafond bas, le sol irrégulier. Aisling fait 54 pas en ligne droite. Au niveau de ses chevilles, trois tuyaux longent la paroi. Ils dégagent de la chaleur. Tous les 15 pieds, de petites ampoules sont allumées sur un mur, à hauteur de visage, leurs filaments émettent une douce lueur orangée. Quand elle traverse ces portions éclairées, elle aperçoit d'innombrables et très anciennes empreintes de pas dans la terre.

Des empreintes plus récentes aussi.

De petits pieds dans des chaussures à semelles lisses. Des pas légers. Mais précipités. Des pas qui courent.

Aisling accélère. C'est peut-être Shari Chopra.

Le tunnel bifurque légèrement vers la gauche, dévoilant un espace plus large. Le mur de gauche a été taillé dans la roche de la montagne et il s'avance de 12 pieds dans la pièce. À l'autre extrémité de cette salle, elle remarque un enchevêtrement de tuyaux, plus larges, des valves et des volants. Sans doute une station d'évacuation des eaux usées, de chauffage ou d'alimentation en eau destinée à la forteresse. La salle s'ouvre sur la droite. Si l'Harappéenne s'est arrêtée pour lui tendre une embuscade, c'est ici que

514

l'affrontement aura lieu. Aisling le sait, et la femme qu'elle poursuit le sait aussi. Alors, la Laténienne s'accroupit et avance lentement. D'autres tuyaux s'entortillent sur le mur du fond. Au plafond brille un néon aveuglant. Aucune trace de la fugitive.

Aisling a atteint l'extrémité du tunnel. Elle tourne sur elle-même pour examiner la salle. Arme au poing. Prête à tirer.

Mais il n'y a personne.

Un cul-de-sac.

— Vous la voyez là-haut ? demande-t-elle dans sa radio, en continuant à balayer la salle du regard.

— Négatif, répond Jordan.

— Je ne...

Aisling est interrompue par un bruit métallique, suivi d'un sifflement puissant lorsqu'un nuage de fumée blanche jaillit d'un des tuyaux. Elle se baisse et se jette en arrière immédiatement, en protégeant son visage avec son épaule. Elle est brûlée à l'oreille et un peu dans le cou, mais superficiellement.

Au moment où elle pivote pour échapper à la vapeur, un objet en métal s'abat sur ses mains. Le pommeau de l'épée et le Beretta amortissent le choc, mais ça fait quand même un mal de chien. Le pistolet valdingue dans le tunnel et l'épée lui échappe elle aussi. La pointe de la lame s'enfonce dans la terre et reste plantée là, bien droite.

Le coup suivant est dirigé vers son visage. Aisling recule prestement, à l'écart du jet de vapeur, et se retrouve acculée contre la paroi de la salle.

Prise au piège.

Elle voit alors émerger de l'obscurité et de la forêt de tuyaux une femme qui bloque l'unique issue. Elle manie un tuyau de la taille d'une batte de base-ball. L'Harappéenne, âgée d'au moins 60 ans, mais robuste et vigoureuse, fonce vers Aisling en agitant son arme de fortune. Elle vise les côtes cette fois.

Aisling n'a d'autre choix que de se baisser, mais elle risque de recevoir un coup sur la tête. Alors, elle lève le bras pour encaisser le choc. Elle sent deux côtes craquer, malgré son gilet pare-balles. Elle va avoir un énorme hématome, mais elle en a vu d'autres.

Au moment de l'impact, elle se saisit du tuyau pour le plaquer contre elle. Avec sa main libre, elle dégaine un couteau fixé à son avant-bras gauche et frappe.

Mais la vieille femme est rapide.

Très rapide.

Sans lâcher le tuyau, elle assène une manchette sur la main qui tient le couteau. Celui-ci tombe sur le sol.

La Laténienne dégaine alors le second couteau qui se trouve sur sa cuisse. Et tend le bras en avant.

Cette fois, la lame atteint sa cible. Elle s'enfonce profondément dans l'épaule de la femme.

Aisling tente de tourner la lame dans la plaie, mais son adversaire se jette en arrière et emporte le couteau avec elle. Le manche dépasse de son épaule. Elle n'a toujours pas lâché le tuyau.

Elle n'a même pas poussé un cri.

Au contraire, elle sourit.

Et dit :

— Tu ne la trouveras pas, Joueuse. Tu n'emporteras pas la Clé du Ciel.

La femme appuie sur le tuyau pour essayer de plaquer Aisling contre le mur.

— Je ne viens pas pour prendre la Clé du Ciel. Je viens pour la détruire.

La femme enrage.

— Tu veux dire que tu viens tuer une fillette ?

Le mauvais pressentiment d'Alice la frappe de nouveau, mais elle le repousse.

— Oui. C'est... c'est exactement ça.

— Tu es un monstre !

La femme appuie sur le tuyau de toutes ses forces et, cette fois, Aisling ne peut résister. Elle le relâche, se faufile entre la femme et le mur et fonce vers sa Falcata. Instinctivement, elle se baisse en entendant le bruit de succion de la lame qui s'extrait de la chair meurtrie, juste avant que son propre couteau siffle au-dessus de sa tête. Elle rampe sur le sol, récupère son épée à l'entrée de la salle et se relève d'un bond.

La femme est déjà là, agitant furieusement son tuyau.

Cette fois, Aisling est plus rapide. Elle pare le coup de tuyau, prend appui sur son pied arrière et pousse. La lame aiguisée s'enfonce sans peine dans le corps de l'Harappéenne, à travers la chair, les côtes, le cœur, pour ressortir dans le dos.

Aisling resserre l'étau de sa main sur la poignée et fait pénétrer la lame jusqu'à la garde.

Leurs visages sont tout près. La femme lâche le tuyau. Il tombe bruyamment sur le sol. La vapeur continue à siffler. Le sang coule de sa bouche et de son nez.

— On se reverra en enfer, dit-elle d'une voix étranglée.

Les yeux verts d'Aisling sont écarquillés. Elle pense à la petite fille qu'elle va tuer, au dédain des Créateurs, à la folie et à la prescience de son père, à l'injustice de ce jeu, à la perversion suprême d'Endgame.

— Non, grogne-t-elle. On y est déjà.

xvi

SHARI CHOPRA, JAMAL CHOPRA, JOVINDERPIHAINU, PARU JHA

Salle des opérations सूर्य को अन्तमि रेज,
vallée de la Vie éternelle, Sikkim, Inde

— Helena ! s'écrie Shari.

Elle a du mal à respirer, ses genoux flageolent. Helena et elle ne s'entendaient pas toujours très bien, mais c'était un membre estimé de la lignée des Harappéens et Shari l'aimait.

— Je tuerai la Celte ! Je la tuerai de mes propres mains !

Les autres sont abasourdis.

Ils regardent un très grand écran plat fixé au mur de pierre. L'image est séparée en quatorze rectangles. Chacun d'eux affiche les signes vitaux des Harappéens et des Harappéennes chargés de défendre सूर्य को अन्तमि रेज.

De défendre la Clé du Ciel.

De petits haut-parleurs diffusent le son en direct. Shari, Jamal, Paru et Jovinderpihainu ont donc tout entendu : les explosions, la fusillade, le bruit des os qui se brisent et des membres sectionnés, les hurlements, les gémissements, la mort.

Tous dans leur camp.

Jamal se tient à côté de Shari, dents serrées, cœur battant. Jov est assis dans un fauteuil, droit comme un i, il continue à afficher sa force, et non le désespoir. Paru est appuyé sur le bureau, de tout son poids ; on dirait qu'il va l'écraser.

Le rythme cardiaque de Helena vient de s'arrêter.

— On se fait massacrer, souligne Paru. Comment est-ce possible ?

— C'est comme si la Celte et sa bande pouvaient nous voir, comme s'ils savaient où nous sommes, dit Jamal et sa voix dégouline de fureur, d'amertume, de peur.

— Chem et Nitesh ont été abattus avant même d'avoir tiré un seul coup de feu !

— Mais Helena a affronté la Joueuse face à face. Elle a eu l'occasion de la tuer, indique Shari.

Sa colère retombe, son entraînement reprend le dessus. Elle se laisse traverser par l'horreur, la tragédie et la déception. Elle ne résiste pas. Laisser filer. Telle est sa force. Savoir courber l'échine. Elle le sait. Elle doit rester ici et ne pas céder à la colère.

Les autres ne sont pas aussi solides.

— Mais comment font-ils ? répète le père de Shari.

Jov fait de petits mouvements de tête à la manière des Indiens.

— Nous avons sous-estimé nos ennemis.

— Non.

Shari tape dans ses mains pour attirer leur attention. Sa voix a déjà retrouvé son calme. Elle-même s'étonne de la rapidité avec laquelle elle a réussi à compartimenter la mort de Helena. Et de tous ces Harappéens.

— Ce sont *eux* qui *nous* ont sous-estimés. Ils ont franchi sans peine les deux premiers postes de contrôle. Cela va provoquer en eux un excès de confiance. Et donc des erreurs. Nous tiendrons bon. Ils connaîtront la mort aujourd'hui même, je vous le garantis.

Jov acquiesce. Shari poursuit :

— Quels que soient leurs avantages, nous garderons le dessus. Ils ne sont que cinq. Nous ne laisserons pas la Celte assassiner mon enfant.

Elle les regarde droit dans les yeux, l'un après l'autre, et répète :

— Nous tiendrons.

L'un d'eux, au moins, est d'accord avec Shari. C'est Pravheet, installé dans son nid de mitrailleuse à l'extérieur de la forteresse. Il déclare dans la radio :

— Ils ne franchiront pas le Coude. Je vais attendre qu'ils pénètrent dans la ruelle et je les faucherai sur place.

Sa voix de baryton résonne dans leurs oreilles, complément parfait au timbre de Shari, puissant certes, mais aigu, grêle et juvénile.

Ils écoutent Pravheet. Le tueur renégat. Celui dont le sang coule comme de la glace. Et ce qu'ils savent tous, c'est que sa mitrailleuse Vulcan et lui ne sont pas l'ultime ligne de défense sur le chemin de सूर्य को अन्तिम रेज. Si la Celte parvient à atteindre la cour qui marque l'entrée principale de leur forteresse, elle sera accueillie par 42 soldats harappéens alignés épaule contre épaule.

Prêts à se battre.

Prêts à mourir.

— Ils n'atteindront pas notre Joueuse ni notre précieuse fille, affirme Pravheet.

Pourtant, même si Shari a retrouvé son calme, une chose la tracasse. La Celte a fait preuve d'une franchise étonnante en s'adressant à Helena. Elle n'est pas ici pour gagner. Elle est venue pour tuer Petite Alice. Pour essayer d'empêcher l'Épreuve.

Shari sait que cette volonté range Aisling dans le camp des bons. Elle fait partie des Joueurs qui considèrent que les keplers sont des êtres infâmes et que le jeu doit être arrêté, à tout prix.

Ce qui, par déduction, la classe, elle Shari Chopra, dans le clan des méchants. Avec ceux qui sont prêts à laisser mourir des milliards d'individus pour en sauver un seul. Jov a expliqué de manière très convaincante pourquoi ils ne pouvaient pas sacrifier sa Petite Alice bien-aimée, mais une infime partie d'elle-même continue à s'interroger : *Ne devrais-je pas essayer de mettre fin à tout cela moi-même ? Et si l'Aksoumite a raison ?*

Et si ?

Elle sent le pistolet contre sa hanche. Lourd. Caché. Prêt.

Elle sait que Petite Alice est à quelques pièces d'ici seulement.

Shari pourrait aller la trouver.

Elle pourrait commettre l'inconcevable.

Non.

Non.

Non !

— Jamal, dit-elle d'une voix qui ne trahit nullement son agitation intérieure, conduis Petite Alice dans les Profondeurs. Que ni la Celte ni aucun autre Joueur ne puisse la trouver, mon amour. Quoi qu'il arrive, personne ne doit la trouver.

Shari a le ventre vide, la gorge nouée et son cœur n'est qu'une machine servant à pomper le sang.

Car elle sait ce qu'ils ignorent.

« Aucun autre Joueur », cela peut vouloir dire « elle y compris ».

Jamal ne devine rien de tout cela. Il hoche la tête, attrape les poignets de sa jeune, courageuse, inflexible et belle épouse, les serre dans ses mains et dépose un baiser sur sa bouche.

— Compte sur moi. Je te reverrai quand ces gens seront morts, mon amour.

Ψ Ω SIGAINA YANKAA AFTNMISTRNA ΨΩ AIY

ΓAMEAIΨΩ IN KAZAAI MEINAI· NΠ BAΠAM

⸻ AI MIKARN SΠMAN FAAKEINIS

MEINIS ΨATAINEI SAIHS NAΠΗ YIYAIZE·

YΠKΨΠM BEYΠMANAI NI FKAM MIKAAMMA

GINKANAA AKAΠΗTA AK FKAM KΠBITAΠ

TAIHΠN ABKANE ΓAAKAΠΗTE ΨEI ΨATAINEI

YIAAEANN ΓATAKNGAN FAAKEIN MEINANA

FKAM ⸻ ΨANA BAAΠ FAΠKA

AIBAIN AIΨΨAΠ AAΠΨΠ· YEMΠN ΠS ΨAMMA

YISTA MIΨ SAKYAM KΠMRNE AK BEKΠN ΨΠF

MIΨ IBKA GAH AKA GAH AINAMMA YANKAA,

ΓAMEAIΨA IN BRKRM KΠMRNE AK IN MIS

ΨAN ⸻ KAZAAI· HANHABA GAH

HAΠHΗAIKTABA BEKΠN ΨANA ΨΠF IZE EI

YEIS KΠNNEIMA SA ΠNSIS FKAYISTIAA·

1.7320508[xvii]

SARAH ALOPAY, JAGO TLALOC, RENZO

Porte du Soleil, temple de Kalasasaya, Tiwanaku, Bolivie

La porte du Soleil.

Taillée dans un seul bloc d'andésite de 10 tonnes. 9,8 pieds de haut sur 13 pieds de large. L'arche est fendue au sommet. Pendant des siècles, elle est restée brisée en deux gros morceaux et laissée par terre, à l'abandon. Depuis, elle a été restaurée par des archéologues et érigée dans ce coin du Kalasasaya.

Ce n'est pas son emplacement d'origine. Non. Il y a 4 967 ans, elle dominait un grand champ situé non loin de là, au sud-ouest, en bordure de ce qu'on appelle maintenant Pumapunku. Les hommes, les femmes et les Créateurs passaient sous la porte, comme sous un portique de détection dans un aéroport moderne, pour se rendre dans le champ où les Créateurs avaient construit la plus grande base spatiale sur Terre.

Sur cet espace plat s'étendait une structure d'acier : des rails de deux miles de long fixés au sol par ces grandes pierres emboîtées que les hommes de l'Antiquité avaient appris à tailler grâce aux Créateurs. Ces rails, depuis longtemps démontés et détruits, partaient jadis vers l'ouest, en direction du point où le soleil se couchait lors du solstice d'été. Ils s'élevaient de 13,4 degrés, d'est en ouest. L'extrémité ouest de la rampe culminait à 2 447,28 pieds dans les airs. C'était de là que les vaisseaux solaires des Créateurs se trouvaient propulsés dans le ciel, puis dans l'espace. Certains des humains qui franchissaient la porte à cette époque étaient ensuite installés à bord de ces vaisseaux, en tant qu'invités, vassaux ou compagnons des Créateurs. Ces individus étaient glorifiés, célébrés dans des chansons et des récits.

Des chansons et des récits qu'ils n'entendraient jamais.

Car aucun ne revenait jamais sur Terre.

Jago ne peut s'empêcher de se sentir impressionné en approchant de la porte, même si elle n'est plus aussi illustre qu'elle l'était il y a plusieurs milliers d'années. N'importe qui peut la franchir désormais. Renzo prend position à l'autre extrémité du monument et guette l'arrivée de Guitarrero ou de quiconque aurait décidé de fourrer son nez dans des affaires qui ne les regardent pas.

Renzo ne voit que la campagne, vaste et déserte. Il ne voit pas les deux autres Joueurs cachés derrière une colline basse, non loin de là.

— C'est bon, annonce-t-il.

Jago et Sarah se mettent au travail.

La Cahokienne remet la Clé de la Terre à l'Olmèque, qui se place dans l'encadrement, obligé de rentrer la tête dans les épaules. Il sort de sa poche un mètre-ruban, le déroule et compte les centimètres à l'intérieur du pilier sud. Il mesure 121,2 centimètres, soit deux *luk'a*, conformément aux instructions d'Aucapoma Huayna. Il promène le globe latéralement devant la pierre, à cette hauteur précise et, en effet, à cet endroit, la Clé de la Terre se met à vibrer, échappe à ses doigts et trouve un abri magnétique dans une anfractuosité de la taille d'un pouce.

Jago retire sa main, attend et espère.

Sarah tend le cou.

— Alors ?

— *Nada*, dit-il dans un long soupir.

La tête de Renzo apparaît derrière la pierre.

— Et si elle essayait ? suggère-t-il.

— Bonne idée.

Jago sort de sous l'arche et Sarah le remplace.

Elle tend la main vers la Clé de la Terre, et au moment où ses doigts s'en approchent, la boule se met à vibrer et à tournoyer sur un axe gyroscopique. Elle dégage de la chaleur, énormément de chaleur. Sarah continue à avancer la main.

Elle la touche.

Sarah Alopay, la Joueuse qui a trouvé la Clé de la Terre, la Joueuse qui a déclenché le jeu. Le côté le plus éloigné du porche cintré devient entièrement noir, comme si l'air s'était soudain rempli d'encre. Tous les trois sont surpris, surtout Renzo. Il regardait Sarah et la seconde suivante, elle n'est plus là. Il fait le tour du monument en courant pour rejoindre les Joueurs. Il les découvre abasourdis, mais indemnes.

Au bout d'un moment, Jago murmure :

— Tu as réussi.

— Il s'est passé un truc, en tout cas. Mais ce n'est qu'un espace noir.

Elle tend la main vers la surface, sans oser la toucher. Juste devant, l'air est froid, glacé.

Elle se retourne vers Jago.

— Et maintenant, on fait quoi ?

— Je... je ne sais pas.

Dès l'apparition de cette grande tache noire, Maccabee dit :

— Viens !

Baitsakhan et lui se redressent d'un bond et s'élancent à toutes jambes. 27 mètres seulement les séparent de la porte qui se dresse entre eux et les trois autres. L'obscurité compacte qui s'étend au centre les cache.

Maccabee garde son fusil levé afin de pointer le micro sur le porche. Ils entendent Sarah et Jago parler :

— Ça me rappelle la Grande Pyramide Blanche, dit la Cahokienne.

— *Sí.* Ce portail qui nous a téléportés à l'intérieur de la pagode...

Cette obscurité évoque la même chose dans l'esprit de Maccabee.

Plus que 15,3 mètres.

Ils entendent le type grassouillet dire :

— On n'a pas toute la journée. Guitarrero va rappliquer à coup sûr.

12,1 mètres.

Jago dit :

— Si c'est un portail, on ne sait pas où il va nous conduire. Il peut déboucher n'importe où, Sarah. Si ça se trouve, il va nous projeter dans l'espace.

— Ou peut-être qu'il va nous montrer quelque chose, répond-elle. Touchons la clé tous les deux.

— *Sí.* Le pouvoir de deux Joueurs.

8,7 mètres maintenant. Maccabee et Baitsakhan contournent une autre ruine. Ils ralentissent et se déplacent en silence.

Les autres Joueurs ignorent toujours qu'ils ne sont pas seuls.

— OK. Essayons.

Jago se faufile à côté de Sarah et leurs doigts touchent la Clé de la Terre en même temps.

Alors...

Plus que 3,7 mètres. L'obscurité change.

— Regardez ! s'écrie le rondouillard.

Le Nabatéen et le Donghu ne sont plus qu'à 2,9 mètres. Ils tressaillent, prêts à ouvrir le feu, craignant que la nuit qui a envahi le porche voûté se dissipe aussi soudainement qu'elle s'est répandue, les privant de l'effet de surprise.

Au lieu de cela, une silhouette apparaît dans l'obscurité. Les deux côtés montrent la même image.

Maccabee ouvre de grands yeux en entendant Sarah dire :

— C'est... C'est une fillette.

— La fillette qui était sur la vidéo d'An, ajoute Jago... Celle que l'Harappéenne tenait dans ses bras.

Elle court après quelque chose. Un paon. L'arrière-plan se modifie, il vire au rouge et bleu. Une tapisserie suspendue devant un mur.

Une pièce dans une maison.

— Oh, mon Dieu, lâche Sarah.

— L'Aksoumite ne mentait pas, dit Jago.

— Non.

Maccabee n'ayant pas décrypté le message de Hilal, il ne sait pas de quoi ils parlent. Malgré cela, il éprouve une conviction puissante, inébranlable : *Cette fillette est importante.*

Comme pour confirmer ce pressentiment, Sarah lâche dans un souffle :

— C'est bien elle la Clé du Ciel.

En disant cela, elle comprend qu'elle peut peut-être arrêter le jeu, pour de bon. Mettre fin à l'horreur qu'elle a déclenchée.

Peut-être.

Pour cela, il lui suffit de tuer cette petite fille. Cette unique petite fille. Elle a déjà tué son petit ami. Elle n'a aucune raison de croire qu'elle en est incapable.

Ce geste sauverait des millions de vies.

Des milliards.

Pour sauver le monde, Sarah doit se sacrifier et devenir un monstre.

Pour sauver le monde.

Maccabee ignore de quoi ils parlent et il s'en fiche.

La seule chose qui l'intéresse désormais, c'est la fillette, la Clé du Ciel.

Il doit récupérer la Clé de la Terre sous le porche de pierre, l'unir à la Clé du Ciel et Jouer. Il est tout près.

Le Donghu l'a compris, lui aussi. À cet instant, le Nabatéen et lui se demandent combien de temps encore leur alliance va durer. Baitsakhan transperce l'air avec le canon de son fusil. Maccabee hoche la tête.

Ils avancent lentement, en silence.

Ils vont prendre la Clé de la Terre.

Et tuer les autres.

Maintenant.

Prendre.

Tuer.

Gagner.

Plus que 2,3 mètres...

Plus que 1,5 mètre...

Plus que 0,8 mètre.

Le Nabatéen et le Donghu sont en position de tir. L'Olmèque, la Cahokienne et Renzo ne se doutent de rien. Tous les cinq sont quasiment rassemblés sous la porte. Maccabee sait que la Clé de la Terre est encastrée dans la pierre, sur sa droite, de l'autre côté de l'image.

Il va s'en emparer.

Maintenant.

Le Nabatéen. Le descendant d'Eel, de Laat et d'Obodas, fils unique d'Ekaterina Adlai, Maccabee Adlai.

Il avance à petits pas. Libère la crosse du fusil avec sa main gauche. Il ne tremble pas. Le canon est à 21,3 centimètres du visage de Sarah. Séparé par l'image d'une enfant, insouciante, souriante.

La fillette est juste devant Maccabee. Avec ses cheveux bruns, son sourire, ses yeux pétillants, son innocence. Il s'apprête à transpercer l'image avec sa main et le fusil. Il va s'emparer de la Clé de la Terre, retrouver cette fillette, la Clé du Ciel, et *il va gagner* ! Soudain, il repense au petit tube dans sa poche, l'objet capable d'envoyer un signal vers la main artificielle de Baitsakhan pour activer le code qui y est gravé.

C'est pour bientôt.

Ses doigts ne sont plus qu'à quelques millimètres de l'image de Petite Alice lorsque la terreur apparaît sur le visage de la fillette. Elle regarde fixement Maccabee. Le montre du doigt. Recule. Ouvre la bouche. Et hurle.

Elle les voit tous.

PETITE ALICE CHOPRA, JAMAL CHOPRA

Les Profondeurs, सूर्य को अन्तमि रेज,
vallée de la Vie éternelle, Sikkim, Inde

Les Chopra ont transporté Tarki, le compagnon préféré de Petite Alice, jusqu'à la forteresse, depuis leur maison de Gangtok. Le paon court pour échapper à la fillette. Ils sont dans la partie la plus profonde de सूर्य को अन्तमि रेज. La partie la plus ancienne. Celle qui a jadis été creusée dans la montagne par les Créateurs et les humains, ensemble. Jamal a expliqué à Petite Alice qu'il se passait des choses à l'extérieur, et qu'elle serait plus en sécurité ici. Petite Alice n'a pas cherché à en savoir plus. Elle n'avait pas peur.

Maintenant, si.

Ses cauchemars sont devenus réalité devant ses yeux. Les gens qui la pourchassent dans ses rêves, qui tuent Grande Alice et traquent sa famille, ces gens sont devant elle avec des armes ; la méchanceté se lit sur leurs visages, le désir aussi et, oui, même le choc et la peur. Elle tourne le dos à ces fantômes et s'enfuit pendant que son père se précipite vers elle pour la prendre dans ses bras, la serrer, lui demander ce qui se passe et repousser ses démons. Et Petite Alice montre une porte basse, très ancienne, utilisée par les Créateurs il y a des milliers et des milliers d'années pour pénétrer au cœur de la montagne, et qui est obstruée par des pierres depuis une éternité.

Tout d'abord, Jamal ne voit rien. Le paon jaillit hors de la pièce au moment où la fillette tend le doigt en hurlant :

— C'est la Clé de la Terre ! C'est la Clé de la Terre ! *C'est la Clé de la Terre !*

La pierre se transforme.

Et Jamal voit. Un homme imposant, brun, avec un nez busqué et un visage cabossé, tend la main, à travers le mur, et une fille aux longs cheveux châtains en fait autant. Le mur n'est plus solide. Et Jamal découvre d'autres personnes derrière ces deux-là. Et au-delà : des rochers rouges et un ciel infini envahi par l'éclat du soleil.

Puis...

SARAH ALOPAY, MACCABEE ADLAI, JAGO TLALOC, RENZO, BAITSAKHAN

Porte du Soleil, temple de Kalasasaya, Tiwanaku, Bolivie

Sarah entend presque le hurlement de la fillette. Elle la voit dans les bras du jeune homme qui l'entraîne hors de la pièce, à la suite du paon.

Et à cet instant, elle comprend.

La porte est plus qu'une porte. Elle ne se contente pas de ressembler au portail situé sur le côté de la Grande Pyramide Blanche, c'est un de ces portails.

Elle tend le bras, touche l'image et

au même moment Maccabee touche l'image de la fillette terrorisée et

dès qu'ils touchent le vide, ces deux Joueurs se trouvent poussés en avant, et ils disparaissent de Bolivie, de Tiwanaku, de Kalasasaya, de la porte du Soleil et

Jago voit Sarah dans cette pièce, allongée par terre, inconsciente. Une autre silhouette est mystérieusement avachie près d'elle. Jago appelle la Cahokienne, il s'élance, disparaît à son tour et

Renzo suit fidèlement son Joueur à l'intérieur du portail et

Baitsakhan voit ces quatre idiots dégringoler à travers le temps et l'espace, jusque dans cette pièce. Tous les quatre sont maintenant évanouis sur le sol.

Lui seul a conscience de leur folie.

Lui.

Baitsakhan.

Une folie, oui, car ils ont utilisé ce portail sans penser à s'emparer de la Clé de la Terre d'abord.

Baitsakhan contourne tranquillement la porte, balance son fusil par-dessus son épaule et sort de sa poche un sachet de sels. Il déchire le sachet. Les vapeurs lui brûlent les narines, mais il s'en fiche. Il glisse l'objet fumant à l'intérieur de sa chemise, par le col ouvert. Ses yeux pleurent. Il maintient la main gauche au-dessus de la Clé de la Terre et promène la main droite au-dessus de l'image de la pièce.

Il observe la Clé de la Terre. Il inspire. Il approche sa paume, tout près. Tout près de la surface du portail. Glacée.

Il compte à rebours. À partir de cinq. Les larmes ruissellent sur son visage à cause des sels.

Quatre.

Trois.

Deux.

Un.

Au même moment, très précisément, il saisit la Clé de la Terre et touche l'image.

Et il disparaît à son tour.

Il ne reste qu'une majestueuse ruine de l'ancien monde.

Rien d'autre qu'une attraction touristique mal comprise, destinée aux non-initiés.

Un porche de pierre vide.

TOUS LES JOUEURS

Calcutta. Au-dessus la mer de Chine du Sud. Sikkim

An Liu n'en croit pas ses yeux.

Un des signaux lumineux de Bolivie disparaît pendant quelques secondes, le temps que le traqueur recalcule sa position et soudain, *pof*, il réapparaît au Sikkim, en Inde !

Non loin de l'endroit vers lequel se dirigent la Celte et son équipe !

Et voilà que l'autre blip de Bolivie disparaît à son tour, pour réapparaître en Inde également. An ignore comment cela est possible, mais tous ces Joueurs se rassemblent. Une fois qu'ils se seront affrontés et entre-tués, An se lancera à la poursuite de ceux qui restent.

— Laissons-les se battre entre eux, mon amour. Laissons-les faire tout le travail à notre place.

Dans une heure, l'avion de Hilal ibn Isa al-Salt va effectuer sa descente sur Bangkok. L'Aksoumite dort à poings fermés, ignorant tout de ce qui se passe.

S'il le savait, il serait aussi ravi que le Shang.

Aussi impliqué.

Aussi avide de mort.

Seule différence : il encouragerait les bons. Aisling. Sarah. Jago. Ceux qui se sont rendus en

Inde pour tuer une petite fille. Ceux qui, comme lui, rêvent de mettre fin à ce jeu.

Mais non. Il dort à poings fermés, les ouroboros autour du bras, la tablette de l'arche dans la poche. Et son alliée, Stella, Joue elle aussi, à sa manière inconnue, quelque part dans le monde...

Le portail inséré dans le mur s'est refermé et volatilisé.

La technologie des Créateurs qui les a transportés laisse des traces physiques et mentales.

Elle fait mal.

Elle engourdit.

Elle abasourdit.

Maccabee est KO. Allongé à plat ventre sur le sol, son fusil coincé sous lui.

Jago est évanoui lui aussi, mais il bat des paupières. Il va lui falloir du temps pour reprendre conscience.

Sarah roule sur elle-même, de droite à gauche, elle se cogne contre Maccabee d'un côté et contre Jago de l'autre, mais elle non plus ne sait pas ce qui s'est passé, ni où elle se trouve.

Si Renzo est réveillé, il est à peine conscient de son environnement. Il est à genoux, le front appuyé contre le sol ; ça cogne dans sa tête et ses oreilles bourdonnent.

Seul Baitsakhan est debout. Les sels ont rempli leur rôle, mais le portail n'a pas été sans effet. Il titube au fond de la pièce, les bras ballants, son poing mécanique serre toujours la Clé de la Terre. Son fusil traîne sur le sol.

On dirait un zombie, mais il retrouve ses esprits.

Plus vite que les autres.

Il cligne des yeux. Cligne. Cligne. Les sels lui brûlent les voies nasales. Les larmes coulent. *C'est quoi cette odeur ?* se demande-t-il. L'âcreté de l'ammoniac. Puis ça lui revient. Il secoue la tête. Crache par terre et extirpe le sachet de sa chemise. Il tourne sur lui-même comme une toupie, il a encore du mal à contrôler son corps. Mais il voit les autres.

Il ne restera pas longtemps un zombie.

Aisling a rejoint son équipe et continué à gravir le chemin de montagne. Maintenant, Pop, Jordan, McCloskey, Marrs et elle s'arrêtent à 20 pieds d'un lacet.

Le dernier lacet.

Un mur de pierre abrupt et lisse se dresse sur leur gauche, et droit devant une ouverture a été découpée dans la roche. Le chemin y pénètre et y disparaît. La pluie a cessé. Le ciel gris s'assombrit encore avec le coucher du soleil. Marrs s'agenouille pour consulter son ordinateur de terrain.

— Confirmation de la Petite Bertha, dit-il en parlant du drone qui n'a cessé de les survoler. (Il montre l'ouverture.) C'est la seule entrée. Et elle mène tout droit dans la cour.

— Youpi, dit Jordan.

Il observe le point vert sur son HUD. Celui qui se trouve à la sortie du prochain virage, plus haut, et qui n'a pas bougé d'un pouce depuis le début de leur marche.

— Ça fait un moment que ce pauvre gars attend, hein ? dit-il.

— Eh ouais, dit Marrs.

— À votre avis, quelle taille fait son engin ? demande McCloskey.

Jordan écarte les bras au maximum.

— Plus que ça encore. Il reste là-haut en pensant au pied qu'il va prendre en nous réduisant en bouillie.

Aisling lève les yeux au ciel et tente de repérer le dessous de la Petite Bertha qui flotte au-dessus d'eux tout là-haut. Mais c'est impossible.

— On va lui régler son compte.

— Je suis d'accord, dit Marrs.

McCloskey a déjà sorti son télémètre. Elle fixe un long et fin périscope sur la lentille.

— Je vais localiser la cible.

Aisling reporte son attention sur le conglomérat de points dans la cour.

— Tous ces gens doivent nous attendre, eux aussi. Au cas où on franchirait le prochain point chaud. Non ?

— Comment savoir ? répond Jordan. Peut-être qu'ils sont en plein rituel quelconque. Peut-être qu'ils communient avec des aliens. Mais quoi qu'ils fassent, j'imagine qu'ils ne seront pas très heureux de nous voir débarquer.

— C'est exactement ce que je pense, dit Aisling. Elle claque des doigts et demande : Marrs, ce détecteur de chaleur est-il très sensible ? Est-ce qu'il pourrait capter la chaleur de ce comité d'accueil ?

Jordan sourit.

— Sans problème. On en a utilisé un il y a quelques années à Bahreïn pour foutre le feu à un camp d'al-Qaida en pleine nuit, pas vrai, les gars ?

— Exact, confirme Marrs.

McCloskey sourit.

— La seule source de chaleur cette nuit-là, c'était une bande de terroristes éclopés qui pétaient pour se réchauffer. Une chouette mission, ajoute-t-elle d'un air nostalgique.

— Donc, ça pourrait marcher ici ?

Marrs acquiesce.

— Oui. Mais il faudra les liquider en premier. Si on fait l'inverse et si on dégomme le type à la mitrailleuse, le détecteur de chaleur suivra cette direction.

— Allons-y, dit Aisling. On nettoie la cour d'abord.

Jordan lui donne une tape sur l'épaule.

— J'aime bien votre façon de penser. Vous auriez fait un sacré officier traitant, Kopp.

— Dans une autre vie peut-être. Dans une autre vie.

— Ils sont là, Shari ! Ils sont là ! braille Jamal dans la radio.

Il court. Petite Alice babille et pleure en fond sonore, en répétant :

— Clé de la Terre ! Clé de la Terre ! Clé de la Terre !

— *Hein* ? s'exclame Shari, toujours dans la salle des opérations avec Paru et Jov. *Qui* est là ?

— J'en ai vu trois, sûr. Peut-être plus.

— Trois quoi ?

— Des Joueurs, Shari ! Ils ont utilisé une sorte de… de *téléporteur* !

— C'est impossible !

— Je te dis qu'ils sont là !

— Lesquels ? Et que font-ils maintenant ?

— Je ne sais pas. J'ai pris Alice et j'ai couru.

Shari lance un regard affolé à Paru et à Jov.

— Conduis-la dans la réserve, Jamal. Et enfermez-vous. N'ouvre à personne, tu entends ? À personne sauf à moi.

— J'y suis presque.

Le signal de sa radio faiblit.

— Tu m'entends, Jamal ?

— Je… ends…

— J'arrive !

— Je… aime…

Sa voix est coupée.

— Vas-y, Shari, dit Jov. Prends les gardes qui sont dans le couloir.

— Je viens aussi, dit Paru.

Shari ne veut pas que son père fonce vers le danger tête baissée, mais comment peut-elle protester ? Ils se battent sur deux fronts désormais et le sort de la lignée des Harappéens ne tient plus qu'à un fil.

Jov dit :

— Je vais contacter Ana par radio et envoyer le plus d'hommes et de femmes possible vers les Profondeurs. Pravheet les retiendra au Coude. N'aie crainte, ma chérie. Pravheet saura les retenir.

Shari l'embrasse sur le front.

— D'accord. (Elle se tourne vers son père.) Viens.

Elle fait demi-tour et quitte la salle en coup de vent, entraînant dans son sillage les deux gardes costauds et puissamment armés qui étaient postés devant la porte.

Tout en courant, elle glisse la main sous ses vêtements et sort son pistolet.

Le Donghu est-il là ?

Quelque part, elle espère que oui.

LA PETITE BERTHA

À 2 003 pieds au-dessus d'Aisling Kopp,
vallée de la Vie éternelle, Sikkim, Inde

La Petite Bertha se laisse porter tranquillement par la brise. Une sentinelle stupide qui attend des instructions.

La Petite Bertha reçoit ses instructions.

La Petite Bertha s'élève de 1 436,7 pieds pour localiser sa cible.

La Petite Bertha effectue une rotation de 48 degrés, dans le sens contraire des aiguilles d'une montre.

La Petite Bertha arme le missile A. Le détecteur de chaleur.

La Petite Bertha recalcule. Envoie ses infos de ciblage au sol pour une nouvelle vérification.

La cible est confirmée.

La Petite Bertha largue le missile A. Il tombe de 45 pieds et se déclenche, l'arrière tombe avant qu'il redresse sa course et décrive un arc de cercle à la recherche de la signature thermique qu'on lui a ordonné de viser.

Le missile A trouve la signature et, moins de trois secondes plus tard, il fonce droit sur la foule de gens regroupés sous la seule entrée de सूरज को अन्तिम रेज. Alignés, armés, les Harappéens attendent. Ce ne sont pas des sentinelles stupides, mais ils ne se doutent de rien.

Ils n'ont pas pensé à la Petite Bertha.

Ils ne voient même pas arriver le missile. L'ogive explose 15 pieds avant l'impact. L'atmosphère s'enflamme et une onde de choc sphérique se propage dans toutes les directions en projetant des éclats, du phosphore et du feu. De la terre, des pierres, des armes, des vêtements, des chaussures, des corps, des oreilles, des membres volent dans tous les sens.

Puis le silence s'abat.

Quinze personnes meurent sur le coup. Sept autres vont se vider de leur sang. Six sont inconscientes et gravement commotionnées. Deux seulement survivent et restent conscientes. L'une des deux a perdu son bras droit juste sous le coude.

Ana Jha, la mère de Shari, figure parmi les morts.

Elle vient de parler à Jov. Elle s'apprêtait à envoyer 20 guerriers harappéens dans les Profondeurs pour protéger la Clé du Ciel de l'autre menace.

Mais les guerriers ne viendront pas à l'aide de Shari et de la Clé du Ciel.

La Petite Bertha attend de nouvelles instructions.

Si la Petite Bertha pouvait voir à travers la pluie et le brouillard, elle verrait Pravheet se lever derrière la mitrailleuse Vulcan dès que l'explosion retentit ; son cœur bat à tout rompre, les larmes coulent sur ses joues. Elle verrait McCloskey couchée à plat ventre à la limite du Coude. Elle la verrait avancer en rampant jusqu'au coin, précédée par le périscope fixé au télémètre. Elle la verrait chercher sa cible. Elle verrait qu'à 544 pieds de McCloskey se trouve une énorme mitrailleuse Gatling grise.

McCloskey pointe le laser dessus juste au moment où l'homme se rassoit et reprend les commandes de la mitrailleuse.

Une fraction de seconde plus tard, la Petite Bertha reçoit ses nouvelles instructions.

La Petite Bertha effectue une nouvelle rotation. Renvoie les instructions à l'ordinateur de Marrs pour vérification.

Et reçoit confirmation.

La Petite Bertha largue le missile B.

Celui-ci plonge dans le vide, se déclenche, décrit une vrille, puis fonce vers la position indiquée.

On entend de manière très brève, mais reconnaissable, le bruit de perceuse de la Vulcan qui tire 76 balles en simplement 0,7 seconde. Puis une deuxième explosion se produit.

La Vulcan s'est tue.

Les Harappéens sont décimés.

La Petite Bertha s'en fiche.

La Petite Bertha redescend à 2 003 pieds, juste au-dessus d'Aisling Kopp, s'immobilise et attend.

Un morceau de métal mécanisé, facteur décisif dans un combat qu'il ne peut connaître ni comprendre.

Une sentinelle stupide.

Qui flotte et attend.

AISLING KOPP, POP KOPP, GREG JORDAN, BRIDGET MCCLOSKEY, GRIFFIN MARRS

Le Coude, सूर्य को अन्तमि रेज,
vallée de la Vie éternelle, Sikkim, Inde

Aisling, Pop, Jordan et Marrs se précipitent vers l'ouverture dans la roche pour rejoindre McCloskey et poursuivre leur progression jusqu'à l'intérieur de la forteresse des Harappéens.

Mais quand ils atteignent le virage, Aisling s'arrête net.

Les autres l'imitent.

— BRIDGE ! hurle Jordan.

Il bascule vers l'avant et tombe à genoux. McCloskey est allongée à plat ventre, ses épaules sont trempées de sang.

Jordan la retourne, mais c'est inutile.

Ses yeux sont ouverts.

Vides.

Morts.

La mitrailleuse Vulcan est détruite, mais sa première rafale a atteint les rochers près de McCloskey. Et bien qu'elle ne se soit pas trouvée directement dans la ligne de mire, les balles de gros calibre ont ricoché et arraché des morceaux de pierre projetés dans toutes les directions.

La poussière flotte encore dans l'air.

— Bridge ! gémit Jordan en palpant le dessus de sa tête.

546

Il la prend dans ses bras, la serre, il essuie le sang sur ses joues. Il refoule ses larmes, mais elles sont là, elles ne demandent qu'à jaillir. Marrs les rejoint, s'agenouille et ferme les yeux de sa collègue. Aisling ôte sa veste pour l'étendre sur le cadavre. Elle pose la main sur l'épaule de Jordan. Les mots lui manquent pour décrire ce qu'elle ressent. En vérité, ce qui lui fait mal, c'est moins la mort de McCloskey que l'humanité affichée par Jordan maintenant que le vernis sarcastique a disparu. Ces gens – des connards parfois – sont des alliés, en qui elle n'a pas entièrement confiance, mais ils ont juré de donner leurs vies pour elle.

Aisling franchit le Coude et pointe la lunette de son fusil à cinq degrés à l'est du plein nord. Elle contemple le feu qui fait rage à l'endroit où le missile a explosé. Le chemin s'ouvre devant elle.

Sûr.

Ils peuvent continuer.

Jordan repose délicatement McCloskey sur le sol. Il s'essuie le visage avec le dos de la main. Aisling brise le silence, d'une voix calme, froide :

— On savait tous dans quoi on mettait les pieds. À nous de faire en sorte qu'elle ne soit pas morte pour rien. (Une pause.) Et tous ces gens non plus. Nous devons honorer Bridget et ces Harappéens. Nous devons honorer les lignées en mettant fin à ce jeu. Aujourd'hui. Maintenant.

Aisling Kopp repart, lentement tout d'abord, puis elle presse le pas et, finalement, elle se met à courir en direction de la forteresse.

Pop la suit aussitôt.

Marrs se tourne vers Jordan.

— On se retrouve là-haut, lui dit-il, avant de s'élancer à son tour.

Jordan se penche pour déposer un baiser sur le front de McCloskey, à travers la veste d'Aisling.

— Tu as pas intérêt à bouger d'ici, bordel, dit-il pour essayer de désamorcer son chagrin avec l'humour qu'elle et lui ont si souvent partagé par le passé. Je reviens tout de suite.

C'est Endgame.

SHARI CHOPRA

Vers les Profondeurs, सूर्य को अन्तमि रेज,
vallée de la Vie éternelle, Sikkim, Inde

Les murs de pierre défilent. Ses vêtements flottent dans son sillage comme des drapeaux. Les gardes la suivent sans peine. Les semelles de leurs chaussures crissent dans les virages. Paru a plus de mal, mais il ne se laisse pas distancer.

Petite Alice ! Petite Alice !

Shari voit le doux visage de sa fille devant ses yeux et la forteresse imprenable déjà tombée. Des Joueurs venus de l'extérieur y pénètrent. Des Joueurs commencent déjà à la fouiller. Il y a des Joueurs partout. Comment a-t-elle pu manquer de clairvoyance à ce point ? Comment a-t-elle pu les sous-estimer aussi gravement ? Les Joueurs sont des chasseurs. Pleins de ressources. Aguerris. Impitoyables.

Les Joueurs sont des tueurs.

Les Joueurs sont des psychopathes.

De petits monstres.

Pas uniquement Baitsakhan le tortionnaire. Tous.

Des monstres.

Petite Alice !

Je ne suis pas une psychopathe, pense Shari. *Non,* meri jaan.

Elle attaque la dernière volée de marches. Elle serre la crosse du pistolet dans sa main, plus fort,

550

plus fort, plus fort. Les gardes la suivent de près. Paru est à la traîne.

Je viens te chercher, meri jaan. *Je viens me battre pour défendre ce que j'aime.*

Je suis une mère avant tout.

Mes balles ne sont pas pour toi.

xviii

BAITSAKHAN, MACCABEE ADLAI, SARAH ALOPAY, RENZO, JAGO TLALOC

Les Profondeurs, सूर्य को अन्तमि रेज,
vallée de la Vie éternelle, Sikkim, Inde

Baitsakhan a trouvé ses repères.

Enfin, se dit-il. *On va pouvoir s'amuser.*

D'un pas traînant, il s'approche de la Cahokienne. Il se penche, la saisit par les cheveux et la traîne à l'autre bout de la pièce. Elle gémit, sans résister. Il prend l'Olmèque par les poignets et le tire jusqu'à la fille. Il les appuie l'un contre l'autre comme des sacs. Renzo, à demi conscient, est roulé en boule sur le sol. Baitsakhan l'ignore. *Ce n'est pas un Joueur,* pense-t-il en essayant d'établir des priorités. *Il est moins important.*

Il s'approche de Maccabee. Le Nabatéen n'a pas bougé. Baitsakhan lui décoche un coup de pied dans les côtes. Pas de réaction. Il recommence, plus fort. Toujours rien. Il frappe encore plus fort.

Il découvre un autre sachet de sels. Il le déchire et le place sous le nez de Maccabee.

Ça marche.

Maccabee se redresse vivement et secoue la tête.

— Qu'est-ce...

— On n'est plus en Bolivie, lui annonce Baitsakhan.

Sarah gémit.

Des fusils sont éparpillés sur le sol. Baitsakhan en ramasse un.

Maccabee se met à genoux.

— Où on est ?

— J'en sais rien. Le porche nous a transportés.

Maccabee se souvient.

— Jusqu'à la Clé du Ciel ?

— Je crois.

Le Nabatéen regarde à gauche et à droite.

— Où est la clé ? Où est la fillette ?

— Je sais pas non plus.

Maccabee se donne une claque.

— Et la Clé de la Terre ?

— Je l'ai.

Baitsakhan l'avait glissée dans une poche à fermeture Éclair sur la jambe de son pantalon.

Une vague de soulagement passe sur le visage de Maccabee.

— Et les autres ?

D'un mouvement du menton, le Donghu montre les deux Joueurs. Renzo est toujours couché au milieu de la pièce, sans qu'on s'intéresse à lui. Si le corps de Maccabee est dans un sale état, son esprit reste vif.

— Tu ne les as pas déjà tués, hein ?

— J'ai pensé que tu voudrais peut-être assister au spectacle.

Baitsakhan pointe le fusil sur Sarah, puis sur Jago.

Maccabee se lève timidement, en prenant appui contre le mur.

— J'ai la tête qui tourne.

Il retombe à genoux et reprend le sachet de sels pour inhaler une autre bouffée.

Baitsakhan vise la Cahokienne en réprimant un grognement. Le canon du fusil ondoie.

— Moi aussi, avoue-t-il.

Il affermit sa prise pour immobiliser le HK G36. La tête de Sarah bascule sur le côté, ses yeux papillotent. Elle se réveille.

L'Olmèque, lui, est toujours dans les vapes.

Baitsakhan vise le cou de Sarah. Comme ça, s'il n'est pas en état de contrôler le recul, le canon du fusil va se relever et la balle lui arrachera la tête.

Mais juste avant qu'il presse la détente, l'homme allongé par terre se lève et bondit. Le vacarme des détonations pénètre dans leurs têtes douloureuses avec la violence d'une perceuse. Chaque balle atteint l'homme, qui retombe aussitôt sur le sol, touché au bras, à l'épaule, au cou et à la poitrine. Certaines balles se heurtent à la résistance du Kevlar. Deux traversent la peau.

Ces coups de feu suffisent à réveiller totalement Sarah. Malgré sa douleur à l'intérieur du crâne et ses jambes en coton, elle se relève d'un bond. Elle va devoir fonctionner grâce à la mémoire musculaire, en s'appuyant sur son entraînement.

Mais elle n'est pas prête et comme Maccabee, elle retombe à genoux.

Surpris, Baitsakhan fait marche arrière. L'homme qui s'est jeté dans sa ligne de tir est grièvement blessé. *Il ne représente pas une menace*, pense Baitsakhan en essayant toujours d'établir des priorités. C'est alors qu'il voit la Cahokienne et son esprit enregistre l'information : *Elle est réveillée !* Il pointe son fusil sur elle de nouveau, mais elle a lancé quelque chose dans sa direction. Un objet lourd et métallique atteint violemment le fusil, qui lui échappe des mains.

La hachette.

Les deux armes tombent sur le sol avec fracas.

Sarah a utilisé toutes ses forces pour lancer la hachette. Elle bascule vers l'avant et se retrouve à quatre pattes, tête baissée, yeux fermés. Le sang de Renzo coule vers elle sur le sol.

BOUGE ! se hurle-t-elle. Ça y est ! Tu vas mourir !

Mais elle ne peut pas bouger.

Maccabee tente de se lever encore une fois. Ses genoux ressemblent à des boules de serviettes en papier mouillées et ses pieds à des parpaings. Il se redresse au moment où Baitsakhan approche de Sarah.

Celle-ci entend les râles de Renzo qui s'étouffe avec son sang. Elle tourne la tête. Malgré sa vision trouble, elle distingue son visage. Et son regard déterminé. Il remue les lèvres. Il essaye de parler. Aucun son ne sort.

Mais elle comprend.

Tue-les. Arrête le jeu. Arrête les keplers.

Et elle comprend autre chose : Renzo s'est sacrifié pour elle. Entre lignées. Entre un ex-Joueur et une Joueuse.

Elle ferme les yeux. Ça tambourine dans sa tête.

Baitsakhan la toise. Il abaisse sa main bionique. Contrairement au reste de son corps, cette main ne ressent ni douleur ni faiblesse ni étourdissements.

Maccabee sait ce qui va se passer. Il connaît la force de cette main. Celle qui a tué la Koori. Celle que lui a donnée Ekaterina. À la demande de Maccabee. Et peut-être a-t-il commis une terrible erreur.

Mais soudain, ça lui revient : le petit boîtier de télécommande. *Il faut que je Joue seul,* se dit-il. D'une main, il cherche l'émetteur qui enverra le signal à la prothèse. De l'autre, il approche le sachet de sels de son nez et inspire à fond.

Ses pensées s'éclaircissent. Un éclair coloré dans l'encadrement de la porte ouverte attire son œil. Une femme passe en courant. Mais il n'a pas le temps de s'interroger car, immédiatement, deux autres silhouettes font irruption dans la salle, avec des fusils. Maccabee plonge pour se mettre à l'abri.

Baitsakhan, qui n'a pas encore agrippé la Cahokienne, se retourne vivement vers la porte et fonce sur les hommes qui viennent d'entrer. Ceux-ci ouvrent le feu, surpris par l'attaque de ce jeune garçon enragé, et ils manquent leur cible. Une balle frôle l'oreille du Donghu. Qui continue d'avancer.

Une balle atteint Sarah dans l'avant-bras gauche où elle laisse un trou bien net. Mais les autres se perdent. Elle bascule sur le côté et rampe vers le fond de la pièce. La douleur, insoutenable, a un effet positif : Sarah est totalement réveillée maintenant.

Tout devient clair.

Maccabee dégaine un pistolet avec la rapidité de l'éclair et abat un des deux gardes – grand, athlétique, avec la peau caramel, des cheveux noirs et un regard intense – d'une balle en pleine tête. Le soldat pivote sur un pied et s'écroule contre le mur. Un autre homme, plus âgé, passe en courant dans le couloir. Au passage, il jette un coup d'œil à la scène, avec un mélange de peur et d'inquiétude.

Baitsakhan percute l'autre garde harappéen. Le Donghu mesure un pied et demi de moins et pèse 60 ou 70 livres de moins, mais il est plus rapide, plus souple.

Et surtout, il a sa main spéciale.

Il attrape le canon du fusil de son adversaire et serre. L'homme tire malgré tout, mais l'arme explose et le choc se répercute dans ses mains. Il lâche le fusil et se jette sur Baitsakhan, qui balance l'arme désormais inutilisable. De son côté, Maccabee rampe vers la porte, il essaye de viser, mais le canon de son pistolet tangue. C'est trop difficile. D'autant que le Donghu ne cesse de faire des bonds comme s'il était juché sur un bâton sauteur.

Baitsakhan saisit le garde par le bras et le comprime dans l'étau de sa main gauche. L'Harappéen pousse un cri de douleur et tombe à genoux. Une série de craquements secs résonne dans la pièce.

Sarah connaît bien ce bruit, celui des os qui se brisent. L'homme hurle de plus belle. Elle voit le Donghu de profil : il sourit. Sa main métallique va arracher le bras du garde...

Le pistolet de Maccabee rugit et la tête de l'homme explose. Le Nabatéen a mis fin à ses souffrances.

Baitsakhan lui lance un regard noir.

— Il était à moi !

— Laisse tomber. La Clé du Ciel est là-bas ! s'exclame Maccabee en montrant le couloir avec insistance.

La douleur irradie dans le bras de Sarah. Elle est pleinement consciente, mais elle a assisté à cet affrontement aussi bref que brutal allongée par terre dans une flaque de son sang.

Elle fait le vide dans son regard, elle n'ose plus bouger.

Baitsakhan avance d'un demi-pas dans sa direction. En voyant le sang de la Cahokienne, il en tire ses propres conclusions.

Le Nabatéen le prend par l'épaule et le tire brutalement.

— Ils sont morts. La priorité, c'est la Clé du Ciel. Elle est tout près, Baits ! Allons la chercher !

Sur ce, Maccabee se rue hors de la pièce, en ouvrant le feu avec son pistolet. Une salve provenant du bout du couloir passe au-dessus de sa tête, mais Maccabee, lui, atteint sa cible. Sarah le devine car la riposte est brève. Elle entend les pas lourds du Nabatéen s'éloigner dans le couloir.

Baitsakhan s'attarde près d'elle. Elle l'entend respirer, elle sent la caresse de son doigt métallique sur son crâne, à la naissance des cheveux. Elle a calmé sa respiration, obligé son cœur à chuchoter. Elle est très douée pour faire la morte.

Et ça marche. Le Donghu se retourne et suit Maccabee.

Le Nabatéen ne doit pas atteindre la Clé du Ciel avant lui.

Quand il aura les deux clés et quand son partenaire sera mort, il reviendra s'occuper de la Cahokienne.

Il aura son scalp.

SHARI CHOPRA, PETITE ALICE CHOPRA, JAMAL CHOPRA

Les Profondeurs, सूर्य को अन्तमि रेज,
vallée de la Vie éternelle, Sikkim, Inde

Shari hurle : « Jamal ! » et celui-ci lui ouvre la porte de la réserve. Shari se rue à l'intérieur et tombe dans les bras de son mari. Paru referme la porte sur eux et la verrouille de l'extérieur.

— Maman ! s'écrie Petite Alice.

Shari tend son pistolet à Jamal et tombe à genoux pour étreindre sa fille. Elle enfouit son nez dans ses cheveux. Ils sentent la cannelle et le lait chaud.

— J'ai peur, maman.

— Je suis là, *meri jaan.*

Ils entendent les coups de feu à l'extérieur de la pièce. Shari plaque ses mains sur les oreilles de sa fille.

— Ce sont les hommes qui nous protègent. Tout ira bien.

Comme le ferait n'importe quel parent, elle ment. Elle n'est pas certaine que tout ira bien. À vrai dire, elle en doute même.

Jamal les enlace toutes les deux. Ses filles. Sa vie.

— On est là, ma chérie. On est là.

Tous les trois éclatent en sanglots. Parce qu'ils ont peur, mais aussi parce qu'ils sont ensemble. À cet instant, ils débordent d'amour et sont heureux.

— Ils ne te feront pas de mal, *meri jaan*, promet Shari. Je les en empêcherai.

— Et moi aussi, ajoute Jamal.

Il étreint ses deux amours, en même temps qu'il serre la crosse du pistolet. Il adresse un regard triste à sa femme, et Shari se demande : *Le fera-t-il ? Fera-t-il ce que je ne peux pas faire ?*

Jamal ferme les yeux. Il les embrasse toutes les deux sur la tête. Ses bras sont durs et puissants. Sa respiration précipitée.

Shari serre leur fille encore plus fort, elle pense au petit enfant dans ce car, en Chine, celui que Grande Alice et elle ont aidé à mettre au monde, ce monde condamné.

Je suis un être humain.

Elle serre plus fort encore.

Je suis un être humain charitable et je renonce à Endgame.

Je renonce à toi.

Je dis non aux dieux.

Parce qu'ils n'en sont pas.

De nouveaux coups de feu retentissent. Trois balles s'enfoncent dans la porte : *tchoc tchoc tchoc*. Elle sait ce que ça signifie. Paru. Son père. Mort.

Petite Alice tremble et Shari pleure tout bas.

Toute la lignée des Harappéens.

Anéantie.

Jamal se relève.

— Tu dois la protéger, Shari. Cachez-vous là.

Shari hoche la tête, submergée de terreur. Elle pousse Petite Alice derrière un muret taillé dans la pierre. Elle tire un cageot vide devant elles. Petite Alice se blottit entre ses jambes. Elles aperçoivent uniquement la porte entre les lattes du cageot.

— Ne pleure pas, murmure-t-elle. Ne fais pas de bruit.

Elle noue ses bras autour de Petite Alice.

— Vise la tête, mon amour, dit-elle.

— Entendu.

— N'aie aucune pitié.

— Promis.

— Car ils n'en auront aucune.

AISLING KOPP, POP KOPP, GREG JORDAN, GRIFFIN MARRS

सूरय को अन्तमि रेज, *vallée de la Vie éternelle, Sikkim, Inde*

Aisling et son équipe se sont frayé sans incident un chemin à travers le carnage causé par la Petite Bertha à l'entrée de la forteresse, en faisant attention où ils mettaient les pieds, et sans trop s'attarder sur ce qu'ils avaient provoqué. *Tous ces morts*, a pensé Aisling. *Et pas de Shari Chopra. Elle n'est pas ici. Elle est ailleurs.*

Avec sa fille.

Avec la Clé du Ciel.

La Celte les précède à travers la forteresse de pierre désormais déserte. Partout, tous les signes de vie semblent avoir été mis sur pause. Des tasses de thé tiède. Des rideaux de perles qui se balancent. Une chaise encore chaude au toucher. Une radio qui grésille dans une salle de commande au 2e sous-sol. Et dans cette même pièce, une petite poupée de chiffon, jetée par terre, oubliée.

Il ne reste plus personne.

Ils ont tous été tués ou bien ils se cachent.

Plus aucun point vert n'apparaît sur leurs HUD. Les murs de la forteresse sont trop épais. Mais il reste des indices. Aisling ressort de la salle de commande et remarque une éraflure sur le sol du couloir, et un peu plus loin un fil arraché d'un vêtement de couleur vive. Puis, en descendant un escalier, elle trouve une balle de 9 millimètres. Ils continuent à descendre. Aisling voit une plume flotter dans l'air au 5ᵉ sous-sol. Elle la pince entre deux doigts. La sent. L'examine.

Un paon les fait sursauter en traversant le couloir pour passer d'une pièce à l'autre. Il disparaît.

— Euh... tout le monde a vu la même chose que moi, hein ? demande Marrs.

Ils hochent la tête.

— Bien.

— Il faut descendre jusqu'en bas, déclare Aisling, ignorant l'oiseau. C'est là qu'ils la cachent.

— Vous êtes sûre ? demande Jordan.

— Pas tout à fait. Mais c'est là que je conduirais une petite fille si j'étais terr...

Elle est interrompue par l'écho caractéristique d'une fusillade.

Elle prend son fusil de précision et repart au trot. Ils ne disent plus un mot.

Ils descendent.

SARAH ALOPAY, JAGO TLALOC

Les Profondeurs, सूरय को अन्तमि रेज,
vallée de la Vie éternelle, Sikkim, Inde

Dès que Maccabee et Baitsakhan ont quitté la pièce, Sarah ouvre les yeux et s'assoit, le dos appuyé contre le mur. Elle sait que les deux Joueurs viennent de commettre une terrible erreur, mortelle espère-t-elle. Ils auraient dû prendre 10 ou 20 secondes pour lui tirer une balle dans la tête et en faire autant avec Jago, mais ils ne l'ont pas fait.

Ce petit sadique de Baitsakhan semblait assez fou pour se rendre coupable d'une telle faute. Nul doute qu'il voulait prendre tout son temps pour les tuer.

Mais Maccabee ? Sarah ne sait pas pourquoi il les a épargnés. Il semblait surtout désireux d'aller de l'avant et d'entraîner Baitsakhan dans son sillage.

Quoi qu'il en soit, merci pour le cadeau, les gars.

Elle dégaine son couteau, avec lequel elle entaille sa chemise au niveau de l'épaule pour l'arracher. En se servant de sa main valide et de ses dents, elle enroule la manche autour de son bras, juste sous le coude, et serre solidement pour ralentir le saignement. Il faudra que ce garrot de fortune fasse l'affaire pour le moment.

Sur ce, elle rampe vers Jago, en prenant soin de ne pas prendre appui sur son bras blessé. En franchissant la douzaine de pieds qui les séparent, elle est submergée par une puissante odeur d'ammoniac. Des sels.

Quelqu'un a dû les laisser tomber.

Elle ramasse le sachet et continue à ramper. Couché sur le flanc, Jago roule d'avant en arrière. Ses dents incrustées de diamants étincellent.

Sarah arrive près de lui. Elle approche le sachet de sels de son propre visage et inspire. L'odeur puissante envahit ses narines, traverse ses sinus, jusqu'aux tempes, et son cerveau s'illumine comme s'il était parcouru par un courant électrique. Elle est parfaitement consciente soudain et la douleur enflamme son bras, la peau et les muscles palpitent sous le garrot.

Elle secoue Jago.

— *¿ Qué ?* lâche-t-il.

— Réveille-toi, sérieux ! chuchote-t-elle. Il faut se battre !

Il marmonne des paroles inintelligibles, avant que Sarah lui enfonce quasiment les sels dans le nez. Il se redresse brutalement en position assise, le dos droit comme une planche, et se frotte le visage. La Cahokienne plaque la main sur sa bouche pour l'empêcher de crier. Jago repousse le sachet de sels, qui tombe par terre. Ses yeux sont écarquillés et brillants.

— Chut, dit Sarah. D'autres Joueurs sont là. Le Donghu et le Nabatéen. Tu peux marcher ?

Son bras la fait souffrir. Elle a besoin que Jago soit en état de bouger, entier et valide.

L'Olmèque repousse la main de Sarah.

— *Sí.* Ça va aller.

Et c'est vrai. Il dégaine son pistolet et l'arme sans bruit.

— Tu saignes, dit-il tout bas.

— C'est rien.

Jago se relève. Il tend la main à Sarah pour l'aider à se mettre debout. Elle est moins stable que lui.

— Tu es sûre ?

Il s'aperçoit qu'il est entouré d'une flaque de sang. Son estomac se noue.

— Tu as perdu beaucoup de sang, dit-il.

Sarah secoue la tête et tend le menton en direction de Renzo.

— Désolée, Feo. Il n'y a pas que le mien.

L'Olmèque découvre alors Renzo affalé sur le sol, les yeux ouverts et vides, la bouche remplie d'une obscurité scintillante.

— Il m'a sauvé la vie, dit Sarah.

L'Olmèque se mord la lèvre inférieure. Ses narines se dilatent. Les muscles de son cou sont pris de tressaillements incontrôlables. Une veine enfle sur sa tempe et sa cicatrice s'assombrit.

— Qui ?

— Le gamin. Le Donghu.

Jago la regarde en face. Son expression est un mélange de fureur et de tristesse.

— Où ça ?

Elle montre le couloir, au moment même où ils entendent deux coups de feu et une femme s'écrier : « NON ! », puis pousser un hurlement. Ces bruits sont étouffés par le claquement sourd d'une lourde porte qui se ferme.

La Clé du Ciel, pense Sarah. *Elle est tout près. Tu peux mettre fin à tout ça. Maintenant. Ici.*

— Nous devons détruire la Clé du Ciel, dit-elle.

— *Sí*, répond Jago, mais il regarde le cadavre de Renzo et Sarah sait qu'il n'a qu'une idée en tête : se venger.

Elle le regarde marcher vers son ami, se pencher au-dessus de lui et lui fermer les yeux. Elle ramasse un pistolet et le glisse dans sa ceinture. Sur un des gardes morts, elle récupère un bâton de combat incurvé, terminé par une lourde boule.

— Tiens.

Elle le lance à Jago. Celui-ci l'attrape au vol et le fait tournoyer devant lui pour se familiariser avec son maniement. Sarah avance d'un pas décidé et dit, autant pour Jago que pour se convaincre elle-même :

— Allons sauver le monde.

PETITE ALICE CHOPRA

Les Profondeurs, सूरय को अन्तमि रेज,
vallée de la Vie éternelle, Sikkim, Inde

Elle observe.

La porte produit un bruit sec, comme si la serrure avait été brisée de l'extérieur.

Elle s'entrouvre. Elle est lourde.

La lumière du couloir se déverse dans la réserve. Il n'était pas éclairé de cette façon lorsque son père et elle se sont engouffrés ici. La lumière n'était pas aussi vive.

Il n'y a personne.

Son père balaye l'ouverture avec le canon de son arme, à la recherche d'une cible, un éclat de peau.

La porte s'ouvre un peu plus. La lumière s'intensifie. Petite Alice est obligée de plisser les yeux.

Mais toujours personne.

Puis une ombre. Le canon d'une arme. Trois coups de feu.

Une seule balle tirée par son père, dans le couloir, dans la lumière aveuglante. Loupé. Son père tombe et la porte est ouverte. C'est tout ce que voit et entend Petite Alice.

Mais maintenant que la lumière est là, avec elle, tout près, elle perçoit autre chose. On dirait un soleil.

Terrible, violent, rempli d'une pesanteur qui l'attire.

Elle ne voit pas les mains de sa mère qui s'agitent fiévreusement, elle ne l'entend pas crier le nom de Jamal lorsque celui-ci s'écroule, mort avant même d'avoir eu sa chance. Elle n'entend pas sa propre voix qui répète : « Clé de la Terre Clé de la Terre Clé de la Terre Clé de la Terre Clé de la Terre Clé de la Terre... » encore et encore, d'un ton monocorde. Elle ne voit pas Maccabee, le grand au visage tordu qui était dans ses cauchemars, venir parler à Shari avant d'arracher Petite Alice des bras de sa mère. Elle ne voit pas Shari essayer de repousser Maccabee. Elle ne voit pas Baitsakhan toiser Shari, le visage déformé par un rictus de plaisir. Elle ne l'entend pas dire :

— Ça, c'est pour Bat et Bold.

Elle ne peut pas.

La seule chose dont elle a conscience désormais, c'est la lumière. Attachée à la jambe de Baitsakhan.

La lumière.

Il n'y a que cela.

Elle, la lumière et rien d'autre.

— Clé de la Terre Clé de la Terre Clé de la Terre Clé de la Terre Clé de la Terre Clé de la Terre.

La lumière et rien d'autre.

La lumière aveuglante que seule la Clé du Ciel peut voir.

SHARI CHOPRA

Les Profondeurs, सूरय को अन्तमि रेज,
vallée de la Vie éternelle, Sikkim, Inde

La porte s'ouvre brutalement et avant même qu'elle comprenne ce qui se passe, le Nabatéen et le petit monstre font irruption dans la réserve. Et Jamal est mort.

Comme ça.

Sans grandiloquence.

Sans fanfare.

Sans accomplir de miracle.

L'amour de sa vie n'est plus.

« NON ! » s'écrie-t-elle et elle hurle, elle serre sa fille encore plus fort dans ses bras, mais Petite Alice ressemble à un zombie, trop de chocs sans doute. Pour une raison quelconque, elle ne cesse de répéter : « Clé de la Terre » tout bas, d'un ton ni désespéré, ni effrayé, ni furieux, neutre.

Le Nabatéen surgit devant elles. Son expression est intense. Il regarde Petite Alice, rempli de convoitise.

— Tu ne la tueras pas, lui dit Shari, en songeant que c'est peut-être le tout dernier moment où elle aura encore la force de prendre la tête de sa fille entre ses mains et de lui briser la nuque.

Maccabee se penche en avant.

— La tuer ? Pourquoi je ferais une chose pareille ?

Il arrache la fillette en transe des bras de sa mère. Shari hurle, elle le frappe avec ses poings

571

et ses pieds, en véritable experte, mais Maccabee pare toutes ses attaques et d'un coup de pied fulgurant en pleine poitrine, il la projette au sol. C'est fini.

Il glisse son arme dans sa ceinture et écarte Petite Alice de sa mère, puis il la soulève de terre, délicatement, et lui murmure quelque chose à l'oreille. Il l'entraîne à l'autre bout de la pièce, loin de sa mère et du corps de Jamal. Shari n'en est pas certaine car son corps tremble, ses yeux sont remplis de larmes, son cœur se brise, non il est déjà brisé, en mille morceaux, alors elle ne peut pas en être certaine, mais on dirait que Maccabee Adlai déplore que les choses se passent ainsi. On dirait qu'il est désolé.

Shari se redresse à genoux pour se précipiter vers sa fille, mais aussitôt le petit monstre lui bloque le passage. Il pose la main sur son front et la repousse. Shari lève les yeux vers lui et tous ses espoirs l'abandonnent.

Elle a échoué.

Elle a déçu sa lignée, sa famille, ses ancêtres.

Grande Alice Ulapala, son enfant, son mari, elle-même.

Elle a échoué.

Baitsakhan s'agenouille. Leurs regards se croisent. Il tend la main gauche. Elle constate que ce n'est pas une main de chair mais une main de métal. Il la pose sur son épaule, comme pour la consoler. C'est une main puissante. Elle remonte vers son cou. Il commence à serrer.

— Ça, c'est pour Bat et Bold.

Elle a échoué. Elle se réfugie en elle. À la recherche de l'amour. Elle essaye de projeter de la compassion et de l'empathie à l'autre bout de la pièce, vers sa fille, et au-dehors de cette pièce, hors de cette forteresse, au-delà des montagnes, jusqu'aux cieux.

Elle n'a pas peur pour elle. Mourir est une chose facile. Mais elle a peur pour sa précieuse fille. Terriblement peur.

BAITSAKHAN

Les Profondeurs, सूरय को अन्तमि रेज,
vallée de la Vie éternelle, Sikkim, Inde

Le bonheur envahit son cœur lorsqu'il voit la peur
sur le visage de cette Joueuse pathétique. Où est
passé son calme surnaturel ? Baitsakhan ne possède
pas la sagesse émotionnelle suffisante pour comprendre que l'origine de ce calme, là-bas en Chine,
était Petite Alice, mais maintenant qu'on lui a pris
son enfant, la source s'est tarie. Désormais, Petite
Alice est la source d'autre chose.

La peur.

Baitsakhan adore ça. Peu lui importe d'où elle
vient, du moment qu'elle est là.

Il serre un peu plus fort.

Shari a du mal à respirer.

Encore un peu plus fort.

Elle agite les jambes, alors Baitsakhan s'assoit
dessus.

Et il serre un peu plus fort.

Il sourit.

— Je vais t'égorger.

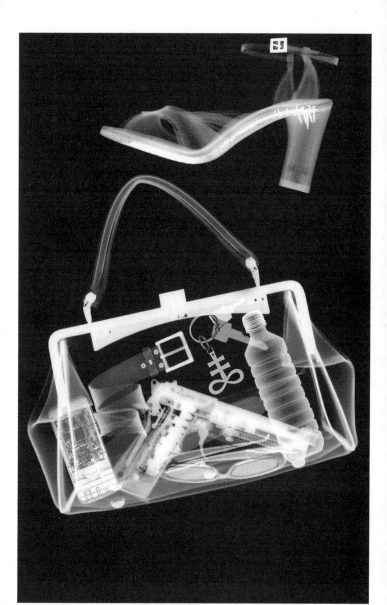

MACCABEE ADLAI

Les Profondeurs, सूर्य को अन्तमि रेज,
vallée de la Vie éternelle, Sikkim, Inde

Maccabee Adlai dépose Petite Alice sur le sol.

— Ne regarde pas, ma puce.

— Clé de la Terre Clé de la Terre Clé de la Terre Clé de la Terre, répète-t-elle.

Son regard est vide. Sa bouche remue de manière automatique.

Le Nabatéen agite la main devant son visage.

Rien.

— Tu ne vois pas, de toute façon.

Il se relève et sort le pistolet glissé dans sa ceinture. Baitsakhan lui tourne le dos. Les yeux de Shari sont remplis de larmes. Son visage vire au bleu. Ses mains agrippent le poignet de Baitsakhan.

Celui-ci serre plus lentement que nécessaire. Il prend tout son temps.

Maccabee pointe l'arme sur Shari. Et dit :

— Je suis désolé.

Sans se retourner, Baitsakhan demande :

— Désolé pour quoi ? C'est magnifique.

Maccabee a envie de vomir.

Il baisse son arme et sort prestement la télécommande fabriquée par Ekaterina à sa demande. Il appuie dessus trois fois.

Clic, clic, clic.

La main lâche Shari. Celle-ci inspire profondément, son visage retrouve des couleurs presque immédiatement. Baitsakhan a un mouvement de recul, il observe son appendice bionique.

— Qu'est-ce que... bredouille-t-il.

Avant qu'il puisse achever sa phrase, la main jaillit vers son cou et se referme autour de sa gorge. La main avec laquelle il est né agrippe son poignet gauche pour tenter d'arracher cette main mécanique qui l'étrangle. Il tire et tire encore, sans résultat. Il tombe sur le côté. Shari le regarde avec un émerveillement grotesque enfoncer son coude dans le sol pour essayer ainsi d'obliger sa main à lâcher prise.

Mais c'est impossible.

Le sang se met à couler autour des doigts mécaniques. Son visage vire au violet, ses yeux s'exorbitent, sa langue jaillit de sa bouche, ses narines se dilatent, alors que la main serre, serre, serre, puis il se produit un effroyable craquement humide lorsque la main se referme totalement sur la gorge de Baitsakhan. Son sang asperge le sol. Il s'écroule. Il est secoué de convulsions pendant quelques secondes. Shari ne peut en détacher son regard ; elle est hypnotisée, terrorisée et – elle a du mal à y croire – profondément satisfaite.

La terreur nommée Baitsakhan est morte.

Maccabee lâche la télécommande.

Sans quitter le Donghu des yeux, Shari demande :

— Comment ?

— C'est important ?

L'Harappéenne secoue la tête.

— Non.

Elle reporte son attention sur Maccabee.

— Merci, parvient-elle à articuler.

— Non.

Le canon de l'arme revient se fixer sur Shari. Son doigt reste posé sur la détente. Il hésite, baisse les yeux sur Petite Alice pour s'assurer qu'elle est toujours en transe. Il soupire.

— Comme je le disais, je suis désolé.

— Il n'y a pas de raison, murmure Shari d'une voix brisée, la gorge en feu. Ce jeu est une grande escroquerie.

Maccabee secoue la tête. Il ne voudra jamais le croire. Jamais.

— Tu ne souffriras pas. Ce ne sera pas comme avec lui.

Shari regarde Petite Alice. Sa fille a disparu. Elle n'est plus qu'une enveloppe vide désormais. Mais peut-être reviendra-t-elle un jour.

— Prends soin d'elle.

— Promis. Jusqu'à la fin.

Maccabee appuie un peu plus sur la détente. Shari ferme les yeux. Elle ne voit donc pas son regard aller de la mère à la fille, puis revenir sur la mère. Il contemple ce qu'il reste du Donghu. Il pense à la Koori, à Ekaterina.

Putain de merde, pense-t-il.

Il veut gagner, et il gagnera, mais l'Harappéenne a raison : c'est de la connerie.

Il regarde la mère, la fille, la mère de nouveau.

Il lève son arme et avance sans bruit. Shari attend toujours, les yeux fermés, sereine, les joues brillantes de larmes. Elle attend toujours.

Il abat la crosse de son arme sur le crâne de Shari. Il y a un craquement. Elle s'écroule. Il se retourne vers Petite Alice et tend la main :

— Viens, ma chérie. Il est temps de partir.

SARAH ALOPAY, JAGO TLALOC, MACCABEE ADLAI

Les Profondeurs, सूरय को अन्तमि रेज,
vallée de la Vie éternelle, Sikkim, Inde

Sarah ouvre la porte en grand et Jago s'engouffre dans la pièce. Maccabee plonge sur le côté et ouvre le feu. Une balle frôle la joue scarifiée de l'Olmèque. Qui riposte. Sa balle effleure l'épaule de Maccabee.

Jago s'élance. Maccabee le vise. Et tire de nouveau.

Cette fois, il l'atteint en pleine poitrine.

Le gilet pare-balles absorbe l'impact.

Jago a le souffle coupé, mais il ignore la douleur qui lui broie les poumons. Et il exécute sa cascade où il court sur le mur. Il passe au-dessus du corps de Jamal, en tirant jusqu'à ce qu'il ne reste plus une seule balle dans le pistolet.

Maccabee tire lui aussi et ses balles s'enfoncent dans le mur, sur les talons de l'Olmèque.

Aucune ne fait mouche.

Jago redescend sur le sol et se met à couvert derrière le mur près duquel sont affalés Shari et Baitsakhan. Tous les deux semblent morts. Baitsakhan l'est, sans aucun doute.

Maccabee avance. Il s'est montré plus économe avec ses munitions et il lui reste deux balles. Mais avant qu'il puisse tirer, Sarah apparaît dans l'encadrement de la porte. Son arme est pointée sur le

Nabatéen et elle est prête à tirer, mais elle voit la fillette ramper sur le sol, vers sa mère. Alors Sarah braque son arme sur elle.

Termine ce que tu as commencé ! se hurle-t-elle et elle exerce une très légère pression sur la détente, en visant la petite fille de deux ans, innocente, une victime d'Endgame, peut-être *la* victime d'Endgame. Concentrée sur sa cible, Sarah ne voit pas Maccabee se désintéresser de Jago pour pointer son arme sur elle.

Jago jaillit de sa cachette en brandissant le bâton incurvé et l'abat sur le bras de Maccabee. Le pistolet tombe sur le sol. D'une torsion du poignet, Jago relève le bâton. Maccabee recule et intercepte le bâton au milieu de son arc de cercle. Les deux Joueurs se retrouvent nez à nez.

Jago sourit. Les diamants captent la lumière.

— C'est parti.

Pendant ce temps, Sarah n'a toujours pas tiré.

Termine ce que tu as commencé ! Termine ce que tu as commencé !

Sauve l'humanité, Sarah Alopay !

SAUVE-LA !

PETITE ALICE CHOPRA
Les Profondeurs, सूरय को अन्तमि रेज,
vallée de la Vie éternelle, Sikkim, Inde

Là.
La lumière.
Va vers la lumière.
Il n'y a que la lumière. La lumière aveuglante.
— Clé de la Terre Clé de la Terre Clé de la Terre
Clé de la Terre.

AISLING KOPP, POP KOPP, GREG JORDAN, GRIFFIN MARRS

Les Profondeurs, सूरय को अन्तमि रेज,
vallée de la Vie éternelle, Sikkim, Inde

Aisling atteint le bas de l'escalier et lève le poing. Personne ne parle. Elle risque un coup d'œil au coin du mur. Elle découvre un long couloir et une porte sur sa droite. Les corps de trois hommes gisent dans cette pièce. Au bout du couloir, il y a une autre porte, ouverte, et un autre cadavre à proximité. L'encadrement de la porte est obstrué par le dos de Sarah Alopay, la Cahokienne. Sa main droite tient un pistolet, son bras gauche est replié devant elle comme si elle était blessée. Aisling perçoit de l'agitation au-delà de Sarah, sans voir ce qui se passe.

Mais soudain, Aisling aperçoit quelque chose entre les jambes de Sarah, un peu en retrait dans la pièce : une fillette rampe sur le sol.

La Clé du Ciel.

Alice Chopra. Un bébé encore.

Pas étonnant que Sarah hésite.

Aisling se tourne vers les autres.

Pas un bruit, articule-t-elle.

Ils obéissent.

Elle épaule son fusil de précision, tourne au coin et vise la fillette. Sa lunette est pointée plein sud.

Elle inspire, mais la Cahokienne se dresse dans sa ligne de mire.

Pousse-toi. Pousse-toi que je puisse mettre fin à tout ça.

xix

JAGO TLALOC, MACCABEE ADLAI, SARAH ALOPAY, AISLING KOPP, PETITE ALICE CHOPRA

Les Profondeurs, सूर्य को अन्तमि रेज,
vallée de la Vie éternelle, Sikkim, Inde

Jago projette le talon de sa main vers la joue de Maccabee. Il le manque de peu. Le Nabatéen se penche en arrière, pivote sur lui-même et vise le flanc de l'Olmèque avec le manche du bâton. Jago contracte ses abdominaux et encaisse le coup dans le ventre. Mais avant qu'il puisse se saisir du bâton et le récupérer, Maccabee expédie l'arme rudimentaire à l'autre bout de la pièce et elle heurte bruyamment le mur.

Jago recule d'un pas pour avoir plus d'espace. Maccabee plante un pied derrière lui. Simultanément, et subrepticement, il ouvre avec son pouce le couvercle de la bague empoisonnée qu'il porte à la main gauche.

Oh, c'est parti, pense-t-il.

Il attaque avec la main droite pour détourner l'attention de Jago du véritable danger : la bague. L'Olmèque recule de deux pieds, en parant les coups avec ses mains. Il reçoit trois crochets au menton et comprend qu'il a affaire à un gaucher. Il esquive un puissant revers du gauche, et quand il se relève, il change d'appui et place son pied droit devant.

Gaucher ou droitier, peu lui importe. Il les a tous combattus.

Maccabee arme son poing gauche pour décocher un nouveau swing.

Encore deux jabs du droit. La tête de Jago ballotte et titube. Voici revenir la gauche. Jago avance et penche la tête sur la gauche, en baissant l'épaule droite ; ses yeux suivent le poing de Maccabee qui frôle son cou. À cet instant, il voit la bague.

Méfie-toi de cette main, se dit-il en enchaînant cinq coups rapides dans les côtes de son adversaire.

Puis il recule d'un bond et lance :

— La boxe, c'est pour les mauviettes !

Maccabee change de posture, redresse les épaules, ramène ses mains devant lui et dit :

— Très bien.

L'imposant Nabatéen charge. Jago se jette à terre, pose les mains à plat sur le sol et tournoie sur le côté. Ses jambes partent dans tous les sens dans une démonstration ostentatoire, mais mortelle, de capoeira. Il frappe Maccabee à quatre endroits : la tempe, la nuque, les côtes et, coup inutile, dans le bras. Il s'apprête à nouer ses jambes autour de lui pour le projeter au tapis quand un poing épais s'abat dans son dos et le plaque au sol. Penché au-dessus de lui, Maccabee veut le frapper, mais Jago roule sur le côté et se relève d'un mouvement de reins.

Maccabee vise la poitrine de l'Olmèque avec sa bague, mais Jago fait un pas sur le côté, se saisit de l'auriculaire qui porte le bijou empoisonné. D'un geste aussi brutal que précis, il lui casse le doigt, qui pend maintenant contre le dos de sa main.

Maccabee referme son autre main sur l'épaule de l'Olmèque et le tire vers lui.

— Tu es vraiment très laid, dit-il, et même s'il sait qu'il va certainement se casser le nez encore une fois, Maccabee lui décoche un méchant coup de tête.

Sauf que Jago est une anguille. Il se fait tout mou et glisse entre les bras du Nabatéen jusqu'au sol. Emporté par son élan, Maccabee bascule vers l'avant et, en passant entre ses jambes, Jago lève les deux poings en même temps, en plein dans le bas-ventre de son adversaire. Celui-ci émet un effroyable râle et se plie en deux. Jago s'est relevé en un éclair, il contourne Maccabee et le prend par le menton.

— *Adios*.

Il lui décoche un terrible uppercut à la mâchoire qui oblige le Nabatéen à se redresser, le dos cambré, avant de s'écrouler sur Baitsakhan et Shari, totalement inconscient.

Jago a le souffle coupé, il serre les poings, tout son corps luit de transpiration. Il regarde autour de lui, ramasse un couteau par terre et s'approche de Maccabee pour l'achever.

— STOP ! crie Sarah qui se tient toujours au même endroit, dans l'encadrement de la porte, empêchant Aisling de tirer.

Jago se retourne vivement.

— Quoi ?

— Pas toi. Elle.

La fillette s'arrête, tout près de l'empilement de Joueurs : l'Harappéenne, le Donghu, le Nabatéen. Son petit visage est tourné vers Sarah, ses lèvres répètent inlassablement les mêmes mots. Ses yeux regardent à travers la Cahokienne, à travers tout. Vides et dilatés.

— La Clé de la Terre, lui dit Sarah, son arme toujours pointée sur elle. Je sais. Je n'aurais pas dû la prendre. Je n'aurais pas dû déclencher tout ça.

Jago regarde alternativement Sarah et la petite fille en transe. Il serre le manche du couteau.

— Sarah...

Il craint qu'elle ait disjoncté de nouveau.

Elle l'ignore.

— Clé de la Terre, répète Petite Alice en se désintéressant de Sarah, car la lumière que personne d'autre ne peut voir l'appelle.

La Cahokienne l'observe en penchant la tête sur le côté.

— Qu'est-ce qui t'est arrivé ?

— Clé de la Terre. Clé de la Terre.

— Vas-y, dit Jago à Sarah.

— Je...

— Mets fin à tout ça.

Allez, l'encourage Aisling mentalement. *Tu es dans le camp des bons, nom d'un chien. Fais-le.*

Pendant que Sarah se dit : *Je dois le faire. Il le faut. Je vais sauver des milliards de gens. Je dois le faire.*

Des souvenirs défilent devant elle : Tate, la remise des diplômes, son père qui la conduit chez le médecin, un baiser de Christopher... des souvenirs banals de sa vie normale, celle qu'elle a vécue autrefois et qui ressemble maintenant à un rêve. Des souvenirs. Comme si elle s'apprêtait à supprimer sa propre vie et non celle d'une innocente de plus qui n'a pas demandé à se retrouver dans la ligne de mire d'Endgame.

Je dois le faire.

Puis elle revoit le visage de Christopher au tout dernier moment de sa vie et elle comprend. Il voulait mourir car il ne pouvait vivre dans un monde où Sarah Alopay était une tueuse psychopathe. Il ne le pouvait pas.

Elle comprend que c'est ce qui la tourmente depuis qu'elle a tué son petit ami.

Elle non plus ne peut pas vivre dans ce monde.

Si elle veut réellement sauver l'humanité, alors elle doit commencer par sauver la sienne.

Elle laisse pendre le pistolet le long de son corps.

Et ce faisant, son esprit s'apaise. La raison la submerge.

— Sarah ! proteste Jago.

— Nom de Dieu, marmonne Aisling.

Elle colle sa joue contre le métal froid du fusil. *Pousse-toi ou je vous transperce toutes les deux.*

— Je... je ne peux pas. Pas une deuxième fois.

— Clé de la Terre.

— Mais il le faut !

— Christopher a vu. Il a compris.

— Clé de la Terre.

Pousse-toi ! hurle mentalement Aisling.

— Ce *puto* ne mourra jamais, hein ?

— J'aimerais bien.

— Clé de la Terre.

— Des milliards de gens, Sarah. Des milliards ! Il faut le faire !

L'arme tremble au bout du bras de la Cahokienne. Elle regarde fixement Jago.

— Nous sommes des tueurs, Jago. Tous. Voilà ce que les Créateurs nous ont appris, il y a des milliers d'années. Comment construire des machines et comment haïr, comment avoir peur. Et quand tu assembles ces choses, tu obtiens la mort, la violence. (Elle pointe le pistolet sur Maccabee et Baitsakhan.) Je peux tuer des individus comme eux, comme toi, comme moi, mais je ne peux pas tuer quelqu'un comme elle. Pas une deuxième fois. Je ne le ferai pas. Non.

— Alors, je vais le faire.

Jago lui arrache l'arme. Il regarde fixement Petite Alice. Lève le pistolet. Le pointe sur elle.

Aisling assiste à la scène. *Fais-le. Fais-le.* Elle ne veut pas être obligée de tirer.

— Clé de la Terre, répète Petite Alice.

Jago la regarde de sa hauteur. Si adorable, si étrange.

L'arme retombe le long de son corps. Sarah est soulagée. Immensément.

— Je... je ne peux pas.

— C'est normal, dit Sarah. Parce que tu es fort, Jago. Tu es bon et les gens comme toi ne tuent pas un enfant de deux ans à bout portant. Si cette fillette est l'interrupteur d'Endgame, c'est le leur. Celui des Créateurs. Et c'est des conneries. On trouvera un autre moyen.

Jago se demande s'ils les observent. Si kepler 22b peut entendre leurs paroles. Et savoir que c'est le début d'une nouvelle révolte.

— Nous ne sommes pas comme eux, insiste-t-elle d'une voix forte, passionnée.

Elle parle des Joueurs, des keplers, de tous leurs ancêtres humains, détraqués, tordus et cruels. Elle parle d'eux tous. Elle se laisse aller contre Jago, elle appuie sa poitrine contre la sienne et pose son menton sur son épaule.

— Tu es un être humain, murmure-t-elle, les yeux remplis de larmes, mais l'esprit merveilleusement serein. Nous ne sommes pas des dieux. Nous ne sommes pas des extraterrestres. Nous sommes des êtres humains.

— Clé de la Terre.

Et merde, pense Aisling en voyant Sarah entrer et disparaître dans la pièce. Elle vise la tête de la fillette.

Elle va le faire. Il le faut. Il le faut.

La petite fille se remet à bouger. Aisling la suit. Elle appuie légèrement sur la détente. La petite fille passe devant le corps de sa mère et s'arrête. Ses lèvres bougent. Un peu plus de pression sur la détente. La fillette tend la main vers la jambe d'un des Joueurs à terre. Ses lèvres bougent.

Pardonne-moi, pense Aisling.

Elle ferme les yeux et tire.

Le coup de feu retentit et, pendant un très court instant, ils ne savent, n'entendent, ne voient ni ne comprennent rien d'autre.

PETITE ALICE CHOPRA

Les Profondeurs, सूर्य को अन्तमि रेज,
vallée de la Vie éternelle, Sikkim, Inde

Petite Alice glisse la main par-dessus l'épaule de Maccabee et touche la Clé de la Terre, une petite balle dure cachée dans la poche de Baitsakhan.

Il n'y a que la lumière.

Clé du Ciel et Clé de la Terre, réunies. Jointes. Inséparables.

Il n'y a que la lumière.

Toujours plus intense.

Toujours plus intense.

Il n'y a que la lumière.

Et aucun bruit de coup de feu.

Il n'y a aucun bruit car la Clé du Ciel et la Clé de la Terre sont rassemblées, et quiconque touche l'une ou l'autre, vivant ou mort, est avec elles. Baitsakhan est avec elles. Maccabee est avec elles, vivant mais inconscient.

Il n'y a aucun bruit car la Clé du Ciel et la Clé de la Terre sont rassemblées.

Et elles ne sont plus dans la forteresse harappéenne baptisée सूर्य को अन्तमि रेज, dans la vallée de la Vie éternelle, à Sikkim, en Inde.

Elles ne sont plus là-bas.

Elles sont en sécurité. Elles sont rassemblées. Les deux premières clés ont été réunies et elles sont protégées.

Pour qu'un Joueur chanceux puisse s'en emparer et continuer à Jouer, jusqu'au bout.

La lumière s'est éteinte, tout est obscurité et silence, et Petite Alice est terrorisée soudain.

Elle ne se rappelle plus où elle est, ni ce qui s'est passé.

— Maman ? dit-elle tout bas. Papa ?

Elle n'entend que les grognements.

— Maman ! s'écrie-t-elle d'une voix perçante.

Un homme se racle la gorge. Et dit :

— Je suis là. Je veillerai sur toi maintenant. Personne ne te fera du mal.

Il allume un briquet et Petite Alice voit son cauchemar devenir réalité.

Maccabee lui tend la main.

— Plus personne ne te fera du mal, ma Clé du Ciel.

Ces Anciens avaient disparu maintenant, à l'intérieur de la terre et sous la mer, mais leurs cadavres avaient raconté leurs secrets, dans des rêves, aux premiers hommes qui fondèrent un culte qui n'était jamais mort. C'était celui-ci, et les prisonniers disaient qu'il avait toujours existé et qu'il existerait toujours, caché dans des terres désertes et lointaines et des endroits sombres à travers le monde, jusqu'au moment où... les étoiles seraient prêtes, et le culte secret serait toujours là, à attendre, pour le *libérer*[xx].

HILAL IBN ISA AL-SALT

*Aéroport international Suvarnabhumi de Bangkok,
Thaïlande*

Posté devant le tapis de livraison des bagages, Hilal cherche désespérément un moyen de savoir si un des autres Joueurs a tenu compte de son message.

Il n'a pas à attendre longtemps.

Un écran de télé fixé au mur près d'une zone d'attente diffuse un bulletin d'informations. Mais il ne le regarde pas, aussi ne voit-il pas que le programme est soudain interrompu pour être remplacé par le visage immuable de kepler 22b.

Il ne fait pas attention quand quelqu'un hurle et tend le doigt vers l'écran.

Au lieu de se frayer un chemin à travers la foule pour mieux voir les images, il sort son smartphone de sa poche. Le Créateur y apparaît également.

Hilal monte le son et place ses mains en coupe autour du haut-parleur.

Très estimés Joueurs des lignées et peuple de la Terre, écoutez-moi.

D'autres cris résonnent à travers le terminal, suivis de hoquets de stupeur et de « Chut ! », accompagnés de larmes, nombreuses.

La voix du kepler est comme dans le souvenir de Hilal.

La Clé de la Terre et la Clé du Ciel sont maintenant réunies. Un seul Joueur possède les deux.

595

Félicitations au Nabatéen de la 8ᵉ lignée. Puisses-tu continuer à connaître le succès dans la Grande Énigme.

Hilal titube, il a du mal à rester debout. Son cœur pèse des tonnes dans sa poitrine. Son message n'a pas fonctionné. Ea n'est plus, mais pour le reste il a échoué.

Endgame a donné de meilleurs résultats que prévu, c'est une surprise, et nous tenons à remercier les Joueurs.

Hilal passe du chagrin profond à la colère, puis à la haine. *Ils ont renoncé à tout faux-semblant. Ils se dévoilent. Ils sont tout aussi maléfiques que l'était Ea. Peut-être même plus.*

Et il y a d'autres surprises. L'Épreuve, cet Abaddon, viendra plus tôt que le croient vos scientifiques. Il a été avancé. Il est imminent et son arrivée sera soudaine. Il reste moins de trois jours, mes humains.

Le chaos explose dans l'aéroport. Des gens courent partout. Hilal s'accroupit et colle le téléphone à son oreille. kepler 22b n'a pas fini.

Partez à la recherche de la Clé du Soleil maintenant, si vous le souhaitez. Vivez, mourez, volez, tuez, aimez, trahissez, vengez. Faites ce qui vous plaira. Endgame est l'énigme de la vie, la cause de la mort. Jouez. Ce qui sera, sera.

kepler 22b disparaît. C'est tout.

Assis par terre, Hilal laisse les gens courir autour de lui et il regarde la peur se répandre comme une maladie contagieuse.

Soudain, son téléphone sonne.

Il répond.

— Maître Eben ?

— Non. Stella.

— Stella. Tu as entendu ?

— Oui. Comme tout le monde. Où es-tu ?

— À Bangkok.

— Bien. Parfait. Peux-tu te rendre à Ayuthia ?
Ce n'est pas loin.

— Oui, je pense.

— Bien. Reste de ce côté-ci du monde. Abaddon
ne frappera pas là. Je suis dans les airs et je te
rejoindrai dans exactement treize heures.

— Euh... d'accord.

— Je suis désolée qu'on n'ait pas réussi à tout
arrêter, Hilal.

— Moi aussi. Plus que tu l'imagines.

La liaison grésille.

— Faut que je te laisse. Ayuthia. Dans treize
heures.

— Ayuthia. Treize heures.

— Hilal ?

— Oui ?

— Ne meurs pas. Tu entends ? Je vais avoir besoin
de toi. Ne meurs pas. Ce n'est pas encore terminé.

La communication est interrompue.

Et Hilal pense : *Non, ce n'est pas terminé.*

Car c'est Endgame.

C'est la guerre.

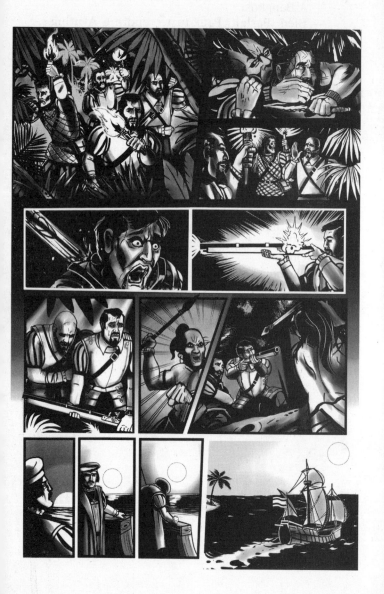

Notes

[i] http://eg2.co/200
[ii] http://eg2.co/201
[iii] http://eg2.co/202
[iv] http://eg2.co/203
[v] http://eg2.co/204
[vi] http://eg2.co/205
[vii] http://eg2.co/206
[viii] http://eg2.co/207
[ix] http://eg2.co/208
[x] http://eg2.co/209
[xi] http://eg2.co/210
[xii] http://eg2.co/211
[xiii] http://eg2.co/212
[xiv] http://eg2.co/213
[xv] http://eg2.co/214
[xvi] http://eg2.co/215
[xvii] http://eg2.co/216
[xviii] http://eg2.co/217
[xix] http://eg2.co/218
[xx] http://eg2.co/219

Poursuivez l'aventure *Endgame*
avec *Les règles du jeu*,
le dernier tome de la trilogie !

SARAH ALOPAY, JAGO TLALOC,
AISLING KOPP, POP KOPP,
GREG JORDAN, GRIFFIN MARRS

Les Profondeurs, allée de la Vie Éternelle, Sikkim, Inde

— Elle a disparu. Elle ne cessait de répéter « Clé de la Terre », encore et encore. Je pense qu'elle l'a touchée et...

Jago fait claquer ses doigts.

— Pouf.

— Comment ça « Pouf » ? demande Jordan.

— Ils ont disparu, tout simplement, répond Sarah. Ce n'est pas si dingue que ça quand on pense qu'il y a une demi-heure, Jago, moi et les deux autres Joueurs étions en Bolivie.

— N'importe quoi, dit Aisling.

— Quoi, vous ne l'avez pas téléportée, elle aussi ?

Jago tente de faire de l'humour, tout en pointant son arme sur la tempe d'Aisling.

Celle-ci s'en fiche désormais. Ce n'est pas la première fois, ni la dernière, que quelqu'un braque son arme sur elle.

— Non, on ne s'est pas téléportés, répond Aisling. On a pris des avions, des trains et des voitures, à l'ancienne... Et on a marché. Beaucoup marché.

— Mais Clé du Ciel... elle a disparu, hein ? demande Jordan.

Sarah opine du chef.

— Sa mère est ici, en revanche.

Aisling marque un temps d'arrêt et tente de regarder à l'intérieur de la pièce.

— Qui ça ?.... Chopra ?

— Oui, dit Sarah.

— Vivante ? demande Aisling, avec un peu trop d'empressement.

— *Sí*, dit Jago.

— Merde, lâche Jordan. C'est pas bon.

— Pourquoi ? demande Sarah.

C'est Aisling qui répond :

— On a... On vient de liquider toute sa famille.

— *Que ?* s'exclame Jago.

— Nous sommes ici dans une forteresse harappéenne, explique le vieil homme au fond du couloir, et la fierté perce dans sa voix. Mais elle n'a pas résisté.

— Chopra va me détester en se réveillant, dit Aisling. Moi-même, je me détesterais.

— Merde, soupire Sarah.

— *Sí, mierda.*

— Nous devrions la tuer, déclare le vieil homme.

Aisling le fait taire d'un geste.

— Non. Jordan a raison. Il y a déjà eu trop de morts aujourd'hui. Marrs... (Sarah et Jago constatent qu'elle s'adresse maintenant à l'homme muni de l'équipement radio)... vous pouvez faire en sorte qu'elle continue à jouer la Belle au bois dormant, non ?

— Pas de problème, répond Marrs de sa voix nasillarde et haut perchée.

Sarah et Jago ont encore leurs armes pointées devant eux quand Jordan intervient :

— Hé, tout va bien, OK ? Tout le monde est cool.

— Super cool, ironise Sarah.

Puis elle comprend ce qu'il veut dire et elle baisse son arme. Jago l'imite.

Aisling pose son fusil sur le sol.

— Écoutez, Sarah et Jago. Je ne joue plus. Pendant un moment, j'ai cru que j'essaierais de gagner, mais il n'y aura pas de gagnant. Nous allons tous perdre, et celui qui remportera le jeu sera peut-être le plus grand perdant de tous. Qui a envie de vivre sur une planète repoussante, à l'agonie et pleine de souffrances ? Pas moi.

— Moi non plus, dit Sarah en songeant une fois de plus que c'est elle qui a tout déclenché en s'emparant de la Clé de la Terre à Stonehenge.

Elle repense à Christopher et à son sentiment de culpabilité.

Aisling s'avance vers elle, main tendue.

— Quand Jordan, Marrs et moi avons décidé de faire équipe, je leur ai expliqué que si nous ne pouvions pas remporter Endgame, nous essaierions de trouver des Joueurs qui pensent comme nous. Nous leur offririons la possibilité de se joindre à nous pour mettre fin à ce merdier. Et si jamais je retrouve Hilal, je me battrai à ses côtés. Il avait raison dès le départ, lors de l'Appel. Nous aurions dû collaborer immédiatement. Espérons qu'il ne soit pas trop tard pour travailler ensemble à partir de maintenant.

Sarah se rapproche d'Aisling, mais ne prend pas la main tendue.

— Qu'est-ce qui nous garantit qu'on peut vous faire confiance ?

Aisling fronce les sourcils, sa bouche se crispe.

— Rien. Pour le moment.

— La confiance se mérite, déclare Sarah comme si elle citait un extrait d'un manuel d'entraînement.

Aisling hoche la tête. Elle a déjà entendu cette phrase. Ils l'ont tous entendue.

— C'est exact. Mais vous pouvez avoir confiance. Je ne t'ai pas tuée quand j'ai voulu tuer Clé du Ciel. Je ne t'ai pas tiré dans le dos en Italie, alors que j'en avais l'occasion, et que j'aurais sans doute dû le faire. C'est en tout cas ce que pense Pop, là-bas. (Le vieil homme émet un grognement.) Et il y a quelques jours encore, je pensais comme lui. Mais peut-être que je n'ai pas tiré pour que nous puissions nous retrouver maintenant, à cet instant. Peut-être que je ne l'ai pas fait parce que nous n'en avons pas encore fini tous les trois. Ce qui sera, sera, pas vrai ?

— *Sí*. Ce qui sera, sera, murmure Jago.

Aisling reprend :

— Si nous nous liguons pour essayer, véritablement, d'arrêter cette chose, alors je ne vous ferai pas de mal. Et aucun de ces hommes non plus. Vous avez ma parole.

Sarah tient avec délicatesse son bras gauche blessé. Elle regarde fixement Jago et penche la tête sur le côté. Soudain, elle n'aspire plus qu'à une seule chose : s'endormir dans les bras de l'Olmèque. Et elle sent qu'il partage ce désir. Il répond par un bref hochement de tête. Alors Sarah se laisse aller contre lui.

— OK, Aisling Kopp, dit Jago. Il serre la main de la Celte. Nous vous faisons confiance et vous en ferez autant. Nous tuerons Endgame. Ensemble. Mais une de mes nombreuses questions ne peut pas attendre.

Aisling sourit. C'est comme si un souffle d'air frais parcourait le couloir. Sarah le sent passer elle aussi et le soulagement la submerge. Plus besoin de se battre aujourd'hui. Jordan laisse échapper un petit sifflement et Marrs allume enfin sa cigarette. Il remonte le couloir, en murmurant qu'il va prendre des nouvelles de Shari Chopra lorsqu'il passe devant Sarah et Jago. Seul le vieil homme demeure sur ses gardes. Aisling ne lui prête pas attention, elle se concentre sur ses nouveaux alliés. Ses nouveaux amis peut-être.

— Quelle question, Jago Tlaloc ?

— Si Clé du Ciel a survécu et si on a laissé passer notre chance, comment on va faire pour arrêter Endgame maintenant ?

Aisling se tourne vers Jordan.

— C'est là que vous intervenez, j'imagine ?

Jordan hausse les épaules.

— Ouais.

Aisling soupire.

— Je sais que vous me cachez quelque chose depuis notre rencontre, Jordan. Alors, vous êtes prêt à cracher le morceau maintenant ?

Dans la pièce voisine, Marrs éclate de rire. Jordan se redresse. Et dit :

— Mes amis, il est temps pour vous de faire la connaissance de Stella Vyctory.

À suivre...

Les auteurs

James Frey a écrit les best-sellers internationaux *Mille morceaux*, *Mon ami Leonard*, *L.A. Story* et *Le Dernier Testament de Ben Zion Avrohom*. Il est également à l'origine de la célèbre série pour adolescents *Numéro Quatre* (J'ai lu) parue sous le pseudonyme Pittacus Lore. Traduit en 42 langues, publié dans 118 pays, il est considéré comme l'écrivain le plus important aux États-Unis par le magazine *Esquire* et le meilleur écrivain de sa génération par le prestigieux quotidien britannique *The Guardian*.

Le coauteur, **Nils Johnson-Shelton**, a participé à l'écriture du roman mondialement reconnu *No Angel* (13e Note Éditions) et a signé la série pour jeunes lecteurs *Otherworld Chronicles* (HarperCollins).

11624

Composition
NORD COMPO

Achevé d'imprimer en Italie
par GRAFICA VENETA
le 5 septembre 2016

Dépôt légal octobre 2016
EAN 9782290135198
L21EPJN000124N001

ÉDITIONS J'AI LU
87, quai Panhard-et-Levassor, 75013 Paris

Diffusion France et étranger : Flammarion